U0943188

Yilin Classics

经/典/译/林

聊斋志异

[清]蒲松龄 著

译林出版社

图书在版编目（CIP）数据

聊斋志异 /（清）蒲松龄著．—南京：译林出版社，2019.11（2024.4重印）
（经典译林）
ISBN 978-7-5447-7979-1

Ⅰ.①聊… Ⅱ.①蒲… Ⅲ.①笔记小说－中国－清代 Ⅳ.①I242.1

中国版本图书馆 CIP 数据核字（2019）第 185412 号

聊斋志异［清］蒲松龄 / 著

责任编辑　张紫毫　冯一兵
装帧设计　韦　枫
校　　对　梅　娟
责任印制　颜　亮

出版发行　译林出版社
地　　址　南京市湖南路 1 号 A 楼
邮　　箱　yilin@yilin.com
网　　址　www.yilin.com
市场热线　025-86633278
排　　版　南京展望文化发展有限公司
印　　刷　苏州市越洋印刷有限公司
开　　本　880 毫米 × 1240 毫米　1/32
印　　张　19.625
插　　页　4
版　　次　2019 年 11 月第 1 版
印　　次　2024 年 4 月第 8 次印刷
书　　号　ISBN 978-7-5447-7979-1
定　　价　55.00 元

点 校 说 明

《聊斋志异》是清代文学家蒲松龄所著文言短篇小说集。

蒲松龄(1640—1715),字留仙,一字剑臣,别号柳泉居士,世称聊斋先生,淄川(今山东淄博)人。蒲松龄出身没落的地主家庭,早岁有文名,但始终没有考上举人。长期在家乡做塾师,一度当过幕客。到了七十一岁时,才援例成为贡生,终生郁郁不得志。

《聊斋志异》凡四百余篇,用文言文写成,想象丰富,语言简洁,表面虽然谈狐说鬼,实则讽刺封建社会的黑暗,揭露官场的腐败,批判不合理的科举制度和婚姻制度,充分寄托了作者的"孤愤"。读《聊斋志异》不能单看其故事,更不能泥其事而入魔,要根据该书的特点,潜心体会其意蕴和寓意,同时还需要了解写作背景和作者的情况,以加深理解。这样不仅可以得到艺术享受,也能深入领会作者的意旨。尽管《聊斋志异》的语言不如白话小说通俗明白,并没有妨碍它的广泛流传。《聊斋志异》像《三国演义》《水浒传》《红楼梦》等优秀白话长篇小说一样,长时期地拥有大量读者。

《聊斋志异》在作者生前就有不少抄本流传,但后来都已失传。现存最早而且保存最为完整的本子是"铸雪斋抄本"。清乾隆十六年(1751),历城人张希杰根据济南朱氏殿春亭抄本过录了一个本子,是为《铸雪斋抄本聊斋志异》。济南朱氏的殿春亭本，是清雍正元年(1723)根据蒲松龄的原稿本抄录的，但此本久已亡佚。蒲松龄的原稿本虽已发现，但仅存半部，另外半部的面目如何，无法知道。正因为如此，铸雪斋抄本是《聊斋志异》的重要版本，对研究《聊斋志异》有着十分重要的价值。

此次点校整理，以《铸雪斋抄本聊斋志异》为底本，对其中的残缺、错漏之处，依据别本加以更正，不一一出校记。

序

志而曰异，明其不同于常也。然而圣人曰：“君子以同而异。”何耶？其义广矣，大矣。夫圣人之言，虽多主于人事，而吾谓三才之理，六经之文，诸圣之义，可一以贯之。则谓异之为义，即易之冒道，无不可也。夫人但知居仁由义，克己复礼，足为善人君子矣。而陟降而在帝左右，祷祝而感召风雷，乃近于巫祝之说者，何耶？神禹创铸九鼎，而《山海》一经，复垂万世，岂上古圣人而喜语怪乎？抑争“子虚”“乌有”之赋心，预为分道扬镳者地乎？后世拘墟之士，双瞳如豆，一叶迷山，目所不见，率以仲尼“不语”为辞，不知鹢飞石陨，是何人载笔尔尔也？倘概以左氏之诬蔽之，无异掩耳者高语无雷矣。引而伸之，即“阊阖九天，衣冠万国”之句，深山穷谷中人，亦以为欺我无疑也。余谓：欲读天下之奇书，须明天下之大道。盖以人伦大道，淑世者圣人之所以为木铎也。然而天下有解人，则虽言孔子之“不语”者，皆足辅功令教化之所不及。而诺皋、夷坚，亦可与《六经》同功。苟非其人，则虽日述孔子之所常言，而皆足以佐慝。如读南子之见，则以为淫辟皆可周旋，泥佛肸之往，则以为叛逆不妨共事，不止诗书发冢，周官资篡已也。彼拘墟之士多疑者，其言则未尝不近于正也。一则疑曰：政教自堪治世，因果无乃渺茫乎？曰：是也。然而阴骘上帝，幽有鬼神，亦圣人之言否乎？彼彭生豕面，申生语巫，武照宫中，田蚡枕畔，九幽斧钺，严于王章多矣。而世人往往多疑者，以报应之或爽，诚有可疑。即如圣门之士，贤隽无多，德行四人，二者夭亡，一厄继母，几乎同于伯奇。天道憒憒，一至此乎！是非远洞三世，不足消释群憾。释迦马麦，袁盎人疮，世亦安能知之？故非天道愦愦，人自愦愦故也。或再疑曰：报应示戒可矣，妖邪不宜黜乎？曰：是也。然而天地大矣，无所不有，古今变矣，未可舟胶，人世不皆君子，阴曹反皆正人乎？岂夏姬谢世，便侪共姜，荣公撤瑟，可参孤竹乎？有以知其必不然矣。且江河日下，人鬼颇同，不则幽冥之中，反是圣贤道场，日日唐虞三代，有是理乎？或又疑而且规之曰：异事，世固间有之矣，或亦不妨抵掌，而竟驰想天外，幻迹人区，无乃为齐谐滥觞乎？曰：是也。然子长列传，不厌滑稽，卮言寓言，蒙庄嚆矢，且二十一史果皆实录乎？仙人之议李郭也，固有遗憾久矣，而况勃窣文心，笔补造化，不止生花，且同炼石。佳狐佳鬼之奇俊也，降福既以孔皆，敦伦更复无斁，人中大贤，犹有愧焉。是在解人不为法缚，不死句下可也。夫中郎帐底，应饶子家之异味，邺侯架上，何须兔册之常诠？愿为婆娑艺林者，职调人之役焉。古人著书，其正也，则以天常民彝为则，使天下之人，听一事，如闻雷霆，奉一言，如亲日月。外此，而书或奇也，则新鬼故鬼，鲁庙依稀，内蛇外蛇，郑门踯躅，非尽矫诬也。倘尽以“不语”二字奉为金科，则萍实、商羊、羵羊、楛矢，但当摇首闭目而谢之足矣。然乎否耶？吾愿读书之士，揽此奇文，须深慧业，眼光如电，墙壁皆通，能知作者之意，并能知圣人或雅言、或罕言、或不语之故，则《六经》之义，三才之统，诸圣之衡，一一贯之。异而同者，忘其异焉可矣。不然，痴人每苦情深，入耳便多濡首，一字魂飞，心月之精灵冉冉，三生梦渺，牡丹之亭下依依。檀板动而忽来，桃茢遣而不去，君将为魍魉曹丘生，仆何辞齐谐、鲁仲连乎？

康熙已未春日穀旦紫霞道人高珩题

序

谚有之云:“见橐驼谓马肿背。”此言虽小,可以喻大矣。夫人于目所见者为有,所不见者为无,曰:此其常也。倏有而倏无则怪之。至于草木之荣落,昆虫之变化,倏有倏无,又不之怪,而独于神龙则怪之。彼万窍之刁刁,百川之活活,无所持之而动,无所激之而鸣,岂非怪乎?又习而安焉。独至于鬼狐则怪之,至于人则又不怪。夫人,则亦谁持之而动,谁激之而鸣者乎?莫不曰:“我实为之。”夫我之所以为我者,目能视而不能视其所以视,耳能闻而不能闻其所以闻,而况于见闻所不及者乎?夫见闻所及以为有,所不及以为无,其为见闻也几何矣?人之言曰:“有形形者,有物物者。”而不知有以无形为形,无物为物者。夫无形无物,则耳目穷矣,而不可谓之无也。有见蚊睫者,有不见泰山者。有闻蚁斗者,有不闻雷鸣者。见闻之不同者,聋瞽未可妄论也。自小儒为“人死如风火散”之说,而原始要终之道,不明于天下,于是所见者愈少,所怪者愈多,而“马肿背”之说昌行于天下。无可如何,辄以“孔子不语”之辞了之,而齐谐志怪、虞初记异之编,疑信之者参半矣。不知孔子所不语者,乃中人以下不可得而闻者耳,而谓《春秋》删神怪哉!留仙蒲子,幼而颖异,长而特达。下笔风起云涌,能为记载之言。于制艺举业之暇,凡所见闻,辄为笔记,大要皆鬼狐怪异之事。向得其一卷,辄为人取去。今再得其一卷阅之,凡为余所习知者,十之三四,最足以破小儒拘墟之见,而与夏虫语冰也。予谓事无论常怪,但以有害于人者为妖。故日蚀星陨,鹢飞鹆巢,石言龙斗,不可谓异,惟土木甲兵之不时,与乱臣贼子,乃为妖异耳。今观留仙所著,其论断大义,皆本于赏善罚淫与安义命之旨,足以开物而成务,正如扬云《法言》,桓谭谓其必传矣。

康熙壬戌仲秋既望豹岩樵史唐梦赉题

自　　序

披萝带荔，三闾氏感而为骚，牛鬼蛇神，长爪郎吟而成癖。自鸣天籁，不择好音，有由然矣。松落落秋萤之火，魑魅争光，逐逐野马之尘，魍魉见笑。才非干宝，雅爱搜神，情类黄州，喜人谈鬼，闻则命笔，遂以成篇。久之，四方同人，又以邮筒相寄，因而物以好聚，所积益伙。甚者人非化外，事或奇于断发之乡，睫在眼前，怪有过于飞头之国。遄飞逸兴，狂固难辞，永托旷怀，痴且不讳。展如之人，得勿向我胡卢耶？然五父衢头，或涉滥听，而三生石上，颇悟前因。放纵之言，有未可概以人废者。松悬弧时，先大人梦一病瘠瞿昙，偏袒入室，药膏如钱，圆粘乳际。寤而松生，果符墨志。且也少羸多病，长命不犹。门庭之凄寂，则冷淡如僧，笔墨之耕耘，则萧条似钵。每搔头自念：勿亦面壁人果吾前身耶？盖有漏根因，未结人天之果，而随风荡堕，竟成藩溷之花。茫茫六道，何可谓无其理哉！独是子夜荧荧，灯昏欲蕊，萧斋瑟瑟，案冷疑冰。集腋为裘，妄续《幽冥》之录，浮白载笔，仅成孤愤之书：寄托如此，亦足悲矣！嗟乎！惊霜寒雀，抱树无温，吊月秋虫，偎栏自热，知我者，其在青林黑塞间乎！

柳泉自题

题　辞

姑妄言之姑听之，豆棚瓜架雨如丝。料应厌作人间语，爱听秋坟鬼唱时。

渔洋老人题

冥搜镇日一编中，多少幽魂晓梦通。五夜燃犀探秘录，十年纵博借神丛。董狐岂独人伦鉴，干宝真传造化功。常笑阮家无鬼论，愁云飒飒起悲风。

卢家冥会自依稀，金碗千年有是非。莫向酉阳称杂俎，还从禹穴问灵威。临风木叶山魈下，研露空庭独鹤飞。君自闲人堪说鬼，季龙鸥鸟日相依。

搦管萧萧冷月斜，漆灯射影走金蛇。鄉嬛洞里传千载，嵩岳云中迸九华。但使后庭歌玉树，无劳前席问长沙。庄周漫说徐无鬼，惠子书成已满车。

戊子昆仑外史张笃庆题

冥搜研北隐墙东，腹笥言泉试不穷。秋树根旁一披读，灯昏风急雨蒙蒙。

香茅结就新亭小，睡觉桐阴一欠伸。君试妄言余妄听，不妨狐窟号诗人。

捃摭成编载一车，诙谐玩世意何如？山精野鬼纷纷是，不见先生志异书。

丙戌橡村居士题于济上

埋头学执化人祛，荦落文园赋子虚。忽地籁从天际发，披襟快读帐中书。

干宝当年鬼董狐，巢居穴处总模糊。而今重把温犀照，牛鬼蛇神果有无？

一生遭尽揶揄笑，伸手还生五色烟。但学青牛真秘诀，不须更问野狐禅。

眼界从教大地宽，嫏嬛洞里见青天。贾生前席还应接，翻尽人间括异编。

乾隆辛未九秋，练塘渔人题

庄语难谐世，拂残编，《搜神》《博物》，谈仙说鬼。一盏客灯秋雨夜，风戛窗棂破纸，仿佛听枫根环佩。石上三生来噩梦，尽丝缠一缕春蚕死。勘破者，惟君耳。　　寓言十九逢场戏，喜开函，淋漓载笔，吾家良史。鬼唱狐鸣兼虱赋，不止槐安穴蚁。真面目谁非谁是？我欲乘风天外去，看鸡虫得失原如此。须记取，蒙庄子。（寄调《贺新凉》）

平原董元度寄庐氏题

目　　次

第　一　卷

第　二　卷

第三卷

第　四　卷

第　五　卷

第　六　卷

第七卷

第八卷

第　九　卷

第　十　卷

第十一卷

第十二卷

第　一　卷

考　城　隍

宋公讳焘，邑庠生。一日病卧，见吏人持牒，牵白颠马来，云："请赴试。"公言："文宗未临，何遽得考?"吏不言，但敦促之。公力病乘马从去。路甚生疏。至一城郭，如王者都。移时入府廨，宫室壮丽。上坐十余官，都不知何人，惟关壮缪可识。檐下设几、墩各二，先有一秀才坐其末，公便与连肩。几上各有笔札。俄题纸飞下，视之八字，云："一人二人，有心无心。"二公文成，呈殿上。公文中有云："有心为善，虽善不赏；无心为恶，虽恶不罚。"诸神传赞不已。召公上，谕曰："河南缺一城隍，君称其职。"公方悟，顿首泣曰："辱膺宠命，何敢多辞?但老母七旬，奉养无人，请得终其天年，惟听录用。"上一帝王像者，即命稽母寿籍。有长须吏，捧册翻阅一过，白："有阳算九年。"共踌躇间，关帝曰："不妨令张生摄篆九年，瓜代可也。"乃谓公："应即赴任，今推仁孝之心，给假九年，及期当复相召。"又勉励秀才数语。二公稽首并下。秀才握手，送诸郊野，自言长山张某。以诗赠别，都忘其词，中有"有花有酒春常在，无烛无灯夜自明"之句。

公既骑，乃别而去。及抵里，豁若梦寤。时卒已三日。母闻棺中呻吟，扶出，半日始能语。问之长山，果有张生，于是日死矣。后九年，母果卒。营葬既毕，浣濯入室而没。其岳家居城中西门里，忽见公镂膺朱帻，舆马甚众，登其堂，一拜而行。相共惊疑，不知其为神。奔询乡中，则已殁矣。公有自记小传，惜乱后无存，此其略耳。

耳中人

谭晋玄,邑诸生也。笃信导引之术,寒暑不辍。行之数月,若有所得。一日,方趺坐,闻耳中小语如蝇曰:“可以见矣。”开目即不复闻,合眸定息,又闻如故。谓是丹将成,窃喜。自是每坐辄闻。因俟其再言,当应以觇之。一日又言,乃微应曰:“可以见矣。”俄觉耳中习习然,似有物出。微睨之,小人长三寸许,貌狞恶如夜叉状,旋转地上。心窃异之,姑凝神以观其变。忽有邻人假物,叩门而呼。小人闻之,意张皇,绕屋而转,如鼠失窟。谭觉神魂俱失,复不知小人何所之矣。遂得颠疾,号叫不休,医药半年,始渐愈。

尸变

阳信某翁者,邑之蔡店人。村去城五六里,父子设临路店,宿行商。有车夫数人,往来负贩,辄寓其家。

一日昏暮,四人偕来,望门投止,则翁家客宿邸满。四人计无复之,坚请容纳。翁沉吟思得一所,似恐不当客意。客言:“但求一席厦宇,更不敢有所择。”时翁有子妇新死,停尸室中,子出购材木未归。翁以灵所室寂,遂穿衢导客往。入其庐,灯昏案上,案后有搭帐衣,纸衾覆逝者。又观寝所,则复室中有连榻。四客奔波颇困,甫就枕,鼻息渐粗。惟一客尚蒙眬,忽闻床上察察有声,急开目,则灵前灯火,照视甚了:女尸已揭衾起,俄而下,渐入卧室。面淡金色,生绢抹额。俯近榻前,遍吹卧客者三。客大惧,恐将及己,潜引被覆首,闭息忍咽以听之。未几,女果来,吹之如诸客。觉出房去,即闻纸衾声。出首微窥,见僵卧犹初矣。客惧甚,不敢作声,阴以足踏诸客,而诸客绝无少动。顾念无计,不如着衣以窜。才起振衣,而察察之声又作。客惧,复伏,缩首衾中。觉女复来,连续吹数数始去。少间,闻灵床作响,知其复卧,乃从被底渐渐出手得裤,遽就着之,白足奔出。尸亦起,似将逐客。比其离帏,而客已拔关出矣。尸驰从之。客且奔且号,村中人无有警者。欲叩主人之门，又恐迟为所及，遂望邑城路，极力窜去。至东郊，瞥见兰若，闻木鱼声，乃急挝山门。道人讶其非常，又不即纳。旋踵，尸已至，去身盈尺，客窘益甚。门外有白杨，围四五尺许，因以树自障。彼右则左之，彼左则右之。尸益怒。然各浸倦矣。尸顿立。客汗促气逆，庇树间。尸暴起，伸两臂隔树探扑之。客惊仆。尸捉之不得，抱树而僵。

道人窃听良久，无声，始渐出，见客卧地上。烛之死，然心下丝丝有动气。负入，终夜始苏。饮以汤水而问之，客具以状对。时晨钟已尽，晓色迷蒙，道人觇树上，果见僵女。大骇，报邑宰。宰亲诣质验。使人拔女手，牢不可开。审谛之，则左右四指，并卷如钩，入木没甲。又数人力拔，乃得下，视指穴如凿孔然。遣役探翁家，则以尸亡客毙，纷纷正哗。役告之故，翁乃从往，舁尸归。客泣告宰曰："身四人出，今一人归，此情何以信乡里？"宰与之牒，赍送以归。

喷　水

莱阳宋玉叔先生为部曹时，所僦第甚荒落。一夜，二婢奉太夫人宿厅上，闻院内扑扑有声，如缝工之喷水者。太夫人促婢起，穴窗窥视，见一老妪，短身驼背，白发如帚，冠一髻，长二尺许，周院环走，疏急作鹅行，且喷水出不穷。婢愕返白。太夫人亦惊起，两婢扶窗下聚观之。妪忽逼窗，直喷棂内。窗纸破裂，三人俱仆，而家人不之知也。东曦既上，家人毕集，叩门不应，方骇。撬扉入，见一主二婢，骈死一室。一婢膈下犹温，扶灌之，移时而醒，乃述所见。先生至，哀愤欲死。细穷没处，掘深三尺余，渐露白发；又掘之，得一尸，如所见状，面肥肿如生。令击之，骨肉皆烂，皮内尽清水。

瞳　人　语

长安士方栋，颇有才名，而佻脱不持仪节。每陌上见游女，辄轻薄尾缀之。清明前一日，偶步郊郭，见一小车，朱茀绣幰，青衣数辈，款段以从。内一婢，乘小驷，容光绝美。稍稍近觇之，见车幔洞开，内坐二八女郎，红妆艳丽，尤生平所未睹。目炫神夺，瞻恋弗舍，或先或后，驰数里。忽闻女郎呼婢近车侧，曰："为我垂帘下。何处风狂儿郎，频来窥瞻！"婢乃下帘，怒顾生曰："此芙蓉城七郎子新妇归宁，非同田舍娘子，放教秀才胡觑！"言已，掬辙土扬生。

生眯目不可开，才一拭视，而车马已渺。惊疑而返，觉目终不快。倩人启睑拨视，则睛上生小翳，经宿益剧，泪簌簌不得止。翳渐大，数日厚如钱。右睛起旋螺，百药无效。懊闷欲绝，颇思自忏悔。闻《光明经》能解厄，持一卷，浼人教诵。初犹烦躁，久渐自安。旦晚无事，惟趺坐捻珠。持之一年，万缘俱净。

忽闻左目中小语如蝇曰："黑漆似，叵耐杀人！"右目中应曰："可同小遨游，出此闷气。"渐觉两鼻中蠕蠕作痒，似有物出，离孔而去。久之乃返，复自鼻入眶中。又言曰："许时不窥园亭，珍珠兰遽枯瘠死！"生素喜香兰，园中多种植，日常自灌溉，自失明，久置不问。忽闻此言，遽问妻："兰花何使憔悴死？"妻诘其所自知，因告之故。妻趋验之，花果槁矣，大异之。静匿房中以俟之，见有小人自生鼻内出，大不及豆，营营然竟出门去，渐远，遂迷所在。俄，连臂归，飞上面，如蜂蚁之投穴者。如此二三日。又闻左言曰："隧道迂，还往甚非所便，不如自启门。"右应曰："我壁子厚，大不易。"左曰："我试辟，得与而俱。"遂觉左眶内隐似抓裂。少顷，开视，豁见几物，喜告妻。妻审之，则脂膜破小窍，黑睛荧荧，才如劈椒。越一宿，幛尽消。细视，竟重瞳也，但右目旋螺如故，乃知两瞳人合居一眶矣。生虽一目眇，而较之双目者，殊更了了。由是益自检束，乡中称盛德焉。

异史氏曰："乡有士人，偕二友于途，遥见少妇控驴出其前，戏而吟曰：'有美人兮！'顾二友曰：'驱之！'相与笑骋。俄追及，乃其子妇。心赧气丧，默不复语。友伪为不知也者，评骘殊亵。士人忸怩，吃吃而言曰：'此长男妇也。'各隐笑而罢。轻薄者往往自侮，良可笑也。至于眯目失明，又鬼神之惨报矣。芙蓉城主，不知何神，岂菩萨现身耶？然小郎君生辟门户，鬼神虽恶，亦何尝不许人自新哉？"

画　壁

江西孟龙潭与朱孝廉客都中。偶涉一兰若，殿宇禅舍，俱不甚弘敞，惟一老僧挂褡其中。见客入，肃衣出迓，导与随喜。殿中塑志公像。两壁画绘精妙，人物如生。东壁画散花天女，内一垂髫者，拈花微笑，樱唇欲动，眼波将流。朱注目久，不觉神摇意夺，恍然凝思。身忽飘飘，如驾云雾，已到壁上。见殿阁重重，非复人世，一老僧说法座上，偏袒绕视者甚众，朱亦杂立其中。少间，似有人暗牵其裾，回顾，则垂髫儿，辗然竟去，履即从之。过曲栏，入一小舍，朱次且不敢前。女回首，摇手中花，遥遥作招状，乃趋之。舍内寂无人，遽拥之，亦不甚拒，遂与狎好。既而闭户去，嘱勿咳。夜乃复至，如此二日。女伴觉之，共搜得生，戏谓女曰："腹内小郎已许大，尚发蓬蓬学处子耶？"共捧簪珥，促令上鬟。女含羞不语。一女曰："妹妹姊姊，吾等勿久住，恐人不欢。"群笑而去。生视女，髻云高簇，鬟凤低垂，比垂髫时尤艳绝也。四顾无人，渐入猥亵，兰麝熏心，乐方未艾。

忽闻吉莫靴铿铿甚厉，缧锁锵然，旋有纷嚣腾辨之声。女惊起，与生窃窥，则见一金甲使者，黑面如漆，绾锁拿槌，众女环绕之。使者曰："全未？"答言："已全。"使者曰："如有藏匿下界人，即共出首，勿贻伊戚。"又同声言："无。"使者反身鹗顾，似将搜匿。女大惧，面如死灰，张皇谓朱曰："可急匿榻下。"乃启壁上小扉，猝遁去。朱伏，不敢少息。俄闻靴声至房内，复出。未几，烦喧渐远，心稍安，然户外辄有往来语论者。朱局蹐既久，觉耳际蝉鸣，目中火出，景状殆不可忍，惟静听以待女归，竟不复忆身之何自来也。时孟龙潭在殿中，转瞬不见朱，疑以问僧。僧笑曰："往听说法去矣。"问："何处？"曰："不远。"少时，以指弹壁而呼曰："朱檀越何久游不归？"旋见壁间画有朱像，倾耳伫立，若有听察。僧又呼曰："游侣久待矣。"遂飘忽自壁而下，灰心木立，目瞪足耎。孟大骇，从容问之，盖方伏榻下，闻叩声如雷，故出房窥听也。共视拈花人，螺髻翘然，不复垂髫矣。朱惊拜老僧，而问其故。僧笑曰："幻由人生，贫道何能解？"朱气结而不扬，孟心骇叹而无主,即起,历阶而出。

山 魈

孙太白尝言:其曾祖肄业于南山柳沟寺。麦秋旋里,经旬始返。启斋门,则案上尘生,窗间丝满。命仆粪除,至晚始觉清爽可坐。乃拂榻陈卧具,扃扉就枕,月色已满窗矣。辗转移时,万籁俱寂。忽闻风声隆隆,山门忽然作响,窃谓寺僧失扃。注念间,风声渐近居庐,俄而房门辟矣。大疑之。思未定,声已入屋。又有靴声铿铿然,渐傍寝门。心始怖。俄而寝门辟矣。急视之,一大鬼鞠躬塞入,突立榻前,殆与梁齐,面似老鸦皮色,目光睒闪,绕室四顾,张巨口如盆,齿疏疏长三寸许,舌动喉鸣,呵喇之声,响连四壁。公惧极,又念咫尺之地,势无所逃,不如因而刺之,乃阴抽枕下佩刀,遽拔而斫之,中腹,作石缶声。鬼大怒,伸巨爪攫公。公少缩,鬼攫得衾,捽之,忿忿而去。公随衾堕,伏地号呼。家人持火奔集,则门闭如故,排窗入,见公状,大骇。扶曳登床,始言其故。共验之,则衾夹于寝门之隙。启扉检照,见有爪痕如箕,五指着处皆穿。既明,不敢复留,负笈而归。后问僧人,无复他异。

咬 鬼

沈麟生云:其友某翁者,夏月昼寝,蒙眬间,见一女子搴帘入,以白布裹首,缞服麻裙,向内室去,疑邻妇访内人者。又转念,何遽以凶服入人家?正自皇惑,女子已出。细审之,年可三十余,颜色黄肿,眉目蹙蹙然,神情可畏。又逡巡不去,渐逼近榻。遂伪睡,以观其变。无何,女子摄衣登床,压腹上,觉如百钧重。心虽了了,而举其手,手如缚,举其足,足如痿也。急欲号救,而苦不能声。女子以喙嗅翁面,颧鼻眉额殆遍。觉喙冷如冰,气寒透骨。翁窘急中,思得计:待嗅至颐颊,当即因而啮之。未几,果及颐。翁乘势力龁其颧,齿没于肉。女负痛身离,且挣且啼。翁龁益力,但觉血液交颐,湿流枕畔。相持正苦，庭外忽闻夫人声，急呼有鬼，一缓颊而女子已飘忽遁去。夫人奔入，无所见，笑其魇梦之诬。翁述其异，且言有血证焉。相与检视，如屋漏之水，流浃枕席。伏而嗅之，腥臭异常。翁乃大吐。过数日，口中尚有余臭云。

捉 狐

孙翁素有胆。一日昼卧，仿佛有物登床，遂觉身摇摇如驾云雾。窃意无乃魇狐耶？微窥之，物如猫，黄毛而碧嘴，自足边来。蠕蠕伏行，如恐翁寤。逡巡附体，着足足痿，着股股耎。甫及腹，翁骤起，按而捉之，握其项。物鸣急莫能脱。翁亟呼夫人，以带系其腰。乃执带之两端，笑曰："闻汝善化，今注目在此，看作如何化法。"言次，物忽缩其腹，细如管，几脱去。翁乃大愕，急力缚之，则又鼓其腹，粗于碗，坚不可下。力稍懈，又缩之。翁恐其脱，命夫人急杀之。夫人张皇四顾，不知刀之所在。翁左顾示以处。比回首，则带在手如环然，物已渺矣。

荞 中 怪

长山安翁者，性喜操农功。秋间荞熟，刈堆陇畔。时近村有盗稼者，因命佃人，乘月辇运登场。俟其装载归，而自留逻守。遂枕戈露卧。目稍瞑，忽闻有人践荞根，咋咋作响。心疑暴客，急举首，则一大鬼，高丈余，赤发髯须，去身已近。大怖，不遑他计，踊身暴起，狠刺之，鬼鸣如雷而逝。恐其复来，荷戈而归。迎佃人于途，告以所见，且戒勿往。众未深信。越日，曝麦于场，忽闻空际有声，翁骇曰："鬼物来矣！"乃奔，众亦奔。移时复聚，翁命多设弓弩以俟之。异日，果复来。数矢齐发，物惧而遁。二三日竟不复来。麦既登仓，禾秸杂沓，翁命收积为垛，而亲登践实之，高至数尺。忽遥望骇曰："鬼物至矣！"众急觅弓矢，物已奔翁。翁仆，龁其额而去。共登视，则去额骨如掌，昏不知人。负至家中，遂卒。后不复见。不知其为何怪也。

宅 妖

长山李公,大司寇之侄也。宅多妖异。尝见厦有春凳,肉红色,甚修润。李以故无此物,近抚按之,随手而曲,殆如肉软。骇而却走。旋回视,则四足移动,渐入壁中。又见壁间倚白梃,洁泽修长。近扶之,腻然而倒,委蛇入壁,移时始没。

康熙十七年,王生浚升设帐其家。日暮,灯火初张,生着履卧榻上,忽见小人,长三寸许,自外入,略一盘旋,即复去。少顷,荷二小凳来,设堂中,宛如小儿辈用粱秸心所制者。又顷之,二小人舁一棺入,长四寸许,停置凳上。安厝未已,一女子率厮婢数人来,率细小如前状。女子衰衣,麻练束腰际,布裹首,以袖掩口,嘤嘤而哭,声类巨蝇。生睥睨良久,毛森立,如霜被于体。因大呼,遽走,颠床下,摇战莫能起。馆中人闻声毕集,堂中人物杳然矣。

王 六 郎

许姓,家淄之北郭,业渔。每夜,携酒河上,饮且渔。饮则酹酒于地,祝云:“河中溺鬼得饮。”以为常。他人渔,迄无所获,而许独满筐。

一夕,方独酌,有少年来,徘徊其侧。让之饮,慨与同酌。既而终夜不获一鱼,意颇失。少年起曰:“请于下流为君驱之。”遂飘然去。少间复返,曰:“鱼大至矣。”果闻唼呷有声。举网而得数头,皆盈尺。喜极,申谢。欲归,赠以鱼,不受,曰:“屡叨佳酝,区区何足云报。如不弃,要当以为常耳。”许曰:“方共一夕,何言屡也?如肯永顾,诚所甚愿,但愧无以为情。”询其姓字,曰:“姓王,无字,相见可呼王六郎。”遂别。明日,许货鱼,益利,沽酒。晚至河干,少年已先在,遂与欢饮。饮数杯,辄为许驱鱼。如是半载,忽告许曰:“拜识清扬,情逾骨肉,然相别有日矣。”语甚凄楚。惊问之,欲言而止者再,乃曰:“情好如吾两人,言之或勿讶耶?今将别,无妨明告:我实鬼也。素嗜酒,沉醉溺死,数年于此矣。前君之获鱼,独胜于他人者,皆仆之暗驱,以报酹奠耳。明日业满，当有代者，将往投生。相聚只今夕，故不能无感。”许初闻甚骇，然亲狎既久，不复恐怖。因亦欷歔酌而言曰：“六郎饮此，勿戚也。相见遽违，良足悲恻，然业满劫脱，正宜相贺，悲乃不伦。”遂与畅饮。因问：“代者何人？”曰：“兄于河畔视之，亭午，有女子渡河而溺者是也。”听村鸡既唱，洒涕而别。明日，敬伺河边，以觇其异。果有妇人抱婴儿来，及河而堕。儿抛岸上，扬手掷足而啼。妇沉浮者屡矣，忽淋淋攀岸以出，藉地少息，抱儿径去。当妇溺时，意良不忍，思欲奔救，转念是所以代六郎者，故止不救。及妇自出，疑其言不验。抵暮，渔旧处。少年复至，曰：“今又聚首，且不言别矣。”问其故。曰：“女子已相代矣，仆怜其抱中儿，代弟一人，遂残二命，故舍之。更代不知何期，或吾两人之缘未尽耶？”许感叹曰：“此仁人之心，可以通上帝矣。”由此相聚如初。

数日，又来告别，许疑其复有代者。曰：“非也。前一念恻隐，果达帝矣。今授为招远县邬镇土地，来日赴任。倘不忘故交，当一往探，勿惮修阻。”许贺曰：“君正直为神，甚慰人心。但人神路隔，即不惮修阻，将复如何？”少年曰：“但往，勿虑。”再三叮咛而去。许归，即欲制装东下。妻笑曰：“此去数百里，即有其地，恐土偶不可以共语。”许不听，竟抵招远。问之居人，果有邬镇。寻至其处，息肩逆旅，问祠所在。主人惊曰：“得无客姓为许？”许曰：“然。何见知？”又曰：“得勿客邑为淄？”曰：“然。何见知？”主人不答，遽出。俄而丈夫抱子，媳女窥门，杂沓而来，环如墙堵。许益惊。众乃告曰：“数夜前，梦神言：淄川许友当即来，可助一资斧。祗候已久。”许亦异之，乃往祭于祠而祝曰：“别君后，寤寐不去心，远践曩约。又蒙梦示居人，感篆中怀。愧无腆物，仅有卮酒，如不弃，当如河上之饮。”祝毕，焚钱纸。俄见风起座后，旋转移时，始散。至夜，梦少年来，衣冠楚楚，大异平时，谢曰：“远劳顾问，喜泪交并，但任微职，不便会面，咫尺河山，甚怆于怀。居人薄有所赠，聊酬夙好。归如有期，尚当走送。”居数日，许欲归。众留殷勤，朝请暮邀，日更数主。许坚辞欲行。众乃折柬抱襆，争来致赆，不终朝，馈遗盈橐。苍头稚子毕集，祖送出村。欻有羊角风起，随行十余里。许再拜曰：“六郎珍重！勿劳远涉。君心仁爱，自能造福一方，无庸故人嘱也。”风盘旋久之，乃去。村人亦嗟讶而返。

许归，家稍裕，遂不复渔。后见招远人问之，其灵应如响云。或言即章丘石坑庄，未知孰是。

异史氏曰：“置身青云，无忘贫贱，此其所以神也。今日车中贵介，宁复识戴笠人哉？余乡有林下者，家綦贫。有童稚交，任肥秩，计投之必相周顾。竭力办装，奔涉千里，殊失所望。泻囊货骑，始得归。其族弟甚谐，作月令嘲之云：‘是月也，哥哥至，貂帽解，伞盖不张，马化为驴，靴始收声。’念此可为一笑。”

偷 桃

童时赴郡试，值春节。旧例，先一日，各行商贾，彩楼鼓吹赴藩司，名曰“演春”。余从友人戏瞩。

是日游人如堵。堂上四官，皆赤衣，东西相向坐。时方稚，亦不解其何官，但闻人语哜嘈，鼓吹聒耳。忽有一人，率披发童，荷担而上，似有所白，万声汹动，亦不闻其为何语。但视堂上作笑声，即有青衣人大声命作剧。其人应命方兴，问：“作何剧？”堂上相顾数语。吏下宣问所长，答言：“能颠倒生物。”吏以白官。少顷复下，命取桃子。

术人应诺，解衣覆笥上，故作怨状，曰：“官长殊不了了！坚冰未解，安所得桃？不取，又恐为南面者怒，奈何！”其子曰：“父已诺之，又焉辞？”术人惆怅良久，乃曰：“我筹之烂熟。春初雪积，人间何处可觅？惟王母园中，四时常不凋谢，或有之。必窃之天上，乃可。”子曰：“嘻！天可阶而升乎？”曰：“有术在。”乃启笥，出绳一团，约数十丈，理其端，望空中掷去，绳即悬立空际，若有物以挂之。未几，愈掷愈高，渺入云中，手中绳亦尽，乃呼子曰：“儿来！余老惫，体重拙，不能行，得汝一往。”遂以绳授子，曰：“持此可登。”子受绳，有难色，怨曰：“阿翁亦大愦愦！如此一线之绳，欲我附之，以登万仞之高天，倘中道断绝，骸骨何存矣！”父又强呜拍之，曰：“我已失口，追悔无及，烦儿一行。儿勿苦，倘窃得来，必有百金赏，当为儿娶一美妇。”子乃持索，盘旋而上，手移足随，如蛛趁丝，渐入云霄，不可复见。久之，坠一桃，如碗大。术人喜，持献公堂。堂上传示良久，亦不知其真伪。

忽而绳落地上，术人惊曰："殆矣！上有人断吾绳，儿将焉托！"移时，一物坠，视之，其子首也。捧而泣曰："是必偷桃，为监者所觉。吾儿休矣！"又移时，一足落。无何，肢体纷坠，无复存者。术人大悲，一一拾置笥中而阖之，曰："老夫止此儿，日从我南北游。今承严命，不意罹此奇惨！当负去瘗之。"乃升堂而跪，曰："为桃故，杀吾子矣！如怜小人而助之葬，当结草以图报耳。"坐官骇诧，各有赐金。

术人受而缠诸腰，乃叩笥而呼曰："八八儿，不出谢赏，将何待？"忽一蓬头童首抵笥盖而出，望北稽首，则其子也。以其术奇，故至今犹记之。后闻白莲教能为此术，意此其苗裔耶？

种　梨

有乡人货梨于市，颇甘芳，价腾贵。有道士破巾絮衣，丐于车前。乡人咄之，亦不去。乡人怒，加以叱骂。道士曰："一车数百颗，老衲止丐其一，于居士亦无大损，何怒为？"观者劝置劣者一枚令去，乡人执不肯。

肆中佣保者，见喋聒不堪，遂出钱市一枚，付道士。道士拜谢，谓众曰："出家人不解吝惜。我有佳梨，请出供客。"或曰："既有之，何不自食？"曰："我特需此核作种。"于是掬梨啖且尽，把核于手，解肩上镵，坎地深数寸，纳之而覆以土，向市人索汤沃灌。好事者于临路店索得沸沈，道士接浸坎上。万目攒视，见有勾萌出，渐大，俄成树，枝叶扶苏，倏而花，倏而实，硕大芳馥，累累满树。道士乃即树头摘赐观者，顷刻向尽。已，乃以镵伐树，丁丁良久，方断。带叶荷肩头，从容徐步而去。

初，道士作法时，乡人亦杂立众中，引领注目，竟忘其业。道士既去，始顾车中，则梨已空矣。方悟适所俵散，皆己物也。又细视车上一靶亡，是新凿断者。心大愤恨，急迹之，转过墙隅，则断靶弃垣下，始知所伐梨本，即是物也。道士不知所在。一市粲然。

异史氏曰："乡人愦愦，憨状可掬，其见笑于市人，有以哉。每见乡中称素丰者，良朋乞米，则怫然，且计曰：‘是数日之资也。’或劝济一危难，饭一茕独，则又忿然，又计曰：‘此十人、五人之食也。’甚而父子兄弟，较尽锱铢。及至淫博迷心，则倾囊不吝，刀锯临颈，则赎命不遑。诸如此类，正不胜道，蠢尔乡人，又何足怪。”

劳 山 道 士

邑有王生，行七，故家子。少慕道，闻劳山多仙人，负笈往游。登一顶，有观宇，甚幽。一道士坐蒲团上，素发垂领，而神光爽迈。叩而与语，理甚玄妙。请师之。道士曰：“恐娇惰不能作苦。”答言：“能之。”其门人甚众，薄暮毕集。王俱与稽首，遂留观中。

凌晨，道士呼王去，授一斧，使随众采樵。王谨受教。过月余，手足重茧，不堪其苦，阴有归志。一夕归，见二人与师共酌，日已暮，尚无灯烛。师乃剪纸如镜，粘壁间。俄顷，月明辉室，光鉴毫芒。诸门人环听奔走。一客曰：“良宵胜乐，不可不同。”乃于案上取酒壶，分赉诸徒，且嘱尽醉。王自思：七八人，壶酒何能遍给？遂各觅盎盂，竞饮先釂，惟恐樽尽。而往复挹注，竟不少减。心奇之。俄一客曰：“蒙赐月明之照，乃尔寂饮，何不呼嫦娥来？”乃以箸掷月中。见一美人，自光中出。初不盈尺，至地遂与人等。纤腰秀项，翩翩作“霓裳舞”。已而歌曰：“仙仙乎，而还乎，而幽我于广寒乎！”其声清越，烈如箫管。歌毕，盘旋而起，跃登几上，惊顾之间，已复为箸。三人大笑。又一客曰：“今宵最乐，然不胜酒力矣。其饯我于月宫可乎？”三人移席，渐入月中。众视三人，坐月中饮，须眉毕见，如影之在镜中。移时，月渐暗，门人燃烛来，则道士独坐而客杳矣，几上肴核尚故，壁上月，纸圆如镜而已。道士问众：“饮足乎？”曰：“足矣。”“足宜早寝，勿误樵苏。”众诺而退。王窃欣慕，归念遂息。

又一月，苦不可忍，而道士并不传教一术，心不能待，辞曰：“弟子数百里受业仙师，纵不能得长生术，或小有传习，亦可慰求教之心。今阅两三月，不过早樵而暮归。弟子在家，未谙此苦。”道士笑曰：“我固谓不能作苦，今果然。明早当遣汝行。”王曰：“弟子操作多日，师略授小技，此来为不负也。”道士问：“何术之求？”王曰：“每见师行处，墙壁所不能隔，但得此法足矣。”道士笑而允之。乃传一诀，令自咒毕，呼曰：“入之！俯首辄入，勿逡巡！”王果去墙数步，奔而入，及墙，虚若无物，回视，果在墙外矣。大喜，入谢。道士曰：“归宜洁持，否则不验。”遂助资斧遣归。抵家，自诩遇仙，坚壁所不能阻。妻不信。王效其作为，去墙数尺，奔而入，头触硬壁，蓦然而踣。妻扶视之，额上坟起，如巨卵焉。妻揶揄之。王惭忿，骂老道士之无良也已。

异史氏曰：“闻此事，未有不大笑者，而不知世之为王生者，正复不少。今有伧父，喜疢毒而畏药石，遂有吮痈舐痔者，进宣威逞暴之术，以迎其旨，绐之曰：‘执此术也以往，可以横行而无碍。’初试未尝不小效，遂谓天下之大，举可以如是行矣，势不至触硬壁而颠蹶不止也。”

长　清　僧

长清僧，道行高洁，年八十余犹健，一日颠仆不起，寺僧奔救，已圆寂矣。僧不自知死，魂飘去，至河南界。河南有故绅子，率十余骑，按鹰猎兔，马逸，坠毙。僧魂适值，翕然而合，遂渐苏。厮仆环问之，张目曰：“胡至此！”众扶归。入门，则粉白黛绿者，纷集顾问。大骇曰：“我僧也，胡至此！”家人以为妄，共提耳悟之。僧亦不自申解，但闭目不复有言。饷以脱粟则食，酒肉则拒。夜独宿，不受妻妾奉。数日后，忽思少步，众皆喜。既出，少定，即有诸仆纷来，钱簿谷籍，杂请会计。公子托以病倦，悉卸绝之，惟问：“山东长清县，知之否？”共答：“知之。”曰：“我郁无聊赖，欲往游瞩，宜即治任。”众谓新瘳，未应远涉，不听，翼日遂发。抵长清，视风物如昨。无烦问途，竟至兰若。弟子数人见贵客至，伏谒甚恭。乃问：“老僧焉往？”答云：“吾师曩已物化。”问墓所，群导以往，则三尺孤坟，荒草犹未合也。众僧不知何意。既而戒马欲归，嘱曰：“汝师戒行之僧，所遗手泽，宜恪守，勿俾损坏。”众唯唯。乃行。既归，灰心木坐，了不勾当家务。居数月，出门自遁，直抵旧寺，谓弟子曰：“我即汝师。”众疑其谬，相视而笑。乃述返魂之由，又言生平所为，悉符。众乃信，居以故榻，事之如平日。后公子家屡以舆马来，哀请之，略不顾瞻。又年余，夫人遣纪纲至，多所馈遗，金帛皆却之，惟受布袍一袭而已。友人或至其乡，敬造之，见其人默然诚笃，年仅三十，而辄道其八十余年事。

异史氏曰："人死则魂散，其千里而不散者，性定故耳。余于僧，不异之乎其再生，而异之乎其入纷华靡丽之乡，而能绝人以逃世也。若眼睛一闪，而兰麝熏心，有求死而不得者矣，况僧乎哉！"

蛇 人

东郡某甲，以弄蛇为业，尝蓄驯蛇二，皆青色：其大者呼之大青，小曰二青。二青额有赤点，尤灵驯，盘旋无不如意。蛇人爱之，异于他蛇。期年，大青死，思补其缺，未暇遑也。一夜，寄宿山寺。既明，启笥，二青亦渺。蛇人怅恨欲死，冥搜亟呼，迄无影兆。然每至丰林茂草，辄纵之去，俾得自适，寻复返，以此故，冀其自至。坐伺之，日既高，亦已绝望，怏怏遂行。出门数武，闻丛薪错楚中，窸窣作响，停趾愕顾，则二青来也。大喜，如获拱璧。息肩路隅，蛇亦顿止。视其后，小蛇从焉。抚之曰："我以汝为逝矣。小侣而所荐耶？"出饵饲之，兼饲小蛇。小蛇虽不去，然瑟缩不敢食。二青含哺之，宛似主人之让客者。蛇人又饲之，乃食。食已，随二青俱入笥中。荷去教之，旋折辄中规矩，与二青无少异，因名之小青。衒技四方，获利无算。

大抵蛇人之弄蛇也，止以二尺为率，大则过重，辄便更易。——缘二青驯，故未遽弃。又二三年，长三尺余，卧则笥为之满，遂决去之。一日，至淄邑东山间，饲以美饵，祝而纵之。既去，顷之复来，蜿蜒笥外。蛇人挥曰："去之！世无百年不散之筵。从此隐身大谷，必且为神龙。笥中何可以久居也？"蛇乃去，已而复返，挥之不去，以首触笥。小青在中，亦震震而动。蛇人悟曰："得毋欲别小青也？"乃发笥。小青径出，因与交首吐舌，似相告语。已而委蛇并去。方意小青不还，俄而踽踽独来，竟入笥卧。由此随在物色，迄无佳音。而小青亦渐大，不可弄。后得一头，亦颇驯，然终不如小青良，而小青粗于儿臂矣。

先是，二青在山中，樵人多见之。又数年，长数尺，围如碗，渐出逐人，因而行旅相戒，罔敢出其途。一日，蛇人经其处，蛇暴出如风。蛇人大怖而奔，蛇逐益急，回顾已将及矣。而视其首，朱点俨然，始悟为二青。下担呼曰："二青，二青！"蛇顿止，昂首久之，纵身绕蛇人，如昔弄状。觉其意殊不恶，但躯巨重，不胜其绕，仆地呼祷，乃释之。又以首触笥。蛇人悟其意，开笥出小青。二蛇相见，交缠如饴糖状，久之始开。蛇人乃祝小青曰："我久欲与汝别，今有伴矣。"谓二青曰："原君引之来，可还引之去。更嘱一言：深山不乏饮食，勿扰行人，以犯天谴。"二蛇垂头，似相领受。遽起，大者前，小者后，过处林木为之中分。蛇人伫立望之，不见乃去。此后行人如常，不知二蛇何往也。

异史氏曰："蛇，蠢然物耳，乃恋恋有故人之意，且其从谏也如转圜。独怪俨然而人也者，以十年把臂之交，数世蒙恩之主，转思下井复投石焉，又不然，则药石相投，悍然不顾，且怒而仇焉者，不且出斯蛇下哉！"

斫 蟒

胡田村胡姓者，兄弟采樵，深入幽谷。遇巨蟒，兄在前，为所吞。弟初骇欲奔，见兄被噬，遂怒出樵斧，斫蛇首，首伤而吞不已。然头虽已没，幸肩际不能下。弟急极无计，乃两手持兄足，力与蟒争，竟曳兄出。蟒亦负痛去。视兄，则鼻耳俱化，奄将气尽。肩负以行，途中凡十余息，始至家。医养半年，方愈。至今面目皆瘢痕，鼻耳惟孔存焉。噫！农人中，乃有弟弟如此哉！或言："蟒不为害，乃德义所感。"信然！

真 定 女

真定界有孤女，方六七岁，收养于夫家。相居二三年，夫诱与交而孕。腹膨膨而以为病也，告之母。母曰："动否？"曰："动。"又益异。

然以其齿太稚，不敢决。未几，生男。母叹曰：“不图拳母，竟生锥儿！”

犬 奸

青州贾某，客于外，恒经岁不归。家畜一白犬，妻引与交，习为常。一日，夫归，与妻共卧，犬突入，登榻，啮贾人竟死。后里舍稍闻之，共为不平，鸣于官。官械妇，妇不肯伏，收之。命缚犬来，始取妇出。犬忽见妇，直前碎衣作交状。妇始无词。使两役解部院，一解人而一解犬。有欲观其合者，共敛钱赂役，役乃牵聚令交。所止处，观者常百人，役以此网利焉。后人犬俱寸磔以死。呜呼！天地之大，真无所不有矣。然人面而兽交者，独一妇也乎哉？

异史氏为之判曰：“会于濮上，古所交讥。约于桑中，人且不齿。乃某者，不堪雌守之苦，浪思苟合之欢。夜叉伏床，竟是家中牝兽；捷卿入窦，遂为被底情郎。云雨台前，乱摇续貂之尾；温柔乡里，频款曳象之腰。锐锥处于皮囊，一纵股而脱颖；留情结于镞项，甫饮羽而生根。忽思异类之交，真属匪夷之想。龙吠奸而为奸，妒残凶杀，律难治以萧曹。人非兽而实兽，奸秽淫腥，肉不食于豺虎。呜呼！人奸杀，则女拟以剐，至于犬奸杀，阳世遂无其刑。人不良，则罚人作犬，至于犬不良，阴曹应穷于法。宜支解以追魂魄，请押赴以问阎罗。”

雹 神

王公筠仓，莅任楚中，拟登龙虎山谒天师。及湖，甫登舟，即有一人驾小艇来，使舟中人为通。公见之，貌修伟。怀中出天师刺，曰：“闻驺从将临，先遣负弩。”公讶其预知，益神之，诚意而往。天师治具相款。其服役者，衣冠须鬣，多不类常人，前使者亦侍其侧。少间，向天师细语。天师谓公曰：“此先生同乡，不之识耶？”公问之，曰：“此即世所传雹神李左车也。”公愕然改容。天师曰：“适言奉旨雨雹，故告辞耳。”公问：“何处？”曰：“章丘。”公以接壤关切，离席乞免。天师曰：

“此上帝玉敕，雹有额数，何能相徇？”公哀不已。天师垂思良久，乃顾而嘱曰：“其多降山谷，勿伤禾稼可也。”又嘱：“贵客在坐，文去勿武。”神出，至庭中，忽足下生烟，氤氲匝地。俄延逾刻，极力腾起，才高于庭树。又起，高于楼阁。霹雳一声，向北飞去，屋宇震动，筵器摆簸。公骇曰：“去乃作雷霆耶！”天师曰：“适戒之，所以迟迟，不然，平地一声，便逝去矣。”公别归，志其月日，遣人问章丘，是日果大雨雹，沟渠皆满，而田中仅数枚焉。

狐　嫁　女

历城殷天官，少贫，有胆略。邑有故家之第，广数十亩，楼宇连亘，常见怪异，以故废无居人。久之，蓬蒿渐满，白昼亦无敢入者。会公与诸生饮，或戏云：“有能寄此一宿者，共醵为筵。”公跃起曰：“是亦何难！”携一席往。众送诸门，戏曰：“吾等暂候之，如有所见，当急号。”公笑云：“有鬼狐，当捉证耳。”

遂入，见长莎蔽径，蒿艾如麻。时值上弦，幸月色昏黄，门户可辨。摩娑数进，始抵后楼。登月台，光洁可爱，遂止焉。西望月明，惟衔山一线耳。坐良久，更无少异，窃笑传言之讹。席地枕石，卧看牛女。一更向尽，恍惚欲寐，楼下有履声，籍籍而上。假寐睨之，见一青衣人，挑莲灯，猝见公，惊而却退，语后人曰：“有生人在。”下问：“谁何？”答云：“不识。”俄一老翁上，就公谛视，曰：“此殷尚书，其睡已酣。但办吾事，相公倜傥，或不叱怪。”乃相率入楼，楼门尽辟。移时，往来者益众，楼上灯辉如昼。公稍稍转侧，作嚏咳。翁闻公醒，乃出，跪而言曰：“小人有箕帚女，今值于归。不意有触贵人，望勿深罪。”公起，曳之曰：“不知今夕嘉礼，惭无以贺。”翁曰：“贵人光临，压除凶煞，幸矣。即烦陪坐，倍益光宠。”公喜，应之。入视楼中，陈设绮丽。遂有妇人出拜，年可四十余。翁曰：“此拙荆。”公揖之。俄闻笙乐聒耳，有奔而上者，曰：“至矣！”翁趋迎，公亦立俟。少间，笼纱一簇，导新郎入，年可十七八，丰采韶秀。翁命先与贵客为礼。少年目公，公若为傧，执半主礼。次翁婿交拜，已，乃即席。少间，粉黛云从，酒胾雾霈，玉碗金瓯，光映几案。酒数行，翁唤女奴请小姐来。女奴诺而入，良久不出。翁自起，搴帏促之。俄婢媪辈拥新人出，环佩璆然，麝兰散馥。翁命向上拜。起，即坐母侧。微目之，翠凤明珰，容华绝世。既而酌以金爵，大容数斗。公思此物可以持验同人，阴内袖中，伪醉隐几，颓然而寝。皆曰："相公醉矣。"居无何，新郎告行，笙乐暴作，纷纷下楼而去。已而主人敛酒具，少一爵，冥搜不得。或窃议卧客，翁急戒勿语，惟恐公闻。

移时，内外俱寂，公始起。暗无灯火，惟脂香酒气，充溢四堵。视东方既白，乃从容出。探袖中，金爵犹在。及门，则诸生先候，疑其夜出而早入者。公出爵示之。众骇问，公以状告。共思此物非寒士所有，乃信之。

后公举进士，任肥丘。有世家朱姓宴公，命取巨觥，久之不至。有细奴掩口与主人语，主人有怒色。俄奉金爵劝客饮。谛视之，款式雕文，与狐物更无殊别。大疑，问所从制，答云："爵凡八只，大人为京卿时，觅良工监制。此世传物，什袭已久。缘明府辱临，适取诸箱簏，仅存其七。疑家人所窃取，而十年尘封如故，殊不可解。"公笑曰："金杯羽化矣。然世守之珍不可失。仆有一具，颇近似之，当以奉赠。"终筵归署，拣爵持送之。主人审视，骇绝。亲诣谢公，诘所自来。公为历陈颠末。始知千里之物，狐能摄致，而不敢终留也。

娇 娜

孔生雪笠，圣裔也，为人蕴藉，工诗，有执友令天台，寄函招之。生往，令适卒，落拓不得归，寓菩陀寺，佣为寺僧抄录。寺西百余步，有单先生第。先生故公子，以大讼萧条，眷口寡，移而乡居，宅遂旷焉。

一日，大雪崩腾，寂无行旅，偶过其门，一少年出，丰采甚都。见生，趋与为礼，略致慰问，即屈降临。生爱悦之，慨然从入。屋宇都不甚广，处处悉悬锦幕，壁上多古人书画。案头书一册，签曰："琅环琐记。"翻阅一过，皆目所未睹。生以居单第，以为第主，即亦不审官阀。

少年细诘行踪,意怜之,劝设帐授徒。生叹曰:“羁旅之人,谁作曹丘者?”少年曰:“倘不以驽骀见斥,愿拜门墙。”生喜,不敢当师,请为友。便问:“宅何久锢?”答曰:“此为单府,曩以公子乡居,是以久旷。仆皇甫氏,祖居陕。以家宅焚于野火,暂借安顿。”生始知非单。当晚,谈笑甚欢,即留共榻。

昧爽,即有僮子炽炭火于室。少年先起入内,生尚拥被坐。僮入,白:“太翁来。”生惊起。一叟入,鬓发皤然,向生殷谢曰:“先生不弃顽儿,遂肯赐教。小子初学涂鸦,勿以友故,行辈视之也。”已而进锦衣一袭,貂帽、袜、履各一事。视生盥栉已,乃呼酒荐馔。几、榻、裙、衣,不知何名,光彩射目。酒数行,叟兴辞,曳杖而去。餐讫,公子呈课业,类皆古文词,并无时艺。问之,笑云:“仆不求进取也。”抵暮,更酌曰:“今夕尽欢,明日便不许矣。”呼僮曰:“视太公寝未,已寝,可暗唤香奴来。”僮去,先以绣囊将琵琶至。少顷,一婢入,红妆艳绝。公子命弹湘妃。婢以牙拨勾动,激扬哀烈,节拍不类夙闻。又命以巨觞行酒,三更始罢。次日,早起共读。公子最慧,过目成咏,二三月后,命笔警绝。相约五日一饮,每饮必招香奴。一夕,酒酣气热,目注之。公子已会其意,曰:“此婢乃为老父所豢养。兄旷邈无家,我夙夜代筹久矣,行当为君谋一佳耦。”生曰:“如果惠好,必如香奴者。”公子笑曰:“君诚‘少所见而多所怪’者矣。以此为佳,君愿亦易足也。”居半载,生欲翱翔郊郭,至门,则双扉外扃。问之,公子曰:“家君恐交游纷意念,故谢客耳。”生亦安之。

时盛暑溽热,移斋园亭。生胸间瘇起如桃,一夜如碗,痛楚呻吟。公子朝夕省视,眠食俱废。又数日,创剧,益绝食饮。太公亦至,相对太息。公子曰:“儿前夜思先生清恙,娇娜妹子能疗之。遣人于外祖处呼令归,何久不至?”俄僮入白:“娜姑至,姨与松姑同来。”父子即趋入内。少间,引妹来视生。年约十三四,娇波流慧,细柳生姿。生望见艳色,嚬呻顿忘,精神为之一爽。公子便言:“此兄良友,不啻同胞也,妹子好医之。”女乃敛羞容,揄长袖,就榻诊视。把握之间,觉芳气胜兰。女笑曰:“宜有是疾,心脉动矣。然症虽危,可治。但肤块已凝,非伐皮削肉不可。”乃脱臂上金钏安患处,徐徐按下之。创突起寸许,高出钏外,而根际余肿,尽束在内,不似前如碗阔矣。乃一手启罗衿,解佩刀,刃薄于纸,把钏握刃,轻轻附根而割。紫血流溢,沾染床席。生贪近娇姿,不惟不觉其苦,且恐速竣割事,偎傍不久。未几,割断腐肉,团团然如树上削下之瘿。又呼水来,为洗割处。口吐红丸,如弹大,着肉上,按令旋转。才一周,觉热火蒸腾。再一周,习习作痒。三周已,遍体清凉,沁入骨髓。女收丸入咽,曰:“愈矣!”趋步出。

生跃起走谢,沉痼若失。而悬想容辉,苦不自已。自是废卷痴坐,无复聊赖。公子已窥之,曰:“弟为物色,得一佳偶。”问:“何人?”曰:“亦弟眷属。”生凝思良久,但云:“勿须也。”面壁吟曰:“曾经沧海难为水,除却巫山不是云。”公子会其旨,曰:“家君仰慕鸿才,常欲附为婚姻,但止一少妹,齿太稚。有姨女阿松,年十八矣,颇不粗陋。如不见信,松姊日涉园亭,伺前厢,可望见之。”生如其教,果见娇娜偕丽人来,画黛弯蛾,莲钩蹴凤,与娇娜相伯仲也。生大悦,求公子作伐。公子异日自内出,贺曰:“谐矣。”乃除别院,为生成礼。是夕,鼓吹阗咽,尘落漫飞,以望中仙人,忽同衾幄,遂疑广寒宫殿,未必在云霄矣。合卺之后,甚惬心怀。

一夕,公子谓生曰:“切磋之惠,无日可以忘之。近单公子解讼归,索宅甚急,意将弃此而西。势难复聚,因而离绪萦怀。”生愿从去。公子劝还乡闾,生难之。公子曰:“勿虑,可即送君行。”无何,太公引松娘至,以黄金百两赠生。公子以左右手与生夫妇相把握,嘱闭目勿视,飘然履空,但觉耳际风鸣。久之曰:“至矣。”启目,果见故里。始知公子非人。喜叩家门。母出非望,又睹美妇,方共忻慰。及回顾,则公子逝矣。松娘事姑孝,艳色贤名,声闻遐迩。

后生举进士,授延安司李,携家之任。母以道远不行。松娘生一男,名小宦。生以迕直指,罢官,挂碍不得归。偶猎郊野,逢一美少年,跨骊驹,频频瞻视,细看,则皇甫公子也。揽辔停骖,悲喜交至。邀生去,至一村,树木浓昏,荫翳天日。入其家,则金沤浮钉,宛然世家。问妹子已嫁,岳母已亡,深相感悼。经宿别去,偕妻同返。娇娜亦至,抱生子掇提而弄曰:“姊姊乱吾种矣。”生拜谢曩德。笑曰:“姊夫贵矣。创口已合,未忘痛耶?”妹夫吴郎,亦来拜谒。信宿乃去。

一日，公子有忧色，谓生曰："天降凶殃，能相救否？"生不知何事，但锐自任。公子趋出，招一家入，罗拜堂上。生大骇，亟问。公子曰："余非人类，狐也。今有雷霆之劫。君肯以身赴难，一门可望生全，不然，请抱子而行，无相累。"生矢共生死。乃使仗剑于门，嘱曰："雷霆轰击，勿动也！"生如所教。果见阴云昼暝，昏黑如磬。回视旧居，无复闬闳，惟见高冢岿然，巨穴无底。方错愕间，霹雳一声，摆簸山岳，急雨狂风，老树为拔。生目眩耳聋，屹不少动。忽于繁烟黑絮之中，见一鬼物，利喙长爪，自穴攫一人出，随烟直上。瞥睹衣履，念似娇娜，乃急跃离地，以剑击之，随手堕落。忽而崩雷暴作，生仆，遂毙。

少间，晴霁，娇娜已能自苏。见生死于旁，大哭曰："孔郎为我而死，我何生矣！"松娘亦出，共舁生归。娇娜使松娘捧其首，兄以金簪拨其齿，自乃撮其颐，以舌度红丸入，又接吻而呵之。红丸随气入喉，格格作响。移时，豁然而苏。见眷口，恍如梦悟。于是一门团圆，惊定而喜。生以幽旷不可久居，议同旋里。满堂交赞，惟娇娜不乐。生请与吴郎俱，又虑翁媪不肯离幼子，终日议不果。忽吴家一小奴，汗流气促而至。惊致研诘，则吴郎家亦同日遭劫，一门俱没。娇娜顿足悲伤，涕不可止。共慰劝之。而同归之计遂决。

生入城，勾当数日，遂连夜趣装。既归，以闲园寓公子，恒返关之，生及松娘至，始发扃。生与公子兄妹，棋酒谈宴，若一家然。小宦长成，貌韶秀，有狐意。出游都市，共知为狐儿也。

异史氏曰："余于孔生，不羡其得艳妻，而羡其得腻友也。观其容可以疗饥，听其声可以解颐。得此良友，时一谈宴，则'色授魂与'，尤胜于'颠倒衣裳'矣。"

僧　孽

张某暴卒，随鬼使去，见冥王。王稽簿，怒鬼使误捉，责令送归。张下，私浼鬼使，求观冥狱。鬼导历九幽，刀山、剑树，一一指点。末至一处，有一僧扎股穿绳而倒悬之，号痛欲绝。近视，则其兄也。张见之惊哀，问："何罪至此？"鬼曰："是为僧，广募金钱，悉供饮博行淫，故罚之。欲脱此厄，须其自忏。”张既苏，疑兄已死。时其兄居兴福寺，因往探之。入门，便闻其号痛声。入室，见疮生股间，脓血崩溃，挂足壁上，宛然冥司倒悬状。骇问其故，曰：“挂之稍可，不则痛彻心腑。”张因告以所见。僧大骇，乃戒荤酒，虔诵经咒，半月寻愈，遂为戒僧。

异史氏曰：“鬼狱茫茫，恶人每以自解；而不知昭昭之祸，即冥冥之罚也。可勿惧哉！”

妖 术

于公者，少任侠，喜拳勇，力能持高壶，作旋风舞。崇祯间，殿试在都，仆疫不起，患之。会市上有善卜者，能决人生死，将代问之。

既至，未言，卜者曰：“君莫欲问仆病乎？”公骇应之。曰：“病者无害，君可危。”公乃自卜。卜者起卦，愕然曰：“君三日当死！”公惊诧良久。卜者从容曰：“鄙人有小术，报我十金，当代禳之。”公自念：生死已定，术岂能解？不应而起，欲出。卜者曰：“惜此小费，勿悔勿悔！”爱公者皆为公惧，劝罄橐以哀之，公不听。

倏忽至三日，公端坐旅舍，静以觇之，终日无恙。至夜，阖户挑灯，倚剑危坐。一漏向尽，更无死法。意欲就枕，忽闻窗隙窣窣有声。急视之，一小人荷戈入，及地，则高如人。公捉剑起，急击之，飘忽未中，遂遽小，复寻窗隙，意欲遁去。公疾斫之，应手而倒。烛之，则纸人，已腰断矣。公不敢卧，又坐待之。逾时，一物穿窗入，怪狞如鬼，才及地，急击之，断而为两，皆蠕动。恐其复起，又连击之，剑剑皆中，其声不耎。审视，则土偶，片片已碎。

于是移坐窗下，目注隙中。久之，闻窗外如牛喘，有物推窗棂，房壁震摇，其势欲倾。公惧覆压，计不如出而斗，遂划然脱扃，奔而出。见一巨鬼，高与檐齐。昏月中，见其面黑如煤，眼闪烁有黄光，上无衣，下无履，手弓而腰矢。公方骇，鬼则弯矣。公以剑拨矢，矢堕，欲击之，则又弯矣。公急跃避，矢贯于壁，战战有声。鬼怒甚，拔佩刀，挥如风，望公力劈。公猱进，刀中庭石，石立断。公出其股间，削鬼中踝，铿然有声。鬼益怒，吼如雷，转身复剁。公又伏身入，刀落，断公裙。公已及胁下，猛斫之，亦铿然有声，鬼仆而僵。公乱击之，声硬如柝。烛之，则一木偶，高大如人。弓矢尚缠腰际，刻画狰狞。剑击处，皆有血出。公因秉烛待旦，方悟鬼物皆卜人遣之，欲致人于死，以神其术也。

次日，遍告交知，与共诣卜所。卜人遥见公，瞥不可见。或曰："皆翳形术也，犬血可破。"公如其言，戒备而往。卜人又匿如前。急以犬血沃立处，但见卜人头面，皆为犬血模糊，目灼灼如鬼立，乃执付有司而杀之。

异史氏曰："尝谓买卜为一痴。世之讲此道而不爽于生死者几人？卜之而爽，犹不卜也。且即明明告我以死期之至，将复如何？况借人命以神其术者，其可畏不尤甚耶！"

野　狗

于七之乱，杀人如麻。乡民李化龙，自山中窜归。值大兵宵进，恐罹炎昆之祸，急无所匿，僵卧于死人之丛，诈作尸。兵过既尽，未敢遽出。忽见阙头断臂之尸，起立如林。内一尸断首犹连肩上，口中作语曰："野狗子来，奈何？"群尸参差而应曰："奈何！"俄顷，蹶然尽倒，遂无声。李方惊颤欲起，有一物来，兽首人身，伏啮人首，遍吸其脑。李惧，匿首尸下。物来拨李肩，欲得李首。李力伏，俾不可得。物乃推覆尸而移之，首见。李大惧，手索腰下，得巨石如碗，握之。物俯身欲龁。李骤起大呼，击其首，中嘴。物嗥如鸱，掩口负痛而奔，吐血道上。就视之，于血中得二齿，中曲而端锐，长四寸余。怀归以示人，皆不知其何物也。

三　生

刘孝廉，能记前身事。自言一世为搢绅，行多玷。六十二岁而殁。初见冥王，待如乡先生礼，赐坐，饮以茶。觑冥王盏中，茶色清彻，已盏中，浊如胶，暗疑迷魂汤得勿此乎？乘冥王他顾，以盏就案角泻之，伪为尽者。

俄顷，稽前生恶录，怒，命群鬼捽下，罚作马，即有厉鬼絷去。行至一家，门限甚高，不可逾。方趦趄间，鬼力楚之，痛甚而蹶。自顾，则身已在枥下矣。但闻人曰："骊马生驹矣，牡也。"心甚明了，但不能言。觉大馁，不得已，就牝马求乳。逾四五年间，体修伟。甚畏挞楚，见鞭则惧而逸。主人骑，必覆障泥，缓辔徐徐，犹不甚苦，惟奴仆圉人，不加韂装以行，两踝夹击，痛彻心腑。于是愤甚，三日不食，遂死。

至冥司，冥王查其罚限未满，责其规避，剥其皮革，罚为犬。意懊丧，不欲行。群鬼乱挞之，痛极而窜于野。自念不如死，愤投绝壁，颠莫能起。自顾，则身伏窦中，牝犬舐而腓字之，乃知身已复生于人世矣。稍长，见便液亦知秽，然嗅之而香，但立念不食耳。为犬经年，常忿欲死，又恐罪其规避。而主人又豢养，不肯戮，乃故啮主人脱股肉。主人怒，杖杀之。

冥王鞫状，怒其狂猘，笞数百，俾作蛇。囚于幽室，暗不见天。闷甚，缘壁而上，穴屋而出。自视，则身伏茂草，居然蛇矣。遂矢志不残生类，饥吞木实。积年余，每思自尽不可，害人而死又不可，欲求一善死之法而未得也。一日，卧草中，闻车过，遽出当路。车驰压之，断为两。冥王讶其速至，因蒲伏自剖。冥王以无罪见杀，原之，准其满限复为人，是为刘公。公生而能言，文章书史，过辄成诵，辛酉举孝廉。每劝人：乘马必厚其障泥；股夹之刑，胜于鞭楚也。

异史氏曰："毛角之俦，乃有王公大人在其中。所以然者，王公大人之内，原未必无毛角者在其中也。故贱者为善，如求花而种其树。贵者为善，如已花而培其本。种者可大，培者可久。不然，且将负盐车，受羁馽，与之为马。不然，且将啖便液，受烹割，与之为犬。又不然，且将披鳞介，葬鹤鹳，与之为蛇。"

狐 入 瓶

万村石氏之妇，祟于狐，患之，而不能遣。扉后有瓶，每闻妇翁来，狐辄遁匿其中。妇窥之熟，暗计而不言。一日，窜入，妇急以絮塞瓶口，置釜中，燂汤而沸之。瓶热，狐呼曰："热甚！勿恶作剧。"妇不语。号益急，久之无声。拔塞而验之，毛一堆，血数点而已。

蛇　癖

王蒲令之仆吕奉宁，性嗜蛇。每得小蛇，则全吞之，如啖葱状，大者，以刀寸寸断之，始掬以食。嚼之铮铮，血水沾颐。且善嗅，尝隔墙闻蛇香，急奔墙外，果得蛇盈尺。时无佩刀，先啮其头，尾尚蜿蜒于口际。

鬼　哭

谢迁之变，宦第皆为贼窟。王学使七襄之宅，盗聚尤众。城破兵入，扫荡群丑，尸填墀，血至充门而流。公入城，扛尸涤血而居，往往白昼见鬼，夜则床下磷飞，墙角鬼哭。一日，王生皞迪，寄宿公家，闻床底小声连呼："皞迪！"已而声渐大，曰："我死得苦！"因哭，满庭皆哭。公闻，仗剑而入，大言曰："汝不识我王学院耶？"但闻百声嗤嗤，笑之以鼻。公于是设水陆道场，命释道忏度之。夜抛鬼饭，则见磷火荧荧，随地皆出。先是，阍人王姓疾笃，昏不知人事者数日矣，是夕，忽欠伸若醒。妇以食进。王曰："适主人不知何事，施饭于庭，我亦随众啖噉。食已方归，故不饥耳。"由此鬼怪遂绝。岂钹铙钟鼓，焰口瑜伽，果有益耶？

异史氏曰："邪怪之物，惟德可以已之。当陷城之时，王公势正烜赫，闻声者皆股栗，而鬼且揶揄之。想鬼物逆知其不令终耶？普告天下大人先生：出人面犹不可以吓鬼，愿无出鬼面以吓人也！"

焦　螟

董侍读默庵家，为狐所扰，瓦砾砖石，忽如雹落，家人相率奔匿，待其间歇，乃敢出操作。公患之，假怍庭孙司马第移避之，而狐扰犹故。一日，朝中待漏，适言其异。大臣或言：关东道士焦螟，居内城，总持敕勒之术，颇有效。公造庐而请之。道士朱书符，使归粘壁上。狐竟不惧，抛掷有加焉。公复告道士。道士怒，亲诣公家，筑坛作法。俄见一巨狐，伏坛下。家人受虐已久，衔恨綦甚，一婢近击之，婢忽仆地气绝。道士曰："此物猖獗，我尚不能遽服之，女子何轻犯尔尔！"既而曰："可借鞫狐词亦得。"戟指咒移时，婢忽起，长跪。道士诘其里居。婢作狐言："我西城产，入都者十八辈。"道士曰："辇毂下，何容尔辈久居？可速去！"狐不答。道士击案怒曰："汝欲梗吾令耶？再若迁延，法不汝宥！"狐乃蹙怖作色，愿谨奉教。道士又速之，婢又仆绝，良久始苏。俄见白块四五团，滚滚如球，附檐际而行，次第追逐，顷刻俱去，由是遂安。

叶 生

淮阳叶生者，失其名字，文章词赋，冠绝当时，而所遇不偶，困于名场。会关东丁乘鹤来令是邑，见其文，奇之。召与语，大悦。使即官署，受灯火，时赐钱谷恤其家。值科试，公游扬于学使，遂领冠军。公期望綦切，闱后，索文读之，击节称叹。不意时数限人，文章憎命，及放榜时，依然铩羽。生嗒丧而归，愧负知己，形销骨立，痴若木偶。公闻，召之来，面慰之，生零涕不已。公怜之，相期考满入都，携与俱北。生甚感佩。辞而归，杜门不出。无何，寝疾。公遗问不绝。而服药百裹，殊罔所效。

公适以忤上官免，将解任去，函致之，其略云："仆东归有日，所以迟迟者，待足下耳。足下朝至，则仆夕发矣。"传之卧榻，生持书啜泣。寄语来使："疾革难遽瘥，请先发。"使人返白，公不忍去，徐待之。

逾数日，门者忽通叶生至。公喜，迎而问之。生曰："以犬马病，劳夫子久待，万虑不宁。今幸可从杖履。"公乃束装戒旦。抵里，命子师事生，夙夜与俱。公子名再昌，时年十六，尚不能文。然绝慧，凡文艺三两过，辄无遗忘。居之期岁，便能落笔成文。益之公力，遂入邑庠。生以生平所拟举业，悉录授读。闱中七题，并无脱漏，中亚魁。公一日谓生曰："君出余绪，遂使孺子成名，然黄钟长弃，若何！"生曰："是殆有命。借福泽为文章吐气，使天下人知半生沦落，非战之罪也，愿亦足矣。且士得一人知己，可无憾，何必抛却白纻，乃谓之利市哉。"公以其久客，恐误岁试，劝令归省。生惨然不乐。公不忍强，嘱公子至都，为之纳粟。公子又捷南宫，授部中主政。携生赴监，与共晨夕。逾岁，生入北闱，竟领乡荐。会公子差南河典务，因谓生曰："此去离贵乡不远。先生奋迹云霄，锦还为快。"生亦喜。

择吉就道，抵淮阳界，命仆马送生归。见门户萧条，意甚悲恻。逡巡至庭中，妻携簸具以出，见生，掷具骇走。生凄然曰："今我贵矣。三四年不觌，何遂顿不相识？"妻遥谓曰："君死已久，何复言贵？所以久淹君柩者，以家贫子幼耳。今阿大亦已成立，将卜窀穸。勿作怪异吓生人。"生闻之，怃然惆怅。逡巡入室，见灵柩俨然，扑地而灭。妻惊视之，衣冠履舄如脱委焉，大恸，抱衣悲哭。子自塾中归，见结驷于门，审所自来，骇奔告母。母挥涕告诉。又细询从者，始得颠末。从者返，公子闻之，涕堕垂膺。即命驾哭诸其室，出橐为营丧，葬以孝廉礼。又厚遗其子，为延师教读，言于学使，逾年游泮。

异史氏曰："魂从知己，竟忘死耶？闻者疑之，余深信焉。同心倩女，至离枕上之魂，千里良朋，犹识梦中之路，而况茧丝绳迹，吐学士之心肝，流水高山，通我曹之性命者哉！嗟乎！遇合难期，遭逢不偶。行踪落落，对影长愁。傲骨嶙嶙，搔头自爱。叹面目之酸涩，来鬼物之揶揄。频居康了之中，则须发之条条可丑。一落孙山之外，则文章之处处皆疵。古今痛哭之人，卞和惟尔。颠倒逸群之物，伯乐伊谁？抱刺于怀，三年灭字。侧身以望，四海无家。人生世上，只须合眼放步，以听造物之低昂而已。天下之昂藏沦落如叶生者，亦复不少，顾安得令威复来，而生死从之也哉？噫！"

四 十 千

新城王大司马，有主计仆，家称素封。忽梦一人奔入，曰："汝欠四十千，今宜还矣。”问之，不答，径入内去。既醒，妻产男。知为夙孽，遂以四十千捆置一室，凡儿衣食病药，皆取给焉。过三四岁，视室中钱，仅存七百。适乳媪抱儿至，调笑于侧。仆呼之曰：“四十千将尽，汝宜行矣。”言已，儿忽颜色蹙变，项折目张。再抚之，气已绝矣。乃以余资置葬具而瘗之。此可为负欠者戒也。昔有老而无子者，问诸高僧。僧曰：“汝不欠人者，人又不欠汝者，乌得子？”盖生佳儿，所以报我之缘；生顽儿，所以取我之债。生者勿喜，死者勿悲也。

成 仙

文登周生，与成生少共笔砚，遂订为杵臼交。而成贫，故终岁依周。论齿，则周为长，呼周妻以嫂。节序登堂，如一家焉。周妻生子，产后暴卒。继聘王氏，成以少故，未尝请见之。一日，王氏弟来省姊，宴于内寝。成适至。家人通白，周坐命邀成。成不入，辞去。周追之而还，移席外舍。

甫坐，即有人白别业之仆，为邑宰重笞者。先是，黄吏部家牧佣，牛蹊周田，以是相诟。牧佣奔告主，捉仆送官，遂被笞责。周因诘得其故，大怒曰：“黄家牧猪奴，何敢尔！其先世为大父服役，促得志，乃无人耶！”气填吭臆，忿而起，欲往寻黄。成捺而止之，曰：“强梁世界，原无皂白，况今日官宰半强寇不操矛弧者耶？”周不听。成谏止再三，至泣下，周乃止。怒终不释，转侧达旦，谓家人曰：“黄家欺我，我仇也，姑置之。邑令朝廷官，非势家官，纵有互争，亦须两造，何至如狗之随嗾者？我亦呈治其佣，视彼将何处分。”家人悉怂恿之，计遂决。以状赴宰，宰裂而掷之。周怒，语侵宰。宰惭恚，因逮系之。

辰后，成往访周，始知入城讼理，急奔劝止，则已在囹圄矣，顿足无所为计。时获海寇三名，宰与黄赂嘱之，使捏周同党。据词申黜顶衣，搒掠酷惨。成入狱，相顾凄酸。谋叩阙。周曰：“身系重犴，如鸟在笼，虽有弱弟，止堪供囚饭耳。”成锐身自任，曰：“是予责也。难而不急，乌用友也！”乃行。周弟赆之，则去已久矣。至都，无门入控。相传驾将出猎，成预隐木市中。俄驾过，伏舞哀号，遂得准。驿送而下，着部院审奏。时阅十月余，周已诬服论辟。院接御批，大骇，复提躬谳。黄亦骇，谋杀周。因赂监，绝其饮食。弟来馈问，苦禁拒之。成又为赴院声屈，始蒙提问，业已饥饿不起。院台怒，杖毙监者。黄大怖，纳数千金，嘱为营脱，以是得蒙胧题免。宰以枉法拟流。

周放归，益肝胆成。成自经讼系，世情灰冷，招周偕隐。周溺少妇，辄迂笑之。成虽不言，而意甚决，别后，数日不至。周使探诸其家，家人方疑其在周所，两无所见，始疑。周心知其异，遣人踪迹之，寺观岩壑，物色殆遍，时以金帛恤其子。

又八九年，成忽自至，黄巾氅服，岸然道貌。周喜把臂曰："君何往，使我寻欲遍？"成笑曰："孤云野鹤，栖无定所。别后幸复顽健。"周命置酒，略通间阔，欲为变易道装。成笑不语。周曰："愚哉！何弃妻孥犹敝屣也？"成笑曰："不然。人将弃予，其何人之能弃？"问所栖止，答在劳山上清宫。既而抵足寝，梦成裸伏胸上，气不得息。讶问何为，殊不答。忽惊而寤，呼成不应，坐而索之，杳然不知所往。定移时，始觉在成榻，骇曰："昨不醉，何颠倒至此耶！"乃呼家人。家人火之，俨然成也。周固多髭，以手自捋，则疏无几茎。取镜自照，讶曰："成生在此，我何往？"已而大悟，知成以幻术招隐。意欲归内，弟以其貌异，禁不听前。周亦无以自明，即命仆马往寻成。

数日，入劳山。马行疾，仆不能及。休止树下，见羽客往来甚众。内一道人目周，周因以成问。道士笑曰："耳其名矣，似在上清。"言已，径去。周目送之，见一矢之外，又与一人语，亦不数言而去。与言者渐至，乃同社生。见周，愕曰："数年不晤，人以君学道名山，今尚游戏人间耶？"周述其异。生惊曰："我适遇之，而以为君也。去无几时，或亦不远。"周大异，曰："怪哉！何自己面目觌面不识？"仆寻至，急驰之，竟无踪兆。一望寥阔，进退难以自主。自念无家可归，遂决意穷追，而怪险不复可骑，遂以马付仆归，迤逦自往。遥见一童独立，趋近问程，且告以故。童自言为成弟子，代荷衣粮，导与俱行。三日始至，又非世之所谓上清。时十月中，山花满路，不类初冬。童入报，成即出，始认已形。执手而入，置酒宴语。见异彩之禽，驯人不惊，声如笙簧，时来鸣于座上，心甚异之。

然尘俗念切，无意留连。地下有蒲团二，曳与并坐。至二更后，万虑俱寂，忽似瞥然一盹，身觉与成易位。疑之，自捋颔下，则于思者如故矣。既曙，浩然思返。成固留之。越三日，乃曰："迄少寐息，早送君行。"甫交睫，闻成呼曰："行装已具矣。"遂起从之。所行殊非旧途。觉无几时，里居已在望中。成坐候路侧，俾自归。周强之不得，因踽踽至家门。叩不能应，思欲越墙，觉身飘似叶，一跃已过。凡逾数重垣，始抵卧室。灯烛荧然，内人未寝，哝哝与人语。舐窗一窥，则妻与一厮仆同杯饮，状甚狎亵。于是怒火如焚，计将掩执。又恐孤力难胜，遂潜身脱扃而出，奔告成，且乞为助。成慨然从之，直抵内寝。周举石挝门，内张皇甚，擂愈急，内闭益坚。成拨以剑，划然顿辟。周奔入，仆冲户而走。成在门外，以剑击之，断其肩臂。周执妻拷讯，乃知被收时即与仆私。周借剑决其首，罥肠庭树间。乃从成出，寻途而返。

蓦然忽醒，则身在卧榻，惊而言曰："怪梦参差，使人骇惧！"成笑曰："梦者兄以为真，真者乃以为梦。"周愕而问之。成出剑示之，溅血犹存。周惊怛欲绝，窃疑成诪张为幻。成知其意，乃促装送之归。荏苒至里门，乃曰："畴昔之夜，倚剑而相待者，非此处耶！吾厌见恶浊，请还待君于此，如过晡不来，予自去。"周至家，门户萧索，似无居人，还入弟家。弟见兄，双泪交坠，曰："兄去后，盗夜杀嫂，刳肠去，酷惨可悼，于今官捕未获。"周如梦醒，因以情告，戒勿究。弟错愕良久。周问其子，乃命老妪抱至。周曰："此襁褓物，宗绪所关，弟善视之。兄欲辞人世矣。"遂起，径去。弟涕泗追挽，笑行不顾。至野外，见成，与俱行。遥回顾，曰："忍事最乐。"弟欲有言，成阔袖一举，即不可见，怅立移时，痛哭而返。周弟朴拙，不善治家人生产，居数年，家益贫。周子渐长，不能延师，因自教读。一日，早至斋，见案头有函书，缄封甚固，签题"仲氏启"。审之，为兄迹。开视，则虚无所有，只见爪甲一枚，长二指许。心怪之，以甲置砚上，出问家人所自来，并无知者。回视，则砚石灿灿，化为黄金，大惊。以试铜铁，皆然。由此大富。以千金赐成氏子，因相传两家有点金术云。

新 郎

江南梅孝廉耦长，言其乡孙公，为德州宰，鞫一奇案。初，村人有为子娶妇者，新人入门，戚里毕贺。饮至更余，新郎出，见新妇炫装，趋转舍后。疑而尾之，宅后有长溪，小桥通之。见新妇渡桥径去，益疑。呼之不应。遥以手招婿，婿急趁之。相去盈尺，而卒不可及。行数里，入村落。妇止，谓婿曰："君家寂寞，我不惯住。请与郎暂居妾家数日，便同归省。"言已，抽簪叩扉轧然，有女童出应门。妇先入。不得已，从之。既入，则岳父母俱在堂上，谓婿曰："我女少娇惯，未尝一刻离膝下，一旦去故里，心辄戚戚。今同郎来，甚慰系念。居数日，当送两人归。"乃为除室，床褥备具，遂居之。

家中客见新郎久不至，共索之。室中惟新妇在，不知婿之何往。由是遐迩访问，并无耗息。翁媪零涕，谓其必死。将半载，妇家悼女无偶，遂请于村人父，欲别醮女。村人父益悲，曰："骸骨衣裳，无所验证，何知吾儿遂为异物！纵其奄丧，周岁而嫁，当亦未晚，胡为如是急耶！"妇父益衔之，讼于庭。孙公怪疑，无所措力，断令待以三年，存案遣去。村人子居女家，家人亦大相忻待。每与妇议归，妇亦诺之，而因循不即行。积半年余，中心徘徊，万虑不安，欲独归，而妇固留之。一日，合家遑遽，似有急难，仓卒谓婿曰："本拟三二日遣夫妇偕归，不意仪装未备，忽遘闵凶。不得已，先送郎还。"于是送出门，旋踵即返，周旋言动，颇甚草草。方欲觅途，回视院宇无存，但见高冢。大惊，寻路急归。至家，历述端末，因与投官陈诉。孙公拘妇父谕之，送女于归，使合卺焉。

灵 官

朝天观道士某，喜吐纳之术。有翁假寓观中，适同所好，遂为玄友。居数年，每至郊祭时，辄先旬日而去，郊后乃返。道士疑而问之，翁曰："我两人莫逆，可以实告，我狐也。郊期至，则诸神清秽，我无所容，故行遁耳。”

又一年，及期而去，久不复返，疑之。一日忽至，因问其故，答曰：“我几不复见子矣！曩欲远避，心颇怠，视阴沟甚隐，遂潜伏卷瓮下。不意灵官粪除至此，瞥为所睹，愤欲加鞭。余惧而逃。灵官追逐甚急。至黄河上，濒将及矣。大窘无计，窜伏溷中。神恶其秽，始返身去。既出，臭恶沾染，不可复游人世。乃投水自濯讫，又蛰穴中几百日，垢浊始净。今来相别，兼以致祝，君亦宜隐身他去，大劫将来，此非福地也。”言已，辞去。道士依言别徙，未几而有甲申之变。

王 兰

利津王兰，暴病死。阎王覆勘，乃鬼卒之误勾也。责送还生，则尸已败。鬼惧罪，谓王曰：“人而鬼也则苦，鬼而仙也则乐。苟乐矣，何必生？”王以为然。鬼曰：“此处一狐，金丹成矣。窃其丹吞之，则魂不散，可以长存，但凭所之，罔不如意。子愿之否？”王从之。鬼导去，入一高第，见楼阁渠然，而阒其无人。有狐在月下，仰首望空际。气一呼，有丸自口中出，直上入月中。一吸，复落，以口承之，则又呼之。如是不已。鬼潜伺其侧，俟其吐，急掇于手，付王吞之。狐惊，盛气相尚。见二人在，恐不敌，愤恨而去。

王与鬼别，至其家，妻子见之，咸惧却走。王告以故，乃渐集。由此在家寝处如平时。其友张某者，闻而省之，相见话温凉。因谓张曰：“我与若家世夙贫，今有术，可以致富。子能从我游乎？”张唯唯。王曰：“我能不药而医，不卜而断。我欲现身，恐识我者相惊怪。附子而行，可乎？”张又唯唯。于是即日趣装，至山西界。遇富室有女，得暴疾，眩然瞀瞑，前后药禳既穷。张造其庐，以术自炫。富翁止此女，甚珍惜之，能医者，愿以千金相酬报。张请视之，从翁入室，见女瞑卧，启其衾，抚其体，女昏不觉。王私告张曰：“此魂亡也，当为觅之。”张乃告翁：“病虽危，可救。”问：“需何药？”俱言不须，“女公子魂离他所，业遣神觅之矣。”约一时许，王忽来，具言已得。张乃请翁再入，又抚之。少顷，女欠伸，目遽张。翁大喜，抚问。女言：“向戏园中，见一少年郎，挟弹弹雀，数人牵骏马，从诸其后，急欲奔避，横被阻止。少年以弓授儿，教儿弹，方羞诃之，便携儿马上，累骑而行。笑曰：'我乐与子戏，勿羞也。'数里入山中，我马上号且骂，少年怒，推堕路旁，欲归无路。适有一人捉儿臂，疾若驰，瞬息至家，忽若梦醒。"翁神之，果贻千金。王宿与张谋，留二百金作路用，余尽摄去，款门而付其子，又命以三百馈张氏，乃复还。次日，与翁别，不见金藏何所，益奇之，厚礼而送之。逾数日，张于郊外遇同乡人贺才。才饮赌，不事生业，其贫如丐。闻张得异术，获金无算，因奔寻之。王劝，薄赠令归。才不改故行，旬日荡尽，将复寻张。王已知之，曰："才狂悖，不可与处，只宜赂之使去，纵祸犹浅。"逾日，才果至，强从与俱。张曰："我固知汝复来。日事酗赌，千金何能满无底窦？诚改若所为，我百金相赠。"才诺之。张泻囊授之。才去，以百金在橐，赌益豪，益之狭邪游，挥洒如土。邑中捕役疑而执之，质于官，拷掠酷惨。才实告金所自来，乃遣隶押才捉张。创剧，毙于途。魂不忘于张，复往依之，因与王会。一日，聚饮于烟墩，才大醉狂呼，王止之不听。适巡方御史过，闻呼搜之，获张。张惧，以实告。御史怒，笞而牒于神。夜梦金甲人告曰："查王兰无辜而死，今为鬼仙，医亦神术，不可律以妖魅。今奉帝命，授为清道使。贺才邪荡，已罚窜铁围山。张某无罪，当宥之。"御史醒而异之，乃释张。张制装旋里。囊中存数百金，敬以一半送王家。王氏子孙，以此致富焉。

鹰 虎 神

郡城东岳庙，在南郭。大门左右，神高丈余，俗名"鹰虎神"，狰狞可畏。庙中道士任姓，每鸡鸣，辄起焚诵。有偷儿预匿廊间，伺道士起，潜入寝室，搜括财物。奈室无长物，惟于荐底得钱三百，纳腰中。拔关而出，将登千佛山。南窜许时，方至山下。见一巨丈夫，自山上来，左臂苍鹰，适与相遇。近视之，面铜青色，依稀似庙门中所习见者。大恐，蹲伏而战。神诧曰："盗钱安往？"偷儿益惧，叩不已。神揪令还入庙，使倾所盗钱，跪守之。道士课毕，回顾，骇愕。盗历历自述。道士收其钱而遣之。

王 成

王成，平原故家子。性最懒，生涯日落。惟剩破屋数间，与妻卧牛衣中，交谪不堪。时盛夏燠热，村外故有周氏园，墙宇尽倾，惟存一亭，村人多寄宿其中，王亦在焉。既晓，睡者尽去。红日三竿，王始起。逡巡欲归，见草际金钗一股，拾视之，镌有细字云："仪宾府制。"王祖为衡府仪宾，家中故物，多此款式，因把钗踌躇。欻一妪来寻钗。王虽贫，然性介，遽出授之。妪喜，极赞盛德，曰："钗值几何？先夫之遗泽也。"问："夫君伊谁？"答云："故仪宾王柬之也。"王惊曰："吾祖也。何以相遇？"妪亦惊曰："汝即王柬之之孙耶？我乃狐仙。百年前，与君祖缱绻。君祖殁，老身遂隐。过此遗钗，适入子手，非天数耶！"王亦曾闻祖有狐妻，信其言，便邀临顾。妪从之。

王呼妻出见，负败絮，菜色黯焉。妪叹曰："嘻！王柬之之孙，乃一贫至此哉！"又顾败灶无烟，曰："家计若此，何以聊生？"妻因细述贫状，呜咽饮泣。妪以钗授妇，使姑质钱市米，三日外请复相见。王挽留之，妪曰："汝妻犹不能存活，我在，仰屋而居，复何裨益？"遂径去。王为妻言其故，妻大怖。王诵其义，使姑事之，妻诺。逾三日，果至。出数金，籴粟麦各一石。夜与妇宿短榻。妇初惧之，然察其意殊拳拳，遂不之疑。

翌日，谓王曰："孙勿惰，宜操小生业，坐食乌可长也！"王告以无资，妪曰："汝祖在时，金帛凭所取。我以世外人，无需是物，故未尝多取。积花粉之金四十两，至今犹存。久贮亦无所用，可将去悉以市葛，刻日赴都，可得微息。"王从之，购五十余端以归。妪命趣装，计六七日可达燕都，嘱曰："宜勤勿惰，宜急勿缓。迟之一日，悔之已晚！"王敬诺。囊货就路，中途遇雨如绳，过宿，泞益甚。见往来行人，践淖没胫，心畏苦之。待至亭午，始渐燥，而阴云复合，雨又滂沱。信宿乃行。将近京，传闻葛价翔贵，心窃喜。入都，解装客店，主人深惜其晚。先是，南道初通，葛至绝少。贝勒府购致甚急，价顿昂，较常可三倍。前一日方购足，后来者，并皆失望。主人以故告王。王郁郁不乐。越日，葛至愈多，价益下。王以无利不肯售。迟十余日，计食耗烦多，倍益忧闷。主人劝令贱卖，改而他图，从之。亏资十余两，悉脱去。早起，将作归计，起视囊中，则金亡矣。惊告主人。主人无所为计。或劝鸣官，责主人偿。王叹曰："此我数也，于主人何干？"主人闻而德之，赠金五两，慰之使归。

自念无以见祖母，蹀躞内外，进退维谷。适见斗鹑者，一赌数千，每市一鹑，恒百钱不止，意忽动。计囊中资，仅足贩鹑，乃归市贩鹑而返。主人喜，贺其速售。至夜，大雨彻曙。天明，衢水如河，淋零犹未休也。居以待晴，连绵数日，更无休止。起视笼中，鹑渐死。王大惧，不知计之所出。越日，死愈多，仅余数头，并一笼饲之；经宿往窥，则一鹑仅存。因告主人，不觉涕堕。主人亦为扼腕。王自度金尽罔归，但欲觅死，主人劝慰之。共往视鹑，审谛之曰："此似英物。诸鹑之死，未必非此之斗杀之也。君暇亦无事，请把之。如其良也，赌亦可以谋生。"王如其教。

既驯，主人令持向街头，赌酒食。鹑健甚，辄赢。主人喜，以金授王，使复与子弟决赌，三战三胜。半年，蓄积二十金。心益慰，视鹑如命。

先是，大亲王好鹑，每值上元，辄放民间把鹑者入邸相角。主人谓王曰："今大富宜可立致，所不可知者，在子之命矣。"因告以故，导与俱往。嘱曰："脱败，则丧气出耳。倘有万分一，鹑斗胜，王必欲市之，君勿应。如固强之，惟予首是瞻，待首肯而后应之。"王曰："诺。"至邸，则鹑人肩摩于墀下。顷之，王出御殿。左右宣言："有愿斗者上。"即有一人把鹑，趋而进。王命放鹑，客亦放，略一腾踔，客鹑已败。王大笑。俄顷，登而败者数人。主人曰："可矣。"相将俱登。王相之，曰："睛有怒脉，此健羽也，不可轻敌。"命取铁喙者当之。一再腾跃，而王鹑铩羽。更选其良，再易再败。王急命取宫中玉鹑，片时把出，素羽如鹭，神骏不凡。王成意馁，跪而求罢。王笑曰："纵之，脱斗而死，当厚尔偿。"成乃纵之。玉鹑直奔之。而玉鹑方来，则伏如怒鸡以待之。玉鹑健啄，则起如翔鹤以击之。进退颉颃，相持约一伏时。玉鹑渐懈，而其怒益烈，其斗益急。未几，雪毛摧落，垂翅而逃。观者千人，罔不叹羡。王乃索取而亲把之，自喙至爪，审周一过，问成曰："鹑可货否？"答曰："小人无恒产，与相依为命，不愿售也。"王曰："赐而重值，中人之产可致，颇愿之乎？"成俯思良久，曰："本不乐置，顾大王既爱好之，苟使小人得衣食业，又何求？"王问直，答以千金。王笑曰："痴男子！此何珍宝，而千金直也？"成曰："大王不以为宝，臣以为连城之璧不过也。"王曰："如何？"曰："小人把向市中，日得数金，易升斗粟，一家十余食指，无冻馁，是何宝如之？"王曰："予不相亏，便与二百金。"成摇首。又增百数，成目视主人，主人色不动，乃曰："承大王命，请减百价。"王曰："休矣！谁肯以九百易一鹑者！"成囊鹑欲行。王呼曰："鹑人来，实给六百，肯则售，否则已耳。"成又目主人，主人仍自若。成心愿盈溢，惟恐失时，曰："以此数售，心实怏怏。但交而不成，则获戾滋大。无已，即如王命。"王喜，即秤付之。成囊金，拜赐而出。主人怼曰："我言如何，子乃急自鬻也？再少靳之，八百金在掌中矣。"成归，掷金案上，请主人自取之，主人不受。又固让之，乃盘计饭直而受之。王治装归，至家，历述所为，出金相庆。妪命置良田三百亩，起屋作器，居然世家。早起，使成督耕，妇督织，稍惰，辄诃之。夫妇相安，不敢有怨词。过三年，家益富。妪辞欲去。夫妇共挽之，至泣下。妪亦遂止。旭旦候之，已杳然矣。

青　　风

太原耿氏，故大家，第宅弘阔。后凌夷，楼舍连亘，半旷废之。因生怪异，堂门辄自开掩，家人恒中夜骇哗。耿患之，移居别墅，留一老翁门焉，由此荒落益甚，或闻笑语歌吹声。

耿有从子去病，狂放不羁，嘱翁有所闻见，奔告之。至夜，见楼上灯光明灭，走报生。生欲入觇其异，止之，不听。门户素所习识，竟拨蒿蓬，曲折而入。登楼，初无少异。穿楼而过，闻人语切切。潜窥之，见巨烛双烧，其明如昼。一叟儒冠南面坐，一媪相对，俱年四十余。东向一少年，可二十许。右一女郎，才及笄耳。酒胾满案，围坐笑语。

生突入，笑呼曰："有不速之客一人来！"群惊奔匿。独叟诧问："谁何入人闺闼？"生曰："此我家也，君占之。旨酒自饮，不邀主人，毋乃太吝？"叟审谛之，曰："非主人也。"生曰："我狂生耿去病，主人之从子耳。"叟致敬曰："久仰山斗！"乃揖生入，便呼家人易馔。生止之。叟乃酌客。生曰："吾辈通家，座客无庸见避，还祈招饮。"叟呼："孝儿！"俄少年自外入，叟曰："此豚儿也。"揖而坐，略审门阀。叟自言："义君姓胡。"生素豪，谈论风生，孝儿亦倜傥，倾吐间，雅相爱悦。生二十一，长孝儿二岁，因弟之。叟曰："闻君祖纂涂山外传，知之乎？"答曰："知之。"叟曰："我涂山氏之苗裔也。唐以后，谱系犹能忆之，五代而上无传焉。幸公子一垂教也。"生略述涂山女佐禹之功，粉饰多词，妙绪泉涌。叟大喜，谓子曰："今幸得闻所未闻。公子亦非他人，可请阿母及青凤来共听之，亦令知我祖德也。"孝儿入帏中。少时，媪偕女郎出。审顾之，弱态生娇，秋波流慧，人间无其丽也。叟指媪曰："此为老荆。"又指女郎："此青凤，鄙人之犹女也。颇慧，所闻见，辄记不忘，故唤令听之。"生谈竟而饮，瞻顾女郎，停睇不转。女觉之，俯其首。生隐蹑莲钩，女急敛足，亦无愠怒。生神志飞扬，不能自主，拍案曰："得妇如此，南面王不易也！"媪见生渐醉，益狂，与女俱去。生失望，乃辞叟出，而心萦萦，不能忘情于青凤也。

至夜，复往，则兰麝犹芳，凝待终宵，寂无声咳。归与妻谋，欲携家而居之，冀得一遇。妻不从，生乃自往，读于楼下。夜凭几，一鬼披发入，面黑如漆，张目视生。生笑，拈指研墨自涂，灼灼然相与对视，鬼惭而去。次夜更深，灭烛欲寝，闻楼后发扃，辟之闸然，急起窥觇，则扉半启。俄闻履声细碎，有烛光自房中出，视之，则青凤也。骤见生，骇而却退，遽阖双扉。生长跪而致词曰："小生不避险恶，实以卿故。幸无他人，得一握手为笑，死不憾耳。"女遥语曰："惓惓深情，妾岂不知？但吾叔闺训严谨，不敢奉命。"生固哀之，曰："亦不敢望肌肤之亲，但一见颜色足矣。"女似肯可，启关出，捉之臂而曳之。生狂喜，相将入楼下，拥而加诸膝。女曰："幸有夙分。过此一夕，即相思无益矣。"问："何故？"曰："阿叔畏君狂，故化厉鬼以相吓，而君不动也。今已卜居他所，一家皆移什物赴新居，而妾留守，明日即发矣。"言已，欲去,云:“恐叔归。”生强止之,欲与为欢。方持论间,叟掩入。女羞惧无以自容,俛首依床,拈带不语。叟怒曰:“贱辈辱我门户! 不速去,鞭挞且从其后!”女低头急去,叟亦出。生尾而听之,诃诟万端,闻青凤嘤嘤啜泣。生心意如割,大声曰:“罪在小生,与青凤何与? 倘宥青凤,刀锯铁钺,愿身受之!”良久寂然,乃归寝。自此第内绝不复声息矣。生叔闻而奇之,愿售以居,不较直。生喜,携家口而迁焉。居逾年,甚适,而未尝须臾忘青凤也。

会清明上墓归,见小狐二,为犬逼逐。其一投荒窜去,一则皇急道上。望见生,依依哀啼,葛耳辑首,似乞其援。生怜之,启裳衿,提抱以归。闭门,置床上,则青凤也。大喜,慰问。女曰:“适与婢子戏,遘此大厄。脱非郎君,必葬犬腹。望无以非类见憎。”生曰:“日切怀思,系于魂梦。见卿如得异宝,何憎之云!”女曰:“此天数也,不因颠覆,何得相从? 然幸矣婢子必言妾已死,可与君坚永约耳。”生喜,另舍居之。

积二年余,生方夜读,孝儿忽入。生辍读,讶诘所来。孝儿伏地,怆然曰:“家君有横难,非君莫救。将自诣恳,恐不见纳,故以某来。”问:“何事?”曰:“公子识莫三郎否?”曰:“此吾年家子也。”孝儿曰:“明日将过,倘携有猎狐,望君留之也。”生曰:“楼下之羞,耿耿在念,他事不敢预闻。必欲仆效绵薄,非青凤来不可。”孝儿零涕曰:“凤妹已野死三年矣。”生拂衣曰:“既尔,则恨滋深耳!”执卷高吟,殊不顾瞻。孝儿起,哭失声,掩面而去。生如青凤所,告以故。女失色曰:“果救之否?”曰:“救则救之,适不之诺者,亦聊以报前横耳。”女乃喜曰:“妾少孤,依叔成立。昔虽获罪,乃家范应尔。”生曰:“诚然,但使人不能无介介耳。卿果死,定不相援。”女笑曰:“忍哉!”次日,莫三郎果至,镂膺虎韔,仆从甚赫。生门逆之,见获禽甚多,中一黑狐,血殷毛革,抚之,皮肉犹温,便托裘敝,乞得缀补。莫慨然解赠。生即付青凤,乃与客饮。客既去,女抱狐于怀,三日而苏,展转复化为叟。举目见凤,疑非人间。女历言其情。叟乃下拜,惭谢前愆。喜顾女曰:“我固谓汝不死,今果然矣。”女谓生曰:“君如念妾,还祈以楼宅相假,使妾得以申返哺之私。”生诺之。叟赧然谢别而去。入夜,果举家来。由此如家人父子，无复猜忌矣。生斋居，孝儿时共谈宴。生嫡出子渐长，遂使傅之，盖循循善教，有师范焉。

画　皮

太原王生，早行。遇一女郎抱襆独奔，甚艰于步，急走趁之，乃二八姝丽。心相爱乐，问："何夙夜踽踽独行？"女曰："行道之人，不能解愁忧，何劳相问？"生曰："卿何愁忧？或可效力，不辞也。"女黯然曰："父母贪赂，鬻妾朱门。嫡妒甚，朝詈而夕楚辱之，所弗堪也，将远遁耳。"问："何之？"曰："在亡之人，乌有定所！"生言："敝庐不远，即烦枉顾。"女喜，从之。生代携襆物，导与同归。女顾室无人，问："君何无家口？"答云："斋耳。"女曰："此所良佳。如怜妾而活之，须秘密勿泄。"生诺之。乃与寝合。使匿密室，过数日而人不知也。生微告妻。妻陈，疑为大家媵妾，劝遣之。生不听。偶适市，遇一道士，顾生而愕，问："何所遇？"答言："无之。"道士曰："君身邪气萦绕，何言无？"生又力白。道士乃去，曰："惑哉！世固有死将临而不悟者。"生以其言异，颇疑女，转思明明丽人，何至为妖，意道士借魇禳以猎食者。无何，至斋门，门内杜，不得入。心疑所作，乃逾垝垣，则室门已闭。蹑足而窗窥之，见一狞鬼，面翠色，齿巉巉如锯，铺人皮于榻上，执彩笔而绘之，已而掷笔，举皮，如振衣状，披于身，遂化为女子。睹此状，大惧，兽伏而出。急追道士，不知所往。遍迹之，遇于野，长跪求救。道士曰："请遣除之。此物亦良苦，甫能觅代者，予亦不忍伤其生。"乃以蝇拂授生，令挂寝门。临别，约会于青帝庙。生归，不敢入斋，乃寝内室，悬拂焉。一更许，闻门外戢戢有声，自不敢窥，使妻窥之。但见女子来，望拂子不敢进，立而切齿，良久乃去。少时复来，骂曰："道士吓我。终不然，宁入口而吐之耶！"取拂碎之，坏寝门而入。径登生床，裂生腹，掬生心而去。妻号，婢入烛之，生已死，腔血狼藉。陈骇涕不敢声。

明日，使弟二郎奔告道士。道士怒曰："我固怜之，鬼子乃敢尔！"即从生弟来，女子已失所在。既而仰首四望，曰："幸遁未远。"问："南院谁家?”二郎曰:“小生所舍也。”道士曰:“现在君所。”二郎愕然,以为未有。道士问曰:“曾否有不识者一人来?”答曰:“仆早赴青帝庙,良不知,当归问之。”去,少顷而返,曰:“果有之。晨间一妪来,欲佣为仆家操作,室人止之,尚在也。”道士曰:“即是物矣。”遂与俱往。仗木剑,立庭心,呼曰:“孽鬼!偿我拂子来!”妪在室,惶遽无色,出门欲遁。道士逐击之。妪仆,人皮划然而脱,化为厉鬼,卧嗥如猪。道士以木剑枭其首,身变作浓烟,匝地作堆。道士出一葫芦,拔其塞,置烟中,飗飗然如口吸气,瞬息烟尽。道士塞口入囊。共视人皮,眉目手足,无不备具。道士卷之,如卷画轴声,亦囊之,乃别欲去。

陈氏拜迎于门,哭求回生之法。道士谢不能。陈益悲,伏地不起。道士沉思曰:“我术浅,诚不能起死。我指一人,或能之。”问:“何人?”曰:“市上有疯者,时卧粪土中,试叩而哀之。倘狂辱夫人,夫人忽怒也。”二郎亦习知之,乃别道士,与嫂俱往。见乞人颠歌道上,鼻涕三尺,秽不可近,陈膝行而前。乞人笑曰:“佳人爱我乎?”陈告以故。又大笑曰:“人尽夫也,活之何为?”陈固哀之。乃曰:“异哉!人死而乞活于我,我阎罗耶?”怒以杖击陈。陈忍痛受之。市人渐集如堵。乞人咯痰唾盈把,举向陈吻曰:“食之!”陈红涨于面,有难色,既思道士之嘱,遂强啖焉。觉入喉中,硬如团絮,格格而下,停结胸间。乞人大笑曰:“佳人爱我哉!”遂起,行已不顾。尾之,入于庙中。迫而求之,不知所在。前后冥搜,殊无端兆,惭恨而归。既悼夫亡之惨,又悔食唾之羞,俯仰哀啼,但愿即死。方欲展血敛尸,家人伫望,无敢近者。陈抱尸收肠,且理且哭。哭极声嘶,顿欲呕,觉鬲中结物,突奔而出,不及回首,已落腔中。惊而视之,乃人心也。在腔中突突犹跃,热气腾蒸如烟然。大异之。急以两手合腔,极力抱挤。少懈,则气氤氲自缝中出,乃裂缯帛急束之。以手抚尸,渐温,覆以衾裯,中夜启视,有鼻息矣。天明,竟活。为言:“恍惚若梦,但觉隐痛耳。”视破处,痂结如钱,寻愈。

异史氏曰:“愚哉世人!明明妖也,而以为美。迷哉愚人!明明忠也,而以为妄。然爱人之色而渔之,妻亦将食人之唾而甘之矣。天道好还,但愚而迷者不悟耳。哀哉!”

贾　儿

楚客有贾于外者。妇独居，梦与人交，醒而扪之，小丈夫也。察其情，与人异，知为狐。未几，下床去，门未开而已逝矣。入暮，邀庖媪伴焉。有子十岁，素别榻卧，亦招与俱。夜既深，媪儿皆寐，狐复来。妇喃喃如梦语。媪觉，呼之，狐遂去。自是，身忽忽若有亡。至夜，遂不敢息烛，戒子睡勿熟。夜阑，儿及媪倚壁少寐。既醒，失妇，意其出遗。久待不至，始疑。媪惧，不敢往觅。儿执火遍照之，至他室，则母裸卧其中。近扶之，亦不羞缩。自是则狂，歌哭叫詈，日万状。夜厌与人居，另榻寝儿，媪亦遣去。儿每闻母笑语，辄起火之。母反怒诃儿，儿亦不为意，因共壮儿胆。然嬉戏无节，日效杇者，以砖石叠窗上，止之不听。或去其一石，则滚地作娇啼，人无敢气触之。过数日，两窗尽塞，无少明。已乃合泥涂壁孔，终日营营，不惮其劳。涂已，无所作，遂把厨刀霍霍磨之。见者皆憎其顽，不以人齿。儿宵分隐刀于怀，以瓢覆灯。伺母呓语，急启灯，杜门声喊。久之无异，乃离门，扬言诈作欲搜状。欻有一物，如狸，突奔门隙，急击之，仅断其尾，约二寸许，湿血犹滴。初，挑灯起，母便诟骂，儿若弗闻。击之不中，懊恨而寝。自念虽不即戮，可以幸其不来。及明，视血迹逾垣而去。迹之，入何氏园中。至夜果绝，儿窃喜，但母痴卧如死。

未几，贾人归，就榻问讯。妇谩骂，视若仇。儿以状对，翁惊，延医药之。妇泻药诟骂。潜以药入汤水杂饮之，数日渐安。父子俱喜。一夜睡醒，失妇所在，父子又觅得于别室。由是复颠，不欲与夫同室处。向夕，竟奔他室。挽之，骂益甚。翁无策，尽扃他扉。妇奔去，则门自辟。翁患之，驱禳备至，殊无少验。

儿薄暮潜入何氏园，伏莽中，将以探狐所在。月初升，乍闻人语，暗拨蓬科，见二人来饮，一长鬣奴捧壶，衣老棕色，语俱细隐，不甚可辨。移时，闻一人曰："明日可取白酒一瓶来。"顷之，俱去，惟长鬣独留，脱衣卧石上。审顾之，四肢皆如人，但尾垂后部。儿欲归，恐狐觉，遂终夜伏。未明，又闻二人以次复来，哝哝入竹丛中。儿乃归。

翁问所往，答："宿阿伯家。"适从父入市，见帽肆挂狐尾，乞翁市之。翁不顾。儿牵父衣，娇聒之。翁不忍过拂，市焉。父贸易廛中，儿戏弄其侧，乘父他顾，盗钱去，沽白酒，寄肆廊。有舅氏城居，素业猎。儿奔其家，舅他出，妗诘母疾，答云："连日稍可。又以耗子啮衣，怒涕不解，故遣我乞猎药耳。"妗捡柜，出钱许，裹付儿，儿少之。妗欲作汤饼啖儿，儿觑室无人，自发药裹，窃盈掬而怀之。乃趋告妗，俾勿举火，"父待市中，不遑食也。"遂去，隐以药置酒中，遨游市上，抵暮方归。父问所在，托在舅家。

儿自是日游廛肆间。一日，见长鬣杂在人中，儿审之确，阴缀系之。渐与语，诘其里居。答言："北村。"亦询儿，儿伪云："山洞。"长鬣怪其洞居，儿笑曰："我世居洞府，君固否耶？"其人益惊，便诘姓氏。儿曰："我胡氏子，曾在何处，见君从两郎，顾忘之耶？"其人熟审之，若信若疑。儿微启下裳，少少露其假尾，曰："我辈混迹人中，但此物犹在，为可恨耳。"其人问："在市欲何为？"儿曰："父遣我沽。"其人亦以沽告。儿问："沽未？"曰："吾侪多贫，故常窃时多。"儿曰："此役亦良苦，耽惊忧。"其人曰："受主人遣，不得不尔。"因问："主人伊谁？"曰："即曩所见两郎兄弟也。一私北郭王氏妇，一宿东村某翁家。翁家儿大恶，被断尾，十日始瘥，今复往矣。"言已，欲别，曰："勿误我事。"儿曰："窃之难，不若沽之易。我先沽寄廊下，敬以相赠。我囊中尚有余钱，不愁沽也。"其人愧无以报。儿曰："我本同类，何靳些须？暇时，尚当与君痛饮耳。"遂与俱去，取酒授之，乃归。

至夜，母竟安寝，不复奔。心知有异，告父同往验之，则两狐毙于亭上，一狐死于草中，喙津津尚有血出。酒瓶犹在，持而摇之，未尽也。父惊问："何不早告？"儿曰："此物最灵，一泄，则彼知之。"翁喜曰："我儿，讨狐之陈平也。"于是父子荷狐归，见一狐秃半尾，刀痕俨然。自是遂安。而妇瘠殊甚，心渐明了，但益之嗽，呕痰数升，寻卒。北郭王氏妇，向祟于狐，至是问之，则狐绝而病亦愈。翁由此奇儿，教之骑射，后贵至总戎。

第　二　卷

金　世　成

金世成，长山人，素不检。忽出家作头陀，类颠，啖不洁以为美，犬羊遗秽于前，辄伏啖之，自号为佛。愚民妇异其所为，执弟子礼者以万千计。金诃使食矢，无敢违者。创殿阁，所费不资，人咸乐输之。邑令南公恶其怪，执而笞之，使修圣庙。门人竞相告曰："佛遭难！"争募救之。宫殿旬月而成，其金钱之集，尤捷于酷吏之追呼也。

异史氏曰："予闻金道人，人皆就其名而呼之，谓为'金世成佛'。品至啖秽，极矣。笞之不足辱，罚之适有济，南令公处法何良也！然学宫圮而烦妖道，亦士大夫之羞矣。"

董　　生

董生，字遐思，青州之西鄙人。冬月薄暮，展被于榻而炽炭焉。方将篝灯，适友人招饮，遂扃户去。至友人所，坐有医人，善太素脉，遍诊诸客。末顾王生九思及董曰："余阅人多矣，脉之奇无如两君者。贵脉而有贱兆，寿脉而有促征，此非鄙人所敢知也。然而董君实甚。"共惊问之，曰："某至此亦穷于术，未敢臆决。愿两君自慎之。"二人初闻甚骇，既以模棱语，置不为意。

半夜，董归，见斋门虚掩，大疑。醺中自忆，必去时忙促，故忘扃键。入室，未遑爇火，先以手入衾中，探其温否。才一探入，腻有卧人，大惊，敛手。急火之，竟为姝丽，韶颜稚齿，神仙不殊。狂喜，戏探下体，则毛尾修然。大惧，欲遁，女已醒，出手捉生臂，问："君何往？"董益惧，战栗哀求，愿乞怜恕。女笑曰："何所见而畏我？"董曰："我不畏首而畏尾。"女又笑曰："君误矣。尾于何有？"引董手，强使复探，则髀肉如脂，尻骨童童。笑曰："何如？醉态蒙眬，不知伊何，遂诬妄若此。"董固喜其丽，至此益惑，反自咎适然之错，然疑其所来无因。女曰："君不忆东邻之黄发女乎？屈指移居者，已十年矣。尔时我未笄，君垂髫也。"董恍然曰："卿周氏之阿琐耶？"女曰："是矣。"董曰："卿言之，我仿佛忆之。十年不见，遂苗条如此。然何遽能来？"女曰："妾适痴郎四五年，翁姑相继逝，又不幸为文君。剩妾一身，茕无所依，忆孩时相识者惟君，故来相见就。入门已暮，邀饮者适至，遂潜隐以待君归。待之既久，足冰肌粟，故借被以自温耳。幸勿见疑。"董喜，解衣共寝，意殊自得。月余，渐羸瘦，家人怪问，辄言不自知。久之，面目益支离，乃惧，复造善脉者诊之。医曰："此妖脉也。前日之死征验矣，疾不可为也。"董大哭，不去。医不得已，为之针手灸脐，而赠以药，嘱曰："如有所遇，力绝之。"董亦自危。既归，女笑要之。怫然曰："勿复相纠缠，我行且死！"走不顾。女大惭，亦怒曰："汝尚欲生耶！"至夜，董服药独寝，甫交睫，梦与女交，醒已遗矣。益恐，移寝于内，妻子夹守之，梦如故，窥女子已失所在。积数日，董吐血斗余而死。

王九思在斋中，见一女子来，悦其美而私之。诘所自，曰："妾遐思之邻也。渠旧与妾善，不意为狐惑而死。此辈妖气可畏，读书人宜慎相防。"王益佩之，遂相欢待。居数日，迷罔病瘠，忽梦董曰："与君好者狐也。杀我矣，又欲杀我友。我已诉之冥府，泄此幽愤。七日之夜，当炷香室外，勿忘却。"醒而异之，谓女曰："我病甚，恐委沟壑，或劝勿室也。"女曰："命当寿，室亦生；不寿，勿室亦死也。"坐与调笑。王心不能自持，又乱之。已而悔之，而不能绝。及暮，插香户上。女来，拔弃之。夜又梦董来，让其违嘱。次夜，暗嘱家人，俟寝后潜炷香室外。女在榻上，忽惊曰："又置香也？"王言不知。女急起得香，又折灭之，入曰："谁教君为此者？"王曰："或室人忧病，听巫家厌禳耳。"女彷徨不乐。家人潜窥香灭，又炷之。女忽叹曰："君福泽良厚。我误害遐思而弃子,诚我之过。我将与彼就质于冥曹。君如不忘夙好,勿坏我皮囊也。"逡巡下榻,仆地而死。烛之,狐也。犹恐其活,遽呼家人,剥其革而悬焉。王病甚,见狐来曰:"我诉诸法曹。法曹谓董君见色而动,死当其罪;但咎我不当惑人,追金丹去,复令还生。皮囊何在?"曰:"家人不知,已脱之矣。"狐惨然曰:"余杀人多矣,今死已晚,然忍哉君乎!"恨恨而去。王病几危,半年乃瘥。

龁　石

新城王钦文太翁家,有圉人王姓,初入劳山学道。久之,不火食,惟啖松子及白石,遍体生毛。既数年,念母老归里,渐复火食,犹啖石如故。向日视之,即知石之甘苦酸咸,如啖芋然。母死,复入山,今又十七八年矣。

猪婆龙

猪婆龙,产于江西。形似龙而短,能横飞。常出沿江岸扑食鹅鸭。或猎得之,则货其肉于陈、柯。此二姓皆友谅之裔,世食婆龙肉,他族不敢食也。一客自江右来,得一头,絷舟中。一日,泊舟钱塘,缚稍懈,忽跃入江。俄顷,波涛大作,估舟顷沉。

某　公

陕右某公,辛丑进士,能记前身。尝言前生为士人,中年而死。死后见冥王判事,鼎铛油镬,一如世传。殿东隅,设数架,上搭猪羊犬马诸皮。簿吏呼名,或罚作马,或罚作猪,皆裸之,于架上取皮被之。俄至公,闻冥王曰:"是宜作羊。"鬼取一白羊皮来,捺覆公体。吏白:"是曾拯一人死。"王捡籍覆视,示曰:"免之。恶虽多,此善可赎。"鬼又褫其毛革。革已粘体,不可复动,两鬼捉臂按胸,力脱之,痛苦不可名状,皮片片断裂,不得尽净。既脱,近肩处犹粘羊皮大如掌。公既生,背上有羊毛丛生,剪去复出。

庙　　鬼

新城诸生王启后者,方伯中宇公象坤曾孙。见一妇人入室,貌肥黑不扬,笑近坐榻,意甚亵。王拒之,不去。由此坐卧辄见之。而意坚定,终不摇。妇怒,批其颊有声,而亦不甚痛。妇以带悬梁上,捽与并缢。王不觉自投梁下,引颈作缢状。人见其足离地,挺然立当中,即亦不能死。自是病颠,忽曰:"彼将与我投河矣。"望河狂奔,曳之乃止。如此百端,日常数作,术药罔效。一日,忽见有武士绾锁而入,怒叱曰:"朴诚者汝何敢扰!"即絷妇项,自棂中出。才至窗外,妇不复人形,目电闪,口血赤如盆。忆城隍庙中有泥鬼四,绝类其一焉。于是病若失。

陆　　判

陵阳朱尔旦,字小明,性豪放,然素钝,学虽笃,尚未知名。一日,文社众饮,或戏之云:"君有豪名,能深夜负十王殿左廊下判官来,众当醵作筵。"盖陵阳有十王殿,神鬼皆木雕,妆饰如生。东庑有立判,绿面赤须,貌尤狞恶。或夜闻两廊下拷讯声,入者,毛皆森竖,故众以此难朱。朱笑起,径去。居无何,门外大呼曰:"我请髯宗师至矣!"众起。俄负判入,置几上,奉觞酹之三。众睹之,瑟缩不安于坐,仍请负去。朱又把酒灌地,祝曰:"门生狂率不文,大宗师谅不为怪。荒舍匪遥,合乘兴来觅饮,幸勿为畛畦。"乃负之去。

次日,众果招饮。抵暮,半醉而归,兴未阑,挑灯独酌。忽有人搴帘入,视之,则判官也。起曰:"噫,吾殆将死矣!前夕冒渎,今来加斧锧耶?"判启浓髯微笑曰:"非也。昨蒙高义相订,夜偶暇,敬践达人之约。"朱大悦,牵衣促坐,自起涤器爇火。判曰:"天道温和,可以冷饮。"朱如命,置瓶案上,奔告家人治肴果。妻闻大骇,戒勿出。朱不听,立俟治具以出。易盏交酬,始询姓氏。曰:"我陆姓,无名字。"与谈典故，应答如响。问："知制艺否？"曰："妍媸亦颇辨之。阴司诵读，与阳世亦略同。"陆豪饮，一举十觥。朱因竟日饮，遂不觉玉山倾颓，伏几醺睡。比醒，则残烛昏黄，鬼客已去。自是三两日辄一来，情益洽，时抵足卧。朱献窗稿，陆辄红勒之，都言不佳。一夜，朱醉先寝，陆犹自酌。忽醉梦中，脏腹微痛，醒而视之，则陆危坐床前，破腔出肠胃，条条整理。愕曰："夙无仇怨，何以见杀？"陆笑云："勿惧，我与君易慧心耳。"从容纳肠已，复合之，末以裹足布束朱腰。作用毕，视榻上亦无血迹，腹间觉少麻木。见陆置肉块几上，问之。曰："此君心也。作文不快，知君之毛窍塞耳。适在冥间，于千万心中，拣得佳者一枚，为君易之，留此以补缺数。"乃起，掩扉去。天明解视，则创缝已合，有线而赤者存焉。自是文思大进，过眼不忘。数日，又出文示陆，陆曰："可矣。但君福薄，不能大显贵，乡、科而已。"问："何时？"曰："今岁必魁。"未几，科试冠军，秋闱果中魁元。同社中诸生素揶揄之，及见闱墨，相视而惊，细询始知其异。共求朱先容，愿纳交陆。陆诺之。众大设以待之。更初，陆至，赤髯生动，目炯炯如电。众茫乎无色，齿欲相击，渐引去。

朱乃携陆归饮。既醺，朱曰："湔肠伐胃，受赐已多，尚有一事相烦，不知可否？"陆便请命。朱曰："山荆，予结发人，下体颇亦不恶，但头面不甚佳。欲烦君刀斧，如何？"陆笑曰："诺，容徐以图之。"过数日，半夜来叩门。朱急起延入，烛之，见襟裹一物。诘之，曰："君曩所嘱，向艰物色，适得美人首，敬报君命。"朱拨视，颈血犹湿。陆力促急入，勿惊禽犬。朱虑门户夜扃，陆至，以手推扉，扉自开。引至卧室，见夫人侧身眠。陆以头授朱抱之，自于靴中出白刃如匕首，按夫人项，着力如切腐状，迎刃而解，首落枕畔。急于生怀，取美人首合项上，详审端正，而后按捺。已而移枕塞肩际，命朱瘗首静所，乃去。朱妻醒，觉颈间微麻，面颊甲错，搓之，得血片，甚骇，呼婢汲盥。婢见面血狼藉，惊绝。濯之，盆水尽赤。举首则面目全非，又骇极。夫人引镜自照，错愕不能自解。朱入告之。因反覆细视，则长眉掩鬓，笑靥承颧，画中人也。解领验之，有红线一周，上下肉色，判然而异。

先是，吴侍御有女甚美，未嫁而丧二夫，故十九犹未醮也。上元游十王殿时，游人甚杂，内有无赖贼窥而艳之，遂阴访居里，乘夜梯入，穴寝门，杀一婢于床下，逼女与淫。女力拒声喊，贼怒而杀之。吴夫人微闻闹声，叫婢往视，见尸骇绝。举家尽起，停尸堂上，置首项侧，一门啼号，纷腾终夜。诘旦启衾，则身在而失其首。遍挞侍女，谓所守不坚，致葬犬腹。侍御告郡。郡严限捕贼，三月而罪人弗得。渐有以朱家换头之异闻吴公者，吴疑之，遣媪探诸其家。入见夫人，骇走以告吴公。公视女尸故存，惊疑无以自决。猜朱以左道杀女，往诘朱。朱曰："室人梦易其首，实不解其何故。谓仆杀之，则冤也。"吴不信，讼之。收家人鞫之，一如主言。郡守不能决。朱归，求计于陆。陆曰："不难，当使伊女自言之。"吴夜梦女曰："儿为苏溪杨大年所杀，无与朱孝廉。彼不艳其妻，陆判官取儿头与之易之，是儿身死而头生也，愿勿相仇。"醒告夫人，所梦同，乃言于官。问之，果有杨大年。执而械之，遂伏其罪。吴乃诣朱，请见夫人，由此为翁婿，乃以朱妻首合女尸而葬焉。

朱三入礼闱，皆以场规被放，于是灰心仕进。积三十年，一夕，陆告曰："君寿不永矣。"问其期，对以五日。"能相救否？"曰："惟天所命，人何能私？且自达人观之，生死一耳，何必生之为乐，死之为悲？"朱以为然。即制衣衾棺椁，既竟，盛服而没。翌日，夫人方扶柩哭，朱忽冉冉自外至。夫人惧，朱曰："我诚鬼，不异生时。虑尔寡母孤儿，殊恋恋耳。"夫人大恸，涕垂膺。朱依依慰解之。夫人曰："古有还魂之说，君既有灵，何不再生？"朱曰："天数不可违也。"问："在阴司作何务？"曰："陆判荐我督案务，受有官爵，亦无所苦。"夫人欲再语，朱曰："陆判与我同来，可设酒馔。"趋而出。夫人依言营备。但闻室中笑语，亮气高声，宛若生前。半夜窥之，窅然已逝。

自是三数日辄一来，时而留宿缱绻，家中事就便经纪。子玮方五岁，来辄提抱，至七八岁，则灯下教读。子亦慧，九岁能文，十五入邑庠，竟不知无父也。从此来渐疏，日月至焉而已。又一夕来，谓夫人曰："今与卿永诀矣。"问："何往？"曰："承帝命为太华卿，行将远赴，事烦途隔，故不能来。"母子持之哭，曰："勿尔！儿已成立，家计尚可存活，岂有百岁不拆之鸾凤耶！"顾子曰："好为人，勿堕父业。十年后一相见耳。”径出门去，于是遂绝。

后玮二十五举进士，官行人。奉命祭西岳，道经华阴，忽有舆从羽葆，驰冲卤簿，讶之。审视车中人，其父也，下车哭伏道左。父停舆曰：“官声好，我瞑目矣。”玮伏不起。朱促舆行，火驰不顾。去数步，回望，解佩刀遣人持赠。遥语曰：“佩之则贵。”玮欲追从，见舆马人从，飘忽若风，瞬息不见，痛恨良久。抽刀视之，制极精工，镌字一行，曰：“胆欲大而心欲小，智欲圆而行欲方。”玮后官至司马。生五子，曰沉，曰潜，曰沕，曰浑，曰深。一夕，梦父曰：“佩刀宜赠浑也。”从之。浑仕为总宪，有政声。

异史氏曰：“断鹤续凫，矫作者妄。移花接木，创始者奇。而况加凿削于心肝，施刀锥于颈项者哉？陆公者，可谓媸皮裹妍骨矣。明季至今，为岁不远，陵阳陆公犹存乎？尚有灵焉否也？为之执鞭，所忻慕焉。”

婴宁

王子服，莒之罗店人，早孤，绝慧，十四入泮。母最爱之，寻常不令游郊野。聘萧氏，未嫁而夭，故求凰未就也。

会上元，有舅氏子吴生，邀同眺瞩。方至村外，舅家仆来，招吴去。生见游女如云，乘兴独游。有女郎携婢，拈梅花一枝，容华绝代，笑容可掬。生注目不移，竟忘顾忌。女过去数武，顾婢子笑曰：“个儿郎目灼灼似贼！”遗花地上，笑语自去。生拾花怅然，神魂丧失，快快遂返。至家，藏花枕底，垂头而睡，不语亦不食。母忧之。醮禳益剧，肌革锐减。医师诊视，投剂发表，忽忽若迷。母抚问所由，默然不答。适吴生来，嘱秘诘之。吴至榻前，生见之泪下。吴就榻慰解，渐致研诘。生具吐其实，且求谋画。吴笑曰：“君意亦痴！此愿有何难遂？当代访之。徒步于野，必非世家。如其未字，事固谐矣，不然，拚以重赂，计必允遂。但得痊瘳，成事在我。”生闻之，不觉解颐。吴出告母，物色女子居里，而探访既穷，并无踪迹。母大忧，无所为计。然自吴去后，颜顿开，食亦略进。数日，吴复来。生问所谋。吴绐之曰：“已得之矣。我以为谁何人，乃我姑之女，即君姨妹，今尚待聘。虽内戚有婚姻之嫌，实告之，无不谐者。”生喜溢眉宇，问：“居何里？”吴诡曰：“西南山中，去此可三十余里。”生又嘱再四，吴锐身自任而去。

生由是饮食渐加，日就平复。探视枕底，花虽枯，未便雕落，凝思把玩，如见其人。怪吴不至，折柬招之。吴支托不肯赴招。生恚怒，悒悒不欢。母虑其复病，急为议姻，略与商榷，辄摇首不愿，惟日盼吴。吴迄无耗，益怨恨之。转思三十里非遥，何必仰息他人？怀梅袖中，负气自往，而家人不知也。

伶仃独步，无可问程，但望南山行去。约三十余里，乱山合沓，空翠爽肌，寂无人行，止有鸟道。遥望谷底，丛花乱树中，隐隐有小里落。下山入村，见舍宇无多，皆茅屋，而意甚修雅。北向一家，门前皆丝柳，墙内桃杏尤繁，间以修竹，野鸟格磔其中。意其园亭，不敢遽入。回顾对户，有巨石滑洁，因坐少憩。俄闻墙内有女子，长呼“小荣”，其声娇细。方伫听间，一女郎由东而西，执杏花一朵，俯首自簪，举头见生，遂不复簪，含笑拈花而入。审视之，即上元途中所遇也。心骤喜，但念无以阶进，欲呼姨氏，顾从无还往，惧有讹误。门内无人可问。坐卧徘徊，自朝至于日昃，盈盈望断，并忘饥渴。时见女子露半面来窥，似讶其不去者。忽一老媪扶杖出，顾生曰：“何处郎君，闻自辰刻来，以至于今。意将何为？得勿饥也？”生急起揖之，答云：“将以盼亲。”媪聋聩不闻，又大言之。乃问：“贵戚何姓？”生不能答。媪笑曰：“奇哉！姓名自不知，何亲可探？我视郎君，亦书痴耳。不如从我来，啖以粗粝，家有短榻可卧。待明朝归，询知姓氏，再来探访。”生方腹馁思啖，又从此渐近丽人，大喜。从媪入，见门内白石砌路，夹道红花，片片坠阶上。曲折而西，又启一关，豆棚花架满庭中。肃客入舍，粉壁光如明镜，窗外海棠枝朵，探入室中，裀藉几榻，罔不洁泽。甫坐，即有人自窗外隐约相窥。媪唤：“小荣！可速作黍。”外有婢子噭声而应。坐次，具展宗阀。媪曰：“郎君外祖，莫姓吴否？”曰：“然。”媪惊曰：“是吾甥也！尊堂，我妹子。年来以家窭贫，又无三尺之男，遂至音问梗塞。甥长成如许，尚不相识。”生曰：“此来即为姨也，匆遽遂忘姓氏。”媪曰：“老身秦姓，并无诞育，弱息亦为庶产。渠母改醮，遗我鞠养，颇亦不钝，但少教训，嬉不知愁。少顷，使来拜识。”未几，婢子具饭，雏尾盈握。媪劝餐已，婢来敛具。媪曰：“唤宁姑来。”婢应去。良久，闻户外隐有笑声。媪又唤曰：“婴宁，汝姨兄在此。”户外嗤嗤笑不已。婢推之以入，犹掩其口，笑不可遏。媪嗔目曰：“有客在，咤咤叱叱，景象何堪？”女忍笑而立，生揖之。媪曰：“此王郎，汝姨子。一家尚不相识，可笑人也。”问：“妹子年几何矣？”媪未能解。生又言之。女复笑，不可仰视。媪谓生曰：“我言少教诲，此可见矣。年已十六，呆痴如婴儿。”生曰：“小甥一岁。”曰：“阿甥已十七矣，得非庚午属马者耶？”生首应之。又问：“甥妇阿谁？”答曰：“无之。”曰：“如甥才貌，何十七岁犹未聘？婴宁亦无姑家，极相匹敌。惜有内亲之嫌。”生无语，目注婴宁，不遑他瞬。婢向女小语云：“目灼灼，贼腔未改！”女又大笑，顾婢曰：“视碧桃开未？”遽起，以袖掩口，细碎连步而出。至门外，笑声始纵。媪亦起，唤婢襆被，为生安置。曰：“阿甥来不易，宜留三五日，迟迟送汝归。如嫌幽闷，舍后有小园，可供消遣，有书可读。”次日，至舍后，果有园半亩，细草铺毡，杨花糁径，有草舍三楹，花木四合其所。穿花小步，闻树头苏苏有声，仰视，则婴宁在上，见生来，狂笑欲堕。生曰：“勿尔，堕矣！”女且下且笑，不能自止。方将及地，失手而堕，笑乃止。生扶之，阴捘其腕。女笑又作，倚树不能行，良久乃罢。生俟其笑歇，乃出袖中花示之。女接之，曰：“枯矣。何留之？”曰：“此上元妹子所遗，故存之。”问：“存之何益？”曰：“以示相爱不忘。自上元相遇，凝思成病，自分化为异物，不图得见颜色，幸垂怜悯。”女曰：“此大细事。至戚何所靳惜？待郎行时，园中花，当唤老奴来，折一巨捆负送之。”生曰：“妹子痴耶？”女曰：“何便是痴？”生曰：“我非爱花，爱拈花之人耳。”女曰：“葭莩之情，爱何待言？”生曰：“我所为爱，非瓜葛之爱，乃夫妻之爱。”女曰：“有以异乎？”曰：“夜共枕席耳。”女俯首思良久，曰：“我不惯与生人睡。”语未已，婢潜至，生惶恐遁去。少时，会母所。母问：“何往？”女答以园中共话。媪曰：“饭熟已久，有何长言，周遮乃尔。”女曰：“大哥欲我共寝。”言未已，生大窘，急目瞪之。女微笑而止。幸媪不闻，犹絮絮究诘。生急以他词掩之，因小语责女。女曰：“适此语不应说耶？”生曰：“此背人语。”女曰：“背他人,岂得背老母。且寝处亦常事,何讳之?”生恨其痴,无术可悟之。食方竟,家人捉双卫来寻生。

先是,母待生久不归,始疑,村中搜觅已遍,竟无踪兆,因往寻吴。吴忆曩言,因教于西南山村行觅。凡历数村,始至于此。生出门,适相值,便入告媪,且请偕女同归。媪喜曰:“我有志,匪伊朝夕。但残躯不能远涉,得甥携妹子去,识认阿姨,大好!”呼婴宁。宁笑至。媪曰:“大哥欲同汝去,可装束。”又饷家人酒食,始送之出曰:“姨家田产丰裕,能养冗人。到彼且勿归,小学诗礼,亦好事翁姑。即烦阿姨,择一良匹与汝。”二人遂发。至山坳,回顾,犹依稀见媪倚门北望也。

抵家,母睹姝丽,惊问为谁,生以姨妹对。母曰:“前吴郎与儿言者,诈也。我未有姊,何以得甥?”问女,女曰:“我非母出。父为秦氏,没时,儿在褓中,不能记忆。”母曰:“我一姊适秦氏,良确,然殂谢已久,那得复存?”因审诘面庞、志赘,一一符合。又疑曰:“是矣。然亡已多年。”疑虑间,吴生至,女避入室。吴询得故,惘然久之。忽曰:“此女名婴宁耶?”生然之。吴极称怪事。问所自知,吴曰:“秦家姑去后,姑丈鳏居,祟于狐,病瘠死。狐生女名婴宁,绷卧床上,家人皆见之。姑丈没,狐犹时来。后求天师符粘壁上,狐遂携女去。将勿此耶?”彼此疑参。但闻室中嗤嗤皆婴宁笑声,母曰:“此女亦太憨。”吴生请面之。母入室,女犹浓笑不顾。母促令出,始极力忍笑,又面壁移时,方出。才一展拜,翻然遽入,放声大笑。满室妇女,为之粲然。

吴请往觇其异,就便执柯。寻至村所,庐舍全无,山花零落而已。吴忆葬处,仿佛不远,然坟垅湮没,莫可辨识,诧叹而返。母疑其为鬼,入告吴言,女略无骇意,又吊其无家,亦殊无悲意,孜孜憨笑而已。众莫之测。母令与少女同寝止。昧爽即来省问,操女红精巧绝伦。但善笑,禁之亦不可止。然笑处嫣然,狂而不损其媚,人皆乐之。邻女少妇,争承迎之。母择吉为之合卺,而终恐为鬼物。窃于日中窥之,形影殊无少异。

至日,使华装行新妇礼,女笑极不能俯仰,遂罢。生以憨痴,恐泄漏房中隐事,而女殊密秘,不肯道一语。每值母忧怒,女至,一笑即解。奴婢小过,恐遭鞭楚,辄求诣母共话,罪婢投见,恒得免。而爱花成癖，物色遍戚党。窃典金钗，购佳种，数月，阶砌藩溷，无非花者。庭后有木香一架，故邻西家。女每攀登其上，摘供簪玩。母时遇见，辄诃之，女卒不改。一日，西人子见之，凝注倾倒，女不避而笑。西人子谓女意属已，心益荡。女指墙底笑而下，西人子谓示约处，大悦。及昏而往，女果在焉。就而淫之，则阴如锥刺，痛彻于心，大号而踣。细视非女，则一枯木卧墙边，所接乃水淋窍也。邻父闻声，急奔研问，呻而不言。妻来，始以实告。爇火烛窥，见中有巨蝎，如小蟹然。翁碎木捉杀之。负子至家，半夜寻卒。邻人讼生，讦发婴宁妖异。邑宰素仰生才，稔知其笃行士，谓邻翁讼诬，将杖责之。生为乞免，遂释而出。母谓女曰："憨狂尔尔，早知过喜而伏忧也。邑令神明，幸不牵累，设鹘突官宰，必逮妇女质公堂，我儿何颜见戚里？"女正色，矢不复笑。母曰："人罔不笑，但须有时。"而女由是竟不复笑，虽故逗之，亦终不笑，然竟日未尝有戚容。

一夕，对生零涕，异之。女哽咽曰："曩以相从日浅，言之恐致骇怪。今日察姑及郎，皆过爱无有异心，直告或无妨乎？妾本狐产。母临去，以妾托鬼母，相依十余年，始有今日。妾又无兄弟，所恃者惟君。老母岑寂山阿，无人怜而合厝之，九泉辄为悼恨。君倘不惜烦费，使地下人消此怨恫，庶养女者不忍溺弃。"生诺之，然虑坟冢迷于荒草，女言无虑。刻日，夫妇舆榇而往。女于荒烟错楚中，指示墓处，果得媪尸，肤革犹存。女抚哭哀痛，舁归，寻秦氏墓合葬焉。是夜，生梦媪来称谢，寤而述之。女曰："妾夜见之，嘱勿惊郎君耳。"生恨不邀留。女曰："彼鬼也。生人多，阳气胜，何能久居？"生问小荣，曰："是亦狐，最黠。狐母留以视妾，每摄饵相哺，故德之常不去心。昨问母，云已嫁之。"由是岁值寒食，夫妇登秦墓，拜扫无缺。女逾年，生一子，在怀抱中，不畏生人，见人辄笑，亦大有母风云。

异史氏曰："观其孜孜憨笑，似全无心肝者，而墙下恶作剧，其黠孰甚焉！至凄恋鬼母，反笑为哭，我婴宁何常憨耶？窃闻山中有草，名'笑矣乎'，嗅之，则笑不可止。房中植此一种，则合欢、忘忧，并无颜色矣。若解语花，正嫌其作态耳。"

聂 小 倩

宁采臣，浙人，性慷爽，廉隅自重。每对人言："生平无二色。"适赴金华，至北郭，解装兰若。寺中殿塔壮丽，然蓬蒿没人，似绝行踪。东西僧舍，双扉虚掩。惟南一小舍，扃键如新。又顾殿东隅，修竹拱把，阶下有巨池，野藕已花。意甚乐其幽杳。会学使案临，城舍价昂，思便留止，遂散步以待僧归。日暮，有士人来，启南扉。宁趋为礼，且告以意。士人曰："此间无房主，仆亦侨居。能甘荒落，旦暮惠教，幸甚。"宁喜，藉藁代床，支板作几，为久客计。是夜，月明高洁，清光似水，二人促膝殿廊，各展姓字。士人自言："燕姓，字赤霞。"宁疑为赴试者，而听其音声，殊不类浙，诘之，自言："秦人。"语甚朴诚。既而相对词竭，遂拱别归寝。

宁以新居，久不成寐。闻舍北喁喁，如有家口，起伏北壁石窗下，微窥之。见短墙外一小院落，有妇可四十余。又一媪衣黦绯，插蓬沓，鲐背龙钟，偶语月下。妇曰："小倩何久不来？"媪曰："殆好至矣。"妇曰："将无向姥姥有怨言否？"曰："不闻，但意似蹙蹙。"妇曰："婢子不宜好相识。"言未已，有十七八女子来，仿佛艳绝。媪笑曰："背地不言人，我两个正谈道，小妖婢悄来无迹响，幸不訾着短处。"又曰："小娘子端好是画中人，遮莫老身是男子，也被摄去。"女曰："姥姥不相誉，更阿谁道好？"妇人女子又不知何言。宁意其邻人眷口，寝不复听。又许时，始寂无声。

方将睡去，觉有人至寝所。急起审顾，则北院女子也。惊问之，女笑曰："月夜不寐，愿修燕好。"宁正容曰："卿防物议，我畏人言，略一失足，廉耻道丧。"女云："夜无知者。"宁又咄之。女逡巡若复有词。宁叱："速去！不然，当呼南舍生知。"女惧，乃退。至户外忽返，以黄金一锭置褥上。宁掇掷庭墀，曰："非义之物，污我囊橐！"女惭，出，拾金自言曰："此汉当是铁石。"

诘旦，有兰溪生携一仆来候试，寓于东厢，至夜暴亡，足心有小孔，如锥刺者，细细有血出，俱莫知故。经宿，一仆死，症亦如之。向晚，燕生归，宁质之，燕以为魅。宁素抗直，颇不在意。宵分，女子复至，谓宁曰："妾阅人多矣，未有刚肠如君者。君诚圣贤，妾不敢欺。小倩，姓聂氏，十八夭殂，葬于寺侧，被妖物威胁，历役贱务，腆颜向人，实非所乐。今寺中无可杀者，恐当以夜叉来。"宁骇求计。女曰："与燕生同室可免。"问："何不惑燕生？"曰："彼奇人也，固不敢近。"又问："何以迷人？"曰："狎昵我者，隐以锥刺其足，彼即茫若迷，因摄血以供妖饮。又惑以金，非金也，乃罗刹鬼骨，留之能截取人心肝。二者，凡以投时好耳。"宁感谢。问戒备之期，答以明宵。临别泣曰："妾堕玄海，求岸不得。郎君义气干云，必能拔生救苦。倘肯囊妾朽骨，归葬安宅，不啻再造。"宁毅然诺之，因问葬处，曰："但记白杨之上，有乌巢者是也。"言已出门，纷然而灭。

明日，恐燕他出，早诣邀致。辰后具酒馔，留意察燕。既约同宿，辞以性癖耽寂。宁不听，强携卧具来。燕不得已，移榻从之，嘱曰："仆知足下丈夫，倾风良切。要有微衷，难以遽白。幸勿翻窥箧襆，违之两俱不利。"宁谨受教。既各寝，燕以箱箧置窗上，就枕移时，齁如雷吼。宁不能寐。近一更许，窗外隐隐有人影。俄而近窗来窥，目光睒闪。宁惧，方欲呼燕，忽有物裂箧而出，耀若匹练，触折窗上石棂，飙然一射，即遽敛入，宛如电灭。燕觉而起，宁伪睡以觇之。燕捧箧检征，取一物，对月嗅视，白光晶莹，长可二寸，径韭叶许。已而数重包固，仍置破箧中。自语曰："何物老魅，直尔大胆，致坏箧子。"遂复卧。宁大奇之，因起问之，且告以所见。燕曰："既相知爱，何敢深隐。我，剑客也。若非石棂，妖当立毙，虽然，亦伤。"问："所缄何物？"曰："剑也。适嗅之，有妖气。"宁欲观之，慨出相示，荧荧然一小剑也，于是益厚重燕。

明日，视窗外，有血迹。遂出寺北，见荒坟累累，果有白杨，乌巢其颠。迨营谋既就，趣装欲归。燕生设祖帐，情义殷渥，以破革囊赠宁，曰："此剑袋也，宝藏可远魑魅。"宁欲从受其术，曰："如君信义刚直，可以为此。然君犹富贵中人，非此道中人也。"宁托有妹葬此，发掘女骨，敛以衣衾，赁舟而归。宁斋临野，因营坟葬诸斋外，祭而祝曰："怜卿孤魂，葬近蜗居，歌哭相闻，庶不见凌于雄鬼。一瓯浆水饮，殊不清旨，幸不为嫌！"祝毕而返。后有人呼曰："缓待同行！"回顾，则小倩也。欢喜谢曰:“君信义,十死不足以报。请从归,拜识姑嫜,媵御无悔。”审谛之,肌映流霞,足翘细笋,白昼端相,娇丽尤绝,遂与俱至斋中。嘱坐少待,先入白母。母愕然。时宁妻久病,母戒勿言,恐所骇惊。言次,女已翩然入,拜伏地下。宁曰:“此小倩也。”母惊顾不遑。女谓母曰:“儿飘然一身,远父母兄弟。蒙公子露覆,泽被发肤,愿执箕帚,以报高义。”母见其绰约可爱,始敢与言,曰:“小娘子惠顾吾儿,老身喜不可已。但生平止此儿,用承祧绪,不敢令有鬼偶。”女曰:“儿实无二心。泉下人既不见信于老母,请以兄事,依高堂,奉晨昏,如何?”母怜其诚,允之。即欲拜嫂。母辞以疾,乃止。女即入厨下,代母厂饔。入房穿榻,似熟居者。

日暮,母畏惧之,辞使归寝,不为设床褥。女窥知母意,即竟去。过斋欲入,却退,徘徊户外,似有所惧。生呼之,女曰:“室有剑气畏人。向道途中不奉见者,良以此故。”宁悟为革囊,取悬他室。女乃入,就烛下坐。移时,殊不一语。久之,问:“夜读否?妾少诵《楞严经》,今强半遗忘。浼求一卷,夜暇,就兄正之。”宁诺。又坐,默然,二更向尽,不言去。宁促之,愀然曰:“异域孤魂,殊怯荒墓。”宁曰:“斋中别无床寝,且兄妹亦宜远嫌。”女起,颦蹙欲啼,足恇儴而懒步,从容出门,涉阶而没。宁窃怜之,欲留宿别榻,又惧母嗔。女朝旦朝母,捧匜沃盥,下堂操作,无不曲承母志。黄昏告退,辄过斋头,就烛诵经。觉宁将寝,始惨然出。

先是,宁妻病废,母劬不堪,自得女,逸甚,心德之。日渐稔,亲爱如己出,竟忘其为鬼,不忍晚令去,留与同卧起。女初来未尝饮食,半年渐啜稀酏。母子皆溺爱之,讳言其鬼,人亦不知辨也。无何,宁妻亡。母隐有纳女意,然恐于子不利。女微知之,乘间告曰:“居年余,当知肝膈。为不欲祸行人,故从郎君来。区区无他意,止以公子光明磊落,为天人所钦瞩,实欲依赞三数年,借博封诰,以光泉壤。”母亦知无恶,惧不能延宗嗣。女曰:“子女惟天所授。郎君注福籍,有亢宗子三,不以鬼妻而遂夺也。”母信之,与子议。宁喜,因列筵告戚党。或请觌新妇,女慨然华妆出,一堂尽眙,反不疑其鬼,疑为仙。由是五党诸内眷,咸执贽以贺,争拜识之。女善画兰梅,辄以尺幅酬答,得者藏之，什袭以为荣。一日，俯颈窗前，怊怅若失，忽问："革囊何在？"曰："以卿畏之，故缄致他所。"曰："妾受生气已久，当不复畏，宜取挂床头。"宁诘其意，曰："三日来，心怔忡无停息，意金华妖物，恨妾远遁，恐旦晚寻及也。"宁果携革囊来。女反复审视，曰："此剑仙将盛人头者也。敝败至此，不知杀人几何许！妾今日视之，肌犹粟栗。"乃悬之。次日，又命移悬户上。夜对烛坐，欻有一物，如飞鸟至，女惊匿夹幕间。宁视之，物如夜叉状，电目血舌，睒闪攫拿而前。至门却步，逡巡久之，渐近革囊，以爪摘取，似将抓裂。囊忽格然一响，大可合篑，恍惚有鬼物，突出半身，揪夜叉入，声遂寂然，囊亦顿索如故。宁骇诧。女亦出，大喜曰："无恙矣！"共视囊中，清水数斗而已。

后数年，宁果登进士，举一男。纳妾后，又各生一男，皆仕进有声。

义　　鼠

杨天一言：见二鼠出，其一为蛇所吞；其一瞪目如椒，意似甚恨怒，然遥望不敢前。蛇果腹，蜿蜒入穴，方将过半，鼠奔来，力嚼其尾。蛇怒，退身出。鼠故便捷，欻然遁去。蛇追不及而返，及入穴，鼠又来，嚼如前状。蛇入则来，蛇出则往，如是者久。蛇出，吐死鼠于地上。鼠来嗅之，啾啾如悼息，衔之而去。友人张历友为作《义鼠行》。

小　官　人

太史某翁，忘其姓氏，昼卧斋中。忽有小卤簿，出自堂陬。马大如蛙，人细如指。小仪仗以数十队。一官冠皂纱，着绣襆，乘肩舆，纷纷出门而去。公心异之，窃疑睡眼之讹。顿见一小人，返入舍，携一毡包，大如拳，竟造床下。白言："家主人有不腆之仪，敬献太史。"言已，对立，即又不陈其物。少间，又自笑曰："戋戋微物，想太史亦无所用，不如即赐小人。"太史颔之，欣然携之而去，后不复见。惜太史中馁，不曾诘所来。

地 震

康熙七年六月十七日戌时，地大震。余适客稷下，方与表兄李笃之对烛饮。忽闻有声如雷，自东南来，向西北去。众骇异，不解其故。俄而几案摆簸，酒杯倾覆，屋梁椽柱，错折有声。相顾失色。久之，方知地震，各疾趋出。见楼阁房舍，仆而复起。墙倾屋塌之声，与儿啼女号，喧如鼎沸。人眩晕不能立，坐地上，随地转侧。河水倾泼丈余，鸡鸣犬吠满城中。逾一时许，始稍定。视街上，则男女裸体相聚，竞相告语，并忘其未衣也。后闻某处井倾侧，不可汲；某家楼台南北易向；栖霞山裂，沂水陷穴，广数亩。此真非常之奇变也。

有邑人妇，夜起溲溺，回则狼衔其子。妇急与狼争。狼一缓颊，妇夺儿出，携抱中。狼蹲不去。妇大号。邻人奔集，狼乃去。妇惊定作喜，指天画地，述狼衔儿状，已夺儿状。良久，忽悟一身未着寸缕，乃奔。此当与地震时男女两忘，同一情状也。人之惶急无谋，一何可笑！

海 公 子

东海古迹岛，有五色耐冬花，四时不凋。而岛中古无居人，人亦罕到之。登州张生，好奇，喜游猎。闻其佳胜，备酒食，自掉扁舟而往。至则花正繁，香闻数里，树有大至十余围者。反复留连，甚慊所好。开尊自酌，恨无同游。忽花中一丽人来，红裳眩目，略无伦比。见张，笑曰："妾自谓兴致不凡，不图先有同调。"张惊问："何人？"曰："我胶娼也。适从海公子来。彼寻胜翱翔，妾以艰于步履，故留此耳。"张方苦寂，得美人，大悦，招坐共饮。女言辞温婉，荡人心志。张爱好之，恐海公子来，不得尽欢，因挽与乱。女忻从之。

相狎未已，忽闻风肃肃，草木偃折有声。女急推张起，曰："海公子至矣。"张束衣愕顾，女已失去。旋见一大蛇，自丛树中出，粗于巨桶。张惧，障身大树后，冀蛇不睹。蛇近前，以身绕人并树，纠缠数匝，两臂直束胯间，不可少屈。昂其首，以舌刺张鼻，鼻血下注，流地上成洼,乃俯就饮之。张自分必死,忽忆腰中佩荷囊,内有毒狐药,因以二指夹出,破裹堆掌上。又侧颈自顾其掌,令血滴药上,顷刻盈把。蛇果就掌吸饮。饮未及尽,遽伸其体,摆尾若霹雳声,触树,树半体崩落,蛇卧地如梁而毙矣。张亦眩莫能起,移时方苏,载蛇而归。大病月余。疑女子亦蛇精也。

丁 前 溪

丁前溪,诸城人,富有钱谷,游侠好义,慕郭解之为人。御史行台按访之。丁亡去,至安丘,遇雨,避身逆旅。雨日中不止,有少年来,馆谷丰隆。既而昏暮,止宿其家,莝豆饲畜,给食周至。问其姓字,少年云:“主人杨姓,我其内侄也。主人好交游,适他出,家惟娘子在。贫不能厚客给,幸能垂谅。”问:“主人何业?”则家无资产,惟日设博场,以谋升斗。次日,雨仍不止,供给弗懈。至暮,锉刍,刍束湿,颇极参差。丁怪之。少年曰:“实告客,家贫无以饲畜,适娘子撤屋上茅耳。”丁益异之,谓其意在得直,天明,付之金,不受,强付少年持入。俄出,仍以反客,云:“娘子言,我非业此猎食者。主人在外,尝数日不携一钱,客至吾家,何遂索偿乎?”丁赞叹而别,嘱曰:“我诸城丁某,主人归,宜告之,暇幸见顾。”数年无耗。

值岁大饥,杨困甚,无所为计,妻漫劝诣丁,从之。至诸,通姓名于门者,丁茫不忆,申言始忆之。踩履而出,揖客入。见其衣敝踵决,居之温室,设筵相款,宠礼异常。明日,为制冠服,表里温暖。杨义之,而内顾增忧,褊心不能无少望。居数日,殊不言赠别。杨意甚亟,告丁曰:“顾不敢隐,仆来时,米不满升。今过蒙推解,固乐,妻子如何矣!”丁曰:“是无烦虑,已代经纪矣。幸舒意少留,当助资斧。”走伻招诸博徒,使杨坐而乞头,终夜得百金,乃送之还。归见室人,衣履鲜整,小婢侍焉。惊问之,妻言:“自君去后,次日即有车徒赍送布帛米粟,堆积满屋,云是丁客所赠。又婢十指,为妾驱使。”杨感不自已。由此小康,不屑旧业矣。

异史氏曰:“贫而好客,饮博浮荡者优为之。异者,独其妻耳。受之施而不报，岂人也哉？然一饭之德不忘，丁其有焉。”

张老相公

张老相公，晋人。适将嫁女，携眷至江南，躬市奁妆。舟抵金山，张先渡江，嘱家人在舟，勿爆膻腥。盖江中有鼋怪，闻香辄出，坏舟吞行人，为害已久。张去，家人忘之，炙肉舟中，忽巨浪覆舟，妻女皆没。张回棹，悼恨欲死。因登金山，谒寺僧，询鼋之异，将以仇鼋。僧闻之，骇言：“吾侪日与习近，惧为祸殃，惟神明奉之，祈勿怒，时斩牲牢，投以半体，则跃吞而去。谁复能相仇哉！”张闻，顿思得计，便招铁工，起炉山半，冶赤铁，重百余斤。审知所常伏处，使二三健男子，以大钳举投之。鼋跃出，疾吞而下。少时，波涌如山。顷之，浪息，则鼋死已浮水上矣。行旅寺僧并快之，建张老相公祠，肖像其中，以为水神，祷之辄应。

水 莽 草

水莽，毒草也。蔓生似葛，花紫类扁豆。误食之，立死，即为水莽鬼。俗传此鬼不得轮回，必再有毒死者，始代之，以故楚中桃花江一带，此鬼尤多云。

楚人以同岁生者为同年，投刺相谒，呼庚兄庚弟，子侄呼庚伯，习俗然也。有祝生造其同年某，中途燥渴思饮，俄见道旁一媪，张棚施饮，趋之。媪承迎入棚，给奉甚殷。嗅之有异味，不类茶茗，置不饮，起而出。媪止客，急唤：“三娘，可将好茶一杯来。”俄有少女，捧茶自棚后出，年约十四五，姿容艳绝，指环臂钏，晶莹鉴影。生受盏神驰。嗅其茶，芳烈无伦，吸尽复索。觑媪出，戏捉纤腕，脱指环一枚。女赪颊微笑，生益惑。略诘门户，女云：“郎暮来，妾犹在此也。”生求茶叶一撮，并藏指环而去。至同年家，觉心头作恶，疑茶为患，以情告某。某骇曰：“殆矣，此水莽鬼也！先君死于是。是不可救，奈何？”生大惧，出茶叶验之，真水莽草也。又出指环，兼述女子情状。某悬想曰：

"此必寇三娘也!"生以其名确符,问何故知,曰:"南村富室寇氏女,夙有艳名。数年前,误食水莽而死。必此为魅。"或言受魅者,若知鬼之姓氏,求其故裆,煮服可痊。某诣寇所,实告以故,长跪哀恳。寇以其将代女死故,靳不与。某忿而返,以告生。生亦切齿恨之,曰:"我死,必不令彼女脱生!"某舁之归,将至家门而卒。母号啼,葬之。遗一子,甫周岁。妻不能守,半年改醮去。母留孤自哺,劬瘁不堪,朝夕悲啼。一日,方抱儿哭室中,生悄然忽入。母大骇,挥涕问之,答云:"儿地下闻母哭,甚怆于怀,故来奉晨昏耳。儿虽死,已有家室,即同来分母劳,母其勿悲。"母问:"儿妇何人?"曰:"寇氏坐听儿死,儿深恨之。死后欲寻三娘,而不知其处,近遇庚伯,始相指示。儿往,则三娘已投生任侍郎家。儿驰去,强捉之来。今为儿妇,亦相得,颇无苦。"移时,门外一女子入,华妆艳丽,伏地拜母。生曰:"此寇三娘也。"虽非生人,母视之,情怀差慰。生便遣三娘操作。三娘雅不习惯,然承顺殊怜人。由此居故室,遂留不去。女请母告诸家。生意欲勿告,而母承女意,卒告之。寇家媪翁,闻而大骇。命车疾至,视之,果三娘,相向哭失声。女劝止之。媪视生家良贫,意甚悼。女曰:"人已鬼,又何厌贫?祝郎母子,情意拳拳,儿固已安之矣。"因问:"茶媪谁也?"曰:"彼倪姓,自渐不能惑行人,故求儿助之耳。今已生于郡城卖浆者之家。"因顾生曰:"既婿矣,而不拜岳,妾复何心?"生乃投拜。女便入厨下,代母执炊供客。翁媪视之怆心,既归,即遣两婢来,为之服役。金百斤,布帛数十匹,酒胾不时馈送,小阜祝母矣。寇亦时招归宁。居数日,辄曰:"家中无人,宜早送儿还。"或故稽之,则飘然自归。翁乃代生起夏屋,营备臻至,然生终未尝至翁家。

一日,村中有中水莽草毒者,死而复苏,竞传为异。生曰:"是我活之也。彼为李九所害,我为之驱其鬼而去之。"母曰:"汝何不取人以自代?"曰:"儿深恨此等辈,方将尽驱除之,何屑为此?且儿事母最乐,不愿生也。"由是中毒者,往往具丰筵,祷祝其庭,辄有效。

积十余年,母死。生夫妇哀毁,但不对客,惟命儿缞麻擗踊,教以礼义而已。葬母后,又二年余,为儿娶妇。妇,任侍郎之孙女也。先是,任公妾生女数月而殇,后闻祝生之异,遂命驾其家,订翁婿焉。至是，遂以孙女妻其子，往来不绝矣。一日，谓子曰：“上帝以我有功人世，策为‘四渎牧龙君’，今行矣。”俄见庭下有四马，驾黄幨车，马四股皆鳞甲。夫妻盛装出，同登一舆。子及妇皆泣拜，瞬息而渺。是日，寇家见女来，拜别翁媪，亦如生言。媪泣挽留，女曰：“祝郎先去矣。”出门遂不复见。其子名鹗，字离尘，请寇翁，以三娘骸骨与生合葬焉。

造　畜

魇昧之术，不一其道，或投美饵，绐之食之，则人迷罔，相从而去，俗名曰“打絮巴”，江南谓之“扯絮”。小儿无知，辄受其害。又有变人为畜者，名曰“造畜”。此术江北犹少，河以南辄有之。扬州旅店中，有一人牵驴五头，暂絷枥下，云：“我少旋即返。”兼嘱：“勿令饮啖。”遂去。驴暴日中，蹄啮殊喧。主人牵着凉处。驴见水，奔之，遂纵饮之。一滚尘，化为妇人。怪之，诘其所由，舌强而不能答，乃匿诸室中。既而驴主至，系五羊于院中，惊问驴之所在。主人曳客坐，便进餐饮，且云：“客姑饭，驴即至矣。”主人出，悉饮五羊，辗转化为童子。阴报郡，遣役捕获，遂械杀之。

凤 阳 士 人

凤阳一士人，负笈远游，谓其妻曰：“半年当归。”十余月，竟无耗问。妻翘盼綦切，一夜，才就枕，纱月摇影，离思萦怀。方反侧间，有一丽人，珠鬟绛帔，搴帷而入，笑问：“姊姊得无欲见郎君乎？”妻急起应之。丽人邀与共往。妻惮修阻，丽人但请无虑。即挽女手出，并踏月色，约行一矢之远。觉丽人行迅速，女步履艰涩，呼丽人少待，将归着复履。丽人牵坐路侧，自乃捉足，脱履相假。女喜着之，幸不凿枘。复起从行，健步如飞。

移时，见士人跨白骡来。见妻大惊，急下骑，问：“何往？”女曰：“将以探君。”又顾问丽人伊谁。女未及答，丽人掩口笑曰：“且勿问讯。娘子奔波非易，郎君星驰夜半，人畜想当俱殆。妾家不远，且请息驾，早旦而行，不晚也。”顾数武之外，即有村落，遂同行。入一庭院，丽人促睡婢起供客，曰：“今夜月色皎然，不必命烛，小台石榻可坐。”士人絷蹇檐梧，乃即坐。丽人曰：“履大不适于体，途中颇累赘否？归有代步，乞赐还也。”女称谢付之。

俄顷，设酒果，丽人酌曰：“鸾凤久乖，圆在今夕，浊醪一觞，敬以为贺。”士人亦执盏酬报。主客笑言，履舄交错。士人注视丽者，屡以游词相挑。夫妻乍聚，并不寒暄一语。丽人亦眉目流情，而妖言隐谜。女惟默坐，伪为愚者。久之渐醺，二人语益狎。又以巨觥劝客，士人以醉辞，劝之益苦。士人笑曰：“卿为我度一曲，即当饮。”丽人不拒，即以牙杖抚提琴而歌曰：“黄昏卸得残妆罢，窗外西风冷透纱。听蕉声，一阵一阵细雨下。何处与人闲磕牙？望穿秋水，不见还家，潸潸泪似麻。又是想他，又是恨他，手拿着红绣鞋儿占鬼卦。”歌竟，笑曰：“此市井之谣，有污君听，然因流俗所尚，姑效颦耳。”音声靡靡，风度狎亵。士人摇惑，若不自禁。少间，丽人伪醉离席，士人亦起，从之而去。久之不至。婢子乏疲，伏睡厢下。女独坐无侣，颇难自堪，欲思遁归，而夜色微茫，不忆道路，辗转无以自主，因起而觇之。甫近窗，则断云零雨之声，隐约可闻。又听之，闻良人与己素常猥亵之状，尽情倾吐。女至此，手颤心摇，殆不可遏，念不如出门窜沟壑以死。愤然方行，忽见弟三郎乘马而至，遽便下问，女具以告。三郎大怒，立与姊回，直入其家，则室门扃闭，枕上之语犹喁喁也。三郎举巨石抛击，窗棂三五碎断。内大呼曰：“郎君脑破矣，奈何！”女闻之，大哭，谓弟曰：“我不谋杀郎君，今且若何？”三郎撑目曰：“汝呜呜促我来，甫能消此胸中恶，又护男儿、怒弟兄，我不惯与婢子供指使！”返身欲去。女顿惊寤，始知其梦。越日，士人果归，乘白骡。女异之而未言。士人是夜亦梦，所见所遭，述之悉符，互相骇怪。既而三郎闻姊夫自远归，亦来省问。语次，问士人曰：“昨宵梦君，今果然，亦大异。”士人笑曰：“幸不为巨石所毙。”三郎愕然问故，士以梦告。三郎大异之。盖是夜，三郎亦梦遇姊泣诉，愤激投石也。三梦相符，但不知丽人何许耳。

耿 十 八

新成耿十八,病危笃,自知不起,谓妻曰:“永诀之后,嫁守由汝,请言所志。”妻默不语。耿固问之,且云:“守固佳,嫁亦恒情。明言之,行与子诀。子守,我心慰;子嫁,我意断也。”妻乃惨然曰:“家无儋石,君在犹不给,何以能守?”耿闻之,遽捉妻臂,作恨声曰:“忍哉!”言已而没,手握不可开。妻号,家人至,两人攀指力擘之,始开。

耿不自知死,出门,见小车十余辆,辆各十人,即以方幅书名字,贴车上。御人见耿,促登车。耿视车中已有九人,并已而十。又视粘单上,已名最后。车行咋咋,响震耳际,亦不知何往。俄至一处,闻人言曰:“此思乡地也。”闻其名,疑之。又闻御人偶语云:“今日剸三人。”耿又骇。及细听其言,悉阴间事,乃自悟曰:“我岂作鬼物耶?”顿念家中无复可悬,惟老母腊高,妻嫁后,缺于奉养,念之,不觉涕涟。又移时,见有台,高可数仞,游人甚多,囊头械足之辈,呜咽而下上,闻人言为“望乡台”。诸人至此,俱踏辕下,纷然竞登。御人或挞之,或止之,独至耿,则促令登。登数十级,始至颠顶。翘首一望,则门闾庭院,宛在目前,但内室隐隐,如笼烟雾,凄恻不自胜。

回顾,一短衣人立肩下,即以姓氏问耿。耿俱以告。其人亦自言为东海匠人。见耿零涕,问:“何事不了于心?”耿又告之。匠人谋与越台而遁。耿惧冥追,匠人固言无妨。耿又虑台高倾跌,匠人但令从已。遂先跃,耿果从之。及地,竟无恙。喜无觉者,视所乘车,犹在台下。二人急奔,数武,忽自念名字粘车上,恐不免执名之追,遂反身近车,以手指涂去已名始复奔,哆口坌息,不敢少停。

少间,入里门,匠人送诸其室。蓦睹已尸,醒然而苏。觉乏疲躁渴,骤呼水。家人大骇,与之水,饮至石余。乃骤起,作揖拜伏。既而出门拱谢,方归,归则僵卧不转。家人以其行异,疑非真活,然渐觇之,殊无他,稍稍近问,始历历言本末。问:“出门何故?”曰:“别匠人也。”“饮水何多?”曰:“初为我饮,后乃匠人饮也。”投之汤羹,数日而瘥。由此厌薄其妻,不复共枕席。

珠　　儿

常州民李化，富有田产，年五十余，无子。一女名小惠，容质秀美，夫妻最怜爱之。十四岁，暴病夭殂。冷落庭帏，益少生趣。始纳婢，经年余，生一子，视如拱璧，名之珠儿。儿渐长，魁梧可爱。然性绝痴，五六岁尚不辨菽麦，言语蹇涩。李亦好而不知其恶。会有眇僧，募缘于市，辄知人闺闼，于是相惊以神，且云能生死祸福人。几十百千，执名一索，无敢违者。诣李募百缗，李难之，给十金，不受，渐至三十金。僧厉色曰："必百金，缺一文不可！"李怒，收金而去。僧忿然起曰："勿悔，勿悔！"无何，珠儿心暴痛，巴刮床席，色如土灰。李惧，将八十金诣僧求救。僧笑曰："多金大不易！然山僧何能为？"李回而儿已死。李恸甚，以状诉邑宰。宰拘僧讯鞫，亦辨给无情词。笞之，似击鞔革。令搜其身，得木人二、小棺一、小旗帜五。宰怒，以手叠诀举示之。僧乃惧，自投无数。宰不听，杖杀之。李叩谢而归。

时已曛暮，与妻坐床上，忽一小儿，偃儴入室，曰："阿翁行何疾？极力不能得追。"视其体貌，当得七八岁。李惊，方将诘问，则见其若隐若现，恍惚如烟雾，宛转间，已登榻。李推下之，堕地无声。曰："阿翁何乃尔！"瞥然复登。李惧，与妻俱奔。儿呼阿父、阿母，呕哑不休。李入妾室，急阖其扉，还顾，儿已在膝下。李骇问何为。答曰："我苏州人，姓詹氏。六岁失怙恃，不为兄嫂所容，逐居外祖家。偶戏门外，为妖僧迷杀桑树下，驱使如伥鬼，冤闭穷泉，不得脱化。幸赖阿翁昭雪，愿得为子。"李曰："人鬼殊途，何能相依？"儿曰："但除斗室，为儿设床褥，日浇一杯冷浆粥，余都无事。"李从之。儿喜，遂独卧室中。

晨来出入户庭，如家生。闻妾哭子声，问："珠儿死几日矣？"答以七日。曰："天严寒，尸当不腐。试发冢起视，如未损坏，儿当活之。"李喜，与儿去，开穴验之，躯壳如故。方深忉怛，回视，儿失所在。异之，舁尸归。方置榻上，目已瞥动。少顷呼汤，汤已而汗，汗已遂起。群喜珠儿复生，又加之慧黠便利，迥异平昔。但夜间僵卧，毫无气息，共转侧之，冥然若死。众大愕，谓其复死。天将明，始若梦醒。群就问之，答云：“昔从妖僧时，有儿等二人，其一名呼哥子。昨追我父不及，盖在后与哥子作别耳。今在冥司，与姜员外作义嗣，夜分，固来邀儿戏。适以白鼻騧送儿归。”母因问：“在阴司见珠儿否？”曰：“珠儿已转生矣。渠与阿翁无父子缘，不过金陵严子方来讨百十千债负耳。”初，李贩于金陵，欠严货价未偿，而严翁死，此事无人知者。李闻之，大骇。

母问：“儿见惠姊否？”儿曰：“不知。再去当访之。”又二三日，谓母曰：“姊在阴司大好，嫁得楚江王小郎子，珠翠满头髻，一出门，便十百作呵殿声。”母曰：“何不一归宁？”曰：“人既死，与骨肉无关切。倘有人细述前生，方豁然动念耳。昨托姜员外，夤缘见姊，便与言父母悬念，渠都如眠睡。儿云：‘姊在时，喜绣并蒂花，剪刀刺手爪，血涴绫子上，姊就刺作赤水云。今母犹挂床头壁，顾念不去心。姊忘之乎？’姊始凄感，云：‘会须白郎君，归省阿母’。”母问其期，答言不知。一日谓母：“姊行且至，仆从大繁，当多备浆酒。”少间，奔入室曰：“姊来矣！”移榻中堂，曰：“姊姊且憩坐，少悲啼。”诸人悉无所见。儿率人焚纸酹饮于门外，反曰：“驺从暂令去矣。姊言：‘昔日所覆绿被，曾为烛花烧一点如豆大，尚在否？’”母曰：“在。”即启笥出之。儿曰：“姊命我陈旧闺中。乏疲，且小卧，翌日再与阿母言。”东邻赵氏女，故与惠为绣阁交。是夜，忽梦惠幞头紫帔来相望，言笑犹如平生。且言：“我今异物，父母觌面，不啻河山。将借妹子与家人共语，勿须惊恐。”质明，方与母言，忽仆地闷绝。逾刻方醒，向母曰：“小惠与我婶别几年矣，顿鬖鬖白发生！”母骇曰：“儿病狂耶？”女拜别即出。母知其异，从之。直达李所，抱母哀啼。母惊不知所谓。女曰：“儿昨归，颇委顿，未遑一言。儿不孝，中途弃高堂，劳父母哀念，罪莫大焉！”母顿悟，乃哭。已而问曰：“闻儿今贵，甚慰母心。但汝栖身王家，何遂能来？”女曰：“郎君与儿极燕好，姑舅亦相抚爱，颇不谓妒丑。”惠生时，好以手支颐，女言次，辄作故态，神情宛似。未几，珠儿奔入曰：“接姊者至矣。”女乃起，拜别泣下，曰：“儿去矣。”言讫，复踣，移时乃醒。

后数月，李病剧，医药无效。儿曰：“旦夕恐不救也！二鬼坐床头，一执铁杖子，一挽苎麻绳，长四五尺许，儿昼夜哀之不去。”母哭，乃备衣衾。既暮，儿趋入曰：“杂人妇，且退去，姊夫来视阿翁。”俄顷，鼓掌大笑。母问之，曰：“我笑二鬼，见姊夫来，俱匿床下如龟鳖。”又少时，望空道寒暄，问姊起居。既而拍手曰：“二鬼奴哀之不去，至此大快！”乃出之门外，却回，曰：“姊夫去矣。二鬼被锁马鞅上，阿父当即无恙。姊夫言：归白大王，为父母乞百年寿也。”一家俱喜。至夜，病良已，数日寻瘥。延师教儿读。儿甚慧，十八岁入邑庠，犹能言冥间事。见里中病者，辄指鬼祟所在，以火爇之，往往得瘳。后暴病，体肤青紫，自言鬼神责我泄露，由是不复言。

胡　四　姐

尚生，泰山人。独居清斋。会值秋夜，银河高耿，明月在天，徘徊花阴，颇存遐想。忽一女子逾垣来，笑曰：“秀才何思之深？”生就视，容华若仙。惊喜拥入，穷极狎昵。自言：“胡氏，名三姐。”问其居第，但笑不言。生亦不复置问，惟相期永好而已。自此，临无虚夕。一夜，与生促膝灯幕，生爱之，瞩盼不转。女笑曰：“眈眈视妾何为？”曰：“我视卿如红叶碧桃，虽竟夜视，勿厌也。”三姐曰：“妾陋质，遂蒙青盼如此，若见吾家四妹，不知如何颠倒。”生益倾动，恨不一见颜色，长跽哀请。

逾夕，果偕四姐来。年方及笄，荷粉露垂，杏花烟润，嫣然含笑，媚丽欲绝。生狂喜，引坐。三姐与生同笑语，四姐惟手引绣带，俯首而已。未几，三姐起别，妹欲从行。生曳之不释，顾三姐曰：“卿卿烦一致声。”三姐乃笑曰：“狂郎情急矣！妹子一为少留。”四姐无语，姊遂去。二人备尽欢好，既而引臂替枕，倾吐生平，无复隐讳。四姐自言为狐。生依恋其美，亦不之怪。四姐因言：“阿姊狠毒，业杀三人矣。惑之，无不毙者。妾幸承溺爱，不忍见灭亡，当早绝之。”生惧，求所以处。四姐曰：“妾虽狐，得仙人正法，当书一符粘寝门，可以却之。”遂书之。既晓，三姐来，见符却退，曰：“婢子负心，倾意新郎，不忆引线人矣。汝两人合有夙分，余亦不相仇，但何必尔？”乃径去。数日，四姐他适，约以隔夜。

是日，生偶出门眺望，山下故有槲林，苍莽中，出一少妇，亦颇风韵，近谓生曰："秀才何必日沾沾恋胡家姊妹？渠又不能以一钱相赠。"即以一贯授生，曰："先持归，贳良酝，我即携小肴馔来，与君为欢。"生怀钱归，果如所教。少间，妇果至，置几上燔鸡、咸彘肩各一，即抽刀子缕切为脔，酾酒调谑，欢洽异常。继而灭烛登床，狎情荡甚。既明始起。方坐床头，捉足易舄，忽闻人声，倾听，已入帏幕，则胡姊妹也。妇乍睹，仓惶而遁，遗舄于床。二女遂叱曰："骚狐！何敢与人同寝处！"追去，移时始返。四姐怨生曰："君不长进，与骚狐相匹偶，不可复近！"遂悻悻欲去。生惶恐自投，情词哀恳。三姊从旁解免，四姐怒稍释，由此相好如初。

一日，有陕人骑驴造门曰："吾寻妖物，匪伊朝夕，乃今始得之。"生父以其言异，讯所由来，曰："小人日泛烟波，游四方，终岁十余月，常八九离桑梓，被妖物蛊杀吾弟。归甚悼恨，誓必寻而殄灭之。奔波数千里，殊无迹兆。今在君家，不剪，当有继吾弟而亡者。"时生与女密迩，父母微察之，闻客言，大惧，延入，令作法。出二瓶，列地上，符咒良久，有黑雾四团，分投瓶中。客喜曰："全家都到矣。"遂以猪脬裹瓶口，缄封甚固。生父亦喜，坚留饭。

生心恻然，近瓶窃听，闻四姐在瓶中言："坐视不救，君何负心？"生意感动，急启所封，而结不可解。四姐又曰："勿须尔，但放倒坛上旗，以针刺脬作空，予即出矣。"生如其言，果见白气一丝，自孔中出，凌霄而去。客出，见旗垂地，大惊曰："遁矣！此必公子所为。"摇瓶俯听，曰："幸止亡其一。此物合不死，犹可赦。"乃携瓶别去。

后生在野，督佣刈麦，遥见四姐坐树下。生就近之，执手慰问。且曰："别后十易春秋，今大丹已成。但思君之念未忘，故复一拜问。"生欲与偕归，女曰："妾今非昔比，不可以尘情染，后当复见耳。"言已，不知所在。又二十年余，生适独居，见四姐自外至。生喜与语。女曰："我今名列仙籍，不应再履尘世，但感君情，特报撤瑟之期。可早处分后事，亦勿悲忧，妾当度君为鬼仙，亦无苦也。"乃别而去。至日，生果卒。尚生乃友人李文玉之戚好，尝亲见之。

祝翁

济阳祝村有祝翁者,年五十余,病卒。家人入室理缞绖,忽闻翁呼甚急,群奔集灵寝,则见翁已复活。群喜慰问。翁但谓媪曰:“我适去,拚不复还。行数里,转思抛汝一副老皮骨在儿辈手,寒热仰人,亦无复生趣,不如从我去,故复归,欲偕尔同行也。”咸以其新苏妄语,殊未深信。翁又言之,媪云:“如此亦善。但方生,如何便死?”翁挥之曰:“是不难。家中俗务,可速料理。”媪笑不去。翁又促之,乃出户外,延数刻而入,绐之曰:“处置安妥矣。”翁命速妆。媪不去,翁催益急。媪不忍拂其意,遂裙妆以出。媳女皆匿笑。翁移首于枕,手拍令卧。媪曰:“子女皆在,双双挺卧,是何景象?”翁捶床曰:“并死有何可笑!”子女见翁躁急,共劝媪姑从其言。媪如言,并枕僵卧。家人又共笑之。俄时,媪笑容忽敛,又渐而两眸俱合,久之无声,俨如睡去。众始近视,则肤已冰而鼻无息矣。试翁亦然,始共惊怛。康熙二十一年,翁弟妇佣于毕刺史之家,言之甚悉。

异史氏曰:“翁其夙有畸行与?泉路茫茫,去来由尔,奇矣!且白头者欲其去,则呼令去,抑何其暇也!人当属纩之时,所最不忍诀者,床头之昵人耳。苟广其术,则卖履分香,可以不事矣。”

快刀

明末,济属多盗。邑各置兵,捕得辄杀之。章丘盗尤多。有一兵佩刀甚利,杀辄导窾。一日,捕盗十余名,押赴市曹。内一盗识兵,逡巡告曰:“闻君刀最快,斩首无二割,求杀我!”兵曰:“诺。其谨依我,无离也。”盗从之刑处,出刀挥之,豁然头落。数步之外,犹圆转而大赞曰:“好快刀!”

狐联

焦生,章丘石虹先生之叔弟也。读书园中,宵分,有二美人来,颜色双绝。一可十七八,一约十四五,抚几展笑。焦知其狐,正色拒之。长者曰:“君髯如戟,何无丈夫气?”焦曰:“仆生平不敢二色。”女笑曰:“迂哉!子尚守腐局耶?下元鬼神,凡事皆以黑为白,况床笫间琐事乎?”焦又咄之。女知不可动,乃云:“君名下士,妾有一联,请为属对,能对我自去:戊戌同体,腹中止欠一点。”焦凝思不就。女笑曰:“名士固如此乎?我代对之可矣:己巳连踪,足下何不双挑。”一笑而去。

侠 女

顾生,金陵人,博于材艺,而家綦贫。又以母老,不忍离膝下,惟日为人书画,受贽以自给。行年二十有五,伉俪犹虚。对户旧有空第,一老妪及少女税居其中。以其家无男子,故未问其谁何。一日,偶自外入,见女郎自母房中出,年约十八九,秀曼都雅,世罕其匹,见生不甚避,而意凛如也。生入问母,母曰:“是对户女郎,就吾乞刀尺。适言其家亦止一母。此女不似贫家产,问其何为不字,则以母老为辞。明日当往拜其母,便风以意,倘所望不奢,儿可代养其母。”明日造其室,其母一聋媪耳。视其室,并无隔宿粮。问所业,则仰女十指。徐以同食之谋试之,媪意似纳,而转商其女,女默然,意殊不乐。母乃归,详其状而疑之曰:“女子得非嫌吾贫乎?为人不言亦不笑,艳如桃李,而冷如霜雪,奇人也!”母子猜叹而罢。

一日,生坐斋头,有少年来求画,姿容甚美,意颇儇佻。诘所自,以“邻村”对。嗣后三两日辄一至。稍稍稔熟,渐以嘲谑,生狎抱之,亦不甚拒,遂私焉。由此往来昵甚。会女郎过,少年目送之,问为谁,对以“邻女”。少年曰:“艳丽如此,神情何可畏?”少间,生入内。母曰:“适女子来乞米,云不举火者经日矣。此女至孝,贫极可悯,宜少周恤之。”生从母言,负斗米款门,达母意。女受之,亦不申谢。日尝至生家,见母作衣履,便代缝纫,出入堂中,操作如妇。生益德之,每获馈饵,必分给其母,女亦略不置齿颊。母适疽生隐处,宵旦号咷。女时就榻省视,为之洗创敷药,日三四作。母意甚不自安,而女不厌其秽。母曰:“唉!安得新妇如儿,而奉老身以死也!”言讫,悲哽。女慰之曰："郎子大孝，胜我寡母孤女什百矣。"母曰："床头蹀躞之役，岂孝子所能为者？且身已向暮，旦夕犯雾露，深以祧续为忧耳。"言间，生入。母泣曰："亏娘子良多，汝无忘报德。"生伏拜之。女曰："君敬我母，我勿谢也，君何谢焉？"于是益敬爱之，然其举止生硬，毫不可干。

一日，女出门，生目注之。女忽回首，嫣然而笑。生喜出意外，趋而从诸其家。挑之，亦不拒，欣然交欢。已，戒生曰："事可一而不可再。"生不应而归。明日，又约之。女厉色不顾而去。日频来，时相遇，并不假以词色，少游戏之，则冷语冰人。忽于空处问生："日来少年谁也？"生告之。女曰："彼举止态状，无礼于妾频矣，以君之狎昵，故置之。请更寄语：再复尔，是不欲生也已！"生至夕，以告少年，且曰："子必慎之，是不可犯！"少年曰："既不可犯，君何私犯之？"生白其无。曰："如其无，则猥亵之语，何以达君听哉？"生不能答。少年曰："亦烦寄告，假惺惺勿作态，不然，我将遍播扬。"生甚怒之，情见于色，少年乃去。一夕，方独坐，女忽至，笑曰："我与君情缘未断，宁非天数！"生狂喜而抱于怀。欻闻履声籍籍，两人惊起，则少年推扉入矣。生惊问："子胡为者？"笑曰："我来观贞洁人耳。"顾女曰："今日不怪人耶？"女眉竖颊红，默不一语，急翻上衣，露一革囊，应手而出，则尺许晶莹匕首也。少年见之，骇而却走。追出户外，四顾渺然，女以匕首望空抛掷，戛然有声，灿若长虹，俄一物堕地作响。生急烛之，则一白狐，身首异处矣，大骇。女曰："此君之娈童也。我固恕之，奈渠定不欲生何！"收刃入囊。生曳令入。曰："适妖物败意，请来宵。"出门径去。次夕，女果至，遂共绸缪。诘其术，女曰："此非君所知。宜须慎秘，泄恐不为君福。"又订以嫁娶，曰："枕席焉，提汲焉，非妇伊何也？业夫妇矣，何必复言嫁娶乎？"生曰："将勿憎吾贫耶？"曰："君固贫，妾富耶？今宵之聚，正以怜君贫耳。"临别嘱曰："苟且之行，不可以屡。当来，我自来；不当来，相强无益。"后相值，每欲引与私语，女辄走避，然衣绽炊薪，悉为纪理，不啻妇也。

积数月，其母死，生竭力葬之。女由是独居，生意孤寝可乱，逾垣入，隔窗频呼，迄不应，视其门，则空室扃焉。窃疑女有他约，夜复往，亦如之，遂留佩玉于窗间而去之。越日，相遇于母所。既出，而女尾其后曰:“君疑妾耶? 人各有心,不可以告人。今欲使君无疑,乌得可? 然一事烦急为谋。”问之,曰:“妾体孕已八月矣,恐旦晚临盆。‘妾身未分明’,能为君生之,不能为君育之。可密告母,觅乳媪,伪为讨螟蛉者,勿言妾也。”生诺,以告母。母笑曰:“异哉此女! 聘之不可,而顾私于我儿。”喜从其谋以待之。又月余,女数日不至,母疑之,往探其门,萧萧闭寂。叩良久,女始蓬头垢面自内出。启而入之,则复阖之。入其室,则呱呱者在床上矣。母惊问:“诞几时矣?”答云:“三日。”捉绷席而视之,则男也,且丰颐而广额。喜曰:“儿已为老身育孙子,伶仃一身,将焉所托?”女曰:“区区隐衷,不敢掬示老母。俟夜无人,可即抱儿去。”母归与子言,窃共异之,夜往抱子归。

更数夕,夜将半,女忽款门入,手提革囊,笑曰:“我大事已了,请从此别。”急询其故,曰:“养母之德,刻刻不去诸怀。向云‘可一而不可再’者,以相报不在床笫也。为君贫不能婚,将为君延一线之续。本期一索而得,不意信水复来,遂至破戒而再。今君德既酬,妾志亦遂,无憾矣。”问:“囊中何物?”曰:“仇人头耳。”检而窥之,须发交而血模糊。骇绝,复致研诘。曰:“向不与君言者,以机事不密,惧有宣泄。今事已成,不妨相告。妾浙人,父官司马,陷于仇,彼籍吾家。妾负老母出,隐姓名,埋头项,已三年矣。所以不即报者,徒以有母在。母去,又一块肉累腹中,因而迟之又久。曩夜出非他,道路门户未稔,恐有讹误耳。”言已,出门。又嘱曰:“所生儿,善视之。君福薄无寿,此儿可光门闾。夜深不得惊老母,我去矣!”方凄然欲询所之,女一闪如电,瞥尔间遂不复见。生叹惋木立,若丧魂魄。明以告母,相为叹异而已。后三年,生果卒。子十八举进士,犹奉祖母以终老云。

异史氏曰:“人必室有侠女,而后可以畜娈童也。不然,尔爱其艾猳,彼爱尔娄猪矣!”

酒　友

车生者,家不中资,而耽饮,夜非浮三白不能寝也,以故床头樽常不空。一夜睡醒,转侧间,似有人共卧者,意是覆裳堕耳,摸之,则茸茸有物，似猫而巨，烛之，狐也，酣醉而大卧，视其瓶，则空矣。因笑曰："此我酒友也。"不忍惊，覆衣加臂，与之共寝，留烛以观其变。半夜，狐欠伸。生笑曰："美哉睡乎！"启覆视之，儒冠之俊人也。起拜榻前，谢不杀之恩。生曰："我癖于曲糵，而人以为痴。卿，我鲍叔也。如不见疑，当为糟丘之良友。"曳登榻，复寝。且言："卿可常临，无相猜。"狐诺之。

生既醒，则狐已去。乃治旨酒一盛，专伺狐。抵夕，果至，促膝欢饮。狐量豪善谐，于是恨相得晚。狐曰："屡叨良酝，何以报德？"生曰："斗酒之欢，何置齿颊！"狐曰："虽然，君贫士，杖头钱大不易，当为君少谋酒资。"明夕，来告曰："去此东南七里，道侧有遗金，可早取之。"诘旦而往，果得二金，乃市佳肴，以佐夜饮。狐又告曰："院后有窖藏，宜发之。"如其言，果得钱百余千。喜曰："囊中已自有，莫漫愁沽矣。"狐曰："不然。辙中水胡可以久掬？合更谋之。"异日，谓生曰："市上荞价廉，此奇货可居。"从之，收荞四十余石，人咸非笑之。未几，大旱，禾豆尽枯，惟荞可种，售种，息十倍。由此益富，治沃田二百亩。但问狐，多种麦则麦收，多种黍则黍收，一切种植之早晚，皆取决于狐。日稔密，呼生妻以嫂，视子犹子焉。后生卒，狐遂不复来。

莲　香

桑生，名晓，字子明，沂州人，少孤，馆于红花埠。桑为人静穆自喜，日再出，就食东邻，余时坚坐而已。东邻生戏曰："君独居，不畏鬼狐耶？"笑答曰："丈夫何畏鬼狐？雄来吾有利剑，雌者尚当开门纳之。"邻生归，与友谋，梯妓于垣而过之，弹指叩扉。生窥问其谁，妓自言为鬼。生大惧，齿震震有声。妓逡巡自去。邻生早至生斋，生述所见，且告将归。邻生鼓掌曰："何不开门纳之？"生顿悟其假，遂安居如初。积半年，一女子夜来叩斋。生意友人之复戏也，启门延入，则倾国之姝。惊问所来，曰："妾莲香，西家妓女。"埠上青楼故多，信之。息烛登床，绸缪甚至。自此，三五宿辄一至。

一夕，独坐凝思，一女子翩然入。生意其莲，承逆与语。觌面殊非，年仅十五六，亸袖垂髫，风流秀曼，行步之间，若还若往。大愕，疑为狐。女曰：“妾良家女，姓李氏。慕君高雅，幸能垂盼。”生喜，握其手，冷如冰，问：“何凉也？”曰：“幼质单寒，夜蒙霜露，那得不尔！”既而罗襦衿解，俨然处子。女曰：“妾为情缘，葳蕤之质，一朝失守。不嫌鄙陋，愿常侍枕席。房中得毋有人否？”生云：“无他，止一邻娼，顾不常至。”女曰：“当谨避之。妾不与院中人等，君秘勿泄。彼来我往，彼往我来可耳。”鸡鸣欲去，赠绣履一钩，曰：“此妾下体所着，弄之足寄思慕。然有人慎勿弄也！”受而视之，翘翘如解结锥，心甚爱悦。越夕无人，便出审玩，女飘然忽至，遂相款昵。自此每出履，则女必应念而至。异而诘之，笑曰：“适当其时耳。”

一夜莲来，惊曰：“郎何神气萧索？”生言：“不自觉。”莲便告别，相约十日。去后，李来恒无虚夕。问：“君情人何久不至？”因以相约告。李笑曰：“君视妾何如莲香美？”曰：“可称两绝，但莲卿肌肤温和。”李变色曰：“君谓双美，对妾云尔。渠必月殿仙人，妾定不及。”因而不欢。乃屈指计，十日之期已满，嘱勿漏，将窃窥之。次夜，莲香果至，笑语甚洽。及寝，大骇曰：“殆矣！十日不见，何益惫损？保无有他遇否？”生询其故，曰：“妾以神气验之，脉拆拆如乱丝，鬼症也。”次夜，李来，生问：“窥莲香何似？”曰：“美矣。妾固谓世间无此佳人，果狐也。去，吾尾之，南山而穴居。”生疑其妒，漫应之。逾夕，戏莲香曰：“余固不信，或谓卿狐者。”莲亟问：“是谁所云？”笑曰：“我自戏卿。”莲曰：“狐何异于人？”曰：“惑之者病，甚则死，是以可惧。”莲香曰：“不然。如君之年，房后三日，精气可复，纵狐何害？设旦旦而伐之，人有甚于狐者矣。天下病尸瘵鬼，宁皆狐蛊死耶？虽然，必有议我者。”生力白其无，莲诘益力。生不得已，泄之。莲曰：“我固怪君惫也，然何遽至此？得勿非人乎？君勿言，明宵，当如渠窥妾者。”是夜李至，裁三数语，闻窗外嗽声，急亡去。莲入曰：“君殆矣！是真鬼物！昵其美而不速绝，冥路近矣！”生意其妒，默不语。莲曰：“固知君不忘情，然不忍视君死。明日，当携药饵，为君以除阴毒。幸病蒂尤浅，十日恙当已。请同榻以视痊可。”次夜，果出刀圭药啖生。顷刻，洞下三两行，觉脏腑清虚，精神顿爽。心虽德之，然终不信为鬼。莲香夜夜同衾偎生，生欲与合，辄止之。数日后，肤革充盈。欲别，殷殷嘱绝李。生谬应之。及闭户挑灯，辄捉履倾想。李忽至，数日隔绝，颇有怨色。生曰："彼连宵为我作巫医，请勿为怼，情好在我。"李稍怿。生枕上私语曰："我爱卿甚，乃有谓卿鬼者。"李结舌良久，骂曰："必淫狐之惑君听也！若不绝之，妾不来矣！"遂呜呜饮泣。生百词慰解，乃罢。隔宿，莲香至，知李复来，怒曰："君必欲死耶！"生笑曰："卿何相妒之深？"莲益怒曰："君种死根，妾为若除之，不妒者将复何如？"生托词以戏曰："彼云前日之病，为狐祟耳。"莲乃叹曰："诚如君言，君迷不悟，万一不虞，妾百口何以自解？请从此辞。百日后，当视君于卧榻中。"留之不可，佛然径去。由是于李夙夜必偕。约两月余，觉大困顿。初犹自宽解，日渐羸瘠，惟饮饘粥一瓯。欲归就奉养，尚恋恋不忍遽去。因循数日，沉绵不可复起。邻生见其病惫，日遣馆僮馈给食饮。生至是疑李，因谓李曰："吾悔不听莲香之言，以至于此！"言讫而瞑。移时复苏，张目四顾，则李已去，自是遂绝。生羸卧空斋，思莲香如望岁。

一日，方凝想间，忽有搴帘入者，则莲香也。临榻哂曰："田舍郎，我岂妄哉！"生哽咽良久，自言知罪，但求拯救。莲曰："病入膏肓，实无救法。姑来永诀，以明非妒。"生大悲曰："枕底一物，烦代碎之。"莲搜得履，持就灯前，反复展玩。李女欻入，卒见莲香，返身欲遁。莲以身闭门，李窘急不知所出。生责数之，李不能答。莲笑曰："妾今始得与阿姨面相质。昔谓郎君旧疾，未必非妾致，今竟何如？"李俯首谢过。莲曰："佳丽如此，乃以爱结仇耶？"李即投地陨泣，乞垂怜救。莲遂扶起，细诘生平。曰："妾，李通判女，早夭，瘞于墙外。已死春蚕，遗丝未尽。与郎偕好，妾之愿也。致郎于死，良非素心。"莲曰："闻鬼利人死，以死后可常聚，然否？"曰："不然。两鬼相逢，并无乐处。如乐也，泉下少年郎岂少哉！"莲曰："痴哉！夜夜为之，人且不堪，而况于鬼！"李问："狐能死人，何术独否？"莲曰："是采补者流，妾非其类。故世有不害人之狐，断无不害人之鬼，以阴气盛也。"生闻其语，始知狐鬼皆真，幸习常见惯，颇不为骇，但念残息如丝，不觉失声大痛。莲顾问："何以处郎君者？"李赧然逊谢。莲笑曰："恐郎强健，醋娘子要食杨梅也。"李敛衽曰："如有医国手，使妾得无负郎君，便当埋首地下,敢复靦然于人世耶!”莲解囊出药,曰:“妾早知有今,别后采药三山,凡三阅月,物料始备,瘵蛊至死,投之无不苏者。然症何由得,仍以何引,不得不转求效力。”问:“何需?”曰:“樱口中一点香唾耳。我一丸进,烦接口而唾之。”李晕生颐颊,俯首转侧而视其履。莲戏曰:“妹所得意惟履耳!”李益惭,俯仰若无所容。莲曰:“此平时熟技,今何吝焉?”遂以丸纳生吻,转促逼之。李不得已,唾之。莲曰:“再!”又唾之。凡三四唾,丸已下咽。少间,腹殷然如雷鸣。复纳一丸,自乃接唇而布以气。生觉丹田火热,精神焕发。莲曰:“愈矣!”

李听鸡鸣,彷徨别去。莲以新瘥,尚须调摄,就食非计,因将户外反关,伪示生归,以绝交往,日夜守护之。李亦每夕必至,给奉殷勤,事莲犹姊,莲亦深怜爱之。居三月,生健如初。李遂数夕不至,偶至,一望即去,相对时,亦悒悒不乐。莲常留与共寝,必不肯。生追出,提抱以归,身轻若刍灵。女不得遁,遂着衣偃卧,踡其体不盈二尺。莲益怜之,阴使生狎抱之,而撼摇亦不得醒。生睡去,觉而索之,已杳,后十余日,更不复至。生怀思殊切,恒出履共弄。莲曰:“窈娜如此,妾见犹怜,何况男子!”生曰:“昔日弄履则至,心固疑之,然终不料其鬼。今对履思容,实所怆恻。”因而泣下。

先是,富室张姓有女子燕儿,年十五,不汗而死。终夜复苏,起顾欲奔。张扃户,不得出。女自言:“我通判女魂,感桑郎眷注,遗舄犹存彼处。我真鬼耳,锢我何益?”以其言有因,诘其至此之由。女低徊反顾,茫不自解。或有言桑生病归者,女执辨其诬。家人大疑。东邻生闻之,逾垣往窥,见生方与美人对语,掩入逼之,张皇间已失所在。邻生骇诘,生笑曰:“向固与君言,雌者则纳之耳。”邻生述燕儿之言。生乃启关,将往侦探,苦无由。张母闻生果未归,益奇之,故使佣媪索履,生遂出以授。燕儿得之喜,试着之,鞋小于足者盈寸,大骇。揽镜自照,忽恍然悟己之借躯以生也者,因陈所由。母始信之。女镜面大哭曰:“当日形貌,颇堪自信,每见莲姊,犹增惭怍。今反若此,人也不如其鬼也!”把履号咷,劝之不解,蒙衾僵卧。食之,亦不食,体肤尽肿。凡七日不食,卒不死,而肿渐消。觉饥不可忍,乃复食。数日,遍体瘙痒,皮尽脱。晨起,睡舄遗堕,索着之,则硕大无朋矣。因试前履，肥瘦吻合，乃喜。复自镜，则眉目颐颊，宛肖生平，益喜。盥栉见母，见者尽眙。

莲香闻其异，劝生媒通之，而以贫富悬邈，不敢遽进。会媪初度，因从其子婿行，往为寿。媪睹生名，故使燕儿窥帘认客。生最后至，女骤出，捉袂，欲从与俱归。母诃谯之，始惭而入。生审视宛然，不觉零涕，因拜伏不起。媪扶之，不以为侮。生出，浼女舅执柯。媪议择吉赘生。生归告莲香，且商所处。莲怅然良久，便欲别去。生大骇泣下。莲曰："君行花烛于人家，妾从而往，亦何形颜？"生谋先与旋里，而后迎燕，莲乃从之。生以情白张。张闻其有室，怒加诮让，燕儿力白之，乃如所请。至日，生往亲迎。家中备具，颇甚草草。及归，则自门达堂，悉以罽毯贴地，百千笼烛，灿列如锦。莲香扶新妇入青庐，搭面既揭，欢若生平。莲陪卺饮，因细诘还魂之异。燕曰："尔日抑郁无聊，徒以身为异物，自觉形秽。别后愤不归墓，随风漾泊，每见生人则羡之。昼凭草木，夜则信足浮沉。偶至张家，见少女卧床上，近附之，未知遂能活也。"莲闻之，默默若有所思。

逾两月，莲举一子，产后暴病，日就沉绵，捉燕臂曰："敢以孽种相累，我儿即若儿。"燕泣下，姑慰藉之。为召巫医，辄却之，沉痼弥留，气如悬丝。生及燕儿皆哭。忽张目曰："勿尔！子乐生，我乐死。如有缘，十年后可复得见。"言讫而卒。启衾将敛，尸化为狐。生不忍异视，厚葬之。子名狐儿，燕抚如己出。每清明，必抱儿哭诸其墓。后生举于乡，家渐裕。而燕苦不育。狐儿颇慧，然单弱多疾。燕每欲生置媵。一日，婢忽白："门外一妪，携女求售。"燕呼入。卒见，大惊曰："莲姊复出耶！"生视之，真似，亦骇。问："年几何？"答云："十四。""聘金几何？"曰："老身止此一块肉，但俾得所，妾亦得啖饭处，后日老骨不至委沟壑，足矣。"生优价而留之。燕握女手，入密室，撮其颔而笑曰："汝识我否？"答言："不识。"诘其姓氏，曰："妾韦姓。父徐城卖浆者，死三年矣。"燕屈指停思，莲死恰十有四载。又审视女，仪容态度，无一不神肖者。乃拍其顶而呼曰："莲姊，莲姊！十年相见之约，当不欺吾！"女忽如梦醒，豁然曰："咦！"熟视燕儿。生笑曰："此'似曾相识燕归来'也。"女泫然曰："是矣。闻母言，妾生时便能言，以为不祥，犬血饮之,遂昧宿因,今日始如梦寤。娘子其耻于为鬼之李妹耶?”共话前生,悲喜交至。一日,寒食,燕曰:“此每岁妾与郎君哭姊日也。”遂与亲登其墓,荒草离离,木已拱矣。女亦太息。燕谓生曰:“妾与莲姊,两世情好,不忍相离,宜令白骨同穴。”生从其言,启李冢得骸,舁归而合葬之。亲朋闻其异,吉服临穴,不期而会者数百人。余庚戌南游至沂,阻雨,休于旅舍。有刘生子敬,其中表亲,出同社王子章所撰桑生传,约万余言,得卒读。此其崖略耳。

异史氏曰:“嗟乎!死者而求其生,生者又求其死,天下所难得者,非人身哉?奈何具此身者,往往而置之,遂至腼然而生不如狐,泯然而死不如鬼。”

阿　宝

粤西孙子楚,名士也。生有枝指。性迂讷,人诳之,辄信为真。或值座有歌妓,则必遥望却走。或知其然,诱之来,使妓狎逼之,则赪颜彻颈,汗珠珠下滴。因共为笑。遂貌其呆状,相邮传作丑语,而名之“孙痴”。

邑大贾某翁,与王侯埒富,姻戚皆贵胄。有女阿宝,绝色也,日择良匹,大家儿争委禽妆,皆不当翁意。生时失俪,有戏之者,劝其通媒。生殊不自揣,果从其教。翁素耳其名,而贫之。媒媪将出,适遇宝,问之,以告。女戏曰:“渠去其枝指,余当归之。”媪告生。生曰:“不难。”媒去,生以斧自断其指,大痛彻心,血益倾注,滨死。过数日,始能起,往见媒而示之。媪惊,奔告女。女亦奇之,戏请再去其痴。生闻而哗辨,自谓不痴,然无由见而自剖。转念阿宝未必美如天人,何遂高自位置如此?由是曩念顿冷。

会值清明,俗于是日,妇女出游,轻薄少年,亦结队随行,恣其月旦。有同社数人,强邀生去。或嘲之曰:“莫欲一观可人否?”生亦知其戏己,然以受女揶揄故,亦思一见其人,忻然随众物色之。遥见有女子憩树下,恶少年环如墙堵。众曰:“此必阿宝也。”趋之,果宝也。审谛之,娟丽无双。少倾,人益稠,女起遽去。众情颠倒,品头题足,纷纷若狂,生独默然。及众他适,回视,生犹痴立故所,呼之不应。群曳之曰:“魂随阿宝去耶?”亦不答。众以其素讷,故不为怪,或推之,或挽之,以归。至家,直上床卧,终日不起,冥如醉,唤之不醒。家人疑其失魂,招于旷野,莫能效。强拍问之,则蒙眬应云:“我在阿宝家。”及细诘之,又默不语,家人惶惑莫解。初,生见女去,意不忍舍,觉身已从之行,渐傍其衿带间,人无呵者,遂从女归。坐卧依之,夜辄与狎,甚相得。然觉腹中奇馁,思欲一返家门,而迷不知路。女每梦与人交,问其名,曰:“我孙子楚也。”心异之,而不可以告人。生卧三日,气休休若将澌灭。家人大恐,托人婉告翁,欲一招魂其家。翁笑曰:“平昔不相往还,何由遗魂吾家?”家人固哀之,翁始允。巫执故服、草荐以往。女诘得其故,骇极,不听他往,直导入室,任招呼而去。巫归至门,生榻上已呻。既醒,女室之香奁什具,何色何名,历言不爽。女闻之,益骇,阴感其情之深。

生既离床寝,坐立凝思,忽忽若忘。每伺察阿宝,希幸一再遘之。浴佛节,闻将降香水月寺,遂早旦往候道左,目眩睛劳。日涉午,女始至,自车中窥见生,以掺手搴帘,凝睇不转。生益动,尾从之。女忽命青衣来诘姓字。生殷勤自展,魂益摇。车去,始归。归复病,冥然绝食,梦中辄呼宝名,每自恨魂不复灵。家旧养一鹦鹉,忽毙,小儿持弄于床。生自念:倘得身为鹦鹉,振翼可达女室。心方注想,身已翩然鹦鹉,遽飞而去,直达宝所。女喜而扑之,锁其肘,饲以麻子。大呼曰:“姐姐勿锁!我孙子楚也!”女大骇,解其缚,亦不去。女祝曰:“深情已篆中心。今已人禽异类,姻好何可复圆?”鸟云:“得近芳泽,于愿已足。”他人饲之,不食;女自饲之,则食。女坐,则集其膝;卧,则依其床。如是三日,女甚怜之。阴使人瞯生,生则僵卧,气绝已三日,但心头未冰耳。女又祝曰:“君能复为人,当誓死相从。”鸟云:“诳我!”女乃自矢。鸟侧目若有所思。少间,女束双弯,解履床下,鹦鹉骤下,衔履飞去。女急呼之,飞已远矣。

女使妪往探,则生已寤。家人见鹦鹉衔绣履来,堕地死,方共异之。生既苏,即索履,众莫知故。适妪至,入视生,问履所在。生曰:“是阿宝信誓物,借口相覆:小生不忘金诺也。”妪反命。女益奇之,故使婢泄其情于母。母审之确,乃曰:“此子才名亦不恶,但有相如之贫,择数年得婿若此,恐将为显者笑。”女以履故,矢不他,翁媪从之。驰报生,生喜,疾顿瘳。翁议赘诸家,女曰:“婿不可久处岳家,况郎又贫,久益为人贱。儿既诺之,处蓬茅而甘藜藿,不怨也。”生乃亲迎成礼,相逢如隔世欢。

自是家得奁妆,小阜,颇增物产。而生痴于书,不知理家人生业。女善居积,亦不以他事累生。居三年,家益富。生忽病消渴,卒。女哭之痛,泪眼不晴,至绝眠食,劝之不纳,乘夜自经。婢觉之,急救而醒,终亦不食。三日,集亲党,将以殓生,闻棺中呻以息,启之,已复活。自言:“见冥王,以生平朴诚,命作部曹。忽有人曰:‘孙部曹之妻将至。’王稽鬼录,言:‘此未应便死。’又白:‘不食三日矣。’王顾谓:‘感汝妻节义,姑赐再生。’因使驭卒控马送余还。”由此体渐平。值岁大比,入闱之前,诸少年玩弄之,共拟隐僻之题七,引生僻处与语,言:“此某家关节,敬秘相授。”生信之,昼夜揣摩,制成七艺,众隐笑之。时典试者虑熟题有蹈袭弊,力反常经,题纸下,七艺皆符。生以是抡魁。明年,举进士,授词林。上闻异,召问之,生具启奏。上大嘉悦。后召见阿宝,赏赉有加焉。

异史氏曰:“性痴则其志凝,故书痴者文必工,艺痴者技必良,世之落拓而无成者,皆自谓不痴者也。且如粉花荡产,卢雉倾家,顾痴人事哉!以是知慧黠而过,乃是真痴,彼孙子何痴乎!”

九　山　王

曹州李姓者,邑诸生,家素饶,而居宅故不甚广。舍后有园数亩,荒置之。一日,有叟来税屋,出直百金,李以无屋为辞。叟曰:“请受之,但无烦虑。”李不喻其意,姑受之,以觇其异。越日,村人见舆马眷口入李家,纷纷甚夥,共疑李第无安顿所,问之。李殊不自知,归而察之,并无迹响。过数日,叟忽来谒,且云:“庇宇下已数晨夕。事事都草创,起炉作灶,未暇一修客子礼。今遣小女辈作黍,幸一垂顾。”李从之,则入园中,欻见舍宇华好,崭然一新。入室,陈设芳丽。酒鼎沸于廊下,茶烟袅于厨中。俄而行酒荐馔,备极甘旨。时见庭下少年人,往来甚众。又闻儿女喁喁,幕中作笑语声,家人婢仆,似有数十百口。

李心知其狐,席终而归,阴怀杀心。每入市,市硝硫,积数百斤,暗布园中殆满。骤火之,焰亘霄汉,如黑灵芝,燔臭灰眯不可近。但闻鸣啼嗥动之声,嘈杂聒耳。既熄入视,则死狐满地,焦头烂额者,不可胜计。方阅视间,叟自外来,颜色惨恸,责李曰:“夙无嫌怨,荒园报岁百金,非少,何忍遂相族灭?此奇惨之仇,无不报者!”忿然而去。疑其掷砾为殃,而年余无少怪异。时顺治初年,山中群盗窃发,啸聚万余人,官莫能捕。生以家口多,日忧离乱。适村中来一星者,自号“南山翁”,言人休咎,了若目睹,名大噪。李召至家,求推甲子。翁愕然起敬,曰:“此真主也!”李闻大骇,以为妄。翁正容固言之。李疑信半焉,乃曰:“岂有白手受命而帝者乎?”翁谓:“不然。自古帝王,类多起于匹夫,谁是生而天子者?”生惑之,前席而请。翁毅然以“卧龙”自任。请先备甲胄数千具、弓弩数千事。李虑人莫之归。翁曰:“臣请为大王连诸山,深相结。使哗言者谓大王真天子,山中士卒,宜必响应。”李喜,遣翁行。发藏镪,造甲胄。翁数日始还,曰:“借大王威福,加臣三寸舌,诸山莫不愿执鞭靮,从戟下。”浃旬之间,果归命者数千人。于是拜翁为军师,建大纛,设彩帜若林,据山立栅,声势震动。邑令率兵来讨,翁指挥群寇,大破之。令惧,告急于兖。兖兵远涉而至,翁又伏寇进击,兵大溃,将士杀伤者甚众。势益震,党以万计,因自立为“九山王”。翁患马少,会都中解马赴江南,遣一旅要路篡取之。由是“九山王”之名大噪。加翁为“护国大将军”。高卧山巢,公然自负,以为黄袍之加,指日可俟矣。东抚以夺马故,方将进剿,又得兖报,乃发精兵数千,与六道合围而进。军旅旌旗,弥满山谷。“九山王”大惧,召翁谋之,则不知所往。“九山王”窘急无术,登山而望曰:“今而知朝廷之势大矣!”山破,被擒,妻孥戮之。始悟翁即老狐,盖以族灭报李也。

异史氏曰:“夫人拥妻子,闭门科头,何处得杀?即杀,亦何由族哉?狐之谋亦巧矣。而壤无其种者,虽溉不生,彼其杀狐之残,方寸已有盗根,故狐得长其萌而施之报。今试执途人而告之曰:‘汝为天子！'未有不骇而走者。明明导以族灭之为，而犹乐听之，妻子为戮，又何足云？然人听匪言也，始闻之而怒，继而疑，又既而信，迨至身名俱殒，而始悟其误也，大率类此矣。"

遵化署狐

诸城邱公为遵化道。署中故多狐，最后一楼，绥绥者族而居之，以为家，时出殃人，遣之益炽。官此者惟设牲祷之，无敢迕。邱公莅任，闻，怒之。狐亦畏公刚烈，化一妪告家人曰："幸白大人，勿相仇。容我三日，将携细小避去。"公闻，亦默不言。次日，阅兵已，戒勿散，使尽扛诸营巨炮骤入，环楼千座并发。数仞之楼，顷刻摧为平地，革肉毛血，自天雨而下。但见浓尘毒雾之中，有白气一缕，冒烟冲空而去。众望之曰："逃一狐矣。"而署中自此平安。

后二年，公遣干仆赍银如干数赴都，将谋迁擢，事未就，姑窖藏于班役之家。忽有一叟诣阙声屈，言妻子横被杀戮；又讦公克削军粮，夤缘当路，现顿某家，可以验证。奉旨押验，至班役家，冥搜不得。叟惟以一足点地，悟其意，发之，果得金，金上镌有"某郡解"字。已而觅叟，则失所在。执乡里姓名以求其人，竟亦无之。公由此罹难。乃知叟即逃狐也。

异史氏曰："狐之祟人，可诛甚矣。然服而舍之，亦以全吾仁，公可云疾之已甚者矣。抑使关西为此，岂百狐所能仇哉！"

张 诚

豫人张氏者，其先齐人。明末齐大乱，妻为北兵掠去。张常客豫，遂家焉。娶于豫，生子讷。无何，妻卒，又娶继室，生子诚。继室牛氏悍，每嫉讷，奴畜之，啖以恶草具。使樵，日责柴一肩，无则挞楚诟诅，不可堪。隐畜甘脆饵诚，使从塾师读。

诚渐长，性孝友，不忍兄劬，阴劝母，母弗听。一日，讷入山樵，未终，值大风雨，避身岩下，雨止而日已暮，腹中大馁，遂负薪归。母验之少，怒不与食，饥火烧心，入室僵卧。诚自塾中来，见兄嗒然，问："病乎？"曰："饿耳。"问其故，以情告。诚愀然便去，移时，怀饼来饵兄。兄问其所自来，曰："余窃面倩邻妇为之，但食勿言也。"讷食之，嘱弟曰："后勿复然，事泄累弟。且日一啖，饥当不死。"诚曰："兄故弱，乌能多樵！"次日，食后，窃赴山，至兄樵处。兄见之，惊问："将何作？"答曰："将助樵采。"问："谁之遣？"曰："我自来耳。"兄曰："无论弟不能樵，纵或能之，且犹不可。"于是速之归。诚不听，以手足断柴助兄，且云："明日当以斧来。"兄近止之，见其指已破，履已穿，悲曰："汝不速归，我即以斧自刭死！"诚乃归。兄送之半途，方复回。樵既归，诣塾，嘱其师曰："吾弟年幼，宜闭之。山中虎狼多。"师曰："午前不知何往，业夏楚之。"归谓诚曰："不听吾言，遭笞责矣。"诚笑曰："无之。"明日，怀斧又去。兄骇曰："我固谓子勿来，何复尔？"诚不应，刈薪且急，汗交颐不少休，约足一束，不辞而返。师又责之，乃实告之。师叹其贤，遂不之禁。兄屡止之，终不听。

一日，与数人樵山中，欻有虎至，众惧而伏，虎竟衔诚去。虎负人行缓，为讷追及。讷力斧之，中胯。虎痛狂奔，莫可寻逐，痛哭而返。众慰解之，哭益悲，曰："吾弟，非犹夫人之弟；况为我死，我何生焉！"遂以斧自刎其项。众急救之，入肉者已寸许，血溢如涌，眩瞀殒绝。众骇，裂之衣而约之，群扶而归。母哭骂曰："汝杀吾儿，欲劙颈以塞责耶！"讷呻云："母勿烦恼。弟死，我定不生！"置榻上，疮痛不能眠，惟昼夜依壁坐哭。父恐其亦死，时就榻少哺之，牛辄诟责。讷遂不食，三日而毙。村中有巫走无常者，讷途遇之，缅诉曩苦。因询弟所，巫言不闻，遂反身导讷去。至一都会，见一皂衫人，自城中出，巫要遮代问之。皂衫人于佩囊中检牒审顾，男妇百余，并无犯而张者。巫疑在他牒。皂衫人曰："此路属我，何得差逮？"讷不信，强巫入内城。城中新鬼、故鬼往来憧憧，亦有故识，就问，迄无知者。忽共哗言："菩萨至！"仰见云中，有伟人，毫光彻上下，顿觉世界通明。巫贺曰："大郎有福哉！菩萨几十年一入冥司，拔诸苦恼，今适值之。"便捽讷跪。众鬼囚纷纷籍籍，合掌齐诵慈悲救苦之声，哄腾震地。菩萨以杨柳枝遍洒甘露，其细如尘。俄而雾收光敛，遂失所在。讷觉颈上沾露，斧处不复作痛。巫仍导与俱归。望见里门，始别而去。讷死二日，豁然竟苏，悉述所遇，谓诚不死。母以为撰造之诬，反诟骂之。讷负屈无以自伸，而摸创痕良瘥。自力起，拜父曰："行将穿云入海往寻弟，如不可见，终此身勿望返也。愿父犹以儿为死。"翁引空处与泣，无敢留之。

讷乃去。每于冲衢访弟耗，途中资斧断绝，丐而行。逾年，达金陵，悬鹑百结，伛偻道上。偶见十余骑过，走避道侧。内一人如官长，年四十已来，健卒怒马，腾踔前后。一少年乘小驷，屡视讷。讷以其贵公子，未敢仰视。少年停鞭少驻，忽下马，呼曰："非吾兄耶！"讷举首审视，诚也。握手大痛，失声。诚亦哭曰："兄何漂落以至于此？"讷言其情，诚益悲。骑者并下问故，以白官长。官命脱骑载讷，连辔归诸其家，始详诘之。初，虎衔诚去，不知何时置路侧，卧途中经宿。适张别驾自都中来，过之，见其貌文，怜而抚之，渐苏。言其里居，则相去已远，因载与俱归。又药敷伤处，数日始痊。别驾无长君，子之，盖适从游瞩也。诚具为兄告。言次，别驾入，讷拜谢不已。诚入内，捧帛衣出，进兄，乃置酒燕叙。别驾问："贵族在豫，几何丁壮？"讷曰："无有。父少齐人，流寓于豫。"别驾曰："仆亦齐人。贵里何属？"答曰："曾闻父言，属东昌辖。"惊曰："我同乡也！何故迁豫？"讷曰："明季清兵入境，掠前母去。父遭兵燹，荡无家室，先贾于西道，往来颇稔，故止焉。"又惊问："君家尊何名？"讷告之。别驾瞠而视，俯首若疑，疾趋入内。无何，太夫人出，共罗拜，已，问讷曰："汝是张炳之之孙耶？"曰："然。"太夫人大哭，谓别驾曰："此汝弟也。"讷兄弟莫能解。太夫人曰："我适汝父三年，流离北去，身属黑固山半年，生汝兄。又半年，固山死，汝兄补秩旗下迁此官。今解任矣。每刻刻念乡井，遂出籍，复故谱。屡遣人至齐，殊无所觅耗，何知汝父西徙哉！"乃谓别驾曰："汝以弟为子，折福死矣！"别驾曰："曩问诚，诚未尝言齐人，想幼稚不忆耳。"乃以齿序，别驾四十有一，为长；诚十六，最少；讷二十二，则伯而仲矣。别驾得两弟，甚欢，与同卧处，尽悉离散端由，将作归计。太夫人恐不见容，别驾曰："能容则共之，否则析之，天下岂有无父之国？"

于是鬻宅办装，刻日西发。既抵里，讷及诚先驰报父。父自讷去，妻亦寻卒，块然一老鳏，形影自吊。忽见讷入，暴喜，恍恍以惊，又睹诚，喜极，不复作言，潸潸以涕。又告以别驾母子至，翁辍泣愕然，不能喜，亦不能悲，蚩蚩以立。未几，别驾入，拜已，太夫人把翁相向哭。既见婢媪厮卒，内外盈塞，坐立不知所为。诚不见母，问之，方知已死，号嘶气绝，食顷始苏。别驾出资，建楼阁，延师教两弟。马腾于槽，人喧于室，居然大家矣。

异史氏曰："余听此事至终，涕凡数堕：十余岁童子，斧薪助兄，慨然曰：'王览固再见乎！'于是一堕。至虎衔诚去，不禁狂呼曰：'天道愦愦如此！'于是一堕。及兄弟猝遇，则喜而亦堕。转增一兄，又益一悲，则为别驾堕。一门团圞，惊出不意，喜出不意，无从之涕，则为翁堕也。不知后世，亦有善涕如某者乎？"

汾　州　狐

汾州判朱公者，居廨多狐。公夜坐，有女子往来灯下，初谓是家人妇，未遑顾瞻，及举目，竟不相识，而容光艳绝。心知其狐，而爱好之，遽呼之来。女停履笑曰："厉声加人，谁是汝婢媪耶？"朱笑而起，曳坐谢过，遂与款密，久如夫妻之好。忽谓曰："君秩当迁，别有日矣。"问："何时？"答曰："目前。但贺者在门，吊者即在闾，不能官也。"三日，迁报果至。次日，即得太夫人讣音。公解任，欲与偕旋，狐不可。送之河上。强之登舟，女曰："君自不知，狐不能过河也。"朱不忍别，恋恋河畔。女忽出，言将一谒故旧。移时归，即有客来答拜，女别室与语。客去乃来，曰："请便登舟，妾送君渡。"朱曰："向言不能渡，今何以渡？"曰："曩所谒非他，河神也。妾以君故，特请之。彼限我十天往复，故可暂依耳。"遂同济。至十日，果别而去。

巧　　娘

广东有搢绅傅氏，年六十余。生一子，名廉，甚慧，而天阉，十七岁，阴裁如蚕。遐迩闻知，无以女女者。自分宗绪已绝，昼夜忧怛，而无如何。

廉从师读,师偶他出,适门外有猴戏者,廉视之,废学焉。度师将至而惧,遂亡去。离家数里,见一素衣女郎,偕小婢出其前。女一回首,妖丽无比。莲步蹇缓,廉趋过之。女回顾婢曰:“试问郎君,得无欲如琼乎?”婢果呼问。廉诘其何为,女曰:“倘之琼也,有尺一书,烦便道寄里门。老母在家,亦可为东道主。”廉出本无定向,念浮海亦得,因诺之。女出书付婢,婢转付生。问其姓名居里,云:“华姓,居秦女村,去北郭三四里。”生附舟便去。至琼州北郭,日已曛暮,问秦女村,迄无知者。望北行四五里,星月已灿,芳草迷目,旷无逆旅,窘甚。见道侧墓,思欲傍坟栖止,大惧虎狼,因攀树猱升,蹲踞其上。听松声谡谡,宵虫哀奏,中心忐忑,悔至如烧。

忽闻人声在下,俯瞰之,庭院宛然,一丽人坐石上,双鬟挑画烛,分侍左右。丽人左顾曰:“今夜月白星疏,华姑所赠团茶,可烹一盏,赏此良夜。”生意其鬼魅,毛发直竖,不敢少息。忽婢子仰视曰:“树上有人!”女惊起曰:“何处大胆儿,暗来窥人!”生大惧,无所逃隐,遂盘旋下,伏地乞宥。女近临一睇,反恚为喜,曳与并坐。睨之,年可十七八,姿态艳绝。听其言,亦土音。问:“郎何之?”答云:“为人作寄书邮。”女曰:“野多暴客,露宿可虞,不嫌蓬荜,愿就税驾。”邀生入。室惟一榻,命婢展两被其上。生自惭形秽,愿在下床。女笑曰:“佳客相逢,女元龙何敢高卧?”生不得已,遂与共榻,而惶恐不敢自舒。未几,女暗中以纤手探入,轻捻胫股。生伪寐,若不觉知。又未几,启衾入,摇生,迄不动。女便下探隐处,乃停手怅然,悄悄出衾去。俄闻哭声,生惶愧无以自容,恨天公之缺陷而已。女呼婢篝灯。婢见啼痕,惊问所苦。女摇首曰:“我叹吾命耳。”婢立榻前,耽望颜色。女曰:“可唤郎醒,遣放去。”生闻之,倍益惭怍,且惧宵半,茫茫无所之。

筹念间,一妇人排闼入。婢白:“华姑来。”微窥之,年约五十余,犹风格。见女未睡,便致诘问,女未答。又视榻上有卧者,遂问:“共榻何人?”婢代答:“夜一少年郎寄此宿。”妇笑曰:“不知巧娘谐花烛。”见女啼泪未干,惊曰:“合卺之夕,悲啼不伦,将勿郎君粗暴也?”女不言,益悲。妇欲捋衣视生,一振衣,书落榻上。妇取视,骇曰:“我女笔意也!”拆读叹咤。女问之,妇云:“是三姐家报,言吴郎已死,茕无所依，且为奈何？”女曰：“彼固云为人寄书，幸未遣之去。”妇呼生起，究询书所自来，生备述之。妇曰：“远烦寄书，当何以报？”又熟视生，笑问：“何迕巧娘？”生言：“不自知罪。”又诘女，女叹曰：“自怜生适阉寺，没奔椓人，是以悲耳。”妇顾生曰：“慧黠儿，固雄而雌者耶？是我之客，不可久溷他人。”遂导生入东厢，探手于袴而验之，笑曰：“无怪巧娘零涕。然幸有根蒂，犹可为力。”挑灯遍翻箱簏，得黑丸，授生，令即吞下，秘嘱勿吪，乃出。生独卧筹思，不知药医何症。将比五更，初醒，觉脐下热气一缕，直冲隐处，蠕蠕然似有物垂股际，自探之，身已伟男。心惊喜，如乍膺九锡。

棂色才分，妇入，以炊饼纳生室，叮嘱耐坐，反关其户。出语巧娘曰：“郎有寄书劳，将留招三娘来，与订姊妹交。且复闭置，免人厌恼。”乃出门去。生回旋无聊，时近门隙，如鸟窥笼。望见巧娘，辄欲招呼自呈，惭讷而止。延及夜分，妇始携女归。发扉曰：“闷煞郎君矣！三娘可来拜谢。”途中人逡巡入，向生敛衽。妇命相呼以兄妹。巧娘笑曰：“姊妹亦可。”并出堂中，团坐置饮。饮次，巧娘戏问：“寺人亦动心佳丽否？”生曰：“跛者不忘履，盲者不忘视。”相与粲然。巧娘以三娘劳顿，迫令安置。妇顾三娘，俾与生俱。三娘羞晕不行。妇曰：“此丈夫而巾帼者，何畏之？”敦促偕去。私嘱生曰：“阴为吾婿，阳为吾子，可也。”生喜，捉臂登床，发硎新试，其快可知。既于枕上问女：“巧娘何人？”曰：“鬼也。才色无匹，而时命蹇落。适毛家小郎子，病阉，十八岁而不能人，因邑邑不畅，赍恨如冥。”生惊，疑三娘亦鬼。女曰：“实告君，妾非鬼，狐耳。巧娘独居无耦，我母子无家，借庐栖止。”生大愕。女云：“无惧，虽故鬼狐，非相祸者。”由此日共谈宴。虽知巧娘非人，而心爱其娟好，独恨自献无隙。生蕴藉，善谀噱，颇得巧娘怜。一日，华氏母子将他往，复闭生室中。生闷气，绕室隔扉呼巧娘。巧娘命婢历试数钥，乃得启。生附耳请间，巧娘遣婢去。生挽就寝榻，偎向之。女戏掬脐下，曰：“惜可儿此处阙然。”语未竟，触手盈握，惊曰：“何前之渺渺，而遽累然！”生笑曰：“前羞见客，故缩；今以诮谤难堪，聊作蛙怒耳。”遂相绸缪。已而恚曰：“今乃知闭户有因。昔母子流荡栖无所，假庐居之。三娘从学刺绣，妾曾不少秘惜，乃妒忌如此！”生劝慰之，且以情告。巧娘终衔之。生曰：“密之，华姑嘱我严。”语未及已，华姑掩入。二人皇遽方起。华姑嗔目，问：“谁启扉？”巧娘笑逆自承。华益怒，聒絮不已。巧娘故哂曰：“阿姥亦大笑人！是丈夫而巾帼者，何能为？”三娘见母与巧娘苦相抵，意不自安，以一身调停两间，始各拗怒为喜。巧娘言虽愤烈，然自是屈意事三娘。但华姑昼夜闲防，两情不得自展，眉目含情而已。

一日，华姑谓生曰：“吾儿姊妹皆已奉事君，念居此非计，君宜归告父母，早订永约。”即治装促生行。二女相向，容颜悲恻，而巧娘尤不可堪，泪滚滚如断贯珠，殊无已时。华姑排止之，便曳生出，至门外，则院宇无存，但见荒冢。华姑送至舟上，曰：“君行后，老身携两女僦屋于贵邑。倘不忘夙好，李氏废园中，可待亲迎。”生乃归。时傅父觅子不得，正切焦虑，见子归，喜出非望。生略述崖末，兼至华氏之订。父曰：“妖言何足听信？汝尚能生还者，徒以阉废故，不然，死矣！”生曰：“彼虽异物，情亦犹人，况又慧丽，娶之亦不为戚党笑。”父不言，但嗤之。生乃退而技痒，不安其分，辄私婢，渐至白昼宣淫，意欲骇闻翁媪。一日，为小婢所窥，奔告母。母不信，薄观之，始骇。呼婢研究，尽得其状，喜极，逢人宣暴，以示子不阉，将论婚于世族。生私白母：“非华氏不娶。”母曰：“世不乏美妇人，何必鬼物？”生曰：“儿非华姑，无以知人道，背之不祥。”傅父从之，遣一仆一妪往觇之。出东郭四五里，寻李氏园，见败垣竹树中，缕缕有炊烟。妪下乘，直造其闼，则母子拭几濯溉，似有所伺。妪拜致主命，见三娘，惊曰：“此即吾家小主妇耶？我见犹怜，何怪公子魂思而梦绕之。”便问阿姊。华姑叹曰：“是我假女，三日前，忽殂谢去。”因以酒食饷妪及仆。妪归，备道三娘容止，父母皆喜。末陈巧娘死耗，生恻恻欲涕。至亲迎之夜，见华姑亲问之，答云：“已投生北地矣。”生欷歔久之。迎三娘归，而终不能忘情巧娘，凡有自琼来者，必召见问之。或言秦女墓夜闻鬼哭，生诧其异，入告三娘。三娘沉吟良久，泣下曰：“妾负姊矣！”诘之，答云：“妾母子来时，实未使闻。兹之怨啼，将无是姊？向欲相告，恐彰母过。”生闻之，悲已而喜。即命舆，宵昼兼程，驰诣其墓，叩墓木而呼曰：“巧娘，巧娘！某在斯。”俄见女郎捧婴儿，自穴中出，举首酸嘶，怨望无已，生亦涕下。探怀问谁氏子，巧娘曰："是君之遗孽也，诞三月矣。"生叹曰："误听华姑言，使母子埋忧地下，罪将安辞！"乃与同舆，航海而归。抱子告母，母视之，体貌丰伟，不类鬼物，益喜。二女谐和，事姑孝。后傅父病，延医来。巧娘曰："疾不可为，魂已离舍。"督治冥具，既竣而卒。儿长，绝肖父，尤慧，十四游泮。

高邮翁紫霞，客于广而闻之。地名遗脱，亦未知所终矣。

吴　令

吴令某公，忘其姓字，刚介有声。吴俗最重城隍之神，木肖之，被锦藏机如生。值神寿节，则居民敛资为会，辇游通衢，建诸旗幢，杂卤簿，森森部列，鼓吹行且作，阗阗咽咽然，一道相属也，习以为俗，岁无敢懈。公出，适相值，止而问之，居民以告。又诘知所费颇奢，公怒，指神而责之曰："城隍实主一邑。如冥顽无灵，则淫昏之鬼，无足奉事。其有灵，则物力宜惜，何得以无益之费，耗民脂膏？"言已，曳神于地，笞之二十，从此习俗顿革。公清正无私，惟少年好戏。居年余，偶于廨中梯檐探雀鷇，失足而堕，折股，寻卒。人闻城隍祠中，公大声喧怒，似与神争，数日不止。吴人不忘公德，群集祝而解之，别建一祠祠公，声乃息。祠亦以城隍名，春秋祀之，较故神尤著。吴至今有二城隍云。

口　技

村中来一女子，年二十有四五，携一药囊，售其医。有问病者，女不能自为方，俟暮夜问诸神。晚洁斗室，闭置其中，众绕门窗，倾耳寂听，但窃窃语，莫敢咳。内外动息俱冥，至夜许，忽闻帘声。女在内曰："九姑来耶？"一女子答云："来矣。"又曰："腊梅从九姑耶？"似一婢答云："来矣。"三人絮语间杂，刺刺不休。俄闻帘钩复动，女曰："六姑至矣。"乱言曰："春梅亦抱小郎子来耶？"一女曰："拗哥子！呜呜不睡，定要从娘子来，身如百钧重，负累煞人！"旋闻女子殷勤声，九姑问讯声，六姑寒暄声，二婢慰劳声，小儿喜笑声，一齐嘈杂。即闻女子笑曰："小郎君亦大好耍，远迢迢抱猫儿来。"既而声渐疏，帘又响，满室俱哗，曰："四姑来何迟也？"有一小女子细声答曰："路有千里且溢，与阿姑走尔许时始至。阿姑行且缓。"遂各各道温凉声，并移坐声，唤添坐声，参差并作，喧繁满室，食顷始定。即闻女子问病。九姑以为宜得参，六姑以为宜得芪，四姑以为宜得术。参酌移时，即闻九姑唤笔砚。无何，折纸戢戢然，拔笔掷帽丁丁然，磨墨隆隆然。既而投笔触几，震笔作响，便闻撮药包裹苏苏然。顷之，女子推帘，呼病者授药并方。反身入室，即闻三姑作别，三婢作别，小儿哑哑，猫儿唔唔，又一时并起。九姑之声清以越，六姑之声缓以苍，四姑之声娇以婉，以及三婢之声，各有态响，听之了了可辨。群讶以为真神。而试其方，亦不甚效。此即所谓口技，特借之以售其术耳，然亦奇矣！

昔王心逸尝言：在都偶过市廛，闻弦歌声，观者如堵。近窥之，则见一少年曼声度曲，并无乐器，惟以一指捺颊际，且捺且讴，听之铿铿，与弦索无异，亦口技之苗裔也。

潍 水 狐

潍邑李氏有别第，忽一翁来税居，岁出直金五十，诺之。既去无耗，李嘱家人别租。翌日，翁至，曰："租宅已有关说，何欲更僦他人？"李白所疑。翁曰："我将久居是，所以迟迟者，以涓吉在十日之后耳。"因先纳一岁之直，曰："终岁空之，勿问也。"李送出，问期，翁告之。

过期数日，亦竟渺然。及往觇之，则双扉内闭，炊烟起而人声杂矣。讶之，投刺往谒。翁趋出，逆而入，笑语可亲。既归，遣人馈遗其家，翁犒赐丰隆。又数日，李设筵邀翁，款洽甚欢。问其居里，以秦中对。李讶其远。翁曰："贵乡福地也。秦中不可居，大难将作。"时方承平，置未深问。越日，翁折柬报居停之礼，供帐饮食，备极侈丽。李益惊，疑为贵官。翁以交好，因自言为狐。李骇绝，逢人辄道。邑搢绅闻其异，日结驷于门，愿纳交翁，翁无不伛偻接见。渐而郡官亦时还往。独邑令求通，辄辞以故。令又托主人先容，翁辞。李诘其故，翁离席近客而私语曰："君自不知，彼前身为驴，今虽俨然民上，乃饮糙而亦醉者也。仆固异类，羞与为伍。"李乃托词告令，谓狐畏其神明故不敢见，令信之而止。此康熙十一年事。未几，秦罹兵燹，狐能前知，信矣。

异史氏曰："驴之为物庞然也，一怒则踶趹嗥嘶，眼大于盎，气粗于牛，不惟声难闻，状亦难见。倘执束刍而诱之，则帖耳辑首，喜受羁勒矣。以此居民上，宜其饮糙而亦醉也。愿临民者，以驴为戒，而求齿于狐，则德日进矣。"

红　玉

广平冯翁有一子，字相如，父子俱诸生。翁年近六旬，性方鲠，而家屡空。数年间，媪与子妇又相继逝，井臼自操之。一夜，相如坐月下，忽见东邻女自墙上来窥，视之，美，近之，微笑，招以手，不来亦不去，固请之，乃梯而过，遂共寝处。问其姓名，曰："妾邻女红玉也。"生大爱悦，与订永好。女诺之。夜夜往来，约半年许。翁夜起，闻女子含笑语，窥之，见女，怒，唤生出，骂曰："畜产所为何事！如此落寞，尚不刻苦，乃学浮荡耶？人知之，丧汝德；人不知，促汝寿！"生跪自投，泣言知悔。翁叱女曰："女子不守闺戒，既自玷，而又以玷人。倘事一发，当不仅贻寒舍羞！"骂已，愤然归寝。女流涕曰："亲庭罪责，良足愧辱！我二人缘分尽矣！"生曰："父在不得自专。卿如有情，尚当含垢为好。"女言辞决绝，生乃洒涕。女止之曰："妾与君无媒妁之言，父母之命，逾墙钻隙，何能白首？此处有一佳耦，可聘也。"告以贫。女曰："来宵相俟，妾为君谋之。"次夜，女果至，出白金四十两赠生，曰："去此六十里，有吴村卫氏，年十八矣，高其价，故未售也。君重啖之，必合谐允。"言已，别去。

生乘间语父，欲往相之，而隐馈金不敢告。翁自度无资，以是故，止之。生又婉言："试可乃已。"翁颔之。生遂假仆马，诣卫氏。卫故田舍翁。生呼出，引与间语。卫知生望族，又见仪采轩豁，心许之，而虑其靳于资。生听其词意吞吐，会其旨，倾囊陈几上。卫乃喜，浼邻生居间，书红笺而盟焉。生入拜媪。居室逼侧，女依母自幛。微睨之，虽荆布之饰，而神情光艳，心窃喜。卫借舍款婿，便言："公子无须亲迎。待少作衣妆，即合舁送去。"生与期而归。诡告翁，言卫爱清门，不责资，翁亦喜。至日，卫果送女至。女勤俭，有顺德，琴瑟甚笃。逾二年，举一男，名福儿。会清明抱子登墓，遇邑绅宋氏。宋官御史，坐行赇免，居林下，大煽威虐。是日亦上墓归，见女艳之，问村人，知为生配。料冯贫士，诱以重赂，冀可摇，使家人风示之。生骤闻，怒形于色，既思势不敌，敛怒为笑，归告翁，大怒，奔出，对其家人，指天画地，诟骂万端，家人鼠窜而去。宋氏亦怒，竟遣数人入生家，殴翁及子，汹若沸鼎。女闻之，弃儿于床，披发号救。群篡舁之，哄然便去。父子伤残，吟呻在地，儿呱呱啼室中。邻人共怜之，扶之榻上。经日，生杖而能起。翁忿不食，呕血寻毙。生大哭，抱子兴词，上至督抚，讼几遍，卒不得直。后闻妇不屈死，益悲。冤塞胸吭，无路可伸。每思要路刺杀宋，而虑其扈从繁，儿又罔托。日夜哀思，双睫为不交。忽一丈夫吊诸其室，虬髯阔颔，曾与无素。挽坐，欲问邦族。客遽曰："君有杀父之仇，夺妻之恨，而忘报乎？"生疑为宋人之侦，姑伪应之。客怒眦欲裂，遽出曰："仆以君人也，今乃知不足齿之伧！"生察其异，跪而挽之，曰："诚恐宋人餂我，今实布腹心，仆之卧薪尝胆者，固有日矣。但怜此褓中物，恐坠宗祧。君义士，能为我杵臼否？"客曰："此妇人女子之事，非所能。君所欲托诸人者，请自任之，所欲自任者，愿得而代庖焉。"生闻，崩角在地。客不顾而出。生追问姓字，曰："不济，不任受怨；济，亦不任受德。"遂去。生惧祸及，抱子亡去。至夜，宋家一门俱寝，有人越重垣入，杀御史父子三人，及一媳一婢。宋家具状告官，官大骇。宋执谓相如，于是遣役捕生，生遁不知所之，于是情益真。宋仆同官役诸处冥搜，夜至南山，闻儿啼，踪得之，系缧而行。儿啼愈嗔，群夺儿抛弃之。生冤愤欲绝。见邑令，问："何杀人？"生曰："冤哉！某以夜死，我以昼出，且抱呱呱者，何能逾垣杀人？"令曰："不杀人，何逃乎？"生词穷，不能置辨，乃收诸狱。生泣曰："我死无足惜，孤儿何罪？"令曰："汝杀人子多矣，杀汝子，何怨?”生既褫革,屡受梏惨,卒无词。令是夜方卧,闻有物击床,震震有声,大惧而号。举家惊起,集而烛之,一短刀,铦利如霜,剁床入木者寸余,牢不可拔。令睹之,魂魄丧失,荷戈遍索,竟无踪迹,心窃馁。又以宋人死,无可畏惧,乃详诸宪,代生解免,竟释生。

生归,瓮无升斗,孤影对四壁。幸邻人怜馈食饮,苟且自度。念大仇已报,则辗然喜。思惨酷之祸,几于灭门,则泪潸潸堕。及思半生贫彻骨,宗支不续,则于无人处大哭失声,不复能自禁。如此半年,捕禁益懈,乃哀邑令,求判还卫氏之骨。及葬而归,悲怛欲死,辗转空床,竟无生路。忽有款门者,凝神寂听,闻一人在门外,哝哝与小儿语。生急起窥觇,似一女子。扉初启,便问:“大冤昭雪,可幸无恙!”其声稔熟,而仓卒不能追忆。烛之,则红玉也,挽一小儿,嬉笑跨下。生不暇问,抱女呜哭。女亦惨然。既而推儿曰:“汝忘尔父耶?”儿牵女衣,目灼灼视生,细审之,福儿也。大惊,泣问:“儿那得来?”女曰:“实告君,昔言邻女者,妄也。妾实狐。适宵行,见儿啼谷口,抱养于秦。闻大难既息,故携来与君团聚耳。”生挥涕拜谢。儿在女怀,如依其母,竟不复能识父矣。天未明,女即遽起。问之,答曰:“奴欲去。”生裸跪床头,涕不能仰。女笑曰:“妾诳君耳。今家道新创,非夙兴夜寐不可。”乃剪莽拥篲,类男子操作。生忧贫乏,不自给,女曰:“但请下帷读,勿问盈歉,或当不殍饿死。”遂出金治织具,租田数十亩,雇佣耕作。荷镵诛茅,牵萝补屋,日以为常。里党闻妇贤,益乐资助之。约半年,人烟腾茂,类素封家。生曰:“灰烬之余,卿白手再造矣。然一事未就安妥,如何?”诘之,答曰:“试期已迫,巾服尚未复也。”女笑曰:“妾前以四金寄广文,已复名在案,若待君言,误之已久。”生益神之,是科遂领乡荐,时年三十六,腴田连阡,夏屋渠渠矣。女袅娜如随风欲飘去,而操作过农家妇,虽严冬自苦,而手腻如脂。自言二十八岁,人视之,常若二十许人。

异史氏曰:“其子贤,其父德,故其报之也侠。非特人侠,狐亦侠也。遇亦奇矣!然官宰悠悠,竖人毛发,刀震震入木,何惜不略移床上半尺许哉?使苏子美读之,必浮白曰:‘惜乎击之不中!’”

龙

北直界有堕龙入村。其行重拙,入某绅家。其户仅可容躯,塞而入。家人尽奔。登楼哗噪,铳炮轰然。龙乃出。门外停贮潦水,浅不盈尺。龙入,转侧其中,身尽泥涂,极力腾跃,尺余辄堕。泥蟠三日,蝇集鳞甲。忽大雨,乃霹雳拏空而去。

房生与友人登牛山,入寺游瞩。忽椽间一黄砖堕,上盘一小蛇,细裁如蚓。忽旋一周,如指,又一周,已如带。共惊,知为龙,群趋而下。方至山半,闻寺中霹雳一声,天上黑云如盖,一巨龙夭矫其中,移时而没。

章丘小相公庄,有民妇适野,值大风,尘沙扑面。觉一目眯,如含麦芒,揉之吹之,迄不愈。启睑而审视之,睛固无恙,但有赤线蜿蜒于肉分。或曰:“此蛰龙也。”妇忧惧待死。积三月余,天暴雨,忽巨霆一声,裂眦而去,妇无少损。

袁宣四言:“在苏州,值阴晦,霹雳大作。众见龙垂云际,鳞甲张动,爪中抟一人头,须眉毕见,移时,入云而没。亦未闻有失其头者。”

林 四 娘

青州道陈公宝钥,闽人。夜独坐,有女子搴帏入,视之,不识,而艳绝,长袖宫装。笑云:“清夜兀坐,得勿寂耶?”公惊问:“何人?”曰:“妾家不远,近在西邻。”公意其鬼,而心好之。捉袂挽坐,谈词风雅,大悦。拥之,不甚抗拒。顾曰:“他无人耶?”公急阖户,曰:“无。”促其缓裳,意殊羞怯。公代为之殷勤。女曰:“妾年二十,犹处子也,狂将不堪。”狎亵既竟,流丹浃席。既而枕边私语,自言“林四娘”。公详诘之,曰:“一世坚贞,业为君轻薄殆尽矣。有心爱妾,但图永好可耳,絮絮何为?”无何,鸡鸣,遂起而去。

由此夜夜必至,每与阖户雅饮。谈及音律,辄能剖悉宫商。公遂意其工于度曲,曰:“儿时之所习也。”公请一领雅奏,女曰:“久矣不托于音，节奏强半遗忘，恐为知者笑耳。”再强之，乃俯首击节，唱伊凉之调，其声哀婉，歌已，泣下。公亦为酸恻，抱而慰之曰：“卿勿为亡国之音，使人悒悒。”女曰：“声以宣意，哀者不能使乐，亦犹乐者不能使哀。”两人燕昵，过于琴瑟。既久，家人窃听之，闻其歌者，无不流涕。

夫人窥见其容，疑人世无此妖丽，非鬼必狐，惧为厌蛊，劝公绝之。公不能听，但固诘之。女愀然曰：“妾，衡府宫人也。遭难而死，十七年矣。以君高义，托为燕婉，然实不敢祸君。倘见疑畏，即从此辞。”公曰：“我不为嫌，但燕好若此，不可不知其实耳。”乃问宫中事，女缅述，津津可听。谈及式微之际，则哽咽不能成语。女不甚睡，每夜辄起诵《准提》、《金刚》诸经咒。公问：“九原能自忏耶？”曰：“一也。妾思终身沦落，欲度来生耳。”

又每与公评骘诗词，瑕辄疵之，至好句，则曼声娇吟，意绪风流，使人忘倦。公问：“工诗乎？”曰：“生时亦偶为之。”公索其赠，笑曰：“儿女之语，乌足为高人道？”居三年。一夕，忽惨然告别。公惊问之，答云：“冥王以妾生前无罪，死犹不忘经咒，俾生王家。别在今宵，永无见期。”言已，怆然。公亦泪下。乃置酒相与痛饮，女慷慨而歌，为哀曼之音，一字百转，每至悲处，辄便呜咽。数停数起，而后终曲，饮不能畅。乃起，逡巡欲别。公固挽之，又坐少时。鸡声忽唱，乃曰：“必不可以久留矣。然君每怪妾不肯献丑，今将长别，当率成一章。”索笔构成，曰：“心悲意乱，不能推敲，乖音错节，慎勿出以示人。”掩袖而去。公送诸门外，湮然没。公怅悼良久。视其诗，字态端好，珍而藏之。诗曰：“静锁深宫十七年，谁将故国问青天？闲看殿宇封乔木，泣望君王化杜鹃。海国波涛斜夕照，汉家箫鼓静烽烟。红颜力弱难为厉，惠质心悲只问禅。日诵菩提千百句，闲看贝叶两三篇。高唱梨园歌代哭，请君独听亦潸然。”诗中重复脱节，疑有错误。

第　三　卷

江　　中

王圣俞南游，泊舟江心。既寝，视月明如练，未能寐，使童仆为之按摩。忽闻舟顶如小儿行，踏芦席作响，远自舟尾来，渐近舱户，虑为盗，急起问童，童亦闻之。问答间，见一人伏舟顶上，垂首窥舱内。大愕，按剑呼诸仆，一舟俱醒，告以所见。或疑错误，俄响声又作。群起四顾，渺然无人，惟疏星皎月，漫漫江波而已。众坐舟中，旋见青火如灯状，突出水面，随水浮游，渐近舡，则火顿灭，即有黑人骤起，屹立水上，以手攀舟而行。众噪曰："必此物也！"欲射之，方开弓，则遽伏水中，不可见矣。问舟人，舟人曰："此古战场，鬼时出没，其无足怪。"

鲁　公　女

招远张于旦，性疏狂不羁，读书萧寺。时邑令鲁公，三韩人，有女好猎。生适遇诸野，见其风姿娟秀，着锦貂裘，跨小骊驹，翩然若画。归忆容华，极意钦想。后闻女暴卒，悼叹欲绝。

鲁以家远，寄灵寺中，即生读所。生敬礼如神明，朝必香，食必祭。每酹而祝曰："睹卿半面，长系梦魂。不图玉人，奄然物化。今近在咫尺，而邈若河山，恨如何也！然生有拘束，死无禁忌，九泉有灵，当珊珊而来，慰我倾慕。"日夜祝之，几半月。一夕，挑灯夜读，忽举首，则女子含笑立灯下。生惊起致问。女曰："感君之情，不能自已，遂不避私奔之嫌。"生大喜,遂共欢好。自此无虚夜。谓生曰:"妾生好弓马,以射獐杀鹿为快,罪孽深重,死无归所。如诚心爱妾,烦代诵《金刚经》一藏数,生生世世不忘也。"生敬受教,每夜起,即柩前捻珠讽诵。偶值节序,欲与偕归。女忧足弱,不能跋履。生请抱负以行,女笑从之,如抱婴儿,殊不重累,遂以为常。考试亦载与俱。然行必以夜。生将赴秋闱,女曰:"君福薄,徒劳驰驱。"遂听其言而止。

积四五年,鲁罢官,贫不能榇,将就窆之,苦无葬地。生乃自陈:"某有薄壤近寺,愿葬女公子。"鲁公喜。生又力为营葬。鲁德之,而莫解其故。鲁去,二人绸缪如平日。一夜,侧倚生怀,泪落如豆,曰:"五年之好,于今别矣! 受君恩义,数世不足以酬!"生惊问之,曰:"蒙惠及泉下人,经咒藏满,今得生河北卢户部家。如不忘今日,过此十五年,八月十六日,烦一往会。"生泣下曰:"生三十余年矣,又十五年,将就木焉,会将何为?"女亦泣曰:"愿为奴婢以报。"少间曰:"君送妾六七里。此去多荆棘,妾衣长难度。"乃抱生项。生送至通衢,见路旁车马一簇,马上或一人,或二人,车上或三人、四人、十数人不等,独一钿车,绣缨朱幰,仅一老媪在焉。见女至,呼曰:"来乎?"女应曰:"来矣。"乃回顾生云:"尽此,且去,勿忘所言。"生诺。女行近车,媪引手上之,展軨即发,车马阗咽而去。

生怅怅而归,志时日于壁。因思经咒之效,持诵益虔。梦神人告曰:"汝志良嘉,但须要到南海去。"问:"南海多远?"曰:"近在方寸地。"醒而会其旨,念切菩提,修行倍洁。三年后,次子明、长子政,相继擢高科。生虽暴贵,而善行不替。夜梦青衣人邀去,见宫殿中坐一人,如菩萨状,逆之曰:"子为善可喜,惜无修龄,幸得请于上帝矣。"生伏地稽首。唤起,赐坐,饮以茶,味芳如兰。又令童子引去,使浴于池。池水清洁,游鱼可数,入之而温,掬之有荷叶香。移时,渐入深处,失足而陷,过涉灭顶。惊寤,异之。由此身益健,目益明。自捋其须,白者尽簌簌落,又久之,黑者亦落,面纹亦渐舒。至数月后,颔秃童面,宛如十五六时。辄兼好游戏事,亦犹童。过饰边幅,二子辄匡救之。

未几,夫人以老病卒。子欲为求继室于朱门,生曰:"待吾至河北来而后娶。”屈指已及约期，遂命仆马至河北。访之，果有卢户部。先是，卢公生一女，生而能言，长益慧美，父母最钟爱之。贵家委禽，女辄不欲。怪问之，具述生前约。共计其年，大笑曰：“痴婢！张郎计今年已半百，人事变迁，其骨已朽，纵其尚在，发童而齿豁矣。”女不听。母见其志不摇，与卢公谋，戒阍人勿通客，过期以绝其望。未几，生至，阍人拒之。退返旅舍，怅恨无所为计。闲游郊郭，因循而暗访之。女谓生负约，涕不食。母言：“渠不来，必已殂谢，即不然，背盟之罪，亦不在汝。”女不语，但终日卧。卢患之，亦思一见生之为人，乃托游遨，遇生于野，视之，少年也，讶之。班荆略谈，甚倜傥。公喜，邀至其家。方将探问，卢即遽起，嘱客暂独坐，匆匆入内告女。女喜，自力起。窥审其状不符，零涕而返，怨父欺罔。公力白其是。女无言，但泣不止。公出，意绪懊丧，对客殊不款曲。生问：“贵族有为户部者乎？”公漫应之。首他顾，似不属客。生觉其慢，辞出。女啼数日而卒。

生夜梦女来，曰：“下顾者果君耶？年貌舛异，觌面遂致违隔。妾已忧愤死，烦向土地祠速招我魂，可得活，迟则无及矣。”既醒，急探卢氏之门，果有女亡二日矣。生大恸，进而吊诸其室，已而以梦告卢。卢从其言，招魂而归。启其衾，抚其尸，呼而祝之。俄闻喉中咯咯有声。忽见朱樱乍启，坠痰块如冰。扶移榻上，渐复吟呻。卢公悦，肃客出，置酒宴会。细展官阀，知其巨家，益喜。择吉成礼。居半月，携女而归。卢送至家，半年乃去。夫妇居室，俨如小耦，不知者多误以子妇为姑嫜者焉。卢公逾年卒。子最幼，为豪强所中伤，家产几尽。生迎养之，遂家焉。

道　士

韩生，世家也，好客。同村徐氏，常饮于其座。会宴集，有道士托钵门上，家人投钱及粟，皆不受，亦不去。家人怒，归不顾。韩闻击剥之声甚久，询之家人，以情告。言未已，道士竟入。韩招之坐，道士向主客皆一举手，即坐。略致研诘，始知其初居村东破庙中。韩曰：“何日栖鹤东观，竟不闻知，殊缺地主之礼。”答曰：“野人新至，无交游。闻居士挥霍，深愿求饮焉。”韩命举觞。道士能豪饮。徐见其衣服垢敝，颇偃蹇，不甚为礼。韩亦海客遇之。道士倾饮二十余杯，乃辞而去。自是每宴会，道士辄至，遇食则食，遇饮则饮，韩亦稍厌其频。饮次，徐嘲之曰：“道长日为客，宁不一作主？”道士笑曰：“道人与居士等，惟双肩承一喙耳。”徐惭不能对。道士曰：“虽然，道人怀诚久矣，会当竭力作杯水之酬。”饮毕，嘱曰：“翌午幸赐光宠。”次日，相邀同往，疑其不设。行去，道士已候于途。且语且步，已至寺门。入门，则院落一新，连阁云蔓。大奇之，曰：“久不至此，创建何时？”道士答：“竣工未久。”比入其室，陈设华丽，世家所无。二人肃然起敬。甫坐，行酒下食，皆二八狡童，锦衣朱履。酒馔芳美，备极丰渥。饭已，另有小进。珍果多不可名，贮以水晶玉石之器，光照几榻。酌以玻璃盏，围尺许。道士曰：“唤石家姊妹来。”童去少时，二美人入。一细长，如弱柳，一身短，齿最稚，媚曼双绝。道士即使歌以侑酒。少者拍板而歌，长者和以洞箫，其声清细。既阕，道士悬爵促釂，又命遍酌。顾问：“美人久不舞，尚能之否？”遂有僮仆展氍毹于筵下，两女对舞，长衣乱拂，香尘四散，舞罢，斜倚画屏。二人心旷神飞，不觉醺醉。道士亦不顾客，举杯饮尽，起谓客曰：“姑烦自酌，我稍憩，即复来。”即去。南屋壁下，设一螺钿之床，女子为施锦裀，扶道士卧。道士乃曳长者共寝，命少者立床下为之爬搔。二人睹此状，颇不平。徐乃大呼：“道士不得无礼！”往将挠之。道士急起而遁。见少女犹立床下，乘醉拉向北榻，公然拥卧。视床上美人，尚眠绣榻。顾韩曰：“君何太迂？”韩乃径登南榻，欲与狎亵，而美人睡去，拨之不转，因抱与俱寝。天明，酒梦俱醒，觉怀中冷物冰人，视之，则抱长石卧青阶下。急视徐，徐尚未醒，见其枕遗屙之石，酣寝败厕中。蹶起，互相骇异。四顾，则一庭荒草，两间破屋而已。

胡　氏

直隶有巨家，欲延师。忽一秀才，踵门自荐。主人延之。词语开爽，遂相知悦。秀才自言胡氏，遂纳贽馆之。胡课业良勤，淹洽非下士等。然时出游，辄昏夜始归，扃闭俨然，不闻款叩而已在室中矣。遂相惊以狐。然察胡意固不恶，优重之，不以怪异废礼。

胡知主人有女，求为姻好，屡示意，主人伪不解。一日，胡假而去。次日，有客来谒，絷黑卫于门。主人逆而入，年五十余，衣履鲜洁，意甚恬雅。既坐，自达，始知为胡氏作冰。主人默然，良久曰：“仆与胡先生，交已莫逆，何必婚姻？且息女已许字矣。烦代谢先生。”客曰：“确知令媛待聘，何拒之深？”再三言之，而主人不可。客有惭色，曰：“胡亦世族，何遽不如先生？”主人直告曰：“实无他意，但恶非其类耳。”客闻之怒，主人亦怒，相侵益亟。客起，抓主人。主人命家人杖逐之，客乃遁。遗其驴，视之，毛黑色，批耳修尾，大物也。牵之不动，驱之则随手而蹶，喓喓然草虫耳。

主人以其言忿，知必相仇，戒备之。次日，果有狐兵大至，或骑或步，或戈或弩，马嘶人沸，声势汹汹。主人不敢出。狐声言火屋，主人益惧。有健者，率家人噪出，飞石施箭，两相冲击，互有夷伤。狐渐靡，纷纷引去。遗刀地上，亮如霜雪，近拾之，则高粱叶也。众笑曰：“技止此耳。”然恐其复至，益备之。明日，众方聚语，忽一巨人自天而降，高丈余，身横数尺，挥大刀如门，逐人而杀。群操矢石乱击之，颠踣而毙，则刍灵耳。众益易之。狐三日不复来，众亦少懈。主人适登厕，俄见狐兵，张弓挟矢而至，乱射之，集矢于臀，大惧，急喊众奔斗，狐方去。拔矢视之，皆蒿梗。如此月余，去来不常，虽不甚害，而日日戒严，主人患苦之。

一日，胡生率众至。主人身出，胡望见，避于众中。主人呼之，不得已，乃出。主人曰：“仆自谓无失礼于先生，何故兴戎？”群狐欲射，胡止之。主人近握其手，邀入故斋，置酒相款，从容曰：“先生达人，当相见谅。以我情好，宁不乐附婚姻？但先生车马、宫室，多不与人同，弱女相从，即先生当知其不可。且谚云：‘瓜果之生摘者，不适于口。’先生何取焉？”胡大惭。主人曰：“无伤，旧好故在。如不以尘浊见弃，在门墙之幼子，年十五矣，愿得坦腹床下，不知有相若者否？”胡喜曰：“仆有弱妹，少公子一岁，颇不陋劣，以奉箕帚，如何?"主人起拜,胡答拜。于是酬酢甚欢,前郤俱忘。命罗酒浆,遍犒从者,上下欢慰。乃详问居里,将以奠雁,胡辞之。日暮继烛,醺醉乃去。由是遂安。

年余,胡不至。或疑其约妄,而主人坚待之。又半年,胡忽至,既道温凉已,乃曰:"妹子长成矣。请卜良辰,遣事翁姑。"主人喜,即同定期而去。至夜,果有舆马送新妇至。奁妆丰盛,设室中几满。新妇见姑嫜,温丽异常。主人大喜。胡生与一弟来送女,谈吐俱风雅,又善饮。天明,乃去。新妇且能预知年岁丰凶,故谋生之计,皆取则焉。胡生兄弟以及胡媪,时来望女,人人皆见之。

戏　术

有桶戏者,桶可容升,无底,中空,亦如俗戏。戏人以二席置街上,持一升入桶中,旋出,即有白米满升,倾注席上。又取又倾,顷刻两席皆满。然后一一量入,毕而举之,犹空桶。奇在多也。

利津李见田,在颜镇闲游陶场,欲市巨瓮,与陶人争直,不成而去。至夜,窑中未出者六十余瓮,启视一空。陶人大惊,疑李,踵门求之。李谢不知。固哀之,乃曰:"我代汝出窑,一瓮不损,在魁星楼下非与?"如言往视,果一一俱在。楼在镇之南山,去场三里余。佣工运之,三日乃尽。

阎　罗

莱芜秀才李中之,性直谅不阿。每数日,辄死去,僵然如尸,三四日始醒。或问所见,则隐秘不泄。时邑有张生者,亦数日一死,语人曰:"李中之,阎罗也。余至阴司,亦其属曹。"其门殿对联,俱能述之。或问:"李昨赴阴司何事?"张曰:"不能具述。惟提勘曹操,笞二十。"

异史氏曰:"阿瞒一案,想更数十阎罗矣。畜道、剑山,种种具在,宜得何罪,不劳挹取,乃数千年不决,何也?岂以临刑之囚,快于速割,故使之求死不得也?异已!"

丐　　僧

济南一僧，不知何许人，赤足衣百衲，日于芙蓉、明湖诸馆，诵经抄募。与以酒食、钱、粟，皆弗受，叩所需，又不答，终日未尝见其餐饭。或劝之曰："师既不茹荤酒，当募山村僻巷中，何日日往来于膻闹之场？"僧合眸讽诵，睫毛长指许，若不闻。少选，又语之，僧遽张目厉声曰："要如此化！"又诵不已。久之，自出而去。或从其后，固诘其必如此之故，走不应。叩之数四，又厉声曰："非汝所知！老僧要如此化！"积数日，忽出南城，卧道侧如僵，三日不动。居民恐其饿死，贻累近郭，因集劝他徙。欲饭，饭之，欲钱，钱之，僧瞑然不动。群摇而语之，僧怒，于衲中出短刀，自剖其腹，以手入内，理肠于道，而气随绝。众骇告郡，藁葬之。异日为犬所穴，席见，踏之似空，发视之，席封如故，犹空茧然。

伏　　狐

太史某，为狐所魅，病瘠。符禳既穷，乃乞假归，冀可逃避。太史行，而狐从之，大惧，无所为谋。一日，止于涿，门外有铃医，自言能伏狐。太史延之入，投以药，则房中术也。促令服讫，入与狐交，锐不可当。狐辟易，哀而求罢，不听，进益勇。狐展转营脱，苦不得去。移时无声，视之，现狐形而毙矣。

昔余乡某生者，素有嫪毐之目，自言生平未得一快意。夜宿孤馆，四无邻，忽有奔女，扉未启而已入。心知其狐，亦欣然乐就狎之。衿襦甫解，贯革直入，狐惊痛，啼声吱然，如鹰脱韝，穿窗而出去。某犹望窗外作狎昵声，哀唤之，冀其复回，而已寂然矣。此真讨狐之猛将也！宜榜门驱狐，可以为业。

苏　　仙

高公明图知郴州时，有民女苏氏，浣衣于河。河中有巨石，女踞其上。有苔一缕,绿滑可爱,浮水漾动,绕石三匝。女视之,心动。既归而娠,腹渐大。母私诘之,女以情告。母不能解。数月,竟举一子。欲置隘巷,女不忍也,藏诸椟而养之。遂矢志不嫁,以明其不二也。然不夫而孕,终以为羞。

儿至七岁,未尝出以见人。儿忽谓母曰:“儿渐长,幽禁何可长也？去之,不为母累。”问所之,曰:“我非人种,行将腾霄昂壑耳。”女泣询归期,答曰:“待母属纩,儿始来。去后,倘有所需,可启藏儿椟索之,必能如愿。”言已,拜母竟去。出而望之,已杳矣。女告母,母大奇之。女坚守旧志,与母相依,而家益落。偶缺晨炊,仰屋无计,忽忆儿言,往启椟,果得米,赖以举火。由是有求辄应。逾三年,母病卒,一切葬具,皆取给于椟。

既葬,女独居三十年,未尝窥户。一日,邻妇乞火者,见其兀坐空闺,语移时始去。居无何,忽见彩云绕女舍,亭亭如盖,中有一人盛服立,审视,则苏女也,回翔久之,渐高不见。邻人共疑之,窥诸其室,见女靓妆凝坐,气则已绝。众以其无归,议为殡殓。忽一少年入,丰姿俊伟,向众申谢。邻人向亦窃知女有子,故不之疑。少年出金葬母,植二桃于墓,乃别而去。数步之外,足下生云,不可复见。后桃结实甘芳,居人谓之“苏仙桃树”,年年华茂,更不衰朽。官是地者,每携实以馈亲友。

李 伯 言

李生伯言,沂水人,抗直有肝胆。忽暴病,家人进药,却之曰:“吾病非药饵可疗。阴司阎罗缺,欲吾暂摄其篆耳。死勿埋我,宜待之。”是日果死。

驺从导去,入一宫殿,进冕服,隶胥祗候甚肃,案上簿书丛沓。一宗,江南某,稽生平所私良家女八十二人,鞫之,佐证不诬,按冥律,宜炮烙。堂下有铜柱,高八九尺,围可一抱,空其中而炽炭焉,表里通赤。群鬼以铁蒺藜挞驱使登,手移足盘而上。甫至顶,则烟气飞腾,崩然一响如爆竹,人乃堕,团伏移时,始复苏。又挞之,爆堕如前。三堕，则匝地如烟而散，不复能成形矣。

又一起，为同邑王某，被婢父讼盗占生女。王即生姻家。先是，一人卖婢，王知其所来非道，而利其直廉，遂购之。至是王暴卒，越日，其友周生遇于途，知为鬼，奔避斋中，王亦从入。周惧而祝，问所欲为，王曰："烦作见证于冥司耳。"惊问："何事？"曰："余婢实价购之，今被误控。此事君亲见之，惟借季路一言，无他说也。"周固拒之。王出曰："恐不由君耳。"未几，周果死，同赴阎罗质审。李见王，隐存左袒意。忽见殿上火生，焰烧梁栋，李大骇，侧足立。吏急进曰："阴曹不与人世等，一念之私不可容。急消他念，则火自熄。"李敛神寂虑，火顿灭。已而鞫状，王与婢父反复相苦。问周，周以实对。王以故犯论笞。笞讫，遣人俱送回生。周与王皆三日而苏。李视事毕，舆马而返。中途见阙头断足者数百辈，伏地哀鸣，停车研诘，则异乡之鬼，思践故土，恐关隘阻隔，乞求路引。李曰："余摄任三日，已解任矣，何能为力？"众曰："南村胡生，将建道场，代嘱可致。"李诺之。至家，驺从都去，李乃苏。

胡生字水心，与李善，闻李再生，便诣探省。李遽问："清醮何时？"胡讶曰："兵燹之后，妻孥瓦全，向与室人作此愿心，未向一人道也，何知之？"李具以告。胡叹曰："闺房一语，遂播幽冥，可惧哉！"乃敬诺而去。次日，如王所，王犹惫卧。见李，肃然起敬，申谢佑庇。李曰："法律不能宽假。今幸无恙乎？"王云："已无他症，但笞疮脓溃耳。"又二十余日始痊，臀肉腐落，瘢痕如杖者。

异史氏曰："阴司之刑，惨于阳世，责亦苛于阳世。然关说不行，则受残酷者不怨也。谁谓夜台无天日哉？第恨无火烧临民之堂廨耳！"

黄 九 郎

何师参，字子萧，斋于苕溪之东，门临旷野。薄暮偶出，见妇人跨驴来，少年从其后。妇约五十许，意致清越。转视少年，年可十五六，丰采过于姝丽。何生素有断袖之癖，睹之，神出于舍，翘足目送，影灭方归。

次日，早伺之，落日冥蒙，少年始过。生曲意承迎，笑问所来，答以“外祖家”。生请过斋少憩，辞以不暇，固曳之，乃入。略坐兴辞，坚不可挽。生挽手送之，殷嘱便道相过，少年唯唯而去。生由是凝思如渴，往来眺注，足无停趾。一日，日衔半规，少年欻至，大喜，要入，命馆童行酒。问其姓字，答曰：“黄姓，第九。童子无字。”问：“过往何频？”曰：“家慈在外祖家，常多病，故数省之。”酒数行，欲辞去。生捉臂遮留，下管钥。九郎无如何，赪颜复坐。挑灯共语，温若处子，而词涉游戏，便含羞，面向壁。未几，引与同衾，九郎不许，坚以睡恶为辞，强之再三，乃解上下衣，着裤卧床上。生灭烛，少时，移与同枕，曲肘加髀而狎抱之，苦求私昵。九郎怒曰：“以君风雅士，故与流连。乃此之为，是禽处而兽爱之也！”未几，晨星荧荧，九郎径去。

生恐其遂绝，复伺之，蹀躞凝盼，目穿北斗。过数日，九郎始至，喜逆谢过，强曳入斋，促坐笑语，窃幸其不念旧恶。无何，解屦登床，又抚哀之。九郎曰：“缠绵之意，已镂肺膈，然亲爱何必在此？”生甘言纠缠，但求一亲玉肌，九郎从之。生俟其睡寐，潜就轻薄。九郎醒，揽衣遽起，乘夜遁去。生邑邑若有所失，忘啜废枕，日渐委悴，惟日使斋童逻侦焉。一日，九郎过门，即欲径去。童牵衣入之。见生清癯，大骇，慰问。生实告以情，泪涔涔随声零落。九郎细语曰：“区区之意，实以相爱无益于弟，而有害于兄，故不为也。君既乐之，仆何惜焉？”生大悦。九郎去后，病顿减，数日平复。九郎果至，遂相缱绻，曰：“今勉承君意，幸勿以此为常。”既而曰：“欲有所求，肯为力乎？”问之，答曰：“母患心痛，惟太医齐野王先天丹可疗。君与善，当能求之。”生诺之。临去又嘱。生入城求药，及暮付之。九郎喜，上手称谢。又强与合，九郎曰：“勿相纠缠。请为君图一佳人，胜弟万万矣。”生问谁何，九郎曰：“有表妹，美无伦。倘能垂意，当执柯斧。”生微笑不答。九郎怀药便去。

三日乃来，复求药。生恨其迟，词多诮让。九郎曰：“本不忍祸君，故疏之，既不蒙见谅，请勿悔焉。”由是燕会无虚夕。凡三日必一乞药。齐怪其频，曰：“此药未有过三服者，胡久不瘥？”因裹三剂并授之。又顾生曰：“君神色黯然，病乎？”曰：“无。”脉之，惊曰：“君有鬼脉，病在少阴，不自慎者殆矣！”归语九郎。九郎叹曰：“良医也！我实狐，久恐不为君福。”生疑其诳，藏其药，不以尽予，虑其弗至也。居无何，果病。延齐诊视，曰：“曩不实言，今魂气已游墟莽，秦缓何能为力？”九郎日来省侍，曰：“不听吾言，果至于此！”生寻死。九郎痛哭而去。

先是，邑有某太史，少与生共笔砚，十七岁擢翰林。时秦藩贪暴，而赂通朝士，无有言者。公抗疏劾其恶，以越俎免。藩升是省中丞，日伺公隙。公少有英称，曾邀叛王青盼，因购得旧所往来札，胁公。公惧，自经，夫人亦投缳死。公越宿忽醒，曰：“我何子萧也。”诘之，所言皆何家事，方悟其借躯返魂。留之不可，出奔旧舍。抚疑其诈，必欲排陷之，使人索千金于公。

公伪诺，而忧闷欲绝。忽通九郎至，喜共话言，悲欢交集。既欲复狎，九郎曰：“君有三命耶？”公曰：“余悔生劳，不如死逸。”因诉冤苦。九郎悠忧以思，少间曰：“幸复生聚。君旷无偶，前言表妹，慧丽多谋，必能分忧。”公欲一见颜色，曰：“不难。明日将取伴老母，此道所经。君伪为弟也兄者，我假渴而求饮焉。君曰‘驴子亡’，则诺也。”计已而别。明日亭午，九郎果从女郎经门外过。公拱手絮絮与语。略睨女郎，娥眉秀曼，诚仙人也。九郎索茶，公请入饮。九郎曰：“三妹勿讶，此兄盟好，不妨少休止。”扶之而下，系驴于门而入。公自起瀹茗，因目九郎曰：“君前言不足以尽。今得死所矣！”女似悟其言之为己者，离榻起立，嘤喔而言曰：“去休！”公外顾曰：“驴子其亡！”九郎火急驰出。公拥女求合。女颜色紫变，窘若囚拘，大呼九兄，不应，曰：“君自有妇，何丧人廉耻也？”公自陈无室。女曰：“能矢山河，勿令秋扇见捐，则惟命是听。”公乃誓以皦日。女不复拒。事已，九郎至。女色然怒让之。九郎曰：“此何子萧，昔之名士，今之太史。与兄最善，其人可依。即闻诸妗氏，当不相见罪。”日向晚，公邀遮不听去。女恐姑母骇怪。九郎锐身自任，跨驴径去。居数日，有妇携婢过，年四十许，神情意致，雅似三娘。公呼女出窥，果母也。瞥睹女，怪问：“何得在此？”女惭不能对。公邀入，拜而告之。母笑曰：“九郎稚气，胡再不谋？”女自入厨下，设食供母，食已乃去。公得丽偶，颇快心期，而恶绪萦怀，恒蹙蹙有忧色。女问之，公缅述颠末。女笑曰：“此九兄一人可得解，君何忧？”公诘其故，女曰：“闻抚公溺声歌而比顽童，此皆九兄所长也。投所好而献之，怨可消，仇亦可复。”公虑九郎不肯，女曰：“但请哀之。”越日，公见九郎来，肘行而逆之。九郎惊曰：“两世之交，但可自效，顶踵所不敢惜，何忽作此态向人？”公具以谋告。九郎有难色。女曰：“妾失身于郎，谁实为之？脱令中途凋丧，焉置妾也？”九郎不得已，诺之。

公阴与谋，驰书与所善之王太史，而致九郎焉。王会其意，大设，招抚公饮。命九郎饰女郎，作天魔舞，宛然美女。抚惑之，亟请于王，欲以重金购九郎，惟恐不得当。王故沉思以难之。迟之又久，始将公命以进。抚喜，前郤顿释。自得九郎，动息不相离，侍妾十余，视同尘土。九郎饮食供具如王者，赐金万计。半年，抚公病。九郎知其去冥路近也，遂辇金帛，假归公家。既而抚公薨。九郎出资，起屋置器，畜婢仆，母子及妗并家焉。九郎出，舆马甚都，人不知其狐也。余有“笑判”，并志之：

男女居室，为夫妇之大伦；燥湿互通，乃阴阳之正窍。迎风待月，尚有荡检之讥；断袖分桃，难免掩鼻之丑。人必力士，鸟道乃敢生开；洞非桃源，渔篙宁许误入？今某从下流而忘返，舍正路而不由。云雨未兴，辄尔上下其手；阴阳反背，居然表里为奸。华池置无用之乡，谬说老僧入定；蛮洞乃不毛之地，遂使眇帅称戈。系赤兔于辕门，如将射戟；探大弓于国库，直欲斩关。或是监内黄鳣，访知交于昨夜；分明王家朱李，索钻报于来生。彼黑松林戎马顿来，固相安矣；设黄龙府潮水忽至，何以御之？宜断其钻刺之根，兼塞其送迎之路。

金陵女子

沂水居民赵某，以故自城中归，见女子白衣哭路侧，甚哀，睨之，美，悦之，凝注不去。女垂涕曰：“夫夫也，路不行而顾我！”赵曰：“我以旷野无人，而子哭之恸，实怆于心。”女曰：“夫死无路，是以哀耳。”赵劝其复择良匹，曰：“渺此一身，其何能择？如得所托，媵之可也。”赵忻然自荐，女从之。赵以去家远，将觅代步，女曰：“无庸。”乃先行，飘若仙奔。

至家，操井臼甚勤。积二年余，谓赵曰："感君恋恋，猥相从，忽已三年。今宜且去。"赵曰："曩言无家，今焉往？"曰："彼时漫为是言耳，何得无家？身父货药金陵。倘欲再晤，可载药往，可助资斧。"赵经营，为贳舆马。女辞之，出门径去，追之不及，瞬息遂杳。

居久之，颇涉怀想，因市药诣金陵，寄货旅邸，访诸衢市。忽药肆一翁望见，曰："婿至矣。"延之入。女方浣裳庭中，见之不言亦不笑，浣不辍。赵衔恨遽出。翁又曳之返，女不顾如初。翁命治具作饭，谋厚赠之。女止之曰："渠福薄，多将不任。宜少慰其苦辛，再检十数医方与之，便吃著不尽矣。"翁问所载药，女云："已售之矣，直在此。"翁乃出方付金，送赵归。试其方，有奇验。沂水尚有能知其方者。以蒜臼接茅檐雨水，洗瘊赘，其方之一也，良效。

汤　　公

汤公名聘，辛丑进士，抱病弥留。忽觉下部热气，渐升而上：至股，则足死；至腹，则股又死；至心，心之死最难。凡自童稚以及琐屑久忘之事，都随心血来，一一潮过。如一善，则心中清净宁帖；一恶，则懊侬烦燥，似油沸鼎中，其难堪之状，口不能肖似之。犹忆七八岁时，曾探雀雏而毙之，只此一事，心头热血潮涌，食顷方过。直待平生所为，一一潮尽，乃觉热气缕缕然，穿喉入脑，自顶颠出，腾上如炊。

逾数十刻期，魂乃离窍，忘躯壳矣。而渺渺无归，漂泊郊路间。一巨人来，高几盈寻，掇拾之，纳诸袖中。入袖，则叠肩压股，其人甚伙，薅脑闷气，殆不可过。公顿思惟佛能解厄，因宣佛号，才三四声，飘堕袖外。巨人复纳之。三纳三堕，巨人乃去之。

公独立徬徨，未知何往之善。忆佛在西土，乃遂西。无何，见路侧一僧趺坐，趋拜问途。僧曰："凡士子生死录，文昌及孔圣司之，必两处销名，乃可他适。"公问其居，僧示以途，奔赴。无几，至圣庙，见宣圣南面坐，拜祷如前。宣圣言："名籍之落，仍得帝君。"因指以路。公又趋之，见一殿阁，如王者居，俯身入，果有神人，如世所传帝君像，伏祝之。帝君检名曰:“汝心诚正,宜复有生理。但皮囊腐矣,非菩萨莫能为力。”因指示令急往。公从其教。俄见茂林修竹,殿宇华好,入,见螺髻庄严,金容满月,瓶浸杨柳,翠碧垂烟。公肃然稽首,拜述帝君言。菩萨难之。公哀祷不已。旁有尊者白言:“菩萨施大法力,撮土可以为肉,折柳可以为骨。”菩萨即如所请,手断柳枝,倾瓶中水,合净土为泥,拍附公体,使童子携送灵所,推而合之。棺中呻动,霍然病已。家人骇然集,扶而出之,计气绝已断七矣。

连 琐

杨于畏,移居泗水之滨。斋临旷野,墙外多古墓,夜闻白杨萧萧,声如涛涌。夜阑秉烛,方复凄断,忽墙外有人吟曰:“玄夜凄风却倒吹,流萤惹草复沾帏。”反复吟诵,其声哀楚。听之,细婉似女子。疑之,明日,视墙外,并无人迹。惟有紫带一条,遗荆棘中,拾归,置诸窗上。向夜二更许,又吟如昨。杨移杌登望,吟顿辍。悟其为鬼,然心向慕之。

次夜,伏伺墙头。一更向尽,有女子珊珊自草中出,手扶小树,低首哀吟。杨微嗽,女忽入荒草而没。杨由是伺诸墙下,听其吟毕,乃隔壁而续之曰:“幽情苦绪何人见?翠袖单寒月上时。”久之,寂然。杨乃入室。方坐,忽见丽者自外来,敛衽曰:“君子固风雅士,妾乃多所畏避。”杨喜,拉坐,瘦怯凝寒,若不胜衣。问:“何居里,久寄此间?”答曰:“妾陇西人,随父流寓。十七暴疾殂谢,今二十余年矣。九泉荒野,孤寂如骛。所吟,乃妾自作,以寄幽恨者。思久不属,蒙君代续,欢生泉壤。”杨欲与欢,蹙然曰:“夜台朽骨,不比生人,如有幽欢,促人寿数。妾不忍祸君子也。”杨乃止。戏以手探胸,则鸡头之肉,依然处子。又欲视其裙下双钩,女俯首笑曰:“狂生太罗唣矣!”杨把玩之,则见月色锦袜,约彩线一缕。更视其一,则紫带系之。问:“何不俱带?”曰:“昨宵畏君而避,不知遗落何所。”杨曰:“为卿易之。”遂即窗上取以授女。女惊问何来,因以实告。女乃去线束带。既翻案上书,忽见《连昌宫词》,慨然曰:“妾生时最爱读此。今视之,殆如梦寐!”与谈诗文,慧黠可爱。剪烛西窗,如得良友。自此每夜但闻微吟,少顷即至。辄嘱曰:“君秘勿宣。妾少胆怯,恐有恶客见侵。”杨诺之。两人欢同鱼水,虽不至乱,而闺阁之中,诚有甚于画眉者。女每于灯下为杨写书,字态端媚。又自选宫词百首,录诵之。使杨治棋枰,购琵琶,每夜教杨手谈。不则挑弄弦索,作“蕉窗零雨”之曲,酸人胸臆。杨不忍卒听,则为“晓苑莺声”之调,顿觉心怀畅适。挑灯作剧,乐辄忘晓。视窗上有曙色,则张皇遁去。

一日,薛生造访,值杨昼寝。视其室,琵琶、棋枰俱在,知非所善。又翻书得宫词,见字迹端好,益疑之。杨醒,薛问:“戏具何来?”答:“欲学之。”又问诗卷,托以假诸友人。薛反复检玩,见最后一叶细字一行云:“某月日连琐书。”笑曰:“此是女郎小字,何相欺之甚?”杨大窘,不能置词。薛诘之益苦,杨不以告。薛卷挟,杨益窘,遂告之。薛求一见。杨因述所嘱。薛仰慕殷切,杨不得已,诺之。夜分,女至,为致意焉。女怒曰:“所言伊何?乃已喋喋向人!”杨以实情自白。女曰:“与君缘尽矣!”杨百词慰解,终不欢,起而别去,曰:“妾暂避之。”明日,薛来,杨代致其不可。薛疑支托,暮与窗友二人来,淹留不去,故挠之,恒终夜哗,大为杨生白眼,而无如何。众见数夜杳然,浸有去志,喧嚣渐息。忽闻吟声,共听之,凄婉欲绝。薛方倾耳神注,内一武生王某,掇巨石投之,大呼曰:“作态不见客,那甚得好句,呜呜恻恻,使人闷损!”吟顿止。众甚怨之。杨恚愤,见于词色。次日,始共引去。杨独宿空斋,冀女复来,而殊无影迹。逾二日,女忽至,泣曰:“君致恶宾,几吓煞妾!”杨谢过不遑。女遽出,曰:“妾固谓缘分尽也,从此别矣。”挽之已渺。由是月余,更不复至。杨思之,形销骨立,莫可追挽。一夕,方独酌,忽女子搴帏入。杨喜极,曰:“卿见宥耶?”女涕垂膺,默不一言。亟问之,欲言复忍,曰:“负气去,又急而求人,难免愧恧。”杨再三研诘,乃曰:“不知何外来一龌龊隶,逼充媵妾。顾念清白裔,岂屈身舆台之鬼?然一线弱质,乌能抗拒?君如齿妾在琴瑟之数,必不听自为生活。”杨大怒,愤将致死,但虑人鬼殊途,不能为力。女曰:“来夜早眠,妾邀君梦中耳。”于是复共倾谈,坐以达曙。

女临去,嘱勿昼眠,留待夜约。杨诺之。因于午后薄饮,乘醺登榻，蒙衣偃卧。忽见女来，授以佩刀，引手去。至一院宇，方阖门语，闻有人掿石挝门。女惊曰："仇人至矣！"杨启户骤出，见一人赤帽青衣，猬毛绕喙。怒咄之，隶横目相仇，言词凶谩。杨大怒，奔之。隶捉石以投，骤如急雨，中杨腕，不能握刃。方危急间，遥见一人，腰矢野射。审视之，王生也。大号乞救。王生张弓急至，射之中股，再射之，殪。杨喜感谢。王问故，具告之。王自喜前罪可赎，遂与共入女室。女战惕羞缩，遥立不作一语。案上有小刀，长仅尺余，而装以金玉；出诸匣，光芒鉴影。王叹赞不释手。与杨略话，见女惭惧可怜，乃出，分手去。杨亦自归，越墙而仆，于是惊寤，听村鸡已乱鸣矣。觉腕中痛甚，晓而视之，则皮肉赤肿。亭午，王生来，便言夜梦之奇。杨曰："未梦射否？"王怪其先知。杨出手示之，且告以故。王忆梦中颜色，恨不真见，自幸有功于女，复请先容。夜间，女来称谢。杨归功王生，遂达诚恳。女曰："将伯之助，义不敢忘。然彼赳赳，妾实畏之。"既而曰："彼爱妾佩刀，刀实妾父出使粤中，百金购之。妾爱而有之，缠以金丝，瓣以明珠。大人怜妾夭亡，用以殉葬。今愿割爱相赠，见刀如见妾也。"次日，杨致此意。王大悦。至夜，女果携刀来，曰："嘱伊珍重，此非中华物也。"由是往来如初。

积数月，忽于灯下笑而向杨，似有所语，面红而止者三。生抱问之，答曰："久蒙眷爱，妾受生人气，日食烟火，白骨顿有生意。但须生人精血，可以复活。"杨笑曰："卿自不肯，岂我故惜之？"女云："交接后，君必有念余日大病，然药之可愈。"遂与为欢。既而着衣起，又曰："尚须生血一点，能拚痛以相爱乎？"杨取利刃刺臂出血，女卧榻上，便滴脐中。乃起曰："妾不来矣。君记取百日之期，视妾坟前，有青鸟鸣于树头，即速发冢。"杨谨受教。出门又嘱曰："慎记勿忘，迟速皆不可！"乃去。

越十余日，杨果病，腹胀欲死。医师投药，下恶物如泥，浃辰而愈。计至百日，使家人荷锸以待。日既夕，果见青鸟双鸣。杨喜曰："可矣。"乃斩荆发圹，见棺木已朽，而女貌如生。摩之微温，蒙衣舁归，置暖处，气咻咻然，细于属丝。渐进汤酏，半夜而苏。每谓杨曰："二十余年，如一梦耳。"

单 道 士

韩公子,邑世家。有单道士,工作剧,公子爱其术,以为座上客。单与人行坐,辄忽不见。公子欲传其法,单不肯。公子固恳之。单曰:“我非吝吾术,恐坏吾道也。所传而君子则可,不然,有借此以行窃者矣。公子固无虑此,然或出见美丽而悦,隐身入人闺闼,是济恶而宣淫也。不敢从命。”公子不能强,而心怒之,阴与仆辈谋挞辱之。恐其遁匿,因以细灰布麦场上;思左道能隐形,而履处必有印迹,可随印处急击之。于是诱单往,使人执牛鞭立挞之。单忽不见,灰上果有履迹,左右乱击,顷刻已迷。公子归,单亦至,谓诸仆曰:“吾不可复居矣! 向劳服役,今且别,当有以报。”袖中出旨酒一盛,又探得肴一簋,并陈几上。陈已,复探,凡十余探,案上已满。遂邀众饮,俱醉,一一仍内袖中。韩闻其异,使复作剧。单于壁上画一城,以手推挝,城门顿辟。因将囊衣箧物,悉掷门内,乃拱别曰:“我去矣!”跃身入城,城门遂合,道士顿杳。后闻在青州市上,教儿童画墨圈于掌,逢人戏抛之,随所抛处,或面或衣,圈辄脱去,落印其上。又闻其善房中术,能令下部吸烧酒,尽一器。公子尝面试之。

白 于 玉

吴青庵筠,少知名。葛太史见其文,每嘉叹之。托相善者邀至其家,领其言论风采。曰:“焉有才如吴生,而长贫贱者乎?”因俾邻好致之曰:“使青庵奋志云霄,当以息女奉巾栉。”时太史有女绝美,生闻大喜,确自信。既而秋闱被黜,使人谓太史:“富贵所固有,不可知者迟早耳。请待我三年,不成而后嫁。”于是刻志益苦。

一夜,月明之下,有秀才造谒,白晰短须,细腰长爪。诘所来,自言:“白氏,字于玉。”略与倾谈,豁人心胸,悦之,留同止宿。迟明欲去,生嘱便道频过。白感其情殷,愿即假馆,约期而别。至日,先一苍头送炊具来。少间,白至,乘骏马如龙。生另舍舍之。白命奴牵马去。

遂共晨夕，忻然相得。生视所读书，并非常所见闻，亦绝无时艺。讶而问之，白笑曰："士各有志，仆非功名中人也。"夜每招生饮，出一卷授生，皆吐纳之术，多所不解，因以迂缓置之。他日谓生曰："曩所授，乃《黄庭》之要道，仙人之梯航。"生笑曰："仆所急不在此。且求仙者必断绝情缘，使万念俱寂，仆病未能也。"白问："何故？"生以宗嗣为虑。白曰："胡久不娶？"笑曰："'寡人有疾，寡人好色。'"白亦笑曰："'王请无好小色。'所好何如？"生具以情告。白疑未必真美。生曰："此遐迩所共闻，非小生之目贱也。"白微哂而罢。

次日，忽促装言别。生凄然与语，刺刺不能休。白乃命童子先负装行。两相依恋。俄见一青蝉鸣落案间，白辞曰："舆已驾矣，请自此别。如相忆，拂我榻而卧之。"方欲再问，转瞬间，白小如指，翩然跨蝉背上，嘲哳而飞，杳入云中。生乃知其非常人，错愕良久，怅怅自失。

逾数日，细雨忽集，思白綦切。视所卧榻，鼠迹碎琐，慨然扫除，设席即寝。无何，见白家童来相招，忻然从之。俄有桐凤翔集，童捉谓生曰："黑径难行，可乘此代步。"生虑细小不能胜任。童曰："试乘之。"生如所请，宽然殊有余地，童亦附其尾上，戛然一声，凌升空际。未几，见一朱门。童先下，扶生亦下。问："此何所？"曰："此天门也。"门边有巨虎蹲伏。生骇惧，童一身障之。见处处风景，与世殊异。童导入广寒宫，内以水晶为阶，行人如在镜中。桂树两章，参空合抱；花气随风，香无断际。亭宇皆红窗，时有美人出入，冶容秀骨，旷世并无其俦。童言："王母宫佳丽尤胜。"然恐主人伺久，不暇留连，导与趋出。移时，见白生候于门。握手入，见檐外清水白沙，涓涓流溢，玉砌雕阑，殆疑桂阙。甫坐，即有二八妖鬟，来荐香茗。少间，命酌，有四丽人，敛衽鸣珰，给事左右。才觉背上微痒，丽人即纤指长甲，探衣代搔。生觉心神摇曳，罔所安顿。既而微醺，渐不自持，笑顾丽人，兜搭与语。美人辄笑避。白令度曲侑觞。一衣绛绡者，引爵向客，便即筵前，宛转清歌。诸丽者笙管敖曹，呜呜杂和。既阕，一衣翠裳者，亦酌亦歌。尚有一紫衣人，与一淡白软绡者，吃吃笑，暗中互让不肯前。白令一酌一唱，紫衣人便来把盏。生托接杯，戏挠纤腕。女笑失手，酒杯倾堕。白谯诃之。女拾杯含笑，俯首细语云："冷如鬼手馨，强来捉人臂。”白大笑，罚令自歌且舞。舞已，衣淡白者又飞一觥。生辞不能釂。女捧酒有愧色，乃强饮之。

细视四女，风致翩翩，无一非绝世者。遽谓主人曰：“人间尤物，仆求一而难之，君集群芳，能令我真个销魂否？”白笑曰：“足下意中自有佳人，此何足当巨眼之顾？”生曰：“吾今乃知所见之不广也。”白乃尽招诸女，俾自择。生颠倒不能自决。白以紫衣人有把臂之好，遂使襆被奉客。既而衾枕之爱，极尽绸缪。生索赠，女脱金腕钏付之。忽童入曰：“仙凡路殊，君宜即去。”女急起，遁去。生问主人，童曰：“早诣待漏，去时嘱送客耳。”生怅然从之，复寻旧途。将及门，回视童子，不知何时已去。虎哮骤起，生惊窜而去。望之无底，而足已奔堕。

一惊而寤，则朝暾已红。方将振衣，有物腻然坠褥间，视之，钏也，心益异之。由是前念灰冷，每欲寻赤松游，而尚以胤续为忧。过十余月，昼寝方酣，梦紫衣姬自外至，怀中绷婴儿曰：“此君骨肉。天上难留此物，敬持送君。”乃寝诸床，牵衣覆之，匆匆欲去。生强与为欢，乃曰：“前一度为合卺，今一度为永诀，百年夫妇，尽于此矣。君倘有志，或有见期。”生醒，见婴儿卧襆褥间，绷以告母。母喜，佣媪哺之，取名梦仙。

生于是使人告太史，自己将隐，令别择良匹。太史不肯。生固以为辞。太史告女，女曰：“远近无不知儿身许吴郎矣，今改之，是二天也。”因以此意告生。生曰：“我不但无志于功名，兼绝情于燕好。所以不即入山者，徒以有老母在。”太史又以商女。女曰：“吴郎贫，我甘其藜藿，吴郎去，我事其姑嫜，定不他适。”使人三四返，迄无成谋，遂诹日备车马妆奁，嫔于生家。生感其贤，敬爱臻至。女事姑孝，曲意承顺，过贫家女。逾二年，母亡，女质奁作具，罔不尽礼。

生曰：“得卿如此，吾何忧！顾念一人得道，拔宅飞升。余将远逝，一切付之于卿。”女坦然，殊不挽留。生遂去。女外理生计，内训孤儿，井井有法。梦仙渐长，聪慧绝伦。十四岁，以神童领乡荐；十五入翰林。每褒封，不知母姓氏，封葛母一人而已。值霜露之辰，辄问父所，母具告之。遂欲弃官往寻，母曰：“汝父出家，今已十有余年，想已仙去，何处可寻？”

后奉旨祭南岳，中途遇寇，窘急中，一道人仗剑入，寇尽披靡，围始解。德之，馈以金，不受。出书一函，付嘱曰："余有故人，与大人同里，烦一致寒暄。"问："何姓名？"答曰："王林。"因忆村中无此名。道士曰："草野微贱，贵官自不识耳。"临行，出一金钏曰："此闺阁物，道人拾此，无所用处，即以奉报。"视之，嵌镂精绝。

怀归以授夫人，夫人爱之，命良工依式配造，终不及其精巧。遍问村中，并无王林其人者。私发其函，上云："三年鸾凤，分拆各天；葬母教子，端赖卿贤。无以报德，奉药一丸；剖而食之，可以成仙。"后书"琳娘夫人妆次"。读毕，不解何人，持以告母。母执书以泣，曰："此汝父家报也。琳，我小字。"始恍然悟"王林"为拆白谜也，悔恨不已。又以钏示母，母曰："此汝母遗物。而翁在家时，尝以相示。"又视丸，如豆大，喜曰："我父仙人，啖此必能长生。"母不遽吞，受而藏之。

会葛太史来视甥，女诵吴生书，便进丹药为寿。太史剖而分食之，顷刻，精神焕发。太史时年七旬，龙钟颇甚，忽觉筋力溢于肤革，遂弃舆而步，其行健速，家人坌息始能及焉。逾年，都城有回禄之灾，火终日不熄。夜不敢寐，毕集庭中，见火势拉杂，浸及邻舍，一家徊徨，不知所计。忽夫人臂上金钏，戛然有声，脱臂飞去，望之，大可数亩，团覆宅上，形如月阑，钏口降东南隅，历历可见。众大愕。俄顷，火自西来，近阑则斜越而东。迨火势既远，窃意钏亡不可复得，忽见红光乍敛，钏铮然堕足下。都中延烧民舍数万间，左右前后，并为灰烬，独吴第无恙。惟东南一小阁，化为乌有，即钏口漏覆处也。葛母年五十余，或见之，犹似二十许人。

夜　叉　国

交州徐姓，泛海为贾，忽被大风吹去。开眼至一处，深山苍莽，冀有居人，遂缆船而登，负糗腊焉。方入，见两崖皆洞口，密如蜂房，内隐有人声。至洞外，伫足一窥，中有夜叉二，牙森列戟，目闪双灯，爪劈生鹿而食。惊散魂魄，急欲奔下，则夜叉已顾见之，辍食执入。二物相语，如鸟兽鸣，争裂徐衣，似欲啖噉。徐大惧，取橐中糗糒，并牛脯进之。分啖甚美，复翻徐橐。徐摇手以示其无，夜叉怒，又执之。徐哀之曰："释我。我舟中有釜甑，可烹饪。"夜叉不解其语，仍怒。徐再与手语，夜叉似微解。从至舟，取具入洞，束薪燃火，煮其残鹿，熟而献之。二物啖之喜。夜以巨石杜门，似恐徐遁。徐曲体遥卧，深惧不免。天明，二物出，又杜之。少顷，携一鹿来付徐。徐剥革，于深洞处流水，汲煮数釜。俄有数夜叉至，群集吞啖讫，共指釜，似嫌其小。过三四日，一夜叉负一大釜来，似人所常用者。于是群夜叉各致狼麋，既熟，呼徐同啖。居数日，夜叉渐与徐熟，出亦不施禁锢，聚处如家人。徐渐能察声知意，辄效其音，为夜叉语。夜叉益悦，携一雌来妻徐。徐初畏惧，莫敢伸，雌自开其股就徐，徐乃与交。雌大欢悦，每留肉饵徐，若琴瑟之好。

一日，诸夜叉早起，项下各挂明珠一串，更番出门，若伺贵客状，命徐多煮肉。徐以问雌，雌云："此天寿节。"雌出，谓众夜叉曰："徐郎无骨突子。"众各摘其五，并付雌。雌又自解十枚，共得五十之数，以野苎为绳，穿挂徐项。徐视之，一珠可直百十金。俄顷俱出，徐煮肉毕，雌来邀去，云："接天王。"至一大洞，广阔数亩。中有石，滑平如几。四围俱有石坐，上一坐蒙一豹革，余皆以鹿。夜叉二三十辈，列坐满中。少顷，大风扬尘，张皇都出。见一巨物来，亦类夜叉状，竟奔入洞，踞坐鹗顾。群随入，东西列立，悉仰其首，以双臂作十字交。大夜叉按头点视，问："卧眉山众，尽于此乎？"群哄应之。顾徐曰："此何来？"雌以"婿"对。众又赞其烹调。即有二三夜叉，奔取熟肉陈几上。大夜叉掬啖尽饱，极赞嘉美，且责常供。又顾徐云："骨突子何短？"众白："初来未备。"物于项上摘取珠串，脱十枚付之，俱大如指顶，圆如弹丸。雌急接，代徐穿挂。徐亦交臂作夜叉语谢之。物乃去，蹑风而行，其疾如飞。众始享其余食而散。

居四年余，雌忽产，一胎而生二雄一雌，皆人形，不类其母。众夜叉皆喜其子，辄共拊弄。一日，皆出攫食，惟徐独坐。忽别洞来一雌，欲与徐私，徐不肯。夜叉怒，扑徐踣地上。徐妻自外至，暴怒相搏，龁断其耳。少顷，其雄亦归，解释令去。自此雌每守徐，动息不相离。又三年，子女俱能行步。徐辄教以人言，渐能语，啁啾之中，有人气焉。虽童也,而奔山如履坦途,与徐依依有父子意。

一日,雌与一子一女出,半日不归,而北风大作。徐恻然念故乡,携子至海岸,见故舟犹存,谋与同归。子欲告母,徐止之。父子登舟,一昼夜达交。至家,妻已醮。出珠二枚,售金盈兆,家颇丰。子取名彪,十四五岁,能举百钧,粗莽好斗。交帅见而奇之,以为千总。值边乱,所向有功,十八为副将。

时一商泛海,亦遭风飘至卧眉。方登岸,见一少年,视之而惊。知为中国人,便问居里。商以告。少年曳入幽谷一小石洞,洞外皆丛棘,且嘱勿出。去移时,挟鹿肉来啖商。自言:"父亦交人。"商问之,而知为徐,商在客中尝识之,因曰:"我故人也。今其子为副将。"少年不解何名。商曰:"此中国之官名。"又问:"何以为官?"曰:"出则舆马,入则高堂;上一呼而下百诺;见者侧目视,侧足立:此名为官。"少年甚歆动。商曰:"既尊君在交,何久淹此?"少年以情告。商劝南旋。曰:"余亦常作是念。但母非中国人,言貌殊异,且同类觉之,必见残害,用是辗转。"乃出曰:"待北风起,我来送汝行。烦于父兄处,寄一耗问。"商伏洞中几半年。时自棘中外窥,见山中辄有夜叉往还,大惧,不敢少动。一日,北风策策,少年忽至,引与急窜,嘱曰:"所言勿忘却。"商应之。又以肉置几上,商乃归。

径抵交,达副总府,备述所见。彪闻而悲,欲往寻之。父虑海涛妖薮,险恶难犯,力阻之。彪抚膺痛哭,父不能止。乃告交帅,携两兵至海内。逆风阻舟,摆簸海中者半月,四望无涯,咫尺迷闷,无从辨其南北。忽而涌波接汉,乘舟倾覆,彪落海中,逐浪浮沉。久之,被一物曳去,至一处,竟有舍宇。彪视之,一物如夜叉状。彪乃作夜叉语。夜叉惊讯之,彪乃告以所往。夜叉喜曰:"卧眉,我故里也。唐突可罪!君离故道已八千里。此去为毒龙国,向卧眉非路。"乃觅舟来送彪。夜叉在水中推行如矢,瞬息千里。过一宵,已达北岸。见一少年,临流瞻望。彪知山无人类,疑是弟,近之,果弟,因执手哭。既而问母及妹,并云健安。彪欲偕往,弟止之,仓忙便去。回谢夜叉,则已去。未几,母妹俱至,见彪俱哭。彪告其意。母曰:"恐去为人所凌。"彪曰:"儿在中国甚荣贵,人不敢欺。"归计已决,苦逆风难渡。

母子方徊徨间，忽见布帆南动，其声瑟瑟。彪喜曰："天助吾也！"相继登舟，波如箭激，三日抵岸，见者皆奔。彪向三人脱分袍裤。抵家，母夜叉见翁怒骂，恨其不谋。徐谢过不遑。家人拜见家主母，无不战栗。彪劝母学作华言，衣锦，厌粱肉，乃大欣慰。母女皆男儿装，类满制。数月稍辨语言，弟妹亦渐白晰。弟曰豹，妹曰夜儿，俱强有力。彪耻不知书，教弟读。豹最慧，经史一过辄了。又不欲操儒业，仍使挽强弩，驰怒马，登武进士第，聘阿游击女。夜儿以异种，无与为婚。会标下袁守备失偶，强妻之。夜儿开百石弓，百余步射小鸟，无虚落。袁每征，辄与妻俱，历任同知将军，奇勋半出于闺门。豹三十四岁挂印。母尝从之南征，每临巨敌，辄擐甲执锐，为子接应，见者莫不辟易。诏封男爵。豹代母疏辞，封夫人。

异史氏曰："夜叉夫人，亦所罕闻，然细思之而不罕也：家家床头有个夜叉在。"

小　髻

长山居民某，暇居，辄有短客来，久与扳谈。素不识其生平，颇注疑念。客曰："三数日，将便徙居，与君比邻矣。"过四五日，又曰："今已同里，旦晚可以承教。"问："乔居何所？"亦不详告，但以手北指。自是，日辄一来，时向人假器具，或吝不与，则自失之。群疑其狐。村北有古冢，陷不可测，意必居此。共操兵杖往，伏听之，久无少异。一更向尽，闻穴中戢戢然，似数十百人作耳语。众寂不动。俄而尺许小人，连遂而出，至不可数。众噪起，并击之。杖杖皆火，瞬息四散。惟遗一小髻，如胡桃壳然，纱饰而金线，嗅之，骚臭不可言。

泥　鬼

余乡唐太史济武，数岁时，有表亲某，相携戏寺中。太史童年磊落，胆即最豪，见庑中泥鬼，睁琉璃眼，甚光而巨，爱之，阴以指抉取，怀之而归。既抵家，某暴病不语。移时忽起，厉声曰："何故掘吾睛！"

噪叫不休。众莫之知，太史始言所作。家人乃祝曰："童子无知，戏伤尊目，行奉还也。"乃大言曰："如此，我便当去。"言讫，仆地遂绝，良久而苏。问其所言，茫不自觉。乃送睛仍安鬼眶中。

异史氏曰："登堂索睛，土偶何其灵也！顾太史抉睛，而何以迁怒于同游？盖以玉堂之贵，而且至性觥觥，观其上书北阙，拂袖南山，神且惮之，而况鬼乎？"

西　僧

两僧自西域来，一赴五台，一卓锡泰山。其服色言貌，俱与中国殊异。自言："历火焰山，山重重，气熏腾若炉灶。凡行必于雨后，心凝目注，轻迹步履之，误蹴山石，则飞焰腾灼焉。又经流沙河，河中有水晶山，峭壁插天际，四面莹彻，似无所隔。又有隘，可容单车，二龙交角对口把守之。过者先拜龙，龙许过，则口角自开。龙色白，鳞鬣皆如晶然。"僧言："途中历十八寒暑矣。离西土者十有二人，至中国仅存其二。西土传中国名山四：一泰山，一华山，一五台，一落伽也。相传山上遍地皆黄金，观音、文殊犹生。能至其处，则身便是佛，长生不死。"听其所言状，亦犹世人之慕西土也。倘有西游人，与东渡者中途相值，各述所有，当必相视失笑，两免跋涉矣。

老　饕

邢德，泽州人，绿林之杰也。能挽强弩，发连矢，称一时绝技。而生平落拓，不利营谋，出门辄亏其资。两京大贾，往往喜与邢俱，途中恃以无恐。

会冬初，有二三估客，薄假以资，邀同贩鬻。邢复自罄其囊，将并居货。有友善卜，因诣之。友占曰："此爻为'悔'，所操之业，即不母而子亦有损焉。"邢不乐，欲中止，而诸客强速之行。至都，果符所占。

腊将半，匹马出都门，自念新岁无资，倍益怏闷。时晨雾蒙蒙，暂趋临路店，解装觅饮。见一颁白叟，共两少年，酌北牖下。一僮侍，黄发蓬蓬然。邢于南座，对叟休止。僮行觞，误翻柈具，污叟衣。少年怒，立摘其耳。捧巾持帨，代叟揩拭。既见僮手拇俱有铁箭镮，厚半寸，每一镮，约重二两余。食已，叟命少年，于革囊中探中镪物，堆累几上，称秤握算，可饮数杯时，始缄裹完好。少年于枥中牵一黑跛骡来，扶叟乘之。僮亦跨羸马相从，出门去。两少年各腰弓矢，捉马俱出。

邢窥多金，穷睛旁睨，馋焰若炙，辍饮，急尾之。视叟与僮犹款段于前，乃下道斜驰出叟前，紧衔关弓，怒相向。叟俯脱左足靴，微笑云："而不识得老饕也？"邢满引一矢去。叟仰卧鞍上，伸其足，开两指如箝，夹矢住，笑曰："技但止此，何须而翁手敌？"邢怒，出其绝技，一矢刚发，后矢继至。叟手掇一，似未防其连珠，后矢直贯其口，踣然而堕，衔矢僵眠。僮亦下。邢喜，谓其已毙，近临之。叟吐矢跃起，鼓掌曰："初会面，何便作此恶剧？"邢大惊，马亦骇逸，以此知叟异，不敢复返。

走三四十里，值方面纲纪，囊物赴都，要取之，略可千金，意气始得扬。方疾骛间，闻后有蹄声，回首，则僮易跛骡来，驶若飞，叱曰："男子勿行！猎取之货，宜少瓜分。"邢曰："汝识'连珠箭邢某'否？"僮云："适已承教矣。"邢以僮貌不扬，又无弓矢，易之，一发三矢，连遱不断，如群隼飞翔。僮殊不忙迫，手接二，口衔一。笑曰："如此技艺，辱寞煞人！乃翁偬遽，未暇寻得弓来，此物亦无用处，请即掷还。"遂于指上脱铁镮，穿矢其中，以手力掷，呜呜风鸣。邢急拨以弓，弦适触铁镮，铿然断绝，弓亦绽裂。邢惊绝，未及覰避，矢过贯耳，不觉翻坠。僮下骑，便将搜括。邢以弓卧挞之。僮夺弓去，拗折为两，又折为四，抛置之。已，乃一手握邢两臂，一足踏邢两股。臂若缚，股若压，极力不能少动。腰中束带双叠，可骈三指许，僮以一手捏之，随手断如灰烬。取金已，乃超乘，作一举手，致声"孟浪"，霍然径去。

邢归，卒为善士，每向人述往事不讳。此与刘东山事盖仿佛焉。

连　城

乔生，晋宁人，少负才名。年二十余，犹偃蹇。为人有肝胆，与顾生善，顾卒，时恤其妻子。邑宰以文相契重，宰终于任，家口淹滞不能归，生破产扶柩，往返二千余里。以故士林益重之，而家由此益替。

史孝廉有女，字连城，工刺绣，知书。父娇爱之。出所刺"倦绣图"，征少年题咏，意在择婿。生献诗云："慵鬟高髻绿婆娑，早向兰窗绣碧荷。刺到鸳鸯魂欲断，暗停针线蹙双蛾。"又赞挑绣之工云："绣线挑来似写生，幅中花鸟自天成。当年织锦非长技，幸把回文感圣明。"女得诗喜，对父称赏。父贫之。女逢人辄称道，又遣媪矫父命，赠金以助灯火。生叹曰："连城我知己也！"倾怀结想，如饥思啖。

无何，女许字于鹾贾之子王化成，生始绝望，然梦魂中犹佩戴之。未几，女病瘵，沉痼不起。有西域头陀，自谓能疗，但须男子膺肉一钱，捣合药屑。史使人诣王家告婿。婿笑曰："痴老翁，欲我剜心头肉也！"使返。史乃言于人曰："有能割肉者妻之。"生闻而往，自出白刃，刲膺授僧，血濡袍裤，僧敷药始止。合药三丸，三日服尽，疾若失。史将践其言，先告王。王怒，欲讼官。史乃设筵招生，以千金列几上，曰："重负大德，请以相报。"因具白背盟之由。生怫然曰："仆所以不爱膺肉者，聊以报知己耳，岂货肉哉！"拂袖而归。女闻之，意良不忍，托媪慰谕之，且云："以彼才华，当不久落，天下何患无佳人？我梦不祥，三年必死，不必与人争此泉下物也。"生告媪曰："'士为知己者死'，不以色也。诚恐连城未必真知我，但得真知我，不谐何害？"媪代女郎矢诚自剖。生曰："果尔，相逢时，当为我一笑，死无憾！"媪既去。逾数日，生偶出，遇女自叔氏归，睨之。女秋波转顾，启齿嫣然。生大喜曰："连城真知我者！"

会王氏来议吉期，女前症又作，数月寻死。生往临吊，一痛而绝。史舁送其家，生自知已死，亦无所戚。出村去，犹冀一见连城。遥望南北一道，行人连绪如蚁，因亦混身杂迹其中。俄顷，入一廨署，值顾生，惊问："君何得来？"即把手将送令归。生太息，言："心事殊未了。"顾曰："仆在此典牍，颇得委任。倘可效力，不惜也。"生问连城。顾即导生旋转多所，见连城与一白衣女郎，泪睫惨黛，藉坐廊隅。见生至，骤起似喜，略问所来。生曰："卿死，仆何敢生！"连城泣曰："如此负义人，尚不吐弃之，身殉何为？然已不能许君今生，愿矢来世耳。"生告顾曰："有事君自去，仆乐死不愿生矣。但烦稽连城托生何里，行与俱去耳。”顾诺而去。白衣女郎问生何人,连城为缅述之。女郎闻之,若不胜悲。连城告生曰:“此妾同姓,小字宾娘,长沙史太守女。一路同来,遂相怜爱。”生视之,意态怜人。方欲研问,而顾已返,向生贺曰:“我为君平章已确,即教小娘子从君返魂,好否?”两人各喜。方将拜别,宾娘大哭曰:“姊去,我安归?乞垂怜救,妾为姊捧帨耳。”连城凄然,无所为计,转谋生。生又哀顾。顾难之,峻辞以为不可。生固强之,乃曰:“试妄为之。”去食顷而返,摇手曰:“何如!诚万分不能为力矣!”宾娘闻之,宛转娇啼,惟依连城肘下,恐其即去。惨怛无术,相对默默,而睹其愁颜戚容,使人肺腑酸柔。顾生愤然曰:“请携宾娘去。脱有愆尤,小生拚身受之!”宾娘乃喜,从生出。生忧其道远无侣。宾娘曰:“妾从君去,不愿归也。”生曰:“卿大痴矣。不归,何以得活也?他日至湖南,勿复走避,为幸多矣。”适有两媪摄牒赴长沙,生属宾娘,泣别而去。

途中,连城行蹇缓,里余辄一息,凡十余息,始见里门。连城曰:“重生后,惧有反覆。请索妾骸骨来,妾以君家生,当无悔也。”生然之。偕归生家。女惕惕若不能步,生伫待之。女曰:“妾至此,四肢摇摇,似无所主。志恐不遂,尚宜审谋。不然,生后何能自由?”相将入侧厢中。默定少时,连城笑曰:“君憎妾耶?”生惊问其故,赧然曰:“恐事不谐,重负君矣,请先以鬼报也。”生喜,极尽欢恋。因徘徊不敢遽生,寄厢中者三日。连城曰:“谚有之:‘丑妇终须见姑嫜。’戚戚于此,终非久计。”乃促生入。才至灵寝,豁然顿苏。家人惊异,进以汤水。生乃使人要史来,请得连城之尸,自言能活之。史喜,从其言。方舁入室,视之已醒。告父曰:“儿已委身乔郎矣,更无归理。如有变动,但仍一死!”史归,遣婢往役给奉。王闻,具词申理。官受赂,判归王。生愤懑欲死,亦无奈之。连城至王家,忿不饮食,惟乞速死。室无人,则带悬梁上。越日,益惫,殆将奄逝。王惧,送归史。史复舁归生。王知之,亦无如何,遂安焉。连城起,每念宾娘,欲遣信探之,以道远而艰于往。一日,家人进曰:“门有车马。”夫妇出视,则宾娘已至庭中矣,相见悲喜。太守亲诣送女,生延入。太守曰:“小女子赖君复生,誓不他适,今从其志。”生叩谢如礼。孝廉亦至,叙宗好焉。

生名年，字大年。

霍 生

文登霍生，与严生少相狎，长相谑也。口给交御，惟恐不工。霍有邻妪，曾与严妻导产。偶与霍妇语，言其私处有两赘疣。妇以告霍。霍与同党者谋，窥严将至，故窃语云：“某妻与我最昵。”众不信。霍因捏造端末，且云：“如不信，其阴侧有双疣。”严止窗外，听之既悉，不入径去。至家，苦掠其妻。妻不服，搒益残。妻不堪虐，自经死。霍始大悔，然亦不敢向严而白其诬矣。严妻既死，其鬼夜哭，举家不得宁焉。无何，严暴卒，鬼乃不哭。霍妇梦女子披发大叫曰：“我死得良苦，汝夫妻何得欢乐耶！”既醒而病，数日寻卒。霍亦梦女子指数诟骂，以掌批其吻。惊而寤，觉唇际隐痛。扪之高起，三日而成双疣，遂为痼疾。不敢大言笑，启吻太骤，则痛不可忍。

异史氏曰：“死能为厉，其气冤也。私病加于唇吻，神而近于戏矣。”

邑王氏，与同窗某狎。其妻归宁，王知其驴善惊，先伏丛莽中，伺妇至，暴出。驴惊妇堕，惟一僮从，不能扶妇乘。王乃殷勤抱控甚至，妇亦不识谁何。王扬扬以此得意，谓僮逐驴去，因得私其妇于莽中，述袙裤履甚悉。某闻，大惭而去。少间，自窗隙中见某一手握刃，一手捉妻来，意甚怒恶，大惧，逾垣而逃。某从之，追二三里地不及，始返。王尽力极奔，肺叶开张，以是得吼疾，数年不愈焉。

汪 士 秀

汪士秀，庐州人，刚勇有力，能举石舂。父子善蹴鞠。父四十余，过钱塘没焉。积八九年，汪以故诣湖南，夜泊洞庭。时望月东升，澄江如练。方眺瞩间，忽有五人自湖中出，携大席，平铺水面，略可半亩。纷陈酒馔，馔器磨触作响，然声温厚，不类陶瓦。已而三人践席坐，二人侍饮。坐者一衣黄，二衣白，头上巾皆皂色，峨峨然下连肩背，制绝奇古，而月色微茫，不甚可晰。侍者俱褐衣，其一似童，其一似叟也。但闻黄衣人曰:"今夜月色大佳,足供快饮。"白衣者曰:"此夕风景,大似广利王宴梨花岛时。"三人互劝,引釂竞浮白。但语略小,即不可闻。舟人隐伏,不敢动息。汪细审侍者叟,酷类父;而听其言,又非父声。

二漏将残,忽一人曰:"趁此明月,宜一击毬为乐。"即见僮汲水中,取一圆出,大可盈抱,中如水银满贮,表里通明。坐者尽起。黄衣人呼叟共蹴之。蹴起丈余,光摇摇射人眼。俄而訇然远起,飞堕舟中。汪技痒,极力踏去,觉异常轻耎。踏猛似破,腾寻丈。中有漏光,下射如虹,蚩然疾落。又如经天之彗,直投水中,滚滚作沸泡声而灭。席中共怒曰:"何物生人,败我清兴!"叟笑曰:"不恶不恶,此吾家流星拐也。"白衣人嗔其语戏,怒曰:"都方厌恼,老奴何得作欢?便同小乌皮捉得狂子来,不然,胫股当有椎吃也!"汪计无所逃,即亦不畏,捉刀立舟中。倏见僮叟操兵来,汪注视,真其父也,疾呼:"阿翁!儿在此。"叟大骇,相顾凄断。

僮即反身去。叟曰:"儿急作匿,不然,都死矣!"言未已,三人忽已登舟,面皆漆黑,睛大于榴,攫叟出。汪力与夺,摇舟断缆。汪以刀截其臂落,黄衣者乃逃。一白衣人奔汪,汪剁其颅,堕水有声,哄然俱没。方谋夜渡,旋见巨喙出水面,深若井,四面湖水奔注,砰砰作响。俄一喷涌,则浪接星斗,万舟簸荡。湖人大恐。舟上有石鼓二,皆重百斤。汪举一以投,激水雷鸣,浪渐消,又投其一,风波悉平。汪疑父为鬼。叟曰:"我固未尝死也。溺江者十九人,皆为妖物所食,我以蹋圆得全。物得罪于钱塘君,故移避洞庭耳。三人鱼精,所蹴鱼胞也。"父子聚喜,中夜击棹而去。天明,见舟中有鱼翅,径四五尺许,乃悟是夜间所断臂也。

商 三 官

故诸葛城,有商士禹者,士人也,以醉谑忤邑豪,豪嗾家奴乱捶之,舁归而死。禹二子,长曰臣,次曰礼。一女曰三官。三官年十六,出阁有期,以父故不果。两兄出讼,终岁不得结。婿家遣人参母,请从权毕姻事。母将许之。女进曰:"焉有父尸未寒而行吉礼?彼独无父母乎?”婿家闻之,惭而止。无何,两兄讼不得直,负屈归,举家悲愤。兄弟谋留父尸,张再讼之本。三官曰:“人被杀而不理,时事可知矣。天将为汝兄弟专生一阎罗包老耶? 骨骸暴露,于心何忍矣!”二兄服其言,乃葬父。葬已,三官夜遁,不知所往。母惭怍,惟恐婿家知,不敢告族党,但嘱二子冥冥侦察之。

几半年,杳不可寻。会豪诞辰,招优为戏。优人孙淳,携二弟子往执役。其一王成,姿容平等,而音词清彻,群赞赏焉。其一李玉,貌韶秀如好女,呼令歌,辞以不稔;强之,所度曲半杂儿女俚谣,合座为之鼓掌。孙大惭,白主人:“此子从学未久,只解行觞耳。幸勿罪责。”即命行酒。玉往来给奉,善觑主人意向。豪悦之,酒阑人散,留与同寝。玉代豪拂榻解履,殷勤周至。醉语狎之,但有展笑。豪惑益甚,尽遣诸仆去,独留玉。玉伺诸仆去,阖扉下楗焉。诸仆就别室饮。

移时,闻厅事中格格有声。一仆往觇之,见室内冥黑,寂不闻声。行将旋踵,忽有响声甚厉,如悬重物而断其索。亟问之,并无应者。呼众排阖入,则主人身首两断,玉自经死,绳绝堕地上,梁间颈际,残绠俨然。众大骇,传告内闼,群集莫解。众移玉尸于庭,觉其袜履虚若无足,解之,则素舄如钩,盖女子也,益骇。呼孙淳诘之。淳骇极,不知所对,但云:“玉月前投作弟子,愿从寿主人,实不知从来。”以其服凶,疑是商家刺客,暂以二人逻守之。女貌如生,抚之,肢体温耎。二人窃谋淫之。一人抱尸转侧,方将缓其结束,忽脑如物击,口血暴注,顷刻已死。其一大惊,告众。众敬若神明焉,且以告郡。郡官问臣及礼,并言:“不知。但妹亡去,已半载矣。”俾往验视,果三官。官奇之,判二兄领葬,敕豪家勿仇。

异史氏曰:“家有女豫让而不知,则兄之为丈夫者可知矣。然三官之为人,即萧萧易水,亦将羞而不流,况碌碌与世浮沉者耶! 愿天下闺中人,买丝绣之,其功德当不减于奉壮缪也。”

于　江

乡民于江,父宿田间,为狼所食。江时年十六,得父遗履,悲恨欲死。夜俟母寝，潜持铁槌去，眠父所，冀报父仇。少间，一狼来，逡巡嗅之，江不动。无何，摇尾扫其额，又渐俯首舐其股，江迄不动。既而欢跃直前，将龁其领，江急以锤击狼脑，立毙。起置草中。少间，又一狼来，如前状，又毙之。以至中夜，杳无至者。

忽小睡，梦父曰："杀二物，足泄我恨。然首杀我者，其鼻白，此都非是。"江醒，坚卧以伺之。既明，无所复得，欲曳狼归，恐惊母，遂投诸眢井而归。至夜复往，亦无至者。如此三四夜，忽一狼来，啮其足，曳之以行。行数步，棘刺肉，石伤肤，江若死者。狼乃置之地上，意将龁腹。江骤起锤之，仆，又连锤之，毙。细视之，真白鼻也。大喜，负之以归，始告母。母泣从去，探眢井，得二狼焉。

异史氏曰："农家者流，乃有此英物耶？义烈发于血诚，非直勇也，智亦异焉。"

小　二

滕邑赵旺，夫妻奉佛，不茹荤血，乡中有"善人"之目。家称小有。一女小二，绝慧美，赵珍爱之。年六岁，使与兄长春，并从师读，凡五年而熟五经焉。同窗丁生，字紫陌，长于女三岁，文采风流，颇相倾爱。私以意告母，求婚赵氏。赵期以女字大家，故弗许。

未几，赵惑于白莲教，徐鸿儒既反，一家俱陷为贼。小二知书善解，凡纸兵豆马之术，一见辄精。小女子师事徐者六人，惟二称最，因得尽传其术。赵以女故，大得委任。时丁年十八，游滕泮矣，而不肯论婚，意不忘小二也。潜亡去，投徐麾下。女见之喜，优礼逾于常格。女以徐高足，主军务，昼夜出入，父母不得闲。

丁每宵见，尝斥绝诸役，辄至三漏。丁私告曰："小生此来，卿知区区之意否？"女云："不知。"丁曰："我非妄意攀龙，所以故，实为卿耳。左道无济，止取灭亡。卿慧人，不念此乎？能从我亡，则寸心诚不负矣。"女怃然为间，豁然梦觉，曰："背亲而行，不义，请告。"二人入陈利害。赵不悟，曰："我师神人，岂有舛错？"

女知不可谏，乃易髫而髻。出二纸鸢，与丁各跨其一，鸢肃肃展翼，似鹈鹕之鸟，比翼而飞。质明，抵莱芜界。女以指拈鸢项，忽即敛堕，遂收鸢。更以双卫，驰至山阴里，托为避乱者，僦屋而居。二人草草出，啬于装，薪储不给。丁甚忧之。假粟比舍，莫肯贷以升斗。女无愁容，但质簪珥。闭门静对，猜灯谜，忆亡书，以是角低昂，负者，骈二指击腕臂焉。

西邻翁姓，绿林之雄也。一日，猎归。女曰："富以其邻，我何忧？暂假千金，其与我乎！"丁以为难。女曰："我将使彼乐输也。"乃剪纸作判官状，置地下，覆以鸡笼，然后握丁登榻，煮藏酒，检《周礼》为觞政：任言是某册第几叶，第几人，即共翻阅。其人得食旁、水旁、酉旁者饮，得酒部者倍之。既而女适得"酒人"，丁以巨觥引满促釂。女乃祝曰："若借得金来，君当得饮部。"丁翻卷，得"鳖人"。女大笑曰："事已谐矣！"滴漉授爵。丁不服。女曰："君是水族，宜作鳖饮。"方喧竞所，闻笼中戛戛。女起曰："至矣。"启笼验视，则布囊中有巨金累累充溢。丁不胜愕喜。后翁家媪抱儿来戏，窃言："主人初归，篝灯夜坐，地忽暴裂，深不可底，一判官自内出，言：'我地府司隶也。太山帝君会诸冥曹，造暴客恶录，须银灯千架，架计重十两，施百架，则消灭罪愆。'主人骇惧，焚香叩祷，奉以千金。判官荏苒而入，地亦遂合。"夫妻听其言，故啧啧诧异之。

而从此渐购牛马，蓄厮婢，自营宅第。里无赖子窥其富，纠诸不逞，逾垣劫丁。丁夫妇始自梦中醒，则编菅爇照，寇集满屋。二人执丁，又一人探手女怀。女袒而起，戟指而呵曰："止，止！"盗十三人，皆吐舌呆立，痴若木偶。女始着裤下榻，呼集家人，一一反接其臂，逼令供吐明悉。乃责之曰："远方人埋头涧谷，冀得相扶持，何不仁至此！缓急人所时有，窘急者不妨明告，我岂积殖自封者哉？豺狼之行，本合尽诛，但吾所不忍，姑释去，再犯不宥！"诸盗叩谢而去。居无何，鸿儒就擒，赵夫妇妻子俱被夷诛。生赍金往赎长春之幼子以归。儿时三岁，养为己出，使从姓丁，名之承祧。于是里中人渐知为白莲教戚裔。适蝗害稼，女以纸鸢数百翼放田中，蝗远避，不入其陇，以是得无恙。里人共嫉之，群首于官，以为鸿儒余党。官啖其富，肉视之，收丁。丁以重赂啖令，始得免。

女曰："货殖之来也苟，固宜有散亡。然蛇蝎之乡，不可久居。"因贱售其业而去之，止于益都之西鄙。女为人灵巧，善居积，经纪过于男子。尝开琉璃厂，每进工人而指点之，一切棋灯，其奇式幻采，诸肆莫能及，以故直昂得速售。居数年，财益称雄。而女督课婢仆严，食指数百无冗口。暇辄与丁烹茗着棋，或观书史为乐。钱谷出入，以及婢仆业，凡五日一课。女自持筹，丁为之点籍唱名数焉。勤者赏赉有差，惰者鞭挞罚膝立。是日，给假不夜作，夫妻设肴酒，呼婢辈度俚曲为笑。女明察如神，人无敢欺，而赏辄浮于其劳，故事易办。村中二百余家，凡贫者俱量给资本，乡以此无游惰。值大旱，女令村人设坛于野，乘舆野出，禹步作法，甘霖倾注，五里内悉获沾足，人益神之。女出未尝障面，村人皆见之。或少年群居，私议其美，及觌面逢之，俱肃肃无敢仰视者。每秋日，村中童子不能耕作者，授以钱，使采荼蓟，几二十年，积满楼屋。人窃非笑之。会山左大饥，人相食，女乃出菜，杂粟赡饥者，近村赖以全活，无逃亡焉。

异史氏曰："二所为，殆天授，非人力也。然非一言之悟，骈死已久。由是观之，世抱非常之才，而误入匪僻以死者，当亦不少。焉知同学六人中，遂无其人乎？使人恨不为丁生耳。"

庚　娘

金大用，中州旧家子也，聘尤太守女，字庚娘，丽而贤，逑好甚敦。以流寇之乱，家人离逷，金携家南窜。途遇少年，亦偕妻以逃者，自言广陵王十八，愿为前驱。金喜，行止与俱。至河上，女隐告金曰："勿与少年同舟。彼屡顾我，目动而色变，中叵测也。"金诺之。王殷勤觅巨舟，代金运装，劬劳臻至。金不忍却。又念其携有少妇，应亦无他。妇与庚娘同居，意度亦颇温婉。王坐舡头上，与橹人倾语，似甚熟识戚好。

未几，日落，水程迢递，漫漫不辨南北。金四顾幽险，颇涉疑怪。顷之，皎月初升，见弥望皆芦苇。既泊，王邀金父子出户一豁，乃乘间挤金入水。金有老父，见之欲号，舟人以篙筑之，亦溺。生母闻声出窥，又筑溺之。王始喊救。母出时，庚娘在后，已微窥之。既闻一家尽溺，即亦不惊，但哭曰："翁姑俱没，我安适归！"王入劝："娘子勿忧，请从我至金陵。家中田庐，颇足赡给，保无虞也。"女收涕曰："得如此，愿亦足矣。"王大悦，给奉良殷。既暮，曳女求欢，女托体姅，王乃就妇宿。

初更既尽，夫妇喧竞，不知何由。但闻妇曰："若所为，雷霆恐碎汝颅矣！"王乃挞妇。妇呼云："便死休！诚不愿为杀人贼妇！"王吼怒，捽妇出，便闻骨董一声，遂哗言妇溺矣。未几，抵金陵，导庚娘至家，登堂见媪。媪讶非故妇。王言："妇堕水死，新娶此耳。"归房，又欲犯。庚娘笑曰："三十许男子，尚未经人道耶？市儿初合卺，亦须一杯薄浆酒，汝家沃饶，当即不难。清醒相对，是何体段？"王喜，具酒对酌。庚娘执爵，劝酬殷恳。王渐醉，辞不饮。庚娘引巨碗，强媚劝之。王不忍拒，又饮之。于是酣醉，裸脱促寝。庚娘撤器灭烛，托言溲溺，出房，以刀入，暗中以手索王项，王犹捉臂作昵声。庚娘力切之，不死，号而起，又挥之，始殪。媪仿佛有闻，趋问之，女亦杀之。王弟十九觉焉。庚娘知不免，急自刎，刀钝铁不可入，启户而奔。十九逐之，已投池中矣。呼告居人救之，已死，色丽如生。共验王尸，见窗上一函，开视，则女备述其冤状。群以为烈，谋敛资作殡。天明，集视者数千人，见其容，皆朝拜之。终日间，得金百，于是葬诸南郊。好事者，为之珠冠袍服，瘗藏丰满焉。

初，金生之溺也，浮片板上，得不死。将晓，至淮上，为小舟所救。舟盖富民尹翁，专设以拯溺者。金既苏，诣翁申谢。翁优厚之，留教其子。金以不知亲耗，将往探访，故不决。俄白："捞得死叟及媪。"金疑是父母，奔验果然。翁代营棺木。生方哀恸，又白："拯一溺妇，自言金生其夫。"生挥涕惊出，女子已至，殊非庚娘，乃十八妇也，向金大哭，请勿相弃。金曰："我方寸已乱，何暇谋人？"妇益悲。尹审其故，喜为天报，劝金纳妇。金以居丧为辞，且将复仇，惧细弱作累。妇曰："如君言，脱庚娘犹在，将以报仇居丧去之耶？"翁以其言善，请暂代收养，金乃许之。卜葬翁媪，妇缞绖哭泣，如丧翁姑。

既葬，金怀刃托钵，将赴广陵。妇止之曰："妾唐氏，祖居金陵，与豺子同乡。前言广陵者，诈也。且江湖水寇，半伊同党，仇不能复，只取祸耳。”金徘徊不知所谋。忽传女子诛仇事，洋溢河渠，姓名甚悉。金闻之一快，然益悲。辞妇曰：“幸不污辱。家有烈妇如此，何忍负心再娶？”妇以业有成说，不肯中离，愿自居于媵妾。会有副将军袁公，与尹有旧，适将西发，过尹，见生，大相知爱，请为记室。无何，流寇犯顺，袁有大勋。金以参机务，叙劳，授游击以归。夫妇始成合卺之礼。

居数日，携妇诣金陵，将以展庚娘之墓。暂过镇江，欲登金山，漾舟中流，欻一艇过，中有一妪及少妇，怪少妇颇类庚娘。舟疾过，妇自窗中窥金，神情益肖。惊疑不敢追问，急呼曰：“看群鸭儿飞上天耶！”少妇闻之，亦呼云：“馋猧儿欲吃猫子腥耶！”盖当年闺中之隐谑也。金大惊，反棹近之，真庚娘。青衣扶过舟，相抱哀哭，伤感行旅。唐氏以嫡礼见庚娘。庚娘惊问，金始备述其由。庚娘执手曰：“同舟一话，心常不忘，不图吴越一家矣。蒙代葬翁姑，所当首谢，何以此礼相向？”乃以齿序，唐少庚娘一岁，妹之。

先是，庚娘既葬，自不知历几春秋。忽一人呼曰：“庚娘，汝夫不死，尚当重圆。”遂如梦醒。扪之，四面皆壁，始悟身死已葬。只觉闷闷，亦无所苦。有恶少窥其葬具丰美，发冢破棺，方将搜括，见庚娘犹活，相共骇惧。庚娘恐其害己，哀之曰：“幸汝辈来，使我得睹天日。头上簪珥，悉将去。愿鬻我为尼，更可少得直。我亦不泄也。”盗稽首曰：“娘子贞烈，神人共钦。小人辈不过贫乏无计，作此不仁。但无漏言，幸矣，何敢鬻作尼！”庚娘曰：“此我自乐之。”又一盗曰：“镇江耿夫人，寡而无子，若见娘子，必大喜。”庚娘谢之，自拔珠饰，悉付盗，盗不敢受，固与之，乃共拜受。遂载去，至耿夫人家，托言舡风所迷。耿夫人，巨家，寡媪自度。见庚娘大喜，以为己出。适母子自金山归也。庚娘缅述其故。金乃登舟拜母，母款之若婿。邀至家，留数日始归。后往来不绝焉。

异史氏曰：“大变当前，淫者生之，贞者死焉。生者裂人眦，死者雪人涕耳。至如谈笑不惊，手刃仇雠，千古烈丈夫中，岂多匹俦哉！谁谓女子，遂不可比踪彦云也？”

宫 梦 弼

柳芳华，保定人。财雄一乡，慷慨好客，座上常百人。急人之急，千金不靳。宾友假贷常不还。惟一客宫梦弼，陕人，生平无所乞请。每至，辄经岁。词旨清洒，柳与寝处时最多。柳子名和，时总角，叔之。宫亦喜与和戏，每和自塾归，辄与发贴地砖，埋石子，伪作埋金为笑。屋五架，掘藏几遍。众笑其行稚，而和独悦爱之，尤较诸客昵。后十余年，家渐虚，不能供多客之求，于是客渐稀，然十数人彻宵谈宴，犹是常也。年既暮，日益落，尚割亩得直，以备鸡黍。和亦挥霍，学父结小友，柳不之禁。无何，柳病卒，至无以治凶具。宫乃自出囊金，为柳经纪。和益德之。事无大小，悉委宫叔。宫时自外入，必袖瓦砾，至室则抛掷暗陬，更不解其何意。和每对宫忧贫。宫曰："子不知作苦之难，无论无金，即授汝千金，可立尽也。男子患不自立，何患贫？"一日，辞欲归。和泣嘱速返，宫诺之，遂去。和贫不自给，典质渐空，日望宫至，以为经理，而宫灭迹匿影，去如黄鹤矣。

先是，柳生时，为和论亲于无极黄氏，素封也。后闻柳贫，阴有悔心。柳卒，讣告之，即亦不吊，犹以道远曲原之。和服除，母遣自诣岳所，定婚期，冀黄怜顾。比至，黄闻其衣履穿敝，斥门者不纳。寄语云："归谋百金，可复来；不然，请自此绝。"和闻言痛哭。对门刘媪，怜而进之食，赠钱三百，慰令归。母亦哀愤无策，因念旧客负欠者十常八九，俾择富贵者求助焉。和曰："昔之交我者，为我财耳，使儿驷马高车，假千金，亦即匪难。如此景象，谁犹念曩恩，忆故好耶？且父与人金资，曾无契保，责负亦难凭也。"母固强之，和从教，凡二十余日，不能致一文。惟优人李四，旧受恩恤，闻其事，义赠一金。母子痛哭，自此绝望矣。

黄女年已及笄，闻父绝和，窃不直之。黄欲女别适，女泣曰："柳郎非生而贫者也。使富倍他日，岂仇我者所能夺乎？今贫而弃之，不仁！"黄不悦，曲谕百端，女终不摇。翁妪并怒，旦夕唾骂之，女亦安焉。无何，夜遭寇劫，黄夫妇炮烙几死，家中席卷一空。荏苒三载，家益零替。有西贾闻女美，愿以五十金致聘。黄利而许之，将强夺其志。女察知其谋，毁装涂面，乘夜遁去，丐食于途。阅两月，始达保定，访和居址，直造其家。母以为乞人妇，故咄之。女呜咽自陈。母把手泣曰："儿何形骸至此耶！"女又惨然而告以故。母子俱哭。便为盥沐，颜色光泽，眉目焕映。母子俱喜。然家三口，日仅一啖。母泣曰："吾母子固应尔，所怜者，负吾贤妇！"女笑慰之曰："新妇在乞人中，稔其况味，今日视之，觉有天堂地狱之别。"母为解颐。

女一日入闲舍中，见断草丛丛，无隙地，渐入内室，尘埃积中，暗陬有物堆积，蹴之迕足，拾视皆朱提，惊走告和。和同往验视，则宫往日所抛瓦砾，尽为白金。因念儿时，常与瘗石室中，得毋皆金？而故地已典于东家。急赎归，断砖残缺，所藏石子俨然露焉，颇觉失望，及发他砖，则灿灿皆白镪也。顷刻间，数巨万矣。由是赎田产，市奴仆，门庭华好过昔日。因自奋曰："若不自立，负我宫叔！"刻志下帷，三年中乡选。

乃躬赍白金，往酬刘媪，鲜衣射目，仆十余辈，皆骑怒马如龙。媪仅一屋，和便坐榻上。人哗马腾，充溢里巷。黄翁自女失亡，西贾逼退聘财，业已耗去殆半，售居宅，始得偿，以故困窘如和曩日。闻旧婿烜耀，闭户自伤而已。媪沽酒备馔款和，因述女贤，且惜女遁，问和："娶否？"和曰："娶矣。"食已，强媪往视新妇，载与俱归。至家，女华妆出，群婢簇拥若仙。相见大骇，遂叙往旧，殷问父母起居。居数日，款洽优厚，制好衣，上下一新，始送令返。

媪诣黄，许报女耗，兼致存问。夫妇大惊。媪劝往投女，黄有难色。既而冻馁难堪，不得已如保定。既到门，见闬闳峻丽，阍人怒目张，终日不得通。一妇人出，黄温色卑词，告以姓氏，求暗达女知。少间，妇出，导入耳舍，曰："娘子极欲一觐，然恐郎君知，尚候隙也。翁几时来此？得毋饥否？"黄因诉所苦。妇人以酒一盛、馔二簋，出置黄前，又赠五金，曰："郎君宴房中，娘子恐不得来。明旦，宜早去，勿为郎闻。"黄诺之。早起趣装，则管钥未启，止于门中，坐襆囊以待。忽哗主人出，黄将敛避，和已睹之，怪问谁何，家人悉无以应。和怒曰："是必奸宄！可执赴有司。"众应声出，短绠绷系树间。黄惭惧不知置词。未几，昨夕妇出，跪曰："是某舅氏。以前夕来晚，故未告主人。"和命释缚。

妇送出门，曰："忘嘱门者，遂致参差。娘子言，相思时，可使老夫人伪为卖花者，同刘媪来。"黄诺，归述于妪。妪念女若渴，以告刘媪，媪果与俱至和家。凡启十余关，始达女所。女着帔顶髻，珠翠绮纨，散香气扑人，嘤咛一声，大小婢媪，奔入满侧，移金椅床，置双夹膝。慧婢瀹茗。各以隐语道寒暄，相视泪荧。至晚，除室安二媪，裀褥温耎，并昔年富时所未经。居三五日，女意殷渥。媪辄引空处，泣白前非。女曰："我子母有何过不忘？但郎忿不解，防他闻也。"每和至，便走匿。一日，方促膝，和遽入，见之，怒诟曰："何物村妪，敢引身与娘子接坐！宜撮鬓毛令尽！"刘媪急进曰："此老身瓜葛，王嫂卖花者，幸勿罪责。"和乃上手谢过，即坐曰："姥来数日，我大忙，未得展叙。黄家老畜产尚在否？"笑云："都佳，但是贫不可过。官人大富贵，何不一念翁婿情也？"和击桌曰："曩年非姥怜赐一瓯粥，更何得旋乡土！今欲得而寝处之，何念焉！"言致忿际，辄顿足起骂。女恚曰："彼即不仁，是我父母。我迢迢远来，手皴瘃，足趾皆穿，亦自谓无负郎君。何乃对子骂父，使人难堪？"和始敛怒，起身去。黄妪愧丧无色，辞欲归。女以二十金私付之。

既归，旷绝音问，女深以为念。和乃遣人招之。夫妻至，惭怍无以自容。和谢曰："旧岁辱临，又不明告，遂是开罪良多。"黄但唯唯。和为更易衣履。留月余，黄心终不自安，数告归。和遗白金百两，曰："西贾五十金，我今倍之。"黄汗颜受之。和以舆马送还，暮岁称小丰焉。

异史氏曰："雍门泣后，朱履杳然，令人愤气杜门，不欲复交一客。然良朋葬骨，化石成金，不可谓非慷慨好客之报也。闺中人坐享高奉，俨然如嫔嫱，非贞异如黄卿，孰克当此而无愧者乎？造物之不妄降福泽也如是。"

乡有富者，居积取盈，搜算入骨。窖镪数百，惟恐人知，故衣败絮、啖糠秕以示贫。亲友偶来，亦曾无作鸡黍之事。或言其家不贫，便瞋目作怒，其仇如不共戴天。暮年，日餐榆屑一升，臂上皮摺垂一寸长，而所窖终不肯发。后渐尪羸，濒死，两子环问之，犹未遽告。迨觉果危急，欲告子，子至，已舌蹇不能声，惟爬抓心头，呵呵而已。死后，子孙不能具棺木，遂藁葬焉。呜呼！若窖金而以为富，则大帑数千万，何不可指为我有哉？愚已！

鸲　鹆

王汾滨言，其乡有养八哥者，教以语言，甚狎习，出游必与之俱，相将数年矣。一日，将过绛州，而资斧已罄，其人愁苦无策。鸟云："何不售我？送我王邸，当得善价，不愁归路无资也。"其人云："我安忍。"鸟言："不妨。主人得价疾行，待我城西二十里大树下。"其人从之。携至城，相问答，观者渐众。有中贵见之，闻诸王。王召入，欲买之。其人曰："小人相依为命，不愿卖。"王问鸟："汝愿住否？"言："愿住。"王喜。鸟又言："给价十金，勿多予。"王益喜，立畀十金。其人故作懊恨状而去。王与鸟言，应对便捷。呼肉啖之，食已，鸟曰："臣要浴。"王命金盆贮水，开笼令浴。浴已，飞檐间，梳翎抖羽，尚与王喋喋不休。顷之，羽燥，翩跹而起，操晋声曰："臣去呀！"顾盼已失所在。王及内侍，仰面咨嗟，急觅其人，则已渺矣。后有往秦中者，见其人携鸟在西安市上。毕载积先生记。

刘　海　石

刘海石，蒲台人，避乱于滨州。时十四岁，与滨州生刘沧客同函丈，因相善，订为昆季。无何，海石失怙恃，奉丧而归，音问遂阙。沧客家颇裕。年四十，生二子：长子吉，十七岁，为邑名士；次子亦慧。沧客又内邑中倪氏女，大嬖之。后半年，长子患脑痛卒，夫妻大惨。无几何，妻病又卒。逾数月，长媳又死。而婢仆之丧亡，且相继也。沧客哀悼，殆不能堪。

一日，方坐愁间，忽阍人通海石至。沧客喜，急出门迎以入。方欲展寒温，海石忽惊曰："兄有灭门之祸，不知耶？"沧客愕然，莫解所以。海石曰："久失闻问，窃疑近况未必佳也。"沧客泫然，因以状对。

海石欷歔,既而笑曰:“灾殃未艾,余初为兄吊也,然幸而遇仆,请为兄贺。”沧客曰:“久不晤,岂近精‘越人术’耶?”海石曰:“是非所长。阳宅风鉴,颇能习之。”沧客喜,便求相宅。海石入宅,内外遍观之,已而请睹诸眷口。沧客从其教,使子媳婢妾,俱见于堂。沧客一一指示。

至倪,海石仰天而视,大笑不已。众方惊疑,但见倪女战栗无色,身暴缩短,仅二尺余。海石以界方击其首,作石缶声。海石揪其发,检脑后,见白发数茎,欲拔之。女缩项跪啼,言即去,但求勿拔。海石怒曰:“汝凶心尚未死耶?”就项后拔去之。女随手而变,黑色如狸。众大骇。海石掇纳袖中,顾子妇曰:“媳受毒已深,背上当有异,请验之。”妇羞,不肯袒示。刘子固强之,见背上白毛,长四指许。海石以针挑去,曰:“此毛已老,七日即不可救。”又顾刘次子,亦有毛,才二指,曰:“似此可月余死耳。”沧客以及婢仆,并刺之,曰:“仆适不来,一门无噍类矣。”问:“此何物?”曰:“亦狐属。吸人神气以为灵,最利人死。”沧客曰:“久不见君,何能神异如此!无乃仙乎?”笑曰:“特从师习小技耳,何遽云仙。”问其师,答云:“山石道人。适此物,我不能死之,将归献俘于师。”言已,告别,觉袖中空空,骇曰:“亡之矣!尾末有大毛未去,今已遁去。”众俱骇然。海石曰:“领毛已尽,不能作人,止能化兽,遁当不远。”于是入室而相其猫,出门而嗾其犬,皆曰无之。启圈笑曰:“在此矣。”沧客视之,多一豕。闻海石笑,遂伏,不敢少动。提耳捉出,视尾上白毛一茎,硬如针。方将检拔,而豕转侧哀鸣,不听拔。海石曰:“汝造孽既多,拔一毛犹不肯耶?”执而拔之,随手复化为狸。纳袖欲出,沧客苦留,乃为一饭。问后会,曰:“此难预定。我师立愿宏,常使我等遨世上,拔救众生,未必无再见时。”

及别后,细思其名,始悟曰:“海石殆仙矣!‘山石’合一‘岩’字,盖吕祖讳也。”

谕　鬼

青州石尚书茂华,为诸生时,郡门外有大渊,不雨亦不涸。邑中获大寇数十名,刑于渊上。鬼聚为崇,经过者辄曳入。一日,有某甲正遭困厄,忽闻群鬼惶窜曰:“石尚书至矣!”未几,公至,甲以状告。公以垩灰题壁示云:“石某为禁约事:照得厥念无良,致婴雷霆之怒;所谋不轨,遂遭斧钺之诛。只宜返罔两之心,争相忏悔,庶几洗髑髅之血,脱此沉沦。尔乃生已极刑,死犹聚恶。跳踉而至,披发成群;踯躅以前,搏膺作厉。黄泥塞耳,辄逞鬼子之凶;白昼为妖,几断行人之路!彼丘陵三尺外,管辖由人;岂乾坤两大中,凶顽任尔?谕后各宜潜踪,勿犹怙恶。无定河边之骨,静待轮回;金闺梦里之魂,还践乡土。如蹈前愆,必贻后悔!”自此鬼患遂绝,渊亦寻乾。

犬　灯

韩光禄大千之仆,夜宿厦间,见楼上有灯,如明星。未几,荧荧飘落,及地化为犬。睨之,转舍后去。急起,潜尾之,入院中,化为女子。心知其狐,还卧故所。俄,女子自后来,仆阳寐以观其变。女俯而撼之。仆伪作醒状,问其为谁。女不答。仆曰:“楼上灯光,非子也耶?”女曰:“既知之,何问焉?”遂共宿之。昼别宵会,以为常。

主人知之,使二人夹仆卧,二人既醒,则身卧床下,亦不觉堕自何时。主人益怒,谓仆曰:“来时,当捉之来,不然,则有鞭楚!”仆不敢言,诺而退。因念捉之难,不捉惧罪,展转无策。忽忆女子一小红衫,密着其体,未肯暂脱,必其要害,执此可以胁之。夜来,女至,问:“主人嘱汝捉我乎?”曰:“良有之。但我两人情好,何肯此为?”及寝,阴掬其衫,女急啼,力脱而去,从此遂绝。后仆自他方归,遥见女子坐道周,至前,则举袖障面。仆下骑,呼曰:“何作此态?”女乃起,握手曰:“我谓子已忘旧好矣。既恋恋有故人意,情尚可原。前事出于主命,亦不汝怪也。但缘分已尽,今设小酌,请入为别。”时秋初,高粱正茂。女携与俱入,则中有巨第。系马而入,厅堂中酒肴已列。甫坐,群婢行炙。日将暮,仆有事,欲覆主命,遂别。既出,则依然田陇耳。

狐　　妾

莱芜刘洞九，官汾州。独坐署中，闻亭外笑语渐近。入室，则四女子：一四十许，一可三十，一二十四五已来，末后一垂髫者，并立几前，相视而笑。刘固知官署多狐，置不顾。少间，垂髫者出一红巾，戏抛面上，刘拾掷窗间，仍不顾。四女一笑而去。

一日，年长者来，谓刘曰："舍妹与君有缘，愿无弃葑菲。"刘漫应之。女遂去，俄偕一婢，拥垂髫儿来，俾与刘并肩坐。曰："一对好凤侣，今夜谐花烛。勉事刘郎，我去矣。"刘谛视，光艳无俦，遂与燕好。诘其行迹，女曰："妾固非人，而实人也。妾，前官之女，蛊于狐，奄忽以死，窆园内。众狐以术生我，遂飘然若狐。"刘因以手探尻际。女觉之，笑曰："君将无谓狐有尾耶？"转身云："请试扪之。"自此，遂留不去。每行坐，与小婢俱。家人俱尊以小君礼。婢媪参谒，赏赉甚丰。

值刘寿辰，宾客烦多，共三十余筵，须庖人甚众，先期牒拘，仅一二到者。刘不胜恚。女知之，便言："勿忧。庖人既不足用，不如并其来者遣之。妾固短于才，然三十席亦不难办。"刘喜，命以鱼肉姜椒，悉移内署，家中人但闻刀砧声繁不绝。门内设以几，行炙者置柈其上，转视，则肴俎已满。托去复来，十余人络绎于道，取之不绝。末后，行炙人来索汤饼。内言曰："主人未尝预嘱，咄嗟何以办？"既而曰："无已，其假之。"少顷，呼取汤饼，视之，三十余碗，蒸腾几上。客既去，乃谓刘曰："可出金资，偿某家汤饼。"刘使人将直去，则其家失汤饼，方共惊疑，使至，疑始解。一夕，夜酌，偶思山东苦醁，女请取之。遂出门去，移时返曰："门外一罂，可供数日饮。"刘视之，果得酒，真家中瓮头春也。

越数日，夫人遣二仆如汾。途中一仆曰："闻狐夫人犒赏优厚，此去得赏金，可买一裘。"女在署已知之，向刘曰："家中人将至。可恨伧奴无礼，必报之。"仆甫入城，头大痛，至署，抱首号呼。共拟进医药，刘笑曰："勿须疗，时至当自瘥。"众疑其获罪小君。仆自思：初来未解装，罪何由得？无所告诉，漫膝行而哀之。帘中语曰："尔谓夫人，则已耳,何谓狐也?”仆乃悟,叩不已。又曰:“既欲得裘,何得复无礼?”已而曰:“汝愈矣。”言已,仆病若失。仆拜欲出,忽自帘中掷一裹出,曰:“此一羔羊裘也,可将去。”仆解视,得五金。刘问家中消息,仆言都无事,惟夜失藏酒一罂,稽其时日,即取酒夜也。群惮其神,呼之“圣仙”,刘为绘小像。

时张道一为提学使,闻其异,以桑梓谊诣刘,欲乞一面,女拒之。刘示以像,张强携而去。归悬座右,朝夕祝之云:“以卿丽质,何之不可?乃托身于鬖鬖之老!下官殊不恶于洞九,何不一惠顾?”女在署,忽谓刘曰:“张公无礼,当小惩之。”一日,张方祝,似有人以界方击额,崩然甚痛,大惧,反卷。刘诘之,使隐其故而诡对。刘笑曰:“主人额上得毋痛否?”使不能欺,以实告。

无何,婿亓生来,请觐之,女固辞之。亓请之坚,刘曰:“婿非他人,何拒之深?”女曰:“婿相见,必当有以赠之。渠望我奢,自度不能满其志,故适不欲见耳。”既固请之,乃许以十日见。及期,亓入,隔帘揖之,少致存问。仪容隐约,不敢审谛。即退,数步之外,辄回眸注盼。但闻女言曰:“阿婿回首矣!”言已,大笑,烈烈如鸮鸣。亓闻之,胫股皆软,摇摇然如丧魂魄。既出,坐移时,始稍定。乃曰:“适闻笑声,如听霹雳,竟不觉身为己有。”少顷,婢以女命,赠亓二十金。亓受之,谓婢曰:“圣仙日与丈人居,宁不知我素性挥霍,不惯使小钱耶?”女闻之曰:“我固知其然。囊底适罄,向结伴至汴梁,其城为河伯占据,库藏皆没水中,入水各得些须,何能饱无餍之求?且我纵能厚馈,彼福薄亦不能任。”

女凡事先知,遇有疑难与议,无不剖。一日,并坐,忽仰天大惊曰:“大劫将至,为之奈何!”刘惊问家口,曰:“余悉无恙,独二公子可虑。此处不久将为战场,君当求差远去,庶免于难。”刘从之,乞于上官,得解饷云贵间。道里辽远,闻者吊之,而女独贺。无何,姜瓖叛,汾州没为贼窟。刘仲子自山东来,适遭其变,遂被其害。城陷,官僚皆罹于难,惟刘以公出得免。

盗平,刘始归。寻以大案挂误,贫至饔飧不给,而当道者又多所需索,因而窘忧欲死。女曰:“勿忧,床下三千金,可资用度。”刘大喜,问:“窃之何处?”曰:“天下无主之物,取之不尽,何庸窃乎?”刘借谋得脱归,女从之。后数年忽去,纸裹数事留赠,中有丧家挂门之小旛,长二寸许,群以为不祥,刘寻卒。

雷　曹

乐云鹤、夏平子,二人少同里,长同斋,相交莫逆。夏少慧,十岁知名。乐虚心事之,夏相规不倦。乐文思日进,由是名并著。而潦倒场屋,战辄北。无何,夏遘疫而卒,家贫不能葬,乐锐身自任之。遗襁褓及未亡人,乐以时恤诸其家,每得升斗,必析而二之,夏妻子赖以活。于是士大夫益贤乐。乐恒产无多,又代夏生忧内顾,家计日蹙,乃叹曰:“文如平子,尚碌碌以没,而况于我!人生富贵须及时,戚戚终岁,恐先狗马填沟壑,负此生矣,不如早自图也。”于是去读而贾。操业半年,家资小泰。

一日,客金陵,休于旅舍,见一人颀然而长,筋骨隆起,徬徨坐侧,色黯淡,有戚容。乐问:“欲得食耶?”其人亦不语。乐推食食之,则以手掬啖,顷刻已尽。乐又益以兼人之馔,食复尽。遂命主人割豚胁,堆以蒸饼,又尽数人之餐。始果腹而谢曰:“三年以来,未尝如此饫饱。”乐曰:“君固壮士,何飘泊若此?”曰:“罪婴天谴,不可说也。”问其里居,曰:“陆无屋,水无舟,朝村而暮郭也。”乐整装欲行,其人相从,恋恋不去。乐辞之,告曰:“君有大难,吾不忍忘一饭之德。”乐异之,遂与偕行。途中曳与同餐,辞曰:“我终岁仅数餐耳。”益奇之。次日,渡江,风涛暴作,估舟尽覆,乐与其人悉没江中。俄风定,其人负乐踏波出,登客舟,又破浪去。少时,挽一舟至,扶乐入,嘱乐卧守,复跃入江,以两臂夹货出,掷舟中,又入之,数入数出,列货满舟。乐谢曰:“君生我亦良足矣,敢望珠还哉!”检视货财,并无亡失,益喜,惊为神人,放舟欲行。其人告退,乐苦留之,遂与共济。乐笑云:“此一厄也,止失一金簪耳。”其人欲复寻之,乐方劝止,已投水中而没,惊愕良久。忽见含笑而出,以簪授乐曰:“幸不辱命。”江上人罔不骇异。

乐与归,寝处共之。每十数日始一食,食则啖嚼无算。一日,又言别,乐固挽之。适昼晦欲雨,闻雷声,乐曰:“云间不知何状?雷又是何物?安得至天上视之,此疑乃可解。”其人笑曰:“君欲作云中游耶?”少时,乐倦甚,伏榻假寐,既醒,觉身摇摇然,不似榻上,开目,则在云气中,周身如絮。惊而起,晕如舟上。踏之,耎无地。仰视星斗,在眉目间。遂疑是梦。细视星嵌天上,如老莲实之在蓬也,大者如瓮,次如瓿,小如盎盂。以手撼之,大者坚不可动,小星摇动,似可摘而下者。遂摘其一,藏袖中。拨云下视,则银河苍茫,见城郭如豆。愕然自念,设一脱足,此身何可复问。俄见二龙夭矫,驾缦车来,尾一掉,如鸣牛鞭。车上有器,围皆数丈,贮水满之。有数十人,以器掬水,遍洒云间。忽见乐,共怪之。乐审所与壮士在焉,语众云:“是吾友也。”因取一器授乐,令洒。时苦旱,乐接器排云,约望故乡,尽情倾注。未几,谓乐曰:“我本雷曹,前误行雨,罚谪三载,今天限已满,请从此别。”乃以驾车之绳万丈掷前,使握端缒下。乐危之,其人笑言:“不妨。”乐如其言,飗飗然瞬息及地。视之,则堕立村外,绳渐收入云中,不可见矣。

时久旱,十里外,雨仅盈指,独乐里沟浍皆满。归探袖中,摘星仍在。出置案上,黯黝如石,入夜,则光明焕发,映照四壁。益宝之,什袭而藏。每有佳客,出以照饮。正视之,条条射目。一夜,妻坐对握发,忽见星光渐小如萤,流动横飞。妻方怪咤,已入口中,咯之不出,竟已下咽。愕奔告乐,乐亦奇之。既寝,梦夏平子来,曰:“我少微星也。因先君失一德,促余寿龄。君之惠好,在中不忘。又蒙自上天携归,可云有缘。今为君嗣,以报大德。”乐三十无子,得梦甚喜。自是,妻果娠。及临蓐,光辉满室,如星在几上时,因名“星儿”。机警非常。十六岁,及进士第。

异史氏曰:“乐子文章名一世,忽觉苍苍之位置我者不在是,遂弃毛锥如脱屣,此与燕颔投笔,何以少异?至雷曹感一饭之德,少微酬良朋之知,岂神人之私报恩施哉?乃造物之公报贤豪耳。”

赌 符

韩道士,居邑中之天齐庙,多幻术,共名之“仙”。先子与最善,每适城，辄造之。一日，与先叔赴邑，拟访韩，适遇诸途。韩付钥曰："请先往启门坐，少旋我即至。"乃如其言，诣庙发扃，则韩已坐室中。诸如此类。

先是，有敝族人嗜博赌，因先子亦识韩。值大佛寺来一僧，专事樗蒲，赌甚豪。族人见而悦之，罄资往赌，大亏。心益热，典质田产，复往，终夜尽丧。邑邑不得志，便道诣韩，精神惨淡，言语失次。韩问之，具以实告。韩笑曰："常赌无不输之理，倘能戒赌，我为汝覆之。"族人曰："倘得珠还合浦，花骨头当铁杵碎之！"韩乃以纸书符，授佩衣带间，嘱曰："但得故物即已，勿得陇复望蜀也。"又付千钱，约赢而偿之。族人大喜而往。僧验其资，易之，不屑与赌。族人强之，请一掷为期。僧笑而从之，乃以千钱为孤注。僧掷之无所胜负，族人接色，一掷成采。僧复以两千为注，又败。僧渐增至十余千，明明枭色，呵之，皆成卢雉。计前所输，顷刻尽覆。阴念再赢数千为更佳，乃复博，则色渐劣。心怪之，起视带上，则符已亡矣，大惊而罢。载钱归庙，除偿韩外，追而计之，并末后所失，适符原数也。已乃愧谢失符之罪，韩笑曰："已在此矣。固嘱勿贪，而君不听，故取之。"

异史氏曰："天下之倾家者，莫速于博。天下之败德者，亦莫甚于博。入其中者，如沉迷海，将不知所底矣。夫商农之人，俱有本业；诗书之士，尤惜分阴。负耒横经，固成家之正路；清谈薄饮，犹寄兴之生涯。尔乃狎比淫朋，缠绵永夜。倾囊倒箧，悬金于崄巇之天；呼雉呵卢，乞灵于淫昏之骨。盘旋五木，似走圆珠；手握多章，如擎团扇。左觑人而右顾己，望穿鬼子之睛；阳示弱而阴用强，费尽魍魉之技。门前宾客待，犹恋恋于场头；舍上火烟生，尚眈眈于盆里。忘餐废寝，则久入成迷；舌敝唇焦，则相看似鬼。迨夫全军尽没，热眼空窥。视局中则叫号浓焉，技痒英雄之臆；顾囊底而贯索空矣，灰寒壮士之心。引颈徘徊，觉白手之无济；垂头萧索，始玄夜以方归。幸交谪之人眠，恐惊犬吠；苦久虚之腹饿，敢怨羹残。既而鬻子质田，冀珠还于合浦，不意火灼毛尽，终捞月于沧江。及遭败后我方思，已作下流之物；试问赌中谁最善，群指无裤之公。甚而枵腹难堪，遂栖身于暴客；搔头莫度，至仰给于香奁。呜呼！败德丧行，倾财亡身，孰非博之一途致之哉！”

阿　霞

文登景星者，少有重名，与陈生比邻而居，斋隔一短垣。一日，陈暮过荒落之墟，闻女子啼松柏间，近临，则树横枝有悬带，若将自经。陈诘之，挥涕而对曰：“母远出，托妾于外兄。不图狼子野心，畜我不卒。伶仃如此，不如死！”言已，复泣。陈解带，劝令适人。女虑无可托者。陈请暂寄其家，女从之。既归，挑灯审视，丰韵殊绝。大悦，欲乱之。女厉声抗拒，纷纭之声，达于间壁。景生逾垣来窥，陈乃释女。女见景生，凝目停睇，久乃奔去。二人共逐之，不知去向。

景归，阖户欲寝，则女子盈盈自房中出。惊问之，答曰：“彼德薄福浅，不可终托。”景大喜，诘其姓氏，曰：“妾祖居于齐。以齐为姓，小字阿霞。”入以游词，笑不甚拒，遂与寝处。斋中多友人来往，女恒隐闭深房。过数日，曰：“妾姑去。此处烦杂，困人甚。继今，请以夜卜。”问：“家何所？”曰：“正不远耳。”遂早去，夜果复来，欢爱綦笃。又数日，谓景曰：“我两人情好虽佳，终属苟合。家君宦游西疆，明日将从母去，容即乘间禀命，而相从以终焉。”问：“几日别？”约以旬终。既去，景思斋居不可常，移诸内，又虑妻妒，计不如出妻。志既决，妻至辄诟厉。妻不堪其辱，涕欲死。景曰：“死恐见累，请早归。”遂促妻行。妻啼曰：“从子十年，未尝失德，何决绝如此！”景不听，逐愈急。妻乃出门去。自是垩壁清尘，引领翘待，不意信杳青鸾，如石沉海。妻大归后，数浼知交，请复于景，景不纳，遂适夏侯氏。夏侯里居，与景接壤，以田畔之故，世有郤。景闻之，益大恚恨，然犹冀阿霞复来，差足自慰。

越年余，并无踪绪。会海神寿，祠内外士女云集，景亦在。遥见一女，甚似阿霞。景近之，入于人中，从之，出于门外，又从之，飘然竟去。景追之不及，恨悒而返。后半载，适行于途，见一女郎，着朱衣，从苍头，鞚黑卫来，望之，霞也。因问从人：“娘子为谁？”答言：“南村郑公子继室。”又问：“娶几时矣？”曰：“半月耳。”景思，得毋误耶？女郎闻语，回眸一睇，景视，真阿霞也。见其已适他姓，愤填胸臆，大呼："霞娘！何忘旧约？"从人闻呼主妇，欲奋老拳。女急止之，启幛纱谓景曰："负心人何颜相见？"景曰："卿自负仆，仆何尝负卿？"女曰："负夫人甚于负我！结发者如是，而况其他？向以祖德厚，名列桂籍，故委身相从。今以弃妻故，冥中削尔禄秩，今科亚魁王昌，即替汝名者也。我已归郑姓，无劳复念。"景俯首帖耳，口不能道一词，视女子，策蹇去如飞，怅恨而已。

是科，景落第，亚魁果王氏昌名。景以是得薄幸名。四十无偶，家益替，恒趁食于亲友家。偶诣郑，郑款之，留宿焉。女窥客，见而怜之，问郑曰："堂上客，非景庆云耶？"问所自识，曰："未适君时，曾避难其家，亦深得其豢养。彼行虽贱，而祖德未斩，且与君为故人，亦宜有绨袍之义。"郑然之，易其败絮，留以数日。夜分欲寝，有婢持金二十余两赠景。女在窗外言曰："此私贮，聊酬夙好。可将去，觅一良匹。幸祖德厚，尚足及子孙。无复丧检，以促余龄。"景感谢之。既归，以十余金买缙绅家婢，甚丑悍，举一子。后登两榜。郑官至吏部郎。既没，女送葬归，启舆则虚无人矣，始知其非人也。噫！人之无良，舍其旧而新是谋，卒之卵覆而鸟亦飞，天之所报亦惨矣！

毛　狐

农子马天荣，年二十余。丧偶，贫不能娶。芸田间，见少妇盛妆，践禾越陌而过，貌赤色，致亦风流。马疑其迷途，顾四野无人，戏挑之，妇亦微纳。欲与野合，笑曰："青天白日，宁宜为此。子归，掩门相候，昏夜我当至。"马不信，妇矢之。马乃以门户向背俱告之，妇乃去。夜分，果至，遂相悦爱。觉其肤肌嫩甚，火之，肤赤薄如婴儿，细毛遍体，异之。又疑其踪迹无据，自念得非狐耶？遂戏相诘。妇亦自认不讳。马曰："既为仙人，自当无求不得。既蒙缱绻，宁不以数金济我贫？"妇诺之。次夜来，马索金，妇故愕曰："适忘之。"将去，马又嘱。至夜，问："所乞或勿忘也？"妇笑，请以异日。逾数日，马复索。妇笑向袖中出白金二锭，约五六金，翘边细纹，雅可爱玩。马喜，深藏于椟。积半岁,偶需金,因持示人。人曰:“是锡也。”以齿龁之,应口而落。马大骇,收藏而归。至夜,妇至,愤致诮让。妇笑曰:“子命薄,真金不能任也。”一笑而罢。

马曰:“闻狐仙皆国色,殊亦不然。”妇曰:“吾等皆随人现化。子且无一金之福,落雁沉鱼,何能消受? 以我陋质,固不足以奉上流,然较之大足驼背者,即为国色。”过数月,忽以三金赠马,曰:“子屡相索,我以子命不应有藏金。今媒聘有期,请以一妇之资相馈,亦借以赠别。”马自白无聘妇之说。妇曰:“一二日,自当有媒来。”马问:“所言姿貌何如?”曰:“子思国色,自当是国色。”马曰:“此即不敢望,但三金何能买妇?”妇曰:“此月老注定,非人力也。”马问:“何遽言别?”曰:“戴月披星,终非了局。使君自有妇,搪塞何为?”天明而去,授黄末一刀圭,曰:“别后恐病,服此可疗。”

次日,果有媒来。先诘女貌,答:“在妍媸之间。”“聘金几何?”“约四五数。”马不难其价,而必欲一亲见其人。媒恐良家子不肯衒露,既而约与俱去,相机因便。既至其村,媒先往,使马候诸村外。久之,来曰:“谐矣。余表亲与同院居,适往见女,坐室中。请即伪为谒表亲者而过之,咫尺可相窥也。”马从之。果见女子坐室中,伏体于床,倩人爬背。马趋过,掠之以目,貌诚如媒言。及议聘,并不争直,但求一二金,装女出阁。马益廉之,乃纳金,并酬媒氏及书券者,计三两已尽,亦未多费一文。择吉迎女归,入门,则胸背皆驼,项缩如龟,下视裙底,莲船盈尺,乃悟狐言之有因也。

异史氏曰:“随人现化,或狐女之自为解嘲,然其言福泽,良可深信。余每谓:非祖宗数世之修行,不可以博高官;非本身数世之修行,不可以得佳人。信因果者,必不以我言为河汉也。”

翩 翩

罗子浮,邠人,父母俱早世。八九岁,依叔大业。业为国子左厢,富有金缯而无子,爱罗若己出。十四岁,为匪人诱去作狭邪游。会有金陵娼,侨寓郡中,生悦而惑之。娼返金陵,生窃从遁去。居娼家半年，床头金尽，大为姊妹行齿冷，然犹未遽绝之。无何，广疮溃臭，沾染床席，逐而出。丐于市，市人见辄遥避。自恐死异域，乞食西行，日三四十里，渐至邠界。又念败絮脓秽，无颜入里门，尚趑趄近邑间。

日就暮，欲趋山寺宿。遇一女子，容貌若仙。近问："何适？"生以实告。女曰："我出家人，居有山洞，可以下榻，颇不畏虎狼。"生喜，从去。入深山中，见一洞府。入则门横溪水，石梁驾之。又数武，有石室二，光明彻照，无须灯烛。命生解悬鹑，浴于溪流，曰："濯之，疮当愈。"又开幛拂褥促寝，曰："请即眠，当为郎作裤。"乃取大叶类芭蕉，剪缀作衣。生卧视之。制无几时，折迭床头，曰："晓取着之。"乃与对榻寝。生浴后，觉疮疡无苦，既醒，摸之，则痂厚结矣。诘旦，将兴，心疑蕉叶不可着，取而审视，则绿锦滑绝。少间，具餐。女取山叶呼作饼，食之，果饼；又剪作鸡、鱼烹之，皆如真者。室隅一罂，贮佳酝，辄复取饮，少减，则以溪水灌益之。数日，疮痂尽脱，就女求宿。女曰："轻薄儿！甫能安身，便生妄想！"生云："聊以报德。"遂同卧处，大相欢爱。

一日，有少妇笑入曰："翩翩小鬼头快活死！薛姑子好梦，几时做得？"女迎笑曰："花城娘子，贵趾久弗涉，今日西南风紧，吹送来也！小哥子抱得未？"曰："又一小婢子。"女笑曰："花娘子瓦窑哉！那弗将来？"曰："方呜之，睡却矣。"于是坐以款饮。又顾生曰："小郎君焚好香也。"生视之，年二十有三四，绰有余妍，心好之。剥果误落案下，俯地假拾果，阴捻翘凤。花城他顾而笑，若不知者。生方恍然神夺，顿觉袍裤无温，自顾所服，悉成秋叶，几骇绝。危坐移时，渐变如故。窃幸二女之弗见也。少顷，酬酢间，又以指搔纤掌。花城坦然笑谑，殊不觉知。突突怔忡间，衣已化叶，移时始复变。由是惭颜息虑，不敢妄想。花城笑曰："而家小郎子，大不端好！若弗是醋葫芦娘子，恐跳迹入云霄去。"女亦哂曰："薄幸儿，便值得寒冻杀！"相与鼓掌。花城离席曰："小婢醒，恐啼肠断矣。"女亦起曰："贪引他家男儿，不忆得小江城啼绝矣。"花城既去，惧贻诮责，女卒晤对如平时。居无何，秋老风寒，霜零木脱，女乃收落叶，蓄旨御冬。顾生肃缩，乃持襆掇拾洞口白云为絮复衣，着之温暖如襦，且轻松常如新绵。

逾年，生一子，极惠美，日在洞中弄儿为乐。然每念故里，乞与同归。女曰："妾不能从。不然，君自去。"因循二三年，儿渐长，遂与花城订为姻好。生每以叔老为念。女曰："阿叔腊故大高，幸复强健，无劳悬耿。待保儿婚后，去住由君。"女在洞中，辄取叶写书，教儿读，儿过目即了。女曰："此儿福相，放教入尘寰，无忧至台阁。"未几，儿年十四。花城亲诣送女。女华妆至，容光照人。夫妻大悦，举家宴集。翩翩扣钗而歌曰："我有佳儿，不羡贵官。我有佳妇，不羡绮纨。今夕聚首，皆当喜欢。为君行酒，劝君加餐。"既而花城去，与儿夫妇对室居。新妇孝，依依膝下，宛如所生。生又言归，女曰："子有俗骨，终非仙品。儿亦富贵中人，可携去，我不误儿生平。"新妇思别其母，花城已至。儿女恋恋，涕各满眶。两母慰之曰："暂去，可复来。"翩翩乃剪叶为驴，令三人跨之以归。

大业已归老林下，意侄已死，忽携佳孙美妇归，喜如获宝。入门，各视所衣，悉蕉叶，破之，絮蒸蒸腾去，乃并易之。后生思翩翩，偕儿往探之，则黄叶满径，洞口路迷，零涕而返。

异史氏曰："翩翩、花城、殆仙者耶？餐叶衣云，何其怪也！然帏幄诽谑，狎寝生雏，亦复何殊于人世？山中十五载，虽无'人民城郭'之异，而云迷洞口，无迹可寻，睹其景况，真刘、阮返棹时矣。"

黑　　兽

闻李太公敬一言："某公在沈阳，宴集山颠。俯瞰山下，有虎衔物来，以爪穴地，瘗之而去。使人探听瘗，得死鹿，乃取鹿而掩其穴。少间，虎导一黑兽至，毛长数寸。虎前驱，若邀尊客。既至穴，兽眈眈蹲伺。虎探穴失鹿，战伏不敢少动。兽怒其诳，以爪击虎额，虎立毙。兽亦径去。"

异史氏曰："兽不知何名，然问其形，殊不大于虎，而何延颈受死，惧之如此其甚哉？凡物各有所制，理不可解。如猕最畏狨，遥见之，则百十成群，罗而跪，无敢遁者；凝睛定息，听狨至，以爪遍揣其肥瘠，肥者则以片石志颠顶。猕戴石而伏，悚若木鸡，惟恐堕落。狨揣志已，乃次第按石取食，余始哄散。余尝谓贪吏似狨，亦且揣民之肥瘠而志之，而裂食之。而民之戢耳听食，莫敢喘息，蚩蚩之情，亦犹是也。可哀也夫！”

番　僧

释体空言：“在青州，见二番僧，像貌奇古，耳缀双环，被黄布，须发鬈如，自言从西域来。闻太守重佛，谒之。太守遣二隶，送诣丛林。和尚灵辔，不甚礼之。执事者见其人异，私款之，止宿焉。或问：‘西域多异人，罗汉得毋有奇术否?’其一辴然笑，出手于袖，掌中托小塔，高裁盈尺，玲珑可爱。壁上最高处，有小龛，僧掷塔其中，矗然端立，无少偏倚。视塔上有舍利放光，照耀一室。少间，以手招之，仍落掌中。其一僧乃袒臂，伸左肱，长可六七尺，而右肱缩无有矣，转伸右肱，亦如左状。”

李 司 鉴

李司鉴，永年举人也，于康熙四年九月二十八日，打死其妻李氏。地方报广平，行永年查审。司鉴在府前，忽于肉架上夺一屠刀，奔入城隍庙，登戏台上，对神而跪。自言：“神责我不当听信奸人，在乡党颠倒是非，着我割耳。”遂将左耳割落，抛台下。又言：“神责我不应骗人钱财，着我割指。”遂将左指剁去。又言：“神责我不当奸淫妇女，使我割肾。”遂自阉，昏迷僵仆。时总督朱云门题参革褫究拟，已奉谕旨，而司鉴已伏冥诛矣。邸抄。

五 羖 大 夫

河津畅体元，字汝玉。为诸生时，梦人呼为“五羖大夫”，喜为佳兆。及遇流寇之乱，尽剥其衣，夜闭置空室。时冬月寒甚，暗中摸索，得数羊皮护体，仅不至死。质明视之，恰符五数，哑然自笑神之戏己也。后以明经授雒南知县。毕载绩先生志。

梦　　别

王春李先生之祖，与先叔祖玉田公交最好。一夜，梦公至其家，黯然相语。问："何来？"曰："仆将长往，故与君来别耳。"问："何之？"曰："远矣。"遂出。送至谷中，见石壁有裂罅，便拱手作别，以背向罅，逡巡倒行而入，呼之不应，因而惊寤。及明，以告太公敬一，且使备吊具，曰："玉田公捐舍矣！"太公请先探之，信，而后吊之，不听，竟以素服往。至门，则提旛挂矣。呜呼！古人于友，其死生相信如此，丧舆待巨卿而行，岂妄哉！

蛰　　龙

于陵曲银台公，读书楼上。值阴雨晦暝，见一小物，有光如萤，蠕蠕而行。过处，则黑如蚰迹。渐盘卷上，卷亦焦。意为龙，乃捧卷送之。至门外，持立良久，蠖曲不少动。公曰："将无谓我不恭？"执卷返，乃置案上，冠带长揖送之。方至檐下，但见昂首乍伸，离卷横飞。其声嗤然，光一道如缕。数步外，回首向公，则头大于瓮，身数十围矣。又一折反，霹雳震惊，腾霄而去。回视所行处，盖曲曲自书笥中出焉。

第　四　卷

余　德

武昌尹图南，有别第，尝为一秀才税居，半年来，亦未尝过问。一日，遇诸其门，年最少，而容仪裘马，翩翩甚都。趋与语，却又蕴藉可爱。异之，归语妻。妻遣婢托遗问以窥其室，室有丽姝，美艳逾于仙人；一切花石服玩，俱非耳目所经。尹不测其何人，诣门投谒，适值他出。翼日，却来拜答。展其刺呼，始知余姓德名。语次，细审官阀，言殊隐约。固诘之，则曰："欲相还往，仆不敢自绝。应知非寇窃逋逃者，何须必知来历。"尹谢之，命酒款宴，言笑甚欢。向暮，有昆仑捉马挑灯，迎导以去。

明日，折简报主人。尹至其家，见屋壁俱用明光纸裱，洁如镜。金狻猊爇异香。一碧玉瓶，插凤尾孔雀羽各二，各长二尺余。一水晶瓶，浸粉花一树，不知何名，亦高二尺许，垂枝覆几外，叶疏花密，含苞未吐，花状似湿蝶敛翼，蒂即如须。筵间不过八簋，丰美异常。即命童子击鼓催花为令。鼓声既动，则瓶中花颤颤欲折，俄而蝶翅渐张，既而鼓歇，渊然一声，蒂须顿落，即为一蝶，飞落尹衣。余笑起，飞一巨觥，酒方引满，蝶亦飏去。顷之，鼓又作，两蝶飞集余冠。余笑云："作法自毙矣。"亦引二觥。三鼓既终，花乱堕，翩翩而下，惹袖沾衿。鼓童笑来指数：尹得九筹，余得四筹。尹已薄醉，不能尽筹，强引三爵，离席亡去。由是益奇之。

然其为人寡交与，每阖门居，不与国人通吊庆。尹逢人辄宣，闻其异者，争交欢余，门外冠盖相望。余颇不耐，忽辞主人去。去后，尹入其家，空庭洒扫无纤尘，烛泪堆掷青阶下，窗间零帛断绵，指印宛然。惟舍后遗一小白石缸，可受石许。尹携归，贮水养朱鱼。经年，水清如初贮。后为佣保移石，误碎之，水蓄并不倾泻。视之，缸宛在，扪之虚耎。手入其中，水随手泄，出其手，则复合。冬月不冰。一夜，忽结为晶，鱼游如故。尹畏人知，常置密室，非子婿不以示也。久之渐播，索玩者纷错于门。腊月，忽解为水，阴湿满地，鱼亦渺然，其旧缸残石犹存。忽有道士踵门求之，尹出以示。道士曰："此龙宫蓄水器也。"尹述其破而不泄之异，道士曰："此缸之魂也。"殷殷然乞得少许，问其何用，曰："以屑合药，可得永寿。"予一片，欢谢而去。

杨千总

毕民部公即家起备兵洮岷时，有千总杨花麟来迎。冠盖在途，偶见一人遗便路侧。杨关弓欲射之，公急呵止。杨曰："此奴无礼，合小怖之。"乃遥呼曰："遗屙者！奉赠一股会稽藤簪绾髻子。"即飞矢去，正中其髻。其人急奔，便液污地。

瓜异

康熙二十六年六月，邑西村民圃中，黄瓜上复生蔓，结西瓜一枚，大如碗。

青梅

白下程生，性磊落，不为畛畦。一日，自外归，缓其束带，觉带沉沉，若有物堕，视之，无所见。宛转间，有女子从衣后出，掠发微笑，丽甚。程疑其鬼，女曰："妾非鬼，狐也。"程曰："倘得佳人，鬼且不惧，而况于狐！"遂与狎。二年，生一女，小字青梅。每谓程："勿娶，我且为君生子。"程遂不娶。亲友共诮姗之。程志夺，聘湖东王氏。狐闻之怒，就女乳之，委于程曰："此汝家赔钱货，生之杀之，俱由尔。我何故代人作乳媪乎！"出门径去。

青梅长而慧，貌韶秀，酷肖其母。既而程病卒，王再醮去。青梅寄食于堂叔。叔荡无行，欲鬻以自肥。适有王进士者，方候铨于家，闻其慧，购以重金，使从女阿喜服役。喜年十四，容华绝代，见梅忻悦，与同寝处。梅亦善候伺，能以目听，以眉语，由是一家俱怜爱之。

邑有张生，字介受，家屡贫，无恒产，税居王第，性纯孝，制行不苟，又笃于学。青梅偶至其家，见生据石啖糠粥，入室与生母絮语，见案上具豚蹄焉。时翁卧病，生入，抱父而私。便液污衣，翁觉之而自恨，生掩其迹，急出自濯，恐翁知。梅以此大异之。归述所见，谓女曰："吾家客，非常人也。娘子不欲得良匹则已，欲得良匹，张生其人也。"女恐父厌其贫，梅曰："不然，是在娘子。如以为可，妾潜告，使求伐焉。夫人必召商之，但应之曰'诺'也，则谐矣。"女恐终贫为天下笑，梅曰："妾自谓能相天下士，必无谬误。"明日，往告张媪。媪大惊，谓其言不祥。梅曰："小姐闻公子而贤之也，妾故窥其意以为言。冰人往，我两人袒焉，计合允遂。纵其否也，于公子何辱乎？"媪曰："诺。"乃托侯氏卖花者往。夫人闻之而笑，以告王，王亦大笑。唤女至，述侯氏意。女未及答，青梅亟赞其贤，决其必贵。夫人又问曰："此汝百年事，如能啜糠覈也，即为汝允之。"女俯首久之，顾壁而答曰："贫富命也，倘命之厚，则贫无几时，而不贫者无穷期矣。或命之薄，彼锦绣王孙，其无立锥者岂少哉？是在父母。"初，王之商女也，将以博笑，及闻女言，心不乐曰："汝欲适张氏耶？"女不答。再问，再不答。怒曰："贱骨子不长进！欲携筐作乞人妇，宁不羞死！"女涨红气结，含涕引去。媒亦遂奔。

青梅见不谐，欲自谋。过数日，夜诣生。生方读，惊问所来，词涉吞吐。生正色却之。梅泣曰："妾良家子，非淫奔者。徒以君贤，故愿自托。"生曰："卿爱我，谓我贤也。昏夜之行，自好者不为，而谓贤者为之乎？夫始乱之而终成之，君子犹曰不可，况不能成，彼此何以自处？"梅曰："万一能成，肯赐援拾否？"生曰："得人如卿，又何求？但有不可如何者三，故不敢轻诺耳。"曰："若何？"曰："不能自主，则不可如何;即能自主,我父母不乐,则不可如何;即乐之,而卿之身直必重,我贫不能措,则尤不可如何。卿速退,瓜李之嫌可畏也!"梅临去,又嘱曰:"倘君有意,乞共图之。"生诺。

梅归,女诘所往,遂跪而自投。女怒其淫奔,将施扑责,梅泣白无他,因以实告。女叹曰:"不苟合,礼也;必告父母,孝也;不轻然诺,信也。有此三德,天必祐之,其无患贫也已。"既而曰:"子将若何?"曰:"嫁之。"女笑曰:"痴婢能自主乎?"曰:"不济,则以死继之。"女曰:"我必如所愿。"梅稽首而拜之。又数日,谓女曰:"曩而言之戏乎,抑果欲慈悲耶?果尔,尚有微情,并祈垂怜焉。"女问之,答曰:"张生不能致聘,婢又无力可以自赎,必取盈焉,嫁我犹不嫁也。"女沉吟曰:"是非我之能为力矣。我曰嫁,且恐不得当,而曰必无取直焉,是大人所必不允,亦余所不敢言也。"梅闻之,泣下,但求怜拯。女思良久,曰:"无已,我私蓄数金,当倾囊相助。"梅拜谢,因潜告张。张母大喜,多方乞贷,共得如干数,藏待好音。会王授曲沃宰,喜乘间告母曰:"青梅年已长,今将莅任,不如遣之。"夫人固以青梅太黠,恐导女不义,每欲嫁之,而恐女不乐也,闻女言甚喜。逾两日,有佣保妇白张氏意,王笑曰:"是只合偶婢子,前此何妄也!然鬻媵高门,价当倍于曩昔。"女急进曰:"青梅侍我久,卖为妾,良不忍。"王乃传语张氏,仍以原金署券,以青梅嫔于生。入门,孝翁姑,曲折承顺,尤过于生,而操作更勤,餍糠秕不为苦,由是家中无不爱重青梅。梅又以刺绣作业,售且速,贾人候门以购,惟恐弗得。得资稍可御穷,且劝勿以内顾误读,经纪皆自任之。因主人之任,往别阿喜。喜见之,泣曰:"子得所矣,我固不如。"梅曰:"是何人之赐,而敢忘之?然以为不如婢子,是促婢子寿。"遂泣相别。

王如晋,半载,夫人卒,停柩寺中。又二年,王坐行赇免,罚赎万计,渐贫不能自给,从者逃散。是时,疫大作,王染疾卒。惟一媪从女,未几,媪亦卒。女伶仃益苦。有邻媪劝之嫁,女曰:"能为我葬双亲者,从之。"媪怜之,赠以斗米而去。半月复来,曰:"我为娘子极力,事难合也。贫者不能为葬,富者又嫌子为陵夷嗣,奈何!尚有一策,但恐不能从也。"女曰:"若何?"曰:"此间有李郎,欲觅侧室,倘见姿容，即遣厚葬，必当不惜。”女大哭曰：“我搢绅裔而为人妾耶！”媪无言，遂去。日仅一餐，延息待贾。居半年，益不可支。一日，媪至，女泣告曰：“困顿如此，每欲自尽。犹恋恋而苟活者，徒以有两柩在。已将转沟壑，谁收亲骨者？故思不如依汝言也。”媪即导李来，微窥女，大悦，即出金营葬，双槥具举。已，乃载女去，入参冢室。冢室故悍妒，李初未敢言妾，但托买婢，及见女，暴怒，杖逐而出，不听入门。

女披发零涕，进退无所。有老尼过，邀与同居，喜从之。至庵中，拜求祝发。尼不可，曰：“我视娘子，非久卧风尘者。庵中陶器脱粟，粗可自支，姑寄此以待之。时至，子自去。”居无何，市中无赖窥女美，每打门游语为戏，尼不能止。女号泣欲自尽。尼往求吏部某公揭示严禁，恶少始稍敛迹。后有夜穴寺壁者，尼惊呼始去。因复告吏部，捉得首恶者，送郡笞责，始渐安。又年余，有贵公子过，见女惊绝，强尼通殷勤，又以厚赂啖尼。尼婉语之曰：“渠簪缨胄，不甘媵御。公子且归，迟迟当有以报命。”既去，女欲乳药死，夜梦父来，疾首曰：“我不从汝志，致汝至此，悔之已晚。但缓须臾勿死，夙愿尚可复酬。”女异之。天明，盥已，尼望之而惊曰：“睹子面，浊气尽消，横逆不足忧也。福且至，勿忘老身。”语未既，闻扣户声。女失色，意必贵家奴。尼启扉，果然，骤问所谋。尼笑语承迎，但请缓以三日。奴述主言，事若无成，俾尼自复命。尼唯唯敬应，谢令去。女大悲，又欲自尽，尼止之。女虑三日复来，无词可应，尼曰：“有老身在，斩杀自当之。”

次日，方晡，暴雨翻盆，忽闻数人挝户大哗。女意变作，惊怯不知所为。尼冒雨启关，见有肩舆停驻，女奴数辈，捧一丽人出，仆从煊赫，冠盖甚都。惊问之，云：“是司李内眷，暂避风雨。”导入殿中，移榻肃坐。家人妇群奔禅房，各寻休憩，入室见女，艳之，走告夫人。无何，雨息，夫人起，请窥禅室。尼引入，睹女艳绝，凝眸不瞬。女亦顾盼良久，夫人非他，盖青梅也。各失声哭，因道行踪。盖张翁病故，生起复后，连捷授司李。生先奉母之任，后移诸眷口。女叹曰：“今日相看，何啻霄壤！”梅笑曰：“幸娘子挫折无偶，天正欲我两人完聚耳。倘非阻雨，何以有此邂逅？此中具有鬼神，非人力也。”乃取珠冠锦衣，催女易妆。女俯首徘徊。尼从中赞劝。女虑同居其名不顺，梅曰：

“昔日自有定分，婢子敢忘大德！试思张郎，岂负义者?”强妆之。别尼而去。抵任，母子皆喜。女拜曰：“今无颜见母。”母笑慰之。因谋涓吉合卺。女曰：“庵中但有一丝生路，亦不肯从夫人至此。倘念旧好，得受一庐，可容蒲团足矣。”梅笑而不言。及期，抱艳妆来，女左右不知所可。俄闻乐鼓大作，女亦无以自主。梅率婢媪强衣之，挽扶而出。见生朝服而拜，遂不觉盈盈而自拜也。梅曳入洞房，曰：“虚此位以待君久矣。”又顾生曰：“今夜得报恩，可好为之。”返身欲去。女捉其裾，梅笑曰：“勿留我，此不能相代也。”解指脱去。

青梅事女谨，莫敢当夕，而女终惭沮不自安。于是母命相呼以夫人。梅终执婢妾礼，罔敢懈。三年，张行取入都，过庵，以五百金为尼寿，尼不受。强之，乃受二百金，起大士祠，建王夫人碑。后张仕至侍郎。程夫人举二子一女，王夫人四子一女。张上书陈情，俱封夫人。

异史氏曰：“天生佳丽，固将以报名贤，而世俗之王公，乃留以赠纨袴，此造物所必争也。而离离奇奇，致作合者无限经营，化工亦良苦矣。独是青夫人能识英雄于尘埃，誓嫁之志，期以必死。曾俨然而冠裳也者，顾弃德行而求膏粱，何智出婢子下哉！”

罗刹海市

马骥，字龙媒，贾人子。美丰姿，少倜傥，喜歌舞。辄从梨园子弟，以锦帕缠头，美如好女，因复有“俊人”之号。十四岁，入郡庠，即知名。父衰老，罢贾而归，谓生曰：“数卷书，饥不可煮，寒不可衣。吾儿可仍继父贾。”马由是稍稍权子母。从人浮海，为飘风引去，数昼夜至一都会。其人皆奇丑，见马至，以为妖，群哗而走。马初见其状，大惧，迨知国中之骇己也，遂反以此欺国人。遇饮食者，则奔而往，人惊遁，则啜其余。久之，入山村。其间形貌亦有似人者，然褴褛如丐。马息树下，村人不敢前，但遥望之。久之，觉马非噬人者，始稍稍近就之。马笑与语。其言虽异，亦半可解。马遂自陈所自。村人喜，遍告邻里，客非能搏噬者。然奇丑者望望即去，终不敢前。其来者，口鼻位置，尚皆与中国同，共罗浆酒奉马。马问其相骇之故，答曰：“尝闻祖父言:西去二万六千里,有中国,其人民形象率诡异。但耳食之,今始信。”问其何贫,曰:“我国所重,不在文章,而在形貌。其美之极者,为上卿;次任民社;下焉者,亦邀贵人宠,故得鼎烹以养妻子。若我辈初生时,父母皆以为不祥,往往置弃之。其不忍遽弃者,皆为宗嗣耳。”问:“此名何国?”曰:“大罗刹国。都城在北去三十里。”马请导往一观,于是鸡鸣而兴,引与俱去。

天明,始达都。都以黑石为墙,色如墨,楼阁近百尺。然少瓦,覆以红石。拾其残块磨甲上,无异丹砂。时值朝退,朝中有冠盖出,村人指曰:“此相国也。”视之,双耳皆背生,鼻三孔,睫毛覆目如帘。又数骑出,曰:“此大夫也。”以次各指其官职,率髯髩怪异;然位渐卑,丑亦渐杀。无何,马归,街衢人望见之,噪奔跌蹶,如逢怪物。村人百口解说,市人始敢遥立。既归,国中咸知有异人,于是搢绅大夫,争欲一广见闻,遂令村人要马。每至一家,阍人辄阖户,丈夫女子窃窃自门隙中窥语,终一日,无敢延见者。村人曰:“此间一执戟郎,曾为先王出使异国,所阅人多,或不以子为惧。”造郎门,郎果喜,揖为上客。视其貌,如八九十岁人,目睛突出,须卷如猬。曰:“仆少奉王命,出使最多,独未至中华。今一百二十余岁,又得见上国人物,此不可不上闻于天子。然臣卧林下,十余年不践朝阶,早旦,为君一行。”乃具饮馔,修主客礼。酒数行,出女乐十余人,更番歌舞。貌类夜叉,皆以白锦缠头,拖朱衣及地。扮唱不知何词,腔拍恢诡。主人顾而乐之,问:“中国亦有此乐乎?”曰:“有。”主人请拟其声,遂击桌为度一曲。主人喜曰:“异哉!声如凤鸣龙啸,从未曾闻。”

翼日,趋朝,荐诸国王。王忻然下诏。有二三大夫,言其怪状,恐惊圣体,王乃止。郎出告马,深为扼腕。居久之,与主人饮而醉,把剑起舞,以煤涂面作张飞。主人以为美,曰:“请君以张飞见宰相,厚禄不难致。”马曰:“游戏犹可,何能易面目图荣显?”主人强之,马乃诺。主人设筵,邀当路者,令马绘面以待。客至,呼马出见客。客讶曰:“异哉!何前媸而今妍也!”遂与共饮,甚欢。马婆娑歌“弋阳曲”,一座无不倾倒。明日,交章荐马。王喜,召以旌节。既见,问中国治安之道,马委曲上陈,大蒙嘉叹,赐宴离宫。酒酣,王曰:“闻卿善雅乐,可使寡人得而闻之乎？”马即起舞，亦效白锦缠头，作靡靡之音。王大悦，即日拜下大夫。时与私宴，恩宠殊异。久而官僚知其面目之假，所至，辄见人耳语，不甚与款洽。马至是孤立，惘然不自安，遂上疏乞休致，不许；又告休沐，乃给三月假。

于是乘传载金宝，复归村。村人膝行以迎。马以金资分给旧所与交好者，欢声雷动。村人曰：“吾侪小人受大夫赐，明日赴海市，当求珍玩以报。”问：“海市何地？”曰：“海中市，四海鲛人，集货珠宝，四方十二国，均来贸易。中多神人游戏。云霞障天，波涛间作。贵人自重，不敢犯险阻，皆以金帛付我辈，代购异珍。今其期不远矣。”问所自知，曰：“每见海上朱鸟往来，七日即市。”马问行期，欲同游瞩，村人劝使自贵。马曰：“我顾沧海客，何畏风涛？”未几，果有踵门寄资者，遂与装资入船。船容数十人，平底高栏，十人摇橹，激水如箭。凡三日，遥见水云幌漾之中，楼阁层叠，贸迁之舟，纷集如蚁。少时，抵城下。视墙上砖，皆长与人等。敌楼高接云汉。维舟而入，见市上所陈，奇珍异宝，光明射目，多人世所无。

一少年乘骏马来，市人尽奔避，云是“东洋三世子”。世子过，目生曰：“此非异域人。”即有前马者来诘乡籍。生揖道左，具展邦族。世子喜曰：“既蒙辱临，缘分不浅！”于是授生骑，请与连辔，乃出西城。方至岛岸，所骑嘶跃入水。生大骇失声。则见海水中分，屹如壁立。俄睹宫殿，玳瑁为梁，鲂鳞作瓦，四壁晶明，鉴影炫目。下马揖入。仰视龙君在上，世子启奏：“臣游市廛，得中华贤士，引见大王。”生前拜舞。龙君乃言：“先生文学士，必能衙官屈、宋。欲烦椽笔赋‘海市’，幸无吝珠玉。”生稽首受命。授以水晶之砚，龙鬣之毫，纸光似雪，墨气如兰。生立成千余言，献殿上。龙君击节曰：“先生雄才，有光水国矣！”遂集诸龙族，宴集采霞宫。酒炙数行，龙君执爵向客曰：“寡人所怜女，未有良匹，愿累先生。先生倘有意乎？”生离席愧荷，唯唯而已。龙君顾左右语。无何，宫女数人，扶女郎出。珮环声动，鼓吹暴作，拜竟睨之，实仙人也。女拜已而去。少时酒罢，双鬟挑画灯，导生入副宫。女浓妆坐伺。珊瑚之床，饰以八宝；帐外流苏，缀明珠如斗大；衾褥皆香耎。天方曙，雏女妖鬟，奔入满侧。生起，趋出朝谢，拜为驸马都尉。以其赋驰传诸海。诸海龙君，皆专员来贺，争折简招驸马饮。生衣绣裳，坐青虬，呵殿而出。武士数十骑，背雕弧，荷白棓，晃耀填拥。马上弹筝，车中奏玉。三日间，遍历诸海。由是“龙媒”之名，噪于四海。宫中有玉树一株，围可合抱，本莹澈，如白琉璃，中有心，淡黄色，稍细于臂，叶类碧玉，厚一钱许，细碎有浓阴，常与女啸咏其下。花开满树，状类薝蔔，每一瓣落，锵然作响，拾视之，如赤瑙雕镂，光明可爱。时有异鸟来鸣，毛金碧色，尾长于身，声等哀玉，恻人肺腑。生闻之，辄念故土。因谓女曰：“亡出三年，恩慈间阻，每一念及，涕膺汗背。卿能从我归乎？”女曰：“仙尘路隔，不能相依。妾亦不忍以鱼水之爱，夺膝下之欢。容徐谋之。”生闻之，涕不自禁。女亦叹曰：“此势之不能两全者也！”明日，生自外归，龙王曰：“闻都尉有故土之思，诘旦趣装，可乎？”生谢曰：“逆旅孤臣，过蒙优宠，衔报之思，结于肺腑。容暂归省，当图复聚耳。”入暮，女置酒话别。生订后会，女曰：“情缘尽矣。”生大悲，女曰：“归养双亲，见君之孝。人生聚散，百年犹旦暮耳，何用作儿女哀泣？此后妾为君贞，君为妾义，两地同心，即伉俪也，何必旦夕相守，乃谓之偕老乎？若渝此盟，婚姻不吉。倘虑中馈乏人，纳婢可耳。更有一事相嘱：自奉衣裳，似有佳朕，烦君命名。”生曰：“女耶，可名龙宫；男耶，可名福海。”女乞一物为信。生在罗刹国所得赤玉莲花一对，出以授女。女曰：“三年后四月八日，君当泛舟南岛，还君体胤。”女以鱼革为囊，实以珠宝，授生曰：“珍藏之，数世吃着不尽也。”天微明，王设祖帐，馈遗甚丰。生拜别出宫。女乘白羊车，送诸海涘。生上岸下马。女致声珍重，回车便去，少顷便远。海水复合，不可复见。生乃归。

自浮海去，家人无不谓其已死，及至家，人皆诧异。幸翁媪无恙，独妻已去帷。乃悟龙女“守义”之言，盖已先知也。父欲为生再婚，生不可，纳婢焉。谨志三年之期，泛舟岛中。见两儿坐在水面，拍流嬉笑，不动亦不沉。近引之，儿哑然捉生臂，跃入怀中。其一大啼，似嗔生之不援己者，亦引上之。细审之，一男一女，貌皆俊秀。额上花冠缀玉，则赤莲在焉。背有锦囊，拆视，得书云：“翁姑俱无恙。忽忽三年，红尘永隔；盈盈一水，青鸟难通。结想为梦，引领成劳，茫茫蓝蔚，有恨如何也！顾念奔月姮娥，且虚桂府；投梭织女，犹怅银河。我何人斯，而能永好？兴思及此，辄复破涕为笑。别后两月，竟得孪生。今已啁啾怀抱，颇解言笑，觅枣抓梨，不母可活。敬以还君。所贻赤玉莲花，饰冠作信。膝头抱儿时，犹妾在左右也。闻君克践旧盟，意愿斯慰。妾此生不二，之死靡他。奁中珍物，不蓄兰膏；镜里新妆，久辞粉黛。君似征人，妾作荡妇，即置而不御，亦何得谓非琴瑟哉？独计翁姑已得抱孙，曾未一觌新妇，揆之情理，亦属缺然。岁后阿姑窀穸，当往临穴，一尽妇职。过此以往，则'龙宫'无恙，不少把握之期；'福海'长生，或有往还之路。伏惟珍重，不尽欲言。"生反覆省书揽涕。两儿抱颈曰："归休乎！"生益恸，抚之曰："儿知家在何许？"儿啼，呕哑言归。生视海水茫茫，极天无际；雾鬟人渺，烟波路穷。抱儿返棹，怅然遂归。

生知母寿不永，周身物悉为预具，墓中植松槚百余。逾岁，媪果亡。灵舆至殡宫，有女子缞绖临穴。众惊顾，忽而风激雷轰，继以急雨，转瞬已失所在。松柏新植多枯，至是皆活。福海稍长，辄思其母，忽自投入海，数日始还。龙宫以女子不得往，时掩户泣。一日，昼暝，龙女急入，止之曰："儿自成家，哭泣何为？"乃赐八尺珊瑚一株，龙脑香一帖，明珠百粒，八宝嵌金合一双，为嫁资。生闻之突入，执手啜泣。俄顷，迅雷破屋，女已无矣。

异史氏曰："花面逢迎，世情如鬼。嗜痂之癖，举世一辙。'小惭小好，大惭大好'。若公然带须眉以游都市，其不骇而走，几希矣。彼陵阳痴子，将抱连城玉向何处哭也？呜呼！显荣富贵，当于蜃楼海市中求之耳！"

田 七 郎

武承休，辽阳人，喜交游，所与皆知名士。夜梦一人告之曰："子交游遍海内，皆滥交耳。惟一人可共患难，何反不识？"问："何人？"曰："田七郎非与？"醒而异之。

诘朝，见所游，辄问七郎。客或识为东村业猎者，武敬谒诸家，以马箠挝门。未几，一人出，年二十余，貙目蜂腰，着腻帢，衣皂犊鼻，多白补缀，拱手于额而问所自。武展姓氏，且托途中不快，借庐憩息。问七郎，答曰："我即是也。"遂延客入。见破屋数椽，木岐支壁。入一小室，虎皮狼蜕，悬布楹间，更无杌榻可坐。七郎就地设皋比焉。武与语，言词朴质，大悦之。遽贻金作生计，七郎不受。固予之，七郎受以白母。俄顷将还，固辞不受。武强之再四。母龙钟而至，厉色曰："老身止此儿，不欲令事贵客！"武惭而退。归途展转，不解其意。适从人于室后闻母言，因以告武。

先是，七郎持金白母，母曰："我适睹公子，有晦纹，必罹奇祸。闻之：受人知者分人忧，受人恩者急人难。富人报人以财，贫人报人以义。无故而得重赂，不祥，恐将取死报于子矣。"武闻之，深叹母贤，然益倾慕七郎。翼日，设筵招之，辞不至。武登其堂，坐而索饮。七郎自行酒，陈鹿脯，殊尽情礼。越日，武邀酬之，乃至，款洽甚欢。赠以金，即不受，武托购虎皮，乃受之。归视所蓄，计不足偿，思再猎而后献之。入山三日，无所猎获。会妻病，守视汤药，不遑操业。浃旬，妻淹忽以死。为营斋葬，所受金稍稍耗去。武亲临唁送，礼仪优渥。既葬，负弩山林，益思所以报武。武探得其故，辄劝勿亟。切望七郎姑一临存，而七郎终以负债为憾，不肯至。武因先索旧藏，以速其来。七郎检视故革，则蠹蚀殃败，毛尽脱，懊丧益甚。武知之，驰行其庭，极意慰解之。又视败革，曰："此亦复佳。仆所欲得，原不以毛。"遂轴鞟出，兼邀同往。七郎不可，乃自归。七郎终以不足报武为念，裹粮入山，凡数夜，得一虎，全而馈之。武喜，治具，请三日留。七郎辞之坚。武键庭户，使不得出。宾客见七郎朴陋，窃谓公子妄交。武周旋七郎，殊异诸客。为易新服，却不受。承其寐而潜易之，不得已而受。既去，其子奉媪命，返新衣，索其敝裰。武笑曰："归语老姥，故衣已拆作履衬矣。"

自是，七郎以兔鹿相贻，召之即不复至。武一日诣七郎，值出猎未返。媪出，踦闾而语曰："再勿引致吾儿，大不怀好意！"武敬礼之，惭而退。

半年许，家人忽白："七郎为争猎豹，殴死人命，捉将官里去。"武大惊，驰视之，已械收在狱。见武无言，但云："此后烦恤老母。"武惨然出，急以重金赂邑宰，又以百金赂仇主。月余无事，释七郎归。母慨然曰："子发肤受之武公之耳，非老身所得而爱惜者。但祝公子百年无灾患，即儿福。"七郎欲诣谢武，母曰："往则往耳，见公子勿谢也。小恩可谢，大恩不可谢。"

七郎见武，武温言慰藉，七郎唯唯。家人咸怪其疏，武喜其诚笃，厚遇之。由是恒数日留公子家，馈遗辄受，不复辞，亦不言报。

会武初度，宾从烦多，夜舍履满。武偕七郎卧斗室中，三仆即床下卧。二更向尽，诸仆皆睡去，两人犹刺刺语。七郎背剑挂壁间，忽自腾出匣数寸，铮铮作响，光闪烁如电。武惊起。七郎亦起，问："床下卧者何人？"武答："皆厮仆。"七郎曰："此中必有恶人。"武问故，七郎曰："此刀购诸异国，杀人未尝濡缕，迄佩三世矣。决首至千计，尚如新发于硎。见恶人则鸣跃，当去杀人不远矣。公子宜亲君子，远小人，或万一可免。"武颔之。七郎终不乐，辗转床席。武曰："灾祥数耳，何忧之深？"七郎曰："我别无恐怖，徒以有老母在。"武曰："何遽至此？"七郎曰："无则便佳。"

盖床下三人：一为林儿，是老弥子，能得主欢；一僮仆，年十二三，武所常役者；一李应，最拗拙，每因细事与公子裂眼争，武恒怒之。当夜默念，疑此人。诘旦，唤至，善言绝令去。武长子绅，娶王氏。一日，武出，留林儿居守。斋中菊花方灿，新妇意翁出，斋庭当寂，自诣摘菊。林儿突出勾戏。妇欲遁，林儿强挟入室。妇啼拒，色变声嘶。绅奔入，林儿始释手逃去。武归闻之，怒觅林儿，竟已不知所之。过二三日，始知其投身某御史家。某官都中，家务皆委决于弟。武以同袍义，致书索林儿，某弟竟置不发。武益恚，质词邑宰。勾牒虽出，而隶不捕，官亦不问。武方愤怒，适七郎至。武曰："君言验矣。"因与告愬。七郎颜色惨变，终无一语，即径去。武嘱干仆逻察林儿。林儿夜归，为逻者所获，执见武。武掠楚之。林儿语侵武。武叔恒，故长者，恐侄暴怒致祸，劝不如治以官法。武从之，絷赴公庭。而御史家刺书邮至，宰释林儿，付纪纲以去。林儿意益肆，倡言丛众中，诬主人妇与私。武无奈之，忿塞欲死，驰登御史门，俯仰叫骂，里舍慰劝令归。

逾夜，忽有家人白："林儿被人脔割，抛尸旷野间。"武惊喜，意稍得伸。俄闻御史家讼其叔侄，遂偕叔赴质。宰不听辨，欲笞恒。武抗声曰："杀人莫须有！至辱詈搢绅，则生实为之，无与叔事。"宰置不闻。武裂眦欲上，群役禁捽之。操杖隶皆绅家走狗，恒又老耄，签数未半，奄然已死。宰见武叔垂毙，亦不复究。武号且骂，宰亦若弗闻者。遂舁叔归，哀愤无所为计。因思欲得七郎谋，而七郎终不一吊问。窃自念：待伊不薄，何遽如行路人？亦疑杀林儿必七郎。转念：果尔，胡得不谋？于是遣人探索其家，至则扃镝寂然，邻人并不知耗。

一日，某弟方在内廨，与宰关说。值晨进薪水，忽一樵人至前，释担抽利刃，直奔之。某惶急，以手格刃，刃落断腕，又一刀，始决其首。宰大惊，窜去。樵人犹张皇四顾。诸役吏急阖署门，操杖疾呼。樵人乃自刭死。纷纷集认，识者知为田七郎也。宰惊定，始出验。见七郎僵卧血泊中，手犹握刃。方停盖审视，尸忽突然跃起，竟决宰首，已而复踣。衙官捕其母子，则亡去已数日矣。武闻七郎死，驰哭尽哀，咸谓其主使七郎。武破产夤缘当路，始得免。七郎尸弃原野月余，禽犬环守之。武厚葬之。其子流寓于登，变姓为佟，起行伍，以功至同知将军。归辽，武已八十余，乃指示其父墓焉。

异史氏曰："一钱不轻受，正一饭不敢忘者也。贤哉母乎！七郎者，愤未尽雪，死犹伸之，抑何其神？使荆卿能尔，则千载无遗恨矣。苟有其人，可以补天网之漏。世道茫茫，恨七郎少也。悲夫！"

公 孙 九 娘

于七一案，连坐被诛者，栖霞、莱阳两县最多。一日，俘数百人，尽戮于演武场中，碧血满地，白骨撑天。上官慈悲，捐给棺木，济城工肆，材木一空。以故伏刑东鬼，多葬南郊。

甲寅间，有莱阳生至稷下，有亲友二三人亦在诛数，因市楮帛，酹奠榛墟，就税舍于下院之僧。明日，入城营干，日暮未归。忽一少年，造室来访，见生不在，脱帽登床，着履仰卧。仆人问其谁，合眸不对。既而生归，则暮色朦胧，不甚可辨。自诣床下问之，瞠目曰："我候汝主人,絮絮逼问,我岂暴客耶!”生笑曰:“主人在此。”少年即起着冠,揖而坐,极道寒暄。听其音,似曾相识,急呼灯至,则同邑朱生,亦死于七之难者,大骇却走。朱曳之云:“仆与君文字之交,何寡于情?我虽鬼,故人之念,耿耿不忘。今有所渎,愿无以异物猜薄之。”生乃坐,请所命。曰:“令女甥寡居无偶,仆欲得主中馈,屡通媒妁,辄以无尊长命为辞,幸无惜齿牙余惠。”先是,生有女甥,早失恃,遗生鞠养,十五始归其家。俘至济南,闻父被刑,惊而绝。生曰:“渠自有父,何我之求?”朱曰:“其父为犹子启榇去,今不在此。”问:“女甥向依阿谁?”曰:“与邻媪同居。”生虑生人不能作鬼媒,朱曰:“如蒙金诺,还屈玉趾。”遂起握生手。生固辞,问:“何之?”曰:“第行。”勉从与去。

北行里许,有大村落,约数十百家。至一第宅,朱以指弹扉,即有媪出。豁开两扉,问朱:“何为?”曰:“烦达娘子,云阿舅至。”媪旋反,顷复出,邀生入。顾朱曰:“两椽茅舍子大隘,劳公子门外少坐候。”生从之入,见半亩荒庭,列小室二。女甥迎门啜泣,生亦泣。室中灯火荧然。女貌秀洁如生,凝目含涕,遍问妗姑。生曰:“具各无恙,但荆人物故矣。”女又呜咽曰:“儿少受舅妗抚育,尚无寸报,不图先葬沟渎,殊为恨恨。旧年伯伯家大哥迁父去,置儿不一念,数百里外,伶仃如秋燕。舅不以沉魂可弃,又蒙赐金帛,儿已得之矣。”生以朱言告,女俯首无语。媪曰:“公子曩托杨姥三五返。老身谓是大好,小娘子不肯自草草,得舅为政,方此意慊得。”言次,一十七八女郎,从一青衣,遽掩入,瞥见生,转身欲遁。女牵其裾曰:“勿须尔!是阿舅。”生揖之。女郎亦敛衽。甥曰:“九娘,栖霞公孙氏。阿爹故家子,今亦‘穷波斯’,落落不称意,旦晚与儿还往。”生睨之,笑弯秋月,羞晕朝霞,实天人也,曰:“可知是大家,蜗庐人焉得如此娟好。”甥笑曰:“且是女学士,诗词俱大高。昨儿稍得指教。”九娘微哂曰:“小婢无端败坏人,教阿舅齿冷也。”甥又笑曰:“舅断弦未续,若个小娘子,颇能快意否?”九娘笑奔出,曰:“婢子颠疯作也!”遂去。言虽近戏,而生殊爱好之。甥似微察,乃曰:“九娘才貌无双,舅倘不以粪壤致猜,儿当请诸其母。”生大悦,然虑人鬼难匹。女曰:“无伤,彼与舅有夙分。”生乃出。女送之,曰:“五日后,月明人静,当遣人往相迓。”生至户外,不见朱。翘首西望,月衔半规,昏黄中犹认旧径。见南面一第,朱坐门石上,起逆曰:"相待已久,寒舍即劳垂顾。"遂携手入,殷殷展谢。出金爵一、晋珠百枚,曰:"他无长物,聊代禽仪。"既而曰:"家有浊醪,但幽室之物,不足款嘉宾,奈何!"生撝谢而退。朱送至中途,始别。

生归,僧仆集问。隐之曰:"言鬼者,妄也。适友人饮耳。"后五日,朱果来,整履摇箑,意甚欣。方至户,望尘即拜。笑曰:"君嘉礼既成,庆在旦夕,便烦枉步。"生曰:"以无回音,尚未致聘,何遽成礼?"朱曰:"仆已代致之。"生深感荷,从与俱去,直达卧所,则女甥华妆迎笑。生问:"何时于归?"女曰:"三日矣。"生乃出所赠珠,为甥助妆。女三辞乃受,谓生曰:"儿以舅意白公孙老夫人,夫人作大欢喜。但言老耄无他骨肉,不欲九娘远嫁,期今夜舅往赘诸其家。伊家无男子,便可同郎往也。"朱乃导去。村将尽,一第门开,二人登其堂。俄白:"老夫人至。"有二青衣,扶妪升阶。生欲展拜,夫人云:"老朽龙钟,不能为礼,当即脱边幅。"指画青衣,进酒高会。朱乃唤家人,另出肴俎,列置生前,亦别设一壶,为客行觞。筵中进馔,无异人世。然主人自举,殊不劝进。

既而席罢,朱归。青衣导生去。入室,则九娘华烛凝待。邂逅含情,极尽欢昵。初,九娘母子,原解赴都。至郡,母不堪困苦死,九娘亦自刭。枕上追述往事,哽咽不成眠,乃口占两绝云:"昔日罗裳化作尘,空将业果恨前身。十年露冷枫林月,此夜初逢画阁春。""白杨风雨绕孤坟,谁想阳台更作云?忽启镂金箱里看,血腥犹染旧罗裙。"天将明,即促曰:"君宜且去,勿惊厮仆。"自此昼来宵往,嬖惑殊甚。

一夕,问九娘:"此村何名?"曰:"莱霞里。里中多两处新鬼,因以为名。"生闻之欷歔。女悲曰:"千里柔魂,蓬游无底,母子零孤,言之怆恻。幸念一夕恩义,收儿骨归葬墓侧,使百年得所依栖,死且不朽。"生诺之。女曰:"人鬼路殊,君不宜久滞。"乃以罗袜赠生,挥泪促别。生凄然出,忉怛不忍归。因过拍朱氏之门,朱白足出逆。甥亦起,云鬓鬅松,惊来省问。生惆怅移时,始述九娘语。女曰:"妗氏不言,儿亦夙夜图之。此非人世,不可久居。"于是生含涕而别。叩寓归寝,展转申旦。欲觅九娘之墓,则忘问志表。及夜复往,则千坟累累,竟迷村路，叹恨而返。展视罗袜，着风寸断，腐如灰烬，遂治装东旋。

半载不能自释，复如稷门，冀有所遇。及抵南郊，日势已晚。息树下，趋诣丛葬所，但见坟兆万接，迷目榛荒，鬼火狐鸣，骇人心目，惊悼归舍。失意遨游，返辔遂东。行里许，遥见一女，立丘墓上，神情意致，怪似九娘。挥鞭就视，果九娘。下与语，女径走，若不相识。再逼近之，色作怒，举袖自障。顿呼“九娘”，则烟然灭矣。

异史氏曰：“香草沉罗，血满胸臆；东山佩玦，泪渍泥沙：古有孝子忠臣，至死不谅于君父者。公孙九娘岂以负骸骨之托，而怨怼不释于中耶？脾膈间物，不能掬以相示，冤乎哉！”

促 织

宣德间，宫中尚促织之戏，岁征民间。此物故非西产，有华阴令欲媚上官，以一头进，试使斗而才，因责常供。令以责之里正。市中游侠儿，得佳者笼养之，昂其直，居为奇货。里胥猾黠，假此科敛丁口，每责一头，辄倾数家之产。

邑有成名者，操童子业，久不售，为人迂讷，遂为猾胥报充里正役，百计营谋不能脱，不终岁，薄产累尽。会征促织，成不敢敛户口，而又无所赔偿，忧闷欲死。妻曰：“死何益？不如自行搜觅，冀有万一之得。”成然之。早出暮归，提竹筒铜丝笼，于败堵丛草处探石发穴，靡计不施，迄无济。即捕三两头，又劣弱不中于款。宰严限追比，旬余，杖至百，两股间脓血流离，并虫不能行捉矣。转侧床头，惟思自尽。时村中来一驼背巫，能以神卜。成妻具资诣问，见红女白婆，填塞门户。入其室，则密室垂帘，帘外设香几。问者爇香于鼎，再拜。巫从旁望空代祝，唇吻翕辟，不知何词。各各竦立以听。少间，帘内掷一纸出，即道人意中事，无毫发爽。成妻纳钱案上，焚香以拜。食顷，帘动，片纸抛落。拾视之，非字而画，中绘殿阁，类兰若，后小山下，怪石乱卧，针针丛棘，青麻头伏焉，旁一蟆，若将跳舞。展玩不可晓，然睹促织，隐中胸怀。折藏之，归以示成。成反复自念，得无教我猎虫所耶？细瞻景状，与村东大佛阁真逼似。乃强起扶杖，执图诣寺后，有古陵蔚起。循陵而走，见蹲石鳞鳞，俨然类画。遂于蒿莱中，侧听徐行，似寻针芥。寻之多时，绝无踪响。冥搜未已，一癞头蟆猝然跃去。成益愕，急逐之。蟆入草间。蹑迹披求，见有虫伏棘根，遽扑之，入石穴中。掭以尖草，不出，以筒水灌之，始出。状极俊健，逐而得之。审视，巨身修尾，青项金翅。大喜归，举家庆贺。于是上于盆而养之，蟹白栗黄，备极护爱，留待限期，以塞官责。

成之子窃发盆视之，虫径跃去，及扑入手，已股落腹裂，斯须就毙。儿惧，啼告母。母闻之，面色灰死，大骂曰："业根！死至矣！翁归，自与汝复算耳！"未几成入，闻妻言，如被冰雪，怒索儿，儿已投入井中，因而化怒为悲，抢呼欲绝。夫妻向隅，茅舍无烟，相对默然，不复聊赖。

日将暮，取儿藁葬，近抚之，气息惙然，喜置榻上，半夜复苏。夫妻心稍慰。但蟋蟀笼虚，顾之则气断声吞，亦不敢复究儿。自昏达曙，目不交睫。东曦既驾，僵卧长愁。忽闻门外虫鸣，惊起觇视，虫宛然尚在。喜而捕之，一鸣辄跃去，行且速。覆之以掌，虚若无物。手裁举，则又超而跃。急趁之，折过墙隅，迷其所往。徘徊四顾，见虫伏壁上。审谛之，短小，黑赤色，顿非前物。成以其小，劣之。惟彷徨瞻顾，寻所逐者。壁上小虫，忽跃落襟袖间。视之，形若土狗，梅花翅，方首长胫，意似良，喜而收之。将献公堂，惴惴恐不当意，思试之斗以觇之。

村中少年好事者，驯养一虫，自名"蟹壳青"，日与子弟角，无不胜，欲居之以为利，而高其直，亦无售者，径造庐访成。视成所蓄，掩口胡卢而笑。因出己虫，纳比笼中。成视之，庞然修伟，自增惭怍，不敢与较。少年固强之。顾念蓄劣物终无所用，不如拚博一笑，因合纳斗盆。小虫伏不动，蠢若木鸡。少年又大笑。试以猪鬣毛撩拨虫须，仍不动，少年又笑。屡撩之，虫暴怒，直奔，遂相腾击，振奋作声。俄见小虫跃起，张尾伸须，直龁敌领。少年大骇，解令休止。虫翘然矜鸣，似报主知。成大喜。

方共瞻玩，一鸡瞥来，径进一啄。成骇立愕呼，幸啄不中，虫跃去尺有咫。鸡健进，逐逼之，虫已在爪下矣。成仓猝莫知所救，顿足失色。旋见鸡伸颈摆扑，临视，则虫集冠上，力叮不释。成益惊喜，掇置笼中。

翼日进宰。宰见其小，怒诃成。成述其异，宰不信，试与他虫斗，虫尽靡，又试之鸡，果如成言，乃赏成，献诸抚军。抚军大悦，以金笼进上，细疏其能。既入宫中，举天下所贡蝴蝶、螳螂、油利挞、青丝额……一切异状，遍试之，无出其右者，每闻琴瑟之声，则应节而舞，益奇之。上大嘉悦，诏赐抚臣名马衣缎。抚军不忘所自，无何，宰以"卓异"闻。宰悦，免成役。又嘱学使，俾入邑庠。由此以善养虫名，屡得抚军殊宠。不数岁，田百顷，楼阁万椽，牛羊蹄躈各千计。一出门，裘马过世家焉。

异史氏曰："天子偶用一物，未必不过此已忘，而奉行者即为定例。加之官贪吏虐，民日贴妇卖儿，更无休止。故天子一跬步，皆关民命，不可忽也。第成氏子以蠹贫，以促织富，裘马扬扬。当其为里正、受扑责时，岂意其至此哉！天将以酬长厚者，遂使抚臣、令尹，并受促织恩荫。闻之一人飞升，仙及鸡犬，信夫！"

保　　住

吴藩未叛时，尝谕将士：有独力能擒一虎者，优以廪禄，号"打虎将"。将中一人，名保住，健捷如猱。邸中建高楼，梁木初架。住沿楼角而登，顷刻至颠，立脊檩上，疾趋而行，凡三四返，已，乃踊身跃下，直立挺然。王有爱姬，善琵琶。所御琵琶，以暖玉为牙柱，抱之一室生温。姬宝藏，非王手谕，不出示人。一夕，宴集，客请一观其异。王适惰，期以翼日。时住在侧，曰："不奉王命，臣能取之。"王使人驰告府中，内外戒备，然后遣之。住逾十数重垣，始达姬院。见灯辉室中，而门扃锢，不得入，廊下有鹦鹉宿架上。住乃作猫子叫，既而学鹦鹉鸣，疾呼"猫来"，摆扑之声且急。闻姬云："绿奴可急视，鹦鹉被扑杀矣！"住隐身暗处。俄一女子挑灯出，身甫离门，住已塞入。见姬守琵琶在几上，住携趋出。姬愕呼"寇至"，防者尽起。见住抱琵琶走，逐之不及，攒矢如雨。住跃登树上。墙下故有大槐三十余章，住穿树行杪，如鸟移枝，树尽登屋，屋尽登楼，飞奔殿阁，不啻翅翎，瞥然不知所在。客方饮，住抱琵琶飞落檐前，门扃如故，鸡犬无声。

蛙　　曲

王子巽言："在都时，曾见一人作剧于市，携木盒作格，凡十有二孔，每孔伏蛙。以细杖敲其首，辄哇然作鸣。或与金钱，则乱击蛙顶，如拊云锣之乐，宫商词曲，了了可辨。"

库　　官

邹平张华东，奉旨祭南岳。道出江淮间，将宿驿亭，前驱白："驿中有怪异，不可宿。"张弗听。宵分，冠剑而坐。俄闻靴声入，则一颁白叟，皂纱黑带。怪而问之，叟稽首曰："我库官也。为大人典藏有日矣。幸节钺遥临，下官释此重负。"问："库存几何？"答云："二万三千五百金。"公虑多金累缀，约归时盘验，叟唯唯而退。张至南中，馈遗颇丰。及还，宿驿亭，叟复出谒。及问库物，曰："已拨辽东兵饷矣。"深讶其前后之乖，叟曰："人世禄命，皆有额数，锱铢不能增损。大人此行，应得之数已得矣，又何求？"言已，竟去。张乃计其所获，与库数适相吻合，方叹饮啄有定，不可妄求也。

土 地 夫 人

窎桥王炳者，出村，见土地祠中出一美人，顾盼甚殷。试挑之，欢然乐受。狎昵无所，遂期夜奔。炳因告以居址，至夜，果至，极相悦爱。问其姓名，固不以告。由此往来不绝。时炳与妻共榻，美人亦必来与交，妻亦不觉其有人。炳讶问之，美人曰："我土地夫人也。"炳大骇，亟欲绝之，而百计不能阻。因循半载，病惫不起。美人来更频，家人都见之。未几，炳果卒。美人犹日一至。炳妻叱之曰："淫鬼不自羞！人已死矣，复来何为？"美人遂去，不返。

土地虽小，亦神也，岂有任妇自奔者？不知何物淫昏，遂使千古下谓此村有污贱不谨之神。冤哉！

狐　谐

万福，字子祥，博兴人，幼业儒。家贫而运蹇，年二十有奇，尚不能掇一芹。乡中浇俗，多报富户役，长厚者至碎破其家。万适报充役，惧而逃，如济南，税居逆旅。夜有奔女，颜色颇丽，万悦而私之。问姓氏，女自言："实狐，然不为君祟。"万喜而不疑。女嘱勿与客共，遂日至，与共卧处。凡日用所需，无不仰给于狐。

居无何，二三相识，辄来造访，恒信宿不去。万厌之，而不忍拒，不得已，以实告客。客愿一睹仙容。万白于狐，狐曰："见我何为哉？我亦犹人耳。"闻其声，不见其人。客有孙得言者，善谑，固请见，且曰："得听娇音，魂魄飞越，何吝容华，徒使人闻声相思？"狐笑曰："贤孙子！欲为高曾母作行乐图耶？"众大笑。狐曰："我为狐，请与客言狐典，颇愿闻之否？"众唯唯。狐曰："昔某村旅舍，故多狐，辄出祟行客。客知之，相戒不宿其舍，半年，门户萧索。主人大忧，甚讳言狐。忽有一远方客，自言异国人，望门休止。主人大悦，甫邀入门，即有途人阴告曰：'是家有狐。'客惧，白主人，欲他徙。主人力白其妄，客乃止。入室方卧，见群鼠出于床下。客大骇，骤奔，急呼：'有狐！'主人惊问，客怒曰：'狐巢于此，何诳我言无？'主人又问：'所见何状？'客曰：'我今所见，细细幺么，不是狐儿，必当是狐孙子！'"言罢，座客粲然。孙曰："既不赐见，我辈留勿去，阻尔阳台。"狐笑曰："寄宿无妨，倘有小迕犯，幸勿介怀。"客恐其恶作剧，乃共散去，然数日必一来，索狐笑骂。狐谐甚，每一语，即颠倒宾客，滑稽者不能屈也，群戏呼为"狐娘子"。

一日，置酒高会，万居主人位，孙与二客分左右，上设一榻待狐。狐辞不善酒，咸请坐谈，许之。酒数行，众掷骰为瓜蔓之令。客值瓜色，会当饮，戏以觥移上座曰："狐娘子太清醒，暂借一杯。"狐笑曰："我故不饮。愿陈一典，以佐诸公饮。"孙掩耳不乐闻。客皆曰："骂人者当罚。"狐笑曰:"我骂狐何如?"众曰:"可。"于是倾耳共听。狐曰:"昔一大臣,出使红毛国,着狐腋冠,见国王。王见而异之,问:'何皮毛,温厚乃尔?'大臣以狐对。王曰:'此物生平未曾得闻。狐字字画何等?'使臣书空而奏曰:'右边是一大瓜,左边是一小犬。'"主客又复哄堂。二客,陈氏兄弟,一名所见,一名所闻,见孙大窘,乃曰:"雄狐何在,而纵雌狐流毒若此?"狐曰:"适一典,谈犹未终,遂为群吠所乱,请终之。国王见使臣乘一骡,甚异之。使臣告曰:'此马之所生。'又大异之。使臣曰:'中国马生骡,骡生驹驹。'王细问其状。使臣曰:'马生骡,是"臣所见";骡生驹驹,是"臣所闻"。'"举坐又大笑。众知不敌,乃相约:后有开谑端者,罚作东道主。

顷之,酒酣,孙戏谓万曰:"一联请君属之。"万曰:"何如?"孙曰:"妓者出门访情人,来时'万福',去时'万福'。"众属思未对。狐笑曰:"我有之矣。"对曰:"龙王下诏求直谏,鳖也'得言',龟也'得言'。"众绝倒。孙大恚曰:"适与尔盟,何复犯戒?"狐笑曰:"罪诚在我,但非此不能确对耳。明日设席,以赎吾过。"相笑而罢。狐之诙谐,不可殚述。居数月,与万偕归。及博兴界,告万曰:"我此处有葭莩亲,往来久梗,不可不一讯。日且暮,与君同寄宿,待旦而行可也。"万询其处,指言:"不远。"万疑前此故无村落,姑从之。二里许,果见一庄,生平所未历。狐往叩关,一苍头出应门。入则重门叠阁,宛然世家。俄见主人,有翁与媪,揖万而坐。列筵丰盛,待万以姻娅,遂宿焉。狐早谓曰:"我遽偕君归,恐骇闻听。君宜先往,我将继至。"万从其言,先至,预白于家人。未几,狐至,与万言笑,人尽闻之,不见其人。逾年,万复事于济,狐又与俱。忽有数人来,狐从与语,备极寒暄。乃语万曰:"我本陕中人,与君有夙因,遂从许时。今我兄弟来,将从以归,不能周事。"留之不可,竟去。

姊 妹 易 嫁

掖县相国毛公,家素微。其父常为人牧牛。时邑世族张姓,有新阡在东山之阳,或经其侧,闻墓中叱咤声曰:"若等速避去,勿久混贵人宅!"张闻,亦未深信。既又频得梦警曰:"汝家墓地,本是毛公佳城,何得久假此?"由是家数不利。客劝徙葬吉,张乃徙焉。

一日,相国父牧,出张家故墓,猝遇雨,匿身废圹中,已而雨益甚,潦水奔穴,崩渹灌注,遂溺以死。相国时尚孩童。母自诣张,丐咫尺地,掩儿父。张问其姓氏,大异之,往视溺死所,俨当置棺处,更骇,乃使就故圹窆焉,且令携若儿来。葬已,母偕儿诣张谢。张一见,辄喜,即留其家,教之读,以齿子弟行。又请以长女妻儿,母谢不敢,张妻卒许之。然其女甚薄毛家,怨惭之意,时形言色,且曰:"我死不从牧牛儿!"及亲迎,新郎入宴,彩舆在门,女方掩袂向隅而哭。催之妆,不妆,劝亦不解。比新郎告行,鼓乐大作,女犹眼零雨而首飞蓬也。父入劝女,不听,怒逼之,哭益厉。父无奈。家人报新郎欲行,父出曰:"衣妆未竟,烦郎少待。"又奔入视女。往复数番,女终无回意。其父周张欲死,皇急无计。其次女在侧,因非其姊,苦逼劝之。姊怒曰:"小妮子,亦学人喋聒!尔何不从他去?"妹曰:"阿爷原不曾以妹子属毛郎,若以妹子属毛郎,何烦姊姊劝驾耶?"父听其言慷爽,因与伊母窃议,以次易长。母即向次女曰:"迕逆婢不遵父母命,今欲以儿代姊,儿肯行否?"女慨然曰:"父母之命,即乞丐不敢辞,何以见毛家郎便终身饿莩死乎?"父母大喜,即以姊妆妆女,登车径去。入门,夫妇雅敦好逑。第女素病赤鬝,毛郎稍介意,乃知易嫁之说,益以知己德女。

无何,毛郎补博士弟子,往应乡试。经王舍人庄,店主先一夕梦神曰:"旦夕有毛解元来,后且脱汝于厄,可善待之。"以故晨起,专伺察东来客。及得公,甚喜。供具甚丰,且不索直。公问故,特以梦兆告。公颇自负,私计女发鬑鬑,虑为显者笑,富贵后当易之。及试,竟落第。偃蹇丧志,赧见主人,不敢复由王舍,迂道归家。

逾三年,再赴试,店主人延候如前。公曰:"尔言不验,殊惭祗奉。"主人曰:"秀才以阴欲易妻,故被冥司黜落,岂吾梦不足践耶?"公愕然,问故。主人曰:"别后复梦神告,故知之。"公闻而惕然悔惧,木立若偶。主人又曰:"秀才宜自爱,终当作解首。"入试,果举贤书第一。夫人发亦寻长,云鬟委绿,倍增妩媚。

其姊适里中富儿,意气自高。夫荡惰,家渐陵替,贫无烟火。闻妹为孝廉妇，弥增愧怍。姊妹辄避路而行。未几，良人又卒，家落。毛公又擢进士。女闻，刻骨自恨，遂忿然废身为尼。及公以宰相归，强遣女行者诣府谒问，冀有所贻。比至，夫人馈以绮縠罗绢若干匹，以金纳其中。行者携归见师。师失所望，恚曰："与我金钱，尚可作薪米费，此物我何所须！"遽令送回。公与夫人疑之，启视，则金具在，方悟见却之意。笑曰："汝师百金尚不能任，焉有福泽从我老尚书也。"遂以五十金付尼去，且嘱曰："将去作尔师用度，但恐福薄人难承受耳。"行者归，告其师。师哑然自叹，私念生平所为，率自颠倒，美恶避就，繄岂由人耶？后王舍店主人以人命逮系囹圄，公乃为力解释罪。

异史氏曰："张家故墓，毛氏佳城，斯已奇矣。余闻时人有'大姨夫作小姨夫，前解元为后解元'之戏，此岂慧黠者所能较计耶？呜呼！彼苍者天久已梦梦，何至毛公，其应如响耶？"

续 黄 梁

福建曾孝廉，捷南宫时，与二三同年，遨游郭外。闻毗卢禅院，寓一星者，往诣问卜，入揖而坐。星者见其意气扬扬，稍佞谀之。曾摇箑微笑，便问："有蟒玉分否？"星者曰："二十年太平宰相。"曾大悦，气益高。

值小雨，乃与游侣避雨僧舍。舍中一老僧，深目高鼻，坐蒲团上，淹蹇不为礼。众一举手，登榻自话，群以宰相相贺。曾心气殊高，便指同游曰："某为宰相时，推张年丈作南抚，家中表为参、游，我家老苍头亦得小千把，余愿足矣。"一座大笑。

俄闻门外雨益倾注，曾倦伏榻间。忽见有二中使，赍天子手诏，召曾太师决国计。曾得意荣宠，亦乌知其非有也，疾趋入朝。天子前席，温语良久。命三品以下，听其黜陟，不必奏闻。即赐蟒服一袭，玉带一围，名马二匹。曾被服稽拜以出。入家，则非旧所居第，绘栋雕榱，穷极壮丽。自亦不解，何以遽至于此。然拈须微呼，则应诺雷动。俄而公卿赠海物，伛偻足恭者，叠出其门。六卿来，倒屣而迎。侍郎辈，揖与语。下此者，颔之而已。晋抚馈女乐十人，皆是好女子。其尤者为袅袅，为仙仙，二人尤蒙宠顾。科头休沐，日事声歌。一日，念微时尝得邑绅王子良周济，我今置身青云，渠尚蹉跎仕路，何不一引手？早旦一疏，荐为谏议，即奉谕旨，立行擢用。又念郭太仆曾睚眦我，即传吕给谏及侍御陈昌等，授以意旨，越日，弹章交至，奉旨削职以去。恩怨了了，颇快心意。偶出郊衢，醉人适触卤簿，即遣人缚付京尹，立毙杖下。接第连阡者，皆畏势献沃产。自此，富可埒国。无何而袅袅、仙仙，以次殂谢，朝夕遐想。忽忆曩年见东家女绝美，每思购充媵御，辄以绵薄违宿愿，今日幸可适志，乃使干仆数辈，强纳资于其家。俄顷，藤舆舁至，则较之昔望见时，尤艳绝也。自顾生平，于愿斯足。

又逾年，朝士窃窃，似有腹非之者，然揣其意，各为立仗马，曾亦高情盛气，不以置怀。有龙图学士包拯上疏，其略曰："窃以曾某，原一饮赌无赖，市井小人。一言之合，荣膺圣眷，父紫儿朱，恩宠为极。不思捐躯摩顶，以报万一，反恣胸臆，擅作威福。可死之罪，擢发难数！朝廷名器，居为奇货，量缺肥瘠，为价重轻。因而公卿将士，尽奔走于门下，估计夤缘，俨如负贩，仰息望尘，不可算数。或有杰士贤臣，不肯阿附，轻则置之闲散，重则褫以编氓。甚且一臂不袒，辄迕鹿马之奸；片语方干，远窜豺狼之地。朝士为之寒心，朝廷因而孤立。又且平民膏腴，任肆蚕食；良家女子，强委禽妆。沴气冤氛，暗无天日！奴仆一到，则守、令承颜；书函一投，则司、院枉法。或有厮养之儿，瓜葛之亲，出则乘传，风行雷动。地方之供给稍迟，马上之鞭挞立至。荼毒人民，奴隶官府，扈从所临，野无青草。而某方炎炎赫赫，怙宠无悔。召对方承于阙下，萋菲辄进于君前；委蛇才退于自公，声歌已起于后苑。声色狗马，昼夜荒淫；国计民生，罔存念虑。世上宁有此宰相乎！内外骇讹，人情汹汹。若不急加斧锧之诛，势必酿成操、莽之祸。臣拯夙夜祗惧，不敢宁处，冒死列款，仰达宸听。伏祈断奸佞之头，籍贪冒之产，上回天怒，下快舆情。如果臣言虚谬，刀锯鼎镬，即加臣身"云云。疏上，曾闻之，气魄悚骇，如饮冰水。幸而皇上优容，留中不发。又继而科、道、九卿，交章劾奏，即昔之拜门墙、称假父者，亦反颜相向。奉旨籍家，充云南军。子任平阳太守，已差员前往提问。

曾方闻旨惊怛，旋有武士数十人，带剑操戈，直抵内寝，褫其衣冠，与妻并系。俄见数夫运资于庭，金银钱钞以数百万，珠翠瑙玉数百斛，幄幕帘榻之属，又数千事，以至儿襁女舄，遗坠庭阶。曾一一视之，酸心刺目。又俄而一人掠美妾出，披发娇啼，玉容无主。悲火烧心，含愤不敢言。俄楼阁仓库，并已封志，立叱曾出。监者牵罗曳而出，夫妻吞声就道，求一下驷劣车，少作代步，亦不可得。十里外，妻足弱，欲倾跌，曾时以一手相攀引。又十余里，已亦困惫。欻见高山，直插云汉，自忧不能登越，时挽妻相对泣。而监者狞目来窥，不容稍停驻。又顾斜日已坠，无可投止，不得已，参差蹩躠而行。比至山腰，妻力已尽，泣坐路隅。曾亦憩止，任监者叱骂。

忽闻百声齐噪，有群盗各操利刃，跳梁而前。监者大骇，逸去。曾长跪告曰："孤身远谪，橐中无长物。"哀求宥免。群盗裂眦宣言："我辈皆被害冤民，只乞得佞贼头，他无索取。"曾怒叱曰："我虽待罪，乃朝廷命官，贼子何敢尔！"贼亦怒，以巨斧挥曾项。觉头堕地作声，魂方骇疑，即有二鬼来，反接其手，驱之行。行逾数刻，入一都会。顷之，睹宫殿，殿上一丑形王者，凭几决罪福。曾前，匍伏请命。王者阅卷，才数行，即震怒曰："此欺君误国之罪，宜置油鼎！"万鬼群和，声如雷霆，即有巨鬼捽至墀下。见鼎高七尺已来，四围炽炭，鼎足尽赤，曾觳觫哀啼，窜迹无路。鬼以左手抓发，右手握踝，抛置鼎中。觉块然一身，随油波而上下，皮肉焦灼，痛彻于心，沸油入口，煎烹肺腑。念欲速死，而万计不能得死。约食时，鬼方以巨叉取曾，复伏堂下。王又检册籍，怒曰："倚势凌人，合受刀山狱！"鬼复捽去。见一山，不甚广阔，而峻削壁立，利刃纵横，乱如密笋。先有数人罥肠刺腹于其上，呼号之声，惨绝心目。鬼促曾上，曾大哭退缩。鬼以毒锥刺脑，曾负痛乞怜。鬼怒，捉曾起，望空力掷。觉身在云霄之上，晕然一落，刃交于胸，痛苦不可言状。又移时，身躯重赘，刀孔渐阔，忽焉脱落，四支蠖屈。鬼又逐以见王。王命会计生平卖爵鬻名，枉法霸产，所得金钱几何，即有髯须人持筹握算，曰："二百二十一万。"王曰："彼既积来，还令饮去！"少间，取金钱堆阶上，如丘陵，渐入铁釜，熔以烈火。鬼使数辈,更相以杓灌其口,流颐则皮肤臭裂,入喉则脏腑腾沸。生时患此物之少,是时患此物之多也。半日方尽。

王者令押去甘州为女。行数步,见架上铁梁,围可数尺,绾一火轮,其大不知几百由旬,焰生五采,光耿云霄。鬼挞使登轮,方合眼跃登,则轮随足转,似觉倾坠,遍体生凉。开目自顾,身已婴儿,而又女也。视其父母,则悬鹑败絮,土室之中,瓢杖犹存。心知为乞人子。日随乞儿托钵,腹辘辘不得一饱。着败衣,风常刺骨。十四岁,鬻与顾秀才备媵妾,衣食粗足自给。而冢室悍甚,日以鞭箠从事,辄用赤铁烙胸乳。幸良人颇怜爱,稍自宽慰。东邻恶少年,忽逾墙来逼与私,乃自念前身恶孽,已被鬼责,今那得复尔,于是大声疾呼。良人与嫡妇尽起,少年始窜去。一日,秀才宿诸其室,枕上喋喋,方自诉冤苦,忽震厉一声,室门大辟,有两贼持刀入,竟决秀才首,囊括衣物,团伏被底,不敢作声。既而贼去,乃喊奔嫡室。嫡大惊,相与泣验,遂疑妾以奸夫杀良人,状白刺史。刺史严鞫,竟以酷刑诬服,律拟凌迟处死,絷赴刑所。胸中冤气扼塞,距踊声屈,觉九幽十八狱,无此黑黯也。正悲号间,闻游者呼曰:"兄魇耶?"豁然而寤,见老僧犹跏趺座上。同侣竞相谓曰:"日暮腹枵,何久酣睡?"曾乃惨淡而起。僧微笑曰:"宰相之占验否?"曾益惊异,拜而请教。僧曰:"修德行仁,火坑中有青莲也。山僧何知焉?"曾胜气而来,不觉丧气而返,台阁之想,由此淡焉。后入山,不知所终。

异史氏曰:"梦固为妄,想亦非真。彼以虚作,神以幻报。黄粱将熟,此梦在所必有,当以附之邯郸之后。"

辛 十 四 娘

广平冯生,少轻脱,纵酒。昧爽偶行,遇一少女,着红帔,容色娟好,从小奚奴,蹑露奔波,履袜沾濡,心窃好之。薄暮醉归,道侧故有兰若,久芜废,有女子自内出,则向丽人也,忽见生来,即转身入。阴思:丽者何得在禅院中?絷驴于门,往觇其异。入则断垣零落,阶上细草如毯。彷徨间,一斑白叟出,衣帽整洁,问:"客何来?"生曰:"偶过古刹，欲一瞻仰。”因问：“翁何至此？”叟曰：“老夫流寓无所，暂借此安顿细小。既承宠降，山茶可以当酒。”乃肃宾入。见殿后一院，石路光明，无复榛莽。入其室，则帘幌床幕，香雾喷人。坐展姓字，云：“蒙叟姓辛。”生乘醉遽问曰：“闻有女公子，未遭良匹，窃不自揣，愿以镜台自献。”辛笑曰：“容谋之荆人。”生即索笔为诗曰：“千金觅玉杵，殷勤手自将。云英如有意，亲为捣玄霜。”主人笑付左右。少间，有婢与辛耳语。辛起慰客耐坐，牵幕入。隐约数语，即趋出。生意必有佳报，而辛乃坐与嗢噱，不复有他言。生不能忍，问曰：“未审意旨，幸释疑抱。”辛曰：“君卓荦士，倾风已久。但有私衷，所不敢言耳。”生固请，辛曰：“弱息十九人，嫁者十有二。醮命任之荆人，老夫不与焉。”生曰：“小生只要得今朝领小奚奴带露行者。”辛不应，相对默然。闻房内嘤嘤腻语，生乘醉搴帘曰：“伉俪既不可得，当一见颜色，以消吾憾。”内闻钩动，群立愕顾。果有红衣人，振袖倾鬟，亭亭拈带。望见生入，遍室张皇。辛怒，命数人捽生出。酒愈涌上，倒榛芜中。瓦石乱落如雨，幸不着体。

卧移时，听驴子犹龁草路侧，乃起跨驴，踉跄而行。夜色迷闷，误入涧谷，狼奔鸱叫，竖毛寒心。踟蹰四顾，并不知其何所。遥望苍林中，灯火明灭，疑必村落，竟驰投之。仰见高闳，以策挝门。内问曰：“何人半夜来此？”生以失路告，内曰：“待达主人。”生累足鹄俟。忽闻振管辟扉，一健仆出，代客捉驴。生入，见室甚华好，堂上张灯火。少坐，有妇人出，问客姓氏，生以告。

逾刻，青衣数人，扶一老妪出，曰：“郡君至。”生起立，肃身欲拜。妪止之坐，谓生曰：“尔非冯云子之孙耶？”曰：“然。”妪曰：“子当是我弥甥。老身钟漏并歇，残年向尽，骨肉之间，殊多乖阔。”生曰：“儿少失怙，与我祖父处者，十不识一焉。素未拜省，乞便指示。”妪曰：“子自知之。”生不敢复问，坐对悬想。妪曰：“甥深夜何得来此？”生以胆力自矜诩，遂历陈所遇。妪笑曰：“此大好事。况甥名士，殊不玷于姻娅，野狐精何得强自高？甥勿虑，我能为若致之。”生谢唯唯。妪顾左右曰：“我不知辛家女儿，遂如此端好。”青衣人曰：“渠有十九女，都翩翩有风格，不知官人所聘行几？”生曰：“年约十五余矣。”青衣曰:“此是十四娘。三月间,曾从阿母寿郡君,何忘却?”妪笑曰:“是非刻莲瓣为高履,实以香屑,蒙纱而步者乎?”青衣曰:“是也。”妪曰:“此婢大会作意,弄媚巧。然果窈窕,阿甥赏鉴不谬。”即谓青衣曰:“可遣小狸奴唤之来。”

青衣应诺去。移时,入白:“呼得辛家十四娘至矣。”旋见红衣女子,望妪俯拜。妪曰:“后为我家甥妇,勿得修婢子礼。”女子起,娉娉而立,红袖低垂。妪理其鬓发,捻其耳环,曰:“十四娘近在闺中作么生?”女低应曰:“闲来只挑绣。”回首见生,羞缩不安。妪曰:“此吾甥也。盛意与儿作姻好,何便教迷途,终夜窜溪谷?”女俯首无语。妪曰:“我唤汝非他,欲为吾甥作伐耳。”女默默而已。妪命扫榻展裀褥,即为合卺。女腼然曰:“还以告之父母。”妪曰:“我为汝作冰,有何舛谬?”女曰:“郡君之命,父母当不敢违。然如此草草,婢子即死,不敢奉命!”妪笑曰:“小女子志不可夺,真吾甥妇也!”乃拔女头上金花一朵,付生收之,命归家检历,以良辰为定,乃使青衣送女去。听远鸡已唱,遣人持驴送生出。数步外,欻一回顾,则村舍已失,但见松楸浓黑,蓬颗蔽冢而已。定想移时,乃悟其处为薛尚书墓。薛乃生故祖母弟,故相呼以甥。心知遇鬼,然亦不知十四娘何人。

咨嗟而归,漫检历以待之,而心恐鬼约难恃。再往兰若,则殿宇荒凉,问之居人,则寺中往往见狐狸云。阴念:若得丽人,狐亦自佳。至日,除舍扫途,更仆眺望,夜半犹寂。生已无望。顷之,门外哗然。蹑屣出窥,则绣幰已驻于庭,双鬟扶女坐青庐中。妆奁亦无长物,惟两长鬣奴扛一扑满,大如瓮,息肩置堂隅。生喜得佳丽偶,并不疑其异类。问女曰:“一死鬼,卿家何帖服之甚?”女曰:“薛尚书,今作五都巡环使,数百里鬼狐皆备扈从,故归墓时常少。”生不忘蹇修,翼日,往祭其墓。归见二青衣,持贝锦为贺,竟委几上而去。生以告女,女曰:“此郡君物也。”

邑有楚银台之公子,少与生共笔砚,颇相狎,闻生得狐妇,馈遗为馔,即登堂称觞。越数日,又折简来招饮。女闻,谓生曰:“曩公子来,我穴壁窥之,其人猿睛鹰准,不可与久居也。宜勿往。”生诺之。翼日,公子造门,问负约之罪,且献新什。生评涉嘲笑,公子大惭,不欢而散。生归,笑述于房,女惨然曰:“公子豺狼,不可狎也!子不听吾言,将及于难!"生笑谢之。后与公子辄相谀噱,前郤渐释。会提学试,公子第一,生第二。公子沾沾自喜,走伻来邀生饮。生辞,频招乃往。至则知为公子初度,客从满堂,列筵甚盛。公子出试卷示生,亲友叠肩叹赏。酒数行,乐奏于堂,鼓吹伧伫,宾主甚乐。公子忽谓生曰:"谚云:'场中莫论文。'此言今知其谬。小生所以忝出君上者,以起处数语,略高一筹耳。"公子言已,一座尽赞。生醉不能忍,大笑曰:"君到于今,尚以为文章至是耶!"生言已,一座失色。公子惭忿气结。客渐去,生亦遁。醒而悔之,因以告女。女不乐曰:"君诚乡曲之儇子也!轻薄之态,施之君子,则丧吾德;施之小人,则杀吾身。君祸不远矣!我不忍见君流落,请从此辞。"生惧而涕,且告之悔。女曰:"如欲我留,与君约,从今闭户绝交游,勿浪饮。"生谨受教。

十四娘为人勤俭洒脱,日以纴织为事。时自归宁,未尝逾夜。又时出金帛作生计,日有赢余,辄投扑满。日杜门户,有造访者辄嘱苍头谢去。

一日,楚公子驰函来,女焚爇不以闻。翼日,出吊于城,遇公子于丧者之家,捉臂苦约。生辞以故,公子使圉人挽辔,拥捽以行。至家,立命洗腆。继辞夙退。公子要遮无已,出家姬弹筝为乐。生素不羁,向闭置庭中,颇觉闷损,忽逢剧饮,兴顿豪,无复萦念,因而醉酣,颓卧席间。公子妻阮氏,最悍妒,婢妾不敢施脂泽。日前,婢入斋中,为阮掩执,以杖击首,脑裂立毙。公子以生嘲慢故,衔生,日思所报,遂谋醉以酒而诬之。乘生醉寐,扛尸床间,合扉径去。生五更醒解,始觉身卧几上。起寻枕榻,则有物腻然,绁绊步履,摸之,人也,意主人遣僮伴睡。又蹵之不动,举之而僵。大骇,出门怪呼。厮役尽起,爇之,见尸,执生怒闹。公子出验之,诬生逼奸杀婢,执送广平。隔日,十四娘始知,潸泣曰:"早知今日矣!"因按日以金钱遗生。生见府尹,无理可伸,朝夕搒掠,皮肉尽脱。女自诣问。生见之,悲气塞心,不能言说。女知陷阱已深,劝令诬服,以免刑宪。生泣听命。

女还往之间,人咫尺不相窥。归家咨惋,遽遣婢子去。独居数日,又托媒媪购良家女,名禄儿,年及笄,容华颇丽,与同寝食,抚爱异于群小。生认误杀拟绞,苍头得信归,恸述不成声。女闻,坦然若不介意。既而秋决有日，女始皇皇躁动，昼去夕来，无停履，每于寂所，于邑悲哀，至损眠食。一日，日晡，狐婢忽来。女顿起，相引屏语。出则笑色满容，料理门户如平时。翼日，苍头至狱，生寄语娘子一往永诀。苍头复命，女漫应之，亦不怆恻，殊落落置之。家人窃议其忍。忽道路沸传：楚银台革职，平阳观察奉特旨治冯生案。苍头闻之，喜告主母。女亦喜，即遣入府探视，则生已出狱，相见悲喜。俄捕公子至，一鞫，尽得其情。生立释宁家，归见女，泫然流涕。女亦相对怆楚，悲已而喜。然终不知何以得达上听。女笑指婢曰："此君之功臣也。"生愕问故。

先是，女遣婢赴燕都，欲达宫闱，为生陈冤抑。婢至，则宫中有神守护，徘徊御沟间，数月不得入。婢惧误事，方欲归谋，忽闻今上将幸大同，婢乃预往，伪作流妓。上至句栏，极蒙宠眷。疑婢不似风尘人，婢乃垂泣。上问："有何冤苦？"婢对曰："妾原籍直隶广平，生员冯某之女。父以冤狱将死，遂鬻妾句栏中。"上惨然，赐金百两。临行，细问颠末，以纸笔记姓名，且言欲与共富贵。婢言："但得父子团聚，不愿华朊也。"上颔之，乃去。婢以此情告生。生急起拜，泪眦双荧。居无几何，女忽谓生曰："妾不为情缘，何处得烦恼？君被逮时，妾奔走戚眷间，并无一人代一谋者。尔时酸衷，诚不可以告诉。今视尘俗益厌苦。我已为君蓄良偶，可从此别。"生闻，泣伏不起。女乃止。夜遣禄儿侍生寝，生拒不纳。朝视十四娘，容光顿减；又月余，渐以衰老；半载，黯黑如村妪。生敬之，终不替。女忽复言别，且曰："君自有佳侣，安用此鸠盘为？"生哀泣如前日。又逾月，女暴疾，绝饮食，羸卧闺闼。生侍汤药，如奉父母。巫医无灵，竟以溘逝。生悲怛欲绝，即以婢赐金，为营斋葬。数日，婢亦去，遂以禄儿为室。逾年，生一子。然比岁不登，家益落。夫妻无计，对影长愁。忽忆堂陬扑满，常见十四娘投钱于中，不知尚在否，近临之，则豉具盐盎，罗列殆满。头头置去，箸探其中，坚不可入，扑而碎之，金钱溢出。由此顿大充裕。后苍头至太华，遇十四娘，乘青骡，婢子跨蹇以从，问："冯郎安否？"且言："致意主人，我已名列仙籍矣。"言讫，不见。

异史氏曰："轻薄之词，多出于士类，此君子所悼惜也。余尝冒不韪之名，言冤则已迂，然未尝不刻苦自励，以勉附于君子之林，而祸福之说不与焉。若冯生者，一言之微，几至杀身，苟非室有仙人，亦何能解脱囹圄，以再生于当世耶？可惧哉！”

双 灯

魏运旺，益都盆泉人，故世族大家也。后式微，不能供读。年二十余，废学，就岳业酤。一夕，独卧酒楼上，忽闻楼下踏蹴声，惊起悚听。声渐近，循梯而上，步步繁响。无何，双婢挑灯，已至榻下。后一年少书生，导一女郎，近榻微笑。魏大愕怪，转知为狐，发毛森竖，俯首不敢睨。书生笑曰：“君勿见猜。舍妹与有前因，便合奉事。”魏视书生，锦貂炫目，自惭形秽，不知所对。书生率婢，遗灯竟去。魏细视女郎，楚楚若仙，心甚悦之，然惭怍不能作游语。女顾笑曰：“君非抱本头者，何作措大气？”遽近枕席，暖手于怀。魏始为之破颜，捋裤相嘲，遂与狎昵。晓钟未发，双鬟即来引去。复订夜约，至晚，女果至，笑曰：“痴郎何福，不费一钱，得如此佳妇，夜夜自投到也。”魏喜无人，置酒与饮，赌藏枚。女子十有九赢，乃笑曰：“不如妾握枚子，君自猜之，中则胜，否则负。若使妾猜，君当无赢时。”遂如其言，通夕为乐。既而将寝，曰：“昨宵衾褥涩冷，令人不可耐。”遂唤婢襆被来，展布榻间，绮縠香耎。顷之，缓带交偎，口脂浓射，真不数汉家温柔乡也。自此，遂以为常。

后半年，魏归家。适月夜与妻话窗间，忽见女郎华妆坐墙头，以手相招。魏近就之，女援之，逾垣而出，把手而告曰：“今与君别矣。请送我数武，以表半载绸缪之爱。”魏惊叩其故，女曰：“姻缘自有定数，何待说也。”语次，至村外，前婢挑双灯以待，竟赴南山，登高处，乃辞魏言别。留之不得，遂去。魏伫立徬徨，遥见双灯明灭，渐远不可睹，怏怏而反。是夜山头灯火，村人悉望见之。

胡 相 公

莱芜张虚一者，学使张道一之仲兄也，性豪放自纵。闻邑中某宅，为狐狸所居，敬怀刺往谒，冀一见之。投刺隙中，移时，扉自辟。仆大愕，却走。张肃衣敬入，见堂中几榻宛然，而阒寂无人，揖而祝曰：“小生斋宿而来，仙人既不以门外见斥，何不竟赐光霁？”忽闻空中有人言曰：“劳君枉驾，可谓跫然足音矣。请坐赐教。”即见两坐自移相向。甫坐，即有镂漆朱盘，贮双茗盏，悬目前。各取对饮，吸呖有声，而终不见其人。茶已，继之以酒。细审官阀，曰：“弟姓胡，行四。曰相公，从人所呼也。”于是酬酢议论，意气颇洽。鳖羞鹿脯，杂以芗蓼，进酒行炙者，似小辈甚伙。酒后思茶，意才动，香茗已置几上。凡有所思，应念即至。张大悦，尽醉而归。自是三数日必一往，胡亦时至张家，俱如主客往来礼。

一日，张问胡曰：“南城中巫媪，日托狐神渔利。不知其家狐，君识之否？”曰：“妄耳，实无狐。”少间，张起溲溺，闻小语曰：“适所言南城狐巫，未知何如人。小人欲从先生往观之，烦一言请于主人。”张知为小狐，乃应曰：“诺。”即席请于狐曰：“我欲得足下服役者一二辈，往探狐巫，敬请君命。”狐固言不必。张言之再三，乃许之。既而张出，马自至，如有控者。既骑而行，狐相语于途，曰：“今后先生于道途间，觉有细沙散落衣襟上，便是吾辈从也。”语次入城，至巫家。巫见张生，笑迎曰：“贵人何忽降临？”张曰：“闻尔家狐子大灵应，果否？”巫正容曰：“若个蹀躞语，不宜贵人出得！何便言狐子？恐吾家花姊不欢！”言未已，空中发半砖来，中巫臂，踉蹡欲跌，惊谓张曰：“官人何得抛击老身也？”张笑曰：“婆子盲也！几曾见自己额颅破，冤诬袖手者？”巫错愕不知所出。正回惑间，又一石子落，中巫，颠蹶，秽泥乱坠，涂巫面如鬼，惟哀号乞命。张请恕之，乃止。巫急起奔，遁房中，阖户不敢出。张呼与语曰：“尔狐如我狐否？”巫惟谢过。张招之，且仰首望空中，戒勿伤巫，巫始惕惕而出。张笑谕之，乃还。

自此独行于途，觉尘沙淅淅然，则呼狐语，辄应不讹。虎狼暴客，恃以无恐。如是年余，愈与莫逆。尝问其甲子，殊不自记忆，但言：“见黄巢反，犹如昨日。”一夕共话，忽墙头苏然作响，其声甚厉。张异之，胡曰：“此必家兄。”张云：“何不邀来共坐？”曰：“伊道业颇浅，只好攫得两头鸡啖，便了足耳。”张谓狐曰：“交情之好，如吾两人，可云无憾。终未一见颜色，大是恨事。”胡曰：“但得交好足矣，见面何为？”一日，置酒邀张，且告别。问：“将何往？”曰：“弟陕中产，将归去矣。君每以对面不觌为憾，今请一识数载之交，他日可相认耳。”张四顾都无所见。胡曰：“君试开寝室门，则弟在焉。”张即推扉一觑，则内有美少年，相视而笑。衣裳楚楚，眉目如画，转瞬之间，不复睹矣。张反身而行，即有履声藉藉随其后，曰：“今日释君憾矣。”张依恋不忍别。狐曰：“离合自有数，何容介介。”乃以巨觥劝酒。饮至中夜，始以纱烛导张归。明日往探，则空屋冷落而已。

后道一先生为西州学使，张请如晋。因往视弟，愿望颇奢。比归，甚违初意，咨嗟马上，嗒丧若偶。忽一少年骑青驴，蹑其后。张回顾，见裘马甚丽，意亦骚雅，遂与闲话。少年察张不豫，诘之。张告以故。少年亦为慰藉。同行里许，至歧路中，少年拱手而别，且曰：“前途有一人，寄君故人一物，乞笑纳之。”复欲询之，驰马径去。张莫解所由。又二三里许，见一苍头，持小簏子，献于马前，曰：“胡四相公敬致先生。”张豁然顿悟，启视，则白镪满中，及顾苍头，不知所往。

秀 才 驱 怪

长山徐远公，故明诸生。鼎革后，弃儒访道，稍稍学敕勒之术，远近多耳其名。某邑一巨公，具币，致诚款书，招之以骑。徐问：“召某何意？”仆曰：“不知。但嘱小人务屈降临。”徐乃行。至则中亭宴馔，礼遇甚恭，然终不道其相迎之旨。徐因问曰：“实欲何为？幸祛疑抱。”主人辄曰：“无事。”但劝杯酒。谈话间，不觉向暮，邀徐饮园中。园颇佳胜，而竹树蒙翳，景物阴森，杂花丛丛，半没草莱。抵一阁，覆板之上，悬蛛错缀，似久无人住者。酒数行，天色曛暗，命烛复饮。徐辞不胜酒，主人即罢酒呼茶。诸仆仓皇撤肴器，尽纳阁之左室几上。茶啜未半，主人托故竟去。仆人持烛引宿左室，烛置案上，遽返身去，颇甚草草。徐疑或携襆被来伴，久之，人声杳然，乃自起扃户就寝。

窗外皎月，入室侵床。夜鸟秋虫，一时啾唧。心中怛然，寝不成寐。顷之，板上橐橐，似踏蹴声，甚厉。俄下护梯，俄近寝门。徐骇，毛发蝟立，急引被蒙首，而门已豁然顿开。徐展被角微伺之，见一物，兽首人身，毛周遍体，长如马鬐，深黑色，牙粲群峰，目炯双炬。及几，伏餂器中剩肴，舌一过，数器辄净如扫。已而趋近榻，嗅徐被。徐骤起，翻被幂怪头，按之狂喊。怪出不意，惊脱，启外户窜去。徐披衣起遁，则园门外扃，不可得出。缘墙而走，跃逾短垣，则主人马厩。厩人惊，徐告以故，即就乞宿。

将旦，主人使伺徐，不见，大骇，已而出自厩中。徐大怒曰："我不惯作驱怪术，君遣我，又秘不一言，我橐中蓄有如意钩，又不送达寝所，是欲死我也！"主人谢曰："拟即相告，虑君难之。初亦不知橐有藏钩。幸宥十死！"徐终怏怏，索骑归。自是怪绝。后主人宴集园中，辄笑向客曰："我终不忘徐生功也。"

异史氏曰："'黄狸黑狸，得鼠者雄。'此非空言也。假令翻被狂喊之后，隐其骇惧，公然以怪之绝为已能，则人将谓徐生真神人不可及矣。"

柳　秀　才

明季，蝗生青兖间，渐集于沂。沂令忧之，退卧署幕，梦一秀才来谒，峨冠绿衣，状貌修伟，自言御蝗有策。询之，答云："明日西南道上有妇跨硕腹牝驴子，蝗神也。哀之，可免。"令异之，治具出邑南。伺良久，果有妇高髻褐帔，独控老苍卫，缓蹇北度。即爇香，捧卮酒，迎拜道左，捉驴不令去。妇问："大夫将何为？"令便哀求："区区小治，幸悯脱蝗口。"妇曰："可恨柳秀才饶舌，泄我密机！当即以其身受，不损禾稼可耳。"乃尽三卮，瞥不复见。后蝗来，飞蔽天日，竟不落禾田，尽集杨柳，过处柳叶都尽，方悟秀才柳神也。或云："是宰官忧民所感。"诚然哉！

念　秧

异史氏曰：人情鬼蜮，所在皆然，南北冲衢，其害尤烈。如强弓怒马，御人于国门之外者，夫人而知之矣。或有劙囊刺橐，攫货于市，行人回首,财货已空,此非鬼蜮之尤者耶?乃又有萍水相逢,甘言如醴,其来也渐,其入也深。误认倾盖之交,遂罹丧资之祸。随机设阱,情状不一。俗以其言辞浸润,名曰"念秧"。今北途多有之,遭其害者尤众。

余乡王子巽者,邑诸生。有族先生在都为旗籍太史,将往探讯。治装北上,出济南,行数里,有一人跨黑卫,驰与同行。时以闲语相引,王颇与问答。其人自言:"张姓,为栖霞隶,被令公差赴都。"称谓㧑卑,祗奉殷勤,相从数十里,约以同宿。王在前,则策蹇追及,在后,则祗候道左。仆疑之,因厉色拒去,不使相从。张颇自惭,挥鞭遂去。既暮,休于旅舍,偶步门庭,则见张就外舍饮。方惊疑间,张望见王,垂手拱立,谦若厮仆,稍稍问讯。王亦以泛泛适相值,不为疑,然王仆终夜戒备之。鸡既唱,张来呼与同行,仆咄绝之,乃去。朝暾已上,王始就道。行半日许,前一人跨白卫,约四十许,衣帽整洁,垂首蹇分,盹寐欲堕。或先或后,因循十余里。王怪问:"夜何作,迷顿乃尔?"其人闻之,猛然欠伸,言:"青苑人,许姓。临淄令高檠是我中表。家兄设帐于官署,我往探省,少获馈贻。今夜旅舍,误同念秧者宿,惊惕不敢交睫,遂致白昼迷闷。"王故问:"念秧何说?"许曰:"君客时少,未知险诈。今有匪类,以甘言诱行旅,夤缘与同休止,因而乘机骗赚。昨有葭莩亲,以此丧资斧。吾等皆宜警备。"王颔之。先是,临淄宰与王有旧,曾入其幕,识其门客,果有许姓,遂不复疑。因道寒温,兼询其兄况。许约暮共主人,王诺之。仆终疑其伪,阴与主谋,迟留不进,相失,遂杳。

翼日卓午,又遇一少年,年可十六七,骑健骡,冠服修整,貌甚都,同行久之,未交一言。日既夕,少年忽曰:"前去曲律店不远矣。"王微应之。少年因咨嗟欷歔,如不自胜。王略致诘,少年叹曰:"仆江南金姓。三年膏火,冀博一第,不图竟落孙山!家兄为部中主政,遂载细小来,冀得排遣。生平不曾跋涉,扑面尘沙,使人薅恼。"因取红巾拭面,叹咤不已。听其语,操南音,娇婉若女子。王心好之,稍为慰藉。少年曰:"适先驰出,眷口久望不来,何仆辈亦无至者?日已将暮,奈何!"迟留瞻望,行甚缓。王遂先驱,相去渐远。晚投旅邸,既入舍,则壁下一床,先有客解装其上。王问主人,即有一人入,携之而出,曰:

"但请安置，当即移他所。"王视之，则许。王止与同舍，许遂止，因与坐谈。少间，又有携装入者，见王、许在舍，返身遽出，曰："已有客在。"王审视，则途中少年也。王未言，许急起曳留之，少年遂坐。许乃展问邦族，少年又以途中言为许告。俄顷，解囊出资，堆累颇重，秤两余，付主人，嘱治肴酒，以供夜话。二人争劝止之，卒不听。

俄而酒炙并陈，筵间，少年论文甚风雅。王问江南闱题，少年悉告之。且自诵其承破，及篇中得意之句。言已，意甚不平。共扼腕之。少年又以家口相失，夜无仆役，患不解牧圉。王因命仆代摄莝豆，少年深感谢。居无何，忽蹶然曰："生平蹇滞，出门亦无好况。昨夜逆旅与恶人居，掷骰叫呼，聒耳沸心，使人不眠。"南音呼骰为兜，许不解，固问之。少年手摹其状，许乃笑，于橐中出色一枚，曰："是此物否？"少年诺。许乃以色为令，相欢饮。酒既阑，许请共掷，赢一东道主，王辞不解。许乃与少年相对呼卢，又阴嘱王曰："君勿漏言。蛮公子颇充裕，年又雏，未必深解五木诀。我赢些须，明当奉屈耳。"二人乃入隔舍。旋闻轰赌甚闹，王潜窥之，见栖霞隶亦在其中，大疑，展衾自卧。又移时，众共拉王赌，王坚辞不解。许愿代辨枭雉，王又不肯，遂强代王掷。少间，就榻报王曰："汝赢几筹矣。"王睡梦应之。

忽数人排闼而入，番语啁嘶。首者言佟姓，为旗下逻捉赌者。时赌禁甚严，各大惶恐。佟大声吓王，王亦以太史旗号相抵。佟怒解，与王叙同籍，笑请复博为戏。众果复赌。佟亦赌。王谓许曰："胜负我不预闻。但愿睡，无相混。"许不听，仍往来报之。既散局，各计筹马，王负欠颇多。佟遂搜王装橐取偿。王愤起相争。金捉王臂，阴告曰："彼都匪人，其情叵测。我辈乃文字交，无不相顾。适局中我赢得如干数，可相抵。此当取偿许君者，今请易之。便令许偿佟，君偿我。不过暂掩人耳目，过此仍以相还。终不然，以道义之交，遂实取君偿耶？"王故长厚，遂信之。少年出，以相易之谋告佟，乃对众发王装物，估入已橐。佟乃转索许、张而去。

少年遂襆被来，与王连枕，衾褥皆精美。王亦招仆人卧榻上，各默然安枕。久之，少年故作转侧，以下体暱就仆。仆移身避之，少年又近就之。肤着股际，滑腻如脂。仆心动，试与狎，而少年殷勤甚至，衾息鸣动。王颇闻之,虽甚骇怪,终不疑其有他也。昧爽,少年即起,促与早行,且云:“君蹇疲殆,夜所寄物,前途请相授耳。”王尚无言,少年已加装登骑。王不得已,从之。骡行驶,去渐远。王料其前途相待,初不为意。因以夜间所闻问仆,仆以实告。王始惊曰:“今被念秧者骗矣!焉有宦室名士,而毛遂于圉仆?”又转念其谈词风雅,非念秧所能。急追数十里,踪迹殊杳,始悟张、许、佟皆其一党,一局不行,又易一局,务求其必入也。偿债易装,已伏一图赖之机,设其携装之计不行,亦必执前说篡夺而去。为数十金,委缀数百里,恐仆发其事,而以身交欢之,其术亦苦矣。后数年,又有吴生之事。

邑有吴生,字安仁。三十丧偶,独宿空斋。有秀才来与谈,遂相知悦。从一小奴,名鬼头,亦与吴僮报儿善。久而知其为狐。吴远游,必与俱。同室之中,人不能睹。吴客都中,将旋里,闻王生遭念秧之祸,因戒僮警备。狐笑曰:“勿须,此行无不利。”

至涿,一人系马坐烟肆,裘服齐楚。见吴过,亦起,超乘从之。渐与吴语,自言:“山东黄姓,提堂户部。将东归,且喜同途不孤寂。”于是吴止亦止,每共食,必代吴偿值。吴阳感而阴疑之,私以问狐,狐曰:“不妨。”吴意释。及晚,同寻寓所,先有美少年坐其中。黄入,与拱手为礼,喜问少年:“何时离都?”答云:“昨日。”黄遂拉与共寓。向吴曰:“此史郎,我中表弟,亦文士,可佐君子谈骚雅,夜话当不寥落。”乃出金资,治具共饮。少年风流蕴藉,遂与吴大相爱悦。饮间,辄目示吴作觞弊,罚黄,强使釂,鼓掌作笑。吴益悦之。既而更与黄谋赌博,共牵吴,遂各出橐金为质。狐嘱报儿暗锁板扉,嘱曰:“倘闻人喧,但寐无吪。”吴诺。吴每掷,小注则输,大注则赢,更余,计得二百金。史、黄错囊垂罄,议质其马。

忽闻挝门声甚厉,吴急起,投色于火,蒙被假卧。久之,闻主人觅钥不得,破扃启关,有数人汹汹入,搜捉博者。史、黄并言无有。一人竟捋吴被,指为赌者。吴叱咄之。数人强检吴装,方不能与之撑拒,忽闻门外舆马呵殿声,吴急出鸣呼,众始惧,曳之入,但求无声。吴乃从容苞苴付主人。卤簿既远,众乃出门去。

黄与史共作惊喜状,取次觅寝。黄命史与吴同榻。吴以腰橐置枕头，方伸被而睡。无何，史启吴衾，裸体入怀，小语曰：“爱兄磊落，愿从交好。”吴心知其诈，然计亦良得，遂相偎抱。史极力周奉，不料吴固伟男，大为凿枘，嚬呻殆不可任，窃窃哀免。吴固求讫事，手扪之，血流漂杵矣，乃释令归。及明，史惫不能起，托言暴病，请吴、黄先发。吴临别，赠金为药饵之费。途中语狐，乃知夜来卤簿，皆狐所为。黄于途，益谄事吴。暮复同舍，斗室甚隘，仅容一榻，颇暖洁，吴以为狭，黄曰：“此卧两人则隘，君自卧则宽，何妨？”食已，径去。吴亦喜独宿可接狐友。坐良久，狐不至。倏闻壁上小扉，有指弹之声，吴拔关探视，一少女艳妆遽入，自扃门户，向吴展笑，佳丽如仙。吴喜致研诘，则主人之子妇也，遂与狎，大相爱悦。女忽潸然泣下。吴惊问之，女曰：“不敢隐匿，妾实主人遣以饵君者。曩时入室，即被掩执；不知今宵，何久不至？”又呜咽曰：“妾良家女，情所不甘。今已倾心于君，乞垂拔救！”吴闻骇惧，计无所出，但遣速去。女惟俯首泣。

忽闻黄与主人搥阖鼎沸，但闻黄曰：“我一路祗奉，谓汝为人，何遂诱我弟室！”吴惧，逼女令去。闻壁扉外亦有腾击声，吴仓卒汗流如瀋，女亦伏泣。又闻有人劝止主人，主人不听，推门愈急。劝者曰：“请问主人，意将何为？如欲杀耶，有我等客数辈，必不坐视凶暴。如两人中有一逃者，抵罪安所辞？如欲质之公庭耶，帷薄不修，适以取辱。且尔宿行旅，明明陷诈，安保女子无异言？”主人张目不能语。吴闻，窃感佩，而不知何人。初，肆门将闭，即有秀才共一仆来，就外舍宿，携有香酝，遍酌同舍，劝黄及主人尤殷。两人辞欲起，秀才牵裾，苦不令去。后乘间得遁，操杖奔吴所。秀才闻喧，始入劝解。吴伏窗窥之，则狐友也，心窃喜。又见主人意稍夺，乃大言以恐之。又谓女子：“何默不一言？”女啼曰：“恨不如人，为人驱役贱务！”主人闻之，面如死灰。秀才叱骂曰：“尔辈禽兽之情，亦已毕露。此客子所共愤者！”黄及主人皆释刀杖，长跪而请。吴亦启户出，顿大怒詈。秀才又劝止吴，两始和解。

女子又啼，宁死不归。内奔出妪婢，捽女令入，女子卧地，哭益哀。秀才劝重价货吴生。主人俯首曰：“作老娘三十年，今日倒绷孩儿，亦复何说。”遂依秀才言。吴固不肯破重资。秀才调停主客间，议定五十金。人财交付后，晨钟已动，乃共促装，载女子以行。女未经鞍马，驰驱颇殆。午间，稍息憩。将行，唤报儿，不知所往。日已夕，尚无踪响，颇怀疑讶，遂以问狐。狐曰："无忧，将自至矣。"星月已出，报儿始至。吴诘之，报儿笑曰："公子以五十金肥奸伧，窃所不平。适与鬼头计，反身索得。"遂以金置几上。吴惊问其故，盖鬼头知女止一兄，远出十余年不返，遂幻化作其兄状，使报儿冒弟行，入门索姊妹。主人惶恐，诡托病殂。二僮欲质官，主人益惧，啖之以金，渐增至四十，二僮乃行。报儿具述其状。吴即赐之。

吴归，琴瑟綦笃。家益富。细诘女子，曩美少年即其夫，盖史即金也。袭一槲绸帔，云是得之山东王姓者。盖其党羽甚众，逆旅主人，皆其一类。何意吴生所遇，即王子巽连天呼苦之人，不亦快哉！旨哉古言："骑者善堕。"

水灾

康熙二十一年，山东旱，自春徂夏，赤地千里。六月十三日小雨，始种粟。十八日大雨后，乃种豆。一日，石门庄有老叟，暮见二羊斗山上，告村人曰："大水至矣！"遂携家播迁。村人共笑之。无何，雨暴注，平地水深数尺，居庐尽没。一农人弃其两儿，与妻扶老母奔避高阜，下视村中，汇为泽国，并不复念及两儿。水落归家，一村尽成墟墓，入己门，则一屋独存，见两儿尚并坐床头，嬉笑无恙，咸叹谓夫妇孝感所致。此六月二十二日事也。

康熙二十四年，平阳地震，人民死者十有七八，城郭尽墟，仅存一屋，则孝子家也。茫茫大劫中，惟孝嗣无恙，谁谓天公无皂白耶？

诸城某甲

诸城孙景夏学师言：其邑中某甲，值流寇乱，被杀，首坠胸前。寇退，家人得尸，将舁瘗之，闻其气缕缕然，审视之，咽不断者盈指，遂扶其头，荷之以归。经一昼夜能呻，以匕箸稍哺饮食，半年竟愈。

又十余年，与二三人聚谈，或作一解颐语，众为哄堂，甲亦鼓掌，一俯仰间，刀痕暴裂，头堕血流。共视之，已死。父讼笑者。众敛金赂之，乃葬甲。

异史氏曰："一笑头落，此千古第一大笑也。头连一线而不死，直待十年后成一笑狱，岂非二三邻人，负债前生者耶！"

酆都御史

酆都县外有洞，深不可测，相传阎罗署。其中一切狱具，皆借人工。桎梏朽败，辄掷洞口，邑宰即以新者易之，经宿失所在。供应度支，载之经制。明有御史行台华公，按临酆都，闻之，不以为信，欲入洞以决其惑。众云不可。公弗听，乃秉烛入，以二役从。入里许，烛暴灭。视之，阶道阔朗，有广殿十余间，列坐尊官，袍笏俨然，惟东首虚一座。尊官见公至，降阶而迎，笑问曰："至矣乎？别来无恙否？"公问："此何处所？"尊官曰："此冥府也。"公愕然告退。尊官指虚座曰："此为君坐，那可复还。"公益惧，固请宽宥。尊官曰："定数何可逃也！"遂检一卷示公，上注云："某月日，某以肉身归阴。"公览之，战栗如濯冰水，念母老子幼，泫然流涕。俄有金甲神人，捧黄帛书至。群拜舞启读已，乃贺公曰："君有回阳之机矣。"公喜致问，曰："适接帝诏，大赦幽冥，可为君委折原例耳。"乃示公途而出。数武之外，冥黑如漆，不辨行路，公甚窘苦。忽一神将，轩然而入，赤面长髯，光射数尺。公迎拜而哀之，神人曰："诵佛经可出。"言已而去。公自计经咒多不记忆，惟《金刚经》颇曾习之，乃合掌而诵，顿觉一线光明，映照前路。偶有遗忘，则目前顿黑，定想移时，复诵复明，乃始得出。其二役，则不可问矣。

产 龙

壬戌间，邑邢村李氏妇，夫死，有遗腹，忽胀如瓮，忽束如握。临蓐，一昼夜不能产。视之，见龙首，一见辄缩去。家人惧。有王媪者，焚香禹步，且捺且咒。未几，胞堕，不复见龙，惟数鳞大如盏。继下一女，肉莹彻如晶，脏腑可数。

龙无目

沂水大雨，忽堕一龙，双睛俱无，奄有气息。邑令以八十席覆之，未能周身。为设野祭，犹反覆以尾击地，其声堛然。

龙取水

徐东痴夜南游，泊舟江岸，见一苍龙自空垂下，以尾搅江水，波浪涌起，随龙身而上。遥望水光闪闪，阔于三尺练。移时，龙尾收去，水亦顿息。俄而大雨倾注，渠道皆平。

雨钱

滨州一秀才，读书斋中。有款门者，启视，则一老翁，形貌甚古。延入，通姓氏。翁自言："养真，姓胡，实狐仙。慕君高雅，愿共晨夕。"生故旷达，亦不为怪。相与评驳今古，殊博洽，镂花雕缋，粲于牙齿，时抽经义，则名理湛深，出人意外。生惊服，留之甚久。一日，密祈翁曰："君爱我良厚，顾我贫若此，君但一举手，金钱自可立致，何不小周给？"翁默然。少间，笑曰："此大易事。但须得十数钱作母。"生如其请。翁乃与共入密室中，禹步作咒。俄顷，钱有数十百万，从梁间锵锵而下，势如骤雨，转瞬没膝，拔足而立，又没踝，广丈之舍，约深三四尺余。乃顾生曰："颇厌君意否？"曰："足矣。"翁一挥，钱画然而止，乃相与扃户出。生窃喜暴富矣。顷之，入室取用，则阿堵化为乌有，惟母钱十余枚尚在。生大失望，盛气向翁，颇怼其诳。翁怒曰："我本与君文字交，不谋与君作贼！便如秀才意，只合寻梁上君交好得，老夫不能承命！"遂拂衣去。

妾杖击贼

益都西鄙有贵家某,巨富。蓄一妾,颇婉丽。而冢室凌折之,鞭挞横施。妾奉事惟谨。某怜之,常私语慰抚。妾殊无怨言。一夜,数人逾垣入,撞其屋门几坏。某与妻惶恐惴栗,不知所为。妾起,默无声息,暗摸屋中,得挑水木杖,拔关遽出。群贼乱如蓬麻。妾舞杖动,风鸣钩响,立击四五人仆地。贼尽靡,骇愕乱奔,墙急不得上,倾跌咿哑,亡魂失命。妾拄杖于地,顾笑曰:“此等物事,不直下手打得,亦学作贼!我不杀汝,杀嫌辱我。”悉纵之逸去。某大惊,问曰:“何自能尔?”则“妾父故枪棒师,妾得尽传其术,殆不啻百人敌也”。妻尤骇甚,悔向之迷于物色,由是善视女,遇之反如嫡,然而妾则终无纤毫失礼。邻妇谓妾曰:“嫂击贼若豚犬,顾奈何俯首受挞楚?”妾曰:“是吾分也,他何敢言。”闻者益贤之。

异史氏曰:“身怀绝技,居数年而人莫知之,一旦捍患御灾,化鹰为鸠。呜呼!射雉既获,内人展笑;握槊方胜,贵主同车,技之不可以已也如是夫!”

小 猎 犬

山右卫中堂为诸生时,假斋僧院。苦室中蜰虫蚊蚤甚多,夜不成寐。食后,偃息在床,忽见一小武士,首插雉尾,身高二寸许,骑马大如蜡,臂上青鞲,有鹰如蝇,自外而入,盘旋室中,行且驶。公方疑注,忽又一人入,装亦如之,腰束小弓矢,牵猎犬如巨蚁。又俄顷,步者骑者,纷纷来以数百辈,鹰犬皆数百,见有蚊蝇飞起,纵鹰腾击,尽扑杀之。猎犬登床缘壁,搜噬虱蚤,凡罅有所伏藏,嗅之无不出者,顷刻之间,决杀殆尽。公伪睡睨之。鹰集犬窜于其身。既而一黄衣人,着平天冠,如王者,登别榻,系驷苇篾间。从骑皆下,献飞献走,纷集盈侧,亦不知作何语。无何,王者登小辇,卫士仓皇,各命鞍马,万蹄攒奔,纷如撒菽,烟飞雾腾,斯须散尽。公历历在目,骇诧不知所由,蹑履外窥，渺无迹响。返身周视，都无所见，惟壁砖遗一细犬。公急捉之，且驯。置砚匣中，反复瞻玩。毛极细茸，项上有一小环。饲以饭颗，一嗅辄去。跃登床榻，寻衣缝，啮杀虮虱。旋复来伏卧。逾宿，公疑其已往，视之，则盘伏如故。公卧，则登床箦，遇虫辄啖毙，蚊蝇无敢落者。公爱之，甚于拱璧。一日，昼卧，犬潜伏身畔。公醒转侧，压于腰底。公觉有物，固疑是犬，急起视之，已匾而死，如纸剪成者。然自是壁虫无噍类矣。

棋　鬼

扬州督同将军梁公，解组乡居，日携棋酒，游林丘间。会九日登高，与客弈，忽有一人来，逡巡局侧，耽玩不去。视之，面目寒俭，悬鹑结焉。然意态温雅，有文士风。公礼之，乃坐。亦殊㧑谦。公指棋谓曰："先生当必善此，何不与客对垒？"其人逊谢移时，始即局。局终而负，神情懊热，若不自已。又着又负，益愤惭。酌之以酒，亦不饮，惟曳客弈。自晨至于日昃，不遑溲溺。方以一子争路，两互喋聒，忽书生离席悚立，神色惨阻。少间，屈膝向公座，败颡乞救。公骇疑，起扶之曰："戏耳，何至是？"书生曰："乞嘱付圉人，勿缚小生颈。"公又异之，问："圉人谁？"曰："马成。"

先是，公圉役马成者，走无常，十数日一入幽冥，摄牒作勾役。公以书生言异，遂使人往视成，则已僵卧三日矣。公乃叱成不得无礼。瞥见书生即地而灭，公叹咤良久，乃悟其鬼。越日，马成寤，公召诘之。成曰："渠湖襄人，癖嗜弈，产荡尽。父忧之，闭置斋中，辄逾垣出，窃引空处，与弈者狎。父闻诟詈，终不可制止。父赍恨死。阎王以书生不德，促其年寿，罚入饿鬼狱，于今七年矣。会东岳凤楼成，下牒诸府，征文人作碑记。王出之狱中，使应召自赎，不意中道迁延，大愆限期。岳帝使直曹问罪于王。王怒，使小人辈罗搜之。前承主人命，故未敢以缧绁系之。"公问："今日作何状？"曰："仍付狱吏，永无生期矣。"公叹曰："癖之误人也如是夫！"

异史氏曰："见弈遂忘其死，及其死也，见弈又忘其生，非其所欲有甚于生者哉？然癖嗜如此，尚未获一高着，徒令九泉下，有长死不生之弈鬼也，哀哉！”

白 莲 教

白莲教某者，山西人，大约徐鸿儒之徒，左道惑众，堕其术者甚众。一日将他往，堂中置一盆，又一盆覆之，嘱门人坐守，戒勿启视。去后，门人启之，见盆贮清水，水上编草为舟，帆樯具焉。异而拨以指，随手倾侧，急扶如故，仍覆之。俄而师来，怒责曰：“何违吾命？”门人立白其无。师曰：“适海中舟覆，何得欺我？”又一夕，烧巨烛于堂上，戒恪守，勿以风灭。漏三下，师不至，儽然而殆，就床暂寐，及醒，烛已竟灭，急起爇之。既而师入，又责之。门人曰：“我固不曾睡，烛何得息？”师怒曰：“适使我暗行十余里，尚复云云耶？”门人大骇。奇行种种，不可胜书。

后有爱妾与门人通，觉之，隐而不言。遣门人饲豕，门人入圈，立地化为豕。某即呼屠人杀之，货其肉，人无知者。门人父以子不归，过问之，辞以久弗至。门人家各处探访，杳无消息。有同师者，隐知其事，泄诸门人之父。父告之邑宰。宰恐其遁，不敢捕治，详请官兵千人，围其第，妻子皆就执。闭置樊笼，将以解都。途经太行山，山中出一巨人，高与树等，目如盎，口如盆，牙长尺许，兵士愕立不敢行。某曰：“此妖也，吾妻可以却之。”甲士脱妻缚。妻荷戈往。巨人怒，吸吞之。众愈骇。某曰：“既杀吾妻，是须吾子。”复出其子，巨人又吞之。众相觑，莫知所为。某泣且怒曰：“既杀吾妻，又杀吾子，情何以甘！非某自往不可也。”众果出诸笼，授之刃而遣之。巨人盛气而逆。格斗移时，巨人抓攫入口，伸颈咽下，从容竟去。

蹇 偿 债

李公著明，慷慨好施。乡人王卓，佣居公家。其人少游惰，不能操农务，家屡贫，然小有技能，常为役务，每赉之厚。时无晨炊，向公哀乞，公辄给以升斗。一日，告公曰："小人日受厚恤，三四口幸不饿殍，然何可以久？乞主人贷我绿豆一石作资本。"公忻然授之。卓负去，年余，一无所偿，及问之，豆资已荡然矣。公怜其贫，亦置不索。

公读书萧寺。后三年余，忽梦卓来曰："小人负主人豆直，今来投偿。"公慰之曰："若索尔偿，则平日所负欠者，何可算数？"卓愀然曰："固然。凡人少有所为而受人千金，可不报也。若无端受人资助，升斗且不容昧，况其多哉！"言已，竟去。公愈疑。既而家人白公曰："夜牝驴产一驹，且修伟。"公忽悟曰："得毋驹乃王卓耶？"越数日归，见驹，戏呼王卓，驹奔赴，若有知识，自此遂以为名。公乘赴青州，衡府内监见而悦之，愿以重价购之，议直未定，适公以家务，急不可待，遂归。又逾岁，驹与雄马同枥，龁折胫骨，不可疗。有牛医至公家，见之，谓公曰："乞以驹付小人，朝夕疗养，需以岁月。万一得痊，得直与公剖分之。"公如所请。后数月，牛医售驴，得钱千八百，以半献公。公受钱，顿悟，其数适符豆价也。噫！昭昭之债，而冥冥之偿，此足以劝矣。

头 滚

苏孝廉贞下太封公昼卧，见一人头从地中出，其大如斛，在床下旋转不已，惊而中疾死。后其次公就荡妇宿，罹杀身之祸，其兆于此耶？

鬼 作 筵

杜生九畹，内人病。会重阳，为友人招作茱萸会。早起盥已，告妻所往。冠服欲出，忽见妻昏愦，絮絮若与人言。杜异之，就问卧榻。妻辄"儿"呼之。家人心知其异。时杜有母柩未殡，疑其灵爽所凭，杜祝曰："得毋吾母耶？"妻骂曰："畜生！何不识尔父？"杜曰："既为吾父，不胜他人也，何乃归家祟儿妇？"妻呼小字曰："我专为儿妇来，何反怨恨？儿妇应即死。有四人来勾致，首者张怀玉。我万端哀乞，甫能允遂。我许小馈送，便宜付之。"杜即于门外焚纸钱。妻又曰："四人去矣。彼不忍违吾面目，三日后，当治具酬之。尔母年老龙钟，不能料理中馈，及期，尚烦儿妇一往。"杜曰："幽冥殊途，安能代庖？望恕宥。"妻曰："儿勿惧，去去即复返。此为渠事，当毋惮劳。"言已，曰："吾且去。"妻即冥然，良久乃苏。杜问所言，茫不记忆，但曰："适见四人来，欲捉我去。幸阿翁哀请，且解囊赂之，始去。我见阿翁镪袱尚余二锭，欲窃取一锭来，作糊口计，翁窥见，叱曰：'尔欲何为！此物岂尔所可用耶！'我乃敛手，未敢动。"杜以妻病革，疑信相半。越三日，方笑语间，忽瞪目久之，语曰："尔妇綦贪，曩见我白金，便生觊觎。然大要以贫故，亦不足怪。将以妇去，为我敦庖务，勿虑也。"言甫毕，奄然竟毙。约半日许，始醒，告杜曰："适阿翁呼我去，谓曰：'不用尔操作，我烹调自有人，只须坚坐指挥足矣。我冥中喜丰满，诸物馔都覆器外，切宜记之。'我诺。至厨下，见二妇操刀砧于中，俱绀帔而绿缘之，呼我以嫂。每盛炙于篮，必请觇视。曩四人都在筵中。进馔既毕，酒具已列器中，翁乃命我还。"杜大愕异，每语同人。

鼠　　戏

一人在长安市上卖鼠戏，背负一囊，中蓄小鼠十余头，每于稠人中，出小木架，置肩上，俨如戏楼状，乃拍鼓板，唱古杂剧。歌声甫动，则有鼠自囊中出，蒙假面，被小装服，自背登楼，人立而舞。男女悲欢，悉合剧中关目。

泥　书　生

罗村有陈代者，少蠢陋。娶妻某氏，颇丽。自以婿不如人，郁郁不得志。然贞洁，婆媳亦相安。一夕独宿，忽闻风动扉开，一书生入，脱衣巾，就妇共寝。妇骇惧，苦拒，而肌肤顿耎，听其狎亵而去。自是夜无虚夕，月余，形容枯瘁。母怪问之，初惭怍不欲言，固问，始以情告。母骇曰："此妖也！"百术禁咒，终不能绝。乃使陈代伏匿室中，操杖以伺。夜分，书生复来，置冠几上，又脱袍服，搭椸架上，才欲登榻，忽惊曰："咄咄！有生人气！"急复披衣。代暗中暴起，击中腰胁，塔然作声。四壁张顾，书生已杳。束薪爇照，泥衣一片堕地上，案头泥巾犹存。

寒月芙蕖

济南道人者，不知何许人，亦不详其姓氏。冬夏着一单帢衣，系黄绦，无裤襦。每用半梳梳发，即以齿衔髻，如冠状。日赤脚行市上，夜卧街头，离身数尺外，冰雪尽熔。初来，辄对人作幻剧，市人争贻之。有井曲无赖子，遗以酒，求传其术，不许，遇道人浴于河津，骤抱其衣以胁之。道人揖曰："请以赐还，当不吝术。"无赖者恐其绐，固不肯释。道人曰："果不相授耶？"曰："然。"道人默不与语，俄见黄绦化为蛇，围可数握，绕其身六七匝，怒目昂首，吐舌相向。某大愕，长跪，色青气促，惟言乞命。道人乃竟取绦，绦竟非蛇，另有一蛇，蜿蜒入城去。由是道人之名益著。

缙绅家闻其异，招与游，从此往来乡先生门。司、道俱耳其名，每宴集，必以道人从。一日，道人请于水面亭报诸宪之饮。至期，各于案头得道人速帖，亦不知所由至。诸官赴宴所，道人伛偻出迎。既入，则空亭寂然，几榻未设，或疑其妄。道人启官宰曰："贫道无僮仆，烦借诸扈从，少代奔走。"官共诺之。道人于壁上绘双扉，以手挝之，内有应门者，振管而启。共趋觇望，则见憧憧者往来于中，屏幔床几，亦复都有，即有人一一传送门外。道人命吏胥辈接列亭中，且嘱勿与内人交语。两相授受，惟顾而笑。顷刻，陈设满亭，穷极奢丽。既而旨酒散馥，热炙腾熏，皆自壁中传递而出。座客无不骇异。亭故背湖水，每六月时，荷花数十顷，一望无际。宴时方凌冬，窗外茫茫，惟有烟绿。一官偶叹曰："此日佳集，可惜无莲花点缀！"众俱唯唯。少顷，一青衣吏奔白："荷叶满塘矣！"一座皆惊。推窗眺瞩，果见弥望菁葱，间以菡萏。转瞬间，万枝千朵，一齐都开。朔风吹面，荷香沁脑。群以为异，遣吏人荡舟采莲，遥见吏人入花深处，少间返棹，素手来见。官诘之，吏曰："小人乘舟去，见花在远际；渐至北岸，又转遥遥在南荡中。”道人笑曰:“此幻梦之空花耳。”无何,酒阑,荷亦凋谢,北风骤起,摧折荷盖,无复存矣。济东观察公甚悦之,携归署,日与狎玩。一日,公与客饮。公故有传家美酝,每以一斗为率,不肯供浪饮。是日,客饮而甘之,固索倾酿,公坚以既尽为辞。道人笑谓客曰:“君必欲满老饕,索之贫道而可。”客请之。道人以壶入袖中,少刻出,遍斟座上,与公所藏无异,尽欢而罢。公疑,入视酒瓻,封固宛然,瓶已罄矣。心窃愧怒,执以为妖,杖之。杖才加,公觉股暴痛;再加,臀肉欲裂。道人虽声嘶阶下,观察已血殷座上。乃止不笞,逐令去。道人遂离济,不知所往。后有人遇于金陵,衣装如故,问之,笑不语。

酒　狂

缪永定,江西拔贡生,素酗于酒,戚党多畏避之。偶适族叔家,与客滑稽谐谑,遂共酣饮。缪醉,使酒骂座,忤客。客怒,一座大哗。叔为排解。缪为左袒客,益迁怒叔。叔无计,奔告其家。家人来,扶挟以归,才置床上,四肢尽厥,抚之,奄然气绝。

缪见有皂帽人絷己去。移时,至一府署,缥碧为瓦,世间无其壮丽。至墀下,似欲伺见官宰。自思无罪,当是客讼斗殴。回顾皂帽人,怒目如牛,又不敢问。忽堂上一吏宣言,使讼狱者翼日早候,于是堂下人纷纷散去。缪亦随皂帽人出,更无归着,缩首立肆檐下。皂帽人怒曰:“颠酒无赖子!日将暮,各去寻眠食,尔何往?”缪战栗曰:“我且不知何事,并未告家人,故毫无资斧,庸将焉归?”皂帽人曰:“颠酒贼!若酤自啖,便有用度!再支吾,老拳碎颠骨子!”缪垂首不敢则声。忽一人自户内出,见缪,诧异曰:“尔何来?”缪视之,则其母舅。舅贾氏,死已数载。缪见之,始悟已死,心益悲惧,向舅涕零曰:“阿舅救我!”贾顾皂帽人曰:“东灵非他,屈临寒舍。”二人乃入。贾重揖皂帽人,且嘱青眼。俄顷,出酒食,团坐相饮。贾问:“舍甥何事,遂烦勾致?”皂帽人曰:“大王驾诣浮罗君,遇令甥醉詈,使我捉得来。”贾问:“见王未?”曰:“浮罗君会花子案,驾未归。”又问:“阿甥将得何罪?”答曰:“未可知也。然大王颇怒此等人。”缪在侧,闻二人言,觳觫汗下,杯箸不能举。无何，皂帽人起，谢曰："叨盛酌，已经醉矣。即以令甥相付托。驾归，再容登访。"乃去。贾谓缪曰："甥别无兄弟，父母爱如掌上珠，常不忍一诃。十六七岁，三杯后，喃喃寻人疵，小不合，辄挞门裸骂，犹谓齿稚。不意别十余年，甥了不长进。今且奈何！"缪伏地哭，懊悔无及。贾曳之曰："舅在此业酤，颇有小声望，必合极力。适饮者乃东灵使者，舅常饮之酒，与舅颇相善。大王日万几，亦未必便能记忆。我委曲与言，浼以私意释甥去，或可允从。"又转念曰："此事担负颇重，非十万不能了也。"缪谢诺，即就舅氏宿。次日，皂帽人早来觇望。贾请间，语移时，来谓缪曰："谐矣。少顷，即复来。我先罄所有，用压契，余待甥归，从容凑致之。"缪喜曰："共得几何？"曰："十万。"曰："甥何处得如许？"贾曰："只金币钱纸百提，足矣。"缪喜曰："此易办耳。"待将停午，皂帽人不至。

缪欲出市上，少游瞩。贾嘱勿远荡，诺而出。见街里贸贩，一如人间。至一所，棘垣峻绝，似是囹圄。对门一酒肆，往来颇伙。肆外一带长溪，黑潦涌动，深不见底。方伫足窥探，闻肆内一人呼曰："缪君何来？"缪忽视之，则邻村翁生，乃十年前文字交。趋出握手，欢若平生。即就肆内小酌，各道契阔。缪庆幸中，又逢故知，倾怀尽釂。大醉，顿忘其死，旧态复作，渐絮絮瑕疵翁。翁曰："数年不见，君复尔耶？"缪素厌人道其酒德，闻言，益愤，击桌大骂。翁睨之，拂袖竟出。缪又追至溪头，捋翁帽。翁怒曰："是真妄人！"乃推缪颠堕溪中。溪水殊不甚深，而水中利刃如麻，刺胁穿胫，坚难摇动，痛彻骨脑。黑水杂溲秽，随吸入喉，更不可耐。岸上人观笑如堵，绝不一为援手。

时方危急，贾忽至，望见大惊，提携以归，曰："尔不可为也！死犹弗悟，不足复为人！请仍从东灵受斧锧。"缪大惧，泣拜知罪。贾乃曰："适东灵至，候汝立券，汝乃饮荡不归。渠迫不能待，我已立券，付千缗令去，余以旬尽为期。子归，宜急措置，夜于村外旷莽中，呼舅名焚之，此案可结也。"缪悉如命，乃促之行。送之郊外，又嘱曰："必勿食言，累我无益。"乃示途令归。

时缪已僵卧三日，家人谓其醉死，而鼻息隐隐如悬丝。是日苏，大呕，呕出黑瀋数斗，臭不可闻。吐已，汗湿裀褥，气味熏腾，与吐物无异,身始凉爽。告家人以异。旋觉刺处痛肿,隔夜成疮,犹幸不大溃腐,十日渐能杖行。家人共乞偿冥负。缪计所费,非数金不能办,颇生吝惜,曰:“曩或醉乡之幻境耳。纵其不然,伊以私释我,何敢复使冥王知?”家人劝之,不听。然心惕惕然,不敢复纵饮。里党咸喜其进德,稍稍与共酌。年余,冥报渐忘,志渐肆,故状渐萌。一日,饮于子姓之家,又骂座。主人摈斥出,阖户径去。缪噪逾时,其子方知,扶持归家。入室,面壁长跪,自投无数,曰:“便偿尔负! 便偿尔负!”言已,仆地,视之,气已绝矣。

捉鬼射狐

李公著明,睢宁令襟卓先生公子也,为人豪爽无馁怯,为新城王季良内弟。季良家多楼阁,往往见怪异。公常暑月寄宿,爱阁上晚凉,或告之异,公笑不听,固命设榻。主人如言,嘱仆辈伴公宿,公辞曰:“生平爱独宿,不解怖。”主人乃使炷香于炉,请衽何趾,始息烛覆扉而去。公就枕移时,于月色中,见几上茗碗,倾侧旋转,不坠亦不休。公咄之,铿然立止。又若有人拔香炷,炫摇空际,纵横作花缕,公起叱曰:“何物鬼魅敢尔!”裸裼下榻,欲就捉之,以足觅床下,仅得一履。不暇冥搜,赤足挞摇处,炷顿插炉,竟寂无兆。公俯身遍摸暗陬,忽一物腾击颊上,觉似履状,索之,亦殊不得。乃启覆下楼,呼从人爇火烛之,空无一物,乃复就寝。既明,使数人搜屦,翻席倒榻,不知所在。主人为公易屦。越日,偶一仰首,见一屦夹塞椽间,挑拨而下,则公履也。

公益都人,侨居于淄川孙氏第。第綦阔,皆置闲旷,公仅居其半。南院临高阁,止隔一堵。时见阁扉自启闭,公亦不置念。偶与家人话于庭,阁门开,忽有一小人面北而坐,身不满三尺,绿袍白袜。众指顾之,亦不动。公曰:“此狐也。”急取弓矢,对阁欲射。小人见之,哑哑作揶揄之声,遂不复见。公捉刀登阁,且骂且搜,竟无所睹,乃返,异遂绝。公居数年,平安无恙。

第 五 卷

阳 武 侯

阳武侯薛公禄，薛家岛人。父薛公最贫，牧牛乡先生家。先生有荒田，公牧其处，辄见蛇兔斗草莱中，以为异，因请于主人为宅兆，构茅而居。后数年，太夫人临蓐，值雨骤至，适二指挥使奉命稽海，出其途，避雨户中，见舍上鸦鹊群集，竟以翼覆漏处，异之。既而翁出，指挥问："适何作？"因以产告。又询所产，曰："男也。"指挥又益愕，曰："是必极贵，不然，何以得我两指挥护守门户也？"咨嗟而去。侯既长，垢面垂鼻涕，殊不聪颖。岛中薛姓，故隶军籍，是年应翁家出一丁口戍辽阳，翁长子深以为忧。时候十八岁，人以太憨生，无与为婚，忽自谓兄曰："大哥啾唧，得无以遣戍无人耶？"曰："然。"笑曰："若肯以婢子妻我，我当任此役。"兄喜，即配婢。

侯遂携室赴戍所。行方数十里，暴雨忽集，途侧有危崖，夫妻奔避其下。少间，雨止，始复行。才及数武，崖石崩坠。居人遥望两虎跃出，逼附两人而没。侯自此勇健非常，丰采顿异。后以军功封阳武侯世爵。

至启、祯间，袭侯某公薨，无子，止有遗腹，因暂以旁支代。凡世封家进御者，有娠即以上闻，官遣媪伴守之，既产乃已。年余，夫人生女。产后，腹犹震动，凡十五年，更数媪，又生男。应以嫡派赐爵。旁支噪之，以为非薛产。官收诸媪，械梏百端，皆无异言，爵乃定。

赵 城 虎

赵城妪，年七十余，止一子，一日入山，为虎所噬。妪悲痛，几不欲活，号啼而诉之宰。宰笑曰："虎何可以官法制之乎？"妪愈号咷，不能制之。宰叱之，亦不畏惧。又怜其老，不忍加以威怒，遂给之，诺捉虎。媪伏不去，必待勾牒出，乃肯行。宰无奈之，即问诸役，谁能往之。一隶名李能，醺醉，诣座下，自言："能之。"持牒下，妪始去。隶醒而悔之，犹谓宰之伪局，姑以解妪扰耳，因亦不甚为意，持牒报缴，宰怒曰："固言能之，何容复悔？"隶窘甚，请牒拘猎户，宰从之。隶集猎人，日夜伏山谷，冀得一虎庶可塞责。月余，受杖数百，冤苦罔控，遂诣东郭岳庙，跪而祝之，哭失声。

无何，一虎自外来。隶错愕，恐被咥噬。虎入，殊不他顾，蹲立门中。隶祝曰："如杀某子者尔也，其俯听吾缚。"遂出缧索絷虎项，虎帖耳受缚。牵达县署，宰问虎曰："某子尔噬之耶？"虎颔之。宰曰："杀人者死，古之定律。且妪止一子，而尔杀之，彼残年垂尽，何以生活？倘尔能为若子也，我将赦之。"虎又颔之，乃释缚令去。妪方怨宰之不杀虎以偿子也，迟旦，启扉，则有死鹿，妪货其肉革，用以资度。自是以为常，时衔金帛掷庭中。妪从此致丰裕，奉养过于其子，心窃德虎。虎来，时卧檐下，竟日不去，人畜相安，各无猜忌。数年，妪死，虎来吼于堂中。妪素所积，绰可营葬，族人共瘗之。坟垒方成，虎骤奔来，宾客迟逃。虎直赴冢前，嗥鸣雷动，移时始去。土人立"义虎祠"于东郭，至今犹存。

螳 螂 捕 蛇

张姓者，偶行溪谷，闻崖上有声甚厉，寻途登觇，见巨蛇围如碗，摆扑丛树中，以尾击柳，柳枝崩折，反侧倾跌之状，似有物捉制之。然审视殊无所见，大疑。渐近临之，则一螳螂据顶上，以刺刀攫其首，攧不可去。久之，蛇竟死。视额上革肉，已破裂云。

武　技

李超，字魁吾，淄之西鄙人。豪爽，好施。偶一僧来托钵，李饱啖之。僧甚感荷，乃曰："吾少林出也。有薄技，请以相授。"李喜，馆之客舍，丰其给，旦夕从学。三月，艺颇精，意甚得。僧问："汝益乎？"曰："益矣。师所能者，我已尽能之。"僧笑，命李试其技。李乃解衣唾手，如猿飞，如鸟落，腾跃移时，诩诩然交叉而立。僧又笑曰："可矣。子既尽吾能，请一角低昂。"李忻然，即各交臂作势。既而支撑格拒，李时时蹈僧瑕，僧忽一脚飞掷，李已仰跌丈余。僧抚掌曰："子尚未尽吾能也。"李以掌致地，惭沮请教。又数日，僧辞去。

李由此以名，遨游南北，罔有其对。偶适历下，见一少年尼僧，弄艺于场，观者填溢。尼告众客曰："颠倒一身，殊大冷落。有好事者，不妨下场一扑为戏。"如是三言，众相顾，迄无应者。李在侧，不觉技痒，意气而进。尼便笑与合掌。才一交手，尼便呵止曰："此少林宗派也。"即问："尊师何人？"李初不言，尼固诘之，乃以僧告。尼拱手曰："憨和尚汝师耶？若尔，不必交手足，愿拜下风。"李请之再四，尼不可。众怂恿之，尼乃曰："既是憨师弟子，同是个中人，无妨一戏，但两相会意可耳。"李诺之，然以其文弱故，易之，又年少喜胜，思欲败之，以要一日之名。方颉颃间，尼即遽止，李问其故，但笑不言。李以为怯，固请再角，尼乃起。少间，李腾一踝去。尼骈五指下削其股，李觉膝下如中刀斧，蹶仆不能起。尼笑谢曰："孟浪迕客，幸勿罪！"李舁归，月余始愈。后年余，僧复来，为述往事。僧惊曰："汝大卤莽！惹他何为？幸先以我名告之，不然，股已断矣！"

小　人

康熙间，有术人携一榼，榼藏小人，长尺许，投一钱，则启榼令出，唱曲而退。至掖，掖宰索榼入署，细审小人出处。初不敢言，固诘之，方自述其乡族。盖读书童子，自塾中归，为术人所迷，复投以药，四体暴缩，彼遂携之，以为戏具。宰怒，杖杀术人。

秦 生

莱州秦生，制药酒，误投毒味，未忍倾弃，封而置之。积年余，夜适思饮，而无所得酒，忽忆所藏，启封嗅之，芳烈喷溢，肠痒涎流，不可制止，取盏将尝，妻苦劝谏。生笑曰："快饮而死，胜于馋渴而死多矣。"一盏既尽，倒瓶再斟。妻覆其瓶，满屋流溢，生伏地而牛饮之。少时，腹痛口噤，中夜而卒。妻号泣，为备棺木，行入殓。次夜，忽有美人入，身不满三尺，径就灵寝，以瓯水灌之，豁然顿苏。叩而诘之，曰："我狐仙也。适丈夫入陈家，窃酒醉死，往救而归。偶过君家，彼怜君子与己同病，故使妾以余药活之也。"言讫，不见。

余友人邱行素贡士，嗜饮。一夜思酒，而无可行沽，辗转不可复忍，因思代之以醋。谋诸妇，妇嗤之。邱固强之，乃煨醯以进。壶既尽，始解衣甘寝。次日，竭壶酒之资，遣仆代沽。道遇伯弟襄宸，诘知其故，因疑嫂不肯为兄谋酒。仆言："夫人云：'家中蓄醋无多，昨夜已尽其半，恐再一壶，则醋根断矣。'"闻者皆笑之。不知酒兴初浓，即毒药甘之，况醋乎？此亦可以传矣。

鸦 头

诸生王文，东昌人。少诚笃。薄游于楚，过六河，休于旅舍，乃步门外。遇里戚赵东楼，大贾也，常数年不归。见王，相执甚欢，便邀临存。至其所，有美人坐室中，愕怪却步。赵曳之，又隔窗呼妮子去，王乃入。赵具酒馔，话温凉。王问："此何处所？"答云："此是小勾栏。余因久客，暂假床寝。"话间，妮子频来出入。王局促不安，离席告别，赵强捉令坐。

俄见一少女，经门外过，望见王，秋波频顾，眉目含情，仪容娴婉，实神仙也。王素方直，至此惘然若失，便问："丽者何人？"赵曰："此媪次女，小字鸦头，年十四矣。缠头者屡以重金啖媪，女执不愿，致母鞭楚，女以齿稚哀免。今尚待聘耳。”王闻言，俯首默然痴坐，酬应悉乖。赵戏之曰：“君倘垂意，当作冰斧。”王怃然曰：“此念所不敢存。”然日向夕，绝不言去。赵又戏请之，王曰：“雅意极所感佩，囊涩奈何！”赵知女性激烈，必当不允，故许以十金为助。王拜谢趋出，罄资而至，得五数，强赵致媪。媪果少之。鸦头言于母曰：“母日责我不作钱树子，今请得如母所愿。我初学作人，报母有日，勿以区区放却财神去。”媪以女性拗执，但得允从，即甚欢喜，遂诺之，使婢邀王郎。赵难中悔，加金付媪。

王与女欢爱甚至。既，谓王曰：“妾烟花下流，不堪匹敌，既蒙缱绻，义即至重。君倾囊博此一宵欢，明日如何？”王泫然悲哽。女曰：“勿悲。妾委风尘，实非所愿，顾未有敦笃如君可托者，请以宵遁。”王喜，遽起，女亦起，听谯鼓已三下矣。女忽易男装，草草偕出，叩主人扉。王故从双卫，托以急务，命仆便发。女以符系仆股并驴耳上，纵辔极驰，目不容启，耳后但闻风鸣，平明至汉口，税屋而止。王惊其异。女曰：“言之，得无惧乎？妾非人，狐耳。母贪淫，日遭虐遇，心所积懑，今幸脱苦海。百里外，即非所知，可幸无恙。”王略无疑贰，从容曰：“室对芙蓉，家徒四壁，实难自慰，恐终见弃置。”女曰：“何必此虑。今市货皆可居，三数口，淡薄亦可自给。可鬻驴子作资本。”王如言，即门前设小肆，王与仆人躬同操作，卖酒贩浆其中。女作披肩，刺荷囊，日获赢余，顾赡甚优。积年余，渐能蓄婢媪。王自是不着犊鼻，但课督而已。

女一日悄然忽悲，曰：“今夜合有难作，奈何！”王问之，女曰：“母已知妾消息，必见凌逼。若遣姊来，吾无忧，恐母自至耳。”夜已央，自庆曰：“不妨，阿姊来矣。”居无何，妮子排闼入，女笑逆之。妮子骂曰：“婢子不羞，随人逃匿！老母令我缚去。”即出索子絷女颈。女怒曰：“从一者得何罪？”妮子益忿，捽女断衿。家中婢媪皆集，妮子惧，奔出。女曰：“姊归，母必自至。大祸不远，可速作计。”乃急办装，将更播迁，媪忽掩入，怒容可掬，曰：“我固知婢子无礼，须自来也！”女迎跪哀啼，媪不言，揪发提去。王徘徊怆恻，眠食都废，急诣六河，冀得贿赎，至则门庭如故，人物已非。问之居人，俱不知其所徙，悼丧而返。

于是俵散客旅，囊资东归。后数年，偶入燕都，过育婴堂，见一儿，七八岁。仆人怪似其主，反复凝注之。王问："看儿何说？"仆笑以对，王亦笑。细视儿，风度磊落，自念乏嗣，因其肖己，爱而赎之。诘其名，自称王孜。王曰："子弃之襁褓，何知姓氏？"曰："本师尝言，得我时，胸前有字，书山东王文之子。"王大骇曰："我即王文，乌得有子？"念必同己姓名者，心窃喜，甚爱惜之。及归，见者不问而知为王生子。孜渐长，孔武有力，喜田猎，不务生产，乐斗好杀。王亦不能钳制之。又自言能见鬼狐，悉不之信。会里中有患狐者，请孜往觇之，至则指狐隐处，令数人随指处击之，即闻狐鸣，毛血交落，自是遂安。由是人益异之。

王一日游市廛，忽遇赵东楼，巾袍不整，形色枯黯，惊问所来。赵惨然请间。王乃偕归，命酒。赵曰："媪得鸦头，横施楚掠。既北徙，又欲夺其志。女矢死不二，因囚置之。生一男，弃之曲巷，闻在育婴堂，想已长成。此君遗体也。"王出涕曰："天幸孽儿已归。"因述本末。问："君何落拓至此？"叹曰："今而知青楼之好，不可过认真也。夫何言！"先是，媪北徙，赵以负贩从之，货重难迁者，悉以贱售。途中脚直供亿，烦费不资，因大亏损。妮子索取尤奢。数年，万金荡然。媪见床头金尽，旦夕加白眼。妮子渐寄贵家宿，恒数夕不归。赵愤激不可耐，然亦无可如何。适媪他出，鸦头自窗中呼赵曰："勾栏中原无情好，所绸缪者，钱耳。君依恋不去，将掇奇祸。"赵惧，如梦初醒。临行，窃往视女，女授书使达王，赵乃归。因以此情为王述之，即出鸦头书。书云："知孜儿已在膝下矣。妾之厄难，东楼君自能面悉。前世之孽，夫何可言！妾幽室之中，暗无天日，鞭创裂肤，饥火煎心，易一晨昏，如历年岁。君如不忘汉上雪夜单衾，迭互暖抱时，当与儿谋，必能脱妾于厄。母姊虽忍，要是骨肉，但嘱勿致伤残，是所愿耳。"王读之，泣不自禁，以金帛赠赵而去。

时孜年十八矣。王为述前后，因示母书。孜怒眦欲裂，即日赴都，询吴媪居，则车马方盈。孜直入，妮子方与湖客饮，望见孜，愕立变色。孜骤进杀之，宾客大骇，以为寇，及视女尸，已化为狐。孜持刀径入，见媪督婢作羹。孜奔近室门，媪忽不见。孜四顾，急抽矢，望屋梁射之，一狐贯心而堕，遂决其首。寻得母所，投石破扃，母子各失声。母问媪，曰："已诛之。"母怨曰："儿何不听吾言！"命持葬郊野。孜伪诺之，剥其皮而藏之。检媪箱箧，尽卷金资，奉母而归。夫妇重谐，悲喜交至。既问吴媪，孜言："在吾囊中。"惊问之，出两革以献。母怒，骂曰："忤逆儿！何得此为！"号痛自挞，转侧欲死。王极力抚慰，叱儿瘗革。孜忿曰："今得安乐所，顿忘挞楚耶？"母益怒，啼不止。孜葬皮反报，始稍释。

王自女归，家益盛，心德赵，报以巨金。赵始知母子皆狐也。孜承奉甚孝，然误触之，则恶声暴吼。女谓王曰："儿有拗筋，不刺去，终当杀身倾产。"夜伺孜睡，潜絷其手足。孜醒曰："我无罪。"母曰："将医尔虐，其勿苦。"孜大叫，转侧不可开。女以巨针刺踝骨侧三四分许，用刀掘断，崩然有声；又于肘间脑际并如之。已，乃释缚，拍令安卧。天明，奔候父母，涕泣曰："儿早夜忆昔所行，都非人类！"父母大喜。从此温和如处女，乡里贤之。

异史氏曰："妓尽狐也。不谓有狐而妓者；至狐而鸨，则兽而禽矣。灭理伤伦，其何足怪？至百折千磨，之死靡他，此人类所难，而乃于狐也得之乎？唐太宗谓魏徵更饶妩媚，吾于鸦头亦云。"

酒　　虫

长山刘氏，体肥嗜饮。每独酌，辄尽一瓮。负郭田三百亩，辄半种黍。而家豪富，不以饮为累也。一番僧见之，谓其身有异疾。刘答言："无。"僧曰："君饮尝不醉否？"曰："有之。"曰："此酒虫也。"刘愕然，便求医疗。曰："易耳。"问："需何药？"俱言不需，但令于日中俯卧，絷手足，去首半尺许，置良酝一器。移时，燥渴，思饮为极。酒香入鼻，馋火上炽，而苦不得饮。忽觉咽中暴痒，哇有物出，直堕酒中。解缚视之，赤肉长二寸许，蠕动如游鱼，口眼悉备。刘惊谢。酬以金，不受，但乞其虫。问："将何用？"曰："此酒之精，瓮中贮水，入虫搅之，即成佳酿。"刘使试之，果然。刘自是恶酒如仇，体渐瘦，家亦日贫，后饮食至不能给。

异史氏曰:“日尽一石,无损其富;不饮一斗,适以益贫,岂饮啄固有数乎哉?或言:‘虫是刘之福,非刘之病,僧愚之以成其术。’然欤否欤?”

木　雕　人

商人白有功言:“在泺口河上,见一人荷竹簏,牵巨犬二。于簏中出木雕美人,高尺余,手自转动,艳妆如生。又以小锦鞯被犬身,便令跨坐。安置已,叱犬疾奔。美人自起,学解马作诸剧,镫而腹藏,腰而尾赘,跪拜起立,灵变不讹。又作昭君出塞:别取一木雕儿,插雉尾,披羊裘,跨犬从之。昭君频频回顾,羊裘儿扬鞭追逐,真如生者。”

封　三　娘

范十一娘,𪊲城祭酒之女,少艳美,骚雅尤绝。父母钟爱之,求聘者辄令自择,女恒少所可。会上元日,水月寺中诸尼,作盂兰盆会。是日,游女如云,女亦诣之。方随喜间,一女子步趋相从,屡望颜色,似欲有言。审视之,二八绝代姝也。悦而好之,转用盼注。女子微笑曰:“姊非范十一娘乎?”答曰:“然。”女子曰:“久闻芳名,人言果不虚谬。”十一娘亦审里居,女笑曰:“妾封氏,第三,近在邻村。”把臂欢笑,词致温婉,于是大相爱悦,依恋不舍。十一娘问:“何无伴侣?”曰:“父母早逝,家中止一老妪,留守门户,故不得来。”十一娘将归,封凝眸欲涕,十一娘亦惘然,遂邀过从。封曰:“娘子朱门绣户,妾素无葭莩亲,虑致讥嫌。”十一娘固邀之,答:“俟异日。”十一娘乃脱金钗一股赠之,封亦摘髻上绿簪为报。十一娘既归,倾想殊切。出所赠簪,非金非玉,家人都不之识,甚异之。日望其来,怅然遂病。父母讯得故,使人于近村谘访,并无知者。时值重九,十一娘羸顿无聊,倩侍儿强扶窥园,设褥东篱下。忽一女子攀垣来窥,觇之,则封女也。呼曰:“接我以力?”侍儿从之,蓦然遂下。十一娘惊喜,顿起,曳坐褥间,责其负约,且问所来。答云:“妾家去此尚远,时来舅家作耍。前言近村者,缘舅家耳。别后悬思颇苦,然贫贱者与贵人交,足未登门，先怀惭怍，恐为婢仆下眼觑，是以不果来。适经墙外过，闻女子语，便一攀望，冀是小姐，今果如愿。”十一娘因述病源。封泣下如雨，因曰：“妾来当须秘密。造言生事者，飞短流长，所不堪受。”十一娘诺。偕归同榻，快与倾怀，病寻愈。订为姊妹，衣服履舄，辄互易着。见人来，则隐匿夹幕间。

积五六月，公及夫人颇闻之。一日，两人方对弈，夫人掩入，谛视，惊曰：“真吾儿友也！”因谓十一娘：“闺中有良友，我两人所欢，胡不早言？”十一娘因达封意。夫人顾谓三娘曰：“伴吾儿，极所忻慰，何昧之？”封羞晕满颊，默然拈带而已。夫人去，封乃告别。十一娘苦留之，乃止。一夕，自门外匆忙奔入，泣曰：“我固谓不可留，今果遭此大辱！”惊问之，曰：“适出更衣，一少年丈夫，横来相干，幸而得逃。如此，复何面目！”十一娘细诘形貌，谢曰：“勿须怪，此妾痴兄。会告夫人，杖责之。”封坚辞欲去，十一娘请待天曙。封曰：“舅家咫尺，但须一梯度我过墙耳。”十一娘知不可留，使两婢逾墙送之。行半里许，辞谢自去。婢返，十一娘扶床悲惋，如失伉俪。

后数月，婢以故至东村，暮归，遇封女从老妪来。婢喜，拜问。封亦恻恻，讯十一娘兴居。婢捉袂曰：“三姑过我。我家姑姑盼欲死！”封曰：“我亦思之，但不乐使家人知。归启园门，我自至。”婢归告十一娘，十一娘喜，从其言，则封已在园中矣。相见，各道间阔，绵绵不寐。视婢子眠熟，乃起，移与十一娘同枕，私语曰：“妾固知娘子未字。以才色门第，何患无贵介婿；然纨袴儿敖不足数。如欲得佳偶，请无以贫富论。”十一娘然之。封曰：“旧年邂逅处，今复作道场，明日再烦一往，当令见一如意郎君。妾少读相人书，颇不参差。”昧爽，封即去，约俟兰若。十一娘果往，封已先在。眺览一周，十一娘便邀同车。携手出门，见一秀才，年可十七八，布袍不饰，而容仪俊伟。封潜指曰：“此翰苑才也。”十一娘略睨之。封别曰：“娘子先归，我即继至。”入暮，果至，曰：“我适物色甚详，其人即同里孟安仁也。”十一娘知其贫，不以为可。封曰：“娘子何堕世情哉！此人苟长贫贱者，予当抉眸子，不复相天下士矣。”十一娘曰：“且为奈何？”曰：“愿得一物，持与订盟。”十一娘曰：“姊何草草？父母在，不遂如何？”封曰：“妾此为，正恐其不遂耳。志若坚，生死何可夺也？”十一娘必不可。封曰：“娘子姻缘已动，而魔劫未消。所以故，来报前好耳。请即别，即以所赠金凤钗，矫命赠之。”十一娘方谋更商，封已出门去。

时孟生贫而多才，意将择耦，故十八犹未聘也，是日，忽睹两艳，归涉冥想。一更向尽，封三娘款门而入，烛之，识为日中所见，喜致诘问。曰：“妾封氏，范十一娘之女伴也。”生大悦，不暇细审，遽前拥抱。封拒曰：“妾非毛遂，乃曹丘生。十一娘愿缔永好，请倩冰也。”生愕然不信。封乃以钗示生。生喜不自已，矢曰：“劳眷注如此，仆不得十一娘，宁终鳏耳。”封遂去。生诘旦，浼邻媪诣范夫人。夫人贫之，竟不商女，立便却去。十一娘知之，心失所望，深恨封之误已也，而金钗难返，只须以死矢之。

又数日，有某绅为子求婚，恐不谐，浼邑宰作伐。时某方居权要，范公心畏之，以问十一娘，十一娘不乐。母诘之，默默不言，但有涕泪。使人潜告夫人，非孟生不嫁。公闻，益怒，竟许某绅家，且疑十一娘有私意于生，遂涓吉速成礼。十一娘忿不食，日惟耽卧。至亲迎之前夕，忽起，揽镜自妆。夫人窃喜。俄侍女奔白：“小姐自缢死！”举家惊涕，痛悔无所复及。三日遂葬。

孟生自邻媪反命，愤恨欲绝，然遥遥探访，妄冀复挽。察知佳人有主，忿火中烧，万虑俱断矣。未几，闻玉葬香埋，愴然悲丧，恨不从丽人俱死。向晚出门，意将乘昏夜一哭十一娘之墓。欻有一人来，近之，则封三娘，向生道喜曰：“喜姻好可就矣。”生泫然曰：“卿不知十一娘亡耶？”封曰：“我所谓就者，正以其亡。可急唤家人发冢，我有异药，能令苏。”生从之，发墓破棺，复掩其穴。生自负尸，与三娘俱归，置榻上，投以药，逾时而苏。顾见三娘，问：“此何所？”封指生曰：“此孟安仁也。”因告以故，始知复生。封惧漏泄，相将去五十里，避匿山村。

封欲辞去，十一娘乞留作伴，使别院居。因货殉葬之饰，用为资度，亦称小有。封每遇生来，辄避去。十一娘从容曰：“吾姊妹骨肉不啻也，然终无百年聚，计不如效英、皇。”封曰：“妾少得异诀，吐纳可以长生，故不愿嫁耳。”十一娘笑曰：“世传养生术，汗牛充栋，行而效者谁也？”封曰：“妾所得非人世所知。世传并非真诀，惟华陀五禽图差为不妄。凡修炼家，无非欲血气流通耳。若得厄逆症，作虎形立止，非其验耶？”十一娘阴与生谋，使伪为出者。入夜，强劝以酒，既醉，生潜入污之。三娘醒曰：“妹子害我矣！倘色戒不破，道成当升第一天。今堕奸谋，命耳！”乃起告辞。十一娘告以诚意而哀谢之。封曰：“实相告，我乃狐也。缘瞻丽容，忽生爱慕，如茧自缠，遂有今日。此乃情魔之劫，非关人力。再留，则魔更生，无底止矣。娘子福泽正远，珍重自爱。”言已而逝。夫妻惊叹久之。

逾年，生乡、会果捷，官翰林。投刺谒范公，公愧悔不见，固请之，乃见。生入，执子婿礼，伏拜甚恭。公愧怒，疑生儇薄。生请间，具道情事。公不深信，使人探诸其家，方大惊喜。阴戒勿宣，惧有祸变。又二年，某绅以关节发觉，父子充辽海军，十一娘始归宁焉。

狐　梦

余友毕怡庵，倜傥不群，豪纵自喜，貌丰肥，多髭，士林知名。尝以故至叔刺史公之别业，休憩楼上。传言楼中故多狐，毕每读青凤传，心辄向往，恨不一遇。因于楼上，摄想凝思。

既而归斋，日已寖暮。时暑月燠热，当户而寝。睡中有人摇之，醒而却视，则一妇人，年逾四十，而风韵犹存。毕惊起，问为谁。笑曰：“我狐也。蒙君注念，心窃感纳。”毕闻而喜，投以嘲谑。妇笑曰：“妾齿加长矣，纵人不见恶，先自惭沮。有小女及笄，可侍巾栉。明宵，无寓人于室，当即来。”言已而去。至夜，焚香坐伺，妇果携女至。态度娴婉，旷世无匹。妇谓女曰：“毕郎与有夙缘，即须留止。明旦早归，勿贪睡也。”毕乃握手入帏，款曲备至。事已，笑曰：“肥郎痴重，使人不堪。”未明即去。既夕自来，曰：“姊妹辈将为我贺新郎，明日即屈同去。”问：“何所？”曰：“大姊作筵主，此去不远也。”毕果候之。良久不至，身渐倦惰，才伏案头，女忽入曰：“劳君久伺矣。”乃握手而行。奄至一处，有大院落。直上中堂，则见灯烛荧荧，灿若星点。俄而主人至，年近二旬，淡妆绝美。敛衽称贺已，将践席，婢入白：“二娘子至。”见一女子入，年可十八九，笑向女曰：

"妹子已破瓜矣。新郎颇如意否?"女以扇击背,白眼视之。二娘曰:"记儿时与妹相扑为戏,妹畏人数胁骨,遥呵手指,即笑不可耐,便怒我,谓我当嫁僬侥国小王子。我谓婢子他日嫁多髭郎,刺破小吻,今果然矣。"大娘笑曰:"无怪三娘子怒诅也!新郎在侧,直尔憨跳!"顷之,合尊促坐,宴笑甚欢。

忽一少女,抱一猫至,年可十二三,雏发未燥,而艳媚入骨。大娘曰:"四妹妹亦要见姊丈耶?此无坐处。"因提抱膝头,取肴果饵之。移时,转置二娘怀中,曰:"压我胫股酸痛!"二姊曰:"婢子许大,身如百钧重,我脆弱不堪。既欲见姊丈,姊丈故壮伟,肥膝耐坐。"乃捉置毕怀。入怀香奥,轻若无人。毕抱与同杯饮。大娘曰:"小婢勿过饮,醉失仪容,恐为姊丈所笑。"少女孜孜展笑,以手弄猫,猫戛然鸣。大娘曰:"尚不抛却,抱走蚤虱矣!"二娘曰:"请以狸奴为令,执箸交传,鸣处则饮。"众如其教。至毕辄鸣,毕故豪饮,连举数觥。乃知小女子故捉令鸣也,因大喧笑。二姊曰:"小妹子归休!压杀郎君,恐三姊怨人。"小女郎乃抱猫去。

大姊见毕善饮,乃摘髻子贮酒以劝。视髻仅容升许,然饮之,觉有数斗之多。比干视之,则荷盖也。二娘亦欲相酬,毕辞不胜酒。二娘出一口脂合子,大于弹丸,酌曰:"既不胜酒,聊以示意。"毕视之,一吸可尽,接吸百口,更无干时。女在傍以小莲杯易合子去,曰:"勿为奸人所算。"置合案上,则一巨钵。二娘曰:"何预汝事!三日郎君,便如许亲爱耶!"毕持杯向口立尽。把之腻软,审之,非杯,乃罗袜一钩,衬饰工绝。二娘夺骂曰:"猾婢!何时盗人履子去,怪足冰冷也!"遂起,入室易舄。

女约毕离席告别。女送出村,使毕自归。瞥然醒寤,竟是梦景。而鼻口醺醺,酒气犹浓,异之。至暮,女来,曰:"昨宵未醉死耶?"毕言:"方疑是梦。"女曰:"姊妹怖君狂噪,故托之梦,实非梦也。"女每与毕弈,毕辄负。女笑曰:"君日嗜此,我谓必大高着,今视之,只平平耳。"毕求指诲。女曰:"弈之为术,在人自悟,我何能益君?朝夕渐染,或当有益。"居数月,毕觉稍进。女试之,笑曰:"尚未,尚未。"毕出,与所尝共弈者游,则人觉其异,稍咸奇之。

毕为人坦直，胸无宿物，微泄之。女已知，责曰："无惑乎同道者不交狂生也。屡嘱甚密，何尚尔尔！"怫然欲去。毕谢过不遑，女乃稍解，然由此来寖疏矣。积年余，一夕来，兀坐相向，与之弈，不弈，与之寝，不寝。怅然良久，曰："君视我孰如青凤？"曰："殆过之。"曰："我自惭弗如。然聊斋与君文字交，请烦作小传，未必千载下无爱忆如君者。"曰："夙有此志，曩遵旧嘱，故秘之。"女曰："向为是嘱，今已将别，复何讳？"问："何往？"曰："妾与四妹妹为西王母征作花鸟使，不复得来矣。曩有姊行，与君家叔兄，临别已产二女，今尚未醮，妾与君幸无所累。"毕求赠言，曰："盛气平，过自寡。"遂起，捉手曰："君送我行。"至里许，洒涕分手，曰："彼此有志，未必无会期也。"乃去。康熙二十一年腊月十九日，毕子细述其异，因为志之。

布　客

长清某，贩布为业，客于泰安，闻有术人工星命之学，诣问休咎。术人推之曰："运数大恶，可速归。"某惧，囊资北下。途中遇一短衣人，似是隶胥。渐渍与语，遂相知悦。屡市餐饮，呼与共啜。短衣人甚德之。某问所营干，答曰："将适长清，有所勾致。"问为何人，短衣人出牒，示令自审，第一即己姓名。骇曰："何事见勾？"短衣人曰："我乃蒿里人，东四司隶役。想子寿数尽矣。"某出涕求救。鬼曰："不能。然牒上名多，拘集尚需时日。子速归，处置后事。我最后相招，此即所以报交好耳。"无何，至河际，断绝桥梁，行人艰涉。鬼曰："子行死矣，一文亦将不去。请即建桥，利行人，虽颇烦费，然于子未必无小益。"某然之。归，告妻子作周身具。克日鸠工建桥。久之，鬼竟不至，心窃疑之。一日，鬼忽来曰："我已以建桥事上报城隍，转达冥司矣，谓此一节可延寿命。今牒名已除，敬以报命。"某喜感谢。后再至泰山，不忘鬼德，敬赍楮锭，呼名酬奠。既出，见短衣人匆遽而来曰："子几祸我！适司君方莅事，幸不闻之，不然，奈何！"送之数武，曰："后勿复来。倘有事北往，自当迂道过访。"遂别而去。

农 人

有农人耕于山下，妇以陶器为饷。食已，置器垄畔，向暮视之，器中余粥尽空。如是者屡，心疑之，因睨注以觇之。有狐来，探首器中。农人荷锄潜往，力击之。狐惊窜走，器囊头，苦不得脱。狐颠蹶，触器碎落，出首，见农人，窜益急，越山而去。

后数年，山南有贵家女，苦狐缠祟，勅勒无灵。狐谓女曰："纸上符咒，能奈我何！"女绐之曰："汝道术良深，可幸永好，顾不知生平亦有所畏者否？"狐曰："我罔所怖。但十年前在北山时，尝窃食田畔，被一人戴阔笠，持曲项兵，几为所戮，至今犹悸。"女告父。父思投其所畏，但不知姓名、居里，无从问讯。会仆以故至山村，向人偶道，旁一人惊曰："此与予曩年事适相符，将无向所逐狐，今能为怪耶？"仆异之，归告主人。主人喜，即命仆马招农人来，敬白所求。农人笑曰："曩所遇诚有之，顾未必即为此物。且既能怪变，岂复畏一农人？"贵家固强之，使披戴如尔日状，入室以锄卓地，咤曰："我日觅汝不可得，汝乃逃匿在此耶！今相值，决杀不宥！"言已，即闻狐鸣于室。农人益作威怒，狐即哀告乞命。农人叱曰："速去，释汝。"女见狐捧头鼠窜而去，自是遂安。

章 阿 端

卫辉戚生，少年蕴藉，有气敢任。时大姓有巨第，白昼见鬼，死亡相继，愿以贱售，生廉其直，购居之。而第阔人稀，东院楼亭，蒿艾成林，亦姑废置。家人夜惊，辄相哗以鬼。两月余，丧一婢。无何，生妻以暮至楼亭，既归得疾，数日寻毙。家人益惧，劝生他徙。生不听，而块然无偶，憭栗自伤，婢仆辈又时以怪异相聒。生怒，盛气襆被，独卧荒亭中，留烛以觇其异。久之无他，亦竟睡去。

忽有人以手探被，反复扪挱。生醒视之，则一老大婢，挛耳蓬头，臃肿无度。生知其鬼，捉臂推之，笑曰："尊范不堪承教！"婢惭，敛手蹀躞而去。少顷，一女郎自西北隅出，神情婉妙，闯然至灯下，怒骂："何处狂生，居然高卧！"生起笑曰："小生此间之地主，候卿讨房税耳。"遂起，裸而捉之。女急遁。生先趋西北隅，阻其归路。女既穷，便坐床上。近临之，对烛如仙，渐拥诸怀。女笑曰："狂生不畏鬼耶？将祸尔死！"生强解裙襦，则亦不甚抗拒。已而自白曰："妾章氏，小字阿端。误适荡子，刚愎不仁，横加折辱，愤悒夭逝，瘗此二十余年矣。此宅下皆坟冢也。"问："老婢何人？"曰："亦一故鬼，从妾服役。上有生人居，则鬼不安于夜室，适令驱君耳。"问："扪挲何为？"笑曰："此婢三十年未经人道，其情可悯，然亦太不自量矣。要之：馁怯者，鬼益侮弄之；刚肠者，不敢犯也。"听邻钟响断，着衣下床，曰："如不见猜，夜当复至。"

入夕，果至，绸缪益欢。生曰："室人不幸殂谢，感悼不释于怀，卿能为我致之否？"女闻之益戚，曰："妾死二十年，谁一置念忆者！君诚多情，妾当极力。然闻投生有地矣，不知尚在冥司否。"逾夕，告生曰："娘子将生贵人家。以前生失耳环挞婢，婢自缢死，此案未结，以故迟留。今尚寄药王廊下，有监守者。妾使婢往行贿，或将来也。"生问："卿何闲散？"曰："凡枉死鬼不自投见，阎摩天子不及知也。"二鼓向尽，老婢果引生妻而至。生执手大悲，妻含涕不能言。女别去，曰："两人可话契阔，另夜请相见也。"生慰问婢死事。妻曰："无妨，行结矣。"上床偎抱，款若平生之欢。由此遂以为常。

后五日，妻忽泣曰："明日将赴山东，乖离苦长，奈何！"生闻言，挥涕流离，哀不自胜。女劝曰："妾有一策，可得暂聚。"共收涕询之。女请以钱纸十提，焚南堂杏树下，持贿押生者，俾缓时日，生从之。至夕，妻至，曰："幸赖端娘，今得十日聚。"生喜，禁女勿去，留与连床，暮以暨晓，惟恐欢尽。过七八日，生以限期将满，夫妻终夜哭。问计于女，女曰："势难再谋。然试为之，非冥资百万不可。"生焚之如数。女来，喜曰："妾使人与押生者关说，初甚难，既见多金，心始摇。今已以他鬼代生矣。"自此，白日亦不复去，令生塞户牖，灯烛不绝。

如是年余，女忽病瞀闷，懊侬恍惚，如见鬼状。妻抚之曰："此为鬼病。"生曰："端娘已鬼，又何鬼之能病？"妻曰："不然。人死为鬼，鬼死为聻。鬼之畏聻，犹人之畏鬼也。”生欲为聘巫医，曰：“鬼何可以人疗？邻媪王氏，今行术于冥间，可往召之。然去此十余里，妾足弱不能行，烦君焚刍马。”生从之。马方爇，即见婢女牵赤骝，授绥庭下，转瞬已杳。少间，与一老妪叠骑而来，絷马廊柱。妪入，切女十指，既而端坐，首僩俫作态，仆地移时，蹶而起曰：“我黑山大王也。娘子病大笃，幸遇小神，福泽不浅哉！此业鬼为殃，不妨，不妨！但是病有瘳，须厚我供养，金百锭、钱百贯，盛筵一设，不得少缺。”妻一一噭应。妪又仆而苏，向病者呵叱，乃已。既而欲去，妻送诸庭外，赠之以马，欣然而去。入视女郎，似稍醒。夫妻大悦，抚问之。女忽言曰：“妾恐不得再履人世矣。合目辄见冤鬼，命也！”因泣下。越宿，病益沈殆，曲体战栗，妄有所睹。拉生同卧，以首入怀，似畏扑捉。生一起，则惊叫不宁。如此六七日，夫妻无所为计。会生他出，半日而归，闻妻哭声，惊问，则端娘已毙床上，委蜕犹存。启之，白骨俨然。生大恸，以生人礼葬于祖墓之侧。一夜，妻梦中呜咽，摇而问之，答云：“适梦端娘来，言其夫为聻鬼，怒其改节泉下，衔恨索命去，乞我作道场。”生早起，即将如教。妻止之曰：“度鬼非君所可与力也。”乃起去。逾刻而来，曰：“余已命人邀僧侣，当先焚钱纸作用度。”生从之。日方落，僧众毕集，金铙法鼓，一如人世。妻每谓其聒耳，生殊不闻。道场既毕，妻又梦端娘来谢，言：“冤已解矣，将生作城隍之女。烦为转致。”

居三年，家人初闻而惧，久之渐习，生不在，则隔窗启禀。一夜，向生啼曰：“前押生者，今情弊漏泄，按责甚急，恐不能久聚矣。”数日，果疾，曰：“情之所钟，本愿长死，不乐生也。今将永诀，得非数乎！”生皇遽求策，曰：“是不可为也。”问：“受责乎？”曰：“薄有所责。然偷生之罪大，偷死之罪小。”言讫，不动。细审之，面庞形质，渐就澌灭矣。生每独宿亭中，冀有他遇，终亦寂然，人心遂安。

馎 饦 媪

韩生居别墅半载，腊尽始返。一夜，妻方卧，闻人行声，视之，炉中煤火，炽耀甚明，见一媪，可八九十岁，鸡皮橐背，衰发可数。向女曰:“食馎饦否?”女惧,不敢应。媪遂以铁箸拨火,加釜其上,又注以水。俄闻汤沸,媪撩襟启腰橐,出馎饦数十枚,投汤中,历历有声。自言曰:“待寻箸来。”遂出门去。女乘媪去,急起捉釜倾箦后,蒙被而卧。少刻,媪至,逼问釜汤所在,女大惧而号。家人尽醒,媪始去。启箦照视,则土鳖虫数十,堆累其中。

金　永　年

利津金永年,八十二岁无子。媪亦七十八岁,自分绝望。忽梦神告曰:“本应绝嗣,念汝贸贩平准,予一子。”醒以告媪。媪曰:“此真妄想。两人皆将就木,何由生子?”无何,媪腹震动,十月,竟举一男。

花　姑　子

安幼舆,陕之拔贡生。为人挥霍好义,喜放生,见猎者获禽,辄不惜重直,买释之。会舅家丧葬,往助执绋。暮归,路经华岳,迷窜山谷中,心大恐。一矢之外,忽见灯火,趋投之。数武中,欻见一叟,伛偻曳杖,斜径疾行。安停足,方欲致问,叟先诘谁何。安以迷途告,且言灯火处必是山村,将以投止。叟曰:“此非安乐乡。幸老夫来,可从去,茅庐可以下榻。”安大悦,从行里许,睹小村。叟扣荆扉,一妪出,启关曰:“郎子来耶?”叟曰:“诺。”

既入,则舍宇湫隘。叟挑灯促坐,便命随事具食。又谓妪曰:“此非他,是吾恩主。婆子不能行步,可唤花姑子来酾酒。”俄女郎以馔具入,立叟侧,秋波斜盼。安视之,芳容韶齿,殆类天仙。叟顾令煨酒。房西隅有煤炉,女郎入房拨火。安问:“此女公何人?”答云:“老夫章姓。七十年止有此女。田家少婢仆,以君非他人,遂敢出妻见子,幸勿哂也。”安问:“婿何家里?”答言:“尚未。”安赞其惠丽,称不容口。叟方谦挹,忽闻女郎惊号。叟奔入,则酒沸火腾。叟乃救止,诃曰:“老大婢,濡猛不知耶!”回首,见炉傍有薥心插紫姑未竟,又诃曰:“发蓬蓬许,裁如婴儿!”持向安曰:“贪此生涯,致酒腾沸。蒙君子奖誉,岂不羞死!”安审谛之,眉目袍服,制甚精工,赞曰:“虽近儿戏,亦见慧心。”

斟酌移时,女频来行酒,嫣然含笑,殊不羞涩。安注目情动。忽闻妪呼,叟便去。安觑无人,谓女曰:“睹仙容,使我魂失。欲通媒妁,恐其不遂,如何?”女抱壶向火,默若不闻,屡问不对。生渐入室,女起,厉色曰:“狂郎入闼,将何为!”生长跪哀之。女夺门欲去。安暴起要遮,狎接臄脗。女颤声疾呼,叟忽遽入问。安释手而出,殊切愧惧。女从容向父曰:“酒复涌沸,非郎君来,壶子融化矣。”安闻女言,心始安妥,益德之。魂魄颠倒,丧所怀来,于是伪醉离席,女亦遂去。叟设裀褥,阖扉乃出。

安不寐,未曙,呼别。至家,即浼交好者造庐求聘,终日而返,竟莫得其居里。安遂命仆马,寻途自往,至则绝壁巉岩,竟无村落。访诸近里,此姓绝少。失望而归,并忘寝食。由此得昏瞀之疾,强啖汤粥,则唾喀欲吐,溃乱中,辄呼花姑子。家人不解,但终夜环伺之,气势阽危。一夜,守者困怠并寐,生矇瞳中,觉有人揣而抗之。略开眸,则花姑子立床下,不觉神气清醒。熟视女郎,潸潸涕堕。女倾头笑曰:“痴儿何至此耶?”乃登榻,坐安股上,以两手为按太阳穴。安觉脑麝奇香,穿鼻沁骨。按数刻,忽觉汗满天庭,渐达肢体。小语曰:“室中多人,我不便住,三日当复相望。”又于绣袪中出数蒸饼置床头,悄然遂去。安至中夜,汗已思食,扪饼啖之,不知所苞何料,甘美非常,遂尽三枚。又以衣覆余饼,懵腾酣睡,辰分始醒,如释重负。三日,饼尽,精神倍爽,乃遣散家人。又虑女来不得其门而入,潜出斋庭,悉脱扃键。

未几,女果至,笑曰:“痴郎子!不谢巫耶?”安喜极,抱与绸缪,恩爱甚至。已而曰:“妾冒险蒙垢,所以故,来报重恩耳。实不能永谐琴瑟,幸早别图。”安默默良久,乃问曰:“素昧生平,何处与卿家有旧?实所不忆。”女不言,但云:“君自思之。”生固求永好,女曰:“屡屡夜奔,固不可;常谐伉俪,亦不能。”安闻言,悒悒而悲。女曰:“必欲相谐,明宵请临妾家。”安乃收悲以忻,问曰:“道路辽远,卿纤纤之步,何遂能来?”曰:“妾固未归。东头聋媪我姨行。为君故,淹留至今,家中恐所疑怪。”安与同衾,但觉气息肌肤,无处不香,问曰:“熏何芗泽,致侵肌骨?”女曰:“妾生来便尔,非由熏饰。”安益奇之。女早起言别。安虑迷途,女约相候于路。安抵暮驰去,女果伺待,偕至旧所。叟媪欢逆。酒肴无佳品,杂具藜藿。既而请安寝,女子殊不瞻顾,颇涉疑念。更既深,女始至,曰:“父母絮絮不寝,致劳久待。”浃洽终夜,谓安曰:“此宵之会,乃百年之别。”安惊问之,答曰:“父以小村孤寂,故将远徙。与君好合,尽此夜耳。”安不忍释,俯仰悲怆。依恋之间,夜色渐曙,叟忽然闯入,骂曰:“婢子玷我清门,使人愧怍欲死!”女失色,草草奔出。叟亦出,且行且詈。安惊孱愕怯,无以自容,潜奔而归。

数日徘徊,心景殆不可过。因思夜往,逾墙以观其便,叟固言有恩,即令事泄,当无大谴。遂乘夜窜往,蹀躞山中,迷闷不知所往,大惧。方觅归途,见谷中隐有舍宇,喜诣之,则闬闳高壮,似是世家,重门尚未扃也。安向门者讯章氏之居。有青衣人出,问:“昏夜何人询章氏?”安曰:“是吾亲好,偶迷居向。”青衣曰:“男子无问章也。此是渠妗家,花姑即今在此,容传白之。”入未几,即出邀安。才登廊舍,花姑趋出迎,谓青衣曰:“安郎奔波中夜,想已困殆,可伺床寝。”少间,携手入帏。安问:“妗家何别无人?”女曰:“妗他出,留妾代守。幸与郎遇,岂非夙缘?”然偎傍之际,觉甚膻腥,心疑有异。女抱安颈,遽以舌舐鼻孔,彻脑如刺。安骇绝,急欲逃脱,而身若巨绠之缚,少时,闷然不觉矣。安不归,家中逐者穷人迹。或言暮遇于山径者,家人入山,则裸死危崖下。惊怪莫察其由,舁归。

众方聚哭,一女郎来吊,自门外嗷啕而入。抚尸捺鼻,涕洟其中,呼曰:“天乎,天乎! 何愚冥至此!”痛哭声嘶,移时乃已。告家人曰:“停以七日,勿殓也。”众不知何人,方将启问,女傲不为礼,含涕径出,留之不顾。尾其后,转眸已渺。群疑为神,谨遵所教。夜又来,哭如昨。至七夜,安忽苏,反侧以呻,家人尽骇。女子入,相向呜咽。安举手,挥众令去。女出青草一束,燂汤升许,即床头进之,顷刻能言。叹曰:“再杀之惟卿,再生之亦惟卿矣!”因述所遇。女曰:“此蛇精冒妾也。前迷道时,所见灯光,即是物也。”安曰:“卿何能起死人而肉白骨也? 毋乃仙乎?”曰:“久欲言之,恐致惊怪。君五年前,曾于华山道上买猎獐而放之否?”曰:“然,其有之。”曰:“是即妾父也。前言大德,盖以此故。君前日已生西村王主政家。妾与父讼诸阎摩王，阎摩王弗善也。父愿坏道代郎死，哀之七日，始得当。今之邂逅，幸耳。然君虽生，必且痿痹不仁，得蛇血合酒饮之，病乃可除。”生衔恨切齿，而虑其无术可以擒之。女曰：“不难，但多残生命，累我百年不得飞升。其穴在老崖中，可于晡时聚茅焚之，外以强弩戒备，妖物可得。”言已，别曰：“妾不能终事，实所哀惨。然为君故，业行已损其七，幸悯宥也。月来觉腹中微动，恐是孽根。男与女，岁后当相寄耳。”流涕而去。

安经宿，觉腰下尽死，爬搔无所痛痒，乃以女言告家人。家人往，如其言，炽火穴中。有巨白蛇冲焰而出，数弩齐发，射杀之。火熄入洞，蛇大小数百头，皆焦且死。家人归，以蛇血进。安服三日，两股渐能转侧，半年始起。

后独行谷中，遇老媪以绷席抱婴儿授之，曰：“吾女致意郎君。”方欲问讯，瞥不复见。启襁视之，男也。抱归，竟不复娶。

武 孝 廉

武孝廉石某，囊资赴都，将求铨叙。至德州，暴病，唾血不起，长卧舟中。仆篡金亡去。石大恚，病益加，资粮断绝，榜人谋委弃之。会有女子乘船，夜来临泊，闻之，自愿以舟载石。榜人悦，扶石登女舟。石视之，妇四十余，被服灿丽，神采犹都，呻以感谢。妇临审曰：“君夙有瘵根，今魂魄已游墟墓。”石闻之，嗷然哀哭。妇曰：“我有丸药，能起死。苟病瘳，勿相忘。”石洒泣矢盟。妇乃以药饵石，半日，觉少痊。妇即榻供甘旨，殷勤过于夫妇。石益德之。月余，病良已。石膝行而前，敬之如母。妇曰：“妾茕独无依，如不以色衰见憎，愿侍巾栉。”时石三十余，丧偶经年，闻之，喜惬过望，遂相燕好。妇乃出藏金，使入都营干，相约返与同归。石赴都夤缘，选得本省司阃，余金市鞍马，冠盖赫奕。因念妇腊已高，终非良偶，因以百金聘王氏女为继室。心中悚怯，恐妇闻知，遂避德州道，迂途履任。年余，不通音耗。有石中表，偶至德州，与妇为邻。妇知之，诣问石况，某以实对。妇大骂，因告以情。某亦代为不平，慰解曰：“或署中务冗，尚未暇遑。乞修尺一书，为嫂寄之。”妇如其言。某敬以达石，石殊不置意。又年余，妇自往归石，止于旅舍，托官署司宾者通姓氏，石令绝之。一日，方燕饮，闻喧詈声，释杯凝听，则妇已搴帘入矣。石大骇，面色如土。妇指骂曰：“薄情郎！安乐耶？试思富若贵何所自来？我与汝情分不薄，即欲置婢妾，相谋何妨？”石累足屏气，不能复作声，久之，长跪自投，诡辞求宥。妇气稍平。石与王氏谋，使以妹礼见妇，王氏雅不欲，石固哀之，乃往。王拜，妇亦答拜，曰：“妹勿惧，我非悍妒者。曩事，实人情所不堪，即妹亦不当愿有是郎。”遂为王缅述本末。王亦愤恨，因与交詈石。石不能自为地，惟求自赎，遂相安帖。

初，妇之未入也，石戒阍人勿通，至此，怒阍人，阴诘让之。阍人固言管钥未发，无入者，不服。石疑之而不敢问妇，两虽言笑，而终非所好也。幸妇娴婉，不争夕，三餐后，掩闼早眠，并不问良人夜宿何所。王初犹自危，见其如此，益敬之，厌旦往朝，如事姑嫜。妇御下宽和有体，而明察若神。一日，石失印绶，合署沸腾，屑屑还往，无所为计。妇笑言：“勿忧，竭井可得。”石从之，果得。叩其故，辄笑不言，隐约间，似知盗者之姓名，然终不肯泄。居之终岁，察其行多异。石疑其非人，常于寝后使人瞯听之，但闻床上终夜作振衣声，亦不知其何为。妇与王极相怜爱。

一夕，石以赴臬司未归，妇与王饮，不觉醉，就卧席间，化而为狐。王怜之，覆以锦褥。未几，石入，王告以异。石欲杀之。王曰：“即狐，何负于君？”石不听，急觅佩刀，而妇已醒，骂曰：“虺蝮之行，而豺狼之性，必不可以久居！曩时啖药，乞赐还也！”即唾石面。石觉森寒如浇冰水，喉中习习作痒，呕出，则丸药如故。妇拾之，忿然径出，追之已杳。石中夜旧症复作，血嗽不止，半载而卒。

西 湖 主

陈生弼教，字明允，燕人也。家贫，从副将军贾绾作记室。泊舟洞庭，适猪婆龙浮水面，贾射之中背。有鱼衔龙尾不去，并获之。锁置桅间，奄存气息。而龙吻张翕，似求援拯。生恻然心动，请于贾而释之,携有金创药,戏敷患处,纵之水中,浮沉逾刻而没。

后年余,生北归,复经洞庭,大风覆舟,幸扳一竹簏,漂泊终夜,絓木而止。援岸方升,有浮尸继至,则其僮仆。力引出之,已就毙矣。惨怛无聊,坐对憩息,但见小山耸翠,细柳摇青,行人绝少,无可问途。自迟明以至辰后,怅怅靡之。忽僮仆肢体微动,喜而扪之。无何,呕水数斗,豁然顿苏。相与曝衣石上,近午始燥可着,而枵肠辘辘,饥不可堪。于是越山疾行,冀有村落。才至半山,闻鸣镝声。方疑听间,有二女郎乘骏马来,骋如撒菽。各以红绡抹额,髻插雉尾,着小袖紫衣,腰束绿锦,一挟弹,一臂青鞲。度过岭头,则数十骑猎于榛莽,并皆姝丽,装束若一。生不敢前。有男子步驰,似是驭卒,因就问之,答曰:"此西湖主猎首山也。"生述所来,且告之馁。驭卒解裹粮授之,嘱云:"宜即远避,犯驾当死!"生惧,疾趋下山。

茂林中隐有殿阁,谓是兰若,近临之,粉垣围沓,溪水横流,朱门半启,石桥通焉。攀扉一望,则台榭环云,拟于上苑,又疑是贵家园亭。逡巡而入,横藤碍路,香花扑人。过数折曲栏,又是别一院宇,垂杨数十株,高拂朱檐,山鸟一鸣,则花片乱飞,深巷微风,则榆钱自落,怡目快心,殆非人世。穿过小亭,有秋千一架,上与云齐,而罥索沉沉,杳无人迹。因疑地近闺阁,恇怯未敢深入。俄闻马腾于门,似有女子笑语。生与僮潜伏丛花中。未几,笑声渐近,闻一女子曰:"今日猎兴不佳,获禽绝少。"又一女曰:"非是公主射得雁落,几空劳仆马也。"无何,红妆数辈,拥一女郎至亭上坐,秃袖戎装,年可十四五,发多敛雾,腰细惊风,玉蕊琼英,未足方喻。诸女子献茗熏香,灿如堆锦。移时,女起,历阶而下。一女曰:"公主鞍马劳顿,尚能秋千否?"公主笑诺,遂有驾肩者,捉臂者,褰裙者,挽扶而上。公主舒皓腕,蹑利屣,轻如飞燕,蹴入云宵。已而扶下,群曰:"公主真仙人也!"嘻笑而去。

生睨良久,神志飞扬。迨人声既寂,出诣秋千下,徘徊凝想,见篱下有红巾,知为群美所遗,喜纳袖中。登其亭,见案上设有文具,遂题巾曰:"雅戏何人拟半仙?分明琼女散金莲。广寒队里恐相妒,莫信凌波上九天。"题已,吟诵而出,复寻故径,则重门扃锢矣。踟蹰无计,返而楼阁亭台，涉历几尽。一女掩入，惊问："何得来此？"生揖之曰："失路之人，幸能垂救。"女问："拾得红巾否？"生曰："有之。然已玷染，如何？"因出之。女大惊曰："汝死无所矣！此公主所常御，涂鸦若此，何能为地？"生失色，哀求脱免。女曰："窃窥宫仪，罪已不赦。念汝儒冠，欲以私意相全，今孽乃自作，将何为计！"遂皇皇持巾去。生心悸肌栗，恨无翅翎，惟延颈俟死。迂久，女复来，潜贺曰："子有生望矣！公主看巾三四遍，辗然无怒容，或当放君去。宜姑耐守，勿得攀树钻垣，发觉不宥矣。"日已投暮，凶祥不能自必，而饿焰中烧，忧煎欲死。无何，女子挑灯至。一婢提壶榼，出酒食饷生。生急问消息，女云："适我乘间言：'园中秀才，可恕则放之。不然，饿且死。'公主沉思云：'深夜教渠何之？'遂命馈君食。此非恶耗也。"生徊徨终夜，危不自安。辰刻向尽，女子又饷之。生哀求缓颊，女曰："公主不言放，谁敢私放？我辈下人，何敢屑屑渎告？"

既而斜日西转，眺望方殷，女子坌息急奔而入，曰："殆矣！多言者泄其事于王妃，妃展巾抵地，大骂狂伧，祸不远矣！"生大惊，面如灰土，长跽请教。忽闻人语纷拿，女摇手避去。数人持索，汹汹入户。内一婢熟视曰："将谓何人，陈郎耶？"遂止持索者，曰："且勿且勿，待白王妃来。"返身急去。少间来，曰："王妃请陈郎入。"生战惕从之。经数十门户，至一宫殿，碧箔银钩，即有美姬揭帘，唱："陈生至。"上一丽者，袍服炫冶。生伏地稽首曰："万里孤臣，幸恕生命。"妃急起拽之，曰："我非君子，无以有今日。婢辈无知，致迕佳客，罪何可赎！"即设筵，酌以镂杯。生茫然不解其故。妃曰："再造之恩，恨无所报。息女蒙题巾之爱，当是天缘，今夕即遣奉侍。"生意出非望，神惝恍而无着。

日方暮，一婢前白："公主已严妆讫。"遂引生就帐。忽而笙管嗷嘈，阶上悉践花罽，门堂藩溷，处处皆笼烛，数十妖姬，扶公主交拜。麝兰之气，充溢殿庭。既而相将入帏，两相倾爱。生曰："羁旅之臣，生平不省拜侍。点污芳巾，得免斧锧，幸矣，反赐姻好，实非所望。"公主曰："妾母，湖君妃子，乃扬江王女。旧岁归宁，偶游湖上，为流矢所中，蒙君脱免，又赐刀圭之药，一门戴佩，常不去心。郎勿以非类见疑。妾从龙君得长生诀，愿与郎共之。"生乃悟为神人，因问："婢子何以相识?"曰:"尔日洞庭舟上,曾有小鱼衔尾,即此婢也。"又问:"既不见诛,何迟迟不赐纵脱?"笑曰:"实怜君才,但不得自主。颠倒终夜,他人不及知也。"生叹曰:"卿我鲍叔也。馈食者谁?"曰:"阿念,亦妾腹心。"生曰:"何以报德?"笑曰:"侍君有日,徐图塞责未晚耳。"问:"大王何在?"曰:"从关圣征蚩尤未归。"

居数日,生虑家中无耗,悬念綦切,乃先以平安书遣仆归。家中闻洞庭舟覆,妻子缞绖已年余矣,仆归,始知不死,而音闻梗塞,终恐漂泊难返。又半载,生忽至,裘马甚都,囊中宝玉充盈。由此富有巨万,声色豪奢,世家所不能及。七八年间,生子五人。日日宴集宾客,宫室饮馔之奉,穷极丰盛。或问所遇,言之无少讳。

有童稚之交梁子俊者,宦游南服十余年。归过洞庭,见一画舫,雕槛朱窗,笙歌幽细,缓荡烟波,时有美人推窗凭眺。梁目注舫中,见一少年丈夫,科头叠股其上,傍有二八姝丽,挼莎交摩。念必楚襄贵官,而驺从殊少。凝眸审谛,则陈明允也,不觉凭栏酣呼。生闻罢棹,出临鹢首,邀梁过舟,见残肴满案,酒雾犹浓。生立命撤去。顷之,美婢三五,进酒烹茗,山海珍错,目所未睹。梁惊曰:"十年不见,何富贵一至于此!"笑曰:"君小觑穷措大不能发迹耶?"问:"适共饮何人?"曰:"山荆耳。"梁又异之,问:"携家何往?"答:"将西渡。"梁欲再诘,生遽命歌以侑酒。一言甫毕,旱雷聒耳,肉竹嘈杂,不复可闻言笑。梁见佳丽满前,乘醉大言曰:"明允公,能令我真个销魂否?"生笑云:"足下醉矣!然有一美妾之资,可赠故人。"遂命侍儿进明珠一颗,曰:"绿珠不难购,明我非吝惜。"乃趣别曰:"小事忙迫,不及与故人久聚。"送梁归舟,开缆径去。

梁归,探诸其家,则生方与客饮,益疑,因问:"昨在洞庭,何归之速?"答曰:"无之。"梁乃追述所见,一座尽骇。生笑曰:"君误矣,仆岂有分身术耶?"众异之,而究莫解其故,后八十一岁而终。迨殡,讶其棺轻,开视,则空棺耳。

异史氏曰:"竹簏不沉,红巾题句,此其中具有鬼神,要之皆恻隐之一念所通也。迨宫室妻妾,一身而两享其奉,则又不可解矣。昔有愿娇妻美妾、贵子贤孙,而兼长生不老者,仅得其半耳。岂仙人中亦有汾阳、季伦耶?”

孝　子

青州东香山之前,有周顺亭者,事母至孝。母股生巨疽,痛不可忍,昼夜嚬呻。周抚肌进药,至忘寝食。数月不痊,周忧煎无以为计,梦父告曰:“母疾赖汝孝。然此疮非人膏涂之不能愈,徒劳焦恻也。”醒而异之。乃起,以利刀割胁肉,肉脱落,觉不甚苦。急以布缠腰际,血亦不注。于是烹肉持膏,敷母患处,痛截然顿止。母喜问:“何药而灵效如此?”周诡对之。母疮寻愈。周每掩护割处,即妻子亦不知也。既痊,有巨疤如掌。妻诘之,始得其详。

异史氏曰:“封股伤生,君子不贵。然愚夫妇何知伤生为不孝哉?亦行其心之所不自已者而已。有斯人而知孝子之真,犹在天壤耳。”

狮　子

暹逻国贡狮,每止处,观者如堵。其形状与世所传绣画者迥异,毛黑黄色,长数寸。或投以鸡,先以爪抟而吹之,一吹,则毛尽落如扫,亦理之奇也。

阎　王

李常久,临朐人,壶榼于野,见旋风蓬蓬而来,敬酹奠之。后以故他适,路傍有广第,殿阁弘丽。一青衣人自内出,邀李,李固辞。青衣人要遮甚殷,李曰:“素不相识,得无误耶?”青衣云:“不误。”便言李姓字。问:“此谁家第?”云:“入自知之。”入,进一层门,见一女子手足钉扉上。近视之,其嫂也,大骇。李有嫂,臂生恶疽,不起者年余矣。因自念何得至此。转疑招致意恶,畏沮却步。青衣促之,乃入。至殿下,上一人,冠带如王者,气象威猛。李跪伏,莫敢仰视。王者命曳起之,慰之曰:“勿惧。我以曩昔扰子杯酌,欲一见相谢,无他故也。”李心始安，然终不知故。王者又曰："汝不忆田野酹奠时乎？"李顿悟，知其为神，顿首曰："适见嫂氏，受此严刑，骨肉之情，实怆于怀，乞王怜宥！"王者曰："此甚悍妒，宜得是罚。三年前，汝兄妾盘肠而产，彼阴以针刺肠上，俾至今脏腑常痛。此岂有人理者！"李固哀之，乃曰："便以子故宥之。归当劝悍妇改行。"李谢而出，则扉上无人矣。归视嫂，嫂卧榻上，创血殷席，时以妾拂意故，方致诟骂。李遽劝曰："嫂勿复尔！今日恶苦，皆平日忌嫉所致。"嫂怒曰："小郎若个好男儿，又房中娘子贤似孟姑姑，任郎君东家眠，西家宿，不敢一作声。自当是小郎大乾纲，到不得代哥子降伏老媪！"李微哂曰："嫂勿怒，若言其情，恐欲哭不暇矣。"嫂曰："便曾不盗得王母箩中线，又未与玉皇案前吏一眨眼，中怀坦坦，何处可用哭者！"李小语曰："针刺人肠，宜何罪？"嫂勃然色变，问此言之因，李告之故。嫂战惕不已，涕泗流离而哀鸣曰："吾不敢矣！"啼泪未乾，觉疼顿止，旬日而瘥。由是立改前辙，遂称贤淑。后妾再产，肠复堕，针宛然在焉，拔去之，肠痛乃瘳。

异史氏曰："或谓天下悍妒如某者，正复不少，恨阴网之漏多也。余曰：不然。冥司之罚，未必无甚于钉扉者，但无回信耳。"

土偶

沂水马姓，娶妻王氏，琴瑟甚敦。马早逝，王父母欲夺其志，王矢不他。姑怜其少，亦劝之，王不听。母曰："汝志良佳。然齿太幼，儿又无出。每见有勉强于初，而贻羞于后者，固不如早嫁，犹恒情也。"王正容，以死自誓，母乃任之。女命塑工肖夫像，每日酹献如生时。

一夕，将寝，忽见土偶人欠伸而下，骇心愕顾，即已暴长如人，真其夫也。女惧，呼母。鬼止之曰："勿尔。感卿情好，幽壤酸辛。一门有忠贞，数世祖宗，皆有光荣。吾父生有损德，应无嗣，遂至促我茂龄。冥司念尔苦节，故令我归，与汝生一子承祧绪。"女亦沾襟，遂燕好如平生。鸡鸣，即下榻去。如此月余，觉腹微动。鬼乃泣曰："限期已满，从此永诀矣！"遂绝。

女初不言，既而腹渐大，不能隐，阴告其母。母疑涉妄，然窥女无他，大惑不解。十月，果举一男。向人言之，闻者无不匿笑，女亦无以自伸。有里正故与马有隙，告诸邑令。令拘讯邻人，并无异言。令曰："闻鬼子无影，有影者伪也。"抱儿日中，影淡淡如轻烟然；又刺儿指血付土偶上，立入无痕，取他偶涂之，一拭便去，以此信之。长数岁，口鼻言动，无一不肖马者，群疑始解。

长 治 女 子

陈欢乐，潞之长治人，有女慧美。一道士行乞，睨之而去，由是日持钵近廛间。适一瞽人自陈家出，道士追与同行，问何来。瞽云："适从陈家推造命。"道士曰："闻其家有女郎，我中表亲欲求姻好，但未知其甲子。"瞽为述之，道士乃别而去。居数日，女绣于房，忽觉足麻痹，渐至股，又渐至腰腹，俄而晕然倾仆。定逾刻，始恍惚能立，将寻告母。及出门，则见茫茫黑波中，一路如线，骇而却退，门舍居庐，已被黑水淹没。又视路上，行人绝少，惟道士缓步于前，遂遥尾之，冀见同乡以相告语。走数里，忽睹里舍，视之，则已家门，大骇曰："奔驰如许，固犹在村中。何向来迷惘若此！"欣然入门，父母尚未归，复仍至己房，所绣业履，犹在榻上。自觉奔波殆极，就榻憩坐。道士忽入，女大惊欲遁。道士捉而捺之。女欲号，则喑不能声。道士急以利刃剖女心。女觉魂飘飘离壳而立，四顾家舍全非，惟有崩崖若覆。视道士以己心血点木人上，又复叠指诅咒，女觉木人遂与己合。道士嘱曰："自兹当听差遣，勿得违误！"遂佩戴之。

陈氏失女，举家惶惑。寻至牛头山，始闻村人传言，岭下一女子剖心而死。陈奔验，果其女也，泣以诉宰。宰拘岭下居人，拷掠几遍，迄无端绪，姑收群犯，以待覆勘。道士去数里外，坐路傍柳树下，忽谓女曰："今遣汝第一差，往侦邑中审狱状。去当隐身暖阁上。倘见官宰用印，即当趋避，切记勿忘！限汝辰去巳来。迟一刻，则以一针刺汝心中，令作急痛；二刻，刺二针；至三针，则使汝魂魄销灭矣。"女闻之，四体惊悚，飘然遂去。瞬息至官廨，如言伏阁上。一时岭下人罗跪堂下，尚未讯诘。适将钤印公牒，女未及避，而印已出匣。女觉身躯重爽，纸格似不能胜，嚗然作响，满堂愕顾。宰命再举，响如前，三举，翻坠地下。众悉闻之。宰起祝曰："如是冤鬼，当便直陈，为汝昭雪。"女哽咽而前，历言道士杀己状、遣己状。宰差役驰去，至柳树下，道士果在，捉还，一鞫而服，人犯乃释。宰问女："冤雪何归?"女曰："将从大人。"宰曰："我署中无处可容，不如暂归汝家。"女良久曰："官署即吾家，我将入矣。"宰又问，音响已寂，退入宅中，则夫人生女矣。

义　犬

潞安某甲，父陷狱将死，搜括囊蓄，得百金，将诣郡关说。跨骡出，则所养黑犬从之，呵逐使退，既走，则又从之，鞭逐不返，从行数十里。某下骑，趋路侧私焉。既，乃以石投犬，犬始奔去。某既行，则犬歘然复来，啮骡尾。某怒鞭之，犬鸣吠不已，忽跃在前，愤龁骡首，似欲阻其去路。某以为不祥，益怒，回骑驰逐之。视犬已远，乃返辔疾驰，抵郡已暮。及扪腰橐，金亡其半，涔涔汗下，魂魄都失。辗转终夜，顿念犬吠有因。候关出城，细审来途。又自计南北冲衢，行人如蚁，遗金宁有存理。逡巡至下骑所，见犬毙草间，毛汗湿如洗，提耳起视，则封金俨然。感其义，买棺葬之，人以为义犬冢云。

鄱　阳　神

翟湛持，司理饶州，道经鄱阳湖，湖上有神祠，停盖游瞻。内雕木普郎死节神像，翟姓一神，最居末坐。翟曰："吾家宗人，何得在下!"遂于上易一座。既而登舟，大风断帆，桅樯倾侧，一家哀号。俄一小舟，破浪而来，既近官舟，急挽翟登小舟，于是家人尽登。审视其人，与翟姓神无少异。无何，浪息，寻之已杳。

伍　秋　月

秦邮王鼎，字仙湖，为人慷慨有力，广交游。年十八，娶妻殒，每远游，恒经岁不返。兄鼐，江北名士，友于甚笃，劝弟勿游，将为择偶。生不听，命舟抵镇江访友。友他出，因税居于逆旅阁上。江水澄波，金山在目，心甚快之。次日，友人来，请生移居，辞不去。居半月余，夜梦女郎，年可十四五，容华端妙，上床与合，既寤而遗。颇怪之，亦以为偶然。入夜，又梦之。如是三四夜，心大异，不敢息烛，身虽偃卧，惕然自警。才交睫，梦女复来；方狎，忽自惊寤；急开目，则少女如仙，俨然犹在抱也。见生醒，顿自愧怯。生虽知非人，意亦甚得，无暇问讯，直与驰骤。女若不堪，曰："狂暴如此，无怪人不敢明告也。"生始诘之，答云："妾伍氏秋月。先父名儒，邃于易数，常珍爱妾，但言不永寿，故不许字人。后十五岁果夭殁，即攒瘗阁东，令与地平。亦无冢志，惟立片石于棺侧，曰：'女秋月，葬无冢，三十年，嫁王鼎。'今已三十年，君适至，心喜，亟欲自荐，寸心羞怯，故假之梦寐耳。"王亦喜，复求讫事。曰："妾少须阳气，欲求复生，实不禁此风雨。后日好合无限，何必今宵。"遂起而去。次日，复至，坐对笑谑，欢若平生。灭烛登床，无异生人。但女既起，则遗泄流离，沾染茵褥。

一夕，月明莹澈，小步庭中，问女："冥中亦有城郭否？"答曰："等耳。冥间城府，不在此处，去此可三四里，但以夜为昼。"问："生人能见之否？"答云："亦可。"生请往观，女诺之。乘月去，女飘忽若风，王极力追随。欻至一处，女言："不远矣。"生瞻望殊无所见。女以唾涂其两眦，启之，明倍于常，视夜色不殊白昼，顿见雉堞在杳霭中，路上行人，如趋墟市。俄二皂絷三四人过，末一人怪类其兄，趋近视之，果兄。骇问："兄那得来？"兄见生，潸然零涕，言："自不知何事，强被拘囚。"王怒曰："我兄秉礼君子，何至缧绁如此！"便请二皂，幸且宽释。皂不肯，殊大傲睨。生恚，欲与争。兄止之曰："此是官命，亦合奉法。但余乏用度，索贿良苦，弟归，宜措置。"生把兄臂，哭失声。皂怒，猛掣项索，兄顿颠蹶。生见之，忿火填胸，不能制止，即解佩刀，立决皂首。一皂喊嘶，生又决之。女大惊曰："杀官使，罪不宥！迟则祸及！请即觅舟北发，归家勿摘提旛，杜门绝出入，七日保无虑也。"王乃挽兄夜买小舟，火急北渡。归见吊客在门，知兄果死。闭门下钥，始入。视兄已渺，入室，则亡者已苏，便呼："饿死矣！可急备汤饼。"时死已二日，家人尽骇。生乃备言其故。七日启关，去丧旛，人始知其复苏。亲友集问，但伪对之。

转思秋月，想念颇烦。遂复南下，至旧阁，秉烛久待，女竟不至。蒙眬欲寝，见一妇人来，曰："秋月小娘子致意郎君，前以公役被杀，凶犯逃亡，捉得娘子去。见在监押，押役遇之虐。日日盼郎君，当谋作经纪。"王悲愤，便从妇去。至一城都，入西郭，指一门曰："小娘子暂寄此间。"王入，见房舍颇繁，寄顿囚犯甚多，并无秋月。又进一小扉，斗室中有灯火。王近窗以窥，则秋月在榻上，掩袖呜泣。二役在侧，撮颐捉履，引以嘲戏。女啼益急。一役挽颈曰："既为罪犯，尚守贞耶？"王怒，不暇语，持刀直入，一役一刀，摧斩如麻，篡取女郎而出，幸无觉者。裁至旅舍，蓦然即醒。方怪幻梦之凶，见秋月含睇而立。生惊起曳坐，告之以梦。女曰："真也，非梦也。"生惊曰："且为奈何！"女叹曰："此有定数。妾待月尽，始是生期。今已如此，急何能待！当速发瘗处，载妾同归，日频唤妾名，三日可活。但未满时日，骨耎足弱，不能为君任井臼耳。"言已，草草欲出。又返身曰："妾几忘之，冥追若何？生时，父传我符书，言三十年后，可佩夫妇。"乃索笔疾书两符，曰："一君自佩，一粘妾背。"

送之出，志其没处，掘尺许，即见棺木，亦已败腐。侧有小碑，果如女言。发棺视之，女颜色如生。抱入房中，衣裳随风尽化。粘符已，以被褥严裹，负至江滨。呼拢泊舟，伪言妹急病，将送归其家。幸南风大竞，甫晓已达里门。抱女安置，始告兄嫂。一家惊顾，亦莫敢直言其惑。生启衾，长呼秋月，夜辄拥尸而寝。日渐温暖，三日竟苏，七日能步，更衣拜嫂，盈盈然神仙不殊。但十步之外，须人而行，不则随风摇曳，屡欲倾侧。见者以为身有此病，转更增媚。每劝生曰："君罪孽太深，宜积德诵经以忏之，不然，寿恐不永也。"生素不佞佛，至此皈依甚虔，后亦无恙。

莲 花 公 主

胶州窦旭，字晓晖，方昼寝，见一褐衣人立榻前，逡巡惶顾，似欲有言。生问之，答云："相公奉屈。"生问："相公何人？"曰："近在邻境。"从之而出。转过墙屋，导至一处，叠阁重楼，万椽相接，曲折而行，觉万户千门，迥非人世。又见宫人女官，往来甚夥，都向褐衣人问曰："窦郎来乎？"褐衣人诺。俄，一贵官出，迎见生甚恭。既登堂，生启问曰："素既不叙，遂疏参谒。过蒙爱接，颇注疑念。"贵官曰："寡君以先生清族世德，倾风结慕，深愿思晤焉。"生益骇，问："王何人？"答云："少间自悉。"

无何，二女官至，以双旌导生行。入重门，见殿上一王者，见生入，降阶而迎，执宾主礼。礼已，践席，列筵丰盛。仰视殿上一扁曰"桂府"。生局蹙不能致辞。王曰："忝近芳邻，缘即至深。便当畅怀，勿致疑畏。"生唯唯。酒数行，笙歌作于下，钲鼓不鸣，音声幽细。稍间，王忽左右顾曰："朕一言，烦卿等属对：'才人登桂府。'"四座方思，生即应云："君子爱莲花。"王大悦曰："奇哉！莲花乃公主小字，何适合如此？宁非夙分？传语公主，不可不出一晤君子。"移时，珮环声近，兰麝香浓，则公主至矣。年十六七，妙好无双。王命向生展拜，曰："此即莲花小女也。"拜已而去。生睹之，神情摇动，木坐凝思。王举觞劝饮，目竟罔睹。王似微察其意，乃曰："息女宜相匹敌，但自惭不类，如何？"生怅然若痴，即又不闻。近坐者蹑之曰："王揖君未见，王言君未闻耶？"生茫乎若失，懡㦬自惭，离席曰："臣蒙优渥，不觉过醉，仪节失次，幸能垂宥。然日旰君勤，即告出也。"王起曰："既见君子，实惬心好，何仓卒而便言离也？卿既不住，亦无敢于强。若烦萦念，更当再邀。"遂命内官导之出。途中，内官语生曰："适王谓可匹敌，似欲附为婚姻，何默不一言？"生顿足而悔，步步追恨，遂已至家。

忽然醒寤，则返照已残。冥坐观想，历历在目。晚斋灭烛，冀旧梦可以复寻，而邯郸路渺，悔叹而已。一夕，与友人共榻，忽见前内官来，传王命相召。生喜，从去。见王伏谒，王曳起，延止隅坐，曰："别后知劳思眷。谬以小女子奉裳衣，想不过嫌也。"生即拜谢。王命学士大臣，陪侍宴饮。酒阑，宫人前白："公主妆竟。"俄见数十宫人，拥公主出。以红锦覆首，凌波微步，挽上氍毹，与生交拜成礼。已而送归馆舍，洞房温清，穷极芳腻。生曰："有卿在目，真使人乐而忘死。

但恐今日之遭，乃是梦耳。"公主掩口曰："明明妾与君，那得是梦？"诘旦方起，戏为公主匀铅黄；已而以带围腰，布指度足。公主笑问曰："君颠耶？"曰："臣屡为梦误，故细志之。倘是梦时，亦足动悬想耳。"

调笑未已，一宫女驰入曰："妖入宫门，王避偏殿，凶祸不远矣！"生大惊，趋见王。王执手泣曰："君子不弃，方图永好，讵期孽降自天，国祚将覆，且复奈何！"生惊问何说。王以案上一章，授生启读。章曰："含香殿大学士臣黑翼，为非常怪异，祈早迁都，以存国脉事：据黄门报称：自五月初六日，来一千丈巨蟒，盘踞宫外，吞食内外臣民一万三千八百余口；所过宫殿尽成丘墟，等因。臣奋勇前窥，确见妖蟒，头如山岳，目等江海，昂首则殿阁齐吞，伸腰则楼垣尽覆。真千古未见之凶，万代不遭之祸！社稷宗庙，危在旦夕！乞皇上早率宫眷，速迁乐土"云云。生览毕，面如灰土。即有宫人奔奏："妖物至矣！"合殿哀呼，惨无天日。王仓遽不知所为，但泣顾曰："小女已累先生。"生坌息而返。公主方与左右抱首哀鸣，见生入，牵衿曰："郎焉置妾？"生怆恻欲绝，乃捉腕思曰："小生贫贱，惭无金屋。有茅庐三数间，姑同窜匿可乎？"公主含涕曰："急何能择，乞携速往。"生乃挽扶而出。未几，至家。公主曰："此大安宅，胜故国多矣。然妾从君来，父母何依？请别筑一舍，当举国相从。"生难之。公主曰："不能急人之急，安用郎也！"生略慰解，即已入室。公主伏床悲啼，不可劝止。焦思无术，顿然而醒，始知梦也。而耳畔啼声，嘤嘤未绝。审听之，殊非人声，乃蜂子二三头，飞鸣枕上，大叫怪事。友人诘之，乃以梦告。友人亦诧为异。共起视蜂，依依裳袂间，拂之不去。友人劝为营巢。生如所请，督工构造。方竖两堵，而群蜂自墙外来，络绎如蝇。顶尖未合，飞集盈斗。迹所由来，则邻翁之旧圃也。圃中蜂一房，三十余年矣，生息颇繁。或以生事告翁，翁觇之，蜂户寂然。发其壁，则蛇据其中，长丈许，捉而杀之，乃知巨蟒即此物也。蜂入生家，滋息更盛，亦无他异。

绿 衣 女

于璟，字小宋，益都人，读书醴泉寺。夜方披诵，忽一女子在窗外赞曰:“于相公勤读哉!”因念:深山何处得女子?方疑思间,女子已推扉入,笑曰:“勤读哉!”于惊起,视之,绿衣长裙,婉妙无比。于知非人,因诘里居。女曰:“君视妾当非能咋噬者,何劳穷问?”于心好之,遂与寝处。罗襦既解,腰细殆不盈掬,更筹方尽,翩然遂出。由此无夕不至。

一夕共酌,谈吐间妙解音律。于曰:“卿声娇细,倘度一曲,必能消魂。”女笑曰:“不敢度曲,恐销君魂耳。”于固请之,曰:“妾非吝惜,恐他人所闻。君必欲之,请便献丑,但只微声示意可耳。”遂以莲钩轻点床足,歌云:“树上乌臼鸟,赚奴中夜散。不怨绣鞋湿,只恐郎无伴。”声细如蝇,裁可辨认,而静听之,宛转滑烈,动耳摇心。

歌已,启门窥曰:“防窗外有人。”绕屋周视,乃入。生曰:“卿何疑惧之深?”笑曰:“谚云:‘偷生鬼子常畏人。’妾之谓矣。”既而就寝,惕然不喜,曰:“生平之分,殆止此乎?”于急问之,女曰:“妾心动,妾禄尽矣。”于慰之曰:“心动眼瞤,盖是常也,何遽此云?”女稍释,复相绸缪。更漏既歇,披衣下榻,方将启关,徘徊复返,曰:“不知何故,惿憏心怯,乞送我出门。”于果起,送诸门外。女曰:“君伫望我,我逾垣去,君方归。”于曰:“诺。”视女转过房廊,寂不复见。

方欲归寝,闻女号救甚急,于奔往,四顾无迹,声在檐间,举首细视,则一蛛大如弹,抟捉一物,哀鸣声嘶。于破网挑下,去其缚缠,则一绿蜂,奄然将毙矣。捉归室中,置案头,停苏移时,始能行步。徐登砚池,自以身投墨汁,出伏几上,走作“谢”字。频展双翼,已乃穿窗而去。自此遂绝。

黎　氏

龙门谢中条者,佻达无行。三十余丧妻,遗二子一女,晨夕啼号,萦累甚苦。谋聘继室,低昂未就,暂雇佣媪抚子女。一日,翔步山途,忽一妇人出其后,待以窥觇,是好女子,年二十许。心悦之,戏曰:“娘子独行,不畏怖耶?”妇走不对。又曰:“娘子纤步,山径殊难。”妇仍不顾。谢四望无人,近身侧,遽挐其腕,曳入幽谷,将以强合。妇怒呼曰："何处强人，横来相侵！"谢牵挽而行，更不休止。妇步履跌蹶，困窘无计，乃曰："燕婉之求，乃如此耶？缓我，当相就耳。"谢从之，偕入静壑，野合既已，遂相欣爱。

妇问其里居姓氏，谢以实告。既亦问妇，妇言："妾黎氏。不幸早寡，姑又殒殁，块然一身，无所依倚，故常至母家耳。"谢曰："我亦鳏也，能相从乎？"妇问："君有子女无也？"谢曰："实不相欺，若论枕席之事，交好者亦颇不乏。只是儿啼女哭，令人不耐。"妇踌躇曰："此大难事！观君衣服袜履款样，亦只平平，我自谓能办。但继母难作，恐不胜诮让也。"谢曰："请毋疑阻。我自不言，人何干与？"妇亦微纳。转而虑曰："肌肤已沾，有何不从。但有悍伯，每以我为奇货，恐不允谐，将复如何？"谢亦忧皇，谋与逃窜。妇曰："我亦思之烂熟。所虑家人一泄，两非所便。"谢云："此即细事。家中惟一孤媪，立便遣去。"妇喜，遂与同归。

先匿外舍，即入遣媪讫，扫榻迎妇，倍极欢好。妇便操作，兼为儿女补缀，辛勤甚至。谢得妇，嬖爱异常，日惟闭门相对，更不通客。月余，适以公事出，反关乃去。及归，则中门严闭，扣之不应。排闼而入，渺无人迹。方至寝室，一巨狼冲门跃出，几惊绝。入视，子女皆无，鲜血殷地，惟三头存焉。返身追狼，已不知所之矣。

异史氏曰："士则无行，报亦惨矣。再娶者，皆引狼入室耳，况将于野合逃窜中求贤妇哉！"

荷花三娘子

湖州宗湘若，士人也。秋日巡视田垄，见禾稼茂密处，振摇甚动。疑之，越陌往觇，则有男女野合。一笑将返。即见男子靦然结带，草草径去。女子亦起。细审之，雅甚娟好。心悦之，欲就绸缪，实惭鄙恶，乃略近拂拭曰："桑中之游乐乎？"女笑不语。宗近身启衣，肤腻如脂，于是挼莎上下几遍，女笑曰："腐秀才！要如何，便如何耳，狂探何为？"诘其姓氏，曰："春风一度，即别东西，何劳审究？岂将留名字作贞坊耶？"宗曰："野田草露中，乃山村牧猪奴所为，我不习惯。以卿丽质，即私约亦当自重，何至屑屑如此？”女闻言，极意嘉纳。宗言：“荒斋不远，请过留连。”女曰：“我出已久，恐人所疑，夜分可耳。”问宗门户物志甚悉，乃趋斜径，疾行而去。更初，果至宗斋。殢雨尤云，备极亲爱。积有月日，密无知者。会有番僧卓锡村寺，见宗惊曰：“君身有邪气，曾何所遇？”答曰：“无之。”过数日，悄然忽病。女每夕携佳果饵之，殷勤抚问，如夫妻之好，然卧后必强宗与合。宗抱病，颇不耐之，心疑其非人，而亦无术暂绝使去。因曰：“曩和尚谓我妖惑，今果病，其言验矣。明日屈之来，便求符咒。”女惨然色变。宗益疑之。次日，遣人以情告僧。僧曰：“此狐也。其技尚浅，易就束缚。”乃书符二道，付嘱曰：“归以净坛一事置榻前，即以一符贴坛口，待狐窜入，急覆以盆。再以一符贴盆上，投釜汤烈火烹煮，少顷毙矣。”家人归，并如僧教。夜深，女始至，探袖中金橘，方将就榻问讯，忽坛口飕飗一声，女已吸入。家人暴起，覆口贴符，方欲就煮。宗见金橘散满地上，追念情好，怆然感动，遽命释之。揭符去覆，女子自坛中出，狼狈颇殆，稽首曰：“大道将成，一旦几为灰土！君仁人也，誓必相报。”遂去。

数日，宗益沉绵，若将陨坠。家人趋市，为购材木，途中遇一女子，问曰：“汝是宗湘若纪纲否？”答云：“是。”女曰：“宗郎是我表兄。闻病沉笃，将便省视，适有故不得去。灵药一裹，劳寄致之。”家人受归。宗念中表迄无姊妹，知是狐报。服其药，果大瘳，旬日平复。心德之，祷诸虚空，愿一再觏。一夜，闭户独酌，忽闻弹指敲窗，拔关出视，则狐女也。大悦，把手称谢，延止共饮。女曰：“别来耿耿，思无以报高厚。今为君觅一良匹，聊足塞责否？”宗问：“何人？”曰：“非君所知。明日辰刻，早越南湖，如见有采菱女，着冰縠帔者，当急趋之。苟迷所往，即视堤边有短干莲花隐叶底，便采归，以蜡火爇其蒂，当得美妇，兼致修龄。”宗谨受教。既而告别，宗固挽之，女曰：“自遭厄劫，顿悟大道，奈何以衾裯之爱，取人仇怨？”厉色辞去。宗如言，至南湖，见荷荡佳丽颇多。中一垂髫人，衣冰縠，绝代也。促舟劘逼，忽迷所往，即拨荷丛，果有红莲一枝，干不盈尺，折之而归。入门置几上，削蜡于旁，将以爇火，一回头，化为姝丽。宗惊喜伏拜。女曰：“痴生！我是妖狐，将为君祟矣！”宗不听。女曰：“谁教子者？”答曰：“小生自能识卿,何待教?”捉臂牵之,随手而下,化为怪石,高尺许,面面玲珑,乃携供案上,焚香再拜而祝之。入夜,杜门塞窦,惟恐其亡。平旦视之,即又非石,纱帔一袭,遥闻芗泽,展视领衿,犹存余腻。宗覆衾拥之而卧。暮起挑灯,既返,则垂髫人在枕上。喜极,恐其复化,哀祝而后就之。女笑曰:“孽障哉!不知何人饶舌,遂教风狂儿屑碎死!”乃不复拒。而款洽间,若不胜任,屡乞休止。宗不听。女曰:“如此,我便化去!”宗惧而罢。

由是两情甚谐,而金帛常盈箱箧,亦不知所自来。女见人喏喏,似口不能道辞,生亦讳言其异。怀孕十余月,计日当产。入室,嘱宗杜门禁款者,自乃以刀割脐下,取子出,令宗裂帛束之,过宿而愈。又六七年,谓宗曰:“夙业偿满,请告别也。”宗闻泣下,曰:“卿归我时,贫苦不自立。赖卿小阜,何忍遽离逷?且卿又无邦族,他日儿不知母,亦一恨事。”女亦怅悒曰:“聚必有散,固是常也。儿福相,君亦期颐,更何求?妾本何氏。倘蒙思眷,抱妾旧物而呼曰‘荷花三娘子’,当有见耳。”言已解脱,曰:“我去矣。”惊顾间,飞去已高于顶。宗跃起,急曳之,捉得履。履脱及地,化为石燕,色红于丹朱,内外莹彻,若水精然,拾而藏之。检视箱中,初来时所着冰縠帔尚在。每一忆念,抱呼“三娘子”,则宛然女郎,欢容笑黛,并肖生平,但不语耳。

骂 鸭

白家庄民某,盗邻鸭烹之。至夜,觉肤痒,天明视之,茸生鸭毛,触之则痛。大惧,无术可医。夜梦一人告之曰:“汝病乃天罚。须得失者骂,毛乃可落。”邻翁素雅量,每失物,未尝征于声色。民诡告翁曰:“鸭乃某甲所盗。彼甚畏骂,骂之亦可警将来。”翁笑曰:“谁有闲气骂恶人。”卒不骂。某益窘,因实告邻翁,翁乃骂,其病良已。

异史氏曰:“甚矣,攘者之可惧也,一攘而鸭毛生!甚矣,骂者之宜戒也,一骂而盗罪减!然为善有术,彼邻翁者,是以骂行其慈者也。”

柳氏子

胶州柳西川，法内史之主计仆也。年四十余，生一子，溺爱甚至，纵任之，惟恐拂。既长，荡侈逾检，翁囊积为空。无何，子病。翁故蓄善骡，子曰："骡肥可啖。杀啖我，我病可愈。"柳谋杀蹇劣者，子闻之，大怒骂，疾益甚。柳惧，杀骡以进，子乃喜，然尝一脔，便弃去，疾卒不减，寻死。柳悼叹欲绝。

后三四年，村人以香社登岱。至山半，见一人乘骡驶行而来，怪似柳子，比至，果是。下骡遍揖，各道寒暄。村人共骇，亦不敢诘其死，但问："在此何作？"答云："亦无甚事，东西奔驰而已。"便问逆旅主人姓名，众具告之。柳子拱手曰："适有小故，不暇叙间阔，明日当相谒。"上骡遂去。众既归寓，亦谓其未必即来。厌旦伺之，子果至，系骡厩柱，趋进笑言。众曰："尊大人日切思慕，何不一归省侍？"子讶问："言者何人？"众以柳对。子神色俱变，久之曰："彼既见思，请归传语，我于四月七日，在此相候。"言讫，别去。

众归，以情致翁。翁大哭，如期而往，自以其故告主人。主人止之，曰："曩见公子，情神冷落，似未必有嘉意。以我卜之，殆不可见。"柳啼泣不信。主人曰："我非阻君。神鬼无常，恐遭不善。如必欲见，请伏椟中，察其词色，可见则出。"柳如其言。既而子来，问曰："柳某来否？"主人曰："无。"子盛气骂曰："老畜产那便不来！"主人惊曰："何骂父？"答曰："彼是我何父！初与义为客侣，不意包藏祸心，隐我血资，悍不还。今愿得而甘心，何父之有！"言已，出门，曰："便宜他！"柳在椟中，历历闻之，汗流接踵，不敢出气。主人呼之出，狼狈而归。

异史氏曰："暴得多金，何如其乐？所难堪者偿耳。荡费殆尽，尚不忘于夜台，怨毒之于人甚矣！"

上　仙

癸亥三月，与高季文赴稷下，同居逆旅，季文忽病。会高振美亦从念东先生至郡,因谋医药。闻袁鳞公言:南郭梁氏家有狐仙,善"长桑之术",遂共诣之。梁,四十以来女子也,致绥绥有狐意。入其舍,复室中挂红幕。探幕一窥,壁间悬观音像;又两三轴,跨马操矛,驺从纷沓。北壁下有案,案头小座,高不盈尺,贴小锦褥,云仙人至,则居此。众焚香列揖。妇击磬三,口中隐约有词。祝已,肃客就外榻坐。妇立帘下,理发支颐与客语,具道仙人灵迹。久之,日渐曛,众恐碍夜难归,烦再祝请。妇乃击磬重祷,转身复立,曰:"上仙最爱夜谈,他时往往不得遇。昨宵有候试秀才,携酒肴来与上仙饮,上仙亦出良酝酬诸客,赋诗欢笑,散时,更漏向尽矣。"言未已,闻室中细细繁响,如蝙蝠飞鸣。方凝听间,忽案上若堕巨石,声甚厉。妇转身曰:"几惊怖煞人!"便闻案上作叹咤声,似一健叟。妇以蕉扇隔小座。座上大言曰:"有缘哉! 有缘哉!"抗声让坐,又似拱手为礼。已而问客:"何所谕教?"高振美尊念东先生意,问:"见菩萨否?"答云:"南海是我熟径,如何不见。""阎罗亦更代否?"曰:"与阳世等耳。""阎罗何姓?"曰:"姓曹。"已乃为季文求药,曰:"归当夜祀茶水,我与大士处讨药奉赠,何恙不已。"众各有问,悉为剖决,乃辞而归。过宿,季文少愈。余与振美治装先归,遂不暇造访矣。

侯 静 山

高少宰念东先生云:"崇祯间,有猴仙,号静山。托神于河间之叟,与人谈诗文,决休咎,娓娓不倦。以肴核置案上,啖饮狼藉,但不能见之耳。"时先生祖寝疾,或致书云:"侯静山,百年人也,不可不晤。"遂以仆马往招叟。叟至经日,仙犹未来。焚香祠之,忽闻屋上大声叹赞曰:"好人家!"众惊顾。俄檐间又言之,叟起曰:"大仙至矣。"群从叟岸帻出迎。又闻作拱致声。既入室,遂大笑纵谈。时少宰兄弟尚诸生,方入闱归。仙言:"二公闱卷亦佳。但经不熟,再须勤勉,云路亦不远矣。"二公敬问祖病,曰:"生死事大,其理难明。"因共知其不祥。无何,太先生谢世。

旧有猴人,弄猴于村。猴断锁而逸,不可追,入山中。数十年,人犹见之。其走飘忽，见人则窜。后渐入村中，窃食果饵，人皆莫之见。一日，为村人所睹，逐诸野，射而杀之。而猴之鬼竟不自知其死也，但觉身轻如叶，一息百里。遂往依河间叟，曰："汝能奉我，我为汝致富。"因自号静山云。

钱　流

沂水刘宗玉云：其仆杜和，偶在园中，见钱流如水，深广二三尺许。杜惊喜，以两手满掬，复偃仰其上。既而起视，则钱已尽去，惟握于手者尚存。

郭　生

郭生，邑之东山人。少嗜读，但山村无所就正，年二十余，字画多讹。先是，家中患狐，服食器用，辄多亡失，深患苦之。一夜读，卷置案头，狐涂鸦甚，狼藉不辨行墨，因择其稍洁者辑读之，仅得六七十首，心恚愤而无如何。又积窗课二十余篇，待质名流，晨起，见翻摊案上，墨汁浓泚殆尽，恨甚。

会王生者，以故至山，素与郭善，登门造访，见污本，问之。郭具言所苦，且出残课示王。王谛玩之，其所涂留，似有春秋；又复视涴卷，类冗杂可删，讶曰："狐似有意。不惟勿患，当即以为师。"过数月，回视旧作，顿觉所涂良确。于是改作两题，置案上，以观其异，比晓，又涂之。积年余，不复涂，但以浓墨洒作巨点，淋漓满纸。郭异之，持以白王。王阅之曰："狐真尔师也，佳幅可售矣。"是岁，果入邑庠。郭以是德狐，恒置鸡黍，备狐啖饮。每市房书名稿，不自选择，但决于狐。由是两试俱列前名，入闱中副车。

时叶、缪诸公稿，风雅绝丽，家弦而户诵之。郭有抄本，爱惜臻至，忽被倾浓墨碗许于上，污荫几无余字；又拟题构作，自觉快意，悉浪涂之，于是渐不信狐。无何，叶公以正文体被收，又稍稍服其先见。然每作一文，经营惨淡，辄被涂污。自以屡拔前茅，心气颇高,以是益疑狐妄。乃录向之洒点烦多者试之,狐又尽沘之。乃笑曰:“是真妄矣! 何前是而今非也?”遂不为狐设馔,取读本锁箱簏中。旦见封锢俨然,启视则卷面涂四画,粗于指,第一章画五,二章亦画五,后即无有矣。自是狐竟寂然。后郭一次四等,两次五等,始知其兆已寓意于画也。

金 生 色

金生色,晋宁人也。娶同村木姓女。生一子,方周岁。金忽病,自分必死,谓妻曰:“我死,子必嫁,勿守也!”妻闻之,甘词厚誓,期以必死。金摇手呼母曰:“我死,劳看阿保,勿令守也。”母哭应之。既而金果死。

木媪来吊,哭已,谓金母曰:“天降凶忧,婿遽遭殒命。女太幼弱,将何为计?”母悲悼中,闻媪言,不胜愤激,盛气对曰:“必以守!”媪惭而罢,夜伴女寝,私谓女曰:“人尽夫也。以儿好手足,何患无良匹?小儿女不早作人家,眈眈守此襁褓物,宁非痴乎? 倘必令守,不宜以面目好相向。”金母过,颇闻絮语,益恚。明日,谓媪曰:“亡人有遗嘱,本不教妇守也。今既急不能待,乃必以守!”媪怒而去。

母夜梦子来,涕泣相劝,心异之,使人言于木,约殡后听妇所适。而询诸术家,本年墓向不利。妇思自炫以售,缞绖之中,不忘涂泽,居家犹素妆,一归宁,则崭然新艳。母知之,心弗善也,以其将为他人妇,亦隐忍之,于是妇益肆。村中有无赖子董贵者,见而好之,以金啖金邻妪,求通殷勤于妇。夜分,由妪家逾墙以达妇所,因与会合。往来积有旬日,丑声四塞,所不知者惟母耳。

妇室夜惟一小婢,妇腹心也。一夕,两情方洽,闻棺木震响,声如爆竹。婢在外榻,见亡者自幛后出,戴剑入寝室去。俄闻二人骇诧声。少顷,董裸奔出。无何,金捽妇发亦出。妇大嗥。母惊起,见妇赤体走去,方将启关,问之不答。出门追视,寂不闻声,竟迷所往。入妇室,灯火犹亮。见男子履,呼婢,婢始战惕而出,具言其异,相与骇怪而已。董窜过邻家,团伏墙隅,移时,闻人声渐息,始起。身无寸缕，苦寒战甚，将假衣于媪，视院中一室，双扉虚掩，因而暂入。暗摸榻上，触女子足，知为邻子妇，顿生淫心，乘其寝，潜就私之。妇醒，问："汝来乎？"应曰："诺。"妇竟不疑，狎亵备至。先是，邻子以故赴北村，嘱妻掩户以待其归，既返，闻室内有声，疑而审听，音态绝秽，大怒，操戈入室。董惧，窜于床下。子就戮之，又欲杀妻，妻泣而告以误，乃释之。但不解床下何人，呼母起，共火之，仅能辨认。视之，奄有气息。诘其所来，犹自供吐。而刃伤数处，血溢不止，少顷已绝。妪仓皇失措，谓子曰："捉奸而单戮之，子且奈何？"子不得已，遂又杀妻。

是夜，木翁方寝，闻户外拉杂之声，出窥，则火炽于檐，而纵火人犹彷徨未去。翁大呼，家人毕集，幸火初燃，尚易扑灭。命人操弓弩，逐搜纵火者，见一人趫捷如猿，竟越垣去。垣外乃翁家桃园，园中四缭周墉皆峻固。数人梯登以望，踪迹殊杳，惟墙下块然微动，问之不应，射之而耎。启扉往验，则女子白身卧，矢贯胸脑。细烛之，则翁女而金妇也。骇告主人。翁媪惊惕欲绝，不解其故。女合眸，面色灰败，口气细于属丝。使人拔脑矢，不可出，足踏顶而后出之。女嘤然一声，血暴注，气亦遂绝。

翁大惧，计无所出。既曙，以实情白金母，长跽哀祈。而金母殊不怨怒，但告以故，令自营葬。金有叔兄生光，怒登翁门，诟数前非。翁惭沮，赂令罢归。而终不知妇所私者何人。俄邻子以执奸自首，既薄责释讫；而妇兄马彪素健讼，具词控妹冤。官拘妪，妪惧，悉供颠末。又唤金母，母托疾，令生光代质，具陈底里。于是前状并发，牵木翁夫妇尽出，一切廉得其情。木以诲女嫁，坐纵淫，笞。使自赎，家产荡焉。邻妪导淫，杖之毙。案乃结。

异史氏曰："金氏子其神乎！谆嘱醮妇，抑何明也！一人不杀，而诸恨并雪，可不谓神乎！邻媪诱人妇，而反淫已妇；木媪爱女，而卒以杀女。呜呼！'欲知后日因，当前作者是'，报更速于来生矣！"

彭　海　秋

莱州诸生彭好古，读书别业，离家颇远。中秋未归，岑寂无偶。

念村中无可共语，惟邱生是邑名士，而素有隐恶，彭常鄙之。月既上，倍益无聊，不得已，折简邀邱。饮次，有剥啄者。斋僮出应门，则一书生，将谒主人。彭离席，肃客入。相揖环坐，便询族居。客曰："小生广陵人，与君同姓，字海秋。值此良夜，旅邸倍苦，闻君高雅，遂乃不介而见。"视其人，布衣洁整，谈笑风流。彭大喜曰："是我宗人。今夕何夕，遘此嘉客！"即命酌，款若夙好。察其意，似甚鄙邱，邱仰与攀谈，辄傲不为礼。彭代为之惭，因扰乱其词，请先以俚歌侑饮，乃仰天再咳，歌"扶风豪士之曲"，相与欢笑。客曰："仆不能韵，莫报阳春。请代者可乎？"彭言："如教。"客问："莱城有名妓无也？"彭曰："无。"

客默良久，谓斋僮曰："适唤一人，在门外，可导入之。"僮出，果见一女子逡巡户外。引之入，年二八已来，宛然若仙。彭惊绝，掖坐。衣柳黄帔，香溢四座。客便慰问："千里颇烦跋涉也。"女含笑唯唯。彭异之，便致研诘。客曰："贵乡苦无佳人，适于西湖舟中唤得来。"谓女曰："适舟中所唱'薄幸郎曲'，大佳。请再反之。"女歌云："薄幸郎，牵马洗春沼。人声远，马声杳；江天高，山月小。掉头去不归，庭中空白晓。不怨别离多，但愁欢会少。眠何处？勿作随风絮。便是不封侯，莫向临邛去！"客于袜中出玉笛，随声便串。

曲终笛止，彭惊叹不已，曰："西湖至此，何止千里，咄嗟招来，得非仙乎？"客曰："仙何敢言，但视万里犹庭户耳。今夕西湖风月，尤盛曩时，不可不一观也，能从游否？"彭留心以觇其异，诺曰："幸甚。"客问："舟乎，骑乎？"彭思舟坐为逸，答言："愿舟。"客曰："此处呼舟较远，天河中当有渡者。"乃以手向空中招曰："船来！我等要西湖去，不吝价也。"无何，彩船一只，自空飘落，烟云绕之，众俱登。见一人持短棹，棹末密排修翎，形类羽扇，一摇则清风习习。舟渐上入云霄，望南游行，其驶如箭。逾刻，舟落水中，但闻弦管敖嘈，鸣声喤聒。出舟一望，月印烟波，游船成市。榜人罢棹，任其自流。细视，真西湖也。客于舱后，取异肴佳酿，欢然对酌。少间，一楼船渐近，相傍而行。隔窗以窥，中有三两人，围棋喧笑。客飞一觥向女曰："引此送君行。"女饮间，彭依恋徘徊，惟恐其去，蹴之以足。女斜波送盼。彭益动，请要后期。女曰："如相见爱，但问娟娘名字，无不知者。"客即以彭绫巾授女，曰："我为若代订三年之约。"即起，托女子于掌中，曰："仙乎，仙乎！"乃扳邻窗，捉女入。窗目如盘，女伏身蛇游而进，殊不觉隘。俄闻邻舟曰："娟娘醒矣。"舟即荡去。

遥见舟已就泊，舟中人纷纷并去，游兴顿消。遂与客言，欲一登岸，略同眺瞩。才作商榷，舟已自拢。因而离舟翔步，觉有里余。客后至，牵一马来，令彭捉之，即复去，曰："待再假两骑来。"久之不至，行人亦稀，仰视斜月西转，天色向曙，邱亦不知何往，捉马营营，进退无主。振辔至泊舟所，则人船俱失。念腰橐空匮，倍益忧皇。天大明，见马上有小错囊，探之，得白金三四两。买食凝待，不觉向午。计不如暂访娟娘，可以徐察邱耗。比询娟娘名字，并无知者，兴转萧索。次日遂行。马调良，幸不蹇劣，半月始归。方三人之乘舟而上也，斋僮归白："主人已仙去。"举家哀啼，谓其不返。彭归，系马而入。家人惊喜集问，彭始具白其异。因念独还乡井，恐邱家闻而致诘，戒家人勿播。语次，道马所由来，众以仙人所遗，便悉诣厩验视。及至，则马顿渺，但有邱生，以草缰絷枥边。骇极，呼彭出视。见邱垂首栈下，面色灰死，问之不言，两眸启闭而已。彭大不忍，解扶榻上，若丧魂魄。灌以汤酏，稍稍能咽。中夜少苏，急欲登厕，扶掖而往，下马粪数枚。又少饮啜，始能言。彭就榻研问之，邱云："下船后，彼引我闲语。至空处，戏拍项领，遂迷闷颠踣。伏定少刻，自顾已马。心亦醒悟，但不能言耳。是大辱耻，诚不可以告妻子，乞勿泄也！"彭诺之，命仆马驰送归。

彭自是不能忘情于娟娘。又三年，以姊丈判扬州，因往省视。州有梁公子，与彭通家，开筵邀饮。即席有歌姬数辈，俱来祗谒。公子问娟娘，家人白以疾。公子怒曰："婢子声价自高，可将索子系之来！"彭闻娟娘名，惊问其谁，公子云："此娼女，广陵第一人。缘有微名，遂倨而无礼。"彭疑名字偶同，然突突自急，极欲一见之。无何，娟娘至，公子盛气排数。彭谛视，真中秋所见者也，谓公子曰："是与仆有旧，幸垂原恕。"娟娘向彭审顾，似亦错愕。公子未遑深问，即命行觞。彭问："'薄幸郎曲'犹记之否？"娟娘更骇，目注移时，始度旧曲。听其声，宛似当年中秋时。酒阑，公子命侍客寝。彭捉手曰：

“三年之约,今始践耶?”娟娘曰:“昔日从人泛西湖,饮不数卮,忽若醉。蒙眬间,被一人携去,置一村中。一僮引妾入。席中三客,君其一焉。后乘船至西湖,送妾自窗棂归,把手殷殷。每所凝念,谓是幻梦,而绫巾宛在,今犹什袭藏之。”彭告以故,相共叹咤。娟娘纵体入怀,哽咽而言曰:“仙人已作良媒,君勿以风尘可弃,遂舍念此苦海人。”彭曰:“舟中之约,未尝一日去心。卿倘有意,则泻囊货马,所不惜耳。”诘旦,告公子;又称贷于别驾,千金削其籍,携之以归。偶至别业,犹能识当年饮处云。

异史氏云:“马而人,必其为人而马者也;使为马,正恨其不为人耳。狮象鹤鹏,悉受鞭策,何可谓非神人之仁爱乎?即订三年约,亦度苦海也。”

堪 舆

沂州宋侍郎君楚家,素尚堪舆,即闺阁中亦能读其书,解其理。宋公卒,两公子各立门户,为公卜兆,闻能善青乌之术者,不惮千里,争罗致之。于是两门术士,召致盈百,日日连骑遍郊野,东西分道出入,如两旅。经月余,各得牛眠地,此言封侯,彼言拜相。兄弟两不相下,因负气不为谋,并营寿域,锦棚彩幢,两处俱备。灵舆至岐路,兄弟各率其属以争,自晨至于日昃,不能决。宾客尽引去。舁夫凡十易肩,困惫不举,相与委柩路侧。因止不葬,鸠工构庐,以蔽风雨。兄建舍于旁,留役居守,弟亦建舍如兄。兄再建之,弟又建之,三年而成村焉。积多年,兄弟继逝,嫂与娣始合谋,力破前人水火之议,并车入野,视所择两地,并言不佳,遂同修聘贽,请术人另相之。每得一地,必具图呈闺闼,判其可否。日进数图,悉疵摘之。旬余,始卜一域。嫂览图,喜曰:“可矣。”示娣,娣曰:“是地当先发一武孝廉。”葬后三年,公长孙果以武生领乡荐。

异史氏曰:“青乌之术,或有其理,而癖而信之,则痴矣。况负气相争,委柩路侧,其于孝弟之道不讲,奈何冀以地理福儿孙哉!如闺中宛若,真雅而可传者矣。”

窦　氏

南三复，晋阳世家也。有别墅，去所居十余里，每驰骑日一诣之。适遇雨，途中有小村，见一农人家，门内宽敞，因投止焉。近村人固皆威重南。少顷，主人出邀，跼蹐甚恭。入其舍斗如。客既坐，主人始操彗，殷勤泛扫，既而泼蜜为茶。命之坐，始敢坐。问其姓名，自言："廷章，姓窦。"未几，进酒烹雏，给奉周至。有笄女行炙，时止户外，稍稍露其半体，年十五六，端妙无比。南心动。雨歇既归，系念綦切。

越日，具粟帛往酬，借此阶进。是后常一过窦，时携肴酒，相与留连。女渐稔，不甚避忌，辄奔走其前。睨之，则低鬟微笑。南益惑焉，无三日不往者。一日，值窦不在，坐良久，女出应客。南捉臂狎之。女惭急，峻拒曰："奴虽贫，要嫁，何贵倨凌人也！"时南失偶，便揖之曰："倘获怜眷，定不他娶。"女要誓，南指矢天日，以坚永约，女乃允之。自此为始，瞰窦他出，即过缱绻。女促之曰："桑中之约，不可长也。日在帡幪之下，倘肯赐以姻好，父母必以为荣，当无不谐。宜速为计！"南诺之。转念农家岂堪匹偶，姑假其词以因循之。

会媒来议婚于大家，初尚踌躇，既闻貌美财丰，志遂决。女以体孕，催并益急，南遂绝迹不往。无何，女临蓐，产一男。父怒搒女。女以情告，且言："南要我矣。"窦乃释女，使人问南，南立即不承。窦乃弃儿，益扑女。女暗哀邻妇，告南以苦，南亦置之。女夜亡，视弃儿犹活，遂抱以奔南，款关而告阍者曰："但得主人一言，我可不死。彼即不念我，宁不念儿耶？"阍人具以达南，南戒勿入。女倚户悲啼，五更始不复闻。至明视之，女抱儿坐僵矣。窦忿，讼之上官，悉以南不义，欲罪南。南惧，以千金行赂得免。

其大家梦女披发抱子而告曰："必勿许负心郎，若许，我必杀之！"大家贪南富，卒许之。既亲迎，奁妆丰盛，新人亦娟好。然喜悲，终日未尝睹欢容，枕席之间，时复有涕洟。问之，亦不言。过数日，妇翁至,入门便泪,南未遑问故,相将入室,见女而骇曰:“适于后园,见吾女缢死桃树上,今房中谁也?”女闻言,色暴变,仆然而死,视之,则窦女。急至后园,新妇果自经死。骇极,往报窦。窦发女冢,棺启尸亡。前忿未蠲,倍益惨怒,复讼于官。官因其情幻,拟罪未决。南又厚饵窦,哀令休结。官亦受其赇嘱,乃罢。而南家自此稍替。又以异迹传播,数年无敢字者。

南不得已,远于百里外聘曹进士女。未及成礼,会民间讹传,朝廷将选良家女充掖庭,以故有女者,悉送归夫家去。一日,有妪导一舆至,自称曹家送女者。扶女入室,谓南曰:“选嫔之事已急,仓卒不能如礼,且送小娘子来。”问:“何无客?”曰:“薄有奁妆,相从在后耳。”妪草草径去。南视女亦风致,遂与谐笑。女俯颈引带,神情酷类窦女。心中作恶,第未敢言。女登榻,引被幛首而眠,亦谓新人常态,弗为意。日敛昏,曹人不至,始疑,捋被问女,而女亦奄然冰绝。惊怪莫知其故,驰伻告曹,曹竟无送女之事。相传为异。时有姚孝廉女新葬,隔宿为盗所发,破材失尸,闻其异,诣南所征之,果其女。启衾一视,四体裸然。姚怒,质状于官。官因南屡行无理,恶之,坐发冢见尸,论死。

异史氏曰:“始乱之而终成之,非德也,况誓于初而绝于后乎?挞于室,听之;哭于门,仍听之,抑何其忍!而所以报之者,亦比李十郎惨矣!”

梁 彦

徐州梁彦,患鼽嚏,久而不已。一日,方卧,觉鼻奇痒,遽起大嚏,有物突出落地,状类屋上瓦狗,约指顶大。又嚏,又一枚落。四嚏凡落四枚,蠢然而动,相聚互嗅。俄而强者啮弱者以食,食一枚,则身顿长。瞬息吞并,止存其一,大于鼫鼠矣,伸舌周匝,自舐其吻。梁大愕,踏之。物缘袜而上,渐至股际。捉衣而撼摆之,粘据不可下。顷入衿底,爬搔腰胁。大惧,急解衣掷地。扪之,物已贴伏腰间。推之不动,掐之则痛,竟成赘疣,口眼已合,如伏鼠然。

龙　　肉

姜太史玉璇言:“龙堆之下,掘地数天,有龙肉充牣其中,任人割取,但勿言‘龙’字。或言‘此龙肉也’,则霹雳震作,击人而死。”太史曾食其肉,实不谬也。

第六卷

潞令

宋国英，东平人，以教习授潞城令，贪暴不仁，催科尤酷，毙杖下者，狼藉于庭。余乡徐白山适过之，见其横，讽曰：“为民父母，威焰固至此乎？”宋洋洋作得意之词曰：“喏！不敢！官虽小，莅任百日，诛五十八人矣。”后半年，方据案视事，忽瞪目而起，手足挠乱，似与人撑拒状。自言曰：“我罪当死！我罪当死！”扶入署中，逾时寻卒。呜呼！幸阴曹兼摄阳政，不然，颠越货多，则“卓异”声起矣，流毒安穷哉！

异史氏曰：“潞子故区，其人魂魄毅，故其为鬼雄。今有一官握篆于上，必有一二鄙流，风承而痔舐之。其方盛也，则竭攫未尽之膏脂，为之具锦屏；其将败也，则驱诛未尽之肢体，为之乞保留。官无贪廉，每莅一任，必有此两事。赫赫者一日未去，则蚩蚩者不敢不从。积习相传，沿为成规，其亦取笑于潞城之鬼也已！”

马介甫

杨万石，大名诸生也。生平有“季常之惧”。妻尹氏，奇悍，少迕之，辄以鞭挞从事。杨父年六十余而鳏，尹以齿奴隶数。杨与弟万钟常窃饵翁，不敢令妇知；然衣败絮，恐贻讪笑，不令见客。万石四十无子，纳妾王，旦夕不敢通一语。

兄弟候试郡中，见一少年，容服都雅，与语，悦之。询其姓字，自云:“介甫,马姓。”由此交日密,焚香为昆季之盟。

既别,约半载,马忽携僮仆过杨,值杨翁在门外,曝阳扪虱,疑为佣仆,通姓氏使达主人,翁披絮去。或告曰:“此即其翁也。”马方惊讶,杨兄弟岸帻出迎。登堂一揖,便请朝父,万石辞以偶恙。促坐笑语,不觉向夕。

万石屡言具食,而终不见至。兄弟迭互出入,始有瘦奴持壶酒来。俄顷饮尽,坐伺良久,万石频起催呼,额颊间热汗蒸腾。俄瘦奴以馔具出,脱粟失饪,殊不甘旨。食已,万石草草便去。万钟襆被来伴客寝。马责之曰:“曩以伯仲高义,遂同盟好。今老父实不温饱,行道者羞之!”万钟泫然曰:“在心之情,卒难申致。家门不吉,蹇遭悍嫂,尊长细弱,横被摧残。非沥血之好,此丑不敢扬也。”马骇叹移时,曰:“我初欲早旦而行,今得此异闻,不可不一目见之。请假闲舍,就便自炊。”

万钟从其教,即除室为马安顿,夜深窃馈蔬稻,惟恐妇知。马会其意,力却之,且请杨翁与同食寝,自诣城肆,市布帛,为易袍裤。父子兄弟皆感泣。

万钟有子喜儿,方七岁,夜从翁眠。马抚之曰:“此儿福寿,过于其父,但少年孤苦耳。”妇闻老翁安饱,大怒,辄骂,谓马强预人家事。初恶声尚在闺闼,渐近马居,以示瑟歌之意。杨兄弟汗体徘徊,不能制止,而马若弗闻也者。妾王,体妊五月,妇始知之,褫衣惨掠,已,乃唤万石跪受巾帼,操鞭逐出。值马在外,惭懅不前。又追逼之,始出。妇亦随出,叉手顿足,观者填溢。马指妇叱曰:“去,去!”妇即反奔,若被鬼逐,裤履俱脱,足缠萦绕于道上,徒跣而归,面色灰死。少定,婢进袜履,着已,嗷啕大哭,家无敢问者。马曳万石为解巾帼。万石耸身定息,如恐脱落,马强脱之,而坐立不宁,犹惧以私脱加罪。探妇哭已,乃敢入,趑趄而前。妇殊不发一语,遽起,入房自寝。万石意始舒,与弟窃奇焉。家人皆以为异,相聚偶语。妇微有闻,益羞怒,遍挞奴婢。呼妾,妾创剧不能起,妇以为伪,就榻搒之,崩注堕胎。万石于无人处,对马哀啼。马慰解之,呼僮具牢馔,更筹再唱,不放万石去。

妇在闺房,恨夫不归,方大恚忿,闻撬扉声,急呼婢,则室门已辟。

有巨人入,影蔽一室,狰狞如鬼。俄又有数人入,各执利刃。妇骇绝欲号。巨人以刀刺颈曰:“号便杀却!”妇急以金帛赎命。巨人曰:“我冥曹使者,不要钱,但取悍妇心耳!”妇益惧,自投败颡。巨人乃以利刃画妇心而数之曰:“如某事,谓可杀否?”即以画。凡一切凶悍之事,责数殆尽,刀画肤革,不啻数十。末乃曰:“妾生子,亦尔宗绪,何忍打堕?此事必不可宥!”乃令数人反接其手,剖视悍妇心肠。妇叩头乞命,但言知悔。俄闻中门启闭,曰:“杨万石来矣。既已悔过,姑留余生。”纷然尽散。

无何,万石入,见妇赤身绷系,心头刀痕,纵横不可数,解而问之,得其故,大骇,窃疑马。明日,向马述之。马亦骇。由是妇威渐敛,经数月不敢出一恶语。马大喜,告万石曰:“实告君,幸勿宣泄,前以小术惧之。既得好合,请暂别也。”遂去。妇每日暮,挽留万石作侣,欢笑而承迎之。万石生平不解此乐,遽遭之,觉坐立皆无所可。妇一夜忆巨人状,瑟缩摇战。万石思媚妇意,微露其假。妇遽起,苦致穷诘。万石自觉失言,而不能悔,遂实告之。妇勃然大骂。万石惧,长跽床下,妇不顾。哀至漏三下,妇曰:“欲得我恕,须以刀画汝心头如干数,此恨始消。”乃起捉厨刀。万石大惧而奔,妇逐之,犬吠鸡腾,家人尽起。万钟不知何故,但以身左右翼兄。妇乃诟詈,忽见翁来,睹袍服,倍益烈怒,即就翁身条条割裂,批颊而摘翁髭。万钟见之怒,以石击妇,中颅,颠蹶而毙。万钟曰:“我死而父兄得生,何憾!”遂投井中,救之已死。移时妇复苏,闻万钟死,怒亦遂解。

既殡,弟妇恋儿,矢不嫁。妇唾骂不与食,醮去之。遗孤儿,朝夕受鞭楚。俟家人食讫,始啖以冷块。积半岁,儿尪羸,仅存气息。一日,马忽至。万石嘱家人,勿以告妇。马见翁褴褛如故,大骇;又闻万钟殒谢,顿足悲哀。儿闻马至,便来依恋,前呼马叔。马不能识,审顾始辨,惊曰:“儿何憔悴至此!”翁乃嗫嚅具道情事。马忿然谓万石曰:“我曩道兄非人,果不谬。两人止此一线,杀之,将奈何?”万石不言,惟伏首帖耳而泣。坐语数刻,妇已知之,不敢自出逐客,但呼万石入,批使绝马。含涕而出,批痕俨然。马怒之曰:“兄不能威,独不能断‘出’耶?殴父杀弟,安然忍之,何以为人!”万石欠伸,似有动容。马又激之曰："如渠不去，理须杀；即便杀却，勿惧。仆有二三知交，都居要地，必合极力，保无亏也。"万石喏，负气疾行，奔而入。适与妇遇，叱问："何为？"万石皇遽失色，以手据地曰："马生教余出妇。"妇益恚，顾寻刀杖，万石惧而却步。马唾之曰："兄真不可教也已！"遂开箧，出刀圭药，合水授万石饮，曰："此丈夫再造散。所以不轻用者，以能病人故耳。今不得已，暂试之。"饮下，少顷，万石觉忿气填胸，如烈焰冲烧，刻不容忍，直抵闺闼，叫喊雷动。妇未及诘，万石以足腾起，妇颠去数尺有咫，即复握石成拳，擂击无算。妇体几无完肤，嘲哳犹詈。万石于腰中出佩刀，妇骂曰："出刀子，敢杀我耶？"万石不语，割股上肉，大如掌，掷地下。方欲再割，妇哀鸣乞恕。万石不听，又割之。家人见万石凶狂，相集，死力掖出。马迎去，捉臂相用慰劳。万石余怒未息，屡欲奔寻，马止之。少间，药力消，嗒若丧。马嘱曰："兄勿馁。乾纲之振，在此一举。夫人之所以惧者，非朝夕之故，其所由来者渐矣。譬之昨死而今生，须从此涤故更新；再一馁，则不可为矣。"遣万石入探之。妇股栗心慑，倩婢扶起，将以膝行，止之，乃已。出语马生，父子交贺。马欲去，父子共挽之。马曰："我适有东海之行，故便道相过，还时可复会耳。"

月余，妇起，宾事良人。久觉黔驴无技，渐狎，渐嘲，渐骂。居无何，旧态全作矣。翁不能堪，宵遁，至河南，隶道士籍。万石亦不敢寻。年余，马至，知其状，怫然责数已，立呼儿至，置驴子上，驱策径去。由此乡人皆不齿万石。学使案临，以劣行黜名。又四五年，遭回禄，居室财物，悉为煨烬，延烧邻舍。村人执以告郡，罚锾烦苛，于是家产渐尽，至无居庐。近村相戒，无以舍舍万石。尹氏兄弟，怒妇所为，亦绝拒之。万石既穷，质妾于贵家，偕妻南渡。至河南界，资斧已绝，妇不肯从，聒夫再嫁。适有屠而鳏者，以钱三百货去。

万石一身，丐食于远村近郭间。至一朱门，阍人诃拒不听前。少间，一官人出，万石伏地啜泣。官人熟视久之，略诘姓名，惊曰："是伯父也！何一贫至此？"万石细审，知为喜儿，不觉大哭。从之入，见堂中金碧焕映。俄顷，父扶童子出，相对悲哽。万石始述所遭。初，马携喜儿至此，数日，即出寻杨翁来，使祖孙同居。又延师教读，十五岁入邑庠，次年领乡荐，始为完婚，乃别欲去。祖孙泣留之。马曰：“我非人，实狐仙耳。道侣相候已久。”遂去。孝廉言之，不觉恻楚。因念昔与庶伯母同受酷虐，倍益感伤。遂以舆马赍金赎王氏归。年余，生一子，因以为嫡。

尹从屠半载，狂悖犹昔。夫怒，以屠刀孔其股，穿以毛绠，悬梁上，荷肉竟出，号极声嘶，邻人始知。解缚抽绠，一抽则呼痛之声，震动四邻。以是见屠来，则骨毛皆竖。后胫创虽愈，而断芒遗肉内，终不利于行，犹夙夜服役，无敢少懈。屠既横暴，每醉归，则挞詈不情。至此，始悟昔之施于人者，亦犹是也。一日，杨夫人及伯母烧香普陀寺，近村农妇并来参谒，尹在中怅立不前。王氏故问：“此伊谁？”家人进白：“张屠之妻。”便诃使前，与太夫人稽首。王笑曰：“此妇从屠，当不乏肉食，何羸瘠乃尔？”尹愧恨，归欲自经，绠弱不得死，屠益恶之。岁余，屠死，途遇万石，遥望之，以膝行，泪下如麻。万石碍仆，未通一言，归告侄，欲谋珠还。侄固不肯。妇为里人所唾弃，久无所归，依群乞以食。万石犹时就尹废寺中。侄以为玷，阴教群乞窘辱之，乃绝。

此事余不知其究竟，后数行，乃毕公权撰成之。

异史氏曰：“惧内，天下之通病也。然不意天壤之间，乃有杨郎！宁非变异？余常作妙音经之续言，谨附录以博一噱：

‘窃以天道化生万物，重赖坤成；男儿志在四方，尤须内助。同甘独苦，劳尔十月呻吟；就湿移乾，苦矣三年嚬笑。此顾宗祧而动念，君子所以有伉俪之求；瞻井臼而怀思，古人所以有鱼水之爱也。第阴教之旗帜日立，遂乾纲之体统无存。始而不逊之声，或大施而小报；继则如宾之敬，竟有往而无来。只缘儿女深情，遂使英雄短气。床上夜叉坐，任金刚亦须低眉。釜底毒烟生，即铁汉无能强项。秋砧之杵可掬，不捣月夜之衣；麻姑之爪能搔，轻试莲花之面。小受大走，直将代孟母投梭；妇唱夫随，翻欲起周婆制礼。婆娑跳掷，停观满道行人；嘲哳呜嘶，扑落一群娇鸟。恶乎哉！呼天吁地，忽尔披发向银床。丑矣夫！转目摇头，猥欲投缳延玉颈。当是时也，地下已多碎胆，天外更有惊魂；北宫黝未必不逃，孟施舍焉能无惧？将军气同雷电，一入中庭，顿归无何有之乡；大人面若冰霜，比到寝门，遂有不可问之处。岂果脂粉之气，不势而威？胡乃肮脏之身，不寒而栗？犹可解者，魔女翘鬟来月下，何妨俯伏皈依？最冤枉者，鸠盘蓬首到人间，也要香花供养。闻怒狮之吼，则双孔撩天；听牝鸡之鸣，则五体投地。登徒子淫而忘丑，回波词怜而成嘲。设为汾阳之婿，立致尊荣，媚卿卿良有故；若赘外黄之家，不免奴役，拜仆仆将何求？彼穷鬼自觉无颜，任其斫树摧花，止求包荒于悍妇；如钱神可云有势，乃亦婴鳞犯制，不能借助于方兄。岂缚游子之心，惟兹鸟道？抑消霸王之气，恃此鸿沟？然死同穴，生同衾，何尝教吟"白首"？而朝行云，暮行雨，辄欲独占巫山。恨熬"池水清"，空按红牙玉板；怜尔妾命薄，独支永夜寒更。蝉壳鹭滩，喜骊龙之方睡；犊车麈尾，恨驽马之不奔。榻上共卧之人，挞去方知为舅；床前久系之客，牵来已化为羊。需之殷者仅俄顷，毒之流者无尽藏。买笑缠头，而成自作之孽，太甲必曰难违；俯首帖耳，而受无妄之刑，李阳亦谓不可。酸风凛冽，吹残绮阁之春；醋海汪洋，淹断蓝桥之月。又或盛会忽逢，良朋即坐，斗酒藏而不设，且由房出逐客之书；故人疏而不来，遂自我广绝交之论。甚而雁影分飞，涕空沾于荆树；鸾胶再觅，变遂起于芦花。故饮酒阳城，一堂中惟有兄弟；吹竽商子，七旬余并无室家。古人为此，有隐痛矣。呜呼！百年鸳偶，竟成附骨之疽；五两鹿皮，或买剥床之痛。髯如戟者如是，胆似斗者何人？固不敢于马栈下断绝祸胎，又谁能向蚕室中斩除孽本？娘子军肆其横暴，苦疗妒之无方；胭脂虎啖尽生灵，幸渡迷之有楫。天香夜爇，全澄汤镬之波；花雨晨飞，尽灭剑轮之火。极乐之境，彩翼双栖；长舌之端，青莲并蒂。拔苦恼于优婆之国，立道场于爱河之滨。咦！愿此几章贝叶文，洒为一滴杨枝水！'"

魁　星

郓城张济宇，卧而未寐，忽见光明满室。惊视之，一鬼执笔立，若魁星状。急起拜叩，光亦寻灭。由此自负，以为元魁之先兆也。后竟落拓无成，家亦雕落，骨肉相继死，惟生一人存焉。彼魁星者，何以不为福而为祸也？

库将军

库大有，字君实，汉中洋县人，以武举隶祖述舜麾下。祖厚遇之，屡蒙拔擢，迁伪周总戎。后觉大势既去，潜以兵乘祖，祖格拒伤手，因就缚之，纳款于总督蔡。至都，梦至冥司，冥王怒其不义，命鬼以沸汤浇其足。既醒，足痛不可忍。后肿溃，指尽堕，又益之疟，辄呼曰："我诚负义！"遂死。

异史氏曰："事伪朝固不足言忠；然国士庸人，因知为报，贤豪之自命宜尔也。是诚可以惕天下之人臣而怀二心者矣。"

美人首

诸商寓居京舍。舍与邻屋相连，中隔板壁，板有松节脱处，穴如盏。忽女子探首入，挽凤髻，绝美，旋伸一臂，洁白如玉。众骇其妖，欲捉，已缩去。少顷，又至，但隔壁不见其身。奔之，则又去之。一商操刀伏壁下，俄首出，暴决之，应手而落，血溅尘土。众惊告主人。主人惧，以其首首焉。逮诸商鞫之，殊荒唐。淹系半年，迄无情词，亦未有一人送官者，乃释商，瘗女首。

绛妃

癸亥岁，余馆于毕刺史公之绰然堂。公家花木最盛，暇辄从公杖履，得恣游赏。

一日，眺览既归，倦极思寝，解屦登床，梦二女郎被服艳丽，近请曰："有所奉托，敢屈移玉。"余愕然起，问："谁相见召？"曰："绛妃耳。"恍惚不解所谓，遽从之去。俄睹殿阁，高接云汉。下有石阶，层层而上，约尽百余级，始至颠头。见朱门洞敞，又有二三丽者，趋入通客。无何，诣一殿外，金钩碧箔，光明射眼。内一妇人降阶出，环珮锵然，状若贵嫔。方思展拜，妃便先言："敬屈先生，理须首谢。"呼左右以毡贴地，若将行礼。余惶然无以为地，因启曰："草莽微贱，得辱宠召，已有余荣。况敢分庭抗礼，益臣之罪，折臣之福！"妃命撤毡设宴，对宴相向。酒数行，余辞曰："臣饮少辄醉，惧有愆仪。教命云何？幸释疑虑。"妃不言，但以巨杯促饮。余屡请命，乃言："妾，花神也。合家细弱，依栖于此，屡被封家女子，横见摧残。今欲背城借一，烦君属檄草耳。"余惶然起奏："臣学陋不文，恐负重托，但承宠命，敢不竭肝膈之愚！"妃喜，即殿上赐笔札。诸姬者拭案拂坐，磨墨濡毫。又一垂髫人，折纸为范，置腕下。略写一两句，便二三辈叠背相窥。余素迟钝，此时觉文思若涌。少间，稿脱，争持去，启呈绛妃。妃展阅一过，颇谓不疵，遂复送余归。醒而忆之，情事宛然，但檄词强半遗忘，因足而成之：

"谨按封氏：飞扬成性，忌嫉为心。济恶以才，妒同醉骨；射人于暗，奸类含沙。昔虞帝受其狐媚，英、皇不足解忧，反借渠以解愠；楚王蒙其蛊惑，贤才未能称意，惟得彼以称雄。沛上英雄，云飞而思猛士；茂陵天子，秋高而念佳人。从此怙宠日恣，因而肆狂无忌。怒号万窍，响碎玉于王宫；淜湃中宵，弄寒声于秋树。倏向山林丛里，假虎之威；时于滟滪堆中，生江之浪。且也，帘钩频动，发高阁之清商；檐铁忽敲，破离人之幽梦。寻帷下榻，反同入幕之宾；排闼登堂，竟作翻书之客。不曾于生平识面，直开门户而来；若非是掌上留裙，几掠妃子而去。吐虹丝于碧落，乃敢因月成阑；翻柳浪于青郊，谬说为花寄信。赋归田者，归途才就，飘飘吹薜荔之衣；登高台者，高兴方浓，轻轻落茱萸之帽。蓬梗卷兮上下，三秋之羊角抟空；筝声入乎云霄，百尺之鸢丝断系。不奉太后之召，欲速花开；未绝坐客之缨，竟吹灯灭。甚则扬尘播土，吹平李贺之山；叫雨呼云，卷破杜陵之屋。冯夷起而击鼓，少女进而吹笙。荡漾以来，草皆成偃；吼奔而至，瓦欲为飞。未施抟水之威，浮水江豚时出拜；陡出障天之势，书天雁字不成行。助马当之轻帆，彼有取尔；牵瑶台之翠帐，于意云何？至于海鸟有灵，尚依鲁门以避；但使行人无恙，愿唤尤郎以归。古有贤豪，乘而破者万里；世无高士，御以行者几人？驾炮车之狂云，遂以夜郎自大；恃贪狼之逆气，漫以河伯为尊。姊妹俱受其摧残，汇族悉为其蹂躏。纷红骇绿，掩苒何穷？擘柳鸣条，萧骚无际。雨零金谷，缀为藉客之裀；露冷华林,去作沾泥之絮。埋香瘗玉,残妆卸而翻飞;朱榭雕阑,杂珮纷其零落。减春光于旦夕,万点正飘愁;觅残红于西东,五更非错恨。翩跹江汉女,弓鞋漫踏春园;寂寞玉楼人,珠勒徒嘶芳草。斯时也,伤春者有难乎为情之怨,寻胜者作无可奈何之歌。尔乃趾高气扬,发无端之踔厉;催蒙振落,动不已之珊珊。伤哉绿树犹存,簌簌者绕墙自落;久矣朱旛不竖,娟娟者賈涕谁怜?堕溷沾篱,毕芳魂于一日;朝容夕悴,免荼毒于何年?怨罗裳之易开,骂空闻于子夜;讼狂伯之肆虐,章未报于天庭。诞告芳邻,学作蛾眉之阵;凡属同气,群兴草木之兵。莫言蒲柳无能,但须藩篱有志。且看莺俦燕侣,公覆夺爱之仇;请与蝶友蜂媒,共发同心之誓。兰桡桂楫,可教战于昆明;桑盖柳旌,用观兵乎上苑。东篱处士,亦出茅庐;大树将军,应怀义愤。杀其气焰,洗千年粉黛之冤;歼尔豪强,销万古风流之恨!”

河 间 生

河间某生,场中积麦穰如丘。家人日取为薪,洞之。有狐居其中,常与主人相见,老翁也。一日,屈主人饮,拱生入洞。生难之,强而后入,入则廊舍华好。即坐,茶酒香烈。但日色苍皇,不辨中夕。筵罢既出,景物俱杳。翁每夜往夙归,人莫能迹,问之,则言友朋招饮。生请与俱,翁不可;固请之,翁始诺。挽生臂,疾如乘风,可炊黍时,至一城市。入酒肆,见坐客良多,聚饮颇哗,乃引生登楼上。下视饮者,几案柈餐,可以指数。翁自下楼,任意取案上酒果,抔来供生,筵中人曾莫之禁。移时,生视一朱衣人前列金橘,命翁取之。翁曰:“此正人,不可近。”生默念,狐与我游,必我邪也。自今以往,我必正!方一注想,觉身不自主,眩堕楼下。饮者大骇,相哗以妖。生仰视,竟非楼,乃梁间耳。以实告众,众审其情确,赠而遣之。问其处,乃鱼台,去河间千里云。

云 翠 仙

梁有才,故晋人,流寓于济,作小负贩,无妻子田产。从村人登岱，当四月交，香侣杂沓。又有优婆夷、塞，率男子以百十，杂跪神座下，视香炷为度，名曰“跪香”。才视众中有女郎，年十七八而美，悦之，诈为香客，近女郎跪，又伪为膝困无力状，故以手据女郎足。女回首似嗔，膝行而远之，才亦膝行而近之。少间，又据之，女郎觉，遽起，不跪，出门去。才亦起，出履其迹，不知其往，心无望，怏怏而行。途中见女郎从媪，似为女也母者。才趋之。

媪女行且语。媪云：“汝能参礼娘娘，大好事！汝又无弟妹，但获娘娘冥加护，护汝得快婿。但能相孝顺，都不必贵公子、富王孙也。”才窃喜，渐渍诘媪。媪自言为云氏，小女名翠仙，其出也。家西山四十里。才曰：“山路濇，母如此蹜蹜，妹如此纤纤，何能便至？”曰：“日已晚，将寄舅家宿耳。”才曰：“适言相婿，不以贫嫌，不以贱鄙，我又未婚，颇当母意否？”媪以问女，女不应。媪数问，女曰：“渠寡福，又荡无行，轻薄之心，还易翻覆。儿不能为遢伎儿作妇。”才闻，朴诚自表，切矢皦日。媪喜，竟诺之。女不乐，勃然而已。母又强拍咻之。

才殷勤，手于橐，觅山兜二，舁媪及女。己步从，若为仆。过隘，辄诃兜夫不得颠摇，意良殷。俄抵村舍，便邀才同入舅家。舅出翁，妗出媪也。云兄之嫂之。谓：“才吾婿。日适良，不须别择，便取今夕。”舅亦喜，出酒肴饵才。既，严妆翠仙出，拂榻促眠。女曰：“我固知郎不义，迫母命，漫相随。郎若人也，当不须忧偕活。”才唯唯听受。

明日早起，母谓才：“宜先去，我以女继至。”才归，扫户闼。媪果送女至。入视室中，虚无有，便云：“似此何能自给？老身速归，当小助汝辛苦。”遂去。次日，即有男女数辈，各携服食器具，布一室满之，不饭俱去，但留一婢。

才由此坐温饱，惟日引里无赖朋饮竞赌，渐盗女郎簪珥佐博。女劝之，不听，颇不耐之，惟严守箱奁，如防寇。一日，博党款门访才，窥见女，适适然惊，戏谓才曰：“子大富贵，何忧贫耶？”才问故，答曰：“曩见夫人，真仙人也，适与子家道不相称。货为媵，金可得百；为妓，可得千。千金在室，而听饮博无资耶？”才不言，而心然之。归，辄向女欷歔，时时言贫不可度。女不顾，才频频击桌，抛箸，骂婢，作诸态。一夕，女沽酒与饮，忽曰：“郎以贫故，日焦心。我又不能御贫，分郎忧衷,岂不愧怍?但无长物,止有此婢,鬻之,可稍稍佐经营。”才摇首曰:“其值几何!”又饮少时,女曰:“妾于郎,有何不相承?但力竭耳。念一贫如此,便死相从,不过均此百年苦,有何发迹?不如以妾鬻贵家,两所便益,得值或较婢多。”才故愕言:“何得至此!”女固言之,色作庄。才喜曰:“容再计之。”遂缘中贵人,货隶乐籍。中贵人亲诣才,见女大悦,恐不能即得,立券八百缗,事滨就矣。女曰:“母以婿家贫,常常萦念,今意断矣,我将暂归省。且郎与妾绝,何得不告母?”才虑母阻,女曰:“我顾自乐之,保无差货。”才从之。

夜将半,始抵母家。挝阖入,见楼舍华好,婢仆辈往来憧憧。才日与女居,每请诣母,女辄止之,故为甥馆年余,曾未一临岳家。至此大骇,以其家巨,恐媵妓所不甘从也。女引才登楼上。媪惊问:“夫妇何来?”女怨曰:“我固道渠不义,今果然。”乃于衣底出黄金二铤,置几上,曰:“幸不为小人赚脱,今仍以还母。”母骇问故,女曰:“渠将鬻我,故藏金无用处。”乃指才骂曰:“豺鼠子!曩日负肩担,面沾尘如鬼。初近我,熏熏作汗腥,肤垢欲倾塌,足手皴一寸厚,使人终夜恶。自我归汝家,安座餐饭,鬼皮始脱。母在前,我岂诬耶?”才垂首,不敢少出气。女又曰:“自顾无倾城姿,不堪奉贵人,似若辈男子,我自谓犹相匹。有何亏负,遂无一念香火情?我岂不能起楼宇、买良沃?念汝儇薄骨、乞丐相,终不是白头侣!”言次,婢妪连衿臂,旋旋围绕之。闻女责数,便都唾骂,共言:“不如杀却,何须复云云。”才大惧,据地自投,但言自悔。女又盛气曰:“鬻妻子已大恶,犹未便是剧,何忍以同衾人赚作娼!”言未已,众眦裂,悉以锐簪、剪刀股攒刺胁腂。才号悲乞命。女止之,曰:“可暂释却。渠便不仁义,我不忍觳觫。”乃率众下楼去。

才坐听移时,声语俱寂,思欲潜遁,忽仰视,见星汉,东方已白,野色苍莽,灯亦寻灭,并无屋宇,身坐削壁上。俯瞰绝壑,深无底,骇绝,惧堕。身稍移,塌然一声,堕石崩坠。壁半有枯横焉,罥不得堕。以枯受腹,手足无着。下视茫茫,不知几何寻丈。不敢转侧,嗥怖声嘶,一身尽肿,眼耳鼻舌身力俱竭。日渐高,始有樵人望见之,寻绠来,缒而下,取置崖上,奄将溘毙。舁归其家,至则门洞敞,家荒荒如败寺,床簏什器俱杳,惟有绳床败案,是己家旧物,零落犹存。嗒然自卧,饥时，日一乞食于邻。既而肿溃为癞。里党薄其行，悉唾弃之。才无计，货屋而穴居，行乞于道，以刀自随。或劝以刀易饵，才不肯，曰：“野居防虎狼，用自卫耳。”后遇向劝鬻妻者于途，近而哀语，遽出刀摮而杀之，遂被收。官廉得其情，亦未忍酷虐之，系狱中，寻瘐死。

异史氏曰：“得远山芙蓉，与共四壁，与之南面王岂易哉！已则非人，而怨逢恶之友，故为友者不可不知戒也。凡狭邪子诱人淫博，为诸不义，其事不败，虽则不怨亦不德。迨于身无襦，妇无裤，千人所指，无疾将死，穷败之念，无时不萦于心；穷败之恨，无时不加于齿。清夜牛衣中，辗转不寐。夫然后历历想未落时，历历想将落时，又历历想致落之故，而因以及发端致落之人。至于此，弱者起，拥絮坐诅；强者忍冻裸行，篝火索刀，霍霍磨之，不待终夜矣。故以善规人，如赠橄榄；以恶诱人，如馈漏脯也。听者固当省，言者可勿戒哉！”

跳　神

济俗：民间有病者，闺中以神卜。倩老巫击铁环单面鼓，婆娑作态，名曰“跳神”。而此俗都中尤盛。良家少妇，时自为之。堂中肉于案，酒于盆，甚设几上。烧巨烛，明于昼。妇束短幅裙，屈一足，作“商羊舞”。两人捉臂，左右扶掖之。妇刺刺琐絮，似歌，又似祝；字多寡参差，无律带腔。室数鼓乱挝如雷，蓬蓬聒人耳。妇吻辟翕，杂鼓声，不甚辨了。既而首垂，目斜睨；立全须人，失扶则仆。旋忽伸颈巨跃，离地尺有咫。室中诸女子，凛凛愕顾曰：“祖宗来吃食矣。”便一嘘，吹灯灭，内外冥黑。人慄息立暗中，无敢交一语，语亦不得闻，鼓声乱也。食顷，闻妇厉声呼翁姑及夫嫂小字，始共爇烛，伛偻问休咎。视樽中、盎中、案中，都空。望颜色，察嗔喜。肃肃罗问之，答若响。中有腹诽者，神已知，便指某姗笑我，大不敬，将褫汝裤。诽者自顾，莹然已裸，辄于门外树头觅得之。满洲妇女，奉事尤虔，小有疑，必以决。时严妆，骑假虎、假马，执长兵，舞榻上，名“跳虎神”。马、虎势作威怒，尸者声伧佇。或言关、张、玄坛，不一号。赫气惨凛，尤能畏怖人。有丈夫穴窗来窥，辄被长兵破窗刺帽，挑入去。一家妪媳姊若妹，森森踖踖，雁行立，无歧念，无懈骨。

大力将军

查伊璜，浙人。清明饮野寺中，见殿前有古钟，大于两石瓮，而上下土痕手迹，滑然如新。疑之，俯窥其下，有竹筐受八升许，不知所贮何物。使数人抠耳，力掀举之，无少动，益骇。乃坐饮以伺其人。居无何，有乞儿入，携所得糗糒，堆累钟下，乃以一手起钟，一手掬饵置筐内。往返数回，始尽。已复合之，乃去。移时复来，探取食之。食已复探，轻若启椟。一座尽骇。查问："若个男儿胡行乞？"答以："啖噉多，无佣者。"查以其健，劝投行伍。乞人愀然虑无阶。查遂携归饵之，计其食，略倍五六人。为易衣履，又以五十金赠之行。

后十余年，查犹子令于闽，有吴将军六一者，忽来通谒。款谈间，问："伊璜是君何人？"答言："为诸父行。与将军何处有素？"曰："是我师也。十年之别，颇复忆念。烦致先生一赐临也。"漫应之。自念：叔名贤，何得武弟子？会伊璜至，因告之。伊璜茫不记忆。因其问讯之殷，即命仆马，投刺于门。将军趋出，逆诸大门之外。视之，殊昧生平。窃疑将军误，而将军伛偻益恭。肃客入，深启三四关，忽见女子往来，知为私廨，屏足立。将军又揖之。少间登堂，则卷帘者、移座者，并皆少姬。既坐，方拟展问，将军颐少动，一姬捧朝服至，将军遽起更衣。查不知其何为。众姬捉袖整衿讫，先命数人捺查座上不使动，而后朝拜，如觐君父。查大愕，莫解所以。拜已，以便服侍坐，笑曰："先生不忆举钟之乞人耶？"查乃悟。既而华筵高列，家乐作于下。酒阑，群姬列侍。将军入室，请衽何趾，乃去。

查醉起迟，将军已于寝门三问矣。查不自安，辞欲返。将军投辖下钥，锢闭之。见将军日无别作，惟点数姬婢养厮卒，及骡马服用器具，督造记籍，戒无亏漏。查以将军家政，故未深叩。一日，执籍谓查曰："不才得有今日，悉出高厚之赐。一婢一物，所不敢私，敢以半奉先生。"查愕然不受。将军不听，出藏镪数万，亦两置之，按籍点照，古玩床几，堂内外罗列几满。查固止之，将军不顾。稽婢仆姓名已，即令男为治装，女为敛器，且嘱敬事先生，百声悚应。又亲视姬婢登舆，厩卒捉马骡，阗咽并发，乃返别查。后查以修史一案，株连被收，卒得免，皆将军力也。

异史氏曰："厚施而不问其名，真侠烈古丈夫哉！而将军之报，其慷慨豪爽，尤千古所仅见。如此胸襟，自不应老于沟渎。以是知两贤之相遇，非偶然也。"

白莲教

白莲盗首徐鸿儒，得左道之书，能役鬼神。小试之，观者尽骇，走门下者如鹜。于是阴怀不轨。因出一镜，言能鉴人终身。悬于庭，令人自照，或幞头，或纱帽，绣衣貂蝉，现形不一。人益怪愕。由是道路遥播，踵门求见者，挥汗相属。徐乃宣言："凡镜中文武贵官，皆如来佛注定龙华会中人。各宜努力，勿得退缩。"因以对众自照，则冕旒龙衮，俨然王者。众相视而惊，大众齐伏。徐乃建旗秉钺，罔不欢跃相从，冀符所照。不数月，聚党以万计，滕、峄一带，望风而靡。后大兵进剿，有彭都司者，长山人，艺勇绝伦，寇出二垂髫女与战。女俱双刃，利如霜，骑大马，喷嘶甚怒，飘忽盘旋，自晨达暮，彼不能伤彭，彭亦不能捷也。如此三日，彭觉筋力俱竭，哮喘卒。迨鸿儒既诛，捉贼党械问之，始知刃乃木刀，骑乃木凳也。假兵马死真将军，亦奇矣！

颜　氏

顺天某生，家贫。值岁饥，从父之洛。性钝，年十七，裁不能成幅。而丰仪秀美，能雅谑，善尺牍，见者不知其中之无有也。无何，父母继殁，孑然一身，授童蒙于洛汭。

时村中颜氏有孤女，名士裔也。父在时，尝教之读，一过辄记不忘。十数岁，学父吟咏。父曰："吾家有女学士，惜不弁耳。"钟爱之，期择贵婿。父卒，母执此志，三年不遂，而母又卒。或劝适佳士，女然之而未就也。适邻妇逾垣来，就与攀谈，以字纸裹绣线。女启视，则某手翰，寄邻生者。反复之，似爱好焉。邻妇窥其意，私语曰：“此翩翩一美少年，孤与卿等，年相若也。倘能垂意，妾嘱渠侬䏲合之。”女默默不语。妇归，以意授夫。

邻生故与生善，告之，大悦。有母遗金鸦环，托委致焉。刻日成礼，鱼水甚欢。及睹生文，笑曰：“文与卿似是两人，如此，何日可成？”朝夕劝生研读，严如师友。敛昏，先挑烛据案自哦，为丈夫率，听漏三下，乃已。如是年余，生制艺颇通，而再试再黜，身名蹇落，饔飧不给，抚情寂漠，嗷嗷悲泣。女诃之曰：“君非丈夫，负此弁耳！使我易髻而冠，青紫直芥视之！”生方懊丧，闻妻言，睒睗而怒曰：“闺中人，身不到场屋，便以功名富贵似在厨下汲水炊白粥，若冠加于顶，恐亦犹人耳！”女笑曰：“君勿怒。俟试期，妾请易装相代。倘落拓如君，当不敢复藐天下士矣。”生亦笑曰：“卿自不知檗苦，直宜使请尝试之。但恐绽露，为乡邻笑耳。”女曰：“妾非戏语。君尝言燕有故庐，请男装从君归，伪为弟。君以襁褓出，谁得辨其非？”生从之。女入房，巾服而出，曰：“视妾可作男儿否？”生视之，俨然一少年也。生喜，遍辞里社。交好者薄有馈遗，买一羸蹇，御妻而归。

生叔兄尚在，见两弟如冠玉，甚喜，晨夕恤顾之。又见宵旰攻苦，倍益爱敬，雇一剪发雏奴，为供给使。暮后，辄遣去之。乡中吊庆，兄自出周旋，弟惟下帷读，居半年，罕有睹其面者。客或请见，兄辄代辞。读其文，瞲然骇异。或排闼入而迫之，一揖便亡去。客见丰采，又共倾慕。由此名大噪，世家争愿赘焉。叔兄商之，惟輾然笑。再强之，则言：“矢志青云，不及第，不婚也。”会学使案临，两人并出。兄又落。弟以冠军应试，中顺天第四，明年成进士。授桐城令，有吏治，寻迁河南道掌印御史，富埒王侯。因托疾乞骸骨，赐归田里。宾客填门，迄谢不纳。又自诸生以及显贵，并不言娶，人无不怪之者。归后，渐置婢，或疑其私，嫂察之，殊无苟且。

无何，明鼎革，天下大乱，乃告嫂曰：“实相告，我小郎妇也。以男子阘茸，不能自立，负气自为之。深恐播扬，致天子召问，贻笑海内耳。”嫂不信，脱靴而示之足，始愕，视靴中，则絮满焉。于是使生承其衔，仍闭门而雌伏矣。而生平不孕，遂出资购妾。谓生曰：“凡人置身通显，则买姬媵以自奉。我宦迹十年，犹一身耳。君何福泽，坐享佳丽？”生曰：“面首三十人，请卿自置耳。”相传为笑。是时生父母，屡受覃恩矣。搢绅拜往，尊生以侍御礼。生羞袭闺衔，惟以诸生自安，终身未尝舆盖云。

异史氏曰：“翁姑受封于新妇，可谓奇矣。然侍御而夫人也者，何时无之？但夫人而侍御者少耳。天下冠儒冠、称丈夫者，皆愧死矣！”

杜　　翁

杜翁，沂水人。偶自市中出，坐墙下，以候同游，觉少倦，忽若梦。见一人持牒摄去，至一府署，从来所未经。一人戴瓦垄冠，自内出，则青州张某，其故人也。见杜惊曰：“杜大哥何至此？”杜言：“不知何事，但有勾牒。”张疑其误，将为查验，乃嘱曰：“谨立此，勿他适。恐一迷失，将难救挽。”遂去。久之不出，惟持牒人来，自认其误，释令归。杜别而行，途中遇六七女郎，容色美好，悦而尾之。下道，趋小径，行数十步，闻张在后大呼曰：“杜大哥，汝将何往？”杜迷恋不已。俄见诸女入一圭窦，心识为王氏卖酒之家。不觉探身门内，略一窥瞻，即觉身在苙中，与诸小豭同伏。豁然自悟，已化豕矣，而耳中犹闻张呼。大惧，急以首触壁，闻人言曰：“小豕颠痫矣。”还顾，已复为人。速出门，则张候于途，责曰：“固嘱勿他往，何不听言？几至坏事！”遂把手送至市门，乃去。杜忽醒，则身犹倚壁间。诣王氏问之，果有一家自触死云。

小　　谢

渭南姜部郎第，多鬼魅，常惑人，因徙去。留苍头门之而死，数易皆死，遂废之。里有陶生望三者，夙倜傥，好狎妓，酒阑辄去之。友人故使妓奔就之，亦笑内不拒，而实终夜无所沾染。常宿部郎家，有婢夜奔，生坚拒不乱，部郎以是契重之。家綦贫，又有“鼓盆之戚”，茅屋数椽，溽暑不堪其热，因请部郎，假废第。部郎以其凶故，却之。生因作《续无鬼论》献部郎，且曰：“鬼何能为！”部郎以其请之坚，诺之。

生往除厅事。薄暮,置书其中;返取他物,则书已亡。怪之,仰卧榻上,静息以伺其变。食顷,闻步履声,睨之,见二女自房中出,所亡书送还案上。一约二十,一可十七八,并皆姝丽,逡巡立榻下,相视而笑。生寂不动。长者翘一足踹生腹,少者掩口匿笑。生觉心摇摇若不自持,即急肃然端念,卒不顾。女近以左手捋髭,右手轻批颐颊,作小响,少者益笑。生骤起,叱曰:"鬼物敢尔!"二女骇奔而散。生恐夜为所苦,欲移归,又耻其言不掩,乃挑灯读。暗中鬼影憧憧,略不顾瞻。夜将半,烛而寝,始交睫,觉人以细物穿鼻,奇痒大嚏,但闻暗处隐隐作笑声。生不语,假寐以俟之。俄见少女以纸条拈细股,鹤行鹭伏而至,生暴起诃之,飘窜而去。既寝,又穿其耳,终夜不堪其扰。鸡既鸣,乃寂无声,生始酣眠,终日无所睹闻。

既日下,恍惚出现。生遂夜炊,将以达旦。长者渐曲肱几上,观生读,既而掩生卷。生怒捉之,即已飘散。少间,又抚之。生以手按卷读。少者潜于脑后,交两手掩生目,瞥然去,远立以哂。生指骂曰:"小鬼头! 捉得便都杀却!"女子即又不惧。因戏之曰:"房中纵送,我都不解,缠我无益。"二女微笑,转身向灶,析薪溲米,为生执爨。生顾而奖之曰:"两卿此为,不胜憨跳耶?"俄顷,粥熟,争以匕、箸、陶碗置几上。生曰:"感卿服役,何以报德?"女笑云:"饭中溲合砒、酖矣。"生曰:"与卿夙无嫌怨,何至以此相加。"啜已,复盛,争为奔走。生乐之,习以为常。

日渐稔,接坐倾语,审其姓名。长者云:"妾秋容,乔氏。彼阮家小谢也。"又研问所由来。小谢笑曰:"痴郎! 尚不敢一呈身,谁要汝问门第,作嫁娶耶?"生正容曰:"相对丽质,宁独无情! 但阴冥之气,中人必死。不乐与居者,行可耳;乐与居者,安可耳。如不见爱,何必玷两佳人? 如果见爱,何必死一狂生?"二女相顾动容,自此不甚虐弄之,然时而探手于怀,捋裤于地,亦置不为怪。

一日,录书未卒业而出,返则小谢伏案头,操管代录,见生,掷笔睨笑。近视之,虽劣不成书,而行列疏整。生赞曰:"卿雅人也! 苟乐此,仆教卿为之。"乃拥诸怀,把腕而教之画。秋容自外入,色乍变,意似妒。小谢笑曰:"童时尝从父学书,久不作,遂如梦寐。"秋容不语。

生喻其意，伪为不觉者，遂抱而授以笔，曰："我视卿能此否？"作数字而起，曰："秋娘大好笔力！"秋容乃喜。生于是折两纸为范，俾共临摹。生另一灯读。窃喜其各有所事，不相侵扰。仿毕，祗立几前，听生月旦。秋容素不解读，涂鸦不可辨认，花判已，自顾不如小谢，有惭色。生奖慰之，颜霁。二女由此师事生，坐为抓背，卧为按股，不惟不敢侮，争媚之。逾月，小谢书居然端好，生偶赞之，秋容大惭，粉黛淫淫，泪痕如线，生百端慰解之，乃已。因教之读，颖悟非常，指示一过，无再问者，与生竞读，常至终夜。小谢又引其弟三郎来，拜生门下。年十五六，姿容秀美。以金如意一钩为贽。生令与秋容执一经，满堂咿唔。生于此设鬼帐焉。部郎闻之喜，以时给其薪水。积数月，秋容与三郎皆能诗，时相酬唱。小谢阴嘱勿教秋容，生诺之。秋容阴嘱勿教小谢，生亦诺之。一日，生将赴试，二女涕泪相别。三郎曰："此行可以托疾免；不然，恐履不吉。"生以告疾为辱，遂行。先是，生好以诗词讥切时事，获罪于邑贵介，日思中伤之。阴赂学使，诬以行简，淹禁狱中。资斧绝，乞食于囚人，自分已无生理。忽一人飘忽而入，则秋容也，以馔具馈生。相向悲咽，曰："三郎虑君不吉，今果不谬。三郎与妾同来，赴院申理矣。"数语而出，人不之睹。越日，部院出，三郎遮道声屈，收之。秋容入狱报生，返身往侦之，三日不返。生愁饿无聊，度日如年。忽小谢至，怆惋欲绝，言："秋容归，经由城隍祠，被西廊黑判强摄去，逼充御媵。秋容不屈，今亦幽囚。妾驰百里，奔波颇殆，至北郭，被老棘刺吾足心，痛彻骨髓，恐不能再至矣。"因示之足，血殷凌波焉。出金三两，跛踦而没。部院勘三郎，素非瓜葛，无端代控，将杖之，扑地遂灭，异之。览其状，情词悲恻。提生面鞫，问："三郎何人？"生伪为不知。部院悟其冤，释之。既归，竟夕无一人。更阑，小谢始至，惨然曰："三郎在部院，被廨神押赴冥司，冥王因三郎义，令托生富贵家。秋容久锢，妾以状投城隍，又被按阁，不得入，且复奈何？"生忿然曰："黑老魅何敢如此！明日仆其像，践踏为泥，数城隍而责之。案下吏暴横如此，渠在醉梦中耶！"悲愤相对。不觉四漏将残，秋容飘然忽至。两人惊喜，急问，秋容泣下曰："今为郎万苦矣！判日以刀杖相逼，今夕忽放妾归，曰：'我无他意，原亦爱故。既不愿，固亦不曾污玷。烦告陶秋曹,勿见谴责。'"生闻少欢,欲与同寝,曰:"今日愿与卿死。"二女戚然曰:"向受开导,颇知义理,何忍以爱君者杀君乎?"执不可,然俯颈倾头,情均伉俪。二女以遭难故,妒念全消。会一道士途遇生,顾谓"身有鬼气"。生以其言异,具告之。道士曰:"此鬼大好,不宜负他。"因书二符付生,曰:"归授两鬼,任其福命:如闻门外有哭女者,吞符急出,先到者可活。"先拜受,归嘱二女。后月余,果闻有哭女者,二女争奔而去。小谢忙急,忘吞其符。见有丧舆过,秋容直出,入棺而没;小谢不得入,痛哭而返。生出视,则富室郝氏殡其女。共见一女子入棺而去,方共惊疑。俄闻棺中有声,息肩发验,女已顿苏。因暂寄生斋外,罗守之。忽开目问陶生。郝氏研诘之,答云:"我非汝女也。"遂以情告。郝未深信,欲舁归,女不从,径入生斋,偃卧不起。郝乃识婿而去。

生就视之,面庞虽异,而光艳不减秋容,喜惬过望,殷叙平生。忽闻呜呜然鬼泣,则小谢哭于暗陬。心甚怜之,即移灯往,宽譬哀情,而衿袖淋浪,痛不可解,近晓始去。天明,郝以婢媪赍送香奁,居然翁婿矣。暮入帷房,则小谢又哭。如此六七夜,夫妇俱为惨动,不能成合卺之礼。生忧思无策,秋容曰:"道士,仙人也。再往求,倘得怜救。"生然之。迹道士所在,叩伏自陈。道士力言"无术"。生哀不已,道士笑曰:"痴生好缠人。合与有缘,请竭吾术。"乃从生来,索静室,掩扉坐,戒勿相问。凡十余日,不饮不食。潜窥之,瞑若睡。一日晨兴,有少女搴帘入,明眸皓齿,光艳照人。微笑曰:"跋履终日,惫极矣!被汝纠缠不了,奔驰百里外,始得一好庐舍,道人载与俱来矣。得见其人,便相交付耳。"敛昏,小谢至,女遽起迎抱之,翕然合为一体,仆地而僵。道士自室中出,拱手径去,拜而送之。及返,则女已苏。扶置床上,气体渐舒,但把足呻言趾股痠痛,数日始能起。

后生应试得通籍。有蔡子经者与同谱,以事过生,留数日。小谢自邻舍归,蔡望见之,疾趋相蹑。小谢侧身敛避,心窃怒其轻薄。蔡告生曰:"一事深骇物听,可相告否?"诘之,答曰:"三年前,少妹夭殒,经两夜而失其尸,至今疑念。适见夫人,何相似之深也?"生笑曰:"山荆陋劣,何足以方君妹?然既系同谱,义即至切,何妨一献妻孥。"乃入内室,使小谢衣殉装出。蔡大惊曰:“真吾妹也!”因而泣下。生乃具述其本末。蔡喜曰:“妹子未死,吾将速归,用慰严慈。”遂去。过数日,举家皆至。后往来如郝焉。

异史氏曰:“绝世佳人,求一而难之,何遽得两哉!事千古而一见,惟不私奔女者能遘之也。道士其仙耶?何术之神也!苟有其术,丑鬼可交耳。”

缢鬼

范生者,宿于旅。食后,烛而假寐,忽一婢来,襆衣置椅上,又有镜奁揥篋,一一列案头,乃去。俄一少妇自房中出,发篋开奁,对镜栉掠,已而髻,已而簪,顾影徘徊甚久。前婢来,进匜沃盥。盥已捧帨,既,持沐汤去。妇解襆出裙帔,炫然新制,就着之,掩衿提领,结束周至。范不语,中心疑怪,谓必奔妇,将严装以就客也。妇装讫,出长带,垂诸梁而结焉。讶之。妇从容跂双弯,引颈受缢。方一着带,目即合,眉即竖,舌出吻二寸许,颜色惨变如鬼。大骇奔出,呼告主人,验之已渺。主人曰:“曩子妇经于是,毋乃此乎?”异哉!既死犹作其状,此何说也?

异史氏曰:“冤之极而至于自尽,苦矣!然前为人而不知,后为鬼而不觉,所最难堪者,束装结带时耳。故死后顿忘其他,而独于此际此境,犹历历一作,是其所极不忘者也。”

吴门画工

吴门一画工,喜绘吕祖,每想像神会,希幸一遇,虔结在念,靡刻不存。一日,有群丐饮郊郭间,内一人敝衣露肘,而神采轩豁。心疑吕祖,谛视,愈觉其确,遂捉其臂曰:“君吕祖也。”丐者大笑。某坚执为是,伏拜不起。丐者曰:“我即吕祖,汝将奈何?”某叩头,求指教。丐者曰:“汝能相识,可谓有缘。然此处非语所,夜间当相见也。”转盼遂杳,骇叹而归。

至夜，果梦吕祖来，曰:“念子志虑专凝，特来一见。但汝骨气贪吝，不能为仙。我使见一人可也。”即向空一招，遂有一丽人蹑空而下，服饰如贵嫔，容光袍仪焕映一室。吕祖曰:“此乃董娘娘，子谨志之。”既而又问:“记得否?”答曰:“已记之。”又曰:“勿忘却。”俄而丽者去，吕祖亦去。醒而异之，即梦中所见，肖像而藏之。

后数年，偶游都。会董妃卒，上念其贤，将为肖像。诸工群集，口授心拟，终不能似。某忽忆念梦中丽者，得无是耶? 以图呈进。宫中传览，俱谓神肖。上大悦，授官中书，辞不受，赐万金，名大噪。贵戚家争赍重币，求为先人传影，凡悬空摹写，无不曲肖。浃辰之间，累数万金。莱芜朱拱奎曾见其人。

林 氏

济南戚安期，素佻达，喜狎妓。妻婉戒之，不听。妻林氏，美而贤。会北兵入，被俘去。暮宿途中，欲相犯。林伪许之。适兵佩刀系床头，急抽刀自刎死。兵举而委诸野。次日，拔舍去。有人传林死，戚痛悼往。视之，有微息。负而归，目渐动，稍嚬呻，轻扶其项，以竹管滴沥灌饮，能咽。戚抚之曰:“卿万一能活，相负者必遭凶折!”半年，林平复如故，惟首为颈痕所牵，常若左顾。戚不为丑，爱恋逾于平昔，曲巷之游，从此绝迹。林自觉形秽，将为置媵，戚执不可。

居数年，林不育，因劝纳婢。戚曰:“业誓不二，鬼神鉴之。即嗣续不承，亦吾命耳。若不应绝，卿岂老而不能生耶?”林乃托疾，使戚独宿，遣婢海棠卧其床下。既久，阴以宵情问婢，婢曰:“并无。”林不信。至夜，戒婢勿往，自诣婢所卧。少间，闻床上睡息已动，潜起，登床扪之。戚问谁，林耳语曰:“我海棠也。”戚拒却曰:“我有盟誓，不敢更也。若似曩年，尚须汝奔就耶?”林乃下床去。戚仍孤眠。林又使婢托己往就之。戚念妻生平从不肯作不速之客，疑而摸其项，无痕，知为婢，又叱之。婢惭而退。及明，以情告林，使速嫁婢。林笑曰:“君亦不必过执。倘得一丈夫子，岂不幸甚。”戚曰:“倘背盟誓，鬼责将及，尚望延宗嗣乎?”

林一日笑语戚曰："凡农家者流，苗与秀不可知，播种常例不可违。晚间耕耨之期至矣。"戚笑会之。既夕，林灭烛呼婢，使卧己衾中。戚入就榻，戏曰："佃人来矣。深愧钱镈不利，负此良田。"婢不语。婢及举事，小语戚曰："私处小肿，颠猛不任。"戚体意温恤之。事已，婢伪起溺，以林易之。从此时值落红，辄一为之，而戚不知也。未几，婢腹震。林氏每使静坐，不令给役于前。故谓戚曰："妾劝内婢，而君弗听。设尔日冒妾时，君误信之，交而得孕，将复如何？"戚曰："留犊鬻母。"林不言。无何，婢举一子。林暗买乳媪，抱养母家。积四五年，又产一男一女。长名长生，已七岁，就外祖家读书。林半月辄托归宁，一往看视。婢年益长，戚时时促遣之，林辄诺。婢日思儿女，林乃窃为上鬟，送至母所。林谓戚曰："日谓我不嫁海棠，母家有一义男，业配之。"又数年，子女俱长成。

值戚初度，林先期治具，为候宾客。戚叹曰："岁月骛过，忽已半世。幸各强健，家亦不至冻馁。所阙者，膝下一点耳。"林曰："君执拗，不从妾言，夫谁怨？然欲得男，两亦甚易，何况一乎？"戚解颜曰："既言不难，明日便索两男。"林曰："易耳，易耳！"早起，命驾至母家，严妆子女，载与俱归。入门，令雁行立，呼父叩祝千秋。拜已而起，相顾嬉笑。戚骇怪不解。林曰："君索两男，妾添一女。"始为详述本末。戚喜曰："何不早告？"曰："早告，恐绝其母。今子已成立，尚可绝其母乎？"戚感极涕泣，遂迎婢归，偕老焉。

异史氏曰："女有存心如林氏者，可谓贤德矣。"

胡　大　姑

益都岳于九，家有狐祟，布帛器具，辄被抛掷邻堵。蓄细葛，将取作服，见捆卷如故，解视，则边实而中虚，悉被剪去。诸如此类，不堪其苦，乱诟骂之。岳解止曰："恐狐闻。"狐在梁上曰："我已闻之矣。"祟益甚。

一日，夫妻卧未起，狐摄衾服去。各白身蹲床上，望空哀祝之。忽见好女子自窗入，掷衣床头。视之，不甚修长，衣绛红，外袭雪花比甲。岳着衣,揖之曰:“上仙有意垂顾,幸勿相扰。请以为女,何如?”狐曰:“我齿较汝长,何得妄自尊?”又请为姊妹,乃许之,于是命家人皆呼以胡大姑。时颜镇张八公子家,有狐居楼上,恒与人语。岳问:“识之否?”答云:“是吾家喜姨,何得不识?”岳曰:“彼喜姨曾不扰人,汝何不效之?”狐不听,扰如故。犹不甚祟他人,而专祟其子妇:履袜簪珥,往往弃道上;每食,辄于粥碗中埋死鼠或粪秽。妇辄掷碗骂骚狐,并不祷免。岳祝曰:“儿女辈皆呼汝姑,何略无尊长体耶?”狐曰:“教汝子出若妇,我为汝媳,便相安矣。”子妇骂曰:“淫狐不自羞,欲与人争汉子耶?”时妇坐衣笥上,忽见浓烟出尻下,熏热如笼,启视,藏裳俱烬,剩一二事,皆姑服也。又使岳子出其妇,子不应。过数日,又促之,仍不应。狐怒以石击之,额破血流,几毙。岳益患之。

西山李成文,善符水,因币聘之。李以泥金写红绢作符,三日始成。又以镜缚梃上,捉作柄,遍照宅中。使童子随视,有所见,即急告。至一处,童曰:“墙若犬伏。”李即戟手书符其处。既而禹步庭中,咒移时,即见家中犬豕并来,帖耳戢尾,若听教诲。李挥曰:“去!”即纷然鱼贯而去。又咒,群鸭又来,又挥去之。已而鸡至。李指一鸡,大叱之。他鸡俱去,此鸡独伏,交翼长鸣,曰:“余不敢矣!”李曰:“此物是家中所作紫姑也。”家人并言不曾作。李曰:“紫姑今尚在。”因共忆三年前,曾为此戏,怪异即自尔日始矣。遍搜之,见刍偶在厩梁上,李取投火中。乃出一酒瓻,三咒三叱,鸡起径去。闻瓻口作人言曰:“岳四狠哉!数年后,当复来。”岳乞付之汤火,李不可,携去。或见其壁间挂数十瓶,塞口者皆狐也。言其以次纵之,出为祟,因此获聘金,居为奇货云。

细 侯

昌化满生,设帐余杭。偶涉廛市,经临街阁下,忽有荔壳坠肩头。仰视,一雏姬凭阁上,妖姿要妙,不觉注目发狂。姬俯哂而入。询之,知为娼楼贾氏女细侯也。其声价颇高,自顾不能适愿,归斋冥想,终宵不枕。明日,往投以刺,相见,言笑甚欢,心志益迷。托故假贷同人，敛金如干，携以赴女，款洽臻至。即枕上口占一绝赠之云："膏腻铜盘夜未央，床头小语麝兰香。新鬟明日重妆凤，无复行云梦楚王。"细侯蹙然曰："妾虽污贱，每愿得同心而事之。君既无妇，视妾可当家否？"生大悦，即叮咛，坚相约。细侯亦喜曰："吟咏之事，妾自谓无难，每于无人处，欲效作一首，恐未能便佳，为观听所讥。倘得相从，幸以教妾。"因问生："家田产几何？"答曰："薄田半顷，破屋数椽而已。"细侯曰："妾归君后，当常相守，勿复设帐为也。四十亩聊足自给，十亩可以种黍，织五匹绢，纳太平之税有余矣。闭户相对，君读妾织，暇则诗酒可遣，千户侯何足贵！"生曰："卿身价约可几多？"曰："依媪贪志，何能盈也？多不过二百金足矣。可恨妾齿稚，不知重资财，得辄归母，所私者区区无多。君能办百金，过此即非所虑。"生曰："小生之落寞，卿所知也，百金何能自致？有同盟友，令于湖南，屡相见招，仆因道远，故惮于行。今为卿故，当往谋之。计三四月，可以复归。幸耐相候。"细侯曰："诺。"生即弃馆南游，至则令已免官，以罣误居民舍，宦囊空虚，不能为礼。生落魄难返，就邑中授徒焉。三年，莫能归。偶笞弟子，弟子自溺死。东翁痛子而讼师，因被逮囹圄。幸有他门人，怜师无过，时致馈遗，得以无苦。

细侯自别生，杜门不交一客。母诘知故，不可夺，亦姑听之。有富贾慕细侯名，托媒于媪，务在必得，不靳直。细侯不可。贾以负贩诣湖南，敬侦生耗。时狱已将解，贾以金赂吏，使久锢之，归告媪云："生已瘐死。"细侯不信。媪曰："无论满生已死，纵或不死，与其从穷措大以椎布终也，何如衣锦而厌粱肉乎？"细侯曰："满生虽贫，其骨清也。守龌龊商，诚非所愿。且道路之言，何足凭信！"贾又转嘱他商，假作满生绝命书寄细侯，以绝其望。细侯得书，朝夕哀哭。媪曰："我自幼于汝，抚育良劬。汝成人二三年，得报日亦无多。既不愿隶籍，又不肯嫁，何以能生活？"细侯不得已，遂嫁贾。贾衣服簪环，供给丰侈。年余，生一子。

无何，生得门人力，昭雪出狱，始知贾之锢已也。然念素无嫌隙，反复不得其由。门人义助资斧得归。既闻细侯已嫁，心甚激楚，因以所苦，托市媪卖浆者达细侯。细侯大悲，方悟前此多端，悉贾之诡谋，乘贾他出，杀抱中儿，携所有以归满，凡贾家服饰，一无所取。贾归，怒讼于官。官原其情，竟置不问。嘻！破镜重归，盟心不改，义实可嘉。然必杀子而行，未免太忍矣。

狼

有屠人货肉归，日已暮。欻一狼来，瞰担上肉，似甚垂涎，随屠尾行数里。屠惧，示以刃，少却；及走，又从之。屠思狼所欲者肉，不如悬诸树而早取之，遂钩肉，翘足挂树间，示以空担。狼乃止。屠归。昧爽往取肉，遥望树上悬巨物，似人缢死状，大骇。逡巡近视，则死狼也。仰首细审，见狼口中含肉，钩刺狼腭，如鱼吞饵。时狼皮价昂，直十余金，屠小裕焉。缘木求鱼，狼则罹之，是可笑也！

一屠晚归，担中肉尽，止剩骨。途遇两狼，缀行甚远。屠惧，投以骨。一狼得骨止，一狼又从。复投之，后狼止而前狼又至。骨已尽，而两狼并驱如故。屠大窘，恐前后受其敌，顾野有麦场，场主以薪积其中，苫蔽成丘。屠乃奔倚其下，弛担持刀。狼不敢前，眈眈相向。少时，一狼径去，其一犬坐于前，久之，目似瞑，意暇甚。屠暴起，以刀劈狼首，又数刀毙之。转视积薪后，一狼洞其中，意将隧入以攻其后也，身已半入，露其尾。屠自后断其股，亦毙之。方悟前狼假寐，盖以诱敌。狼亦黠矣！而顷刻两毙，禽兽之变诈几何哉，止增笑耳！

一屠暮行，为狼所逼，道傍有夜耕者所遗行室，奔入伏焉。狼自苫中探爪入。屠急捉之，令出不去，但思无计可以死之。惟有小刀不盈寸，遂割破狼爪下皮，以吹豕之法吹之。极力吹移时，觉狼不甚动，方缚以带。出视，则狼胀如牛，股直不能屈，口张不得合，遂负之以归。非屠，乌能作此谋也！三事皆出于屠，则屠人之残，杀狼亦可用也。

刘亮采

济南怀利仁曰：刘公亮采，狐之后身也。初，太翁居南山，有叟造其庐，自言胡姓。问所居，曰："只在此山中。闲处人少，惟我两人，可与数晨夕，故来相拜识。”因与接谈，词旨便利，悦之。治酒相欢，醺醺而去。越日复来，更加款厚。刘云：“自蒙下交，分即最深。但不识家何里，焉所问兴居？”胡曰：“不敢讳，某实山中之老狐也。与若有夙因，故敢内交门下。固不能为君福，亦不敢为君祸，幸相信勿骇。”刘亦不疑，更相契重。即叙年齿，胡作兄，往来如昆季。有小休咎，亦以告。时刘乏嗣，叟忽云：“公勿忧，我当为君后。”刘讶其言怪。胡曰：“仆算数已尽，投生有期矣。与其他适，何如生故人家？”刘曰：“仙寿万年，何遂及此？”叟摇首曰：“非汝所知。”遂去。夜果梦叟来，曰：“我今至矣。”既醒，夫人生男，是为刘公。公既长，身短，言词敏谐，绝类胡。少有才名，壬辰成进士。为人任侠，急人之急，以故秦、楚、燕、赵之客，趾踏于门；货酒卖饼者，门前成市焉。

蕙　芳

马二混，居青州东门内，卖面为业。家贫，无妇，与母共作苦。一日，媪独居，忽有美人来，年可十六七，椎布甚朴，光华照人。媪惊诘之，女笑曰：“我以贤郎诚笃，愿委身母家。”媪益惊曰：“娘子天人，有此一言，则折我母子数年寿！”女固请之，媪拒益力。女去。越三日，复来，留连不去。问其姓氏，曰：“母肯纳我，我乃言；不然，无庸问。”媪曰：“贫贱佣保骨，得妇如此，不称亦不祥。”女笑坐床头，恋恋殊殷。媪曰：“娘子宜速去，勿相祸。”女出门，媪窥之西去。

又数日，西巷中吕媪来，谓母曰：“邻女董蕙芳，孤而无依，自愿为贤郎妇，胡勿纳？”母以所疑为逃亡具白之。吕曰：“乌有是？如少乖谬，咎在老身。”母大喜，诺之。吕去，媪扫室布席，将待子归往娶之。日将暮，女飘然自至。入室参母，起拜尽礼。告媪曰：“妾有两婢，未得母命，不敢进也。”媪曰：“我母子守穷庐，不解役婢仆。日得蝇头利，仅足自给。今增新妇一人，娇嫩坐食，尚恐不充饱，益之二婢，岂吸风所能活耶？”女笑曰：“婢来，亦不费母度支，皆能自食。”问：“婢何在？”女乃呼：“秋月、秋松！”声未及已，忽如飞鸟堕，二婢已立于前，即令伏地叩母。

既而马归，母迎告之。马喜。入室，见翠栋雕梁，侔于宫殿，几屏帘幕，光耀夺目，惊极，不敢入。女下床迎笑，睹之若仙，益骇，却退。女挽之，坐与温语。马喜出非分，形神若不相属。即起，欲出行沽。女曰："勿须。"因命二婢治具。秋月出一革袋，执向扉后，掿掿撼摆之。已而以手探入，壶盛酒，柈盛炙，触类熏腾。饮已而寝，则花罽锦裀，温腻非常。

天明出门，则茅庐依旧。母子共奇之。媪诣吕所，将迹所由。入门，先谢其媒合之德。吕讶云："久不拜访，何邻女之曾托乎？"媪益疑，具言端委。吕大骇，即同媪来视新妇。女笑迎之，极道作合之义。吕见其惠丽，愕眙良久，即亦不辨，唯唯而已。女赠白木搔具一事，曰："无以报德，姑奉此为姥姥爬背耳。"吕受以归，审视则化为白金。

马自得妇，顿更旧业，门户一新。笥中貂锦无数，任马取着，而出室门，则为布素，但轻暖耳。女所自衣亦然。积四五年，忽曰："我谪降人间十余载，因与子有缘，遂暂留止。今别矣。"马苦留之。女曰："请别择良偶，以承庐墓。我岁月当一至焉。"忽不见。马乃娶秦氏。后三年，七夕，夫妻方共语，女忽入，笑曰："新偶良欢，不念故人耶？"马惊起，怆然曳坐，便道衷曲。女曰："我适送织女渡河，乘间一相望耳。"两相依依，语勿休止。忽空际有人呼"蕙芳"，女急起作别。马问其谁，曰："余适同双成姊来，彼不耐久伺矣。"马送之。女曰："子寿八旬，至期，我来收尔骨。"言已，遂逝。今马六十余矣。其人但朴讷，并无他长。

异史氏曰："马生其名混，其业亵，蕙芳奚取哉？于此见仙人之贵朴讷诚笃也。余尝谓友人曰：若我与尔，鬼狐且弃之矣。所差不愧于仙人者，惟'混'耳。"

萧 七

徐继长，临淄人，居城东之磨房庄。业儒未成，去而为吏。偶适姻家，道出于氏殡宫。薄暮醉归，过其处，见楼阁繁丽，一叟当户坐。徐酒渴思饮，揖叟求浆。叟起，邀客入，升堂授饮。饮已，叟曰："曛暮难行,姑留宿何如?”徐亦疲殆,遂止宿焉。叟命家人具酒奉客,且谓徐曰:“老夫一言,勿嫌孟浪。君清门令望,可附婚姻。有幼女未字,欲充下陈,幸垂援拾。”徐踧踖不知所对。叟即遣伻告其亲族,又传语令女郎妆束。

顷之,峨冠博带者四五辈,先后并至。女郎亦炫妆出,姿容绝俗。于是交坐宴会。徐神魂眩乱,但欲速寝,酒数行,坚辞不任。乃使小鬟引夫妇入帏,馆同爰止。徐问其族姓,女曰:“萧姓,行七。”又细审门阀,女曰:“身虽陋贱,配吏胥当不辱寞,何苦研穷?”徐溺其色,款昵备至,不复他疑。女曰:“此处不可为家。审知汝家姊姊甚平善,或不拗阻,归除一舍,行将自至耳。”徐应之。既而加臂于身,奄忽就寐。及觉,则抱中已空。天色大明,松阴翳晓,身下籍黍穰尺许厚。骇叹而归,告妻。妻戏为除馆,设榻其中,阖门出,曰:“新娘子今夜至矣。”相与共笑。日既暮,妻戏曳徐启门,曰:“新人得毋已在室耶?”及入,则美人华妆坐榻上,见二人入,桥起逆之。夫妻大愕。女掩口局局而笑,参拜恭谨。妻乃治具,为之合欢。女早起操作,不待驱使。一日曰:“姊姨辈俱欲来吾家一望。”徐虑仓卒无以应客,女曰:“都知吾家不饶,将先赍馔具来,但烦吾家姊姊烹饪而已。”徐告妻,妻诺之。晨炊后,果有人荷酒胾来,释担而去。妻为职庖人之役。晡后,六七女郎至,长者不过四十以来,围坐并饮,喧笑盈室。徐妻伏窗一窥,惟见夫及七姐相向坐,他客皆不可睹。北斗挂屋角,欢然始去。女送客未返。妻入视案上,杯柈俱空,笑曰:“诸婢想俱饿,遂如狗舐砧。”少间,女还,殷殷相劳,夺器自涤,促嫡安眠。妻曰:“客临吾家,使自备饮馔,亦大笑话。明日合另邀致。”逾数日,徐从妻言,使女复召客。客至,恣意饮啖,惟留四簋,不加匕箸。群笑曰:“夫人为吾辈恶,故留以待调人。”座间一女,年十八九,素舄缟裳,云是新寡,女呼为六姊,情态妖艳,善笑能口。与徐渐洽,辄以谐语相嘲。行觞政,徐为录事,禁笑谑。六姊频犯,连引十余爵,酡然径醉。芳体娇懒,荏弱难持,无何,亡去。徐烛而觅之,则酣寝暗帏中。近接其吻,亦不觉。以手探裤,私处坟起。心旌方摇,席中纷唤徐郎,乃急理其衣,见袖中有绫巾,窃之而出。迨于夜央,众客离席,六姊未醒。七姐入摇之,始呵欠而起，系裙理发从众去。徐拳拳怀念不释，将于空处展玩遗巾，而觅之已渺。疑送客时遗落途间，执灯细照阶除，都复乌有，意不自得。女问之，徐漫应之。女笑曰："勿诳语，巾子人已将去，徒劳心目。"徐惊，以实告，且言怀思。女曰："彼与君无宿分，缘止此耳。"问其故，曰："彼前身曲中女。君为士人，见而悦之，为两亲所阻，志不得遂，感疾阽危，使人语之曰：'我已不起。但得若来，获一扪其肌肤，死无憾！'彼感此意，允其所请，适以冗羁，未遽往，过夕而至，则病者已殒，是前世与君有一扪之缘也。过此即非所望。"后设筵再招诸女，惟六姊不至。徐疑女妒，颇有怨怼。

女一日谓徐曰："君以六姊之故，妄相见罪。彼实不肯至，于我何尤？今八年之好，行相别矣，请为君极力一谋，用解前之惑。彼虽不来，宁禁我不往？登门就之，或人定胜天，不可知。"徐喜，从之。女握手，飘然履虚，顷刻至其家。黄甓广堂，门户曲折，与初见时无少异。岳父母并出，曰："拙女久蒙温煦。老身以残年衰慵，有疏省问，或当不怪耶？"即张筵作会。女便问诸姊妹，母云："各归其家，惟六姊在耳。"即唤婢请六娘子来，久之不出。女入，曳之以至，俯首简默，不似前此之谐。少时，叟媪辞去。女谓六姊曰："姐姐高自重，使人怨我！"六姊微哂曰："轻薄郎何宜相近！"女执两人残卮，强使易饮，曰："吻已接矣，作态何为？"少时，七姐亡去，室中止余二人。徐遽起相逼，六姊宛转撑拒。徐牵衣长跽而哀之，色渐和，相携入室。裁缓襦结，忽闻喊嘶动地，火光射闼。六姊大惊，推徐起曰："祸事忽临，奈何！"徐忙迫不知所为，而女郎已窜无迹矣。

徐怅然少坐，屋宇并失。猎者十余人，按鹰操刃而至，惊问："何人夜伏于此？"徐托言迷途，因告姓字。一人曰："适逐一狐，见之否？"答曰："不见。"细认其处，乃于氏殡宫也。怏怏而归，尤冀七姊复至，晨占雀喜，夕卜灯花，而竟无消息矣。董玉玹谈。

乱　离 二则

学师刘芳辉，京都人。有妹许聘戴生，出阁有日矣。值北兵入境,父兄恐细弱为累,谋妆送戴家。修饰未竟,乱兵纷入,父子分奔,女为牛录俘去。从之数日,殊不少狎。夜则卧之别榻,饮食供奉甚殷。又掠一少年来,年与女相上下,仪采都雅。牛录谓之曰:“我无子,将以汝继统绪,肯否?”少年唯唯。又指女谓曰:“如肯,即以此女为汝妇。”少年喜,愿从所命。牛录乃使同榻,浃洽甚乐。及枕上各道姓氏,则少年即戴生也。

陕西某公,任盐秩,家累不从。值姜瓖之变,故里陷为盗薮,音信隔绝。后乱平,遣人探问,则百里绝烟,无处可询消息。会以复命入都,有老班役丧偶,贫不能娶,公赉数金使买妇。时大兵凯旋,俘获妇口无算,插标市上,如卖牛马,遂携金就择之。自分金少,不敢问少艾,中一媪甚整洁,遂赎以归。媪坐床上,细认曰:“汝非某班役耶?”惊问所知,曰:“汝从我儿服役,胡不识!”役大骇,急告公。公认之,果母也,因而痛哭,倍偿之。班役以金多,不屑谋媪,见一妇年三十余,风范超脱,因赎之。既行,妇且走且顾,曰:“汝非某班役耶?”又惊问之,曰:“汝从我夫服役,如何不识!”班役愈骇,导见公,公视之,真其夫人,又悲失声。一日而母妻重聚,喜极,乃以百金为班役娶美妇焉。此必公有大德,故鬼神为之感应。惜言者忘其姓字,秦中或有能道之者。

异史氏曰:“炎昆之祸,玉石不分,诚然。若公一门,是以聚而传者也。董思白之后,仅有一孙,今亦不得奉其祭祀,亦朝士之责也。悲夫!”

豢　蛇

泗水山中,旧有禅院,四无村落,人迹罕到,有道士栖止其中。或言内多大蛇,故游人绝迹。一少年入山罗鹰,入既深,夜无归宿,遥见兰若,趋投之。道士惊曰:“居士何来?幸不为儿辈所见!”即命坐,具馇粥。食未已,一巨蛇入,粗十余围,昂首向客,怒目电瞛。客大惧。道士以掌击其额,呵曰:“去!”蛇乃俯首入东室。蜿蜒移时,其躯始尽,盘旋其中,一室尽满。客大惧。道士曰:“此平时所豢养。有我在,不妨,所患客自遇之耳。”客甫坐,又一蛇入,较前略小,约可五六围，见客遽止，睒眒吐舌如前状。道士又叱之，亦入室去。室无卧处，半绕梁间，壁上土摇落有声。客益惧，终夜不眠。早起欲归，道士送之。出屋门，见墙上阶下，大如盎盏者，行卧不一，见生人，皆有吞噬状。客依道士肘腋而行，使送出谷口，乃归。

余乡有客中州者，寄居蛇佛寺。寺中僧人具晚餐，肉汤甚美，而段段皆圆，类鸡项。疑问寺僧："杀鸡何乃得多项？"僧曰："此蛇段耳。"客大惊，有出门而哇者。既寝，觉胸上蠕蠕，摸之，蛇也，顿起骇呼。僧起曰："此常事，奚足怪！"因以火照壁间，大小满墙，榻上下皆是也。次日，僧引入佛殿。佛座下有巨井，井中有蛇，粗如巨瓮，探首井边而不出。爇火下视，则蛇子蛇孙以数百万计，族居其中。僧云，昔蛇出为害，佛坐其上以镇之，其患始平云。

菱　角

胡大成，楚人。其母素奉佛。成从塾师读，道由观音祠，母嘱过必入叩。一日至祠，有少女挽儿遨戏其中，发裁掩颈，而风致娟然。时成年十四，心好之，问其姓氏，女笑云："我是祠西焦画工女菱角也。问将何为？"成又问："有婿家否？"女酡然曰："无也。"成曰："我为若婿，好否？"女惭云："我不能自主。"而眉目澄澄，上下睨成，意似欣属焉。成乃出。女追而遥告曰："崔尔诚，吾父所善，用为媒，无不谐。"成曰："诺。"归，向母实白心愿。母止此儿，恐拂其意，遂浼崔作冰。焦责聘财奢，事几不就。崔极言成清族美才，焦始许之。

成有伯父，老而无子，授教职于湖北，妻卒任所，母遣成往奔其丧。数月将归，伯又病卒。淹留既久，适大寇据湖南，家耗遂隔。成窜民间，吊影孤惶。一日，有媪年四十八九，萦回村中，日昃不去，自言："乱无归，将以自鬻。"或问其价，言："不屑为人奴，亦不愿为人妇，但有母我者，则从之，不较直。"闻者皆笑。成往视之，面目间有一二颇肖其母，触怀大悲。自念只身无缝纫者，遂邀归，执子礼焉。媪喜，便为炊饭织屦，劬劳若母，拂意辄谴之，少有疾苦，则濡煦过于所生。

忽谓曰："此处太平，幸可无虞。然儿长矣，虽在羁旅，大伦不可废。三两日,当为儿娶之。”成泣曰:“儿自有妇,但间阻南北耳。”媪曰:“大乱时,人事翻覆,何可株待?”成又泣曰:“无论结发之盟不可背,且谁以娇女付萍梗人?”媪不答,但为治帘幌衾枕,甚周备,亦不识所自来。一日,日既夕,戒成曰:“独坐勿寐,我往视新妇来也未。”遂出门去。三更既尽,媪不返,心大疑。俄闻门外喧哗,出视,则一女子坐庭中,蓬首啜泣。惊问:“何人?”亦不语。良久,乃言曰:“娶我来,即亦非福,但有死耳!”成大惊,不知其故。女曰:“我少受聘于胡大成,不意湖北去,音信断绝。父母强以我归汝家,身可致,志不可夺也!”成闻而哭曰:“我便即是胡某。卿菱角耶?”女收涕而骇,不信。相将入室,就灯审顾,曰:“得无梦耶?”乃转悲为喜,相道离苦。先是乱后,湖南百里,涤地无类。焦移家窜长沙之东,又受周生聘。乱中不能成礼,期是夕送诸其家。女泣不盥栉,家中强置车上。途次,女颠堕其下,遂有四人荷肩舆至,云是周家迎女者,即扶升舆,疾行若飞,至是始停。一老姥曳入,曰:“此汝夫家,但入勿哭。汝家婆婆,旦晚将至矣。”乃去。成诘知情事,始悟媪神人也。夫妻焚香共祷,愿得母子复聚。母自戎马戒严,同俦人妇奔伏涧谷。一夜,噪言寇至,即并张皇四匿。有童子以骑授母,母急不暇问,扶肩而上,轻迅剽遬,瞬息至湖上。马踏水奔腾,蹄下不波。无何,扶下,指一户云:“此中可居。”母将启谢,回视其马,化为金毛犼,高丈余,童子超乘而去。母以手挝门,豁然启扉。有人出问,怪其音熟,视之,成也。母子抱哭,妇亦惊起,一门欢慰。疑媪是观音大士现身,由此持观音经咒益虔。遂流寓湖北,治田庐焉。

饿　　鬼

齐人马永,贫而无赖,乡人戏名为“饿鬼”。年三十余,日益窭,衣百结鹑,两手交其肩,在市上攫食,人尽弃之,不以齿。邑有朱叟者,少携妻居于五都之市,操业不雅。暮岁归其乡,大为士类所口。而朱洁行为善,人始稍稍礼貌之。一日,值马攫食不偿,为肆人所苦,怜之,代给其直。引归,赠以数百,俾作本。马去,不肯谋业,坐而食。

无何,资复匮,仍蹈故辙。而常惧与朱遇,去之临邑。

暮宿学宫,冬夜凛寒,辄摘圣贤头上旒而煨其板。学官知之,怒欲加刑。马哀免,愿为先生生财。学官喜,纵之去。马探某生殷富,登门强索资,故挑其怒,乃以刀自劙,诬而控诸学。学官勒取重赂,始免申黜。诸生公愤,质于县尹。尹廉得实,笞四十,梏其颈,三日毙焉。

是夜,朱叟梦马冠带而入,曰:"负公大德,今来相报。"既寤,妾生子。叟知为马,名以马儿。少不慧,喜其能读。二十余,竭力经纪,得入邑庠。后考试寓旅邸,昼卧床上,见壁间悉糊旧艺,视之,有"犬之性"四句题,心畏其难,读而志之。入场,适遇此题,录之,得优等,食饩焉。六十余,补临邑训导。数年,曾无一道义交,惟袖中出青蚨,则作鸬鹚笑,不则睫毛一寸长,棱棱若不相识。偶大令以诸生小故,判令薄惩,辄酷烈如治盗贼。有讼士子者,即富来叩门矣。如此多端,诸生不复可耐。而年近七旬,臃肿聋聩,每向人物色乌须药。有某生素狂,锉茜根给之,天明共视,如庙中所塑灵官状。大怒,拘生,生已早夜亡去。因此愤气中结,数月而死。

考 弊 司

闻人生,河南人。抱病经日,见一秀才入,伏谒床下,谦抑尽礼。已而请生少步,把臂长语,刺刺且行,数里外犹不言别。生伫足,拱手致辞。秀才云:"更烦移趾,仆有一事相求。"生问之,答云:"吾辈悉属考弊司辖。司主名虚肚鬼王。初见之,例应割髀肉,浼君一缓颊耳。"生惊问:"何罪而至于此?"曰:"不必有罪,此是旧例。若丰于贿者,可赎也。然而我贫。"生曰:"我素不稔鬼王,何能效力?"曰:"君前世是伊大父行,宜可听从。"

言次,已入城郭。至一府署,廨宇不甚弘敞,惟一堂高广。堂下两碣东西立,绿书大于栲栳,一云"孝弟忠信",一云"礼义廉耻"。历阶而进,见堂上一匾,大书"考弊司"。楹间,板雕翠色一联云:"曰校、曰序、曰庠,两字德行阴教化;上士、中士、下士,一堂礼乐鬼门生。"游览未已,官已出,鬈发鲐背,若数百年人;而鼻孔撩天,唇外倾,不承其齿。从一主簿吏，虎首人身。有十余人列侍，半狞恶若山精。秀才曰："此鬼王也。"生骇极，欲退却。鬼王已睹，降阶揖生上，便问兴居。生但诺诺。又云："何事见临？"生以秀才意具白之。鬼王色变曰："此有成例，即父命所不敢承！"气象森凛，似不可入一词。生不敢言，骤起告别。鬼王侧行送之，至门外始返。生不归，潜入以观其变。至堂下，则秀才已与同辈数人，交臂历指，俨然在徽缠中。一狞人持刀来，裸其股，割片肉，可骈三指许。秀才大嗥欲嗄。

生少年负义，愤不自持，大呼曰："惨毒如此，成何世界！"鬼王惊起，暂命止割，跻履迎生。生忿然已出，遍告市人，将控上帝。或笑曰："迂哉！蓝蔚苍苍，何处觅上帝而诉之冤也？此辈与阎罗近，呼之或可应耳。"乃示之途。趋而往，果见殿陛威赫，阎罗方坐，伏阶号屈。王召诉已，立命诸鬼绾绁提锤而去。少顷，鬼王及秀才并至。审其情确，大怒曰："怜尔夙世攻苦，暂委此任，候生贵家，今乃敢尔！其去若善筋，增若恶骨，罚令生生世世不得发迹也！"鬼乃箠之，仆地，颠落一齿；以刀割指端，抽筋出，亮白如丝。鬼王呼痛，声类斩豕。手足并抽讫，有二鬼押去。

生稽首而出。秀才从其后，感荷殷殷。挽送过市，见一户垂朱帘，帘内一女子露半面，容妆绝美。生问："谁家？"秀才曰："此曲巷也。"既过，生低徊不能舍，遂坚止秀才。秀才曰："君为仆来，而令踽踽而去，心何忍。"生固辞，乃去。生望秀才去远，急趋入帘内。女接见，喜形于色。入室促坐，相道姓名。女曰："柳氏，小字秋华。"一妪出，为具肴酒。酒阑，入帷，欢爱殊浓，切切订婚嫁。妪入曰："薪水告竭，要耗郎君金资，奈何！"生顿念腰橐空虚，愧惶无声，久之，曰："我实不曾携得一文，宜署券保，归即奉酬。"妪变色曰："曾闻夜度娘索逋欠耶？"秋华颦蹙，不作一语。生暂解衣为质。妪持笑曰："此尚不能偿酒值耳。"呶呶不满志，与女俱入。生惭。移时，犹冀女出展别，再订前约，候久无音，潜入窥之，见妪与女，自肩以上化为牛鬼，目睒睒相对立。大惧，趋出，欲归，则百道岐出，莫知所从。问之市人，并无知其村名者。徘徊廛肆之间，历两昏晓，凄意含酸，响肠鸣饿，进退不能自决。忽秀才过，望见之，惊曰："何尚未归，而简亵若此？”生腼颜莫对。秀才曰：“有之矣！得毋为花夜叉所迷耶？”遂盛气而往，曰：“秋华母子，何遽不少施面目耶！”去少时，即以衣来付生曰：“淫婢无礼，已叱骂之矣。”送生至家，乃别而去。生暴绝三日而苏，历历为家人言之。

阎 罗

沂州徐公星，自言夜作阎罗王。州有马生亦然。徐闻之，访诸其家，问马：“昨夕冥中处分何事？”马曰“无他事，但送左萝石升天。天上堕莲花，朵大如屋”云。

大 人

长山李孝廉质君诣青州，途中遇六七人，语音类燕。审视两颊，俱有瘢，大如钱。异之，因问何病之同。客曰：旧岁客云南，日暮失道，入大山中，绝壑巉岩，不可得出，因共系马解装，傍树栖止。夜深，虎豹鸮鸱，次第嗥动，诸客抱膝相向，不能寐。忽见一大人来，高以丈许。客团伏，莫敢息。大人至，以手攫马而食，六七匹顷刻都尽。既而折树上长条，捉人首穿腮，如贯鱼状。贯讫，提行数步，条毳折有声。大人似恐坠落，乃屈条之两端，压以巨石而去。客觉其去远，出佩刀自断贯条，负痛疾走。见大人又导一人俱来，客惧，伏丛莽中。见后来者更巨，至树下，往来巡视，似有所求而不得。已乃声啁啾，似巨鸟鸣，意甚怒，盖怒大人之绐己也。因以掌批其颊，大人伛偻顺受，不敢少争。俄而俱去，诸客始仓皇出。荒窜良久，遥见岭头有灯火，群趋之。至则一男子居石室中。客入环拜，兼告所苦。男子曳令坐曰：“此物殊可恨，然我亦不能钳制。待舍妹归，可与谋也。”无何，一女子荷两虎自外入，问客何来。诸客叩伏而告以故。女子曰：“久知两个为孽，不图凶顽若此！当即除之。”于石室中出铜锤，重三四百斤，出门遂逝。男子煮虎肉饷客。肉未熟，女子已返，曰：“彼见我欲遁，追之数十里，断其一指而还。”因以指掷地，大于胫骨焉。众骇极，问其姓氏，不答。少间，肉熟，客创痛不食。女以药屑遍糁之，痛顿止。天明，女子送客至树下，行李俱在。各负装行十余里，经昨夜斗处，女子指示之，石洼中残血尚存盆许。出山，女子始别而返。

向　杲

向杲，字初旦，太原人，与庶兄晟，友于最敦。晟狎一妓，名波斯，有割臂之盟，以其母取直奢，所约不遂。适其母欲从良，愿先遣波斯，有庄公子者，素善波斯，请赎为妾。波斯谓母曰："既愿同离水火，是欲出地狱而登天堂也。若妾媵之，相去几何矣！肯从奴志，向生其可。"母诺之，以意达晟。时晟丧偶未婚，喜，竭资聘波斯以归。庄闻，怒夺所好，途中偶逢，大加诟骂。晟不服，遂嗾从人折箠笞之，垂毙乃去。杲闻奔视，则兄已死，不胜哀愤，具造赴郡。庄广行贿赂，使其理不得伸。

杲隐忿中结，莫可控诉，惟思要路刺杀庄，日怀利刃，伏于山径之莽。久之，机渐泄，庄知其谋，出则戒备甚严，闻汾州有焦桐者，勇而善射，以多金聘为卫。杲无计可施，然犹日伺之。一日，方伏，雨暴作，上下沾濡，寒战颇苦。既而烈风四塞，冰雹继至，身忽然痛痒不能复觉。岭上旧有山神祠，强起奔赴。既入庙，则所识道士在内焉。先是，道士尝行乞村中，杲辄饭之，道士以故识杲，见杲衣服濡湿，乃以布袍授之，曰："姑易此。"杲易衣，忍冻蹲若犬，自视，则毛革顿生，身化为虎，道士已失所在。心中惊恨，转念得仇人而食其肉，计亦良得。下山伏旧处，见己尸卧丛莽中，始悟前身已死，犹恐葬于乌鸢，时时逻守之。越日，庄始经此，虎暴出，于马上扑庄落，龁其首，咽之。焦桐返马而射，中虎腹，蹶然遂毙。

杲在错楚中，恍若梦醒，又经宵，始能行步，厌厌以归。家人以其连夕不返，方共骇疑，见之，喜相慰问。杲但卧，蹇涩不能语。少间，闻庄信，争即床头庆告之。杲乃自言："虎即我也。"遂述其异。由此传播。庄子痛父之死甚惨，闻而恶之，因讼杲，官以其诞而无据，置不理焉。

异史氏曰:“壮士志酬,必不生返,此千古所悼恨也。借人之杀以为生,仙人之术亦神哉!然天下事足发指者多矣,使怨者常为人,恨不令暂作虎!”

董 公 子

青州董尚书可畏,家庭严肃,内外男女,不敢通一语。一日,有婢仆调笑于中门之外,公子见而怒叱之,各奔去。及夜,公子偕僮卧斋中。时方盛暑,室门洞敞。更深时,僮闻床上有声甚厉,惊醒,月影中,见前仆提一物出门去。以其家人故,弗深怪,遂复寐。忽闻靴声訇然,一伟丈夫赤面修髯,似寿亭侯像,捉一人头入。僮惧,蛇行入床下。闻床上支支格格,如振衣,如摩腹,移时始罢。靴声又响,乃去。僮伸颈渐出,见窗棂上有晓色,以手扪床上,着手沾湿,嗅之血腥。大呼公子,公子方醒。告而火之,血盈枕席。大骇,不知其故。忽有官役叩门。公子出见,役愕然,但言怪事。诘之,告曰:“适衙前一人神色迷罔,大声曰:‘我杀主人矣!’众见其衣有血污,执而白之官,审知为公子家人。渠言已杀公子,埋首于关庙之侧,往验之,穴土犹新,而首则并无。”公子骇异,趋赴公庭,见其人即前狎婢者也,因述其异。官甚惶惑,重责而释之。公子不欲结怨于小人,以前婢配之,令去。积数日,其邻堵者,夜闻仆房中一声震响若崩裂,急起呼之,不应,排闼入视,见夫妇及寝床,皆截然断而为两。木肉上俱有削痕,似一刀所断者。关公之灵迹最多,未有奇于此者也。

周 三

泰安张太华,富吏也。家有狐扰,遣制罔效。陈其状于州尹,尹亦不能为力。时州之东亦有狐居村民家,人共见为一白发叟。叟与居人通吊问,如世人礼。自云行二,都呼为胡二爷。适有诸生谒尹,间道其异。尹为吏策,使往问叟。时东村人有作隶者,吏访之,果不诬,因与俱往,即隶家设筵招胡。胡至,揖让酬酢,无异常人。吏告所求，胡曰："我固悉之，但不能为君效力。仆友人周三，侨居岳庙，宜可降伏，当代求之。"吏喜，申谢。胡临别与吏约，明日张筵于岳庙之东。吏领教。胡果导周至。周虬髯铁面，服裤褶。饮数行，向吏曰："适胡二弟致尊意，事已尽悉。但此辈实繁有徒，不可善谕，难免用武。请即假馆君家，微劳所不敢辞。"吏转念去一狐得一狐，是以暴易暴也，游移不敢即应。周已知之，曰："无畏。我非他比，且与君有喜缘，请勿疑。"吏诺之。周又嘱："明日偕家人阖户坐室中，幸勿哗。"吏归，悉遵所教。俄闻庭中攻击刺斗之声，逾时始定。启关出视，血点点盈阶上。墀中有小狐首数枚，大如碗盏焉。又视所除舍，则周危坐其中，拱手笑曰："蒙重托，妖类已荡灭矣。"自是馆于其家，相见如主客焉。

鸽　异

鸽类甚繁，晋有坤星，鲁有鹤秀，黔有腋蝶，梁有翻跳，越有诸尖，皆异种也。又有靴头、点子、大白、黑石、夫妇雀、花狗眼之类，名不可屈以指，惟好事者能辨之也。

邹平张公子幼量，癖好之，按经而求，务尽其种。其养之也，如保婴儿，冷则疗以粉草，热则投以盐颗。鸽善睡，睡太甚，有病麻痹而死者。张在广陵，以十金购一鸽，体最小，善走，置地上，盘旋无已时，不至于死不休也，故常须人把握之。夜置群中使惊诸鸽，可以免痹股之病，是名"夜游"。齐鲁养鸽家，无如公子最，公子亦以鸽自诩。

一夜，坐斋中，忽一白衣少年叩扉入，殊不相识。问之，答曰："漂泊之人，姓名何足道。遥闻畜鸽最盛，此亦生平所好，愿得寓目。"张乃尽出所有，五色俱备，灿若云锦。少年笑曰："人言果不虚，公子可谓养鸽之能事矣。仆亦携有一两头，颇愿观之否？"张喜，从少年去。月色冥漠，旷野萧条，心窃疑惧。少年指曰："请勉行，寓屋不远矣。又数武，见一道院，仅两楹。少年握手入，昧无灯火。少年立庭中，口中作鸽鸣，忽有两鸽出：状类常鸽，而毛纯白；飞与檐齐，且鸣且斗，每一扑，必作斤斗。少年挥之以肱，连翼而去。复撮口作异声，又有两鸽出：大者如鹜，小者裁如拳；集阶上，学鹤舞。大者延颈立，张翼作屏，宛转鸣跳，若引之。小者上下飞鸣，时集其顶，翼翩翩如燕子落蒲叶上，声细碎，类鼗鼓。大者伸颈不敢动。鸣愈急，声变如磬，两两相和，间杂中节。既而小者飞起，大者又颠倒引呼之。张嘉叹不已，自觉望洋可愧。遂揖少年，乞求分爱，少年不许。又固求之，少年乃叱鸽去，仍作前声，招二白鸽来，以手把之，曰："如不嫌憎，以此塞责。"接而玩之，睛映月作琥珀色，两目通透，若无隔阂，中黑珠圆于椒粒，启其翼，胁肉晶莹，脏腑可数。张甚奇之，而意犹未足，诡求不已。少年曰："尚有两种未献，今不敢复请观矣。"

方竞论间，家人燎麻炬入寻主人，回视少年，化白鸽，大如鸡，冲霄而去。又目前院宇都渺，盖一小墓，树二柏焉。与家人抱鸽，骇叹而归。试使飞，驯异如初。虽非其尤，人世亦绝少矣，于是爱惜臻至。

积二年，育雌雄各三。虽戚好求之，不得也。有父执某公，为贵官，一日，见公子，问："畜鸽几许？"公子唯唯以退。疑某意爱好之也，思所以报而割爱良难。又念长者之求，不可重拂，且不敢以常鸽应，选二白鸽，笼送之，自以千金之赠不啻也。他日见某公，颇有德色，而其殊无一申谢语，心不能忍，问："前禽佳否？"答云："亦肥美。"张惊曰："烹之乎？"曰："然。"张大惊曰："此非常鸽，乃俗所言'鞑靼'者也！"某回思曰："味亦殊无异处。"

张叹恨而返。至夜，梦白衣少年至，责之曰："我以君能爱之，故遂托以子孙。何以明珠暗投，致残鼎镬！今率儿辈去矣。"言已，化为鸽，所养白鸽皆从之，飞鸣径去。天明视之，果俱亡矣。心甚恨之，遂以所畜，分赠知交，数日而尽。

异史氏曰："物莫不聚于所好，故叶公好龙，则真龙入室；而况学士之于良友，贤君之于良臣乎？而独阿堵之物，好者更多，而聚者特少，亦以见鬼神之怒贪，而不怒痴也。"

向有友人馈朱鲫于孙公子禹年，家无慧仆，以老佣往。及门，倾水出鱼，索柈而进之。及达主所，鱼已枯毙。公子笑而不言，以酒犒佣，即烹鱼以飨。既归，主人问："公子得鱼颇欢慰否？"答曰："欢甚。"问："何以知？"曰："公子见鱼便欣然有笑容，立命赐酒，且烹数尾以犒小人。"主人骇甚，自念所赠，颇不粗劣，何至烹赐下人，因责之曰："必汝蠢顽无礼，故公子迁怒耳。”佣扬手力辩曰：“我固陋拙，遂以为非人也！登公子门，小心如许，犹恐筲斗不文，敬索柈出，一一匀排而后进之，有何不周详也？”主人骂而遣之。

灵隐寺僧某，以茶得名，铛臼皆精。然所蓄茶有数等，恒视客之贵贱以为烹献。其最上者，非贵客及知味者，不一奉也。一日，有贵官至，僧伏谒甚恭，出佳茶，手自烹进，冀得称誉，贵官默然。僧惑甚，又以最上一等烹而进之，饮已将尽，并无赞语。僧急不能待，鞠躬曰：“茶何如？”贵官执盏一拱曰：“甚热。”此两事，可与张公子之赠鸽同一笑也。

聂　政

怀庆潞王，有昏德。时行民间，窥有好女子，辄夺之。有王生妻，为王所睹，遣舆马直入其家。女子号泣不伏，强舁而出。王亡去，隐身聂政之墓，冀妻经过，得一遥诀。无何，妻至，望见夫，大哭投地。王恻动心怀，不觉失声。从人知其王生，执之，将加搒掠。忽墓中一丈夫出，手握白刃，气象威猛，厉声曰：“我聂政也！良家子岂可强占！念汝辈不能自由，姑且宥恕。寄语无道王：若不改行，不日将抉其首！”众大骇，弃车而走。丈夫亦入墓中而没。夫妻叩墓归，犹惧王命复临，过十余日，竟无消息，心始安。王自是淫威亦少杀云。

异史氏曰：“余读刺客传，而独服膺于轵深井里也：其锐身而报知己也，有豫之义；白昼而屠卿相，有鱄之勇；皮面自刑，不累骨肉，有曹之智。至于荆轲，力不足以谋无道秦，遂使绝裾而去，自取灭亡。轻借樊将军之头，何日可能还也？此千古之所恨，而聂政之所嗤者矣。闻之野史，其坟见掘于羊、左之鬼，果尔，则生不成名，死犹丧义，其视聂之抱义愤而惩荒淫者，为人之贤不肖何如哉！噫！聂之贤，于此益信。”

冷　生

平城冷生，少最钝，年二十余，未能通一经。忽有狐来，与之燕处,每闻其终夜语,即兄弟诘之,亦不肯泄。如是多日,忽得狂易病:每得题为文,则闭门枯坐;少时,哗然大笑。窥之,则手不停草,而一艺成矣。脱稿又文思精妙。是年入泮,明年食饩。每逢场作笑,响彻堂壁,由此"笑生"之名大噪。幸学使退休,不闻。后值某学使规矩严肃,终日危坐堂上,忽闻笑声,怒执之,将以加责。执事官代白其颠,学使怒稍息,释之,而黜其名。从此佯狂诗酒。著有《颠草》四卷,超拔可诵。

异史氏曰:"闭门一笑,与佛家顿悟时何殊间哉！大笑成文,亦一快事,何至以此褫革？如此主司,宁非悠悠！"

学师孙景夏,往访友人。至其窗外,不闻人语,但闻笑声嗤然,顷刻数作。意其与人戏耳,入视,则居之独也。怪之,始大笑曰:"适无事,默熟笑谈耳。"

邑宫生,家畜一驴,性蹇劣。每途中逢徒步客,拱手谢曰:"适忙,不遑下骑,勿罪!"言未已,驴已蹶然伏道上,屡试不爽。宫大惭恨,因与妻谋,使伪作客,己乃跨驴周于庭,向妻拱手,作遇客语,驴果伏,便以利锥毒刺之。适有友人相访,方欲款关,闻宫言于内曰:"不遑下骑,勿罪!"少顷,又言之。心大怪异,叩扉问其故,以实告,相与捧腹。

此二则,可附冷生之笑并传矣。

狐 惩 淫

某生购新第,常患狐,一切服物,多为所毁,且时以尘土置汤饼中。一日,有友过访,值生出,至暮不归。生妻备馔供客,已而偕婢啜食余饵。生素不羁,好蓄媚药,不知何时狐以药置粥中。妇食之,觉有脑麝气,问婢,婢云不知。食讫,觉欲焰上炽,不可暂忍,强自按抑,燥渴愈急。筹思家中无可奔者,惟有客在,遂往叩斋。客问其谁,实告之。问何作,不答。客谢曰:"我与若夫道义交,不敢为此兽行。"妇尚流连。客叱骂曰:"某兄文章品行,被汝丧尽矣!"隔窗唾之。妇大惭,乃退。因自念:我何为若此？忽忆碗中香,得毋媚药也？检包中药,果狼藉满案,盎盏中皆是也。稔知冷水可解,因就饮之。顷刻,心下清醒，愧耻无以自容。展转既久，更漏已残。愈恐天晓难以见人，乃解带自经。婢觉救之，气已渐绝。辰后，始有微息。客夜间已遁。生晡后方归，见妻卧，问之，不语，但含清涕。婢以状告，大惊，苦诘之。妻遣婢去，始以实告。生叹曰："此我之淫报也，于卿何尤？幸有良友，不然，何以为人！"遂从此痛改往行，狐亦遂绝。

异史氏曰："居家者相戒勿蓄砒鸩，从无有相戒不蓄媚药者，亦犹人之畏兵刃而狎床笫也。宁知其毒有甚于砒鸩者哉！顾蓄之不过以媚内耳，乃至见嫉于鬼神；况人之纵淫，有过于蓄药者乎？"

某生赴试，自郡中归，日已暮，携有莲实菱藕，入室，并置几上。又有藤津伪器一事，水浸盎中。诸邻人以生新归，携酒登堂，生仓卒置床下而出，令内子经营供馔，与客薄饮。饮已，入内，急烛床下，盎水已空。问妇，妇曰："适与菱藕并出供客，何尚寻也？"生忆肴中有黑条杂错，举座不知何物。乃失笑曰："痴婆子！此何物事，可供客耶？"妇亦疑曰："我尚怨子不言烹法，其状可丑，又不知何名，只得糊涂脔切耳。"生乃告之，相与大笑。今某生贵矣，相狎者犹以为戏。

山　市

奂山山市，邑八景之一也，数年恒不一见。孙公子禹年，与同人饮楼上，忽见山头有孤塔耸起，高插青冥。相顾惊疑，念近中无此禅院。无何，见宫殿数十所，碧瓦飞甍，始悟为山市。未几，高垣睥睨，连亘六七里，居然城郭矣。中有楼若者、堂若者、坊若者，历历在目，以亿万计。忽大风起，尘气莽莽然，城市依稀而已。既而风定天清，一切乌有，惟危楼一座，直接霄汉。五架窗扉皆洞开；一行有五点明处，楼外天也。层层指数：楼愈高，则明愈少；数至八层，裁如星点；又其上，则黯然缥缈，不可计其层次矣。而楼上人往来屑屑，或凭或立，不一状。逾时，楼渐低，可见其顶；又渐如常楼；又渐如高舍；倏忽如拳如豆，遂不可见。又闻有早行者，见山上人烟市肆，与世无别，故又名"鬼市"云。

江　城

临江高蕃，少慧，仪容秀美。十四岁入邑庠。富室争女之，生选择良苛，屡梗父命。父仲鸿，年六十，止此子，宠惜之，不忍少拂。

东村有樊翁者，授童蒙于市肆，携家僦生屋。翁有女，小字江城，与生同甲，时皆八九岁，两小无猜，日共嬉戏。后翁徙去，积四五年，不复闻问。一日，生于隘巷中，见一女郎，艳美绝俗，从以小鬟，仅六七岁，不敢倾顾，但斜睨之。女停睇，若欲有言。细视之，江城也，顿大惊喜。各无所言，相视呆立，移时始别，两情恋恋。生故以红巾遗地而去。小鬟拾之，喜以授女。女入袖中，易以己巾，伪谓鬟曰："高秀才非他人，勿得讳其遗物，可追还之。"小鬟果追付生。生得巾大喜，归见母，请与论婚。母曰："家无半间屋，南北流寓，何足匹偶？"生曰："我自欲之，固当无悔。"母不能决，以商仲鸿，鸿执不可。生闻之闷闷，嗌不容粒。母忧之，谓高曰："樊氏虽贫，亦非狙侩无赖者比。我请过其家，倘其女可偶，当亦无害。"高曰："诺。"母托烧香黑帝祠，诣之。见女明眸秀齿，居然娟好，心大爱悦，遂以金帛厚赠之，实告以意。樊媪谦抑而后受盟。归述其情，生始解颜为笑。

逾岁，择吉迎女归，夫妻相得甚欢。而女善怒，反眼若不相识；词舌嘲啁，常聒于耳。生以爱故，悉含忍之。翁媪闻之，心弗善也，潜责其子。为女所闻，大恚，诟骂弥加。生稍稍反其恶声，女益怒，挞逐出户，阖其扉。生嘐嘐门外，不敢叩关，抱膝宿檐下。女从此视若仇。其初，长跪犹可以解，渐至屈膝无灵，而丈夫益苦矣。翁姑薄让之，女牴牾不可言状。翁姑忿怒，逼令大归。

樊惭惧，浼交好者请于仲鸿，仲鸿不许。年余，生出遇岳，岳邀归其家，谢罪不遑。妆女出见，夫妇相看，不觉恻楚。樊乃沽酒款婿，酬劝甚殷。日暮，坚止留宿，扫别榻，使夫妇并寝。既曙辞归，不敢以情告父母，掩饰弥缝。自此三五日，暂一寄岳家宿，而父母不知也。樊一日自诣仲鸿，初不见，迫而后见之。樊膝行而请。高不承，诿诸其子。樊曰："婿昨夜宿仆家，不闻有异言。"高惊问："何时寄宿？"樊具以告。高赧谢曰:“我固不知。彼爱之,我独何仇乎?”樊既去,高呼子而骂。生但俯首,不少出气。言间,樊已送女至。高曰:“我不能为儿女任过。不如各立门户,即烦主析爨之盟。”樊劝之,不听,遂别院居之,遣一婢给役焉。

月余,颇相安,翁妪窃慰。未几,女渐肆,生面上时有指爪痕;父母明知之,亦忍不置问。一日,生不堪挞楚,奔避父所,芒芒然如鸟雀之被鹯殴者。翁媪方怪问,女已横梃追入,竟即翁侧捉而箠之。翁姑涕噪,略不顾瞻,挞至数十,始悻悻以去。高逐子曰:“我惟避嚣,故析尔。尔固乐此,又焉逃乎?”

生被逐,徙倚无所归。母恐其折挫行死,令独居而给之食。又召樊来,使教其女。樊入室,开谕万端,女终不听,反以恶言相苦。樊拂衣去,誓相绝。无何,樊翁愤生病,与妪相继死。女恨之,亦不临吊,惟日隔壁噪骂,故使翁姑闻。高悉置不知。

生自独居,若离汤火,但觉凄寂,暗以金啖媒媪李氏,纳妓斋中,往来皆以夜。久之,女微闻之,诣斋嫚骂。生力白其诬,矢以天日,女始归。自此,日伺生隙。李媪自斋中出,适相遇,急呼之;媪神色变异,女愈疑,谓媪曰:“明告所作,或可宥免;若有隐秘,撮毛尽矣!”媪战而告曰:“半月来,惟勾栏李云娘过此两度耳。适公子言,曾于玉笥山见陶家妇,爱其双翘,嘱奴招致之。渠虽不贞,亦未便作夜度娘,成否故未必也。”女以其言诚,姑从宽恕。媪欲去,又强止之。日既昏,呵之曰:“可先往灭其烛,便言陶家至矣。”媪如其言。女即遽入。生喜极,挽臂促坐,具道饥渴。女默不语。生暗中索其足,曰:“山上一觐仙容,介介独恋是耳。”女终不语。生曰:“夙昔之愿,今始得遂,何可觌面而不识也?”躬自促火一照,则江城也,大惧失色,堕烛于地,长跪觳觫,若兵在颈。女摘耳提归,以针刺两股殆遍,乃卧以下床,醒则骂之。生以此畏若虎狼,即偶假以颜色,枕席之上,亦震慑不能为人。女批颊而叱去之,益厌弃不以人齿。生日在兰麝之乡,如犴狴中人,仰狱吏之尊也。女有两姊,俱适诸生。长姊平善,讷于口,常与女不相洽。二姊适葛氏,为人狡黠善辨,顾影弄姿,貌不及江城,而悍妒与埒。姊妹相逢无他语,惟各以阃威自鸣得意,以故二人最善。生适戚友，女辄嗔怒，惟适葛所，知而不禁。一日，饮葛所，既醉，葛嘲曰："子何畏之甚？"生笑曰："天下事颇多不解。我之畏，畏其美也；乃有美不及内人，而畏甚于仆者，惑不滋甚哉？"葛大惭，不能对。婢闻，以告二姊。二姊怒，操杖遽出。生见其凶，跦屣欲走，杖起，已中腰膂；三杖三蹶而不能起。误中颅，血流如沈。二姊去，生蹒跚而归。

妻惊问之，初以连姨故，不敢遽告，再三研诘，始具陈之。女以帛束生首，忿然曰："人家男子，何烦他挞楚耶！"更短袖裳，怀木杵，携婢径去。抵葛家，二姊笑语承迎。女不语，以杵击之，仆，裂裤而痛楚焉，齿落唇缺，遗失溲便。女返，二姊羞愤，遣夫赴诉于高。生趋出，极意温恤。葛私语曰："仆此来，不得不尔。悍妇不仁，幸假手而惩创之，我两人何嫌焉。"女已闻之，遽出，指骂曰："龌龊贼！妻子亏苦，反窃窃与外人交好！此等男子，不宜打煞耶！"疾呼觅杖。葛大窘，夺门窜去。生由此往来全无一所。

同窗王子雅过之，宛转留饮。饮间，以闺阁相谑，颇涉狎亵。女适窥客，伏听尽悉，暗以巴豆投汤中而进之。未几，吐利不可堪，奄存气息。女使婢问之曰："再敢无礼否？"始悟病之所自来，呻吟而哀之，则绿豆汤已储待矣，饮之乃止。从此同人相戒，不敢饮于其家。

王有酤肆，肆中多红梅，设宴招其曹侣。生托文社，禀白而往。日暮，既酣，王生曰："适有南昌名妓，流寓此间，可以呼来共饮。"众大悦。惟生离席，兴辞。群曳之曰："阃中耳目虽长，亦听睹不至于此。"因相矢缄口，生乃复坐。少间，妓果出。年十七八，玉珮丁冬，云鬟掠削。问其姓，云："谢氏，小字芳兰。"出词吐气，备极风雅，举座若狂。而芳兰犹属意生，屡以色授。为众所觉，故曳两人连肩坐。芳兰阴把生手，以指书掌作"宿"字。生于此时，欲去不忍，欲留不敢，心如乱丝，不可言喻。而倾头耳语，醉态益狂，榻上胭脂虎，亦并忘之。少选，听更漏已动，肆中酒客愈稀，惟遥座一美少年，对烛独酌，有小僮捧巾侍焉。众窃议其高雅。无何，少年罢饮，出门去。僮返身入，向生曰："主人相候一语。"众则茫然，惟生颜色惨变，不遑告别，匆匆便去。盖少年乃江城，僮即其家婢也。

生从至家，伏受鞭扑。从此禁锢益严，吊庆皆绝。文宗下学，生以误讲降为青。一日，与婢语，女疑与私，以酒坛囊婢首而挞之。已而缚生及婢，以绣剪剪腹间肉互补之，释缚令其自束。月余，补处竟合为一云。女每以白足踏饼尘土中，叱生摭食之。如是种种。母以忆子故，偶至其家，见子柴瘠，归而痛哭欲死，夜梦一叟告之曰："不须忧烦，此是前世因。江城原静业和尚所养长生鼠，公子前生为士人，偶游其地，误毙之。今作恶报，不可以人力回也。每早起，虔心诵《观音咒》一百遍，必当有效。"醒而述于仲鸿，异之，夫妻遵教。虔诵两月余，女横如故，益之狂纵，闻门外钲鼓，辄握发出，憨然引眺，千人指视，恬不为怪。翁姑共耻之，而不能禁。

忽有老僧在门外宣佛果，观者如堵。僧吹鼓上革作牛鸣。女奔出，见人众无隙，命婢移行床，翘登其上。众目集视，女如弗觉。逾时，僧敷衍将毕，索清水一盂，持向女而宣言曰："莫要嗔，莫要嗔！前世也非假，今世也非真。咄！鼠子缩头去，勿使猫儿寻。"宣已，吸水噀射女面，粉黛淫淫，下沾衿袖。众大骇，意女暴怒，女殊不语，拭面自归。僧亦遂去。女入室痴坐，嗒然若丧，终日不食，扫榻遽寝。中夜，忽唤生醒。生疑其将遗，捧进溺盆。女却之，暗把生臂，曳入衾。生承命，四体惊悚，若奉丹诏。女慨然曰："使君如此，何以为人！"乃以手抚扪生体，每至刀杖痕，嘤嘤啜泣，辄以爪甲自掐，恨不即死。生见其状，意良不忍，所以慰藉之良厚。女曰："妾思和尚必是菩萨化身。清水一洒，若更腑肺。今回忆曩昔所为，都如隔世。妾向时得毋非人耶？有夫妇而不能欢，有姑嫜而不能事，是诚何心！明日可移家去，仍与父母同居，庶便定省。"絮语终夜，如话十年之别。昧爽即起，折衣敛器，婢携簏，躬襆被，促生前往叩扉。母出骇问，告以意。母尚迟回有难色，女已偕婢入。母从入。女伏地哀泣，但求免死。母察其意诚，亦泣曰："吾儿何遽如此？"生为细述前状，始悟曩昔之梦验也。喜，唤厮仆为除旧舍。女自是承颜顺志，过于孝子。见人，则觍如新妇。或戏述往事，则红涨于颊。且勤俭，又善居积，三年翁媪不问家计，而富称巨万矣。生是岁乡捷。每谓生曰："当日一见芳兰，今犹忆之。"生以不受荼毒，愿已至足，妄念所不敢萌，唯唯而已。会以应举入都，数月乃返，入室，见芳兰方与江城对弈，惊而问之，则女以数百金出其籍矣。此事浙中王子雅言之甚详。

异史氏曰:“人生业果,饮啄必报,而惟果报之在房中者,如附骨之疽,其毒尤惨。每见天下贤妇十之一,悍妇十之九,亦以见人世之能修善业者少也。观自在愿力宏大,何不将盂中水洒大千世界也?”

孙　生

孙生,娶故家女辛氏。初入门,为穷裤,多其带,浑身纠缠甚密,拒男子不与共榻。床头常设锥簪之器以自卫。孙屡被刺剟,因就别榻眠。月余,不敢问鼎。即白昼相逢,女未尝假以言笑。

同窗某知之,私谓孙曰:“夫人能饮否?”答云:“少饮。”某戏之曰:“仆有调停之法,善而可行。”问:“何法?”曰:“以迷药入酒,给使饮焉,则惟君所为矣。”孙笑之,而阴服其策良。询之医家,敬以酒煮乌头,置案上。入夜,孙酾别酒,独酌数觥而寝。如此三夕,妻终不饮。一夜,孙卧移时,视妻犹寂坐,孙故作鼾声;妻乃下榻,取酒煨炉上。孙窃喜。既而满饮一杯,又复酌,约尽半杯许,以其余仍内壶中,拂榻遂寝。久之无声,而灯煌煌尚未灭也。疑其尚醒,故大呼:“锡檠熔化矣!”妻不应,再呼仍不应。白身往视,则醉睡如泥。启衾潜入,层层断其缚结。妻固觉之,不能动,亦不能言,任其轻薄而去。既醒,恶之,投缳自缢。孙梦中闻喘吼声,起而奔视,舌已出两寸许。大惊,断索,扶榻上,逾时始苏。孙自此殊厌恨之,夫妻避道而行,相逢则俯其首。积四五年,不交一语。妻或在室中,与他人嬉笑,见夫至,色则立变,凛如霜雪。孙尝寄宿斋中,经岁不归,即强之归,亦面壁移时,默然就枕而已。父母甚忧之。

一日,有老尼至其家,见妇,亟加赞誉。母不言,但有浩叹。尼诘其故,具以情告。尼曰:“此易事耳。”母喜曰:“倘能回妇意,当不靳酬也。”尼窥室无人,耳语曰:“购春宫一帧,三日后,为若厌之。”尼去,母即购以待之。三日,尼果来,嘱曰:“此须甚密,勿令夫妇知。”乃剪下图中人,又针三枚、艾一撮,并以素纸包固,外绘数画如蚓状,使母赚妇出,窃取其枕,开其缝而投之,已而仍合之,返归故处。尼乃去。至晚，母强子归宿。媪往窃听，二更将残，闻妇呼孙小字，孙不答。少间，妇复语，孙厌气作恶声。质明，母入其室，见夫妇面首相背，知尼之术诬也。呼子于无人处，委谕之。孙闻妻名，便怒，切齿。母怒骂之，不顾而去。

越日，尼来，告之罔效。尼大疑。媪因述所听。尼笑曰："前言妇憎夫，故偏厌之。今妇意已转，所未转者男耳。请作两制之法，必有验。"母从之，索子枕如前缄置讫，又呼令归寝。更余，犹闻两榻上皆有转侧声，时作咳，都若不能寐。久之，闻两人在一床上唧唧语，但隐约不可辨。将曙，犹闻嬉笑，吃吃不绝。媪以告母，母喜。尼来，厚馈之。孙由是琴瑟和好。生一男两女，十余年从无角口之事。同人私问其故，笑曰："前此顾影生怒，后此闻声而喜，自亦不解其何心也。"

异史氏曰："移憎而爱，术亦神矣。然能令人喜者，亦能令人怒，术人之神，正术人之可畏也。先哲云：'六婆不入门。'有见矣夫！"

八 大 王

临洮冯生，盖贵介裔而凌夷矣。有渔鳖者，负其债，不能偿，得鳖辄献之。一日，献巨鳖，额有白点。生以其状异，放之。

后自婿家归，至恒河之侧，日已就昏，见一醉者，从二三僮，颠跛而至。遥见生，便问："何人？"生漫应："行道者。"醉人怒曰："宁无姓名，胡言行道者？"生驰驱心急，置不答，径过之。醉人益怒，捉袂使不得行，酒臭熏人。生更不耐，然力解不能脱，问："汝何名？"呓然而对曰："我南都旧令尹也。将何为？"生曰："世间有此等令尹，辱寞世界矣！幸是旧令尹，假新令尹，将无杀尽途人耶？"醉人怒甚，势将用武。生大言曰："我冯某非受人挞打者！"醉人闻之，变怒为欢，踉跄下拜曰："是我恩主。唐突勿罪！"起唤从人，先归治具。生辞之不得。握手行数里，见一小村。既入，则廊舍华好，似贵人家。醉人酲稍解，生始询其姓字。曰："言之勿惊，我洮水八大王也。适西山青童招饮，不觉过醉。有犯尊颜，实切愧悚。"生知其妖，以其情辞殷渥，遂不畏怖。俄而设筵丰盛，促坐欢饮。八大王最豪，连举数觥。生恐其复醉，再作萦扰，伪醉求寝。八大王已喻其意，笑曰：“君得无畏我狂耶？但请勿惧。凡醉人无行，谓隔夜不复记者，欺人耳。酒徒之不德，故犯者十之九。仆虽不齿于侪偶，顾未敢以无赖之行，施之长者，何遂见拒如此？”生乃复坐，正容而谏曰：“既自知之，何勿改行？”八大王曰：“老夫为令尹时，沉湎尤过于今日。自触帝怒，谪归岛屿，力返前辙者十余年矣。今老将就木，潦倒不能横飞，故态复作，我自不解耳。兹敬闻命矣。”倾谈间，远钟已动。八大王起，捉臂曰：“相聚不久。蓄有一物，聊报厚德。此不可以久佩，如愿后，当见还也。”口中吐一小人，仅寸许。因以爪掐生臂，痛若肤裂，急以小人按捺其上，释手已入革里，甲痕尚在，而漫漫坟起，类痰核状。惊问之，笑而不答，但曰：“君宜行矣。”送生出，八大王自返。

回顾村舍全渺，惟一巨鳖，蠢蠢入水而没，错愕久之。自念所获，必鳖宝也。由此目最明，凡有珠宝之处，黄泉下皆可见；即素所不知之物，亦随口而知其名。于寝室中，掘得藏镪数百，用度颇充。后有货故宅者，生视其中有藏镪无算，遂以重金购居之。由此与王公埒富矣，火齐木难之类皆蓄焉。得一镜，背有凤纽，环水云湘妃之图，光射里余，须眉皆可数。佳人一照，则影留其中，磨之不能灭也；若改妆重照，或更一美人，则前影消矣。时肃府第三公主绝美，雅慕其名。会主游崆峒，乃往伏山中，伺其下舆，照之而归，设置案头。审视之，见美人在中，拈巾微笑，口欲言而波欲动，喜而藏之。

年余，为妻所泄，闻之肃府。王怒，收之，追镜去，拟斩。生大贿中贵人，使言于王曰：“王如见赦，天下之至宝，不难致也。不然，有死而已，于王诚无所益。”王欲籍其家而徙之，三公主曰：“彼已窥我，十死亦不足解此玷，不如嫁之。”王不许，公主闭户不食。妃子大忧，力言于王。王乃释生囚，命中贵以意示生。生辞曰：“糟糠之妻不下堂，宁死不敢承命。王如听臣自赎，倾家可也。”王怒，复逮之。妃召生妻入宫，将鸩之。既见，妻以珊瑚镜台纳妃，词意温恻。妃悦之，使参公主。公主亦悦之，订为姊妹，转使谕生。生告妻曰：“王侯之女，不可以先后论嫡庶也。”妻不听，归修聘币纳王邸，赍送者迨千人，珍石宝玉之属，王家不能知其名。王大喜，释生归，以公主嫔焉。公主仍怀镜归。

生一夕独寝，梦八大王轩然入曰："所赠之物，当见还也。佩之若久，耗人精血，损人寿命。"生诺之，即留宴饮。八大王辞曰："自聆药石，戒杯中物，已三年矣。"乃以口啮生臂，痛极而醒。视之，则核块消矣。后此遂如常人。

异史氏曰："醒则犹人，而醉则犹鳖，此酒人之大都也。顾鳖虽日习于酒狂乎，而不敢忘恩，不敢无礼于长者，鳖不过人远哉？若夫己氏则醒不如人，而醉不如鳖矣。古人有龟鉴，盍以为鳖鉴乎？乃作《酒人赋》。赋曰：

'有一物焉，陶情适口；饮之则醺醺腾腾，厥名为"酒"。其名最多，为功已久：以宴嘉宾，以速父舅，以促膝而为欢，以合卺而成偶；或以为"钓诗钩"，又以为"扫愁帚"。故麯生频来，则骚客之金兰友；醉乡深处，则愁人之逋逃薮。糟丘之台既成，鸱夷之功不朽。齐臣遂能一石，学士亦称五斗。则酒固以人传，而人或以酒丑。若夫落帽之孟嘉，荷锸之伯伦，山公之倒其接䍦，彭泽之漉以葛巾。酣眠乎美人之侧也，或察其无心；濡首于墨汁之中也，自以为有神。井底卧乘船之士，槽边缚珥玉之臣。甚至效鳖囚而玩世，亦犹非害物而不仁。至如雨宵雪夜，月旦花晨，风定尘短，客旧妓新，履舄交错，兰麝香沉，细批薄抹，低唱浅斟，忽清商兮一奏，则寂若兮无人。雅谑则飞花粲齿，高吟则戛玉敲金。总陶然而大醉，亦魂清而梦真。果尔，即一朝一醉，当亦名教之所不嗔。尔乃嘈杂不韵，俚词并进；坐起欢哗，呶呶成阵。涓滴忿争，势将投刃；伸颈攒眉，引杯若鸩；倾沈碎觥，拂灯灭烬。绿醑葡萄，狼藉不靳；病叶狂花，觞政所禁。如此情怀，不如弗饮。又有酒隔咽喉，间不盈寸；呐呐呢呢，犹讥主吝。坐不言行，饮复不任：酒客无品，于斯为甚。甚有狂药下，客气粗；努石棱，磔鬐须；袒两臂，跃双趺。尘蒙蒙兮满面，哇浪浪兮沾裾；口狺狺兮乱吠，发蓬蓬兮若奴。其吁地而呼天也，似李郎之呕其肝脏；其扬手而掷足也，如苏相之裂于牛车。舌底生莲者，不能穷其状；灯前取影者，不能为之图。父母前而受忤，妻子弱而难扶。或以父执之良友，无端而受骂于灌夫。婉言以警,倍益眩瞑。此名“酒凶”,不可救拯。惟有一术,可以解酩;厥术维何?只须一梃。絷其手足,与斩豕等。止困其臀,勿伤其顶;捶至百余,豁然顿醒。’”

铁布衫法

沙回子,得铁布衫大力法,骈其指,力斫之,可断牛项;横搠之,可洞牛腹。曾在仇公子彭三家,悬木于空,遣两健仆极力撑去,猛反之,沙裸腹受木,砰然一声,木去远矣。又出其势即石上,以木椎力击之,无少损,但畏刀耳。

山　神

益都李会斗,偶山行,值数人籍地饮。见李至,欢然并起,曳入坐,竞觞之。视其柈馔,杂陈珍错。移时,饮甚欢,但酒味薄濇。忽遥有一人来,面狭长,可二三尺许,冠之高细称是。众惊曰:“山神至矣!”即纷纷四去。李亦伏匿坎窞中。既而起视,则肴酒一无所有,惟有破陶器贮溲浡,瓦片上盛蜥蜴数枚而已。

雷　公

亳州民王从简,其母坐室中,值小雨冥晦,见雷公持锤,振翼而入,大骇,急以器中便溺倾注之。雷公沾秽,若中刀斧,返身疾逃,极力展腾,不得去,颠倒庭际,嗥声如牛。天上云渐低,渐与檐齐。云中萧萧如马鸣,与雷公相应。少时,雨暴澍,身上恶浊尽洗,乃作霹雳而去。

戏　缢

邑人某,佻侻无赖。偶游村外,见少妇乘马来,谓同游者曰:“我能令其一笑。"众不信,约赌作筵。某遽奔去,出马前,连声哗曰:"我要死!"因于墙头抽粱䕸一本,横尺许,解带挂其上,引颈作缢状。妇果过而哂之,众亦粲然。妇去既远,某犹不动,众益笑之,近视,则舌出目瞑,而气真绝矣。粱干自经,不亦奇哉?是可以为儇薄者戒。

第七卷

罗祖

罗祖，即墨人也。少贫。总族中应出一丁戍北边，即以罗往。罗居边数年，生一子。驻防守备雅厚遇之。会守备迁陕西参将，欲携与俱去。罗乃托妻子于其友李某者，遂西。自此三年不得返。适参将欲致书北塞，罗乃自陈，请以便道省妻子，参将从之。罗至家，妻子无恙，良慰。然床下有男子遗舄，心疑之。既而至李申谢。李致酒殷勤，妻又道李恩义，罗感激不胜。明日谓妻曰："我往致主命，暮不能归，勿伺也。"出门跨马而去。匿身近处，更定却归。闻妻与李卧语，大怒，破扉。二人惧，膝行乞死。罗抽刃出，已复韬之曰："我始以汝为人也，今如此，杀之污吾刀耳！与汝约：妻子而受之，籍名亦而充之，马匹械器具在。我逝矣。"遂去。乡人共闻于官。官笞李，李以实告。而事无验见，莫可质凭，远近搜罗，则绝匿名迹。官疑其因奸致杀，益械李及妻。逾年，并桎梏以死，乃驿送其子归即墨。后石匣营有樵人入山，见一道人坐洞中，未尝求食。众以为异，赍粮供之。或有识者，盖即罗也。馈遗满洞，罗终不食，意似厌嚣，以故来者渐寡。积数年，洞外蓬蒿成林。或潜窥之，则坐处不曾少移。又久之，见其出游山上，就之已杳；往瞰洞中，则衣上尘蒙如故。益奇之。更数日而往，则玉柱下垂，坐化已久。土人为之建庙。每三月间，香楮相属于道。其子往，人皆呼以小罗祖，香税悉归之。今其后人，犹岁一往，收税金焉。浙水刘宗玉向予言之甚详。予笑曰："今世诸檀越，不求为圣贤，但望成佛祖。请遍告之：若要立地成佛，须放下刀子去。”

刘　姓

邑刘姓，虎而冠者也。后去淄居沂，习气不除，乡人咸畏恶之。有田数亩，与苗某连垄。苗勤，田畔多种桃。桃初实，子往攀摘，刘怒驱之，指为己有。子啼而告诸父。父方骇怪，刘已诟骂在门，且言将讼。苗笑慰之。怒不解，忿而去。时有同邑李翠石作典商于沂，刘持状入城，适与之遇。以同乡故相熟，问：“作何干？”刘以告。李笑曰：“子声望众所共知；我素识苗甚平善，何敢占骗。将毋反言之也！”乃碎其词纸，曳入肆，将与调停。刘恨恨不已，窃肆中笔，复造状，藏怀中，期以必告。未几，苗至，细陈所以，因哀李为之解免，言：“我农人，半世不见官长。但得罢讼，数株桃何敢执为己有。”李呼刘出，告以退让之意。刘又指天画地，叱骂不休。苗惟和色卑词，无敢少辨。既罢，逾四五日，见其村中人，传刘已死，李为惊叹。异日他适，见杖而来者，俨然刘也。比至，殷殷问讯，且请顾临。李逡巡问曰：“日前忽闻凶讣，一何妄也？”刘不答，但挽入村，至其家，罗浆酒焉。乃言：“前日之传，非妄也。曩出门见二人来，捉见官府。问何事，但言不知。自思出入衙门数十年，非怯见官长者，亦不为怖。从去，至公廨，见南面者有怒容曰：‘汝即某耶？罪恶贯盈，不自悛悔。又以他人之物，占为己有。此等横暴，合置铛鼎！’一人稽簿曰：‘此人有一善，合不死。’南面者阅簿，其色稍霁。便云：‘暂送他去。’数十人齐声呵逐。余曰：‘因何事勾我来？又因何事遣我去？还祈明示。’吏持簿下，指一条示之。上记：崇祯十三年，用钱三百，救一人夫妇完聚。吏曰：‘非此，则今日命当绝，宜堕畜生道。’骇极，乃从二人出。二人索贿。怒告曰：‘不知刘某出入公门二十年，专勒人财者，何得向老虎讨肉吃耶？’二人乃不复言。送至村，拱手曰：‘此役不曾啖得一掬水。’二人既去，入门遂苏，时气绝已隔日矣。”李闻而异之，因诘其善行颠末。初，崇祯十三年，岁大凶，人相食。刘时在淄，为主捕隶。适见男女哭甚哀，问之。答云：“夫妇聚裁年余，今岁荒，不能两全，故悲耳。”少时，油肆前复见之,似有所争。近诘之。肆主马姓者便云:“伊夫妇饿将死,日向我讨麻酱以为活。今又欲卖妇于我。我家中已买十余口矣。此何要紧?贱则售之,否则已耳。如此可笑,生来缠人!”男子因言:“今粟如珠,自度非得三百数,不足供逃亡之费。本欲两生,若卖妻而不免于死,何取焉?非敢言直,但求作阴骘行之耳。”刘怜之,便问马出几何。马言:“今日妇口,止直百许耳。”刘请勿短其数,且愿助以半价之资。马执不可。刘少负气,便谓男子:“彼鄙琐不足道,我请如数相赠。若能逃荒,又全夫妇,不更佳耶?”遂发囊与之。夫妻泣拜而去。刘述此事,李大加奖叹。刘自此前行顿改,今七旬犹健。去年,李诣周村,遇刘与人争,众围劝不能解。李笑呼曰:“汝又欲讼桃树耶?”刘茫然改容,呐呐敛手而退。

异史氏曰:“李翠石兄弟,皆称素封。然翠石又醇谨,喜为善,未尝以富自豪,抑然诚笃君子也。观其解纷劝善,其生平可知矣。古云:‘为富不仁。’吾不知翠石先仁而后富者耶?抑先富而后仁者耶?”

邵 九 娘

柴廷宾,太平人。妻金氏,不育,又奇妒。柴百金买妾,金暴遇之,经岁而死。柴忿出,独宿数月,不践闺闼。一日,柴初度,金卑词庄礼,为丈夫寿。柴不忍拒,始通言笑。金设筵内寝,招柴。柴辞以醉。金华妆自诣柴所,曰:“妾竭诚终日,君即醉,请一盏而别。”柴乃入,酌酒话言。妻从容曰:“前日误杀婢子,今甚悔之。何便仇忌,遂无结发情耶?后请纳金钗十二,妾不汝瑕疵也。”柴益喜,烛尽见跋,遂止宿焉。由此敬爱如初。金便呼媒媪来,嘱为物色佳媵。而阴使迁延勿报,己则故督促之。如是年余。柴不能待,遍嘱戚好为之购致,得林氏之养女。金一见,喜形于色,饮食共之,脂泽花钏,任其所取。然林固燕产,不习女红,绣履之外,须人而成。金曰:“我素勤俭,非似王侯家,买作画图看者。”于是授美锦,使学制,若严师诲弟子。初犹呵骂,继而鞭楚。柴痛切于心,不能为地。而金之怜爱林,尤倍于昔,往往自为妆束,匀铅黄焉。但履跟稍有折痕,则以铁杖击双弯;

发少乱，则批两颊：林不堪其虐，自经死。柴悲惨心目，颇致怨怼。妻怒曰：“我代汝教娘子，有何罪过？”柴始悟其奸，因复反目，永绝琴瑟之好。阴于别业修房闼，思购丽人而别居之。荏苒半载，未得其人。偶会友人之葬，见二八女郎，光艳溢目，停睇神驰。女怪其狂顾，秋波斜转之。询诸人，知为邵氏。邵贫士，止此女，少聪慧，教之读，过目能了。尤喜读内经及冰鉴书。父爱溺之，有议婚者，辄令自择，而贫富皆少所可，故十七岁犹未字也。柴得其端末，知不可图，然心低徊之。又冀其家贫，或可利动。谋之数媪，无敢媒者，遂亦灰心，无所复望。忽有贾媪者，以货珠过柴。柴告所愿，赂以重金，曰：“止求一通诚意，其成与否，所勿责也。万一可图，千金不惜。”媪利其有，诺之。登门，故与邵妻絮语。睹女，惊赞曰：“好个美姑姑！假到昭阳院，赵家姊妹何足数得！”又问：“婿家阿谁？”邵妻答：“尚未。”媪言：“若个娘子，何愁无王侯作贵客也。”邵妻叹曰：“王侯家所不敢望；只要个读书种子，便是佳耳。我家小孽冤，翻复遴选，十无一当，不解是何意向。”媪曰：“夫人勿须烦怨。恁个丽人，不知前身修何福泽，才能消受得。昨一大笑事：柴家郎君云：于某家茔边，望见颜色，愿以千金为聘。此非饿鸱作天鹅想耶？早被老身呵斥去矣！”邵妻微笑不答。媪曰：“便是秀才家，难与较计；若在别个，失尺而得丈，宜若可为矣。”邵妻复笑不言。媪抚掌曰：“果尔，则为老身计亦左矣。日蒙夫人爱，登堂便促膝赐浆酒；若得千金，出车马，入楼阁，老身再到门，则阍者呵叱及之矣。”邵妻沉吟良久，起而去，与夫语；移时，唤其女；又移时，三人并出。邵妻笑曰：“婢子奇特，多少良匹悉不就，闻为贱媵则就之。但恐为儒林笑也！”媪曰：“倘入门，得一小哥子，大夫人便如何耶！”言已，告以别居之谋。邵益喜，唤女曰：“试同贾姥言之。此汝自主张，勿后悔，致怼父母。”女腆然曰：“父母安享厚奉，则养有济矣。况自顾命薄，若得佳偶，必减寿数，少受折磨，未必非福。前见柴郎亦福相，子孙必有兴者。”媪大喜，奔告。柴喜出非望，即置千金，备舆马，娶女于别业，家人无敢言者。女谓柴曰：“君之计，所谓燕巢于幕，不谋朝夕者也。塞口防舌，以冀不漏，何可得宁？请不如早归，犹速发而祸小。”柴虑摧残。女曰：“天下无不可化之人。我苟无过，怒何由起？”

柴曰:“不然。此非常之悍,不可情理动者。”女曰:“身为贱婢,摧折亦自分耳。不然,买日为活,何可长也?”柴以为是,终踌躇而不敢决。一日,柴他往。女青衣而出,命苍头控老牝马,一妪携襆从之,竟诣嫡所,伏地而陈。妻始而怒,既念其自首可原,又见容饰兼卑,气亦稍平。乃命婢子出锦衣衣之,曰:“彼薄幸人播恶于众,使我横被口语。其实皆男子不义,诸婢无行,有以激之。汝试念背妻而立家室,此岂复是人矣?”女曰:“细察渠似稍悔之,但不肯下气耳。谚云:‘大者不伏小。’以礼论,妻之于夫,犹子之于父,庶之于嫡也。夫人若肯假以词色,则积怨可以尽捐。”妻云:“彼自不来,我何与焉?”即命婢媪为之除舍。心虽不乐,亦暂安之。柴闻女归,惊惕不已,窃意羊入虎群,狼藉已不堪矣。疾奔而至,见家中寂然,心始稳贴。女迎门而劝,令诣嫡所。柴有难色。女泣下,柴意少纳。女往见妻曰:“郎适归,自惭无以见夫人,乞夫人往一姗笑之也。”妻不肯行,女曰:“妾已言:夫之于妻,犹嫡之于庶。孟光举案,而人不以为谄,何哉?分在则然耳。”妻乃从之,见柴曰:“汝狡兔三窟,何归为?”柴俯不对。女肘之,柴始强颜笑。妻色稍霁,将返。女推柴从之,又嘱庖人备酌。自是夫妻复和。女早起青衣往朝,盥已,授帨,执婢礼甚恭。柴入其室,苦辞之,十余夕始肯一纳。妻亦心贤之,然自愧弗如,积惭成忌。但女奉侍谨,无可蹈瑕,或薄施呵谴,女惟顺受。一夜,夫妇少有反唇,晓妆犹含盛怒。女捧镜,镜堕,破之。妻益恚,握发裂眦。女惧,长跪哀免。怒不解,鞭之至数十。柴不能忍,盛气奔入,曳女出。妻呶呶逐击之。柴怒,夺鞭反扑,面肤绽裂,始退。由是夫妻若仇。柴禁女无往。女弗听,早起,膝行伺幕外。妻捶床怒骂,叱去,不听前。日夜切齿,将伺柴出而后泄愤于女。柴知之,谢绝人事,杜门不通吊庆。妻无如何,惟日挞婢媪以寄其恨,下人皆不可堪。自夫妻绝好,女亦莫敢当夕,柴于是孤眠。妻闻之,意不稍安。有大婢素狡黠,偶与柴语,妻疑其私,暴之尤苦。婢辄于无人处,疾首怨骂。一夕,轮婢值宿,女嘱柴,禁无往,曰:“婢面有杀机,叵测也。”柴如其言,招之来,诈问:“何作?”婢惊惧,无所措词。柴益疑,检其衣,得利刃焉。婢无言,惟伏地乞死。柴欲挞之,女止之曰:“恐夫人所闻,此婢必无生理。彼罪固不赦，然不如鬻之，既全其生，我亦得直焉。”柴然之。会有买妾者，急货之。妻以其不谋故，罪柴，益迁怒女，诟骂益毒。柴忿，顾女曰：“皆汝自取。前此杀却，乌有今日。”言已而走。妻怪其言，遍诘左右，并无知者；问女，女亦不言。心益闷怒，捉裾浪骂。柴乃返，以实告。妻大惊，向女温语；而心转恨其言之不早。柴以为嫌郤尽释，不复作防。适远出，妻乃召女而数之曰：“杀主者罪不赦，汝纵之何心？”女造次不能以词自达。妻烧赤铁烙女面，欲毁其容。婢媪皆为之不平。每号痛一声，则家人皆哭，愿代受死。妻乃不烙，以针刺胁二十余下，始挥去之。柴归，见面创，大怒，欲往寻之。女捉襟曰：“妾明知火坑而固蹈之。当嫁君时，岂以君家为天堂耶？亦自顾薄命，聊以泄造化之怒耳。安心忍受，尚有满时；若再触焉，是坎已填而复掘之也。”遂以药糁患处，数日寻愈。忽揽镜喜曰：“君今日宜为妾贺，彼烙断我晦纹矣！”朝夕事嫡，一如往日。金前见众哭，自知身同独夫，略有愧悔之萌，时时呼女共事，词色平善。月余，忽病逆，害饮食。柴恨其不死，略不顾问。数日，腹胀如鼓，日夜浸困。女侍伺不遑眠食，金益德之。女以医理自陈，金自觉畴昔过惨，疑其怨报，故谢之。金为人持家严整，婢仆悉就约束。自病后，皆散诞无操作者。柴躬自经理，劬劳甚苦，而家中米盐，不食自尽。由是慨然兴中馈之思，聘医药之。金对人辄自言为“气蛊”，以故医脉之，无不指为气郁者。凡易数医，卒罔效，亦濒危矣。又将烹药，女进曰：“此等药，百裹无益，只增剧耳。”金不信。女暗撮别剂易之。药下，食顷三遗，病若失。遂益笑女言妄，呻而呼之曰：“女华陀，今如何也？”女及群婢皆笑。金问故，始实告之。泣曰：“妾日受子之覆载而不知也！今而后，请惟家政，听子而行。”无何，病痊，柴整设为贺。女捧壶侍侧，金自起夺壶，曳与连臂，爱异常情。更阑，女托故离席，金遣二婢曳还之，强与连榻。自此，事必商，食必偕，即姊妹无其和也。无何，女产一男。产后多病，金亲为调视，若奉老母。后金患心痛，痛起，则面目皆青，但欲觅死。女急取银针数枚，比至，则气息濒尽，按穴刺之，画然痛止。十余日复发，复刺。过六七日又发。虽应手奏效，不至大苦，然心常惴惴，恐其复萌。夜梦至一处，似庙宇，殿中鬼神皆动。神问：“汝金氏耶？汝罪过多端，寿数合尽，念汝改悔，故仅降灾，以示微谴。前杀两姬，此其宿报。至邵氏何罪，而惨毒如此？鞭打之刑，已有柴生代报，可以相准。所欠一烙、二十三针，今三次止偿零数，便望病根除耶？明日又当作矣！"醒而大惧，犹冀为妖梦之诬。食后果病，其痛倍苦。女至，刺之，随手而瘥。疑曰："技止此矣，病本何以不拔？请再灼之。此非烂烧不可，但恐夫人不能忍受。"金忆梦中语，以故无难色。然呻吟忍受之际，默思欠此十九针，不知作何变症，不如一朝受尽，庶免后苦。炷尽，求女再针。女笑曰："针岂可以泛常施用耶？"金曰："不必论穴，但烦十九刺。"女笑不可。金请益坚，起跪榻上，女终不忍，实以梦告。女乃约略经络，刺之如数。自此平复，果不复病。弥自忏悔，临下亦无戾色。子名曰俊，秀惠绝伦。女每曰："此子翰苑相也。"八岁有神童之目，十五岁以进士授翰林。是时柴夫妇年四十，如夫人三十有二三耳。舆马归宁，乡里荣之。邵翁自鬻女后，家暴富，而士林羞与为伍；至是，始有通往来者。

异史氏曰："女子狡妒，其天性然也。而为妾媵者，又复炫美弄机，以增其怒。呜呼！祸所由来矣。若以命自安，以分自守，百折而不移其志，此岂梃刃所能加乎？乃至于再拯其死，而始有悔悟之萌。呜呼！岂人也哉！如数以偿，而不增之息，亦造物之恕矣。顾以仁术作恶报，不亦慎乎！每见愚夫妇抱疴终日，即招无知之巫，任其刺肌灼肤而不敢呻，心尝怪之，至此始悟。"

闽人有纳妾者，夕入妻房，不敢便去，伪解屦作登榻状。妻曰："去休！勿作态！"夫尚徘徊，妻正色曰："我非似他家妒忌者，何必尔尔。"夫乃去。妻独卧，辗转不得寐，遂起，往伏门外潜听之。但闻妾声隐约，不甚了了，惟"郎罢"二字，略可辨识。郎罢，闽人呼父也。妻听逾刻，痰厥而踣，首触扉作声。夫惊起，启户，尸倒入。呼妾火之，则其妻也。急扶灌之。目略开，即呻曰："谁家郎罢被汝呼！"妒情可哂。

巩　　仙

巩道人，无名字，亦不知何里人。尝求见鲁王，阍人不为通。有中贵人出，揖求之。中贵见其鄙陋，逐去之；已而复来。中贵怒，且逐且扑。至无人处，道人笑出黄金二百两，烦逐者覆中贵："为言我亦不要见王；但闻后苑花木楼台，极人间佳胜，若能导我一游，生平足矣。"又以白金赂逐者。其人喜，反命。中贵亦喜，引道人自后宰门入，诸景俱历。又从登楼上。中贵方凭窗，道人一推，但觉身堕楼外，有细葛绷腰，悬于空际。下视，则高深晕目，葛隐隐作断声。惧极，大号。无何，数监至，骇极。见其去地绝远，登楼共视，则葛端系櫺上，欲解援之，则葛细不堪用力。遍索道人，已杳矣。束手无计，奏之鲁王。王诣视，大奇之。命楼下藉茅铺絮，将因而断之。甫毕，葛崩然自绝，去地乃不咫耳。相与失笑。王命访道士所在。闻馆于尚秀才家，往问之，则出游未复。既，遇于途，遂引见王。王赐宴坐，便请作剧。道士曰："臣草野之夫，无他庸能。既承优宠，敢献女乐为大王寿。"遂探袖中出美人，置地上，向王稽拜已。道士命扮"瑶池宴"本，祝王万年。女子吊场数语。道士又出一人，自白"王母"。少间，董双成、许飞琼，一切仙姬，次第俱出。末有织女来谒，献天衣一袭，金彩绚烂，光映一室。王意其伪，索观之。道士急言："不可！"王不听，卒观之，果无缝之衣，非人工所能制也。道士不乐曰："臣竭诚以奉大王，暂而假诸天孙，今则浊气所染，何以还故主乎？"王又意歌者必仙姬，思欲留其一二。细视之，则皆宫中乐伎耳。转疑此曲，非所夙谙，问之，果茫然不自知。道士以衣置火烧之，然后纳诸袖中，再搜之，则已无矣。王于是深重道士，留居府内。道士曰："野人之性，视宫殿如藩笼，不如秀才家得自由也。"每至中夜，必还其所。时而坚留，亦遂宿止。辄于筵间，颠倒四时花木为戏。王问曰："闻仙人亦不能忘情，果否？"对曰："或仙人然耳。臣非仙人，故心如枯木矣。"一夜，宿府中，王遣少妓往试之。入其室，数呼不应；烛之，则瞑坐榻上。摇之，目一闪即复合。再摇之，齁声作矣。推之，则遂手而倒，酣卧如雷。弹其额，逆指作铁釜声。返以白王。王使刺一针，针弗入。推之，重不可摇。加十余人举掷床下，若千斤石堕地者。旦而窥之，仍眠地上。醒而笑曰："一场恶睡，堕床下不觉耶！"后女子辈每于其坐卧时，按之为戏：初按犹软，再按则铁石矣。道士舍秀才家，恒中夜不归。尚锁其户，及旦启扉，道士已卧室中。初，尚与曲妓惠哥善，矢志嫁娶。惠雅善歌，弦索倾一时。鲁王闻其名，召入供奉，遂绝情好。每系念之，苦无由通。一夕，问道士："见惠哥否？"答言："诸姬皆见，但不知其惠哥为谁。"尚述其貌，道其年，道士乃忆之。尚求转寄一语。道士笑曰："我世外人，不能为君塞鸿。"尚哀之不已。道士展其袖曰："必欲一见，请入此。"尚窥之，中大如屋。伏身入，则光明洞彻，宽若厅堂，几案床榻，无物不有。居其内，殊无闷苦。道士入府，与王对弈。望惠哥至，阳以袍袖拂尘，惠哥已纳袖中，而他人不之睹也。尚方独坐凝想时，忽有美人自檐间堕，视之，惠哥也。两相惊喜，绸缪臻至。尚曰："今日奇缘，不可不志。请与卿联之。"书壁上曰："侯门似海久无踪。"惠续云："谁识萧郎今又逢。"尚曰："袖里乾坤真个大。"惠曰："离人思妇尽包容。"书甫毕，忽有五人入，八角冠，淡红衣，认之，都与无素。默然不言，捉惠哥去。尚惊骇，不知所由。道士既归，呼之出，问其情事，隐讳不以尽言。道士微笑，解衣反袂示之。尚审视，隐隐有字迹，细裁如虮，盖即所题句也。后十数日，又求一入。前后凡三入。惠哥谓尚曰："腹中震动，妾甚忧之，常以紧帛束腰际。府中耳目较多，倘一朝临蓐，何处可容儿啼？烦与巩仙谋，见妾三叉腰时，便一拯救。"尚诺之。归见道士，伏地不起。道士曳之曰："所言，予已了了。但请勿忧。君宗祧赖此一线，何敢不竭绵薄。但自此不必复入。我所以报君者，原不在情私也。"后数月，道士自外入，笑曰："携得公子至矣。可速把襁褓来！"尚妻最贤，年近三十，数胎而存一子。适生女，盈月而殇。闻尚言，惊喜自出。道士探袖出婴儿，酣然若寐，脐梗犹未断也。尚妻接抱，始呱呱而泣。道士解衣曰："产血溅衣，道家最忌。今为君故，二十年故物，一旦弃之。"尚为易衣。道士嘱曰："旧物勿弃却，烧钱许，可疗难产，堕死胎。"尚从其言。居之又久，忽告尚曰："所藏旧衲，当留少许自用，我死后亦勿忘也。"尚谓其言不祥。道士不言而去。入见王曰："臣欲死！"王惊问之，曰："此有定数，亦复何言。"王不信，强留之。手谈一局，急起，王又止之。请就外舍，从之。道士趋卧，视之已死。王具棺木，以礼葬之。尚临哭尽哀，始悟曩言盖先告之也。遗衲用催生，应如响，求者踵接于门。始犹以污袖与之，既而剪领衿，罔不效。及闻所嘱，疑妻必有产厄，断血布如掌，珍藏之。会鲁王有爱妃临盆，三日不下，医穷于术。或有以尚生告者，立召入，一剂而产。王大喜，赠白金、彩缎良厚，尚悉辞不受。王问所欲，曰："臣不敢言。"再请之，顿首曰："如推天惠，但赐旧妓惠哥足矣。"王召之来，问其年，曰："妾十八入府，今十四年矣。"王以其齿加长，命遍呼群妓，任尚自择；尚一无所好。王笑曰："痴哉书生！十年前定婚嫁耶？"尚以实对。乃盛备舆马，仍以所辞彩缎为惠哥作妆，送之出。惠所生子，名之秀生——秀者袖也——是时年十一矣。日念仙人之恩，清明则上其墓。有久客川中者，逢道人于途，出书一卷曰："此府中物，来时仓猝，未暇璧返，烦寄去。"客归，闻道人已死，不敢达王；尚代奏之。王展视，果道士所借。疑之，发其冢，空棺耳。后尚子少殇，赖秀生承继，益服巩之先知云。

异史氏曰："袖里乾坤，古人之寓言耳，岂真有之耶？抑何其奇也！中有天地、有日月，可以娶妻生子，而又无催科之苦，人事之烦，则袖中虮虱，何殊桃源鸡犬哉！设容人常住，老于是乡可耳。"

二　商

莒人商姓者，兄富而弟贫，邻垣而居。康熙间，岁大凶，弟朝夕不自给。一日，日向午，尚未举火，枵腹蹀躞，无以为计。妻令往告兄。商曰："无益。脱兄怜我贫也，当早有以处此矣。"妻固强之，商便使其子往。少顷，空手而返。商曰："何如哉！"妻详问阿伯云何，子曰："伯踌躇目视伯母，伯母告我曰：'兄弟析居，有饭各食，谁复能相顾也。'"夫妻无言，暂以残盎败榻，少易糠秕而生。里中三四恶少，窥大商饶足，夜逾垣入。夫妻警寤，鸣盥器而号。邻人共嫉之，无援者。不得已，疾呼二商。商闻嫂鸣，欲趋救。妻止之，大声对嫂曰："兄弟析居，有祸各受，谁复能相顾也！"俄，盗破扉，执大商及妇，炮烙之，呼声綦惨。二商曰："彼固无情，焉有坐视兄死而不救者！"率子越垣，大声疾呼。二商父子故武勇，人所畏惧，又恐惊致他援，盗乃去。视兄嫂，两股焦灼。扶榻上，招集婢仆，乃归。大商虽被创，而金帛无所亡失，谓妻曰:“今所遗留,悉出弟赐,宜分给之。”妻曰:“汝有好兄弟,不受此苦矣!”商乃不言。二商家绝食,谓兄必有一报。久之,寂不闻。妇不能待,使子捉囊往从贷,得斗粟而返。妇怒其少,欲反之,二商止之。逾两月,贫馁愈不可支。二商曰:“今无术可以谋生,不如鬻宅于兄。兄恐我他去,或不受券而恤焉,未可知。纵或不然,得十余金,亦可存活。”妻以为然,遣子操券诣大商。大商告之妇,且曰:“弟即不仁,我手足也。彼去则我孤立,不如反其券而周之。”妻曰:“不然。彼言去,挟我也。果尔,则适堕其谋。世间无兄弟者,便都死却耶?我高葺墙垣,亦足自固。不如受其券,从所适,亦可以广吾宅。”计定,令二商押署券尾,付直而去。二商于是徙居邻村。乡中不逞之徒,闻二商去,又攻之。复执大商,搒楚并兼,梏毒惨至,所有金资,悉以赎命。盗临去,开廪呼村中贫者,恣所取,顷刻都尽。次日,二商始闻,及奔视,则兄已昏愦不能语;开目见弟,但以手抓床席而已。少顷遂死。二商忿诉邑宰。盗首逃窜,莫可缉获。盗粟者百余人,皆里中贫民,州守亦莫如何。大商遗幼子,才五岁,家既贫,往往自投叔所,数日不归;送之归,则啼不止。二商妇颇不加青眼。二商曰:“渠父不义,其子何罪?”因市蒸饼数枚,自送之。过数日,又避妻子,阴负斗粟于嫂,使养儿。如此以为常。又数年,大商卖其田宅,母得直足自给,二商乃不复至。后岁大饥,道殣相望,二商食指益繁,不能他顾。侄年十五,荏弱不能操业,使携篮从兄货胡饼。一夜,梦兄至,颜色惨戚曰:“余惑于妇言,遂失手足之义。弟不念前嫌,增我汗羞。所卖故宅,今尚空闲,宜僦居之。屋后蓬颗下,藏有窖金,发之,可以小阜。使丑儿相从,长舌妇余甚恨之,勿顾也。”既醒,异之。以重直啖第主,始得就,果发得五百金。从此弃贱业,使兄弟设肆廛间。侄颇慧,记算无讹。又诚悫,凡出入一锱铢,必告。二商益爱之。一日,泣为母请粟。商妻欲勿与,二商念其孝,按月廪给之。数年家益富。大商妇病死,二商亦老,乃析侄,家资割半与之。

异史氏曰:“闻大商一介不轻取与,亦狷洁自好者也。然妇言是听,愦愦不置一词,恝情骨肉,卒以吝死。呜呼!亦何怪哉!二商以贫始,以素封终。为人何所长?但不甚遵阃教耳。呜呼!一行不同,而人品遂异。”

沂水秀才

沂水某秀才，课业山中。夜有二美人入，含笑不言，各以长袖拂榻，相将坐，衣耎无声。少间，一美人起，以白绫巾展几上，上有草书三四行，亦未尝审其何词。一美人置白金一铤，可三四两许；秀才掇内袖中。美人取巾，握手笑出，曰：“俗不可耐！”秀才扪金，则乌有矣。丽人在坐，投以芳泽，置不顾。而金是取，是乞儿相也，尚可耐哉！狐子可儿，雅态可想。

友人言此，并思不可耐事，附志之：对酸俗客。市井人作文语。富贵态状。秀才装名士。旁观谄态。信口谎言不倦。揖坐苦让上下。歪诗文强人观听。财奴哭穷。醉人歪缠。作满洲调。体气若逼人语。市井恶谑。任憨儿登筵抓肴果。假人余威装模样。歪科甲谈诗文。语次频称贵戚。

梅　　女

封云亭，太行人。偶至郡，昼卧寓屋。时年少丧偶，岑寂之下，颇有所思。凝视间，见墙上有女子影，依稀如画。念必意想所致。而久之不动，亦不灭。异之。起视转真，再近之，俨然少女，容蹙舌伸，索环秀领。惊顾未已，冉冉欲下。知为缢鬼，然以白昼壮胆，不大畏怯。语曰：“娘子如有奇冤，小生可以极力。”影居然下，曰：“萍水之人，何敢遽以重务浼君子。但泉下槁骸，舌不得缩，索不得除，求断屋梁而焚之，恩同山岳矣。”诺之，遂灭。呼主人来，问所见状。主人言：“此十年前梅氏故宅，夜有小偷入室，为梅所执，送诣典史。典史受盗钱五百，诬其女与通，将拘审验。女闻自经。后梅夫妻相继卒，宅归于余。客往往见怪异，而无术可以靖之。”封以鬼言告主人。计毁舍易楹，费不资，故难之。封乃协力助作。既就而复居之。梅女夜至，展谢已，喜气充溢，姿态嫣然。封爱悦之，欲与为欢。瞒然而惭曰："阴惨之气，非但不为君利，若此之为，则生前之垢，西江不可濯矣。会合有时，今日尚未。"问："何时？"但笑不言。封问："饮乎？"答曰："不饮。"封曰："对佳人闷眼相看，亦复何味？"女曰："妾生平戏技，惟谙打马。但两人寥落，夜深又苦无局。今长夜莫遣，聊与君为交线之戏。"封从之。促膝戟指，翻变良久，封迷乱不知所从。女辄口道而颐指之，愈出愈幻，不穷于术。封笑曰："此闺房之绝技。"女曰："此妾自悟，但有双线，即可成文，人自不之察耳。"更阑颇怠，强使就寝，曰："我阴人不寐，请自休。妾少解按摩之术，愿尽技能，以侑清梦。"封从其请。女叠掌为之轻按，自顶及踵皆遍，手所经，骨若醉。既而握指细擂，如以团絮相触状，体畅舒不可言：擂至腰，口目皆慵。至股，则沉沉睡去矣。及醒，日已向午，觉骨节轻和，殊于往日。心益爱慕，绕屋而呼之，并无响应。日夕，女始至。封曰："卿居何所，使我呼欲遍？"曰："鬼无所，要在地下。"问："地下有隙可容身乎？"曰："鬼不见地，犹鱼不见水也。"封握腕曰："使卿而活，当破产购致之。"女笑曰："无须破产。"戏至半夜，封苦逼之。女曰："君勿缠我。有浙娼爱卿者，新寓北邻，颇极风致。明夕，招与俱来，聊以自代，若何？"封允之。次夕，果与一少妇同至，年近三十已来，眉目流转，隐含荡意。三人狎坐，打马为戏。局终，女起曰："嘉会方殷，我且去。"封欲挽之，飘然已逝。两人登榻，于飞甚乐。诘其家世，则含糊不以尽道，但曰："郎如爱妾，当以指弹北壁，微呼曰'壶卢子'，即至。三呼不应，可知不暇，勿更招也。"天晓，入北壁隙中而去。次日，女来。封问爱卿。女曰："被高公子招去侑酒，以故不得来。"因而剪烛共话。女每欲有所言，吻已启而辄止。固诘之，终不肯言，欷嘘而已。封强与作戏，四漏始去。自此二女频来，笑声彻宵旦，因而城社悉闻。典史某，亦浙之世族，嫡室以私仆被黜。继娶顾氏，深相爱好。期月夭殂，心甚悼之。闻封有灵鬼，欲以问冥世之缘，遂跨马造封。封初不肯承，某力求不已。封设筵与坐，诺为招鬼妓。日及曛，叩壁而呼，三声未已，爱卿即入。举头见客，色变欲走。封以身横阻之。某审视，大怒，投以巨碗，溘然而灭。封大惊，不解其故，方将致诘。俄暗室中一老妪出,大骂曰:“贪鄙贼!坏我家钱树子!三十贯索要偿也!”以杖击某,中颅。某抱首而哀曰:“此顾氏,我妻也。少年而殒,方切哀痛,不图为鬼不贞。于姥乎何与?”妪怒曰:“汝本浙江一无赖贼,买得条乌角带,鼻骨倒竖矣!汝居官有何黑白?袖有三百钱,便而翁也!神怒人怨,死期已迫。汝父母代哀冥司,愿以爱媳入青楼,代汝偿贪债,不知耶?”言已,又击。某宛转哀鸣。方惊诧无从救解,旋见梅女自房中出,张目吐舌,颜色变异,近以长簪刺其耳。封惊极,以身障客。女愤不已。封劝曰:“某即有罪,倘死于寓所,则咎在小生。请少存投鼠之忌。”女乃曳妪曰:“暂假余息,为我顾封郎也。”某张皇鼠窜而去。至署,患脑痛,中夜遂毙。次夜,女出笑曰:“痛快!恶气出矣!”问:“何仇怨?”女曰:“曩已言之:受贿诬奸,衔恨已久。每欲浼君,一为昭雪,自愧无纤毫之德,故将言而辄止。适闻纷拏,窃以伺听,不意其仇人也。”封讶曰:“此即诬卿者耶?”曰:“彼典史于此,十有八年;妾冤殁十六寒暑矣。”问:“妪为谁?”曰:“老娼也。”又问爱卿曰:“卧病耳。”因赧然曰:“妾昔谓会合有期,今真不远矣。君尝愿破家相赎,犹记否?”封曰:“今日犹此心也。”女曰:“实告君:妾殁日,已投生延安展孝廉家。徒以大怨未伸,故迁延于是。请以新帛作鬼囊,俾妾得附君以往,就展氏求婚,计必允谐。”封虑势分悬殊,恐将不遂。女曰:“但去无忧。”封从其言。女嘱曰:“途中慎勿相唤;待合卺之夕,以囊挂新人首,急呼曰:‘勿忘勿忘!’”封诺之。才启囊,女跳身已入。携至延安,访之,果有展孝廉,生一女,貌极端好;但病痴,又常以舌出唇外,类犬喘日。年十六岁,无问名者。父母忧念成痗。封到门投刺,具通族阀。既退,托媒。展喜,赘封于家。女痴绝,不知为礼,使两婢扶曳归所。群婢既去,女解衿露乳,对封憨笑。封覆囊呼之。女停眸审顾,似有疑思。封笑曰:“卿不识小生耶?”举之囊而示之。女乃悟,急掩衿,喜共燕笑。诘旦,封入谒岳。展慰之曰:“痴女无知,既承青眷,君倘有意,家中慧婢不乏,仆不靳相赠。”封力辨其不痴,展疑之。无何,女至,举止皆佳,因大惊异。女但掩口微笑。展细诘之,女进退而惭于言,封为略述梗概。展大喜,爱悦逾于平时。使子大成与婿同学，供给丰备。年余，大成渐厌薄之，因而郎舅不相能，厮仆亦刻疵其短。展惑于浸润，礼稍懈。女觉之，谓封曰："岳家不可久居。凡久居者，尽阘茸也。及今未大决裂，宜速归。"封然之，告展。展欲留女，女不可。父兄尽怒，不给舆马。女自出妆资贳马归。后展招令归宁，女固辞不往。后封举孝廉，始通庆好。

异史氏曰："官卑者愈贪，其常情然乎？三百诬奸，夜气之牿亡尽矣。夺嘉偶，入青楼，卒用暴死。吁！可畏哉！"

康熙甲子，贝丘典史最贪诈，民咸怨之。忽其妻被狡者诱与偕亡。或代悬招状云："某官因自己不慎，走失夫人一名。身无余物，止有红绫七尺，包裹元宝一枚，翘边细纹，并无阙坏。"亦风流之小报。

郭秀才

东粤士人郭某，暮自友人归，入山迷路，窜榛莽中。更许，闻山头笑语，急趋之。见十余人，藉地饮。望见郭，哄然曰："坐中正欠一客，大佳，大佳！"郭既坐，见诸客半儒巾，便请指迷。一人笑曰："君真酸腐！舍此明月不赏，何求道路？"即飞一觥来。郭饮之，芳香射鼻，一引遂尽。又一人持壶倾注。郭故善饮，又复奔驰吻燥，一举十觞。众人大赞曰："豪哉！真吾友也！"郭放达喜谑，能学禽语，无不酷肖。离坐起溲，窃作燕子鸣。众疑曰："半夜何得此耶？"又效杜鹃，众益疑。郭坐，但笑不言。方纷议间，郭回首为鹦鹉鸣曰："郭秀才醉矣，送他归也！"众惊听，寂不复闻。少顷，又作之。既而悟其为郭，始大笑。皆撮口从学，无一能者。一人曰："可惜青娘子未至。"又一人曰："中秋还集于此，郭先生不可不来。"郭敬诺。一人起曰："客有绝技，我等亦献踏肩之戏，若何？"于是哗然并起。前一人挺身矗立，即有一人飞登肩上，亦矗立。累至四人，高不可登。继至者，攀肩踏臂，如缘梯状，十余人，顷刻都尽，望之可接霄汉。方惊顾间，挺然倒地，化为修道一线。郭骇立良久，遵道得归。翼日，腹大痛，溺绿色，似铜青，着物能染，亦无溺气，三日乃已。往验故处，则肴骨狼藉，四围丛莽，并无道路。至中秋，郭欲赴约，朋友谏止之。设斗胆再往一会青娘子，必更有异，惜乎其见之摇也！

死　僧

某道士，云游日暮，投止野寺。见僧房扃闭，遂藉蒲团，趺坐廊下。夜既静，闻启阖声。旋见一僧来，浑身血污，目中若不见道士，道士亦若不见之。僧直入殿，登佛座，抱佛头而笑，久之乃去。及明，视室，门扃如故。怪之，入村道所见。众如寺，发扃验之，则僧杀死在地，室中席箧掀腾，知为盗劫。疑鬼笑有因，共验佛首，见脑后有微痕，刓之，内藏三十余金。遂用以葬之。

异史氏曰："谚有之：财连于命。不虚哉！夫人俭啬封殖，以予所不知谁何之人，亦已痴矣。况僧并不知谁何之人而无之哉！生不肯享，死犹顾而笑之，财奴之可叹如此。佛云：'一文将不去，惟有孽随身。'其僧之谓夫！"

阿　英

甘玉，字璧人，庐陵人。父母早丧，遗弟珏，字双璧，始五岁，从兄鞠养。玉性友爱，抚弟如子。后珏渐长，丰姿秀出，又惠能文。玉益爱之，每曰："吾弟表表，不可以无良匹。"然简拔过刻，姻卒不就。适读书匡山僧寺，夜初就枕，闻窗外有女子声。窥之，见三四女郎席地坐，数婢陈设酒，皆殊色也。一女曰："秦娘子，阿英何不来？"下坐者曰："昨自函谷来，被恶人伤右臂，不能同游，方用恨恨。"一女曰："前宵一梦大恶，今犹汗悸。"下坐者摇手曰："莫道，莫道！今宵姊妹欢会，言之吓人不快。"女笑曰："婢子何胆怯尔尔！便有虎狼衔去耶？若要勿言，须歌一曲，为娘行侑酒。"女低吟曰："闲阶桃花取次开，昨日踏青小约未应乖。付嘱东邻女伴少待莫相催，着得凤头鞋子即当来。"吟罢，一座无不叹赏。谈笑间，忽一伟丈夫岸然自外入，鹘睛荧荧，其貌狞丑。众啼曰："妖至矣！"仓卒哄然，殆如鸟散。惟歌者婀娜不前，被执哀啼，强与支撑。丈夫吼怒，龁手断指，就便嚼食。女郎踣地若死。玉怜恻不可复忍，乃急袖剑拔关出，挥之中股，股落，负痛逃去。扶女入室，面如尘土，血淋衿袖。验其手，则右拇断矣。裂帛代裹之。女始呻曰："拯命之德，将何以报？"玉自初窥时，心已隐为弟谋，因告以意。女曰："狼疾之人，不能操箕帚矣。当别为贤仲图之。"诘其姓氏，答言："秦氏。"玉乃展衾，俾暂休养，自乃襆被他所。晓而视之，则床已空，意其自归。而访察近村，殊少此姓，广托戚朋，并无确耗。归与弟言，悔恨若失。珏一日偶游涂野，遇一二八女郎，姿致娟娟，顾之微笑，似将有言。因以秋波四顾而后问曰："君甘家二郎否？"曰："然。"曰："君家尊曾与妾有婚姻之约，何今日欲背前盟，另订秦家？"珏云："小生幼孤，夙好都不曾闻，请言族阀，归当问兄。"女曰："无须细道，但得一言，妾当自至。"珏以未禀兄命为辞。女笑曰："骏郎君！遂如此怕哥子耶？妾陆氏，居东山望村。三日内，当候玉音。"乃别而去。珏归，述诸兄嫂。兄曰："此大谬语！父殁时，我二十余岁，倘有是说，那得不闻？"又以其独行旷野，遂与男儿交语，愈益鄙之。因问其貌。珏红彻面颈，不出一言。嫂笑曰："想是佳人。"玉曰："童子何辨妍媸？纵美，必不及秦；待秦氏不谐，图之未晚。"珏默而退。逾数日，玉在途，见一女子零涕前行。垂鞭按辔而微睨之，人世殆无其匹。使仆诘焉，答曰："我旧许甘家二郎；因家贫远徙，遂绝耗问。近方归，复闻郎家二三其德，背弃前盟。往问伯伯甘璧人，焉置妾也？"玉惊喜曰："甘璧人，即我是也。先人曩约，实所不知。去家不远，请即归谋。"乃下骑授辔，步御以归。女自言："小字阿英，家无昆季，惟外姊秦氏同居。"始悟丽者即其人也。玉欲告诸其家，女固止之。窃喜弟得佳妇，然恐其佻达招议。久之，女殊矜庄，又娇婉善言。母事嫂，嫂亦雅爱慕之。值中秋，夫妻方狎宴，嫂招之。珏意怅惘。女遣招者先行，约以继至，而端坐笑言良久，殊无去志。珏恐嫂待久，故连促之。女但笑，卒不复去。质旦，晨妆甫竟，嫂自来抚问："夜来相对，何尔怏怏？"女微哂之。珏觉有异，质对参差。嫂大骇："苟非妖物，何得有分身术？"玉亦惧，隔帘而告之曰："家世积德，曾无怨仇。如其妖也，请速行，幸勿杀吾弟！"女靦然曰："妾本非人，只以阿翁夙盟，故秦家姊以此劝驾。自分不能育男女，尝欲辞去，所以恋恋者，为兄嫂待我不薄耳。今既见疑,请从此诀。"转眼化为鹦鹉,翩然逝矣。初,甘翁在时,蓄一鹦鹉甚慧,尝自投饵。时珏四五岁,问:"饲鸟何为?"父戏曰:"将以为汝妇。"间鹦鹉乏食,则呼珏云:"不将饵去,饿煞媳妇矣!"家人亦皆以此为戏。后断锁亡去。始悟旧约云即此也。然珏明知非人,而思之不置。嫂悬情犹切,旦夕啜泣。玉悔之而无如何。后二年为弟聘姜氏女,意终不自得。有表兄为粤司李,玉往省之,久不归。适土寇为乱,近村里落,半为丘墟。珏大惧,率家人避山谷。山上男女颇杂,都不知其谁何。忽闻女子小语,绝类英。嫂促珏近验之,果英。珏喜极,捉臂不释。女乃谓同行者曰:"姊且去,我望嫂嫂来。"既至,嫂望见悲哽。女慰劝再三,又谓:"此非乐土。"因劝令归。众惧寇至,女固言:"不妨。"乃相将俱归。女撮土拦户,嘱安居勿出,坐数语,反身欲去。嫂急握其腕,又令两婢捉左右足,女不得已,止焉。然不甚归私室。珏订之三四,始为之一往。嫂每谓新妇不能当叔意。女遂早起为姜理妆,梳竟,细匀铅黄,人视之,艳增数倍;如此三日,居然丽人。嫂奇之,因言:"我又无子。欲购一妾,姑未遑暇。不知婢辈可涂泽否?"女曰:"无人不可转移,但质美者易为力耳。"遂遍相诸婢,惟一黑丑者,有宜男相。乃唤与洗濯,已而以浓粉杂药末涂之,如是三日,面赤渐黄。四七日,脂泽沁入肌理,居然可观。日惟闭门作笑,并不计及兵火。一夜,噪声四起,举家不知所谋。俄闻门外人马鸣动,纷纷俱去。既明,始知村中焚掠殆尽,盗纵群队穷搜,凡伏匿岸穴者,悉被杀掳。遂益德女,目之以神。女忽谓嫂曰:"妾此来,徒以嫂义难忘,聊分离乱之忧。阿伯行至,妾在此,如谚所云,非李非桃,可笑人也。我姑去,当乘间一相望耳。"嫂问:"行人无恙乎?"曰:"近中有大难。此无与他人事,秦家姊受恩奢,意必报之,固当无妨。"嫂挽之过宿,未明已去。玉自东粤归,闻乱,兼程进。途遇寇,主仆弃马,各以金束腰间,潜身丛棘中。一秦吉了飞集棘上,展翼覆之。视其足,缺一指,心异之。俄而群盗四合,绕莽殆遍,似寻之。二人气不敢息。盗既散,鸟始翔去。既归,各道所见,始知秦吉了即所救丽者也。后值玉他出不归,英必暮至,计玉将归而早出。珏或会于嫂所,间邀之,则诺而不赴。一夕,玉他往,珏意英必至,潜伏候之。未几，英果来，暴起，要遮而归于室。女曰："妾与君情缘已尽，强合之，恐为造物所忌。少留有余，时作一面之会，如何?"珏不听，卒与狎。天明，诣嫂，嫂怪之。女笑云："中途为强寇所劫，劳嫂悬望矣。"数语趋出。居无何，有巨狸衔鹦鹉经寝门过。嫂骇绝，固疑是英。时方沐，辍洗急号，群起噪击，始得之。左翼沾血，奄存余息。把置膝头，抚摩良久，始渐醒。自以喙理其翼。少选，飞绕中室，呼曰："嫂嫂，别矣！吾怨珏也!"振翼遂去，不复来。

橘　　树

陕西刘公，为兴化令。有道士来献盆树，视之，则小橘细裁如指，摈弗受。刘有幼女，时六七岁，适值初度。道士云："此不足供大人清玩，聊祝女公子福寿耳。"乃受之。女一见，不胜爱悦，置诸闺闼，朝夕护之惟恐伤。刘任满，橘盈把矣。是年初结实。简装将行，以橘重赘，谋弃之。女抱树娇啼。家人绐之曰："暂去，且将复来。"女信之，涕始止。又恐为大力者负之而去，立视家人移栽墀下，乃行。女归，受庄氏聘。庄丙戌登进士，释褐为兴化令。夫人大喜。窃意十余年，橘不复存，及至，则橘已十围，实累累以千计。问之故役，皆云："刘公去后，橘甚茂而不实，此其初结也。"更奇之。庄任三年，繁实不懈；第四年，憔悴无少华。夫人曰："君任此不久矣。"至秋，果解任。

异史氏曰："橘其有夙缘于女与？何遇之巧也。其实也似感恩，其不华也似伤离。物犹如此，而况于人乎?"

牛　成　章

牛成章，江西之布商也。娶郑氏，生子、女各一。牛三十三岁病死。子名忠，时方十二，女八九岁而已。母不能贞，货产入囊，改醮而去。遗两孤，难以存济。有牛从嫂，年已六衰，贫寡无归，送与居处。数年，妪死，家益替。而忠渐长，思继父业而苦无资。妹适毛姓，毛富贾也。女哀婿假数十金付兄。兄从人适金陵，途中遇寇，资斧尽丧，飘荡不能归。偶趋典肆，见主肆者绝类其父，出而潜察之，姓字皆符。骇异不谕其故。惟日流连其傍，以窥意旨，而其人亦略不顾问。如此三日，觇其言笑举止，真父无讹。即又不敢拜识，乃自陈于群小，求以同乡之故，进身为佣。立券已，主人视其里居、姓氏，似有所动，问所从来，忠泣诉父名，主人怅然若失。久之，问："而母无恙乎？"忠又不敢谓父死，婉应曰："我父六年前经商不返，母醮而去。幸有伯母抚育，不然，葬沟渎久矣。"主人惨然曰："我即是汝父也。"于是握手悲哀。又导入参其后母。后母姬，年三十余，无出，得忠喜，设宴寝门。牛终欷歔不乐，即欲一归故里。妻虑肆中乏人，故止之。牛乃率子纪理肆务，居之三月，乃以诸籍委子，取装西归。既别，忠实以父死告母。姬乃大惊，言："彼负贩于此，曩所与交好者，留作当商，娶我已六年矣。何言死耶？"忠又细述之。相与疑念，不谕其由。逾一昼夜，而牛已返，携一妇人，头如蓬葆。忠视之，则其所生母也。牛摘耳顿骂："何弃吾儿！"妇慑伏不敢少动。牛以口龁其项。妇呼忠曰："儿救吾！儿救吾！"忠大不忍，横身蔽鬲其间。牛犹忿怒，妇已不见。众大惊，相哗以鬼。旋视牛，颜色惨变，委衣于地，化为黑气，亦寻灭矣。母子骇叹，举衣冠而瘗之。忠席父业，富有万金。后归家问之，则嫁母于是日死，一家皆见牛成章云。

青　　娥

霍桓，字匡九，晋人也。父官县尉，早卒。遗生最幼，聪惠绝人。十一岁，以神童入泮。而母过于爱惜，禁不令出庭户，年十三尚不能辨叔伯甥舅焉。同里有武评事者，好道，入山不返。有女青娥，年十四，美异常伦。幼时窃读父书，慕何仙姑之为人。父既隐，立志不嫁。母无奈之。一日，生于门外瞥见之。童子虽无知，只觉爱之极，而不能言，直告母，使委禽焉。母知其不可，故难之。生郁郁不自得。母恐拂儿意，遂托往来者致意武，果不谐。生行思坐筹，无以为计。会有一道士在门，手握小镵，长裁尺许。生借阅一过，问："将何用？"答云："此劚药之具，物虽微，坚石可入。"生未深信。道士即以斫墙上石,应手落如腐。生大异之,把玩不释于手。道士笑曰:“公子爱之,即以奉赠。”生大喜,酬之以钱,不受而去。持归,历试砖石,略无隔阂。顿念穴墙则美人可见,而不知其非法也。更定,逾垣而出,直至武第。凡穴两重垣,始达中庭。见小厢中,尚有灯火,伏窥之,则青娥卸晚装矣。少顷,烛灭,寂无声。穿墉入,女已熟眠。轻解双履,悄然登榻,又恐女郎惊觉,必遭呵逐,遂潜伏绣褶之侧,略闻香息,心愿窃慰。而半夜经营,疲殆颇甚,少一合眸,不觉睡去。女醒,闻鼻气休休,开目,见穴隙亮入。大骇,暗中拔关轻出,敲窗唤家人妇,共爇火操杖以往。则见一总角书生,酣眠绣榻。细审,识为霍生。推之始觉,遽起,目灼灼如流星,似亦不大畏惧,但靦然不作一语。众指为贼,恐呵之。始出涕曰:“我非贼,实以爱娘子故,愿以近芳泽耳。”众又疑穴数重垣,非童子所能者。生出镵以言异。共试之,骇绝,讶为神授。将共告诸夫人。女俯首沉思,意似不以为可。众窥知女意,因曰:“此子声名门第,殊不辱玷。不如纵之使去,俾复求媒焉。诘旦,假盗以告夫人,如何也?”女不答。众乃促生行。生索镵,共笑曰:“骙儿童！犹不忘凶器耶?”生觑枕边,有凤钗一股,阴纳袖中。已为婢子所窥,急白之。女不言亦不怒。一媪拍颈曰:“莫道他骙,若意念乖绝也。”乃曳之,仍自窦中出。既归,不敢实告母,但嘱母复媒致之。母不忍显拒,惟遍托媒氏,急为别觅良姻。青娥知之,中情皇急,阴使腹心者风示媪。媪悦,托媒往。会小婢漏泄前事,武夫人辱之,不胜恚愤。媒至,益触其怒,以杖画地,骂生并及其母。媒惧窜归,具述其状。生母亦怒曰:“不肖儿所为,我都梦梦。何遂以无礼相加！当交股时,何不将荡儿淫女一并杀却?”由是见其亲属,辄便披诉。女闻,愧欲死。武夫人大悔,而不能禁之使勿言也。女阴使人婉致生母,且矢之以不他,其词悲切。母感之,乃不复言;而论亲之谋,亦遂辍矣。会秦中欧公宰是邑,见生文,深器之,时召入内署,极意优宠。一日,问生:“婚乎?”答言:“未。”细诘之,对曰:“夙与故武评事女小有盟约,后以微嫌,遂致中寝。”问:“有愿之否?”生靦然不言。公笑曰:“我当为子成之。”即委县尉教谕,纳币于武。夫人喜,婚乃定。逾岁,娶归。女入门,乃以镵掷地曰:“此寇盗物,可将去!”生笑曰:“勿忘媒妁。”珍佩之，恒不去身。女为人温良寡默，一日三朝其母，余惟闭门寂坐，不甚留心家务。母或以吊庆他往，则事事经纪，罔不井井。年余，生一子孟仙。一切委之乳保，似亦不甚顾惜。又四五年，忽谓生曰："欢爱之缘，于兹八载。今离长会短，可将奈何！"生惊问之，即已默默，盛妆拜母，返身入室。追而诘之，则仰眠榻上而气绝矣。母子痛悼，购良材而葬之。母已衰迈，每每抱子思母，如摧肺肝，由是遘病，遂惫不起。逆害饮食，但思鱼羹，而近地则无，百里外始可购致。时厮骑皆被差遣，生性纯孝，急不可待，怀资独往，昼夜无停趾。返至山中，日已沉冥，两足跛踦，步不能咫。后一叟至，问曰："足得毋泡乎？"生唯唯。叟便曳坐路隅，敲石取火，以纸裹药末，熏生两足讫。试使行，不惟痛止，兼益矫健。感极申谢。叟问："何事汲汲？"答以母病，因历道所由。叟问："何不另娶？"答云："未得佳者。"叟遥指山村曰："此处有一佳人，倘能从我去，仆当为君作伐。"生辞以母病待鱼，姑不遑暇。叟乃拱手，约以异日入村，但问老王，乃别而去。生归，烹鱼献母。母略进，数日寻瘳。乃命仆马往寻叟。至旧处，迷村所在。周章逾时，夕暾渐坠，山谷甚杂，又不可以极望。乃与仆上山头，以瞻里落。而山径崎岖，苦不可复骑，跋履而上，昧色笼烟矣。蹀躞四望，更无村落。方将下山，而归路已迷。心中燥火如烧。荒窜间，冥堕绝壁。幸数尺下有一线荒台，坠卧其上，阔仅容身，下视黑不见底。惧极，不敢少动。又幸崖边皆生小树，约体如栏。移时，见足傍有小洞口，心窃喜，以背着石，螬行而入。意稍稳，冀天明可以呼救。少顷，深处有光如星点。渐近之，约三四里许，忽睹廊舍，并无釭烛，而光明若昼。一丽人自房中出，视之，则青娥也。见生，惊曰："郎何能来？"生不暇陈，抱袪呜恻。女劝止之。问母及儿，生悉述苦况，女亦惨然。生曰："卿死年余，此得无冥间耶？"女曰："非也，此乃仙府。曩时非死，所瘗，一竹杖耳。郎今来，仙缘有分也。"因导令朝父，则一修髯丈夫，坐堂上；生趋拜。女白："霍郎来。"翁惊起，握手略道平素。曰："婿来大好，分当留此。"生辞以母望，不能久留。翁曰："我亦知之。但迟三数日，即亦何伤。"乃饵以肴酒，即令婢设榻于西堂，施锦裀焉。生既退，约女同榻寝。女却之曰："此何处，可容狎亵？"生捉臂不舍。窗外婢子笑声嗤然，女益惭。方争拒间，翁入，叱曰："俗骨污吾洞府！宜即去！"生素负气，愧不能忍，作色曰："儿女之情，人所不免，长者何当伺我？无难即去，但令女须便将去。"翁无辞，招女随之，启后户送之。赚生离门，父子阖扉去。回首峭壁巉岩，无少隙缝，只影茕茕，罔所归适。视天上斜月高揭，星斗已稀。怅怅良久，悲已而恨，面壁叫号，迄无应者。愤极，腰中出镵，凿石攻进，瞬息洞入三四尺许。隐隐闻人语曰："孽障哉！"生奋力凿益急。忽洞底豁开二扉，推娥出曰："可去，可去！"壁即复合。女怨曰："既爱我为妇，岂有待丈人如此者？是何处老道士，授汝凶器，将人缠混欲死？"生得女，意愿已慰，不复置辨，但忧路险难归。女折两枝，各跨其一，即化为马，行且驶，俄顷至家。时失生已七日矣。初，生之与仆相失也，觅之不得，归而告母。母遣人穷搜山谷，并无踪绪。正忧惶所，闻子自归，欢喜承迎。举首见妇，几骇绝。生略述之，母益忻慰。女以形迹诡异，虑骇物听，求即播迁。母从之。异郡有别业，刻期徙往，人莫之知。偕居十八年，生一女，适同邑李氏。后母寿终。女谓生曰："吾家茅田中，有雉菴八卵，其地可葬。汝父子扶榇归窆。儿已成立，宜即留守庐墓，无庸复来。"生从其言，葬后自返。月余，孟仙往省之，而父母俱杳。问之老奴，则云："赴葬未还。"心知其异，浩叹而已。孟仙文名甚噪，而困于场屋，四旬不售。后以拔贡入北闱，遇同号生，年可十七八，神采俊逸，爱之。视其卷，注顺天廪生霍仲仙。瞪目大骇，因自道姓名。仲仙亦异之，便问乡贯，孟悉告之。仲仙喜曰："弟赴都时，父嘱文场中如逢山右霍姓者，吾族也，宜与款接，今果然矣。顾何以名字相同如此？"孟仙因诘高、曾，并严、慈姓讳，已而惊曰："是我父母也！"仲仙疑年齿之不类。孟仙曰："我父母皆仙人，何可以貌信其年岁乎？"因述往迹，仲仙始信。场后不暇休息，命驾同归。才到门，家人迎告，是夜失太翁及夫人所在。两人大惊。仲仙入而询诸妇，妇言："昨夕尚共杯酒，母谓：'汝夫妇少不更事。明日大哥来，吾无虑矣。'早旦入室，则阒无人矣。"兄弟闻之，顿足悲哀。仲仙犹欲追觅，孟仙以为无益，乃止。是科仲领乡荐。以晋中祖墓所在，从兄而归。犹冀父母尚在人间，随在探访，而终无踪迹矣。

异史氏曰："钻穴眠榻，其意则痴；凿壁骂翁，其行则狂。仙人之撮合之者，惟欲以长生报其孝耳。然既混迹人间，狎生子女，则居而终焉，亦何不可？乃三十年而屡弃其子，抑独何哉？异已！"

镜　听

益都郑氏兄弟，皆文学士。大郑早知名，父母尝过爱之，又因子并及其妇；二郑落拓，不甚为父母所欢，遂恶次妇，至不齿礼：冷暖相形，颇存芥蒂。次妇每谓二郑："等男子耳，何遂不能为妻子争气？"遂摈弗与同宿。于是二郑感愤，勤心锐思，亦遂知名。父母稍稍优顾之，然终杀于兄。次妇望夫綦切，是岁大比，窃于除夜以镜听卜。有二人初起，相推为戏，云："汝也凉凉去！"妇归，凶吉不可解，亦置之。闱后，兄弟皆归。时暑气犹盛，两妇在厨下炊饭饷耕，其热正苦。忽有报骑登门，报大郑捷。母入厨唤大妇曰："大男中式矣！汝可凉凉去。"次妇忿恻，泣且炊。俄又有报二郑捷者。次妇力掷饼杖而起，曰："侬也凉凉去！"此时中情所激，不觉出之于口。既而思之，始知镜听之验也。

异史氏曰："贫穷则父母不子，有以也哉！庭帏之中，固非愤激之地，然二郑妇激发男儿，亦与怨望无赖者殊不同科。投杖而起，真千古之快事也！"

牛　瘟

陈华封，蒙山人。以盛暑烦热，枕藉野树下。忽一人奔波而来，首着围领，疾趋树阴，掬石而座，挥扇不停，汗下如流瀋。陈起座，笑曰："若除围领，不扇可凉。"客曰："脱之易，再着难也。"就与倾谈，颇极蕴藉。既而曰："此时无他想，但得冰浸良酝，一道冷芳，度下十二重楼，暑气可消一半。"陈笑曰："此愿易遂，仆当为君偿之。"因握手曰："寒舍伊迩，请即迂步。"客笑而从之。至家，出藏酒于石洞，其凉震齿。客大悦，一举十觥。日已就暮，天忽雨，于是张灯于室,客乃解除领巾,相与磅礴。语次,见客脑后,时漏灯光,疑之。无何,客酩酊,眠榻上。陈移灯窃窥之,见耳后有巨穴,盏大,数道厚膜,间鬲如櫺,櫺外耎革垂蔽,中似空空。骇极,潜抽髻簪,拨膜觇之,有一物状类小牛,随手飞出,破窗而去。益骇,不敢复拨。方欲转步,而客已醒。惊曰:"子窥见吾隐矣!放牛瘴出,将为奈何?"陈拜诘其故,客曰:"今已若此,尚复何讳。实相告:我六畜瘟神耳。适所纵者牛瘴,恐百里内牛无种矣。"陈故以养牛为业,闻之大恐,拜求术解。客曰:"余且不免于罪,其何术之能解?惟苦参散最效,其广传此方,勿存私念可也。"言已,谢别出门。又掬土堆壁龛中,曰:"每用一合亦效。"拱不复见。居无何,牛果病,瘟疫大作。陈欲专利,秘其方,不肯传,惟传其弟。弟试之神验。而陈自锉啖牛,殊罔所效。有牛两百蹄躈,倒毙殆尽,遗老牝牛四五头,亦逡巡就死。中心懊恼,无所用力。忽忆龛中掬土,念未必效,姑妄投之。经夜,牛乃尽起。始悟药之不灵,乃神罚其私也。后数年,牝牛繁育,渐复其故。

金 姑 夫

会稽有梅姑祠。神故马姓,族居东莞,未嫁而夫早死,遂矢志不醮,三旬而卒。族人祠之,谓之梅姑。丙申,上虞金生,赴试经此,入庙徘徊,颇涉冥想。至夜,梦青衣来,传梅姑命招之,从去。入祠,梅姑立候檐下,笑曰:"蒙君宠顾,实切依恋。不嫌陋拙,愿以身为姬侍。"金唯唯。梅姑送之曰:"君且去。设座成,当相迓耳。"醒而恶之。是夜,居人梦梅姑曰:"上虞金生,今为吾婿,宜塑其像。"诘村人语梦悉同。族长恐玷其贞,以故不从。未几,一家俱病。大惧,为肖像于左。既成,金生告妻子曰:"梅姑迎我矣。"衣冠而死。妻痛恨,诣祠指女像秽骂,又升座批颊数四,乃去。今马氏呼为金姑夫。

异史氏曰:"未嫁而守,不可谓不贞矣。为鬼数百年,而始易其操,抑何其无耻也?大抵贞魂烈魄,未必即依于土偶;其庙貌有灵,惊世而骇俗者,皆鬼狐凭之耳。"

仙　人　岛

王勉，字黾斋，灵山人。有才思，屡冠文场，心气颇高，善诮骂，多所凌折。偶遇一道士，视之曰："子相极贵，然被'轻薄孽'折除几尽矣。以子智慧，若反身修道，尚可登仙籍。"王嗤曰："福泽诚不可知，然世上岂有仙人！"道士曰："子何见之卑？无他求，即我便是仙耳。"王乃益笑其诬。道士曰："我何足异。能从我去，真仙数十，可立见之。"问："在何处？"曰："咫尺耳。"遂以杖夹股间，即以一头授生，令如己状。嘱合眼，呵曰："起！"觉杖粗如五斗囊，凌空翕飞，潜扪之，鳞甲齿齿焉。骇惧，不敢复动。移时，又呵曰："止！"即抽杖去，落巨宅中，重楼延阁，类帝王居。有台高丈余，台上殿十一楹，弘丽无比。道士曳客上，即命童子设筵招宾。殿上列数十筵，铺张炫目。道士易盛服以伺。少顷，诸客自空中来，所骑或龙、或虎、或鸾凤，不一类。又各携乐器。有女子，有丈夫，有赤其两足。中独一丽者，跨彩凤，宫样妆束，有侍儿代抱乐具，长五尺以来，非琴非瑟，不知其名。酒既行，珍肴杂错，入口甘芳，并异常馐。王默然寂坐，惟目注丽者。然心爱其人，而又欲闻其乐，窃恐其终不一弹。酒阑，一叟倡言曰："蒙崔真人雅召，今日可云盛会，自宜尽欢。请以器之同者，共队为曲。"于是各合配旅。丝竹之声，响彻云汉。独有跨凤者，乐伎无偶。群声既歇，侍儿始启绣囊，横陈几上。女乃舒玉腕，如挡筝状，其亮数倍于琴，烈足开胸，柔可荡魄。弹半炊许，合殿寂然，无有咳者。既阕，铿尔一声，如击清磬。共赞曰："云和夫人绝技哉！"大众皆起告别，鹤唳龙吟，一时并散。道士设宝榻锦衾，备生寝处。王初睹丽人，心情已动；闻乐之后，涉想犹劳。念己才调，自合芥拾青紫，富贵后何求弗得。顷刻百绪，乱如蓬麻。道士似已知之，谓曰："子前身与我同学，后缘意念不坚，遂坠尘网。仆不自他于君，实欲拔出恶浊，不料迷晦已深，梦梦不可提悟。今当送君行。未必无复见之期，然作天仙，须再劫矣。"遂指阶下长石，令闭目坐，坚嘱无视。已，乃以鞭驱石。石飞起，风声灌耳，不知所行几许。忽念下方景界，未审何似，隐将两眸微开一线，则见大海茫茫，浑无边际。大惧，即复合，而身已随石俱堕，砰然一响，汩没若鸥。幸夙近海，略谙泅浮。闻人鼓掌曰："美哉跌乎！"危殆方急，一女子援登舟上，且曰："吉利，吉利，秀才'中湿'矣！"视之，年可十六七，颜色艳丽。王出水寒栗，求火燎之。女子言："从我至家，当为处置。苟适意，勿相忘。"王曰："是何言哉！我中原才子，偶遭狼狈，过此图以身报，何但不忘！"女子以棹催艇，疾如风雨，俄已近岸。于舱中携所采莲花一握，导与俱去。半里许入村，见朱户南开，进历数重门，女子先驰入。少间，一丈夫出，是四十许人，揖王升阶，命侍者取冠袍袜履，为王更衣。既，询邦族。王曰："某非相欺，才名略可听闻。崔真人切切眷恋，招升天阙。自分功名反掌，以故不愿栖隐。"丈夫起敬曰："此名仙人岛，远绝人世。文若，姓桓。世居幽僻，何幸得近名流。"因而殷勤置酒。又从容而言曰："仆有二女，长者芳云，年十六矣，只今未遭良匹。欲以奉侍高人，如何？"王意必采莲人，离席称谢。桓命于邻党中，招二三齿德来。顾左右，立唤女郎。无何，异香浓射，美姝十余辈，拥芳云出，光艳明媚，若芙蕖之映朝日。拜已，即坐。群姝列侍，则采莲人亦在焉。酒数行，一垂髫女自内出，仅十余龄，而姿态秀曼，笑依芳云肘下，秋波流动。桓曰："女子不在闺中，出作何务？"乃顾客曰："此绿云，即仆幼女。颇惠，能记典、坟矣。"因令对客吟诗。遂诵竹枝词三章，娇婉可听。便令傍姊隅坐。桓因谓："王郎天才，宿构必富，可使鄙人得闻教乎？"王即慨然颂近体一作，顾盼自雄。中二句云："一身剩有须眉在，小饮能令块磊消。"邻叟再三诵之。芳云低告曰："上句是孙行者离火云洞，下句是猪八戒过子母河也。"一座抚掌。桓请其他。王述水鸟诗云："潴头鸣格磔，……"忽忘下句。甫一沉吟，芳云向妹呫呫耳语，遂掩口而笑。绿云告父曰："渠为姊夫续下句矣。云：'狗腚响弸巴。'"合席粲然。王有惭色。桓顾芳云，怒之以目。王色稍定，桓复请其文艺。王意世外人必不知八股业，乃炫其冠军之作，题为孝哉闵子骞二句，破云："圣人赞大贤之孝……"绿云顾父曰："圣人无字门人者，'孝哉……一句，即是人言。"王闻之，意兴索然。桓笑曰："童子何知！不在此，只论文耳。"王乃复诵。每数句，姊妹必相耳语，似是月旦之词，但嗫嚅不可辨。王诵至佳处，兼述文宗评语，有云："字字痛切。"绿云告父曰："姊云：'宜删"切"字。'"众都不解。桓恐其语嫚，不敢研诘。王诵毕，又述总评，有云："羯鼓一挝，则万花齐落。"芳云又掩口语妹，两人皆笑不可仰。绿云又告曰："姊云：'羯鼓当是四挝。'"众又不解。绿云启口欲言，芳云忍笑诃之曰："婢子敢言，打煞矣！"众大疑，互有猜论。绿云不能忍，乃曰："去'切'字，言'痛'则'不通'。鼓四挝，其声云'不通又不通'也。"众大笑。桓怒诃之。因而自起泛卮，谢过不遑。王初以才名自诩，目中实无千古；至此，神气沮丧，徒有汗淫。桓谀而慰之曰："适有一言，请席中属对焉：'王子身边，无有一点不似玉。'"众未措想，绿云应声曰："黾翁头上，再着半夕即成龟。"芳云失笑，呵手扭胁肉数四。绿云解脱而走，回顾曰："何预汝事！汝骂之频频，不以为非，宁他人一句，便不许耶？"桓咄之，始笑而去。邻叟辞别。诸婢导夫妻入内寝，灯烛屏榻，陈设精备。又视洞房中，牙签满架，靡书不有。略致问难，响应无穷。王至此，始觉望洋堪羞。女唤"明珰"，则采莲者趋应，由是始识其名。屡受诮辱，自恐不见重于闺闼，幸芳云语言虽虐，而房帏之内，犹相爱好。王安居无事，辄复吟哦。女曰："妾有良言，不知肯嘉纳否？"问："何言？"曰："从此不作诗，亦藏拙之一道也。"王大惭，遂绝笔。久之，与明珰渐狎。告芳云曰："明珰与小生有拯命之德，愿少假以辞色。"芳云乃即许之。每作房中之戏，招与共事，两情益笃，时色授而手语之。芳云微觉，责词重叠；王惟喋喋，强自解免。一夕，对酌，王以为寂，劝招明珰。芳云不许。王曰："卿无书不读，何不记'独乐乐'数语？"芳云曰："我言君不通，今益验矣。句读尚不知耶？'独要，乃乐于人要；问乐，孰要乎？曰：不。'"一笑而罢。适芳云姊妹赴邻女之约，王得间，急引明珰，绸缪备至。当晚，觉小腹微痛。痛已，而前阴尽肿。大惧，以告芳云。云笑曰："必明珰之恩报矣！"王不敢隐，实供之。芳云曰："自作之殃，实无可以方略。既非痛痒，听之可矣。"数日不瘳，忧闷寡欢。芳云知其意，亦不问讯，但凝视之，秋水盈盈，朗若曙星。王曰："卿所谓'胸中正，则眸子瞭焉'。"芳云笑曰："卿所谓'胸中不正，则瞭子眸焉'。"盖"没有"之"没"，俗读似"眸"，故以此戏之也。王失笑，哀求方剂。曰："君不听良言，前此未必不疑妾为妒意。不知此婢，原不可近。

囊实相爱,而君若东风之吹马耳,故唾弃不相怜。无已,为若治之。然医师必审患处。"乃探衣而咒曰:"'黄鸟黄鸟,无止于楚!'"王不觉大笑,笑已而瘳。逾数月,王以亲老子幼,每切怀忆,以意告女。女曰:"归即不难,但会合无日耳。"王涕下交颐,哀与同归。女筹思再三,始许之。桓翁张筵祖饯。绿云提篮入,曰:"姊姊远别,莫可持赠。恐至海南,无以为家,夙夜代营宫室,勿嫌草创。"芳云拜而受之。近而审谛,则用细草制为楼阁,大如橼,小如橘,约二十余座,每座梁栋榱题,历历可数;其中供帐床榻,类麻粒焉。王儿戏视之,而心窃叹其工。芳云曰:"实于君言:我等皆是地仙。因有夙分,遂得陪从。本不欲践红尘,徒以君有老父,故不忍违。待父天年,须复还也。"王敬诺。桓乃问:"陆耶?舟耶?"王以风涛险,愿陆。出则车马已候于门。谢别而迈,行踪骛驶。俄至海岸,王心虑其无途。芳云出素练一匹,望南抛去,化为长堤,其阔盈丈。瞬息驰过,堤亦渐收。至一处,潮水所经,四望辽邈。芳云止勿行,下车取篮中草具,偕明珰数辈,布置如法,转眼化为巨第。并入解装,则与岛中居无稍差殊,洞房内几榻宛然。时已昏暮,因止宿焉。早旦,命王迎养。王命骑趋诣故里,至则居宅已属他姓。问之里人,始知母及妻皆已物故,惟老父尚存。子善博,田产并尽,祖孙莫可栖止,暂僦居于西村。王初归时,尚有功名之念,不恝于怀;及闻此况,沉痛大悲,自念富贵纵可携取,与空花何异。驱马至西村见父,衣服滓敝,衰老堪怜。相见,各哭失声。问不肖子,则出赌未归。王乃载父而还。芳云朝拜已毕,燂汤请浴,进以锦裳,寝以香舍。又遥致故老与谈宴,享奉过于世家。子一日寻至其处,王绝之,不听入,但予以廿金,使人传语曰:"可持此买妇,以图生业。再来,则鞭打立毙矣!"子泣而去。王自归,不甚与人通礼。然故人偶至,必延接盘桓,㧑抑过于平时。独有黄子介,夙与同门学,亦名士之坎坷者,王留之甚久,时与秘语,赂遗甚厚。居三四年,王翁卒,王万钱卜兆,营葬尽礼。时子已娶妇,妇束男子严,子赌亦少间矣;是日临丧,始得拜识姑嫜。芳云一见,许其能家,赐三百金为田产之费。翼日,黄及子同往省视,则舍宇全渺,不知所在。

异史氏曰:"佳丽所在,人且于地狱中求之,况享受无穷乎?地仙许携姝丽，恐帝阙下虚无人矣。轻薄减其禄籍，理固宜然，岂仙人遂不之忌哉？彼妇之口，抑何其虐也！”

阎罗薨

巡抚某公父，先为南服总督，殂谢已久。公一夜梦父来，颜色惨栗，告曰：“我生平无多孽愆，只有镇师一旅，不应调而误调之，途逢海寇，全军尽覆。今讼于阎君，刑狱酷毒，实可畏凛。阎罗非他，明日有经历解粮至，魏姓者是也。当代哀之，勿忘！”醒而异之，意未深信。既寐，又梦父让之曰：“父罹厄难，尚弗镂心，犹妖梦置之耶？”公大异之。明日，留心审阅，果有魏经历，转运初至，即刻传入，使两人捺坐，而后起拜，如朝参礼。拜已，长跽涟洏而告以故。魏不自任，公伏地不起。魏乃云：“然，其有之。但阴曹之法，非若阳世懵懵，可以上下其手，即恐不能为力。”公哀之益切。魏不得已，诺之。公又求其速理，魏筹回虑无静所。公请为粪除宾廨，许之。公乃起。又求一往窥听，魏不可。强之再四，嘱曰：“去即勿声。且冥刑虽惨，与世不同，暂置若死，其实非死。如有所见，无庸骇怪。”至夜，潜伏廨侧，见阶下囚人，断头折臂者，纷杂无数。墀中置火铛油镬，数人炽薪其下。俄见魏冠带出，升座，气象威猛，迥与曩殊。群鬼一时都伏，齐鸣冤苦。魏曰：“汝等命戕于寇，冤自有主，何得妄告官长？”众鬼哗言曰：“例不应调，乃被妄檄前来，遂遭凶害，谁贻之冤？”魏又曲为解脱，众鬼嗥冤，其声汹动。魏乃唤鬼役：“可将某官赴油鼎，略入一煠，于理亦当。”察其意，似欲借此以泄众忿。即有牛首阿旁，执公父至，即以利叉刺入油鼎。公见之，中心惨怛，痛不可忍，不觉失声一号，庭中寂然，万形俱灭矣。公叹咤而归。及明，视魏，则已死于廨中。松江张禹定言之。以非佳名，故讳其人。

颠道人

颠道人，不知姓名，寓蒙山寺。歌哭不常，人莫之测，或见其煮石为饭者。会重阳,有邑贵载酒登临,舆盖而往,宴毕过寺,甫及门,则道人赤足着破衲,自张黄盖,作警跸声而出,意近玩弄。邑贵乃惭怒,挥仆辈逐骂之。道人笑而却走。逐急,弃盖,共毁裂之,片片化为鹰隼,四散群飞。众始骇。盖柄转成巨蟒,赤鳞耀目。众哗欲奔,有同游者止之曰:"此不过翳眼之幻术耳,乌能噬人!"遂操刃直前。蟒张吻怒逆,吞客咽之。众骇,拥贵人急奔,息于三里之外。使数人逡巡往探,渐入寺,则人蟒俱无。方将返报,闻老槐内喘急如驴,骇甚。初不敢前;潜踪移近之,见树朽中空,有窍如盘。试一攀窥,则斗蟒者倒植其中,而孔大仅容两手,无术可以出之。急以刀劈树,比树开而人已死。逾时少苏,舁归。道人不知所之矣。

异史氏曰:"张盖游山,厌气浃于骨髓。仙人游戏三昧,一何可笑!余乡殷生文屏,毕司农之妹夫也,为人玩世不恭。章丘有周生者,以寒贱起家,出必驾肩而行。亦与司农有瓜葛之旧。值太夫人寿,殷料其必来,先候于道,着猪皮靴,公服持手本。俟周至,鞠躬道左,唱曰:'淄川生员,接章丘生员!'周惭,下舆,略致数语而别。少间,同聚于司农之堂,冠裳满座,视其服色,无不窃笑,殷傲睨自若。既而筵终出门,各命舆马。殷亦大声呼:'殷老爷独龙车何在?'有二健仆,横扁杖于前,腾身跨之,致声拜谢,飞驰而去。殷亦仙人之亚也。"

胡 四 娘

程孝思,剑南人。少惠能文。父母俱早丧,家赤贫,无衣食业,求佣为胡银台司笔札。胡公试使文,大悦之,曰:"此不长贫,可妻也。"银台有三子四女,皆褓中论亲于大家;止有少女四娘孽出,母早亡,笄年未字,遂赘程。或非笑之,以为惛耄之乱命,而公弗之顾也。除馆馆生,供备丰隆。群公子鄙不与同食,婢仆咸揶揄焉。生默默不较短长,研读甚苦。众从旁厌讥之,程读弗辍;群又以鸣钲锽聒其侧,程携卷去读于闺中。初,四娘之未字也,有神巫知人贵贱,遍观之,都无谀词;惟四娘至,乃曰:"此真贵人也!"及赘程,诸姊妹皆呼之"贵人"以嘲笑之。而四娘端重寡言,若罔闻之。渐至婢媪,亦率相呼。四娘有婢名桂儿，意颇不平，大言曰："何知吾家郎君，便不作贵官耶？"二姊闻而嗤之曰："程郎如作贵官，当抉我眸子去！"桂儿怒而言曰："到尔时，恐不舍得眸子也！"二姊婢春香曰："二娘食言，我以两睛代之。"桂儿益恚，击掌为誓曰："管教两丁盲也！"二姊忿其语侵，立批之。桂儿号哗。夫人闻知，即亦无所可否，但微哂焉。桂儿噪诉四娘；四娘方绩，不怒亦不言，绩自若。会公初度，诸婿皆至，寿仪充庭。大妇嘲四娘曰："汝家祝仪何物？"二妇曰："两肩荷一口！"四娘坦然，殊无惭怍。人见其事事类痴，愈益狎之。独有公爱妾李氏，三姊所自出也，恒礼重四娘，往往相顾恤。每谓三娘曰："四娘内慧外朴，聪明浑而不露，诸婢子皆在其包罗中而不自知。况程郎昼夜攻苦，夫岂久为人下者？汝勿效尤，宜善之，他日好相见也。"故三娘每归宁，辄加意相欢。是年，程以公力得入邑庠。明年，学使科试士，而公适薨，程缞哀如子，未得与试。既离苫块，四娘赠以金，使趋入"遗才"籍。嘱曰："曩久居，所不被呵逐者，徒以有老父在。今万分不可矣！倘能吐气，庶回时尚有家耳。"临别，李氏、三娘赂遗优厚。程入闱，砥志研思，以求必售。无何，放榜，竟被黜。愿乖气结，难于旋里，幸囊资小泰，携卷入都。时妻党多任京秩，恐见诮讪，乃易旧名，诡托里居，求潜身于大人之门。东海李兰台见而器之，收诸幕中，资以膏火，为之纳贡，使应顺天举，连战皆捷，授庶吉士。自乃实言其故。李公假千金，先使纪纲赴剑南，为之治第。时胡大郎以父亡空匮，货其沃墅，因购焉。既成，然后贷舆马往迎四娘。先是，程擢第后，有邮报者，举宅皆恶闻之。又审其名字不符，叱去之。适三郎完婚，戚眷登堂为镆，姊妹诸姑咸在，惟四娘不见招于兄嫂。忽一人驰入，呈程寄四娘函信，兄弟发视，相顾失色。筵中诸眷客，始请见四娘。姊妹惴惴，惟恐四娘衔恨不至。无何，翩然竟来。申贺者，捉坐者，寒暄者，喧杂满屋。耳有听，听四娘；目有视，视四娘；口有道，道四娘也：而四娘凝重如故。众见其靡所短长，稍就安帖，于是争把盏酌四娘。方宴笑间，门外啼号甚急，群致怪问。俄见春香奔入，面血沾染。共诘之，哭不能对。二娘呵之，始泣曰："桂儿逼索眼睛，非解脱，几抉去矣！"二娘大惭，汗粉交下。四娘漠然；合坐寂无一语，各始告别。四娘盛妆，独拜李夫人及三姊，出门登车而去。众始知买墅者，即程也。四娘初至墅，什物多阙。夫人及诸郎各以婢仆、器具相赠遗，四娘一无所受，惟李夫人赠一婢，受之。居无何，程假归展墓，车马扈从如云。诣岳家，礼公柩，次参李夫人。诸郎衣冠既竟，已升舆矣。胡公殁，群公子日竞资财，柩之弗顾。数年，灵寝漏败，渐将以华屋作山丘矣。程睹之悲，竟不谋于诸郎，刻期营葬，事事尽礼。殡日，冠盖相属，里中咸嘉叹焉。程十余年历秩清显，凡遇乡党厄急，罔不极力。二郎适以人命被逮，直指巡方者，为程同谱，风规甚烈。大郎浼妇翁王观察函致之，殊无裁答，益惧。欲往求妹，而自觉无颜，乃持李夫人手书往。至都，不敢遽进，觑程入朝，而后诣之。冀四娘念手足之义，而忘睚眦之嫌。阍人既通，即有旧媪出，导入厅事，具酒馔，亦颇草草。食毕，四娘出，颜温霁，问："大哥人事大忙，万里何暇枉顾？"大郎五体投地，泣述所来。四娘扶而笑曰："大哥好男子，此何大事，直复尔尔？妹子一女流，几曾见呜呜向人？"大郎乃出李夫人书。四娘曰："诸兄家娘子，都是天人，各求父兄，即可了矣，何至奔波到此？"大郎无词，但顾哀之。四娘作色曰："我以为跋涉来省妹子，乃以大讼求贵人耶！"拂袖径入。大郎惭愤而出。归家详述，大小无不诟詈，李夫人亦谓其忍。逾数日，二郎释放宁家，众大喜，方笑四娘之徒取怨谤也。俄而四娘遣价候李夫人。唤入，仆陈金币，言："夫人为二舅事，遣发甚急，未遑字覆。聊寄微仪，以代函信。"众始知二郎之归，乃程力也。后三娘家渐贫，程施报逾于常格。又以李夫人无子，迎养若母焉。

僧　术

黄生，故家子。才情颇赡，夙志高骞。村外兰若，有居僧某，素与分深。既而僧云游，去十余年复归。见黄，叹曰："谓君腾达已久，今尚白纻耶？想福命固薄耳。请为君贿冥中主者。能置十千否？"答言："不能。"僧曰："请勉办其半，余当代假之。三日为约。"黄诺之，竭力典质如数。三日，僧果以五千来付黄。黄家旧有汲水井，深不竭，云通河海。僧命束置井边，戒曰："约我到寺，即推堕井中。候半炊时，有一钱泛起，当拜之。”乃去。黄不解何术，转念效否未定，而十千可惜。乃匿其九，而以一千投之。少间，巨泡突起，铿然而破，即有一钱浮出，大如车轮。黄大骇。既拜，又取四千投焉。落下，击触有声，为大钱所隔，不得沉。日暮，僧至，谯让之曰：“胡不尽投？”黄云：“已尽投矣。”僧曰：“冥中使者止将一千去，何乃妄言？”黄实告之，僧叹曰：“鄙吝者必非大器，此子之命合以明经终。不然，甲科立致矣。”黄大悔，求再禳之。僧固辞而去。黄视井中钱犹浮，以绠钩上，大钱乃沉。是岁，黄以副榜准贡，卒如僧言。

异史氏曰：“岂冥中亦开捐纳之科耶？十千而得一第，直亦廉矣。然一千准贡，犹昂贵耳。明经不第，何值一钱！”

柳　生

周生，顺天宦裔也。与柳生善。柳得异人之传，精袁许之术。尝谓周曰：“子功名无分，万钟之资，尚可以人谋。然尊阃薄相，恐不能佐君成业。”未几，妇果亡。家室萧条，不可聊赖。因诣柳，将以卜姻。入客舍，坐良久，柳归内不出。呼之再三，始方出，曰：“我日为君物色佳偶，今始得之。适在内作小术，求月老系赤绳耳。”周喜，问之。答曰：“甫有一人携囊出，遇之否？”曰：“遇之，褴褛若丐。”曰：“此君岳翁，宜敬礼之。”周曰：“缘相交好，遂谋隐密，何相戏之甚也！仆即式微，犹是世裔，何至下昏于市侩？”柳曰：“不然。犁牛尚有子，何害？”周问：“曾见其女耶？”答曰：“未也。我素与无旧，姓名亦问讯知之。”周笑曰：“尚未知犁牛，何知其子？”柳曰：“我以数信之。其人凶而贱，然当生厚福之女。但强合之必有大厄，容复禳之。”周既归，未肯以其言为信，诸方觅之，迄无一成。一日，柳生忽至，曰：“有一客，我已代折简矣。”问：“为谁？”曰：“且勿问，宜速作黍。”周不谕其故，如命治具。俄客至，盖傅姓营卒也。心内不合，阳浮道与之，而柳生承应甚恭。少间，酒肴既陈，杂恶草具进。柳起告客：“公子向慕已久，每托某代访，曩夕始得晤。又闻不日远征，立刻相邀，可谓仓卒主人矣。”饮间，傅忧马病，不可骑，柳亦俯首为之筹思。既而客去，柳让周曰：

“千金不能买此友,何乃视之漠漠?”借马骑归,因假周命,登门持赠傅。周既知,稍稍不快,已无如何。过岁,将如江西投臬司幕,诣柳问卜。柳言:“大吉!”周笑曰:“我意无他,但薄有所猎,当购佳妇,几幸前言之不验也,能否?”柳云:“并如君愿。”及至江西,值大寇叛乱,三年不得归。后稍平,选日遵路,中途为土寇所掠,同难人七八位,皆劫其金资,释令去,惟周被掳至巢。盗首诘其家世,因曰:“我有息女,欲奉箕帚,当即无辞。”周不答。盗怒,立命枭斩。周惧,思不如暂从其请,因从容而弃之。遂告曰:“小生所以踟蹰者,以文弱不能从戎,恐益为丈人累耳。如使夫妇得相将俱去,恩莫厚焉。”盗曰:“我方忧女子累人,此何不可从也。”引入内,妆女出见,年可十八九,盖天人也。当夕合卺,深过所望。细审姓氏,乃知其父,即当年荷囊人也。因述柳言,为之感叹。过三四日,将送之行,忽大军掩至,全家皆就执缚。有将官三员监视,已将妇翁斩讫,寻次及周。周自分已无生理。一员审视曰:“此非周某耶?”盖傅卒已军功授副将军矣。谓僚曰:“此吾乡世家名士,安得为贼。”解其缚,问所从来。周诡曰:“适从江臬娶妇而归,不意途陷盗窟,幸蒙拯救,德戴二天!但室人离散,求借洪威,更赐瓦全。”傅命列诸俘,令其自认,得之。饷以酒食,助以资斧,曰:“曩受解骖之惠,旦夕不忘。但抢攘间,不遑修礼,请以马二匹、金五十两,助君北旋。”又遣二骑持信矢护送之。途中,女告周曰:“痴父不听忠告,母氏死之。知有今日久矣,所以偷生旦暮者,以少时曾为相者所许,冀他日能收亲骨耳。某所窖藏巨金,可以发赎父骨。余者携归,尚足谋生产。”嘱骑者候于路,两人至旧处,庐舍已烬,于灰火中取佩刀掘尺许,果得金,尽装入橐,乃返。以百金赂骑者,使瘗翁尸。又引拜母冢,始行。至直隶界,厚赐骑者而去。周久不归,家人谓其已死,恣意侵冒,粟帛器具,荡无存者。闻主人归,大惧,哄然尽逃,只有一妪、一婢、一老奴在焉。周以出死得生,不复追问。及访柳,则不知所适矣。女持家逾于男子,择醇笃者授以资本,而均其息。每诸商会计于檐下,女垂帘听之,盘中误下一珠,辄指其讹。内外无敢欺。数年,伙商盈百,家数十巨万矣。乃遣人移亲骨,厚葬之。

异史氏曰:“月老可以贿嘱,无怪媒妁之同于牙侩矣。乃盗也而有是女耶？培塿无松柏，此鄙人之论耳。妇人女子犹失之，况以相天下士哉！”

冤　狱

朱生，阳谷人。少年佻达，喜诙谑。因丧偶，往求媒媪。遇其邻人之妻，睨之美。戏谓媪曰：“适睹尊邻，雅少丽，若为我求凰，渠可也。”媪亦戏曰：“请杀其男子，我为若图之。”朱笑曰：“诺。”更月余，邻人出讨负，被杀于野。邑令拘邻保，血肤取实，究无端绪；惟媒媪述相谑之词，以此疑朱。捕至，百口不承。令又疑邻妇与私，搒掠之，五毒参至。妇不能堪，诬伏。又讯朱，朱曰：“细嫩不任苦刑，所言皆妄。既是冤死，而又加以不节之名，纵鬼神无知，予心何忍乎？我实供之可矣：欲杀夫而娶其妇，皆我之为，妇不知之也。”问：“何凭？”答言：“血衣可证。”及使人搜诸其家，竟不可得。又掠之，死而复苏者再。朱乃云：“此母不忍出证据死我耳，待自取之。”因押归告母曰：“予我衣，死也；即不予，亦死也：均之死，故迟也不如其速也。”母泣，入室移时，取衣出付之。令审其迹确，拟斩。再驳再审，无异词。经年余，决有日矣。令方虑囚，忽一人直上公堂，怒目视令而大骂曰：“如此愦愦，何足临民！”隶役数十辈，将共执之。其人振臂一挥，颓然并仆。令惧，欲逃。其人大言曰：“我关帝前周将军也！昏官若动，即便诛却！”令战惧悚听。其人曰：“杀人者乃宫标也，于朱某何与？”言已，倒地，气若绝。少顷而醒，面无人色。及问其人，则宫标也。搒之，尽服其罪。盖宫素不逞，知某讨负而归，意腰橐必富，及杀之，竟无所得。闻朱诬服，窃自幸。是日，身入公门，殊不自知。令问朱血衣所自来，朱亦不知之。唤其母鞫之，则割臂所染；验其左臂，刀痕犹未平也。令亦愕然。后以此被参揭免官，罚赎羁留而死。年余，邻母欲嫁其妇。妇感朱义，遂嫁之。

异史氏曰：“讼狱乃居官之首务，培阴骘，灭天理，皆在于此，不可不慎也。躁急污暴，固乖天和；淹滞因循，亦伤民命。一人兴讼，则数农违时；一案既成，则十家荡产：岂故之细哉！余尝谓为官者，不滥受词讼,即是盛德。且非重大之情,不必羁候;若无疑难之事,何用徘徊?即或乡里愚民,山村豪气,偶因鹅鸭之争,致起雀角之忿,此不过借官宰之一言,以为平定而已,无用全人,只须两造,笞杖立加,葛藤悉断。所谓神明之宰非耶?每见今之听讼者矣:一票既出,若故忘之。摄牒者入手未盈,不令消见官之票;承刑者润笔不饱,不肯悬听审之牌。蒙蔽因循,动经岁月,不及登长吏之庭,而皮骨已将尽矣!而俨然而民上也者,偃息在床,漠若无事。宁知水火狱中,有无数冤魂,伸颈延息,以望拔救耶!然在奸民之凶顽,固无足惜;而在良民株累,亦复何堪?况且无辜之干连,往往奸民少而良民多;而良民之受害,且更倍于奸民。何以故?奸民难虐,而良民易欺也。皂隶之所殴骂,胥徒之所需索,皆相良者而施之暴。自入公门,如蹈汤火。早结一日之案,则早安一日之生,有何大事,而顾奄奄堂上若死人,似恐溪壑之不遽饱,而故假之以岁时也者!虽非酷暴,而其实厥罪维均矣。尝见一词之中,其急要不可少者,不过三数人;其余皆无辜之赤子,妄被罗织者也。或平昔以睚眦开嫌,或当前以怀璧致罪,故兴讼者以其全力谋正案,而以其余毒复小仇,带一名于纸尾,遂成附骨之疽;受万罪于公门,竟属切肤之痛。人跪亦跪,状若乌集;人出亦出,还同猱系。而究之官问不及,吏诘不至,其实一无所用,只足以破产倾家,饱蠹役之贪囊;鬻子典妻,泄小人之私愤而已。深愿为官者,每投到时,略一审诘:当逐逐之,不当逐芟之。不过一濡毫、一动腕之间耳,便保全多少身家,培养多少元气。从政者曾不一念及于此,又何必桁杨刀锯能杀人哉!”

鬼　令

教谕展先生,洒脱有名士风。然酒狂,不持仪节。每醉归,辄驰马殿阶。阶上多古柏。一日,纵马入,触树头裂,自言:“子路怒我无礼,击脑破矣!”中夜遂卒。邑中某乙者,负贩其乡,夜宿古刹。更静人稀,忽见四五人携酒入饮,展亦在焉。酒数行,或以字为令曰:“田字不透风,十字在当中。十字推上去,古字赢一钟。”一人曰:“回字不透风,口字在当中。口字推上去,吕字赢一钟。”一人曰:“囹字不透风,令字在当中。令字推上去,含字赢一钟。”又一人曰:“困字不透风,木字在当中。木字推上去,杏字赢一钟。”末至展,凝思不得。众笑曰:“既不能令,须当受命。”飞一觥来。展即云:“我得之矣。曰字不透风,一字在当中。……”众又笑曰:“推作何物?”展吸尽曰:“一字推上去,一口一大钟!”相与大笑,未几出门去。某不知展死,窃疑其罢官归也。及归问之,则展死已久,始悟所遇者鬼耳。

甄　　后

洛成刘仲堪,少钝而淫于典籍,恒杜门攻苦,不与世通。一日,方读,忽闻异香满室。少间,珮声甚繁。惊顾之,有美人入,簪珥光采;从者皆宫妆。刘惊伏地下。美人扶之曰:“子何前倨而后恭也?”刘益惶恐,曰:“何处天仙,未曾拜识。前此几时有侮?”美人笑曰:“相别几何,遂尔懵懵!危坐磨砖者,非子耶?”乃展锦荐,设瑶浆,捉坐对饮,与论古今事,博洽非常。刘茫茫不知所对。美人曰:“我止赴瑶池一回宴耳。子历几生,聪明顿尽矣!”遂命侍者,以汤沃水晶膏进之。刘受饮讫,忽觉心神澄彻。既而曛黑,从者尽去,息烛解襦,曲尽欢好。未曙,诸姬已复集。美人起,妆容如故,鬓发修整,不再理也。刘依依苦诘姓字,答曰:“告郎不访,恐益君疑耳。妾,甄氏。君,公干后身。当日以妾故罹罪,心实不忍,今日之会,亦聊以报情痴也。”问:“魏文安在?”曰:“丕,不过贼父之庸子耳。妾偶从游嬉富贵者数载,过即不复置念。彼曩以阿瞒故,久滞幽冥,今未闻知。反是陈思为帝典籍,时一见之。”旋见龙舆止于庭中,乃以玉脂合赠刘,作别登车,云推而去。刘自是文思大进。然追念美人,凝思若痴。历数月,渐近羸殆。母不知其故,忧之。家一老妪,忽谓刘曰:“郎君意颇有思否?”刘以言隐中情告之。妪曰:“郎试作尺一书,我能邮致之。”刘惊喜曰:“子有异术,向日昧于物色。果能之,不敢忘也。”乃折柬为函,付妪便去。半夜而返曰:“幸不误事。初至门,门者以我为妖,欲加缚縶。我遂出郎君书,乃将去。少顷唤入,夫人亦欷歔,自言不能复会。便欲裁答。

我言：'郎君羸惫，非一字所能瘳。'夫人沉思久，乃释笔云：'烦先报刘郎，当即送一佳妇去。'濒行，又嘱：'适所言，乃百年计；但无泄，便可永久矣。'"刘喜，伺之。明日，果一老姥率女郎，诣母所，容色绝世，自言："陈氏，女其所出，名司香，愿求作妇。"母爱之，议聘；更不索资，坐待成礼而去。惟刘心知其异，阴问女："系夫人何人？"答云："妾铜雀故妓也。"刘疑为鬼。女曰："非也。妾与夫人俱隶仙籍，偶以罪过谪人间。夫人已复旧位；妾谪限未满，夫人请之天曹，暂使给役，去留皆在夫人，故得长侍床箦耳。"一日，有瞽媪牵黄犬丐食其家，拍板俚歌。女出窥，立未定，犬断索咋女。女骇走，罗衿断。刘急以杖击犬。犬犹怒，龁断幅，顷刻碎如麻，嚼吞之。瞽媪捉领毛，缚以去。刘入视女，惊颜未定，曰："卿仙人，何乃畏犬？"女曰："君自不知：犬乃老瞒所化，盖怒妾不守分香戒也。"刘欲买犬杖毙。女不可，曰："上帝所罚，何得擅诛？"居二年，见者皆惊其艳，而审所从来，殊恍惚，于是共疑为妖。母诘刘，刘亦微道其异。母大惧，戒使绝之。刘不听。母阴觅术士来，作法于庭。方规地为坛，女惨然曰："本期白首；今老母见疑，分义绝矣。要我去，亦复非难，但恐非禁咒可遣耳！"乃束薪爇火，抛阶下。瞬息烟蔽房屋，对面相失。忽有声震如雷。已而烟灭，见术士七窍流血死矣。入室，女已渺。呼妪问之，妪亦不知所去。刘始告母："妪盖狐也。"

异史氏曰："始于袁，终于曹，而后注意于公干，仙人不应若是。然平心而论：奸瞒之篡了，何必有贞妇哉？犬睹故妓，应大悟分香卖履之痴，固犹然妒之耶？呜呼！奸雄不暇自哀，而后人哀之已！"

宦　娘

温如春，秦之世家也。少癖嗜琴，虽逆旅未尝暂舍。客晋，经由古寺，系马门外，暂憩止。入则有布衲道人，趺坐廊间，筇杖倚壁，花布囊琴。温触所好，因问："亦善此也？"道人云："顾不能工，愿就善者学之耳。"遂脱囊授温，视之，纹理佳妙，略一勾拨，清越异常。喜为抚一短曲。道人微笑，似未许可。温乃竭尽所长。道人哂曰："亦佳，亦佳！但未足为贫道师也。”温以其言夸，转请之。道人接置膝上，裁拨动，觉和风自来。又顷之，百鸟群集，庭树为满。温惊极，拜请受业。道人三复之。温侧耳倾心，稍稍会其节奏。道人试使弹，点正疏节，曰：“此尘间已无对矣。”温由是精心刻画，遂称绝技。后归程，离家数十里，日已暮，暴雨莫可投止。路旁有小村，趋之。不遑审择，见一门，匆匆遽入。登其堂，阒无人。俄一女郎出，年十七八，貌类神仙。举首见客，惊而走入。温时未偶，系情殊深。俄一老妪出问客。温道姓名，兼求寄宿。妪言：“宿当不妨，但少床榻，不嫌屈体，便可藉藁。”少旋，以烛来，展草铺地，意良殷。问其姓氏，答云：“赵姓。”又问：“女郎何人？”曰：“此宦娘，老身之犹子也。”温曰：“不揣寒陋，欲求援系，如何？”妪颦蹙曰：“此即不敢应命。”温诘其故，但云难言，怅然遂罢。妪既去，温视藉草腐湿，不堪卧处，因危坐鼓琴，以消永夜。雨既歇，冒夜遂归。邑有林下部郎葛公，喜文士。温偶诣之，受命弹琴。帘内隐约有眷客窥听，忽风动帘开，见一及笄人，丽绝一世。盖公有一女，小字良工，善词赋，有艳名。温心动，归与母言，媒通之；而葛以温势式微，不许。然女自闻琴以后，心窃倾慕，每冀再聆雅奏。而温以姻事不谐，志乖意沮，绝迹于葛氏之门矣。一日，女于园中，拾得旧笺一折，上书惜余春词云：“因恨成痴，转思作想，日日为情颠倒。海棠带醉，杨柳伤春，同是一般怀抱。甚得新愁旧愁，刬尽还生，便如青草。自别离，只在奈何天里，度将昏晓。今日箇蹙损春山，望穿秋水，道弃已拚弃了！芳衾妒梦，玉漏惊魂，要睡何能睡好？漫说长宵似年，侬视一年，比更犹少：过三更已是三年，更有何人不老！”女吟咏数四，心悦好之。怀归，出锦笺，庄书一通，置案间。逾时索之，不可得，窃意为风飘去。适葛经闺门过，拾之，谓良工作，恶其词荡，火之而未忍言，欲急醮之。临邑刘方伯之公子，适来问名，心善之，而犹欲一睹其人。公子盛服而至，仪容秀美。葛大悦，款延优渥。既而告别，坐下遗女舄一钩。心顿恶其儇薄，因呼媒而告以故。公子亟辨其诬，葛弗听，卒绝之。先是，葛有绿菊种，吝不传，良工以植闺中。温庭菊忽有一二株化为绿，同人闻之，辄造庐观赏，温亦宝之。凌晨趋视，于畦畔得笺写惜余春词，反覆披读，不知其所自至。以“春”为己名，益惑之，即案头细加丹黄，评语亵嫚。适葛闻温菊变绿，讶之，躬诣其斋，见词便取展读。温以其评亵，夺而挪莎之。葛仅读一两句，盖即闺门所拾者也。大疑，并绿菊之种，亦猜良工所赠。归告夫人，使逼诘良工。良工涕欲死，而事无验见，莫有取实。夫人恐其迹益彰，计不如以女归温。葛然之，遥致温。温喜极。是日，招客为绿菊之宴，焚香弹琴，良夜方罢。既归寝，斋童闻琴自作声，初以为僚仆之戏也；既知其非人，始白温。温自诣之，果不妄。其声梗涩，似将效己而未能者。爇火暴入，杳无所见。温携琴去，则终夜寂然。因意为狐，固知其愿拜门墙也者，遂每夕为奏一曲，而设弦任操若师，夜夜潜伏听之。至六七夜，居然成曲，雅足听闻。温既亲迎，各述曩词，始知缔好之由，而终不知所由来。良工闻琴鸣之异，往听之，曰："此非狐也，调凄楚，有鬼声。"温未深信。良工因言其家有古镜，可鉴魑魅。翊日，遣人取至，伺琴声既作，握镜遽入。火之，果有女子在，仓皇室隅，莫能复隐。细审之，赵氏之宦娘也。大骇，穷诘之。泫然曰："代作蹇修，不为无德，何相逼之甚也？"温请去镜，约勿避，诺之。乃囊镜。女遥坐曰："妾太守之女，死百年矣。少喜琴筝；筝已颇能谙之，独此技未能嫡传，重泉犹以为憾。惠顾时，得聆雅奏，倾心向往；又恨以异物不能奉裳衣，阴为君[illegible]合佳偶，以报眷顾之情。刘公子之女舄，惜余春之俚词，皆妾为之也。酬师者不可谓不劳矣。"夫妻咸拜谢之。宦娘曰："君之业，妾思过半矣，但未尽其神理。请为妾再鼓之。"温如其请，又曲陈其法。宦娘大悦曰："妾已尽得之矣！"乃起辞欲去。良工故善筝，闻其所长，愿以披聆。宦娘不辞，其调其谱，并非尘世所能。良工击节，转请受业。女命笔为绘谱十八章，又起告别。夫妻挽之良苦。宦娘凄然曰："君琴瑟之好，自相知音，薄命人乌有此福。如有缘，再世可相聚耳。"因以一卷授温曰："此妾小像。如不忘媒妁，当悬之卧室，快意时焚香一炷，对鼓一曲，则儿身受之矣。"出门遂没。

阿　绣

海州刘子固，十五岁时，至盖省其舅。见杂货肆中一女子，姣丽无双，心爱好之。潜至其肆，托言买扇。女子便呼父。父出，刘意沮，故折阅之而退。遥睹其父他往，又诣之。女将觅父，刘止之曰："无须，但言其价，我不靳直耳。"女如言，固昂之。刘不忍争，脱贯竟去。明日复往，又如之。行数武，女追呼曰："返来！适伪言耳，价奢过当。"因以半价返之。刘益感其诚，蹈隙辄往，由是日熟。女问："郎居何所？"以实对。转诘之，自言："姚氏。"临行，所市物，女以纸代裹完好，已而以舌舐粘之。刘怀归不敢复动，恐乱其舌痕也。积半月，为仆所窥，阴与舅力要之归。意惓惓不自得。以所市香帕脂粉等类，密置一箧，无人时，辄阖户自捡一过，触类凝想。次年，复至盖，装甫解，即趋女所。至则肆宇阖焉，失望而返。犹意偶出未返，早又诣之，阖如故。问诸邻，始知姚原广宁人，以贸易无重息，故暂归去，又不审何时可复来。神志乖丧。居数日，怏怏而归。母为议婚，屡梗之，母怪且怒。仆私以曩事告母，母益防闲之，盖之途由是绝。刘忽忽遂减眠食。母忧思无计，念不如从其志。于是刻日办装，使如盖，转寄语舅，媒合之。舅即承命诣姚。逾时而返，谓刘曰："事不谐矣！阿绣已字广宁人。"刘低头丧气，心灰绝望。既归，捧箧啜泣，而徘徊顾念，冀天下有似之者。适媒来，艳称复州黄氏女。刘恐不确，命驾至复。入西门，见北向一家，两扉半开，内一女郎，怪似阿绣。再属目之，且行且盼而入，真是无讹。刘大动，因僦其东邻居，细诘知为李氏。反复疑念：天下宁有此酷肖者耶？居数日，莫可夤缘，惟目眈眈候其门，以冀女或复出。一日，日方西，女果出。忽见刘，即返身走，以手指其后。又复掌及额，而入。刘喜极，但不能解。凝思移时，信步诣舍后，见荒园寥廓，西有短垣，略可及肩。豁然顿悟，遂蹲伏露草中。久之，有人自墙上露其首，小语曰："来乎？"刘诺而起，细视，真阿绣也。因大恫，涕堕如绠。女隔堵探身，以巾拭其泪，深慰之。刘曰："百计不遂，自谓今生已矣，何期复有今夕？顾卿何以至此？"曰："李氏，妾表叔也。"刘请逾垣。女曰："君先归，遣从人他宿，妾当自至。"刘如言，坐伺之。少间，女悄然入，妆饰不甚炫丽，袍裤犹昔。刘挽坐，备道艰苦，因问："卿已字，何未醮也？"女曰："言妾受聘者，妄也。家君以道里赊远，不愿附公子婚，此或托舅氏诡词，以绝君望耳。"既就枕席，宛转万态，款接之欢,不可言喻。四更遽起,过墙而去。刘自是不复措意黄氏矣。旅居忘返,经月不归。一夜,仆起饲马,见室中灯犹明。窥之,见阿绣,大骇。顾不敢言主人,旦起,访市肆,始返而诘刘曰:“夜与还往者,何人也?”刘初讳之。仆曰:“此第岑寂,狐鬼之薮,公子宜自爱。彼姚家女郎,何为而至此?”刘始觍然曰:“西邻是其表叔,有何疑沮?”仆言:“我已访之审:东邻止一孤媪,西家一子尚幼,别无密戚。所遇当是鬼魅,不然,焉有数年之衣,尚未易者?且其面色过白,两颊少瘦,笑处无微涡,不如阿绣美。”刘反复思,乃大惧曰:“然且奈何?”仆谋伺其来,操兵入共击之。至暮,女至,谓刘曰:“知君见疑,然妾亦无他,不过了夙分耳。”言未已,仆排闼入。女呵之曰:“可弃兵!速具酒来,当与若主别。”仆便自投,若或夺焉。刘益恐,强设酒馔。女谈笑如常,举手向刘曰:“君心事,方将图效绵薄,何竟伏戎?妾虽非阿绣,颇自谓不亚,君视之犹昔否耶?”刘毛发俱竖,噤不语。女听漏三下,把盏一呷,起立曰:“我且去,待花烛后,再与新妇较优劣也。”转身遂杳。刘信狐言,竟如盖。怨舅之诳己也,不舍其家。寓近姚氏,托媒自通,啖以重赂。姚妻乃言:“小郎为觅婿广宁,若翁以是故去,就否未可知。须旋日方可计校。”刘闻之,徬徨无以自主,惟坚守以伺其归。逾十余日,忽闻兵警,犹疑讹传;久之,信益急,乃趣装行。中途遇乱,主仆相失,为侦者所掠。以刘文弱,疏其防,盗马亡去。至海州界,见一女子,蓬鬓垢耳,出履蹉跌,不可堪。刘驰过之,女遽呼曰:“马上人非刘郎乎?”刘停鞭审顾,则阿绣也。心仍讶其为狐,曰:“汝真阿绣耶?”女问:“何为出此言?”刘述所遇。女曰:“妾真阿绣也。父携妾自广宁归,遇兵被俘,授马屡堕。忽一女子,握腕趣遁,荒窜军中,亦无诘者。女子健步若飞隼,苦不能从,百步而屦屡褪焉。久之,闻号嘶渐远,乃释手曰:‘别矣!前皆坦途,可缓行,爱汝者将至,宜与同归。’”刘知其狐,感之。因述其留盖之故。女言其叔为择婿于方氏,未委禽而乱始作。刘始知舅言非妄。携女马上,叠骑归。入门则老母无恙,大喜。系马入,俱道所以。母亦喜,为女盥濯,竟妆,容光焕发。母抚掌曰:“无怪痴儿魂梦不置也!”遂设裀褥,使从已宿。又遣人赴盖,寓书于姚。不数日,姚夫妇俱至,卜吉成礼乃去。刘出藏箧,封识俨然。有粉一函，启之，化为赤土。刘异之。女掩口曰："数年之盗，今始发觉矣。尔日见郎任妾包裹，更不及审真伪，故以此相戏耳。"方嬉笑间，一人搴帘入曰："快意如此，当谢蹇修否？"刘视之，又一阿绣也，急呼母。母及家人悉集，无有能辨识者。刘回眸亦迷，注目移时，始揖而谢之。女子索镜自照，赧然趋出，寻之已杳。夫妇感其义，为位于室而祀之。一夕，刘醉归，室暗无人，方自挑灯，而阿绣至。刘挽问："何之？"笑曰："醉臭熏人，使人不耐！如此盘诘，谁作桑中逃耶？"刘笑捧其颊。女曰："郎视妾与狐姊孰胜？"刘曰："卿过之。然皮相者不辨也。"已而合扉相狎。俄有叩门者，女起笑曰："君亦皮相者也。"刘不解，趋启门，则阿绣入，大愕。始悟适与语者，狐也。暗中又闻笑声，夫妻望空而祷，祈求现像。狐曰："我不愿见阿绣。"问："何不另化一貌？"曰："我不能。"问："何故不能？"曰："阿绣，吾妹也，前世不幸夭殂。生时，与余从母至天宫，见西王母，心窃爱慕，归则刻意效之。妹较我慧，一月神似。我学三月而后成，然终不及妹。今已隔世，自谓过之，不意犹昔耳。我感汝两人诚，故时复一至，今去矣。"遂不复言。自此三五日辄一来，一切疑难悉决之。值阿绣归宁，来常数日住，家人皆惧避之。每有亡失，则华妆端坐，插玳瑁簪长数寸，朝家人而庄语之："所窃物，夜当送至某所；不然，头痛大作，悔无及！"天明，果于某所获之。三年后，绝不复来。偶失金帛，阿绣效其装，吓家人，亦屡效焉。

小　翠

王太常，越人。总角时，昼卧榻上。忽阴晦，巨霆暴作，一物大于猫，来伏身下，展转不离。移时晴霁，物即径出。视之，非猫，始怖，隔房呼兄。兄闻，喜曰："弟必大贵，此狐来避雷霆劫也。"后果少年登进士，以县令入为侍御。生一子，名元丰，绝痴，十六岁不能知牝牡，因而乡党无于为婚。王忧之。适有妇人率少女登门，自请为妇。视其女，嫣然展笑，真仙品也。喜问姓名。自言："虞氏。女小翠，年二八矣。"与议聘金。曰："是从我糠覈不得饱，一旦置身广厦，役婢仆，厌膏粱,彼意适,我愿慰矣,岂卖菜也而索直乎!"夫人大悦,优厚之。妇即命女拜王及夫人,嘱曰:"此尔翁姑,奉侍宜谨。我大忙,且去,三数日当复来。"王命仆马送之。妇言:"里巷不远,无烦多事。"遂出门去。小翠殊不悲恋,便即奁中翻取花样。夫人亦爱乐之。数日,妇不至。以居里问女,女亦憨然不能言其道路。遂治别院,使夫妇成礼。诸戚闻拾得贫家儿作新妇,共笑姗之。见女皆惊,群议始息。女又甚慧,能窥翁姑喜怒。王公夫妇,宠惜过于常情,然惕惕焉惟恐其憎子痴。而女殊欢笑,不为嫌。第善谑,刺布作圆,蹋蹴为笑。着小皮靴,蹴去数十步,绐公子奔拾之,公子及婢恒流汗相属。一日,王偶过,圆訇然来,直中面目。女与婢俱敛迹去,公子犹踊跃奔逐之。王怒,投之以石,始伏而啼。王以告夫人,夫人往责女,女俛首微笑,以手刓床。既退,憨跳如故,以脂粉涂公子作花面如鬼。夫人见之,怒甚,呼女诟骂。女倚几弄带,不惧,亦不言。夫人无奈之,因杖其子。元丰大号,女始色变,屈膝乞宥。夫人怒顿解,释杖去。女笑拉公子入室,代扑衣上尘,拭眼泪,摩挲杖痕,饵以枣栗。公子乃收涕以忻。女阖庭户,复装公子作霸王,作沙漠人;己乃艳服,束细腰,婆娑作帐下舞;或髻插雉尾,拨琵琶,丁丁缕缕然,喧笑一室,日以为常。王公以子痴,不忍过责妇,即微闻焉,亦若置之。同巷有王给谏者,相隔十余户,然素不相能。时值三年大计吏,忌公握河南道篆,思中伤之。公知其谋,忧虑无所为计。一夕,早寝,女冠带,饰冢宰状,剪素丝作浓髭,又以青衣饰两婢为虞候,窃跨厩马而出,戏云:"将谒王先生。"驰至给谏之门,即又鞭挞从人,大言曰:"我谒侍御王,宁谒给谏王耶!"回辔而归。比至家门,门者误以为真,奔白王公。公急起承迎,方知为子妇之戏。怒甚,谓夫人曰:"人方蹈我之瑕,反以闺阁之丑登门而告之,余祸不远矣!"夫人怒,奔女室,诟让之。女惟憨笑,并不一置词。挞之,不忍;出之,则无家。夫妻懊怨,终夜不寝。时冢宰某公赫甚,其仪采服从,与女伪装无少殊别,王给谏亦误为真。屡侦公门,中夜而客未出,疑冢宰与公有阴谋。次日早朝,见而问曰:"夜相公至君家耶?"公疑其相讥,惭言唯唯,不甚响答。给谏愈疑,谋遂寝,由此益交欢公。公探知其情,窃喜,而阴嘱夫人,劝女改行,女笑应之。逾岁,首相免,适有以私函致公者，误投给谏。给谏大喜，先托善公者往假万金，公拒之。给谏自诣公所。公觅巾袍，并不可得。给谏伺候久，怒公慢，愤将行。忽见公子衮衣旒冕，有女子自门内推之以出，大骇。已而笑抚之，脱其服冕而去。公急出，则客去远。闻其故，惊颜如土，大哭曰："此祸水也！指日赤吾族矣！"与夫人操杖往。女已知之，阖扉任其诟厉。公怒，斧其门。女在内含笑而告之曰："翁无烦怒。有新妇在，刀锯斧钺，妇自受之，必不令贻害双亲。翁若此，是欲杀妇以灭口耶？"公乃止。给谏归，果抗疏揭王不轨，衮冕作据。上惊验之，其旒冕乃粱秸心所制，袍则败布黄袱也。上怒其诬。又召元丰至，见其憨状可掬，笑曰："此可以作天子耶？"乃下之法司。给谏又讼公家有妖人，法司严诘臧获，并言无他，惟颠妇痴儿，日事戏笑，邻里亦无异词。案乃定，以给谏充云南军。王由是奇女。又以母久不至，意其非人。使夫人探诘之，女但笑不言。再复穷问，则掩口曰："儿玉皇女，母不知耶？"无何，公擢京卿。五十余，每患无孙。女居三年，夜夜与公子异寝，似未尝有所私。夫人舁榻去，嘱公子与妇同寝。过数日，公子告母曰："借榻去，悍不还！小翠夜夜以足股加腹上，喘气不得，又惯掐人股里。"婢妪无不粲然。夫人呵拍令去。一日，女浴于室，公子见之，欲与偕，女笑止之，谕使姑待。既出，乃更泻热汤于瓮，解其袍裤，与婢扶之入。公子觉蒸闷，大呼欲出。女不听，以衾蒙之。少时，无声，启视，已绝。女坦笑不惊，曳置床上，拭体干洁，加复被焉。夫人闻之，哭而入，骂曰："狂婢何杀吾儿！"女辴然曰："如此痴儿，不如勿有。"夫人益恚，以首触女，婢辈争曳劝之。方纷噪间，一婢告曰："公子呻矣！"辍涕抚之，则气息休休，而大汗浸淫，沾浃裀褥。食顷，汗已，忽开目四顾，遍视家人，似不相识，曰："我今回忆往昔，都如梦寐，何也？"夫人以其言语不痴，大异之。携参其父，屡试之，果不痴。大喜，如获异宝。至晚，还榻故处，更设衾枕以觇之。公子入室，尽遣婢去。早窥之，则榻虚设。自此痴颠皆不复作，而琴瑟静好，如形影焉。年余，公为给谏之党奏劾免官，小有罣误。旧有广西中丞所赠玉瓶，价累千金，将出以贿当路。女爱而把玩之，失手堕碎，惭而自投。公夫妇方以免官不快，闻之，怒，交口呵骂。女奋而出，谓公子曰："我在汝家，所保全者不止一瓶，何遂不少存面目？实与君言，我非人也。以母遭雷霆之劫，深受而翁庇翼，又以我两人有五年夙分，故以我来报曩恩、了夙愿耳。身受唾骂、擢发不足以数，所以不即行者，五年之爱未盈。今何可以暂止乎！”盛气而出，追之已杳。公爽然自失，而悔无及矣。公子入室，睹其剩粉遗钩，恸哭欲死，寝食不甘，日就羸瘁。公大忧，急为胶续以解之，而公子不乐。惟求良工画小翠像，日夜浇祷其下，几二年。偶以故自他里归，明月已皎，村外有公家亭园，骑马墙外过，闻笑语声，停辔，使厩卒捉鞚，登鞍一望，则二女郎游戏其中。云月昏蒙，不甚可辨，但闻一翠衣者曰：“婢子当逐出门！”一红衣者曰：“汝在吾家园亭，反逐阿谁？”翠衣人曰：“婢子不羞！不能作妇，被人驱遣，犹冒认物产也？”红衣者曰：“索胜老大婢无主顾者！”听其音，酷类小翠，疾呼之。翠衣人去曰：“姑不与若争，汝汉子来矣。”既而红衣人来，果小翠，喜极。女令登垣承接而下之，曰：“二年不见，骨瘦一把矣！”公子握手泣下，具道相思。女言：“妾亦知之，但无颜复见家人。今与大姊游戏，又相邂逅，足知前因不可逃也。”请与同归，不可。请止园中，许之。公子遣仆奔白夫人。夫人惊起，驾肩舆而往，启钥入亭。女即趋下迎拜，夫人捉臂流涕，力白前过，几不自容，曰：“若不少记榛梗，请偕归，慰我迟暮。”女峻辞不可。夫人虑野亭荒寂，谋以多人服役。女曰：“我诸人悉不愿见，惟前两婢朝夕相从，不能无眷注耳。外惟一老仆应门，余都无所复须。”夫人悉如其言。托公子养疴园中，日供食用而已。女每劝公子别婚，公子不从。后年余，女眉目音声，渐与曩异，出像质之，迥若两人。大怪之。女曰：“视妾今日，何如畴昔美？”公子曰：“二十余岁，何得速老。”女笑而焚图，救之已烬。一日，谓公子曰：“昔在家时，阿翁谓妾抵死不作茧。今亲老君孤，妾实不能产，恐误君宗嗣。请娶妇于家，旦晚侍奉公姑，君往来于两间，亦无所不便。”公子然之，纳币于钟太史之家。吉期将近，女为新人制衣履，赍送母所。及新人入门，则言貌举止，与小翠无毫发之异。大奇之。往至园亭，则女亦不知所在。问婢，婢出红巾曰：“娘子暂归宁，留此贻公子。”展巾，则结玉玦一枚，心知其不返，遂携婢俱归。虽顷刻不忘小翠，幸而对新人如觌旧好焉。始悟钟氏之姻，女预知之，故先化其貌，以慰他日之思云。

异史氏曰："一狐也，以无心之德，而犹思所报；而身受再造之福者，顾失声于破甑，何其鄙哉！月缺重圆，从容而去，始知仙人之情，亦更深于流俗也！"

金　和　尚

金和尚，诸城人。父无赖，以数百钱鬻子五莲山寺。少顽钝，不能肄清业，牧猪赴市，若佣保。后本师死，稍有遗金，卷怀离寺，作负贩去。饮羊、登垄，计最工。数年暴富，买田宅于水坡里。弟子繁有徒，食指日千计。绕里膏田千百亩。里中起第数十处，皆僧无人，即有亦贫无业，携妻子，僦屋佃田者也。每一门内，四缭连屋，皆此辈列而居。僧舍其中：前有厅事，梁楹节棁，绘金碧，射人眼。堂上几屏，晶光可鉴。又其后为内寝，朱帘绣幕，兰麝充溢喷人。螺钿雕檀为床，床上锦茵褥，褶叠大尺有咫。壁上美人、山水诸名迹，悬粘几无隙处。一声长呼，门外数十人轰应如雷。细缨革靴者，皆乌集鹄立，受命皆掩口语，侧耳以听。客仓卒至，十余筵可咄嗟办，肥醴蒸薰，纷纷狼藉如雾霈。但不敢公然蓄歌妓，而狡童十数辈，皆慧黠能媚人，皂纱缠头，唱艳曲，听睹亦颇不恶。金若一出，前后数十骑，腰弓矢相摩戛。奴辈呼之皆以"爷"，即邑人之若民，或"祖"之，"伯、叔"之，不以"师"，不以"上人"，不以禅号也。其徒出，稍稍杀于金，而风鬟云辔，亦略于贵公子等。金又广结纳，即千里外呼吸亦可通，以此挟方面短长，偶气触之，辄惕自惧。而其为人，鄙不文，顶趾无雅骨。生平不奉一经，持一咒，迹不履寺院，室中亦未尝蓄铙鼓。此等物，门人辈弗及见，并弗及闻。凡僦屋者，妇女浮丽如京都，脂泽金粉，皆取给于僧。僧亦不之靳，以故里中不田而农者以百数。时而恶佃决僧首瘗床下，亦不甚穷诘，但逐去之，其积习然也。金又买异姓儿，私子之。延儒师，教帖括业。儿聪慧能文，因令入邑庠，旋援例作太学生。未几，赴北闱，领乡荐。由是金之名以"太公"噪。向之"爷"之者"太"之，膝席者皆垂手执儿孙礼。无何，太公僧薨。孝廉缞绖卧苫块，北面称孤，诸门人释杖满床榻，而灵帏后嘤嘤细泣，惟孝廉夫人一而已。士大夫妇咸华妆来，搴帏吊唁，冠盖舆马塞道路。殡日，棚阁云连，幡幢翳日。殉葬刍灵，饰以金帛，舆盖仪仗数十事，马千匹，美人百袂，皆如生。方弼、方相，以纸壳制巨人，皂帕金铠，空中而横以木架，纳活人内负之行。设机转动，须眉飞舞，目光铄闪，如将叱咤。观者惊怪，或小儿女遥望之，辄啼走。冥宅壮丽如宫阙，楼阁房廊连垣数十亩，千门万户，入者迷不可出。祭品象物，多难指名。会葬者盖相摩，上自方面，皆伛偻入，起拜如朝仪，下至贡监簿史，则手据地以叩，不敢劳公子，劳诸师叔也。当是时，倾国瞻仰，男女喘汗属于道，携妇襁儿，呼兄觅妹者声鼎沸。杂以鼓乐喧豗，百戏鞺鞳，人语都不可闻。观者自肩以下皆隐不见，惟万顶攒动而已。有孕妇痛急欲产，诸女伴张裙为幄，罗守之。但闻儿啼，不暇问雌雄，断幅绷怀中，或扶之，或曳之，蹩躠以去。奇观哉！葬后，以金所遗资产，瓜分而二之：子一，门人一。孝廉得半，而居第之南、之北、之西东，尽缁党，然皆兄弟叙，痛痒又相关云。

异史氏曰：“此一派也，两宗未有，六祖无传，可谓独辟法门者矣。抑闻之：五蕴皆空，六尘不染，是谓‘和尚’。口中说法，座上参禅，是谓‘和样’。鞋香楚地，笠重吴天，是谓‘和撞’。鼓钲锽聒，笙管敖曹，是谓‘和唱’。狗苟钻缘，蝇营淫赌，是谓‘和幛’。金也者，‘尚’耶？‘样’耶？‘唱’耶？‘撞’耶？抑地狱之‘幛’耶？”

商　妇

天津商人某，将贾远方，往从富人贷资数百。为偷儿所窥，及夕，预匿室中以俟其归。而商以是日良，负资竟发。偷儿伏久，但闻商人妇转侧床上，似不成眠。既而壁上一小门开，一室尽亮。门内有女子出，容齿少好，手引长带一条，近榻授妇，妇以手却之。女固授之，妇乃受带，起悬梁上，引颈自缢。女遂去，壁扉亦阖。偷儿大惊，拔关遁去。既明，家人见妇死，质诸官。官拘邻人而锻炼之，诬服成狱，不日就决。偷儿愤其冤，自首于堂，告以是夜所见。鞫之情真，邻人遂免。

问其里人，言宅之故主曾有少妇经死，年齿容貌，与盗言悉符，因知是其鬼也。俗传暴死者必求代替，其然欤？

禄数

某显者多为不道，夫人每以果报劝谏之，殊不听信。适有方士，能知人禄数，诣之。方士熟视曰："君再食米二十石、面四十石，天禄乃终。"归语夫人。计一人终年仅食面二石，尚有二十余年天禄，岂不善所能绝耶？横如故。逾年，忽病"除中"，食甚多而旋饥，一昼夜十余餐。未及周岁，死矣。

阎罗宴

静海邵生，家贫。值母初度，备牲酒祀于庭。拜已而起，则案上肴馔皆空，甚骇，以情告母。母疑其困乏不能为寿，故诡言之。邵默然无以自白。无何，学使案临，苦无资斧，薄贷而往。途遇一人，伏候道左，邀请甚殷。从去，见殿阁楼台，弥亘街路。既入，一王者坐殿上，邵伏拜。王者霁颜命坐，即赐宴饮，因曰："前过华居，厮仆辈道路饥渴，有叨盛馔。"邵愕然不解。王者曰："我忤官王也。不记尊堂设帨之辰乎？"筵终，出白镪一裹，曰："豚蹄之扰，聊以相报。"受之而出，则宫殿人物，一时都渺，惟有大树数章，萧然道侧。视所赠，则真金，秤之得五两。考终，止耗其半，犹怀归以奉母焉。

役鬼

山西杨医，善针灸之术，又能役鬼。一出门，则捉骡操鞭者，皆鬼物也。尝夜自他归，与友人同行。途中见二人来，修伟异常。友人大骇。杨便问："何人？"答云："长脚王、大头李，敬迓主人。"杨曰："为我前驱。"二人旋踵而行，蹇缓则立候之，若奴隶然。

龙戏蛛

徐公为齐东令，署中有楼，用藏肴饵，往往被物窃食，狼藉于地。家人屡受谯责，因伏伺之。见一蜘蛛，大如斗。骇走白公。公以为异，日遣婢辈投饵焉。蛛益驯，饥辄出依人，饱而后去。积年余，公偶阅案牍，蛛忽来伏几上。疑其饥，方呼家人取饵。旋见两蛇夹蛛卧，细裁如箸，蛛爪踡腹缩，若不胜惧。转瞬间，蛇暴长，粗于卵。大骇，欲走。巨霆大作，合家震毙。移时，公苏，夫人及婢仆击死者七人。公病月余，寻卒。公为人廉正爱民，柩发之日，民敛钱以送，哭声满野。

鬼津

李某昼卧，见一妇人自墙中出，蓬首如筐，发垂蔽面；至床前，始以手自分，露面出，肥黑绝丑。某大惧，欲奔。妇猝然登床，力抱其首，便与接唇，以舌度津，冷如冰块，浸浸入喉。欲不咽而气不得息，咽之稠粘塞喉。才一呼吸，而口中又满，气急复咽之。如此良久，气闭不可复忍。闻门外有人行声，妇始释手去。由此腹胀喘满，数十日不食。或教以参芦汤探吐之，吐出物如卵清，病乃瘥。

细柳

细柳娘，中都之士人女也。或以其腰嫖袅可爱，戏呼之“细柳”云。柳少慧，解文字，喜读相人书。而生平简默，未尝言人臧否，但有问名者，必求一亲窥其人。阅人甚多，俱未可，而年十九矣。父母怒之曰：“天下迄无良匹，汝将以丫角老耶？”女曰：“我实欲以人胜天；顾久而不就，亦吾命也。今而后，请惟父母之命是听。”时有高生者，世家名士，闻细柳之名，委禽焉。既醮，夫妇甚得。生前室遗孤，小字长福，时五岁，女抚养周至。女或归宁，福辄号啼从之，呵遣所不能止。年余，女产一子，名之长怙。生问名字之义，答言：“无他，但望其长依膝下耳。”女于女红疏略，常不留意；而于亩之东南，税之多寡，按籍而问，惟恐不详。久之，谓生曰：“家中事清置勿顾，待妾自为之，不知可当家否？”生如言，半载而家无废事，生亦贤之。一日，生赴邻村饮酒，适有追逋赋者，打门而谇。遣奴慰之，弗去，乃趣童召生归。隶既去，生笑曰：“细柳，今始知慧女不若痴男耶？”女闻之，俯首而哭。生惊挽而劝之，女终不乐。生不忍以家政累之，仍欲自任，女又不肯。晨兴夜寐，经纪弥勤。每先一年，即储来岁之赋，以故终岁未尝见催租者一至其门。又以此法计衣食，由此用度益纾。于是生乃大喜，尝戏之曰：“细柳何细哉：眉细、腰细、凌波细，且喜心思更细。”女对曰：“高郎诚高矣：品高、志高、文字高，但愿寿数尤高。”村中有货美材者，女不惜重直致之，价不能足，又多方乞贷于戚里。生以其不急之物，固止之，卒弗听。蓄之年余，富室有丧者，以倍资赎诸其门。生因利而谋诸女，女不可。问其故，不语。再问之，荧荧欲涕。心异之，然不忍重拂焉，乃罢。又逾岁，生年二十有五，女禁不令远游。归稍晚，僮仆招请者，相属于道。于是同人咸戏谤之。一日，生如友人饮，觉体不快而归，至中途堕马，遂卒。时方溽暑，幸衣衾皆所夙备。里中始共服细娘智。福年十岁，始学为文。父既殁，娇惰不肯读，辄亡去从牧儿遨。谯诃不改，继以夏楚，而顽冥如故。母无奈之，因呼而谕之曰：“既不愿读，亦复何能相强？但贫家无冗人，便更若衣，使与僮仆共操作。不然，鞭挞勿悔！”于是衣以败絮，使牧豕。归则自掇陶器，与诸仆啖饭粥。数日，苦之，泣跪庭下，愿仍读。母返身向壁，置不闻。不得已，执鞭啜泣而出。残秋向尽，桁无衣，足无履，冷雨沾濡，缩头如丐。里人见而怜之，纳继室者，皆引细娘为戒，啧有烦言。女亦稍稍闻之，而漠不为意。福不堪其苦，弃豕逃去。女亦任之，殊不追问。积数月，乞食无所，憔悴自归，不敢遽入，哀求邻媪往白母。女曰：“若能受百杖，可来见。不然，早复去。”福闻之，骤入，痛哭愿受杖。母问：“今知改悔乎？”曰：“悔矣。”曰：“既知悔，无须挞楚，可安分牧豕，再犯不宥！”福大哭曰：“愿受百杖，请复读。”女不听。邻妪怂恿之，始纳焉。濯发授衣，令与弟怙同师。勤身锐虑，大异往昔，三年游泮。中丞杨公，见其文而器之，月给常廪，以助灯火。怙最钝，读数年不能记姓名。母令弃卷而农,怙游闲惮于作苦。母怒曰:“四民各有本业,既不能读,又不能耕,宁不沟瘠死耶?”立杖之。由是率奴辈耕作,一朝晏起,则诟骂从之。而衣服饮食,母辄以美者归兄。怙虽不敢言,而心窃不能平。农工既毕,母出资使学负贩。怙淫赌,入手丧败,诡托盗贼运数,以欺其母。母觉之,杖责濒死。福长跪哀乞,愿以身代,怒始解。自是一出门,母辄探察之。怙行稍敛,而非其心之所得已也。一日,请母,将从诸贾入洛。实借远游,以快所欲,而中心惕惕,惟恐不遂所请。母闻之,殊无疑虑,即出碎金三十两,为之具装,末又以铤金一枚付之,曰:“此乃祖宦囊之遗,不可用去,聊以压装,备急可耳。且汝初学跋涉,亦不敢望重息,只此三十金得无亏负足矣。”临又嘱之。怙诺而出,欣欣意自得。至洛,谢绝客侣,宿名娼李姬之家。凡十余夕,散金渐尽。自以巨金在囊,初不意空匮在虑,及取而斫之,则伪金耳。大骇,失色。李媪见其状,冷语侵客。怙心不自安,然囊空无所向往,犹冀姬念夙好,不即绝之。俄有二人握索入,骤絷项领。惊惧不知所为。哀问其故,则姬已窃伪金去首公庭矣。至官,不能置辞,梏掠几死。收狱中,又无资斧,大为狱吏所虐,乞食于囚,苟延余息。初,怙之行也,母谓福曰:“记取廿日后,当遣汝之洛。我事烦,恐忽忘之。”福不知所谓,黯然欲悲,不敢复请而退。过二十日而问之。叹曰:“汝弟今日之浮荡,犹汝昔日之废学也。我不冒恶名,汝何以有今日?人皆谓我忍,但泪浮枕簟,而人不知耳!”因泣下。福侍立敬听,不敢研诘。泣已,乃曰:“汝弟荡心不死,故授之伪金以挫折之,今度已在缧绁中矣。中丞待汝厚,汝往求焉,可以脱其死难,而生其愧悔也。”福立刻而发。比入洛,则弟被逮三日矣。即狱中而望之,怙奄然面目如鬼,见兄涕不可抑。福亦哭。时福为中丞所宠异,故遐迩皆知其名。邑宰知为怙兄,急释之。怙至家,犹恐母怒,膝行而前。母顾曰:“汝愿遂耶?”怙零涕不敢复作声,福亦同跪,母始叱之起。由是痛自悔,家中诸务,经理维勤。即偶惰,母亦不呵问之。凡数月,并不与言商贾,意欲自请而不敢,以意告兄。母闻而喜,并力质贷而付之,半载而息倍焉。是年,福秋捷,又三年登第,弟货殖累巨万矣。邑有客洛者,窥见太夫人,年四旬,犹若三十许人,而衣妆朴素,类常家云。

异史氏曰:“黑心符出,芦花变生,古与今如一丘之貉,良可哀也!或有避其谤者,又每矫枉过正,至坐视儿女之放纵而不一置问,其视虐遇者几何哉?独是日挞所生,而人不以为暴,施之异腹儿,则指摘从之矣。夫细柳固非独忍于前子也;然使所出贤,亦何能出此心以自白于天下?而乃不引嫌,不辞谤,卒使二子一富一贵,表表于世。此无论闺闼,当亦丈夫之铮铮者矣!”

杨疤眼

一猎人,夜伏山中,见一小人,长二尺已来,踽踽行涧底。少间,又一人来,高亦如之。适相值,交问何之。前者曰:“我将往望杨疤眼。前见其气色晦黯,多罹不吉。”后人曰:“我亦为此,汝言不谬。”猎者知其非人,厉声大叱,二人并无有矣。夜获一狐,左目上有瘢痕,大如钱。

梓潼令

常进士大忠,太原人。候选在都。前一夜,梦文昌投刺。拔签,得梓潼令。奇之。后丁艰归,服阕候补,又梦如前。默思岂复任梓潼乎?已而果然。

赤　字

顺治乙未冬夜,天上赤字如火。其文云:“白苕代靖否复议朝冶驰。”

第　八　卷

画　马

临清崔生，家屡贫。围垣不修。每晨起，辄见一马卧露草间，黑质白章，惟尾毛不整，似火燎断者。逐去，夜又复来，不知所自。崔有好友，官于晋，欲往就之，苦无健步，遂捉马施勒乘去，嘱家人曰："倘有寻马者，当如以告。"既就途，马骛驶，瞬息百里。夜不甚饺刍豆，意其病。次日，紧衔不令驰；而马蹄嘶喷沫，健怒如昨。复纵之，午已达晋。时骑入市廛，观者无不称叹。晋王闻之，以重直购之。崔恐为失者所寻，不敢售。居半年，无耗，遂以八百金货于晋邸，乃自市健骡归。后王以急务，遣校尉骑赴临清。马逸，追至崔之东邻，入门，不见，索诸主人。主曾姓，实莫之睹。及入室，见壁间挂子昂画马一帧，内一匹毛色浑似，尾处为香炷所烧，始知马，画妖也。校尉难复王命，因讼曾。时崔得马资，居积盈万，自愿以直贷曾，付校尉去。曾甚德之，不知崔即当年之售主也。

局　诈

某御史家人，偶立市间，有一人衣冠华好，近与攀谈。渐问主人姓字、官阀，家人并告之。其人自言："王姓，贵主家之内使也。"语渐款洽，因曰："宦途险恶，显者皆附贵戚之门，尊主人所托何人也？"答曰："无之。"王曰："此所谓惜小费而忘大祸者也。"家人曰："何托而可?”王曰:“公主待人以礼,能覆翼人。某侍郎系仆阶进。倘不惜千金贽,见公主当亦不难。”家人喜,问其居止。便指其门户曰:“日同巷不知耶?”家人归告侍御。侍御喜,即张盛筵,使家人往邀王。王欣然来。筵间道公主情性及起居琐事甚悉,且言:“非同巷之谊,即赐百金赏,不肯效牛马。”御史益佩戴之。临别,订约,王曰:“公但备物,仆乘间言之,旦晚当有报命。”越数日始至,骑骏马甚都,谓侍御曰:“可速治装行。公主事大烦,投谒者踵相接,自晨及夕,不得一间。今得一间,宜急往,误则相见无期矣。”侍御乃出兼金重币,从之去。曲折十余里,始至公主第,下骑祗候。王先持贽入。久之,出,宣言:“公主召某御史。”即有数人接递传呼。侍御伛偻而入,见高堂上坐丽人,姿貌如仙,服饰炳耀,侍姬皆着锦绣,罗列成行。侍御伏谒尽礼,传命赐坐檐下,金碗进茗。主略致温旨,侍御肃而退。自内传赐缎靴、貂帽。既归,深德王,持刺谒谢,则门阖无人。疑其侍主未复。三日三诣,终不复见。使人询诸贵主之门,则高扉扃锢。访之居人,并言:“此间曾无贵主。前有数人僦屋而居,今去已三日矣。”使反命,主仆丧气而已。

副将军某,负资入都,将图握篆,苦无阶。一日,有裘马者谒之,自言:“内兄为天子近侍。”茶已,请间云:“目下有某处将军缺,倘不吝重金,仆嘱内兄游扬圣主之前,此任可致,大力者不能夺也。”某疑其妄。其人曰:“此无须踟蹰。某不过欲抽小数于内兄,于将军锱铢无所望。言定如干数,署券为信。待召见后,方求实给,不效,则汝金尚在,谁从怀中而攫之耶?”某乃喜,诺之。次日,复来引某去,见其内兄云:“姓田。”煊赫如侯家。某参谒,殊傲睨不甚为礼。其人持券向某曰:“适与内兄议,率非万金不可,请即署尾。”某从之。田曰:“人心叵测,事后虑有反复。”其人笑曰:“兄虑之过矣。既能予之,宁不能夺之耶?且朝中将相,有愿纳交而不可得者。将军前程方远,应不丧心至此。”某亦力矢而去。其人送之,曰:“三日即复公命。”逾两日,日方西,数人吼奔而入,曰:“圣上坐待矣!”某惊甚,疾趋入朝。见天子坐殿上,爪牙森立。某拜舞已。上命赐坐,慰问殷勤,顾左右曰:“闻某武烈非常,今见之,真将军才也!”因曰:“某处险要地,今以委卿,勿负朕意,侯封有日耳。”某拜恩出。即有前日裘马者从至客邸,依券兑付而去。于是高枕待绶，日夸荣于亲友。过数日，探访之，则前缺已有人矣。大怒，忿争于兵部之堂，曰："某承帝简，何得授之他人？"司马怪之。及述宠遇，半如梦境。司马怒，执下廷尉。始供其引见者之姓名，则朝中并无此人。又耗万金，始得革职而去。异哉！武弁虽骙，岂朝门亦可假耶？疑其中有幻术存焉，所谓"大盗不操矛弧"者也。

嘉祥李生，善琴。偶适东郊，见工人掘土得古琴，遂以贱直得之。拭之有异光；安弦而操，清烈非常。喜极，若获拱璧，贮以锦囊，藏之密室，虽至戚不以示也。邑丞程氏，新莅任，投刺谒李。李故寡交游，以其先施故，报之。过数日，又招饮，固请乃往。程为人风雅绝伦，议论潇洒，李悦焉。越日，折柬酬之，欢笑益洽。从此月夕花晨，未尝不相共也。年余，偶于丞廨中，见绣囊裹琴置几上，李便展玩。程问："亦谙此否？"李曰："生平最好。"程讶曰："知交非一日，绝技胡不一闻？"拨炉爇沉香，请为小奏。李敬如教。程曰："大高手！愿献薄技，勿笑小巫也。"遂鼓"御风曲"，其声泠泠，有绝世出尘之意。李更倾倒，愿师事之。自此二人以琴交，情分益笃。年余，尽传其技。然程每诣李，李以常琴供之，未肯泄所藏也。一夕，薄醉。丞曰："某新肄一曲，亦愿闻之乎？"为奏"湘妃"，幽怨若泣。李亟赞之。丞曰："所恨无良琴。若得良琴，音调益胜。"李欣然曰："仆蓄一琴，颇异凡品。今遇钟期，何敢终密？"乃启椟负囊而出。程以袍袂拂尘，凭几再鼓，刚柔应节，工妙入神。李击节不置。丞曰："区区拙技，负此良琴。若得荆人一奏，当有一两声可听者。"李惊曰："公闺中亦精之耶？"丞笑曰："适此操乃传自细君者。"李曰："恨在闺阁，小生不得闻耳。"丞曰："我辈通家，原不以形迹相限。明日，请携琴去，当使隔帘为君奏之。"李悦。次日，抱琴而往。丞即治具欢饮。少间，将琴入，旋出即坐。俄见帘内隐隐有丽妆，顷之，香流户外。又少时，弦声细作，听之，不知何曲；但觉荡心媚骨，令人魂魄飞越。曲终便来窥帘，竟二十余绝代之姝也。丞以巨白劝釂，内复改弦为"闲情之赋"，李形神益惑。倾饮过醉，离席兴辞，索琴。丞曰："醉后防有蹉跌。明日复临，当令闺人尽其所长。"李归。次日诣之，则廨舍寂然，惟一老隶应门。问之，云："五更携眷去，不知何作，言往复可三日耳。"如期往伺之，日暮，并无音耗。吏皂皆疑，白令破扃而窥其室，室尽空，惟几榻犹存耳。达之上台，并不测其何故。李丧琴，寝食俱废，不远数千里访诸其家。程故楚产，三年前，捐资受嘉祥。执其姓名，询其居里，楚中并无其人。或云："有程道士者，善鼓琴；又传其有点金术。三年前，忽去不复见。"疑即其人。又细审其年甲、容貌，吻合不谬。乃知道士之纳官，皆为琴也。知交年余，并不言及音律。渐而出琴，渐而献技，又渐而惑以佳丽。浸渍三年，得琴而去。道士之癖，更甚于李生也。天下之骗机多端，若道士，骗中之风雅者矣。

三朝元老

某中堂，故明相也。曾降流寇，世论非之。老归林下，享堂落成，数人直宿其中。天明，见堂上一匾云："三朝元老。"一联云："一二三四五六七，孝弟忠信礼义廉。"不知何时所悬。怪之，不解其义。或测之云："首句隐亡八，次句隐无耻也。"

钟　生

钟庆余，辽东名士，应济南乡试。闻藩邸有道士知人休咎，心向往之。二场后，至趵突泉，适相值。年六十余，须长过胸，一皤然道人也。集问灾祥者如堵，道士悉以微词授之。于众中见生，忻然握手，曰："君心术德行，可敬也！"挽登阁上，屏人语，因问："莫欲知将来否？"曰："然。"曰："子福命至薄，然今科乡举可望。但荣归后，恐不复见尊堂矣。"生至孝，闻之泣下，遂欲不试而归。道士曰："若过此已往，一榜亦不可得矣。"生云："母死不见，且不可复为人，贵为卿相，何加焉？"道士曰："某夙世与君有缘，今日必合尽力。"乃以一丸授之曰："可遣人夙夜将去，服之可延七日。场毕而行，母子犹及见也。"生藏之，匆匆而出，神志丧失。因计终天有期，早归一日，则多得一日之奉养，携仆贳驴，即刻东迈。驱里许，驴忽返奔，下之不驯，控之则蹶。生无计，躁汗如雨。仆劝止之，生不听。又贳他驴，亦如之。日已衔山，莫知为计。仆又劝曰：“明日即完场矣，何争此一朝夕乎？请即先主而行，计亦良得。”不得已，从之。次日，草草竣事，立时遂发，不遑啜息，星驰而归。则母病绵惙，下丹药，渐就痊可。入视之，就榻泫泣。母摇首止之，执手喜曰：“适梦之阴司，见王者颜色和霁。谓稽尔生平，无大罪恶，今念汝子纯孝，赐寿一纪。”生亦喜。历数日，果平健如故。未几，闻捷，辞母如济。因赂内监，致意道士。道士欣然出，生便伏谒。道士曰：“君既高捷，太夫人又增寿数，此皆盛德所致，道人何力焉！”生又讶其先知，因而拜问终身。道士云：“君无大贵，但得耄耋足矣。君前身与我为僧侣，以石投犬，误毙一蛙，今已投生为驴。论前定数，君当横折。今孝德感神，已有解星入命，固当无恙。但夫人前世为妇不贞，数应少寡。今君以德延寿，非其所偶，恐岁后瑶台倾也。”生恻然良久，问继室所在。曰：“在中州，今十四岁矣。”临别嘱曰：“倘遇危急，宜奔东南。”后年余，妻病果死。钟舅令于西江，母遣往省，以便途过中州，将应继室之谶。偶适一村，值临河优戏，士女甚杂。方欲整辔趋过，有一失勒牡驴，随之而行，致骡蹄趹。生回首，以鞭击驴耳，驴惊大奔。时有王世子方六七岁，乳媪抱坐堤上。驴冲过，扈从皆不及防，挤堕河中。众大哗，欲执之。生纵骡绝驰，顿忆道士言，极力趋东南。约三十余里，入一山村，有叟在门，下骑揖之。叟邀入，自言“方姓”，便诘所来。生叩伏在地，具以情告。叟言：“不妨。请即寄居此间，当使徼者去。”至晚得耗，始知为世子，叟大骇曰：“他家可以为力，此真爱莫能助矣！”生哀不已。叟筹思曰：“不可为也。请过一宵，听其缓急，倘可再谋。”生愁怖，终夜不枕。次日侦听，则已行牒讥察，收藏者弃市。叟有难色，无言而入。生疑惧，无以自安。中夜叟来，入坐便问：“夫人年几何矣？”生以鳏对。叟喜曰：“吾谋济矣。”问之，答云：“余姊夫慕道，挂锡南山，姊又谢世。遗有孤女，从仆鞠养，亦颇慧。以奉箕帚如何？”生喜符道士之言，而又冀亲戚密迩，可以得其周谋，曰：“小生诚幸矣。但远方罪人，深恐贻累丈人。”叟曰：“此为君谋也。姊夫道术颇神，但久不与人事矣。合卺后，自与甥女筹之，必合有计。”生喜极，赘焉。女十六岁，艳绝无双。生每对之欷歔。女云：“妾即陋，何遂遽见嫌恶？”生谢曰：“娘子仙人，相偶为幸。但有祸患，恐致乖违。”因以实告。女怨曰：“舅乃非人！此弥天之祸，不可为谋，乃不明言，而陷我于坎窞！”生长跪曰：“是小生以死命哀舅，舅慈悲而穷于术，知卿能生死人而肉白骨也。某诚不足称好逑，然家门幸不辱寞。倘得再生，香花供养有日耳。”女叹曰：“事已至此，夫复何辞？然父自削发招提，儿女之爱已绝。无已，同往哀之，恐担挫辱不浅也。”乃一夜不寐，以毡绵厚作蔽膝，各以隐着衣底；然后唤肩舆，入南山十余里。山径拗折绝险，不复可乘。下舆，女跬步甚艰，生挽臂拽扶之，竭蹶始得上达。不远，即见山门，共坐少憩。女喘汗淫淫，粉黛交下。生见之，情不可忍，曰：“为某事，遂使卿罹此苦！”女愀然曰：“恐此尚未是苦！”困少苏，相将入兰若，礼佛而进。曲折入禅堂，见老僧趺坐，目若瞑，一僮执拂侍之。方丈中，扫除光洁，而坐前悉布沙砾，密如星宿。女不敢择，入跪其上，生亦从诸其后。僧开目一瞻，即复合去。女参曰：“久不定省，今女已嫁，故偕婿来。”僧久之，启视曰：“妮子大累人！”即不复言。夫妻跪良久，筋力俱殆，沙石将压入骨，痛不可支。又移时，乃言曰：“将骡来未？”女答曰：“未。”曰：“夫妻即去，可速将来。”二人拜而起，狼狈而行。既归，如命，不解其意，但伏听之。过数日，相传罪人已得，伏诛讫，夫妻相庆。无何，山中遣僮来，以断杖付生云：“代死者，此君也。”便嘱瘗葬致祭，以解竹木之冤。生视之，断处有血痕焉。乃祝而葬之。夫妻不敢久居，星夜归辽阳。

鬼　妻

泰安聂鹏云，与妻某，鱼水甚谐。妻遘疾卒，聂坐卧悲思，忽忽若失。一夕独坐，妻忽排扉入。聂惊问：“何来？”笑云：“妾已鬼矣。感君悼念，哀白地下主者，聊与作幽会。”聂喜，携就床寝，一切无异于常。从此星离月会，积有年余。聂亦不复言娶。伯叔兄弟惧堕宗主，私谋于族，劝聂鸾续。聂从之，聘于良家。然恐妻不乐，秘之。未几，吉期逼迩。鬼知其情，责之曰：“我以君义，故冒幽冥之谴；今乃质盟不卒，钟情者固如是乎？”聂述宗党之意。鬼终不悦，谢绝而去。聂虽怜之，而计亦得也。迨合卺之夕，夫妇俱寝，鬼忽至，就床上挞新妇，大骂："何得占我床寝！"新妇起，方与挡拒。聂惕然赤蹲，并无敢左右袒。无何，鸡鸣，鬼乃去。新妇疑聂妻故并未死，谓其赚己，投缳欲自缢。聂为之缅述，新妇始知为鬼。日夕复来。新妇惧避之。鬼亦不与聂寝，但以指掐肤肉。已乃对烛目怒相视，默默不语。如是数夕。聂患之。近村有良于术者，削桃为杙，钉墓四隅，其怪始绝。

梦 狼

白翁，直隶人。长子甲，筮仕南服，二年无耗。适有瓜葛丁姓造谒，翁款之。于素走无常。谈次，翁辄问以冥事，丁对语涉幻，翁不深信，但微哂之。别后数日，翁方卧，见丁又来，邀与同游。从之去，入一城阙。移时，丁指一门曰："此间君家甥也。"时翁有姊子为晋令，讶曰："乌在此？"丁曰："倘不信，入便知之。"翁入，果见甥，蝉冠豸绣坐堂上，戟幢行列，无人可通。丁曳之出，曰："公子衙署，去此不远，亦愿见之否？"翁诺。少间，至一第，丁曰："入之。"窥其门，见一巨狼当道，大惧不敢进。丁又曰："入之。"又入一门，见堂上、堂下，坐者、卧者，皆狼也。又视墀中，白骨如山，益惧。丁乃以身翼翁而进。公子甲方自内出，见父及丁良喜。少坐，唤侍者治肴蔌。忽一巨狼，衔死人入。翁战惕而起，曰："此胡为者？"甲曰："聊充庖厨。"翁急止之。心怔忡不宁，辞欲出，而群狼阻道。进退方无所主，忽见诸狼纷然嗥避，或窜床下，或伏几底，错愕不解其故。俄有两金甲猛士努目入，出黑索索甲。甲扑地化为虎，牙齿巉巉。一人出利剑，欲枭其首。一人曰："且勿，且勿，此明年四月间事，不如姑敲齿去。"乃出巨锤锤齿，齿零落堕地。虎大吼，声震山岳。翁大惧，忽醒，乃知其梦。心异之，遣人招丁，丁辞不至。翁志其梦，使次子诣甲，函戒哀切。既至，见兄门齿尽脱，骇而问之，醉中坠马所折。考其时，则父梦之日也。益骇。出父书。甲读之变色，间曰："此幻梦之适符耳，何足怪。"时方赂当路者，得首荐，故不以妖梦为意。弟居数日，见其蠹役满堂，纳贿关说者中夜不绝，流涕谏止之。甲曰："弟日居衡茅，故不知仕途之关窍耳。

黜陟之权，在上台不在百姓。上台喜，便是好官。爱百姓，何术能令上台喜也？"弟知不可劝止，遂归，告父。翁闻之大哭。无可如何，惟捐家济贫，日祷于神，但求逆子之报，不累妻孥。次年，报甲以荐举作吏部，贺者盈门。翁惟欷歔，伏枕托疾不出。未几，闻子归途遇寇，主仆殒命。翁乃起，谓人曰："鬼神之怒，止及其身，祐我家者不可谓不厚也。"因焚香而报谢之。慰藉翁者，咸以为道路讹传，惟翁则深信不疑，刻日为之营兆。而甲固未死。先是，四月间，甲解任，甫离境，即遭寇，甲倾装以献之。诸寇曰："我等来，为一邑之民泄冤愤耳，宁专为此哉！"遂决其首。又问家人："有司大成者谁是？"司故甲之腹心，助纣为虐者，家人共指之，贼亦杀之。更有蠹役四人，甲聚敛臣也，将携入都。并搜决讫，始分资入囊，骛驰而去。甲魂伏道旁，见一宰官过，问："杀者何人？"前驱者曰："某县白知县也。"宰官曰："此白某之子，不宜使老后见此凶惨，宜续其头。"即有一人掇头置腔上，曰："邪人不宜使正，以肩承领可也。"遂去。移时复苏。妻子往收其尸，见有余息，载之以行。从容灌之，亦受饮。但寄旅邸，贫不能归。半年许，翁始得确耗，遣次子致之而归。甲虽复生，而目能自顾其背，不复齿人数矣。翁姊子有政声，是年行取为御史，悉符所梦。

异史氏曰："窃叹天下之官虎而吏狼者，比比也。即官不为虎，而吏且将为狼，况有猛于虎者耶！夫人患不能自顾其后耳，苏而使之自顾，鬼神之教微矣哉！"

邹平李进士匡九，居官颇廉明。常有富民为人罗织，门役吓之曰："官索汝二百金，宜速办。不然，败矣！"富民惧，诺备半数。役摇手不可。富民苦哀之，役曰："我无不极力，但恐不允耳。待听鞫时，汝目睹我为若白之，其允与否，亦可明我意之无他也。"少间，公按是事。役知李戒烟，近问："饮烟否？"李摇其首。役即趋下曰："适言其数，官摇首不许，汝见之耶？"富民信之，惧，许如数。役知李嗜茶，近问："饮茶否？"李颔之。役托烹茶，趋下曰："谐矣！适首肯，汝见之耶？"既而审结，富民果获免，役即收其苞苴，且索谢金。呜呼！官自以为廉，而骂其贪者载道焉，此又纵狼而不自知者矣。世之如此类者更多，可为居官者备一鉴也。

象

粤中有猎兽者,挟矢如山。偶卧憩息,不觉沉睡,被象来鼻摄而去。自分必遭残害。未几,释置树下,顿首一鸣,群象纷至,四面旋绕,若有所求。前象伏树下,仰视树而俯视人,似欲其登。猎者会意,即足踏象背,攀援而升。虽至树巅,亦不知其意向所存。少时,有狻猊来,众象皆伏。狻猊择一肥者,意将搏噬。象战栗,无敢逃者,惟共仰树上,似求怜拯。猎者会意,因望狻猊发一弩,狻猊立殪。诸象瞻空,意若拜舞。猎者乃下,象复伏,以鼻牵衣,似欲其乘。猎者随跨身其上,象乃行。至一处,以蹄穴地,得脱牙无算。猎人下,束治置象背。象乃负送出山,始返。

负尸

有樵夫赴市,荷杖而归,忽觉杖头如有重负。回顾,见一无头人悬系其上。大惊,脱杖乱击之,遂不复见。骇奔,至一村,时已昏暮,有数人爇火照地,似有所寻。近问讯,盖众适聚坐,忽空中堕一人头,须发蓬然,倏忽已渺。樵人亦言所见,合之适成一人,究不解其何来。后有人荷篮而行,忽见其中有人头,人讶诘之,始大惊,倾诸地上,宛转而没。

紫花和尚

诸城丁生,野鹤公之孙也。少年名士,沉病而死,隔夜复苏,曰:"我悟道矣。"时有僧善参玄,遣人邀至,使就榻前讲《楞严》。生每听一节,都言非是,乃曰:"使吾病痊,证道何难。惟某生可愈吾疾,宜虔请之。"盖邑有某生者,精岐黄而不以术行,三聘始至,疏方下药,病愈。既归,一女子自外入,曰:"我董尚书府中侍儿也。紫花和尚与妾有夙冤,今得追报,君又活之耶?再往,祸将及。"言已,遂没。某惧,辞丁。丁病复作,固要之,乃以实告。丁叹曰:“孽自前生,死吾分耳。”寻卒。后寻诸人,果有紫花和尚,高僧也,青州董尚书夫人尝供养家中,亦无有知其冤之所自结者。

嫦　娥

太原宗子美,从父游学,流寓广陵。父与红桥下林妪有素。一日,父子过红桥,遇之,固请过诸其家,瀹茗共话。有女在旁,殊色也,翁亟赞之。妪顾宗曰:“大郎温婉如处子,福相也。若不鄙弃,便奉箕帚,如何?”翁笑,促子离席,使拜媪曰:“一言千金矣!”先是,妪独居,女忽自至,告诉孤苦。问其小字,则名嫦娥。妪爱而留之,实将奇货居之也。时宗年十四,睨女窃喜,意翁必媒定之,而翁归若忘。心灼热,隐以白母。翁笑曰:“曩与贪婆子戏耳。彼不知将卖黄金几何矣,此何可易言!”逾年,翁媪并卒。子美不能忘情嫦娥,服将阕,托人示意林妪。妪初不承,宗忿曰:“我生平不轻折腰,何媪视之不值一钱?若负前盟,须见还也!”妪乃云:“曩或与而翁戏约,容有之。但无成言,遂都忘却。今既云云,我岂留嫁天王耶?要日日装束,实望易千金;今请半焉,可乎?”宗自度难办,亦遂置之。适有寡媪僦居西邻,有女及笄,小名颠当。偶窥之,雅丽不减嫦娥。向慕之,每以馈遗阶进,久而渐熟,往往送情以目,而欲语无间。一夕,逾垣乞火。宗喜挽之,遂相燕好。约为嫁娶,辞以兄负贩未归。由此蹈隙往来,形迹周密。一日,偶经红桥,见嫦娥适在门内,疾趋过之。嫦娥望见,招之以手,宗驻足。女又招之,遂入。女以背约让宗,宗述其故。女入室,取黄金一铤付之。宗不受,辞曰:“自分永与卿绝,遂他有所约。受金而为卿谋,是负人也。受金而不为卿谋,是负卿也。诚不敢有所负。”女良久曰:“君所约,妾颇知之,其事必无成。即成之,妾不怨君之负心也。其速行,媪将至矣。”宗仓卒无以自主,受之而归。隔夜,告之颠当。颠当深然其言,但劝宗专心嫦娥。宗不语,愿下之,而宗乃悦。即遣媒纳金林妪,妪无辞,以嫦娥归宗。入门后,悉述颠当言。嫦娥微笑,阳怂恿之。宗喜,急欲一白颠当,而颠当迹久绝。嫦娥知其为己,因暂归宁，故予之间，嘱宗窃其佩囊。已而颠当果至，与商所谋，但言勿急。及解衿狎笑，胁下有紫荷囊，将便摘取。颠当变色起曰："君与人一心，而与妾二！负心郎！请从此绝。"宗曲意挽解，不听，竟去。一日，过其门探察之，已另有吴客僦居其中，颠当子母迁去已久，影灭迹绝，莫可问讯。宗自娶嫦娥，家暴富，连阁长廊，弥亘街路。嫦娥善谐谑，适见美人画卷，宗曰："吾自谓，如卿天下无两，但不曾见飞燕、杨妃耳。"女笑曰："若欲见之，此亦何难。"乃执卷细审一过，便趋入室，对镜修妆，效飞燕舞风，又学杨妃带醉。长短肥瘦，随时变更；风情态度，对卷逼真。方作态时，有婢自外至，不复能识，惊问其僚，复向审注，恍然始笑。宗喜曰："吾得一美人，而千古之美人，皆在床闼矣！"一夜，方熟寝，数人撬扉而入，火光射壁。女急起，惊言："盗入！"宗初醒，即欲鸣呼。一人以白刃加颈，惧不敢喘。又一人掠嫦娥负背上，哄然而去。宗始号，家役毕集，室中珍玩，无少亡者。宗大悲，恇然失图，无复情地。告官追捕，殊无音息。荏苒三四年，郁郁无聊，因假赴试入都。居半载，占验询察，无计不施。偶过姚巷，值一女子，垢面敝衣，伛儴如丐。停趾相之，乃颠当也。骇曰："卿何憔悴至此？"答云："别后南迁，老母即世，为恶人掠卖旗下，挞辱冻馁，所不忍言。"宗泣下，问："可赎否？"曰："难矣。耗费烦多，不能为力。"宗曰："实告卿，年来颇称小有，惜客中资斧有限，倾装货马，所不敢辞。如所需过奢，当归家营办之。"女约明日出西城，相会丛柳下，嘱独往，勿以人从。宗曰："诺。"次日，早往，则女先在，袿衣鲜明，大非前状。惊问之，笑曰："曩试君心耳，幸绨袍之意犹存。请至敝庐，宜必得当以报。"北行数武，即至其家，遂出肴酒，相与谈宴。宗约与俱归。女曰："妾多俗累，不能从。嫦娥消息，固颇闻之。"宗急询其何所，女曰："其行踪缥缈，妾亦不能深悉。西山有老尼，一目眇，问之，当自知。"遂止宿其家。天明示以径。宗至其处，有古寺，周垣尽颓，丛竹内有茅屋半间，老尼缀衲其中。见客至，漫不为礼。宗揖之，尼始举头致问。因告姓氏，即白所求。尼曰："八十老瞽，与世睽绝，何处知佳人消息？"宗固求之。乃曰："我实不知。有二三戚属，来夕相过，或小女子辈识之，未可知。汝明夕可来。"宗乃出。次日再至，则尼他出，败扉扃焉。伺之既久，更漏已催，明月高揭，徘徊无计，遥见二三女郎自外入，则嫦娥在焉。宗喜极，突起，急揽其袪。嫦娥曰："莽郎君！吓煞妾矣！可恨颠当饶舌，乃教情欲缠人。"宗曳坐，执手款曲，历诉艰难，不觉恻楚。女曰："实相告：妾实姮娥被谪，浮沉俗间，其限已满；托为寇劫，所以绝君望耳。尼亦王母守府者，妾初谴时，蒙其收恤，故暇时常一临存。君如释妾，当为代致颠当。"宗不听，垂首陨涕。女遥顾曰："姊妹辈来矣。"宗方四顾，而嫦娥已杳。宗大哭失声，不欲复活，因解带自缢。恍惚觉魂已出舍，伥伥靡适。俄见嫦娥来，捉而提之，足离于地。入寺，取树上尸推挤之，唤曰："痴郎，痴郎！嫦娥在此。"忽若梦醒。少定，女恚曰："颠当贱婢！害妾而杀郎君，我不能恕之也！"下山赁舆而归。既命家人治装，乃返身出西城，诣谢颠当。至则舍宇全非，愕叹而返。窃幸嫦娥不知。入门，嫦娥迎笑曰："君见颠当耶？"宗愕然不能答。女曰："君背嫦娥，乌得颠当？请坐待之，当自至。"未几，颠当果至，仓皇伏榻下。嫦娥叠指弹之，曰："小鬼头陷人不浅！"颠当叩头，但求赊死。嫦娥曰："推人坑中，而欲脱身天外耶？广寒十一姑不日下嫁，须绣枕百幅、履百双，可从我去，相共操作。"颠当恭白："但求分工，按时赍送。"女不许，谓宗曰："君若缓颊，即便放却。"颠当目宗，宗笑不语。颠当目怒之。乃乞还告家人，许之，遂去。宗问其生平，乃知其西山狐也。买舆待之。次日，果来，遂俱归。然嫦娥重来，恒持重不轻谐笑。宗强使狎戏，惟密教颠当为之。颠当慧绝，工媚。嫦娥乐独宿，每辞不当夕。一夜，漏三下，犹闻颠当房中，吃吃不绝。使婢窃听之。婢还，不以告，但请夫人自往。伏窗窥之，则见颠当凝妆作己状，宗拥抱，呼以嫦娥。女哂而退。未几，颠当心暴痛，急披衣，曳宗诣嫦娥所，入门便伏。嫦娥曰："我岂医巫厌胜者？汝欲自捧心效西子耳。"颠当顿首，但言知罪。女曰："愈矣。"遂起，失笑而去。颠当私谓宗："吾能使娘子学观音。"宗不信，因戏相赌。嫦娥每趺坐，眸含若瞑。颠当悄以玉瓶插柳置几上，自乃垂发合掌，侍立其侧，樱唇半启，瓠犀微露，睛不少瞬。宗笑之。嫦娥开目问之，颠当曰："我学龙女侍观音耳。"嫦娥笑骂之，罚使学童子拜。颠当束发，遂四面朝参之，伏地翻转，逞诸变态，左右侧折，袜能磨乎其耳。嫦娥解颐，坐而蹴之。颠当仰首，口衔凤钩，微触以齿。嫦娥方嬉笑间，忽觉媚情一缕，自足趾而上，直达心舍，意荡思淫，若不自主。乃急敛神，呵曰："狐奴当死！不择人而惑之耶？"颠当惧，释口投地。嫦娥又厉责之，众不解。嫦娥谓宗曰："颠当狐性不改，适间几为所愚。若非夙根深者，堕落何难！"自是见颠当，每严御之。颠当惭惧，告宗曰："妾于娘子一肢一体，无不亲爱，爱之极，不觉媚之甚。谓妾有异心，不惟不敢，亦不忍。"宗因以告嫦娥，嫦娥遇之如初。然以狎戏无节，数戒宗，宗不听。因而大小婢妇，竞相狎戏。一日，二人扶一婢，效作杨妃。二人以目会意，赚婢懈骨作酣态，两手遽释，婢暴颠墀下，声如倾堵。众方大哗，近抚之，而妃子已作马嵬薨矣。众大惧，急白主人。嫦娥惊曰："祸作矣！我言如何哉！"往验之，不可救。使人告其父。父某甲，素无行，号奔而至，负尸入厅事，叫骂万端。宗闭户惴恐，莫知所措。嫦娥自出责之，曰："主郎虐婢至死，律无偿法；且邂逅暴殂，焉知其不再苏？"甲噪言："四支已冰，焉有生理！"嫦娥曰："勿哗。纵不活，自有官在。"乃入厅事抚尸，而婢已苏，抚之随手而起。嫦娥返身怒曰："婢幸不死，贼奴何得无状！可以草索絷送官府！"甲无词，长跪哀免。嫦娥曰："汝既知罪，姑免究处。但小人无赖，反复何常，留汝女终为祸胎，宜即将去。原价如干数，当速措置来。"遣人押出，俾浼二三村老，券证署尾。已，乃唤婢至前，使甲自问之："无恙乎？"答曰："无恙。"乃付之去。已，遂召诸婢，数责遍扑。又呼颠当，为之厉禁。谓宗曰："今而知为人上者，一笑嚬亦不可轻。谑端开之自妾，而流弊遂不可止。凡哀者属阴，乐者属阳；阳极阴生，此循环之定数。婢子之祸，是鬼神告之以渐也。荒迷不悟，则倾覆及之矣。"宗敬听之。颠当泣求拔脱。嫦娥乃掐其耳，逾刻释手，颠当怃然为间，忽若梦醒，据地自投，欢喜欲舞。由此闺阁清肃，无敢哗者。婢至其家，无疾暴死。甲以赎金莫偿，浼村老代求怜恕，许之。又以服役之情，施以材木而去。宗常患无子。嫦娥腹中忽闻儿啼，遂以刃破左胁出之，果男；无何，复有身，又破右胁而出一女。男酷类父，女酷类母，皆论昏于世家。

异史氏曰："阳极阴生，至言哉！然室有仙人，幸能极我之乐，消我之灾，长我之生，而不我之死。是乡乐，老焉可矣，而仙人顾忧之耶？天运循还之数，理固宜然；而世之长困而不亨者，又何以为解哉？昔宋人有求仙不得者，每曰：'作一日仙人，而死亦无憾。'我不复能笑之也。"

鞠乐如

鞠乐如，青州人。妻死，弃家而去。后数年，道服荷蒲团至。经宿欲去，戚族强留其衣杖。鞠托闲步至村外，室中服具，皆冉冉飞出，随之而去。

褚生

顺天陈孝廉，十六七岁时，尝从塾师读于僧寺，徒侣綦繁。内有褚生，自言山东人，攻苦讲求，略不暇息，且寄宿斋中，未尝一见其归。陈与最善，因诘之。答曰："仆家贫，办束金不易，即不能惜寸阴，而加以夜半，则我之二日，可当人三日。"陈感其言，欲携榻来与共寝。褚止之曰："且勿，且勿！我视先生，学非吾师也。阜城门有吕先生，年虽耄，可师，请与俱迁之。"盖都中设帐者多以月计，月终束金完，任其留止。于是两生同诣吕。吕，越之宿儒，落魄不能归，因授童蒙，实非其志也。得两生甚喜；而褚又甚慧，过目辄了，故尤器重之。两人情好款密，昼同几，夜同榻。月既终，褚忽假归，十余日不复至。共疑之。一日，陈以故至天宁寺，遇褚廊下，劈蔴淬硫，作火具焉。见陈，忸怩不安。陈问："何遽废读？"褚握手请间，戚然曰："贫无以遗先生，必半月贩，始能一月读。"陈感慨良久，曰："但往读，自合极力。"命从人收其业，同归塾。戒陈勿泄，但托故以告先生。陈父固肆贾，居物致富，陈辄窃父金，代褚遗师。父以亡金责陈，陈实告之。父以为痴，遂使废学。褚大惭，别师欲去。吕知其故，让之曰："子既贫，胡不早告？"乃悉以金返陈父，止褚读如故，与共饔飧，若子焉。陈虽不入馆，每邀褚过酒家饮。褚固以避嫌不往;而陈要之弥坚,往往泣下,褚不忍绝,遂与往来无间。逾二年,陈父死,复求受业。吕感其诚,纳之。而废学既久,较褚悬绝矣。居半年,吕长子自越来,丐食寻父。门人辈敛金助装,褚惟洒涕依恋而已。吕临别,嘱陈师事褚。陈从之,馆褚于家。未几,入邑庠,以"遗才"应试。陈虑不能终幅,褚请代之。至期,褚偕一人来,云是表兄刘天若,嘱陈暂从去。陈方出,褚忽自后曳之,身欲踣,刘急挽之而去。览眺一过,相携宿于其家。家无妇女,即馆客于内舍。居数日,忽已中秋。刘曰:"今日李皇亲园中,游人甚夥,当往一豁积闷,相便送君归。"使人荷茶鼎、酒具而往。但见水肆梅亭,喧啾不得入。过水关,则老柳之下,横一画桡,相将登舟。酒数行,苦寂。刘顾僮曰:"梅花馆近有新姬,不知在家否?"僮去少时,与姬俱至,盖勾栏李遏云也。李,都中名妓,工诗善歌。陈曾与友人饮其家,故识之。相见,略道温凉,姬戚戚有忧容。刘命之歌,为歌《蒿里》。陈不悦,曰:"主客即不当卿意,何至对生人歌死曲?"姬起谢,强颜欢笑,乃歌艳曲。陈喜,捉腕曰:"卿向日《浣溪纱》读之数过,今并忘之。"姬吟曰:"泪眼盈盈对镜台,开帘忽见小姑来,低头转侧看弓鞋。强解绿蛾开笑面,频将红袖拭香腮,小心犹恐被人猜。"陈反复数四。已而泊舟,过长廊,见壁上题咏甚多,即命笔记词其上。日已薄暮,刘曰:"闱中人将出矣。"遂送陈归。入门,即别去。陈见室暗无人,俄延间,褚已入门,细审之,却非褚生。方疑,客遽近身而仆。家人曰:"公子惫矣!"共扶拽之。转觉仆者非他,即己也。既起,见褚生在旁,惚惚若梦。屏人而研究之。褚曰:"告之勿惊:我实鬼也。久当投生,所以因循于此者,高谊所不能忘,故附君体,以代捉刀。三场毕,此愿了矣。"陈复求赴春闱。曰:"君先世福薄,悭吝之骨,诰赠所不堪也。"问:"将何适?"曰:"吕先生与仆有父子之分,系念常不能置。表兄为冥司典簿,求白地府主者,或当有说。"遂别而去。陈异之。天明,访李姬,将问以泛舟之事,则姬死数日矣。又至皇亲园,见题句犹存,而淡墨依稀,若将磨灭。始悟题者为魂,作者为鬼。至夕,褚喜而至,曰:"所谋幸成,敬与君别。"遂伸两掌,命陈书褚字于上以志之。陈将置酒为饯,摇首曰:"勿须。君如不忘旧好，放榜后，勿惮修阻。”陈挥涕送之。见一人伺候于门，褚方依依，其人以手按其项，随手而匾，掬入囊，负之而去。过数日，陈果捷。于是治装如越。吕妻断育几十年，五旬余，忽生一子，两手握固不可开。陈至，请相见，便谓掌中当有文曰“褚”。吕不深信。儿见陈，十指自开，视之果然。惊问其故，具告之。共相欢异。陈厚贻之，乃返。后吕以岁贡，廷试入都，舍于陈，则儿十三岁，入泮矣。

异史氏曰：“吕老教门人，而不知自教其子。呜呼！作善于人，而降祥于己，一间也哉！褚生者，未以身报师，先以魂报友，其志其行，可贯日月，岂以其鬼故奇之与！”

盗　户

顺治间，滕、峄之区，十人而七盗，官不敢捕。后受抚，邑宰别之为“盗户”。凡值与良民争，则曲意左袒之，盖恐其复叛也。后讼者辄冒称盗户，而怨家则力攻其伪。每两造具陈，曲直且置不辨，而先以盗之真伪，反复相苦，烦有司稽籍焉。适官署多狐，宰有女为所惑，聘术士来，符捉入瓶，将炽以火。狐在瓶内大呼曰：“我盗户也！”闻者无不匿笑。

异史氏曰：“今有明火劫人者，官不以为盗而以为奸；逾墙行淫者，每不自认奸而自认盗：世局又一变矣。设今日官署有狐，亦必大呼曰‘吾盗’无疑也。”

鸿

天津弋人得一鸿，其雄者随至其家，哀鸣翱翔，抵暮始去。次日，弋人早出，则鸿已至，飞号从之，既而集其足下。弋人将并捉之。见其伸颈俯仰，吐出黄金半铤。弋人悟其意，乃曰：“是将以赎妇也。”遂释雌。两鸿徘徊，若有悲喜，遂双飞而去。弋人称金，得二两六钱强。噫！禽鸟何知，而钟情若此！悲莫悲于生别离，物亦然耶？

霍 女

朱大兴，彰德人。家富有而吝啬已甚，非儿女婚嫁，座无宾、厨无肉。然佻达喜渔色，色所在，冗费不惜。每夜，逾垣过村，从荡妇眠。一夜，遇少妇独行，知为亡者，强胁之，引与俱归。烛之，美绝。自言“霍氏”。细致研诘。女不悦，曰：“既加收齿，何必复盘察？如恐相累，不如早去。”朱不敢问，留与寝处。顾女不能安粗粝，又厌见肉臛，必燕窝、鸡心、鱼肚白作羹汤，始能餍饱。朱无奈，竭力奉之。又善病，日须参汤一碗。朱初不肯。女呻吟垂绝，不得已，投之，病若失。遂以为常。女衣必锦绣，数日，即厌其故。如是月余，计费不赀，朱渐不供。女啜泣不食，求去。朱惧，又委曲承顺之。每苦闷，辄令十数日一招优伶为戏；戏时，朱设凳帘外，抱儿坐观之。女亦无喜容，数相诮骂，朱亦不甚分解。居二年，家渐落。向女婉言，求少减，女许之，用度皆损其半。久之，仍不给，女亦以肉糜相安，又渐而不珍亦御矣。朱窃喜。忽一夜，启后扉亡去。朱怊怅若失，遍访之，乃知在邻村何氏家。何，大姓，世胄也，豪纵好客，灯火达旦。忽有丽人，半夜入闺闼。诘之，则朱家之逃妾也。朱为人，何素藐之，又悦女美，竟纳焉。绸缪数日，益惑之，穷极奢欲，供奉一如朱。朱得耗，坐索之，何殊不为意。朱质于官。官以其姓名来历不明，置不理。朱货产行赇，乃准拘质。女谓何曰：“妾在朱家，原非采礼媒定者，胡畏之？”何喜，将与质成。座客顾生谏曰：“收纳逋逃，已干国纪；况此女入门，日费无度，即千金之家，何能久也？”何大悟，罢讼，以女归朱。过一二日，女又逃。有黄生者，故贫士，无偶。女扣扉入，自言所来。黄见艳丽忽投，惊惧不知所为。黄素怀刑，固却之。女不去。应对间，娇婉无那。黄心动，留之，而虑其不能安贫。女早起，躬操家苦，劬劳过旧室焉。黄为人蕴藉潇洒，工于内媚，因恨相得之晚。止恐风声漏泄，为欢不久。而朱自讼后，家益贫，又度女不能安，遂置不究。女从黄数岁，亲爱甚笃。一日，忽欲归宁，要黄御送之。黄曰：“向言无家，何前后之舛？”曰：“曩漫言之。妾，镇江人。昔从荡子，流落江湖，遂至于此。妾家颇裕，君竭资而往，必无相亏。”黄从其言，赁舆同去。至扬州境，泊舟江际。女适凭窗，有巨商子过，惊其艳，反舟缀之，而黄不知也。女忽曰：“君家綦贫，今有一疗贫之法，不知能从否？”黄诘之，女曰：“妾相从数年，未能为君育男女，亦一不了事。妾虽陋，幸未老耄，有能以千金相赠者，便鬻妾去，此中妻室、田庐皆备焉。此计如何？”黄失色，不知何故。女笑曰：“君勿急，天下固多佳人，谁肯以千金买妾者？其戏言于外，以觇其有无。卖不卖，固自在君耳。”黄不肯。女自与榜人妇言之，妇目黄，黄漫应焉。妇去无几，返言：“邻舟有商人子，愿出八百。”黄故摇首以难之。未几，复来，便言如命，即请过船交兑。黄微哂。女曰：“教渠姑待，我嘱黄郎，即令去。”女谓黄曰：“妾日以千金之躯事君，今始知耶？”黄问：“以何词遣之？”女曰：“请即往署券，去不去固自在我耳。”黄不可。女逼促之，黄不得已诣焉。立刻兑付，黄令封志之，曰：“遂以贫故，竟果如此，遽相割舍。倘室人必不肯从，仍以原金璧赵。”方运金至舟，女已从榜人妇从船尾登商舟，遥顾作别，并无凄恋。黄惊魂离舍，嗌不能言。俄商舟解缆，去如箭激。黄大号，欲追傍之。榜人不从，开舟南渡矣。瞬息达镇江，运资上岸。榜人急解舟去。黄守装闷坐，无所适归，望江水之滔滔，如万镝之丛体。方掩泣间，忽闻娇声呼“黄郎”。愕然回顾，则女已在前途。喜极，负装从之，问：“卿何遽得来？”女笑曰：“再迟数刻，则君有疑心矣。”黄乃疑其非常，固诘其情。女笑曰：“妾生平于吝者则破之，于邪者则诳之也。若实与君谋，君必不肯，何处可致千金者？错囊充牣，而合浦珠还，君幸足矣，穷问何为？”乃雇役荷囊，相将俱去。至水门内，一宅南向，径入。俄而翁媪男妇，纷出相迎，皆曰：“黄郎来也！”黄入参公姥。有两少年揖坐与语，是女兄弟大郎、三郎也。筵间味无多品，玉柈四枚，方几已满。鸡蟹鹅鱼，皆脔切为个。少年以巨碗行酒，谈吐豪放。已而导入别院，俾夫妇同处。衾枕滑奭，而床则以熟革代棕藤焉。日有婢媪馈致三餐，女或时竟日不出。黄独居闷苦，屡言归，女固止之。一日，谓黄曰：“今为君谋：请买一人，为子嗣计。然买婢媵则价奢；当伪为妾也兄者，使父与论婚，良家子不难致。”黄不可。女弗听。有张贡士之女新寡，议聘金百缗，女强为娶之。新妇小名阿美，颇婉妙。女嫂呼之;黄瑟踧不安,女殊坦坦。他日,谓黄曰:“妾将与大姊至南海一省阿姨,月余可返,请夫妇安居。”遂去。夫妻独居一院,按时给饮食,亦甚隆备。然自入门后,曾无一人复至其室。每晨,阿美入觐媪,一两言辄退。娣姒在旁,惟相视一笑。既流连久坐,亦不款曲。黄见翁,亦如之。偶值诸郎聚语,黄至,既都寂然。黄疑闷莫可告语。阿美觉之,诘曰:“君既与诸郎伯仲,何以月来都如生客?”黄仓猝不能对,吃吃而言曰:“我十年于外,今始归耳。”美又细审翁姑阀阅,及妯娌里居。黄大窘,不能复隐,底里尽露。女泣曰:“妾家虽贫,无作贱媵者,无怪诸宛若鄙不齿数矣!”黄惶怖莫知筹计,惟长跪一听女命。美收涕挽之,转请所处。黄曰:“仆何敢他谋,计惟孑身自去耳。”女曰:“既嫁复归,于情何忍?渠虽先从,私也;妾虽后至,公也。不如姑俟其归,问彼既出此谋,将何以置妾也?”居数月,女竟不返。一夜,闻客舍喧饮。黄潜往窥之,见二客戎装上座:一人裹豹皮巾,凛若天神;东首一人,以虎头革作兜牟,虎口衔额,鼻耳悉具焉。惊异而返,以告阿美,竟莫测霍父子何人。夫妻疑惧,谋欲僦寓他所,又恐生其猜度。黄曰:“实告卿:即南海人还,折证已定,仆亦不能家此也。今欲携卿去,又恐尊大人别有异言。不如姑别,二年中当复至。卿能待,待之。如欲他适,亦自任也。”阿美欲告父母而从之,黄不可。阿美流涕,要以信誓,乃别而归。黄入辞翁姑。时诸郎皆他出,翁挽留以待其归,黄不听而行。登舟凄然,形神丧失。至瓜州,忽回首见片帆来,驶如飞;渐近,则船头按剑而坐者,霍大郎也。遥谓曰:“君欲遄返,胡再不谋?遗夫人去,二三年谁能相待也?”言次,舟已逼近。阿美自舟中出,大郎挽登黄舟,跳身径去。先是,阿美既归,方向父母泣诉,忽大郎将舆登门,按剑相胁,逼女风走。一家慑息,莫敢遮问。女述其状,黄不解何意,而得美良喜,开舟遂发。至家,出资营业,颇称富有。阿美常悬念父母,欲黄一往探之;又恐以霍女来,嫡庶复有参差。居无何,张翁访至,见屋宇修整,心颇慰,谓女曰:“汝出门后,遂诣霍家探问,见门户已扃,第主亦不之知,半年竟无消息。汝母日夜零涕,谓被奸人赚去,不知流离何所。今幸无恙耶?”黄实告以情,因相猜为神。后阿美生子,取名仙赐。至十余岁,母遣诣镇江,至扬州界,休于旅舍,从者皆出。有女子来,挽儿入他室,下帘,抱诸膝上,笑问何名。儿告之。问:“取名何义?”答云:“不知。”女曰:“归问汝父当自知。”乃为挽髻,自摘髻上花代簪之,出金钏束腕上。又以黄金内袖,曰:“将去买书读。”儿问其谁,曰:“儿不知更有一母耶?归告汝父:朱大兴死无棺木,当助之,勿忘也。”老仆归舍,失少主。寻至他室,闻与人语,窥之,则故主母。帘外微嗽,将有咨白。女推儿榻上,恍惚已杳。问之舍主,并无知者。数日,自镇江归,语黄,又出所赠。黄感叹不已。及询朱,则死裁三日,露尸未葬,厚恤之。

异史氏曰:“女其仙耶?三易其主不为贞。然为吝者破其悭,为淫者速其荡,女非无心者也。然破之则不必其怜之矣,贪淫鄙吝之骨,沟壑何惜焉?”

司　文　郎

平阳王平子,赴试北闱,赁居报国寺。寺中有余杭生先在,王以比屋居,投刺焉。生不之答。朝夕遇之,多无状。王怒其狂悖,交往遂绝。一日,有少年游寺中,白服裙帽,望之傀然。近与接谈,言语谐妙,心爱敬之。展问邦族,云:“登州宋姓。”因命苍头设座,相对噱谈。余杭生适过,共起逊坐。生居然上座,更不㧑挹。卒然问宋:“亦入闱者耶?”答曰:“非也。驽骀之才,无志腾骧久矣。”又问:“何省?”宋告之。生曰:“竟不进取,足知高明。山左、右并无一字通者。”宋曰:“北人固少通者,而不通者未必是小生;南人固多通者,然通者亦未必是足下。”言已,鼓掌。王和之,因而哄堂。生惭忿,轩眉攘腕而大言曰:“敢当前命题,一校文艺乎?”宋他顾而哂曰:“有何不敢!”便趋寓所,出经授王。王随手一翻,指曰:“阙党童子将命。”生起,求笔札。宋曳之曰:“口占可也。我破已成:‘于宾客往来之地,而见一无所知之人焉。’”王捧腹大笑。生怒曰:“全不能文,徒事嫚骂,何以为人!”王力为排难,请另命佳题。又翻曰:“殷有三仁焉。”宋立应曰:“三子者不同道,其趋一也。夫一者何也?曰:仁也。君子亦仁而已矣,何必同?”生遂不作,起曰:“其为人也小有才。”遂去。王以此益重宋。

邀入寓室，款言移晷，尽出所作质宋。宋流览绝疾，逾刻已尽百首，曰："君亦沉深于此道者？然命笔时，无求必得之念，而尚有冀幸得之心，即此已落下乘。"遂取阅过者一一诠说。王大悦，师事之；使庖人以蔗糖作水角。宋啖而甘之，曰："生平未解此味，烦异日更一作也。"从此相得甚欢。宋三五日辄一至，王必为之设水角焉。余杭生时一遇之，虽不甚倾谈，而傲睨之气顿减。一日，以窗艺示宋。宋见诸友圈赞已浓，目一过，推置案头，不作一语。生疑其未阅，复请之，答已览竟。生又疑其不解。宋曰："有何难解？但不佳耳！"生曰："一览丹黄，何知不佳？"宋便诵其文，如夙读者，且诵且訾。生踧踖汗流，不言而去。移时，宋去。生入，坚请王作。王拒之。生强搜得，见文多圈点，笑曰："此大似水角子！"王故朴讷，靦然而已。次日，宋至，王具以告。宋怒曰："我谓'南人不复反矣'，伧楚何敢乃尔！必当有以报之！"王力陈轻薄之戒以劝之，宋深感佩。既而场后，以文示宋，宋颇相许。偶与涉历殿阁，见一瞽僧坐廊下，设药卖医。宋讶曰："此奇人也！最能知文，不可不一请教。"因命归寓取文。遇余杭生，遂与俱来。王呼师而参之。僧疑其问医者，便诘症候。王具白请教之意。僧笑曰："是谁多口？无目何以论文？"王请以耳代目。僧曰："三作两千余言，谁耐久听！不如焚之，我视以鼻可也。"王从之。每焚一作，僧嗅而颔之曰："君初法大家，虽未逼真，亦近似矣。我适受之以脾。"问："可中否？"曰："亦中得。"余杭生未深信，先以古大家文烧试之。僧再嗅曰："妙哉！此文我心受之矣，非归、胡何解办此！"生大骇，始焚己作。僧曰："适领一艺，未窥全豹，何忽另易一人来也？"生托言："朋友之作，止此一首，此乃小生作也。"僧嗅其余灰，咳逆数声，曰："勿再投矣！格格而不能下，强受之以膈。再焚，则作恶矣。"生惭而退。数日榜放，生竟领荐，王下第。生与王走告僧。僧叹曰："仆虽盲于目，而不盲于鼻，帘中人并鼻盲矣。"俄余杭生至，意气发舒，曰："盲和尚，汝亦啖人水角耶？今竟何如？"僧曰："我所论者文耳，不谋与君论命。君试寻诸试官之文，各取一首焚之，我便知孰为尔师。"生与王并搜之，止得八九人。生曰："如有舛错，以何为罚？"僧愤曰："剜我盲瞳去！"生焚之，每一首，都言非是。至第六篇，忽向壁大呕，下气如雷。众皆粲然。僧拭目向生曰:“此真汝师也! 初不知而骤嗅之,刺于鼻,棘于腹,膀胱所不能容,直自下部出矣!”生大怒,去,曰:“明日自见,勿悔,勿悔!”越二三日,竟不至。视之,已移去矣。乃知即某门生也。宋慰王曰:“凡吾辈读书人,不当尤人,但当克己:不尤人则德益弘,能克己则学益进。当前踧落,固是数之不偶。平心而论,文亦未便登峰,其由此砥砺,天下自有不盲之人。”王肃然起敬。又闻次年再行乡试,遂不归,止而受教。宋曰:“都中薪桂米珠,勿忧资斧。舍后有窖镪,可以发用。”即示之处。王谢曰:“昔窦、范贫而能廉,今某幸能自给,敢自污乎?”王一日醉眠,仆及庖人窃发之。王忽觉,闻舍后有声;窃出,则金堆地上。情见事露,并相慑伏。方诃责间,见有金爵,类多镌款,审视,皆大父字讳。盖王祖曾为南部郎,入都寓此,暴病而卒,金其所遗也。王乃喜,秤得金八百余两。明日告宋,且示之爵,欲与瓜分,固辞乃已。以百金往赠瞽僧,僧已去。积数月,敦习益苦。及试,宋曰:“此战不捷,始真是命矣!”俄以犯规被黜。王尚无言,宋大哭,不能止。王反慰解之。宋曰:“仆为造物所忌,困顿至于终身,今又累及良友。其命也夫! 其命也夫!”王曰:“万事固有数在。如先生乃无志进取,非命也。”宋拭泪曰:“久欲有言,恐相惊怪:某非生人,乃飘泊之游魂也。少负才名,不得志于场屋。佯狂至都,冀得知我者,传诸著作。甲申之年,竟罹于难,岁岁飘蓬。幸相知爱,故极力为‘他山’之攻,生平未酬之愿,实欲借良朋一快之耳。今文字之厄若此,谁复能漠然哉!”王亦感泣,问:“何淹滞?”曰:“去年上帝有命,委宣圣及阎罗王核查劫鬼,上者备诸曹任用,余者即俾转轮。贱名已录,所未投到者,欲一见飞黄之快耳。今请别矣!”王问:“所考何职?”曰:“梓潼府中缺一司文郎,暂令聋僮署篆,文运所以颠倒。万一幸得此秩,当使圣教昌明。”明日,忻忻而至,曰:“愿遂矣! 宣圣命作《性道论》,视之色喜,谓可司文。阎罗稽簿,欲以‘口孽’见弃。宣圣争之,乃得就。某伏谢已,又呼近案下,嘱云:‘今以怜才,拔充清要;宜洗心供职,勿蹈前愆。’此可知冥中重德行更甚于文学也。君必修行未至,但积善勿懈可耳。”王曰:“果尔,余杭其德行何在?”曰:“不知。要冥司赏罚,皆无少爽。即前日瞽僧,亦一鬼也,是前朝名家。以生前抛弃字纸过多，罚作瞽。彼自欲医人疾苦，以赎前愆，故托游廛肆耳。”王命置酒。宋曰：“无须。终岁之扰，尽此一刻，再为我设水角足矣。”王悲怆不食，坐令自啖。顷刻，已过三盛，捧腹曰：“此餐可饱三日，吾以志君德耳。向所食，都在舍后，已成菌矣。藏作药饵，可益儿慧。”王问后会，曰：“既有官责，当引嫌也。”又问：“梓潼祠中，一相酹祝，可能达否？”曰：“此都无益。九天甚远，但洁身力行，自有地司牒报，则某必与知之。”言已，作别而没。王视舍后，果生紫菌，采而藏之。旁有新土坟起，则水角宛然在焉。王归，弥自刻厉。一夜，梦宋舆盖而至，曰：“君向以小忿，误杀一婢，削去禄籍，今笃行已折除矣。然命薄不足任仕进也。”是年，捷于乡。明年，春闱又捷。遂不复仕。生二子，其一绝钝，啖以菌，遂大慧。后以故诣金陵，遇余杭生于旅次，极道契阔，深自降抑，然鬓毛斑矣。

异史氏曰：“余杭生公然自诩，意其为文，未必尽无可观，而骄诈之意态颜色，遂使人顷刻不可复忍。天人之厌弃已久，故鬼神皆玩弄之。脱能增修厥德，则帘内之‘刺鼻棘心’者，遇之正易，何所遭之仅也。”

丑　狐

穆生，长沙人。家清贫，冬无絮衣。一夕枯坐，有女子入，衣服炫丽而颜色黑丑，笑曰：“得毋寒乎？”生惊问之，曰：“我狐仙也。怜君枯寂，聊与共温冷榻耳。”生惧其狐，而厌其丑，大号。女以元宝置几上，曰：“若相谐好，以此相赠。”生悦而从之。床无裀褥，女代以袍。将晓，起而嘱曰：“所赠，可急市软帛作卧具；余者絮衣作馔，足矣。倘得永好，勿忧贫也。”遂去。生告妻，妻亦喜，即市帛为之缝纫。女夜至，见卧具一新，喜曰：“君家娘子劬劳哉！”留金以酬之。从此至无虚夕。每去，必有所遗。年余，屋庐修洁，内外皆衣文锦绣，居然素封。女赂贻渐少，生由此心厌之，聘术士至，画符于门。女啮折而弃之，入指生曰：“背德负心，至君已极！然此奈何我！若相厌薄，我自去耳。但情义既绝，受于我者，须要偿也！”忿然而去。生惧，告术士。术士作坛，陈设未已，忽颠地下，血流满颊。视之，割去一耳。众大惧，奔散，术士亦掩耳窜去。室中掷石如盆，门窗釜甑，无复全者。生伏床下，蓄缩汗耸。俄见女抱一物入，猫首猧尾，置床前，嗾之曰："嘻嘻！可嚼奸人足。"物即龁履，齿利于刃。生大惧，将屈藏之，四肢不能动。物嚼指，爽脆有声。生痛极，哀祝。女曰："所有金珠，尽出勿隐。"生应之。女曰："呵呵！"物乃止。生不能起，但告以处。女自往搜括，珠钿衣服之外，止得二百余金。女少之，又曰："嘻嘻！"物复嚼。生哀鸣求恕。女限十日，偿金六百。生诺之，女乃抱物去。久之，家人渐聚，从床下曳生出，足血淋漓，丧其二指。视室中，财物尽空，惟当年破被存焉。遂以覆生，令卧。又惧十日复来，乃货婢鬻衣，以足其数。至期，女果至，急付之，无言而去。自此遂绝。生足创，医药半年始愈，而家清贫如初矣。狐适近村于氏。于业农，家不中资。三年间，援例纳粟，夏屋连蔓，所衣华服，半生家物。生见之，亦不敢问。偶适野，遇女于途，长跪道左。女无言，但以素巾裹五六金，遥掷之，反身径去。后于氏早卒，女犹时至其家，家中金帛辄亡去。于子睹其来，拜参之，遥祝："父即去世，儿辈皆若子，纵不抚恤，何忍坐令贫也？"女去，遂不复至。

异史氏曰："邪物之来，杀之亦壮。而既受其德，即鬼物不可负也。既贵而杀赵孟，则贤豪非之矣。夫人非其心之所好，即万钟何动焉。观其见金色喜，其亦利之所在，丧身辱行而不惜者欤？伤哉贪人，卒取残败！"

吕　无　病

洛阳孙公子，名麒，娶蒋太守女，甚相得。二十夭殂，悲不自胜。离家，居山中别业。适阴雨，昼卧，室无人。忽见复室帘下，露妇人足，疑而问之。有女子褰帘入，年约十八九，衣服朴洁，而微黑多麻，类贫家女。意必村中僦屋者，呵曰："所须宜白家人，何得轻入！"女微笑曰："妾非村中人，祖籍山东，吕姓。父文学士。妾小字无病。从父客迁，早离顾复。慕公子世家名士，愿为康成文婢。"孙笑曰："卿意良佳。但仆辈杂居，实所不便，容旋里后，当舆聘之。"女次且曰："自揣陋劣，何敢遂望敌体？聊备案前驱使，当不至倒捧册卷。”孙曰：“纳婢亦须吉日。”乃指架上，使取通书第四卷——盖试之也。女翻检得之。先自涉览，而后进之，笑曰：“今日河魁不曾在房。”孙意少动，留匿室中。女闲居无事，为之拂几整书，焚香拭鼎，满室光洁。孙悦之。至夕，遣仆他宿。女俯眉承睫，殷勤臻至。命之寝，始持烛去。中夜睡醒，则床头似有卧人，以手探之，知为女，捉而撼焉。女惊起，立榻下。孙曰：“何不别寝，床头岂汝卧处也？”女曰：“妾善惧。”孙怜之，俾施枕床内。忽闻气息之来，清如莲蕊，异之。呼与共枕，不觉心荡，渐于同衾，大悦之。念避匿非策，又恐同归招议。孙有母姨，近隔十余门，谋令遁诸其家，而后再致之。女称善，便言：“阿姨，妾熟识之，无容先达，请即去。”孙送之，逾垣而去。孙母姨，寡媪也。凌晨起户，女掩入。媪诘之，答云：“若甥遣问阿姨。公子欲归，路赊乏骑，留奴暂寄此耳。”媪信之，遂止焉。孙归，矫谓姨家有婢，欲相赠，遣人舁之而还，坐卧皆以从。久益嬖之，纳为妾。世家论婚，皆勿许，殆有终焉之志。女知之，苦劝令娶。乃娶于许，而终嬖爱无病。许甚贤，略不争夕。无病事许益恭，以此嫡庶偕好。许举一子阿坚，无病爱抱如己出。儿甫三岁，辄离乳媪，从无病宿，许唤不去。无何，许病卒。临诀，嘱孙曰：“无病最爱儿，即令子之可也，即正位焉亦可也。”既葬，孙将践其言，告诸宗党，佥谓不可，女亦固辞，遂止。邑有王天官女，新寡，来求婚。孙雅不欲娶，王再请之。媒道其美，宗族仰其势，共怂恿之。孙惑焉，又娶之。色果艳；而骄已甚，衣服器用，多厌嫌，辄加毁弃。孙以爱敬故，不忍有所拂。入门数月，擅宠专房，而无病至前，笑啼皆罪。时怒迁夫婿，数相闹斗。孙患苦之，以多独宿。妇又怒。孙不能堪，托故之都，逃妇难也。妇以远游咎无病。无病鞠躬屏气，承望颜色，而妇终不快。夜使直宿床下，儿奔与俱。每唤起给使，儿辄啼。妇厌骂之。无病急呼乳媪来抱之，不去；强之，益号。妇怒起，毒挞无算，始从乳媪去。儿以是病悸，不食。妇禁无病不令见之。儿终日啼，妇叱媪，使弃诸地。儿气竭声嘶，呼而求饮；妇戒勿与。日既暮，无病窥妇不在，潜饮儿。儿见之，弃水捉衿，号咷不止。妇闻之，意气汹汹而出。儿闻声辍涕，一跃遂绝。无病大哭。妇怒曰：“贱婢丑态！岂以儿死胁我耶！无论孙家襁褓物；即杀王府世子，王天官女亦能任之！”无病乃抽息忍涕，请为葬具。妇不许，立命弃之。妇去，窃抚儿，四体犹温，隐语媪曰：“可速将去，少待于野，我当继至。其死也，共弃之；活也，共抚之。”媪曰：“诺。”无病入室，携簪珥出，追及之。共视儿，已苏。二人喜，谋趋别业，往依姨。媪虑其纤步为累，无病乃先趋以俟之，疾若飘风，媪力奔始能及。约二更许，儿病危，不复可前。遂斜行入村，至田叟家，倚门待晓，扣扉借室，出簪珥易资，巫医并致，病卒不瘳。女掩泣曰：“媪好视儿，我往寻其父也。”媪方惊其谬妄，而女已杳矣。骇诧不已。是日，孙在都，方憩息床上，女悄然入。孙惊起曰：“才眠已入梦耶！”女握手哽咽，顿足不能出声。久之久之，方失声而言曰：“妾历千辛，与儿逃于杨……”句未终，纵声大哭，倒地而灭。孙骇绝，犹疑为梦；唤从人共视之，衣履宛然，大异不解。即刻趣装，星驰而归。既闻儿死妾遁，抚膺大悲。语侵妇，妇反唇相稽。孙忿，出白刃；婢妪遮救，不得近，遥掷之。刀脊中额，额破血流，披发嗥叫而出，将以奔告其家。孙捉还，杖挞无数，衣皆若缕，伤痛不可转侧。孙命舁诸房中护养之，将待其瘥而后出之。妇兄弟闻之，怒，率多骑登门；孙亦集健仆械御之。两相叫骂，竟日始散。王未快意，讼之。孙捍卫入城，自诣质审，诉妇恶状。宰不能屈，送广文惩戒以悦王。广文朱先生，世家子，刚正不阿。廉得情，怒曰：“堂上公以我为天下之龌龊教官，勒索伤天害理之钱，以吮人痈痔者耶！此等乞丐相，我所不能！”竟不受命。孙公然归。王无奈之，乃示意朋好，为之调停，欲生谢过其家。孙不肯，十反不能决。妇创渐平，欲出之，又恐王氏不受，因循而安之。妾亡子死，夙夜伤心，思得乳媪，一问其情。因忆无病言“逃于杨”，近村有杨家疃，疑其在是；往问之，并无知者。或言五十里外有杨谷，遣骑诣讯，果得之。儿渐平复，相见各喜，载与俱归。儿望见父，嗷然大啼，孙亦泪下。妇闻儿尚存，盛气奔出，将致诮骂。儿方啼，开目见妇，惊投父怀，若求藏匿。抱而视之，气已绝矣。急呼之，移时始苏。孙恚曰：“不知如何酷虐，遂使吾儿至此。”乃立离婚书，送妇归。王果不受，又舁还孙。孙不得已，父子别居一院，不与妇通。乳媪乃备述无病情状，孙始悟其为鬼。感其义，葬其衣履，题碑曰“鬼妻吕无病之墓”。无何，妇产一男，交手于项而死之。孙益忿，复出妇；王又舁还之。孙乃具状，控诸上台，皆以天官故，置不理。后天官卒，孙控不已，乃判令大归。孙由此不复娶，纳婢焉。妇既归，悍名噪甚，三四年无问名者。妇顿悔，而已不可复挽。有孙家旧媪，适至其家。妇优待之，对之流涕；揣其情，似念故夫。媪归告孙，孙笑置之。又年余，妇母又卒，孤无所依，诸娣姒颇厌嫉之；妇益失所，日辄涕零。一贫士丧偶，兄议厚其奁妆而遣之，妇不肯。每阴托往来者致意孙，泣告以悔，孙不听。一日，妇率一婢，窃驴跨之，竟奔孙。孙方自内出，迎跪阶下，泣不可止。孙欲去之，妇牵衣复跪之。孙固辞曰：“如复相聚，常无间言则已耳。一朝有他，汝兄弟如虎狼，再求离逷，岂可复得！”妇曰：“妾窃奔而来，万无还理。留则留之，否则死之！且妾自二十一岁从君，二十三岁被出，诚有十分恶，宁无一分情？”乃脱一腕钏，并两足而束之，袖覆其上，曰：“此时香火之誓，君宁不忆之耶？”孙乃荧眦欲泪，使人挽扶入室。而犹疑王氏诈谖，欲得其兄弟一言为证据。妇曰：“妾私出，何颜复求兄弟？如不相信，妾藏有死具在此，请断指以自明。”遂于腰间出利刃，就床边伸左手一指断之，血溢如涌。孙大骇，急为束裹。妇容色痛变，而更不呻吟，笑曰：“妾今日黄粱之梦已醒，特借斗室为出家计，何用相猜？”孙乃使子及妾另居一所，而己朝夕往来于两间。又日求良药医指创，月余寻愈。妇由此不茹荤酒，闭户诵佛而已。居久，见家政废弛，谓孙曰：“妾此来，本欲置他事于不问。今见如此用度，恐子孙有饿莩者矣。无已，再腼颜一经纪之。”乃集婢媪，按日责其绩织。家人以其自投也，慢之，窃相诮讪，妇若不闻。既而课工，惰者鞭挞不贷，众始惧之。又垂帘课主计仆，综理微密。孙乃大喜，使儿及妾皆朝见之。阿坚已九岁，妇加意温恤，朝入塾，常留甘饵以待其归；儿亦渐亲爱之。一日，儿以石投雀，妇适过，中颅而仆，逾刻不语。孙大怒，挞儿。妇苏，力止之，且喜曰：“妾昔虐儿，中心每不自释，今幸销一罪案矣。”孙益嬖爱之，妇每拒，使就妾宿。居数年，屡产屡殇，曰：“此昔日杀儿之报也。”阿坚既娶，遂以外事委儿，内事委媳。一日曰：“妾某日当死。”孙不信。妇自理葬具，至日，更衣入棺而卒，颜色如生，异香满室。既殓，香始渐灭。

异史氏曰："心之所好，原不在妍媸也。毛嫱、西施，焉知非自爱之者美之乎？然不遭悍妒，其贤不彰，几令人与嗜痂者并笑矣。至锦屏之人，其夙根原厚，故豁然一悟，立证菩提。若地狱道中，皆富贵而不经艰难者矣。"

崔　猛

崔猛，字勿猛，建昌世家子。性刚毅，幼在塾中，诸童稍有所犯，辄奋拳殴击，师屡戒不悛，名、字皆先生所赐也。至十六七，强武绝伦。又能持长竿跃登夏屋。喜雪不平，以是乡人共服之，求诉禀白者盈阶满室。崔抑强扶弱，不避怨嫌；稍逆之，石杖交加，支体为残。每盛怒，无敢劝者。惟事母孝，母至则解。母谴责备至，崔唯唯听命，出门辄忘。比邻有悍妇，日虐其姑。姑饿濒死，子窃啖之。妇知，诟厉万端，声闻四院。崔怒，逾垣而过，鼻耳唇舌尽割之，立毙。母闻大骇，呼邻子极意温恤，配以少婢，事乃寝。母愤泣不食。崔惧，跪请受杖，且告以悔。母泣不顾。崔妻周，亦与并跪。母乃杖子，而又针刺其臂，作十字纹，朱涂之，俾勿灭。崔并受之。母乃食。母喜饭僧道，往往餍饱之。适一道士在门，崔过之。道士目之曰："郎君多凶横之气，恐难保其令终。积善之家，不宜有此。"崔新受母戒，闻之，起敬曰："某亦自知；但一见不平，苦不自禁。力改之，或可免否？"道士笑曰："姑勿问可免不可免，请先自问能改不能改。但当痛自抑；如有万分之一，我告君以解死之术。"崔生平不信厌禳，笑而不言。道士曰："我固知君不信。但我所言，不类巫觋，行之亦盛德；即或不效，亦无妨碍。"崔请教，乃曰："适门外一后生，宜厚结之，即犯死罪，彼亦能活之也。"呼崔出，指示其人。盖赵氏儿，名僧哥。赵，南昌人，以岁祲饥，侨寓建昌。崔由是深相结，请赵馆于其家，供给优厚。僧哥年十二，登堂拜母，约为弟昆。逾岁东作，赵携家去，音问遂绝。崔母自邻妇死，戒子益切，有赴诉者，辄摈斥之。一日，崔母弟卒，从母往吊。途遇数人，絷一男子，呵骂促步，加以捶扑。观者塞途，舆不得进。崔问之，识崔者竞相拥告。先是，有巨绅子某甲者，豪横一乡，窥李申妻有色，欲夺之，道无由。因命家人诱与博赌，贷以资而重其息，要使署妻于券，资尽复给。终夜，负债数千；积半年，计子母三十余千。申不能偿，强以多人篡取其妻。申哭诸其门。某怒，拉系树上，榜笞刺剟，逼立“无悔状”。崔闻之，气涌如山，鞭马前向，意将用武。母搴帘而呼曰：“唶！又欲尔耶！”崔乃止。既吊而归，不语亦不食，兀坐直视，若有所嗔。妻诘之，不答。至夜，和衣卧榻上，辗转达旦，次夜复然。忽启户出，辄又还卧。如此三四，妻不敢诘，惟慑息以听之。既而迟久乃返，掩扉熟寝矣。是夜，有人杀某甲于床上，刳腹流肠；申妻亦裸尸床下。官疑申，捕治之。横被残梏，踝骨皆见，卒无词。积年余，不堪刑，诬服，论辟。会崔母死，既殡，告妻曰：“杀甲者，实我也。徒以有老母故，不敢泄。今大事已了，奈何以一身之罪殃他人？我将赴有司死耳！”妻惊挽之，绝裾而去，自首于庭。官愕然，械送狱，释申。申不可，坚以自承。官不能决，两收之。戚属皆诮让申。申曰：“公子所为，是我欲为而不能者也。彼代我为之，而忍坐视其死乎？今日即谓公子未出也可。”执不异词，固与崔争。久之，衙门皆知其故，强出之，以崔抵罪，濒就决矣。会恤刑官赵部郎，案临阅囚，至崔名，屏人而唤之。崔入，仰视堂上，僧哥也。悲喜实诉。赵徘徊良久，仍令下狱，嘱狱卒善视之。寻以自首减等，充云南军，申为服役而去；未期年，援赦而归：皆赵力也。既归，申终从不去，代为纪理生业。予之资，不受。缘橦技击之术，颇以关怀。崔厚遇之，买妇授田焉。崔由此力改前行，每抚臂上刺痕，泫然流涕。以故乡邻有事，申辄矫命排解，不相禀白。有王监生者，家豪富，四方无赖不仁之辈，出入其门。邑中殷实者，多被劫掠。或迕之，辄遣盗杀诸途。子亦淫暴。王有寡婶，父子俱烝之。妻仇氏，屡沮王，王缢杀之。仇兄弟质诸官，王赇嘱，以告者坐诬。兄弟冤愤莫伸，诣崔求诉。申绝之使去。过数日，客至，适无仆，使申瀹茗。申默然出，告人曰：“我与崔猛朋友耳，从徙万里，不可谓不至矣。曾无廪给，而役同厮养，所不甘也！”遂忿而去。或以告崔。崔讶其改节，而亦未之奇也。申忽讼于官，谓崔三年不给佣值。崔大异之，亲与对状，申忿相争。官不直之，责逐而去。又数日，申忽夜入王家，将其父子婶妇并杀之，粘纸于壁，自书姓名。及追捕之，则亡命无迹。王家疑崔主使，官不信。崔始悟前此之讼，盖恐杀人之累己也。关行附近州邑，追捕甚急。会闯贼犯顺，其事遂寝。及明鼎革，申携家归，仍与崔善如初。时土寇啸聚，王有从子得仁，集叔所招无赖，据山为盗，焚掠村疃。一夜，倾巢而至，以报仇为名。崔适他出，申破扉始觉，越墙伏暗中。贼搜崔、李不得，据崔妻，括财物而去。申归，止有一仆，忿极，乃断绳数十段，以短者付仆，长者自怀之。嘱仆越贼巢，登半山，以火爇绳，散挂荆棘，即反勿顾。仆应而去。申窥贼皆腰束红带，帽系红绢，遂效其装。有老牝马初生驹，贼弃诸门外。申乃缚驹跨马，衔枚而出，直至贼穴。贼据一大村，申絷马村外，逾垣入。见贼众纷纭，操戈未释。申窃问诸贼，知崔妻在王某所。俄闻传令，俾各休息，轰然噭应。忽一人报东山有火，众贼共望之，初犹一二点，既而多类星宿。申坌息急呼东山有警。王大惊，束装率众而出。申乘间漏出其右，返身入内。见两贼守帐，绐之曰："王将军遗佩刀。"两贼竞觅。申自后斫之，一贼踣；其一回顾，申又斩之。竟负崔妻越垣而出。解马授辔，曰："娘子不知途，纵马可也。"马恋驹奔驶，申从之。出一隘口，申灼火于绳，遍悬之，乃归。次日，崔还，以为大辱，形神跳躁，欲单骑往平贼。申谏止之。集村人共谋，众恇怯莫敢应。解谕再四，得敢往二十余人，又苦无兵。适于得仁族姓家获奸细二，崔欲杀之，申不可；命二十人各持白梃，具列于前，乃割其耳而纵之。众怨曰："此等兵旅，方惧贼知，而反示之。脱其倾队而来，阖村不保矣！"申曰："吾正欲其来也。"执匿盗者诛之。遣人四出，各假弓矢火铳，又诣邑借巨炮二。日暮，率壮士至隘口，置炮当其冲；使二人匿火而伏，嘱见贼乃发。又至谷东口，伐树置崖上。已而与崔各率十余人，分岸伏之。一更向尽，遥闻马嘶，贼果大至，缁属不绝。俟尽入谷，乃推堕树木，断其归路。俄而炮发，喧腾号叫之声，震动山谷。贼骤退，自相践踏。至东口，不得出，集无隙地。两岸铳矢夹攻，势如风雨，断头折足者，枕藉沟中。遗二十余人，长跪乞命。乃遣人絷送以归。乘胜直抵其巢。守巢者闻风奔窜，搜其辎重而还。崔大喜，问其设火之谋。曰："设火于东，恐其西追也。短，欲其速尽，恐侦知其无人也。既而设于谷口，口甚隘，一夫可以断之，彼即追来，见火必惧，皆一时犯险之下策也。"取贼鞫之，果追入谷，见火惊退。二十余贼，尽劓刖而放之。由此威声大震，远近避乱者从之如市，得土团三百余人。各处强寇无敢犯，一方赖之以安。

异史氏曰："快牛必能破车，崔之谓哉！志意慷慨，盖鲜俪矣。然欲天下无不平之事，宁非意过其通者与？李申，一介细民，遂能济美。缘橦飞入，剪禽兽于深闺；断路夹攻，荡幺魔于隘谷。使得假五丈之旗，为国效命，乌在不南面而王哉！"

化　男

苏州木渎镇，有民女夜坐庭中，忽星陨中颅，仆地而死。其父母老而无子，止此女，哀呼急救。移时姑苏，笑曰："我今为男子矣！"验之，果然。其家不以为妖，而窃喜其得丈夫子也。此丁亥间事。

禽　侠

天津某寺，鹳鸟巢于鸱尾。殿承尘上，藏大蛇如盆，每至鹳雏团翼时，辄出吞食尽。鹳悲鸣数日乃去。如是三年，人料其必不复至，次岁巢如故。约雏长成，即径去，三日始还。入巢哑哑，哺子如初。蛇又蜿蜒而上。甫近巢，两鹳惊，飞鸣哀急，直上青冥。俄闻风声蓬蓬，一瞬间，天地似晦。众骇异，共视一大鸟翼蔽天日，从空疾下，骤如风雨，以爪击蛇，蛇首立堕，连催殿角数尺许，振翼而去。鹳从其后，若将送之。巢既倾，两雏俱堕，一生一死。僧取生者置钟楼上。少顷，鹳返，仍就哺之，翼成而去。

异史氏曰："次年复至，盖不料其祸之复也。三年而巢不移，则报仇之计已决。三日不返，其去作秦庭之哭，可知矣。大鸟必羽族之剑仙也，飙然而来，一击而去，妙手空空儿何以加此？"

济南有营卒，见鹳鸟过，射之，应弦而落。喙中衔鱼，将哺子也。或劝拔矢放之，卒不听。少顷，带矢飞去。后往来郭间，两年余，贯矢如故。一日,卒坐辕门下,鹳过,矢坠地。卒拾视曰:“矢固无恙耶?”耳适痒,因以矢搔耳。忽大风催门,门骤阖,触矢贯脑而死。

诗　谳

青州居民范小山,贩笔为业,行贾未归。四月间,妻贺氏独居,夜为盗所杀。是夜微雨,泥中遗诗扇一柄,乃王晟之赠吴蜚卿者。晟,不知何人。吴,益都之素封,与范同里,平日颇有佻达之行,故里党共信之。郡县拘质,坚不伏,惨被械梏,诬以成案。驳解往复,历十余官,更无异议。吴亦自分必死,嘱其妻罄竭所有,以济茕独。有向其门诵佛千者,给以絮裤。至万者絮袄。于是乞丐如市,佛号声闻十余里。因而家骤贫,惟日货田产以给资斧。阴赂监者使市鸩。夜梦神人告之曰:“子勿死,曩日‘外边凶’,目下‘里边吉’矣。”再睡,又言,以是不果死。未几,周元亮先生分守是道,录囚至吴,若有所思。因问:“吴某杀人,有何确据?”范以扇对。先生熟视扇,便问:“王晟何人?”并云不知。又将爰书细阅一过,立命脱其死械,自监移之仓。范力争之。怒曰:“尔欲妄杀一人便了却耶?抑将得仇人而甘心耶?”众疑先生私吴,俱莫敢言。先生标朱签,立拘南郭某肆主人。主人惧,莫知所以。至则问曰:“肆壁有东莞李秀诗,何时题耶?”答云:“旧岁提学案临,有日照二三秀才,饮醉留题,不知所居何里。”遂遣役至日照,坐拘李秀。数日,秀至。怒曰:“既作秀才,奈何谋杀人?”秀顿首错愕,曰:“无之!”先生掷扇下,令其自视,曰:“明系尔作,何诡托王晟?”秀审视,曰:“诗真某作,字实非某书。”曰:“既知汝诗,当即汝友。谁书者?”秀曰:“迹似沂州王佐。”乃遣役关拘王佐。佐至,呵问如秀状。佐供:“此益都铁商张成索某书者,云晟其表兄也。”先生曰:“盗在此矣。”执成至,一讯遂伏。先是,成窥贺美,欲挑之,恐不谐。念托于吴,必人所共信,故伪为吴扇,执而往。谐则自认,不谐则嫁名于吴,而实不期至于杀也。逾垣入,逼妇。妇因独居,常以刃自卫。既觉,捉成衣,操刀而起。成惧,夺其刀。妇力挽,令不得脱,且号。成益窘,遂杀之,委扇而去。三年冤狱,一朝而雪,无不诵神明者。吴始悟

“里边吉”乃“周”字也。然终莫解其故。后邑绅乘间请之,笑曰:“此最易知。细阅爰书,贺被杀在四月上旬。是夜阴雨,天气犹寒,扇乃不急之物,岂有忙迫之时,反携此以增累者,其嫁祸可知。向避雨南郭,见题壁诗与箑头之作,口角相类,故妄度李生,果因是而得真盗。”闻者叹服。

异史氏曰:“入之深者,当其无有有之用。词赋文章,华国之具也,而先生以相天下士,称孙阳焉。岂非入其中深乎?而不谓相士之道,移于折狱。易曰:‘知几其神。’先生有之矣。”

鹿衔草

关外山中多鹿。土人戴鹿首,伏草中,卷叶作声,鹿即群至。然牡少而牝多。牡交群牝,千百必遍,既遍遂死。众牝嗅之,知其死,分走谷中,衔异草置吻旁以熏之,顷刻复苏。急鸣金施铳,群鹿惊走。因取其草,可以回生。

小 棺

天津有舟人某,夜梦一人教之曰:“明日有载竹笥赁舟者,索之千金。不然,勿渡也。”某醒,不信。既寐,复梦,且书“㶊、𩽿、𪃹”三字于壁,嘱云:“倘渠吝价,当即书此示之。”某异之。但不识其字,亦不解何意。次日,留心行旅。日向西,果有一人驱骡载笥来,问舟。某如梦索价。其人笑之。反复良久,某牵其手,以指书前字。其人大愕,即刻而灭。搜其装载,则小棺数万余,每具仅长指许,各贮滴血而已。某以三字传示遐迩,并无知者。未几,吴逆叛谋既露,党羽尽诛,陈尸几如棺数焉。徐白山说。

邢子仪

滕有杨某,从白莲教党,得左道之术。徐鸿儒诛后,杨幸漏脱,遂挟术以遨。家中田园楼阁，颇称富有。至泗上某绅家，幻法为戏，妇女出窥。杨睨其女美，归谋摄取之。其继室朱氏，亦风韵，饰以华妆，伪作仙姬。又授木鸟，教之作用，乃自楼头推堕之。朱觉身轻如叶，飘飘然凌云而行。无何，至一处，云止不前，知已至矣。是夜，月明清洁，俯视甚了。取木鸟投之，鸟振翼飞去，直达女室。女见彩禽翔入，唤婢扑之，鸟已冲帘出。女追之，鸟堕地作鼓翼声。近逼之，扑入裙底。展转间，负女飞腾，直冲霄汉。婢大号。朱在云中言曰："下界人勿须惊怖，我月府姮娥也。渠是王母第九女，偶谪尘世。王母日切怀念，暂招去一相会聚，即送还耳。"遂与结襟而行。方及泗水之界，适有放飞爆者，斜触鸟翼。鸟惊堕，牵朱亦堕，落一秀才家。秀才邢子仪，家赤贫而性方鲠。曾有邻妇夜奔，拒不纳。妇衔愤去，谮诸其夫，诬以挑引。夫固无赖，晨夕登门诟辱之。邢因货产，僦居别村。有相者顾某善决人福寿，邢踵门叩之。顾望见笑曰："君富足千钟，何着败絮见人？岂谓某无瞳耶？"邢嗤妄之。顾细审曰："是矣。固虽萧索，然金穴不远矣。"邢又妄之。顾曰："不惟暴富，且得丽人。"邢终不以为信。顾推之出，曰："且去且去，验后方索谢耳。"是夜，独坐月下，忽二女自天降，视之，皆丽姝。诧为妖，诘问之，初不肯言。邢将号召乡里，朱惧，始以实告，且嘱勿泄，愿终从焉。邢思世家女不与妖人妇等，遂遣人告其家。其父母自女飞升，零涕惶惑。忽得报书，惊喜过望，立刻命舆马星驰而去。报邢百金，携女归。邢得艳妻，方忧四壁，得金甚慰。往谢顾。顾又审曰："尚未尚未。泰运已交，百金何足言！"遂不受谢。先是，绅归，请于上官捕杨。杨预遁，不知所之，遂籍其家，发牒追朱。朱惧，牵邢饮泣。邢亦计窘，始赂承牒者，赁车骑携朱诣绅，哀求解脱。绅感其义，为竭力营谋，得赎免；留夫妻于别馆，欢如戚好。绅女幼受刘聘。刘，显秩也，闻女寄邢家信宿，以为辱，反婚书，与女绝姻。绅将议姻他族，女告父母，誓从邢。邢闻之喜，朱亦喜，自愿下之。绅忧邢无家，时杨居宅从官货，因代购之。夫妻遂归，出囊金，粗治器具，蓄婢仆，旬日耗费已尽。但冀女来，当复得其资助。一夕，朱谓邢曰："孽夫杨某，曾以千金埋楼下，惟妾知之。适视其处，砖石依然，或窖藏无恙。"往共发之，果得金。因信顾术之神，厚报之。后女于归，妆资丰盛，不数年，富甲一郡矣。

异史氏曰："白莲歼灭而杨独不死，又附益之，几疑恢恢者疏而且漏矣。孰知天留之，盖为邢也。不然，邢即否极而泰，亦恶能仓卒起楼阁、累巨金哉？不爱一色，而天报之以两。呜呼！造物无言，而意可知矣。"

李 生

商河李生，好道。村外里余，有兰若，筑精舍三楹，趺坐其中。游食缁黄，往来寄宿，辄与倾谈，供给不厌。一日，大雪严寒，有老僧担囊借榻，其词玄妙。信宿将行，固挽之，留数日。适生以他故归，僧嘱早至，意将别生。鸡鸣而往，扣关不应。逾垣入，见室中灯火荧荧，疑其有作，潜窥之。僧趣装矣，一瘦驴縶灯檠上。细审，不类真驴，颇似殉葬物，然耳尾时动，气咻咻然。俄而装成，启户牵出。生潜尾之。门外原有大池，僧系驴池树，裸入水中，遍体掬濯已。着衣牵驴入，亦濯之。既而加装超乘，行绝驶。生始呼之。僧但遥拱致谢，语不及闻，去已远矣。王梅屋言：李其友人。曾至其家，见堂上额书"待死堂"，亦达士也。

陆 押 官

赵公，湖广武陵人，官宫詹，致仕归。有少年伺门下，求司笔札。公召入，见其人秀雅，诘其姓名，自言陆押官。不索佣值。公留之，慧过凡仆。往来笺奏，任意裁答，无不工妙。主人与客弈，陆睨之，指点辄胜。赵益优宠之。诸僚仆见其得主人青目，戏索作筵。押官许之，问："僚属几何？"会别业主计者约三十余人，众悉告之数以难之。押官曰："此大易。但客多，仓卒不能遽办，肆中可也。"遂遍邀诸侣，赴临街店。皆坐。酒甫行，有按壶起者曰："诸君姑勿酌，请问今日谁作东道主？宜先出资为质，始可放情饮啖。不然，一举数千，哄然都散，向何取偿也？"众目押官。押官笑曰："得无谓我无钱耶？我固有钱。"

乃起，向盆中捻湿面如拳，碎掐置几上。随掷，遂化为鼠，窜动满案。押官任捉一头，裂之，啾然腹破，得小金。再捉，亦如之。顷刻鼠尽，碎金满前，乃告众曰："是不足供饮耶？"众异之，乃共恣饮。既毕，会直三两余。众秤金，适符其数。众索一枚怀归，白其异于主人。主人命取金，搜之已亡。反质肆主，则偿资悉化蒺藜。仆白赵，赵诘之。押官曰："朋辈逼索酒食，囊空无资。少年学作小剧，故试之耳。"众复责偿。押官曰："某村麦穰中，再一簸扬，可得麦二石，足偿酒价有余也。"因浼一人同去。某村主计者将归，遂与偕往。至则净麦数斛，已堆场中矣。众以此益奇押官。一日，赵赴友筵，堂中有盆兰甚茂，爱之。归犹赞叹之。押官曰："诚爱此兰，无难致者。"赵犹未信。凌晨至斋，忽闻异香蓬勃，则有兰花一盆，箭叶多寡，宛如所见。因疑其窃，审之。押官曰："臣家所蓄，不下千百，何须窃焉？"赵不信。适某友至，见兰惊曰："何酷肖寒家物！"赵曰："余适购之，亦不识所自来。但君出门时，见兰花尚在否？"某曰："我实不曾至斋，有无固不可知。然何以至此？"赵视押官，押官曰："此无难辨。公家盆破，有补缀处，此盆无也。"验之始信。夜告主人曰："向言某家花卉颇多，今屈玉趾，乘月往观。但诸人皆不可从，惟阿鸭无害。"鸭，宫詹僮也。遂如所请。公出，已有四人荷肩舆，伏候道左。赵乘之，疾于奔马。俄顷入山，但闻奇香沁骨。至一洞府，见舍宇华耀，迥异人间，随处皆设花石，精盆佳卉，流光散馥，即兰一种，约有数十余盆，无不茂盛。观已，如前命驾归。押官从赵十余年。后赵无疾卒，遂与阿鸭俱出，不知所往。

蒋　太　史

蒋太史超，记前世为峨嵋僧，数梦至故居庵前潭边濯足。为人笃嗜内典，一意台宗，虽早登禁林，常有出世之想。假归江南，抵秦邮，不欲归。子哭挽之，弗听。遂入蜀，居成都金沙寺；久之，又之峨嵋，居伏虎寺，示疾怛化。自书偈云："翛然猿鹤自来亲，老衲无端堕业尘。妄向镬汤求避热，那从大海去翻身。功名傀儡场中物，妻子骷髅队里人。只有君亲无报答，生生常自祝能仁。"

邵士梅

邵进士，名士梅，济宁人。初授登州教授，有二老秀才投刺，睹其名，似甚熟识；凝思良久，忽悟前身。便问斋夫："某生居某村否？"又言其丰范，一一吻合。俄两生入，执手倾语，欢若平生。谈次，问高东海况。二生曰："狱死二十余年矣，今一子尚存。此乡中细民，何以见知？"邵笑云："我旧戚也。"先是，高东海素无赖，然性豪爽，轻财好义。有负租而鬻女者，倾囊代赎之。私一媪，媪坐隐盗，官捕甚急，逃匿高家。官知之，收高，备极搒掠，终不服，寻死狱中。其死之日，即邵生辰。后邵至某村，恤其妻子，远近皆知其异。此高少宰言之，即高公子冀良同年也。

顾生

江南顾生，客稷下，眼暴肿，昼夜呻吟，罔所医药。十余日，痛少减。乃合眼时辄睹巨宅，凡四五进，门皆洞辟；最深处有人往来，但遥睹不可细认。一日，方凝神注之，忽觉身入宅中，三历门户，绝无人迹。有南北厅事，内以红毡贴地。略窥之，见满屋婴儿，坐者、卧者、膝行者，不可数计。愕疑间，一人自舍后出，见之曰："小王子谓有远客在门，果然。"便邀之。顾不敢入，强之乃入。问："此何所？"曰："九王世子居。世子疟疾新瘥，今日亲宾作贺，先生有缘也。"言未已，有奔至者，督促速行。俄至一处，雕榭朱栏，一殿北向，凡九楹。历阶而升，则客已满座。见一少年北面坐，知是王子，便伏堂下。满堂尽起。王子曳顾东向坐。酒既行，鼓乐暴作，诸妓升堂，演《华封祝》。才过三折，逆旅主人及仆唤进午餐，就床头频呼之。耳闻甚真，心恐王子知，遂托更衣而出。仰视日中夕，则见仆立床前，始悟未离旅邸。心欲急返，因遣仆阖扉去。甫交睫，见宫舍依然，急循故道而入。路经前婴儿处，并无婴儿，有数十媪蓬首驼背，坐卧其中。望见顾，出恶声曰："谁家无赖子，来此窥伺！"顾惊惧，不敢置辨，疾趋后庭，升殿即坐。见王子颔下添髭尺余矣。见顾，笑问："何往？剧本过七折矣。"因以巨觥示罚。移时曲终，又呈齣目。顾点《彭祖娶妇》。妓即以椰瓢行酒，可容五斗许。顾离席辞曰："臣目疾，不敢过醉。"王子曰："君患目，有太医在此，便合诊视。"东座一客，即离坐来，两指启双眦，以玉簪点白膏如脂，嘱合目少睡。王子命侍儿导入复室，令卧。卧片时，觉床帐香软，因而熟眠。居无何，忽闻鸣钲锽聒，即复惊醒。疑是优戏未毕；开目视之，则旅舍中狗舐油铛也。然目疾若失。再闭眼，一无所睹矣。

陈 锡 九

陈锡九，邳人。父子言，邑名士。富室周某，仰其声望，订为婚姻。言累举不第，家业萧条，游学于秦，数年无信。周阴有悔心。以少女适王孝廉为继室，王聘仪丰盛，仆马甚都。以此愈憎锡九贫，坚意绝婚。问女，女不从。怒，以恶服饰遣归锡九。日不举火，周全不顾恤。一日，使佣媪以榼饷女，入门向母曰："主人使某视小姑姑饿死否。"女恐母惭，强笑以乱其词。因出榼中肴饵，列母前。媪止之曰："无须尔！自小姑入人家，何曾交换出一杯温凉水？吾家物，料姥姥亦无颜啖噉得。"母大恚，声色俱变。媪不服，恶语相侵。纷纭间，锡九自外入，讯知大怒，撮毛批颊，挞逐出门而去。次日，周来逆女，女不肯归；明日又来，增其人数，众口呶呶，如将寻斗。母强劝女去。女潸然拜母，登车而去。过数日，又使人来逼索离婚书，母强锡九与之。惟望子言归，以图别处。周家有人自西安来，知子言已死，陈母哀愤成疾而卒。锡九哀迫中，尚望妻归。久而渺然，悲愤益切。薄田数亩，鬻治葬具。葬毕，乞食赴秦，以求父骨。至西安，遍访居人。或言数年前有书生死于逆旅，葬之东郊，今冢已没。锡九无策，惟朝丐市廛，暮宿野寺，冀有知者。会晚经丛葬处，有数人遮道，逼索饭价。锡九曰："我异乡人，乞食城郭，何处少人饭价？"共怒，捽之仆地，以埋儿败絮塞其口。力尽声嘶，渐就危殆。忽共惊曰："何处官府至矣！"释手寂然。俄有车马至，便问："卧者何人？"即有数人扶至车下。车中人曰:“是吾儿也。孽鬼何敢尔!可悉缚来,勿致漏脱。”锡九觉有人去其塞,少定,细认,真其父也。大哭曰:“儿为父骨良苦。今固尚在人间耶!”父曰:“我非人,太行总管也。此来亦为吾儿。”锡九哭益哀。父慰谕之。锡九泣述岳家离婚。父曰:“无忧,今新妇亦在母所。母念儿甚,可暂一往。”遂与同车,驰如风雨。移时,至一官署,下车入重门,则母在焉。锡九痛欲绝,父止之。锡九啜泣听命。见妻在母侧,问母曰:“儿妇在此,得毋亦泉下耶?”母曰:“非也,是汝父接来,待汝归家,当便送去。”锡九曰:“儿待父母,不愿归矣。”母曰:“辛苦跋涉而来,为父骨耳。汝不归,初志为何也?况汝孝行已达天帝,赐汝金万斤,夫妻享受正远,何言不归?”锡九垂泣。父数数促行,锡九哭失声。父怒曰:“汝不行耶!”锡九惧,收声,始询葬所。父挽之曰:“子行,我告之:去丛葬处百余步,有子母白榆是也。”挽之甚急,竟不遑别母。门外有健仆,捉马待之。既超乘,父嘱曰:“日所宿处,有少资斧,可速办装归,向岳索妇;不得妇,勿休也。”锡九诺而行。马绝驶,鸡鸣至西安。仆扶下,方将拜致父母,而人马已杳。寻至旧宿处,倚壁假寐,以待天明。坐处有拳石碍股;晓而视之,白金也。市棺赁舆,寻双榆下,得父骨而归。合厝既毕,家徒四壁。幸里中怜其孝,共饭之。将往索妇,自度不能用武,与族兄十九往。及门,门者绝之。十九素无赖,出语秽亵。周使人劝锡九归,愿即送女去,锡九还。初,女之归也,周对之骂婿及母,女不语,但向壁零涕。陈母死,亦不使闻。得离书,掷向女曰:“陈家出汝矣!”女曰:“我不曾悍逆,何为出我?”欲归质其故,又禁闭之。后锡九如西安,遂造凶讣,以绝女志。此信一播,遂有杜中翰来议姻,竟许之。亲迎有日,女始知,遂泣不食,以被韬面,气如游丝。周正无法,忽闻锡九至,发语不逊,意料女必死,遂舁归锡九,意将待女死以泄其愤。锡九归,而送女者已至;犹恐锡九见其病而不内,甫入门,委之而去。邻里代忧,共谋舁还。锡九不听,扶置榻上,而气已绝。始大恐。正遑迫间,周子率数人持械入,门窗尽毁。锡九逃匿,苦搜之。乡人尽为不平,十九纠十余人锐身急难,周子兄弟皆被夷伤,始鼠窜而去。周益怒,讼于官,捕锡九、十九等。锡九将行,以女尸嘱邻媪。忽闻榻上若息,近视之,秋波微动矣。少时,已能转侧。大喜，诣官自陈。宰怒周讼诬。周惧，啖以重赂，始得免。锡九归，夫妻相见，悲喜交并。先是，女绝食奄卧，自矢必死。忽有人捉起曰："我陈家人也，速从我去，夫妻可以相见。不然，无及矣！"不觉身已出门，两人扶登肩舆。顷刻至官廨，见公姑俱在，问："此何所？"母曰："不必问，容当送汝归。"一日，见锡九至，甚喜。一见遽别，心颇疑怪。公不知何事，恒数日不归。昨夕忽归，曰："我在武夷，迟归二日，难为保儿矣。可速送儿归去。"遂以舆马送女。忽见家门，遂如梦醒。女与锡九共述曩事，相与惊喜。从此夫妻相聚，但朝夕无以自给。锡九于村中设童蒙帐，兼自攻苦，每私语曰："父言天赐黄金，今四堵空空，岂训读所能发迹耶？"一日，自塾中归，遇二人，问之曰："君陈某耶？"锡九曰："然。"二人即出铁索絷之。锡九不解其故。少间，村人毕集，共诘之，始知郡盗所牵。众怜其冤，醵钱赂役，途中得无苦。至郡见太守，历述家世。太守愕然曰："此名士之子，温文尔雅，乌能作贼！"命脱缧绁，取盗严梏之，始供为周某贿嘱。锡九又诉翁婿反面之由，太守更怒，立刻拘提。即延锡九至署，与论世好，盖太守旧邳宰韩公之子，即子言受业门人也。赠灯火之费以百金；又以二骡代步，使不时趋郡，以课文艺。转于各上官游扬其孝，自总制而下，皆有馈遗。锡九乘骡而归，夫妻慰甚。一日，妻母哭至，见女伏地不起。女骇问之，始知周已被械在狱矣。女哀哭自咎，但欲觅死。锡九不得已，诣郡为之缓颊。太守释令自赎，罚谷一百石，批赐孝子陈锡九。放归，出仓粟，杂糠秕而辇运之。锡九谓女曰："尔翁以小人之心度君子矣。乌知我必受之，而琐琐杂糠覈耶？"因笑却之。锡九家虽小有，而垣墙陋蔽。一夜，群盗入。仆觉，大号，止窃两骡而去。后半年余，锡九夜读，闻挝门声，问之寂然。呼仆起视，则门一启，两骡跃入，乃向所亡也。直奔枥下，咻咻汗喘。烛之，各负革囊；解视，则白镪满中。大异，不知其所自来。后闻是夜大盗劫周，盈装出，适防兵追急，委其捆载而去。骡认故主，径奔至家。周自狱中归，刑创犹剧，又遭盗劫，大病而死。女夜梦父囚系而至，曰："吾生平所为，悔已无及。今受冥谴，非若翁莫能解脱，为我代求婿，致一函焉。"醒而呜泣。诘之，具以告。锡九久欲一诣太行，即日遂发。既至，备牲物酹祝之，即露宿其处，冀有所见，终夜无异，遂归。周死，母子逾贫，仰给于次婿。王孝廉考补县尹，以墨败，举家徙沈阳，益无所归。锡九时顾恤之。

异史氏曰："善莫大于孝，鬼神通之，理固宜然。使为尚德之达人也者，即终贫，犹将取之，乌论后此之必昌哉？或以膝下之娇女，付诸颁白之叟，而扬扬曰：'某贵官，吾东床也。'呜呼！宛宛婴婴者如故，而金龟婿以谕葬归，其惨已甚矣；而况以少妇从军乎？"

放 蝶

长山王进士𡹎生为令时，每听讼，按律之轻重，罚令纳蝶自赎；堂上千百齐放，如风飘碎锦，王乃拍案大笑。一夜，梦一女子，衣裳华好，从容而入，曰："遭君虐政，姊妹多物故。当使君先受风流之小谴耳。"言已，化为蝶，回翔而去。明日，方独酌署中，忽报直指使至，皇遽而出，闺中戏以素花簪冠上，忘除之。直指见之，以为不恭，大受诟骂而返。由是罚蝶令遂止。

青城于重寅，性放诞。为司理时，元夕以火花爆竹缚驴上，首尾并满，牵登太守之门，击柝而请，自白："某献火驴，幸出一览。"时太守有爱子患痘，心绪方恶，辞之。于固请之。太守不得已，使阍人启钥。门甫辟，于火发机，推驴入。爆震驴惊，踶趹狂奔。又飞火射人，人莫敢近。驴穿堂入室，破瓯毁甑，火触成尘，窗纱都烬。家人大哗。痘儿惊陷，终夜而死。太守痛恨，将揭劾之。于浼诸司道，登堂负荆，乃免。

男 生 子

福建总兵杨辅，有娈童，腹震动。十月既满，梦神人剖其两胁去之。及醒，两男夹左右啼。起视胁下，剖痕俨然。儿名之天舍、地舍云。

异史氏曰："按此吴藩未叛前事也。吴既叛，闽抚蔡公疑杨欲图之，而恐其为乱，以他故召之。杨妻夙智勇，疑之，沮杨行。杨不听。妻涕而送之。归则传齐诸将，披坚执锐，以待消息。少间，闻夫被诛，遂反攻蔡。蔡仓皇不知所为，幸标卒固守，不克乃去。去既远，蔡始戎装突出，率众大噪。人传为笑焉。后数年，盗乃就抚。未几，蔡暴亡。临卒，见杨操兵入，左右亦皆见之。呜呼！其鬼虽雄，而头不可复续矣！生子之妖，其兆于此耶？”

黄将军

黄靖南得功微时，与二孝廉赴都，途遇响寇。孝廉惧，长跪献资。黄怒甚，手无寸铁，即以两手握骡足，举而投之。寇不及防，马倒人堕。黄拳之臂断，搜橐而归孝廉。孝廉服其勇，资劝从军，后屡建奇勋，遂腰蟒玉。

医术

张氏者，沂之贫民。途中遇一道士，善风鉴，相之曰：“子当以术业富。”张曰：“宜何从？”又顾之，曰：“医可也。”张曰：“我仅识之无耳，乌能是？”道士笑曰：“迂哉！名医何必多识字乎？但行之耳。”既归，贫无业，乃摭拾海上方，即市廛中除地作肆，设鱼牙蜂房，谋升斗于口舌之间，而人亦未之奇也。会青州太守病嗽，牒檄所属征医。沂故山僻，少医工。而令惧无以塞责，又责里中使自报。于是共举张。令立召之。张方痰喘，不能自疗，闻命大惧，固辞。令弗听，卒邮送去。路经深山，渴极，咳愈甚。入村求水，而山中水价与玉液等，遍乞之，无与者。见一妇漉野菜，菜多水寡，盎中浓浊如涎。张燥急难堪，便乞余沈饮之。少间，渴解，嗽亦顿止。阴念：殆良方也。比至郡，诸邑医工，已先施治，并未痊减。张入，求密所，伪作药目，传示内外。复遣人于民间索诸藜藿，如法淘汰讫，以汁进太守。一服，病良已。太守大悦，赐赉甚厚，旌以金扁。由此名大噪，门常如市，应手无不悉效。有病伤寒者，言症求方。张适醉，误以疟剂予之。醒而悟之,不敢以告人。三日后,有盛仪造门而谢者,问之,则伤寒之人,大吐大下而愈矣。此类甚多。张由此称素封,益以声价自重,聘者非重资安舆不至焉。

益都韩翁,名医也。其未著时,货药于四方。暮无所宿,投止一家,则其子伤寒将死,因请施治。韩思不治则去此莫适,而治之诚无术。往复跮踱,以手搓体,而汙成片,捻之如丸。顿思以此绐之,当亦无所害。晓而不愈,已赚得寝食安饱矣。遂付之。中夜,主人挝门甚急。意其子死,恐被侵辱,惊起,逾垣疾遁。主人追之数里,韩无所逃,始止。乃知病者汗出而愈矣。挽回,款宴丰隆。临行,厚赠之。

藏虱

乡人某者,偶坐树下,扪得一虱,片纸裹之,塞树孔中而去。后二三年,复经其处,忽忆之,视孔中纸裹宛然。发而验之,虱薄如麸。置掌中审顾之。少顷,掌中奇痒,而虱腹渐盈矣。置之而归。痒处核起,肿数日,死焉。

夜明

有贾客泛于南海。三更时,舟中大亮似晓。起视,见一巨物,半身出水上,俨若山岳;目如两日初升,光四射,大地皆明。骇问舟人,并无知者。共伏瞻之。移时,渐缩入水,乃复晦。后至闽中,俱言某夜明而复昏,相传为异。计其时,则舟中见怪之夜也。

夏雪

丁亥年七月初六日,苏州大雪。百姓皇骇,共祷诸大王之庙。大王忽附人而言曰:“如今称老爷者,皆增一大字。其以我神为小,消不得一大字也?”众悚然,齐呼“大老爷”,雪立止。由此观之,神亦喜谄,宜乎治下部者之得车多矣。

异史氏曰:“世风之变也,下者益谄,上者益骄。即康熙四十余年中,称谓之不古,甚可笑也。举人称爷,二十年始;进士称老爷,三十年始;司、院称大老爷,二十五年始。昔者大令谒中丞,亦不过老大人而止,今则此称久废矣。即有君子,亦素谄媚行乎谄媚,莫敢有异词也。若缙绅之妻呼太太,裁数年耳。昔惟缙绅之母,始有此称。以妻而得此称者,惟淫史中有林乔耳,他未之见也。唐时,上欲加张说大学士。说辞曰:‘学士从无大名,臣不敢称。’今之大,谁大之?初由于小人之谄,而因得贵倨者之悦,居之不疑,而纷纷者遂遍天下矣。窃意数年以后,称爷者必进而老,称老者必进而大,但不知大上造何尊称?匪夷所思已!”

丁亥年六月初三日,河南归德府大雪尺余,禾皆冻死,惜乎其未知媚大王之术也。悲夫!

周　克　昌

淮上贡士周天仪,年五旬,止一子,名克昌,爱昵之。至十三四岁,丰姿益秀;而性不喜读,辄逃塾,从群儿戏,恒终日不返。周亦听之。一日,既暮不归,始寻之,殊竟乌有。夫妻号咷,几不欲生。年余,昌忽自至,言:“为道士迷去,幸不见害。值其他出,得逃而归。”周喜极,亦不追问。及教以读,慧悟倍于畴曩。逾年,文思大进,既入郡庠试,遂知名。世族争婚,昌颇不愿。赵进士女有姿,周强为娶之。既入门,夫妻调笑甚欢;而昌恒独宿,若无所私。逾年,秋战而捷。周益慰。然年渐暮,日望抱孙,故尝隐讽昌。昌漠若不解。母不能忍,朝夕多絮语。昌变色,出曰:“我久欲亡去,所不遽舍者,顾复之情耳。实不能探讨房帏,以慰所望。请仍去,彼顺志者且复来矣。”媪追曳之,已踣,衣冠如蜕。大骇,疑昌已死,是必其鬼也。悲叹而已。次日,昌忽仆马而至,举家惶骇。近诘之,亦言:为恶人略卖于富商之家,商无子,子焉。得昌后,忽生一子。昌思家,遂送之归。问所学,则顽钝如昔。乃知此为昌。其入泮乡捷者,鬼之假也。然窃喜其事未泄,即使袭孝廉之名。入房,妇甚狎熟;而昌靦然有愧色,似新婚者。甫周年,生子矣。

异史氏曰:“古言庸福人,必鼻口眉目间具有少庸,而后福随之。其精光陆离者,鬼所弃也。庸之所在,桂籍可以不入闱而通,佳丽可以不亲迎而致;而况少有凭借,益之以钻窥者乎!”

某 乙

邑西某乙,故梁上君子也。其妻深以为惧,屡劝止之,乙遂翻然自改。居二三年,贫窭不能自堪,思欲一作冯妇而后已。乃托贸易,就善卜者问何往之善。术者占曰:“东南吉,利小人,不利君子。”兆隐与心合,窃喜。遂南行,抵苏、松间,日游村郭,凡数月。偶入一寺,见墙隅堆石子二三枚,心知其异,亦以一石投之。径趋龛后卧。日既暮,寺中聚语,似有十余人。忽一人数石,讶其多,因共搜龛后,得乙,问:“投石者汝耶?”乙诺。诘里居、姓名,乙诡对之。乃授以兵,率与共去。至一巨第,出奭梯,争逾垣入。以乙远至,径不熟,俾伏墙外,司传递、守囊橐焉。少顷,掷一裹下。又少顷,缒一箧下。乙举箧知有物,乃破箧,以手揣取,凡沉重物,悉纳一囊,负之疾走,竟取道归。由此建楼阁、买良田,为子纳粟。邑令扁其门曰“善士”。后大案发,群寇悉获,惟乙无名籍,莫可查诘,得免。事寝既久,乙醉后时自述之。

曹有大寇某,得重资归,肆然安寝。有二三小盗,逾垣入,捉之,索金。某不与,棰灼并施,罄所有,乃去。某向人曰:“吾不知炮烙之苦如此!”遂深恨盗,投充马捕,捕邑寇殆尽。获曩寇,亦以所施者施之。

钱 卜 巫

夏商,河间人。其父东陵,豪富侈汰,每食包子,辄弃其角,狼藉满地。人以其肥重,呼之“丢角太尉”。暮年,家綦贫,日不给餐;两肱瘦,垂革如囊,人又呼“募庄僧”,谓其挂袋也。临终,谓商曰:“余生平暴殄天物,上干天怒,遂至冻饿以死。汝当惜福力行,以盖父愆。”商恪遵治命，诚朴无二，躬耕自给。乡人咸爱敬之。富人某翁哀其贫，假以资，使学负贩，辄亏其母。愧无以偿，请为佣。翁不肯。商瞿然不自安，尽货其田宅，往酬翁。翁诘得情，益怜之，强为赎还旧业；又益贷以重金，俾作贾。商辞曰："十数金尚不能偿，奈何结来世驴马债耶？"翁乃招他贾与偕。数月而返，仅能不亏。翁不收其息，使复之。年余，贷资盈辇，归至江，遭飓，舟几覆，物半丧失。归计所有，略可偿主，遂语贾曰："天之所贫，谁能救之？此皆我累君也！"乃稽簿付贾，奉身而退。翁再强之，必不可，躬耕如故。每自叹曰："人生世上，皆有数年之亨，何遂落魄如此？"会有外来巫，以钱卜，悉知人运数。敬诣之。巫，老妪也。寓室精洁，中设神座，香气常熏。商入朝拜讫，便索资。商授百钱，巫尽内木筒中，执跪座下，摇响如祈签状。已而起，倾钱入手，而后于案上次第摆之。其法以字为否，幕为亨，数至五十八皆字，以后则尽幕矣。遂问："庚甲几何？"答："二十八岁。"巫摇首曰："早矣！官人现行者先人运，非本身运。五十八岁，方交本身运，始无盘错也。"问："何谓先人运？"曰："先人有善，其福未尽，则后人享之；先人有不善，其祸未尽，则后人亦受之。"商屈指曰："再三十年，齿已老耄，行就木矣。"巫曰："五十八以前，便有五年回润，略可营谋，然仅免寒饿耳。五十八之年，当有巨金自来，不须力求。官人生无过行，再世享之不尽也。"别巫而返，疑信半焉。然安贫自守，不敢妄求。后至五十三岁，留意验之。时方东作，病痁不能耕。既痊，天大旱，早禾尽枯。近秋方雨，家无别种，田数亩悉以种谷。既而又旱，荞菽半死，惟谷无恙；后得雨勃发，其丰倍焉。来春大饥，得以无馁。商以此信巫，从翁贷资，小权子母，辄小获。或劝作大贾，商不肯。迨五十七岁，偶葺墙垣，掘地得铁釜；揭之，白气如絮，惧不敢发。移时，气尽，白镪满瓮。夫妻共运之，秤计一千三百二十五两。窃议巫术小舛。邻人妻入商家，窥见之，归告夫。夫忌焉，潜告邑宰。宰最贪，拘商索金。妻欲隐其半，商曰："非所宜得，留之贾祸。"尽献之。宰得金，恐其漏匿，又追贮器，以金实之，满焉，乃释商。居无何，宰迁南昌同知。逾岁，商以懋迁至南昌，则宰已死。妻子将归，货其粗重，有桐油如干篓，商以直贱，买之以归。既抵家，器有渗漏，泻注他器，则内有白金二铤，遍探皆然。兑之，适得前掘镪之数。商由此暴富，益赡贫穷，慷慨不吝。妻劝积遗子孙，商曰："此即所以遗子孙也。"邻人赤贫至为丐，欲有所求，而心自愧。商闻而告之曰："昔日事，乃我时数未至，故鬼神假子手以败之，于汝何尤？"遂周给之。邻人感泣。后商寿八十，子孙承继，数世不衰。

异史氏曰："汰侈已甚，王侯不免，况庶人乎！生暴天物，死无饭含，可哀矣哉！幸而鸟死鸣哀，子能干蛊，穷败七十年，卒以中兴。不然，父孽累子，子复累孙，不至乞丐相传不止矣。何物老巫，遂宣天之秘？呜呼！怪哉！"

姚　安

姚安，临洮人，美丰标。同里宫姓，有女子字绿娥，艳而知书，择偶不嫁。母语人曰："门族风采，必如姚某始字之。"姚闻，绐妻窥井，挤堕之，遂娶绿娥。雅甚亲爱。然以其美也，故疑之：闭户相守，步辄缀焉；女欲归宁，则以两肘支袍，覆翼以出，入舆封志，而后驰随其后，越宿，促与俱归。女心不能善，忿曰："若有桑中约，岂琐琐所能止耶！"姚以故他往，则扃女室中。女益厌之，俟其去，故以他钥置门外以疑之。姚见大怒，问所自来。女愤言："不知！"姚愈疑，伺察弥严。一日，自外至，潜听久之，乃开锁启扉，惟恐其响，悄然掩入。见一男子貂冠卧床上，忿怒，取刀奔入，力斩之。近视，则女昼眠畏寒，以貂覆面上。大骇，顿足自悔。宫翁忿质官。官收姚，褫衿苦械。姚破产，以具金赂上下，得不死。由此精神迷惘，若有所失。适独坐，见女与髯丈夫，狎亵榻上，恶之，操刃而往，则没矣；反坐，又见之。怒甚，以刀击榻，席褥断裂。愤然执刃，近榻以伺之，见女立面前，视之而笑。遽砍之，立断其首；既坐，女不移处，而笑如故。夜间灭烛，则闻淫溺之声，亵不可言。日日如是，不复可忍，于是鬻其田宅，将卜居他所。至夜，偷儿穴壁入，劫金而去。自此贫无立锥，忿恚而死。里人藁葬之。

异史氏曰："爱新而杀其旧，忍乎哉！人止知新鬼为厉，而不知故鬼之夺其魄也。呜呼！截指而适其屦，不亡何待！”

采　薇　翁

明鼎革，干戈蜂起。於陵刘芝生，聚众数万，将南渡。忽一肥男子诣栅门，敞衣露腹，请见兵主。刘延入与语，大悦之。问其姓氏，自号采薇翁。刘留参帷幄，赠以刀。翁言：“我自有利兵，无须矛戟。”问：“兵所在？”翁乃捋衣露腹，脐大可容鸡子；忍气鼓之，忽脐中塞肤，嗤然突出剑跗；握而抽之，白刃如霜。刘大惊，问：“止此乎？”笑指腹曰：“此武库也，何所不有。”命取弓矢，又如前状，出雕弓一，略一闭息，则一矢飞堕，其出不穷。已而剑插脐中，既都不见。刘神之，与同寝处，敬礼甚备。时营中号令虽严，而乌合之群，时出剽掠。翁曰：“兵贵纪律；今统数万之众，而不能镇慑人心，此败亡之道也。”刘喜之，于是纠察卒伍，有掠取妇女财物者，枭以示众。军中稍肃，而终不能绝。翁不时乘马出，遨游部伍之间，而军中悍将骄卒，辄首自堕地，不知其何因。因共疑翁。前进严饬之策，兵士已畏恶之；至此益相憾怨。诸部领谮于刘曰：“采薇翁，妖术也。自古名将，止闻以智，不闻以术。浮云、白雀之徒，终致灭亡。今无辜将士，往往自失其首，人情汹惧；将军与处，亦危道也，不如图之。”刘从其言，谋俟其寝，诛之。使觇翁，翁坦腹方卧，息如雷。众大喜，以兵绕舍，两人持刀入，断其头；及举刀，头已复合，息如故，大惊。又斫其腹；腹裂无血，其中戈矛森聚，尽露其颖。众益骇，不敢近；遥拨以矟，而铁弩大发，射中数人。众惊散，白刘。刘急诣之，已杳矣。

第 九 卷

邵 临 淄

临淄某翁之女，太学李生妻也。未嫁时，有术士推其造，决其必受官刑。翁怒之，既而笑曰："妄言一至于此！无论世家女必不至公庭，岂一监生不能庇一妇乎？"既嫁，悍甚，指骂夫婿以为常。李不堪其虐，忿鸣于官。邑宰邵公准其词，签役立勾。翁闻之，大骇，率子弟登堂，哀求寝息。弗许。李亦自悔，求罢。公怒曰："公门内岂作辍尽由尔耶？必拘审！"既到，略诘一二言，便曰："真悍妇！"杖责三十，臀肉尽脱。

异史氏曰："公岂有伤心于闺阃耶？何怒之暴也！然邑有贤宰，里无悍妇矣。志之，以补《循吏传》之所不及者。"

于 去 恶

北平陶圣俞，名下士。顺治间，赴乡试，寓居郊郭。偶出户，见一人负笈佢儴，似卜居未就者。略诘之，遂释负于道，相与倾语，言论有名士风。陶大说之，请与同居。客喜，携囊入，遂同栖止。客自言："顺天人，姓于，字去恶。"以陶差长，兄之。于性不喜游瞩，常独坐一室，而案头无书卷。陶不与谈，则默卧而已。陶疑之，搜其囊箧，则笔研之外，更无长物。怪而问之，笑曰："吾辈读书，岂临渴始掘井耶？"一日，就陶借书去，闭户抄甚疾，终日五十余纸，亦不见其折迭成卷。

窃窥之，则每一稿脱，则烧灰吞之。愈益怪焉。诘其故，曰："我以此代读耳。"便诵所抄书，顷刻数篇，一字无讹。陶悦，欲传其术，于以为不可。陶疑其吝，词涉诮让。于曰："兄诚不谅我之深矣。欲不言，则此心无以自剖。骤言之，又恐惊为异怪。奈何？"陶固谓："不妨。"于曰："我非人，实鬼耳。今冥中以科目授官，七月十四日奉诏考帘官，十五日士子入闱，月尽榜放矣。"陶问："考帘官为何？"曰："此上帝慎重之意，无论鸟吏鳖官，皆考之。能文者以内帘用，不通者不得与焉。盖阴之有诸神，犹阳之有守令也。得志诸公，目不睹坟典，不过少年持敲门砖，猎取功名，门既开，则弃去。再司簿书十数年，即文学士，胸中尚有字耶！阳世所以陋劣幸进，而英雄失志者，惟少此一考耳。"陶深然之，由是益加敬畏。一日，自外来，有忧色，叹曰："仆生而贫贱，自谓死后可免，不谓迍邅先生，相从地下。"陶请其故，曰："文昌奉命都罗国封王，帘官之考遂罢。数十年游神耗鬼，杂入衡文，吾辈宁有望耶？"陶问："此辈皆谁何人？"曰："即言之，君亦不识。略举一二人，大概可知：乐正师旷、司库和峤是也。仆自念命不可凭，文不可恃，不如休耳。"言已怏怏，遂将治任。陶挽而慰之，乃止。至中元之夕，谓陶曰："我将入闱。烦于昧爽时，持香炷于东野，三呼去恶，我便至。"乃出门去。陶沽酒烹鲜以待之。东方既白，敬如所嘱。无何，于偕一少年来。问其姓字，于曰："此方子晋，是我良友，适于场中相邂逅。闻兄盛名，深欲拜识。"同至寓，秉烛为礼。少年亭亭似玉，意度谦婉。陶甚爱之，便问："子晋佳作，当大快意。"于曰："言之可笑！闱中七则，作过半矣，细审主司姓名，裹具径出。奇人也！"陶扇炉进酒，因问："闱中何题？去恶魁解否？"于曰："书艺、经论各一，夫人而能之。策问：'自古邪僻固多，而世风至今日，奸情丑态，愈不可名，不惟十八狱所不得尽，抑非十八狱所能容。是果何术而可？或谓宜量加一二狱，然殊失上帝好生之心。其宜增与、否与，或别有道以清其源，尔多士其悉言勿隐。'弟策虽不佳，颇为痛快。表：'拟天魔殄灭，赐群臣龙马天衣有差。'次则'瑶台应制诗'、'西池桃花赋'。此三种，自谓场中无两矣！"言已鼓掌。方笑曰："此时快心，放兄独步矣。数辰后，不痛哭始为男子也。"天明，方欲辞去。陶留与同寓，方不可，但期暮至。三日,竟不复来。陶使于往寻之。于曰:“无须。子晋拳拳,非无意者。”日既西,方果来。出一卷授陶,曰:“三日失约,敬录旧艺百余作,求一品题。”陶捧读大喜,一句一赞,略尽一二首,遂藏诸笥。谈至更深,方遂留,与于共榻寝。自此为常。方无夕不至,陶亦无方不欢也。一夕,仓皇而入,向陶曰:“地榜已揭,于五兄落第矣!”于方卧,闻言惊起,泫然流涕。二人极意慰藉,涕始止。然相对默默,殊不可堪。方曰:“适闻大巡环张桓侯将至,恐失志者之造言也。不然,文场尚有翻覆。”于闻之,色喜。陶询其故,曰:“桓侯翼德,三十年一巡阴曹,三十五年一巡阳世,两间之不平,待此老而一消也。”乃起,拉方俱去。两夜始返,方喜谓陶曰:“君不贺五兄耶?桓侯前夕至,裂碎地榜,榜上名字,止存三之一。遍阅遗卷,得五兄甚喜,荐作交南巡海使,旦晚舆马可到。”陶大喜,置酒称贺。酒数行,于问陶曰:“君家有闲舍否?”问:“将何为?”曰:“子晋孤无乡土,又不忍恝然于兄。弟意欲假馆相依。”陶喜曰:“如此,为幸多矣。即无多屋宇,同榻何碍。但有严君,须先关白。”于曰:“审知尊大人慈厚可依。兄场闱有日,子晋如不能待,先归何如?”陶留伴逆旅,以待同归。次日,方暮,有车马至门,接于莅任。于起,握手曰:“从此别矣。一言欲告,又恐阻锐进之志。”问:“何言?”曰:“君命淹蹇,生非其时。此科之分十之一。后科桓侯临世,公道初彰,十之三。三科始可望也。”陶闻,欲中止。于曰:“不然,此皆天数。即明知不可,而注定之艰苦,亦要历尽耳。”又顾方曰:“勿淹滞,今朝年、月、日、时皆良,即以舆盖送君归。仆驰马自去。”方忻然拜别。陶中心迷乱,不知所嘱,但挥涕送之。见舆马分途,顷刻都散。始悔子晋北旋,未致一字,而已无及矣。三场毕,不甚满志,奔波而归。入门问子晋,家中并无知者。因为父述之,父喜曰:“若然,则客至久矣。”先是陶翁昼卧,梦舆盖止于其门,一美少年自车中出,登堂展拜。讶问所来,答云:“大哥许假一舍,以入闱不得偕来。我先至矣。”言已,请入拜母。翁方谦却,适家媪入曰:“夫人产公子矣。”恍然而醒,大奇之。是日陶言,适与梦符,乃知儿即子晋后身也。父子各喜,名之小晋。儿初生,善夜啼,母苦之。陶曰:“倘是子晋,我见之,啼当止。”俗忌客忤,故不令陶见。

母患啼不可耐，乃呼陶入。陶呜之曰："子晋勿尔！我来矣！"儿啼正急，闻声辍止，停睇不瞬，如审顾状。陶摩顶而去。自是竟不复啼。数月后，陶不敢见之。一见，则折腰索抱。走去，则啼不可止。陶亦狎爱之。四岁离母，辄就兄眠。兄他出，则假寐以俟其归。兄于枕上教毛诗，诵声呢喃，夜尽四十余行。以子晋遗文授之，欣然乐读，过口成诵。试之他文，不能也。八九岁，眉目朗彻，宛然一子晋矣。陶两入闱，皆不第。丁酉，文场事发，帘官多遭诛遣，贡举之途一肃，乃张巡环力也。陶下科中副车，寻贡。遂灰志前途，隐居教弟。尝语人曰："吾有此乐，翰苑不易也。"

异史氏曰："余每至张夫子庙堂，瞻其须眉，凛凛有生气。又其生平喑哑如霹雳声，矛马所至，无不大快，出人意表。世以将军好武，遂置与绛、灌伍；宁知文昌事繁，须侯固多哉！呜呼！三十五年，来何暮也！"

狂　生

刘学师言："济宁有狂生某，善饮，家无儋石，而得钱辄沽，殊不以穷厄为意。值新刺史莅任，善饮无对。闻生名，招与饮而悦之，时共谈宴。生恃其狎，凡有小讼求直者，辄受薄贿为之缓颊，刺史每可其请。生习为常，刺史心厌之。一日早衙，持刺登堂。刺史览之微笑。生厉声曰：'公如所请，可之。不如所请，否之。何笑也！闻之：士可杀而不可辱。他固不能相报，岂一笑不能报耶？'言已，大笑，声震堂壁。刺史怒曰：'何敢无礼！宁不闻灭门令尹耶！'生掉臂竟下，大声曰：'生员无门之可灭！'刺史益怒，执之。访其家居，则并无田宅，惟携妻在城堞上住。刺史闻而释之，但逐不令居城垣。朋友怜其狂，为买数尺地，购斗室焉。入而居之，叹曰：'今而后畏令尹矣！'"

异史氏曰："士君子奉法守礼，不敢劫人于市，南面者奈我何哉！然仇之犹得而加者，徒以有门在耳。夫至无门可灭，则怒者更无以加之矣。噫嘻！此所谓'贫贱骄人'者耶！独是君子虽贫，不轻干人，乃以口腹之累，喋喋公堂，品斯下矣。虽然，其狂不可及。"

凤　仙

刘赤水，平乐人，少颖秀。十五入郡庠。父母早亡，遂以游荡自废。家不中资，而性好修饰，衾榻皆精美。一夕，被人招饮，忘灭烛而去。酒数行，始忆之，急返。闻室中小语，伏窥之，见少年拥丽者眠榻上。宅临贵家废第，恒多怪异，心知其狐，亦不恐，入而叱曰："卧榻岂容鼾睡！"二人遑遽，抱衣赤身遁去。遗紫纨裤一，带上系针囊。大悦，恐其窃去，藏衾中而抱之。俄一蓬头婢自门罅入，向刘索取。刘笑要偿。婢请遗以酒，不应。赠以金，又不应。婢笑而去。旋返曰："大姑言：如赐还，当以佳偶为报。"刘问："伊谁？"曰："吾家皮姓，大姑小字八仙，共卧者胡郎也。二姑水仙，适富川丁官人。三姑凤仙，较两姑尤美，自无不当意者。"刘恐失信，请坐待好音。婢去复返曰："大姑寄语官人：好事岂能猝合？适与之言，反遭诟厉。但缓时日以待之，吾家非轻诺寡信者。"刘付之。过数日，渺无信息。薄暮，自外归，闭门甫坐，忽双扉自启，两人以被承女郎，手捉四角而入，曰："送新人至矣！"笑置榻上而去。近视之，酣睡未醒，酒气犹芳，赪颜醉态，倾绝人寰。喜极，为之捉足解袜，抱体缓裳。而女已微醒，开目见刘，四肢不能自主，但恨曰："八仙淫婢卖我矣！"刘狎抱之。女嫌肤冰，微笑曰："今夕何夕，见此凉人！"刘曰："子兮子兮，如此凉人何！"遂相欢爱。既而曰："婢子无耻，玷人床寝，而以妾换裤耶！必小报之！"从此无夕不至，绸缪甚殷。袖中出金钏一枚，曰："此八仙物也。"又数日，怀绣履一双来，珠嵌金绣，工巧殊绝，且嘱刘暴扬之。刘出夸示亲宾，求观者皆以资酒为贽，由此奇货居之。女夜来，作别语。怪问之，答云："姊以履故恨妾，欲携家远去，隔绝我好。"刘惧，愿还之。女云："不必。彼方以此挟妾，如还之，中其机矣。"刘问："何不独留？"曰："父母远去，一家十馀口，俱托胡郎经纪，若不从去，恐长舌妇造黑白也。"从此不复至。逾二年，思念綦切。偶在途中，遇女郎骑款段马，老仆鞚之，摩肩过，反启障纱相窥，丰姿艳绝。顷，一少年后至，曰："女子何人？似颇佳丽。"刘亟赞之。少年拱手笑曰："太过奖矣！此即山荆也。”刘惶愧谢过。少年曰:“何妨。但南阳三葛,君得其龙,区区者又何足道!”刘疑其言。少年曰:“君不认窃眠卧榻者耶?”刘始悟为胡。叙僚婿之谊,嘲谑甚欢。少年曰:“岳新归,将以省觐,可同行否?”刘喜,从入萦山。山上故有邑人避乱之宅,女下马入。少间,数人出望,曰:“刘官人亦来矣。”入门谒见翁媪。又一少年先在,靴袍炫美。翁曰:“此富川丁婿。”并揖就坐。少时,酒炙纷纶,谈笑颇洽。翁曰:“今日三婿并临,可称佳集。又无他人,可唤儿辈来,作一团圞之会。”俄,姊妹俱出。翁命设坐,各傍其婿。八仙见刘,惟掩口而笑。凤仙辄与嘲弄。水仙貌少亚,而沉重温克,满座倾谈,惟把酒含笑而已。于是履舄交错,兰麝熏人,饮酒乐甚。刘视床头乐具毕备,遂取玉笛,请为翁寿。翁喜,命善者各执一艺,因而合座争取,惟丁与凤仙不取。八仙曰:“丁郎不谙可也,汝宁指屈不伸者?”因以拍板掷凤仙怀中,便串繁响。翁悦曰:“家人之乐极矣!儿辈俱能歌舞,何不各尽所长?”八仙起,捉水仙曰:“凤仙从来金玉其音,不敢相劳;我二人可歌《洛妃》一曲。”二人歌舞方已,适婢以金盘进果,都不知其何名。翁曰:“此自真腊携来,所谓‘田婆罗’也。”因掬数枚送丁前。凤仙不悦曰:“婿岂以贫富为爱憎耶?”翁微哂不言。八仙曰:“阿爹以丁郎异县,故是客耳。若论长幼,岂独凤妹妹有拳大酸婿耶?”凤仙终不快,解华妆,以鼓拍授婢,唱《破窑》一折,声泪俱下。既阕,拂袖径去,一座为之不欢。八仙曰:“婢子乔性犹昔。”乃追之,不知所往。刘无颜,亦辞而归。至半途,见凤仙坐路旁,呼与并坐,曰:“君一丈夫,不能为床头人吐气耶?黄金屋自在书中,愿好为之。”举足云:“出门匆遽,棘刺破复履矣。所赠物,在身边否?”刘出之。女取而易之。刘乞其敝者。 然曰:“君亦大无赖矣!几见自己衾枕之物,亦要怀藏者?如相见爱,一物可以相赠。”旋出一镜付之曰:“欲见妾,当于书卷中觅之;不然,相见无期矣。”言已,不见。怊怅而归。视镜,则凤仙背立其中,如望去人于百步之外者。因念所嘱,谢客下帷。一日,见镜中人忽现正面,盈盈欲笑,益重爱之。无人时,辄以共对。月馀,锐志渐衰,游恒忘返。归见镜影,惨然若涕;隔日再视,则背立如初矣:始悟为己之废学也。乃闭户研读,昼夜不辍。月馀,则影复向外。自此验之:每有事荒废,则其容戚。数日攻苦,则其容笑。于是朝夕悬之,如对师保。如此二年,一举而捷。喜曰:“今可以对我凤仙矣!”揽镜视之,见画黛弯长,瓠犀微露,喜容可掬,宛在目前。爱极,停睇不已。忽镜中人笑曰:“‘影里情郎,画中爱宠’,今之谓矣。”惊喜四顾,则凤仙已在座右。握手问翁媪起居,曰:“妾别后,不曾归家,伏处岩穴,聊与君分苦耳。”刘赴宴郡中,女请与俱,共乘而往,人对面不相窥。既而将归,阴与刘谋,伪为娶于郡也者。女既归,始出见客,经理家政。人皆惊其美,而不知其狐也。刘属富川令门人,往谒之。遇丁,殷殷邀至其家,款礼优渥,言:“岳父母近又他徙。内人归宁,将复。当寄信往,并诣申贺。”刘初疑丁亦狐,及细审邦族,始知富川大贾子也。初,丁自别业暮归,遇水仙独步,见其美,微睨之。女请附骥以行。丁喜,载至斋,与同寝处。櫺隙可入,始知为狐。女言:“郎勿见疑。妾以君诚笃,故愿托之。”丁嬖之,竟不复娶。刘归,假贵家广宅,备客燕寝,洒扫光洁,而苦无供帐;隔夜视之,则陈设焕然矣。过数日,果有三十余人,赍旗采酒礼而至,舆马缤纷,填溢阶巷。刘揖翁及丁、胡入客舍,凤仙逆妪及两姨入内寝。八仙曰:“婢子今贵,不怨冰人矣。钏履犹存否?”女搜付之,曰:“履则犹是也,而被千人看破矣。”八仙以履击背,曰:“挞汝寄于刘郎。”乃投诸火,祝曰:“新时如花开,旧时如花谢。珍重不曾着,姮娥来相借。”水仙亦代祝曰:“曾经笼玉笋,着出万人称。若使姮娥见,应怜太瘦生。”凤仙拨火曰:“夜夜上青天,一朝去所欢。留得纤纤影,遍与世人看。”遂以灰捻柈中,堆作十余分,望见刘来,托以赠之。但见绣履满柈,悉如故款。八仙急出,推柈堕地,地上犹有一二只存者,又伏吹之,其迹始灭。次日,丁以道远,夫妇先归。八仙贪与妹戏,翁及胡屡督促之,亭午始出,与众俱去。初来,仪从过盛,观者如市。有两寇窥见丽人,魂魄丧失,因谋劫诸途。侦其离村,尾之而去。相隔不盈一尺,马极奔,不能及。至一处,两崖夹道,舆行稍缓,追及之,持刀吼咤,人众都奔。下马启帘,则老妪坐焉。方疑误掠其母,才他顾,而兵伤右臂,顷已被缚。凝视之,崖并非崖,乃平乐城门也,舆中则李进士母,自乡中归耳。一寇后至,亦被断马足而絷之。门丁执送太守,一讯而伏。时有大盗未获,诘之,即其人也。明春，刘及第。凤仙以招祸，故悉辞内戚之贺。刘亦更不他娶。及为郎官，纳妾，生二子。

异史氏曰："嗟乎！冷暖之态，仙凡固无殊哉！'少不努力，老大徒伤'。惜无好胜佳人，作镜影悲笑耳。吾愿恒河沙数仙人，并遣娇女婚嫁人间，则贫穷海中，少苦众生矣。"

佟　客

董生，徐州人。好击剑，每慷慨自负。偶于途中遇一客，跨蹇同行。与之语，谈吐豪迈。诘其姓字，云："辽阳佟姓。"问："何往？"曰："余出门二十年，适自海外归耳。"董曰："君遨游四海，阅人綦多，曾见异人否？"佟曰："异人何等？"董乃自述所好，恨不得异人之传。佟曰："异人何地无之，要必忠臣孝子，始得传其术也。"董又毅然自许，即出佩剑，弹之而歌，又斩路侧小树，以矜其利。佟掀髯微笑，因便借观。董授之。展玩一过，曰："此甲铁所铸，为汗臭所蒸，最为下品。仆虽未闻剑术，然有一剑，颇可用。"遂于衣底出短刃尺许，以削董剑，脆如瓜瓠，应手斜断，如马蹄。董骇极，亦请过手，再三拂拭而后返之。邀佟至家，坚留信宿。叩以剑法，谢不知。董按膝雄谈，惟敬听而已。更既深，忽闻隔院纷拏。隔院为生父居，心惊疑。近壁凝听，但闻人作怒声曰："教汝子速出即刑，便赦汝！"少顷，似加搒掠，呻吟不绝者，真其父也。生捉戈欲往。佟止之曰："此去恐无生理，宜审万全。"生皇然请教，佟曰："盗坐名相索，必将甘心焉。君无他骨肉，宜嘱后事于妻子，我启户，为君警厮仆。"生诺，入告其妻。妻牵衣泣。生壮念顿消，遂共登楼上，寻弓觅矢，以备盗攻。仓皇未已，闻佟在楼檐上笑曰："贼幸去矣。"烛之，已杳。逡巡出，则见翁赴邻饮，笼烛方归。惟庭前多编菅遗灰焉。乃知佟异人也。

异史氏曰："忠孝，人之血性；古来臣子而不能死君父者，其初岂遂无提戈壮往时哉，要皆一转念误之耳。昔解缙与方孝孺相约以死，而卒食其言。安知矢约归后，不听床头人呜泣哉？"

邑有快役某，每数日不归，妻遂与里中无赖通。一日归，值少年自房中出，大疑，苦诘妻。妻不服。既于床头得少年遗物，妻窘无词，惟长跪哀乞。某怒甚，掷以绳，逼令自缢。妻请妆服而死，许之。妻乃入室理妆，某自酌以待之，呵叱频催。俄妻炫服出，含涕拜曰："君果忍令奴死耶?"某盛气咄之。妻返走入房，方将结带，某掷盏呼曰："咍，返矣！一顶绿头巾，或不能压人死耳。"遂为夫妇如初。此亦大绅者类也，一笑。

爱 奴

河间徐生，设教于恩。腊初归，途遇一叟，审视曰："徐先生撤帐矣。明岁授教何所?"答曰："仍旧。"叟曰："敬业姓施。有舍甥延求明师，适托某至东疃聘吕子廉，渠已受贽稷门。君如苟就，束仪请倍于恩。"徐以成约为辞。叟曰："信行君子也。然去新岁尚远，敬以黄金一两为贽，暂留教之，明岁另议何如?"徐可之。叟下骑呈礼函，且曰："敝里不遥矣。宅綦隘，饲畜为艰，请即遣仆马去，散步亦佳。"徐从之，以行李寄叟马上。行三四里许，日既暮，始抵其宅，沤钉兽钚，宛然世家。呼甥出拜，十三四岁童子也。叟曰："妹夫蒋南川，旧为指挥使。止遗此儿，颇不钝，但娇惯耳。得先生一月善诱，当胜十年。"未几，设筵，备极丰美。而行酒下食，皆以婢媪。一婢执壶侍立，年约十五六，风致韵绝，心窃动之。席既终，叟命安置床寝，始辞而去。天未明，儿出就学。徐方起，即有婢来捧巾侍盥，即执壶人也。日给三餐，悉此婢。至夕，又来扫榻。徐问："何无僮仆?"婢笑不言，布衾径去。次夕复至。入以游语，婢笑不拒，遂与狎。因告曰："吾家并无男子，外事则托施舅。妾名爱奴。夫人雅敬先生，恐诸婢不洁，故以妾来。今日但须缄密，恐发觉，两无颜也。"一夜，共寝忘晓，为公子所遭，徐惭怍不自安。至夕，婢来曰："幸夫人重君，不然败矣！公子入告，夫人急掩其口，若恐君闻。但戒妾勿得久留斋馆而已。"言已，遂去。徐甚德之。然公子不善读，诃责之，则夫人辄为缓颊。初犹遣婢传言，渐亲出，隔户与先生语，往往零涕。顾每晚必问公子日课。徐颇不耐，作色曰："既从儿懒，又责儿工，此等师我不惯作！请辞。"夫人遣婢谢过,徐乃止。自入馆以来,每欲一出登眺,辄锢闭之。一日,醉中怏闷,呼婢问故。婢言:“无他,恐废学耳。如必欲出,但请以夜。”徐怒曰:“受人数金,便当淹禁死耶!教我夜窜何之乎?久以素食为耻,贽固犹在囊耳。”遂出金置几上,治装欲行。夫人出,脉脉不语,惟掩袂哽咽,使婢返金,启钥送之。徐觉门户逼侧,走数步,日光射入,则身自陷冢中出,四望荒凉,一古墓也。大骇。然心感其义,乃卖所赐金,封堆植树而去。过岁,复经其处,展拜而行。遥见施叟,笑致温凉,邀之殷切。心知其鬼,而欲一问夫人起居,遂相将入村,沽酒共酌。不觉日暮,叟起偿酒价,便言:“寒舍不远,舍妹亦适归宁,望移玉趾,为老夫祓除不祥。”出村数武,又一里落,叩扉入,秉烛向客。俄,蒋夫人自内出,始审视之,盖四十许丽人也。拜谢曰:“式微之族,门户零落,先生泽及枯骨,真无计可以偿之。”言已,泣下。既而呼爱奴,向徐曰:“此婢,妾所怜爱,今以相赠,聊慰客中寂寞。凡有所须,渠亦略能解意。”徐唯唯。少间,兄妹俱去,婢留侍寝。鸡初鸣,叟即来促装送行,夫人亦出,嘱婢善事先生。又谓徐曰:“从此尤宜谨秘,彼此遭逢诡异,恐好事者造言也。”徐诺而别,与婢共骑。至馆,独处一室,与同栖止。或客至,婢不避,人亦不之见也。偶有所欲,意一萌,而婢已致之。又善巫,一挼挲而疴立愈。清明归,至墓所,婢辞而下。徐嘱代谢夫人。曰:“诺。”遂没。数日返,方拟展墓,见婢华妆坐树下,因与俱发。终岁往还,如此为常。欲携同归,执不可。岁杪,辞馆归,相订后期。婢送至前坐处,指石堆曰:“此妾墓也。夫人未出阁时,便从服役,夭殂瘗此。如再过,以炷香相吊,当得复会。”别归,怀思颇苦,敬往祝之,殊无影响。乃市榇发冢,意将载骨归葬,以寄恋慕。穴开自入,则见颜色如生。肤虽未朽,衣败若灰,头上玉饰金钏,都如新制。又视腰间,裹黄金数铤,卷怀之。始解袍覆尸,抱入材内,赁舆载归。停诸别第,饰以绣裳,独宿其旁,冀有灵应。忽爱奴自外入,笑曰:“劫坟贼在此耶!”徐惊喜慰问。婢曰:“向从夫人往东昌,三日既归,则舍宇已空。频蒙相邀,所以不肯相从者,以少受夫人重恩,不忍离遢耳。今既劫我来,即速瘗葬便见厚德。”徐问:“有百年复生者,今芳体如故,何不效之?”叹曰:“此有定数。世传灵迹,半涉幻妄。要欲复起动履，亦复何难？但不能类生人，故不必也。”乃启棺入，尸即自起，亭亭可爱。探其怀，则冷若冰雪。遂将入棺复卧，徐强止之。婢曰：“妾过蒙夫人宠，主人自异域来，得黄金数万，妾窃取之，亦不甚追问。后濒危，又无戚属，遂藏以自殉。夫人痛妾夭谢，又以宝饰入殓。身所以不朽者，不过得金宝之馀气耳。若在人世，岂能久乎？必欲如此，切勿强以饮食；若使灵气一散，则游魂亦消矣。”徐乃构精舍，与共寝处。笑语一如常人。但不食不息，不见生人。年馀，徐饮薄醉，执残沥强灌之，立刻倒地，口中血水流溢，终日而尸已变。哀悔无及，厚葬之。

异史氏曰：“夫人教子，无异人世，而所以待师者何厚也！不亦贤乎！余谓艳尸不如雅鬼，乃以措大之俗莽，致灵物不享其长年，惜哉！”

章丘朱生，素刚鲠，设帐于某贡士家。每谴弟子，内辄遣婢为乞免，不听。一日，亲诣窗外，与朱关说。朱怒，执界方，大骂而出。妇惧而奔；朱追之，自后横击臀股，锵然作皮肉声。令人笑绝！

长山某，每延师，必以一年束金，合终岁之虚盈，计每日得如干数。又以师离斋、归斋之日，详记为籍。岁终，则公同按日而乘除之。马生馆其家，初见操珠盘来，得故甚骇。既而暗生一术，反嗔为喜，听其复算不少校。翁大悦，坚订来岁之约。马辞以故。遂荐一生乖谬者自代。及就馆，动辄诟骂，翁无奈，悉含忍之。岁杪，携珠盘至。生勃然忿极，姑听其算。翁又以途中日尽归于西，生不受，拨珠归东。两争不决，操戈相向，两人破头烂额而赴公庭焉。

小　　梅

蒙阴王慕贞，世家子也。偶游江浙，见媪哭于途，诘之。言：“先夫止遗一子，今犯死刑，谁有能出之者？”王素慷慨，志其姓名，出橐中金为之斡旋，竟释其罪。其人出，闻王之救己也，茫然不解其故。访诣旅邸，感泣谢问。王曰：“无他，怜汝母老耳。”其人大骇曰：“母故已久。”王亦异之。抵暮，媪来申谢，王咎其谬诬。媪曰：“实相告：我东山老狐也。二十年前，曾与儿父有一夕之好，故不忍其鬼之馁也。”王悚然起敬，再欲诘之，已杳。先是，王妻贤而好佛，不茹荤酒，治洁室，悬观音像，以无子，日日焚祷其中。而神又最灵，辄示梦，教人趋避，以故家中事皆取决焉。后有疾，綦笃，移榻其中。又别设锦裀于内室而扃其户，若有所伺。王以为惑，而以其疾势昏瞀，不忍伤之。卧病二年，恶嚣，常屏人独寝。潜听之，似与人语；启门视之，又寂然。病中他无所虑，有女十四岁，惟日催治装遣嫁。既醮，呼王至榻前，执手曰："今诀矣！初病时，菩萨告我，命当速死。念不了者，幼女未嫁，因赐少药，俾延息以待。去岁，菩萨将回南海，留案前侍女小梅，为妾服役。今将死，薄命人又无所出。保儿，妾所怜爱，恐娶悍怒之妇，令其子母失所。小梅姿容秀美，又温淑，即以为继室可也。"盖王有妾，生一子，名保儿。王以其言荒唐，曰："卿素敬者神，今出此言，不已亵乎？"答云："小梅事我年馀，相忘形骸，我已婉求之矣。"问："小梅何处？"曰："室中非耶？"方欲再诘，闭目已逝。王夜守灵帏，闻室中隐隐啜泣，大骇，疑为鬼。唤诸婢妾启钥视之，则二八丽者，缞服在室。众以为神，共罗拜之。女敛涕扶掖。王凝注之，俯首而已。王曰："如果亡室之言非妄，请即上堂，受儿女朝谒。如其不可，仆亦不敢妄想，以取罪过。"女觍然出，竟登北堂。王使婢为设坐南向，王先拜，女亦答拜。下而长幼卑贱，以次伏叩，女庄容坐受。惟妾至，则挽之。自夫人卧病，婢惰奴偷，家久替。众参已，肃肃列侍。女曰："我感夫人盛意，羁留人间，又以大事相委，汝辈宜各洗心，为主效力，从前愆尤，悉不计校。不然，莫谓室无人也！"共视座上，真如悬观音图像，时被微风吹动。闻言悚惕，哄然并诺。女乃排拨丧务，一切井井。由是大小无敢懈者。女终日经纪内外，王将有作，亦禀白而行。然虽一夕数见，并不交一私语。既殡，王欲申前约，不敢径告，嘱妾微示意。女曰："妾受夫人谆嘱，义不容辞，但匹配大礼，不得草草。年伯黄先生，位尊德重，求使主秦晋之盟，则惟命是听。"时沂水黄太仆，致仕闲居，于王为父执，往来最善。王即亲诣，以实告。黄奇之，即与同来。女闻，即出展拜。黄一见，惊为天人，逊谢不敢当礼。既而助妆优厚，成礼乃去。女馈遗枕履，若奉舅姑，由此交益亲。合卺后，王终以神故，亵中带肃，时研诘菩萨起居。女笑曰："君亦太愚，焉有正直之神，而下婚尘世者？"王力审所自。女曰："不必研穷，既以为神，朝夕供养，自无殃咎。”女御下常宽，非笑不语。然婢贱戏狎时，遥见之，则默默无声。女笑谕曰：“岂尔辈尚以我为神耶？我何神哉！实为夫人姨妹，少相交好。姊病见思，阴使南村王姥招我来。第以日近姊夫，有男女之嫌，故托为神道，闭内室中，其实何神。”众犹不信。而日侍边傍，见其举动，不少异于常人，浮言渐息。然即顽奴钝婢，王素挞楚所不能化者，女一言无不乐于奉命。皆云：“并不自知。实非畏之，但睹其貌，则心自柔，故不忍拂其意耳。”以此百废具举。数年中，田地连阡，仓廪万石矣。又数年，妾产一女。女生一子。子生，左臂有朱点，因字小红。弥月，女使王盛筵招黄。黄贺仪丰渥，但辞以耄，不能远涉。女遣两媪强邀之，黄始至。抱儿出，袒其左臂，以示命名之意。又再三问其吉凶。黄笑曰：“此喜红也，可增一字，名喜红。”女大悦，更出展叩。是日，鼓乐充庭，贵戚如市。黄留三日始去。忽门外有舆马来，逆女归宁。向十馀年，并无瓜葛，共议之，而女若不闻。理妆竟，抱子于怀，要王相送，王从之。至二三十里许，寂无行人，女停舆，呼王下骑，屏人与语，曰：“王郎王郎，会短离长，谓可悲否？”王惊问故，女曰：“君谓妾何人也？”答曰：“不知。”女曰：“江南拯一死罪，有之乎？”曰：“有。”曰：“哭于路者吾母也，感义而思所报。乃因夫人好佛，附为神道，实将以妾报君也。今幸生此襁褓物，此愿已慰。妾视君晦运将来，此儿在家，恐不能育，故借归宁，解儿危难。君记取家有死口时，当于晨鸡初唱，诣西河柳堤上，见有挑葵花灯来者，遮道苦求，可免灾难。”王曰：“诺。”因讯归期，女云：“不可预定。要当牢记吾言，后会亦不远也。”临别，执手怆然交涕。俄登舆，疾若风。王望之不见，始返。经六七年，绝无音问。忽四乡瘟疫流行，死者甚众，一婢病三日死。王念曩嘱，颇以关心。是日与客饮，大醉而睡。既醒，闻鸡鸣，急起至堤头，见灯光闪烁，适已过去。急追之，止隔百步许，愈追愈远，渐不可见，懊恨而返。数日暴病，寻卒。王族多无赖，共凭陵其孤寡，田禾树木，公然伐取，家日陵替。逾岁，保儿又殇，一家更无所主。族人益横，割裂田产，厩中牛马俱空，又欲瓜分第宅。以妾居故，遂将数人来，强夺鬻之。妾恋幼女，母子环泣，惨动邻里。方危难间，俄闻门外有肩舆入，共觇，则女引小郎自车中出。四顾人纷如市，问：“此何人?”妾哭诉其由。女颜色惨变,便唤从来仆役,关门下钥。众欲抗拒,而手足若痿。女令一一收缚,系诸廊柱,日与薄粥三瓯。即遣老仆奔告黄公,然后入室哀泣。泣已,谓妾曰:“此天数也。已期前月来,适以母病耽延,遂至于今。不谓转盼间已成丘墟!”问旧时婢媪,则皆被族人掠去,又益欷歔。越日,婢仆闻女至,皆自遁归,相见无不流涕。所絷族人,共噪儿非慕贞体胤,女亦不置辨。既而黄公至,女引儿出迎。黄握儿臂,便捋左袂,见朱记宛然,因袒示众人,以证其确。乃细审失物,登簿记名,亲诣邑令。令拘无赖辈,各笞四十,械禁严追;不数日,田地马牛,悉归故主。黄将归,女引儿泣拜曰:“妾非世间人,叔父所知也。今以此子委叔父矣。”黄曰:“老夫一息尚在,无不为区处。”黄去,女盘查就绪,托儿于妾,乃具馔为夫祭扫,半日不返。视之,则杯馔犹陈,而人杳矣。

异史氏曰:“不绝人嗣者,人亦不绝其嗣,此人也而实天也。至座有良朋,车裘可共。迨宿莽既滋,妻子陵夷,则车中人望望然去之矣。死友而不忍忘,感恩而思所报,独何人哉!狐乎!倘尔多财,吾为尔宰。”

于 中 丞

于中丞成龙,按部至高邮。适巨绅家将嫁女,装奁甚富,夜被穿窬席卷而去。刺史无术。公令诸门尽闭,止留一门放行人出入,吏目守之,严搜装载。又出示谕阖城户口,各归第宅,候次日查点搜掘,务得赃物所在。乃阴嘱吏目:设有城门中出入至再者,捉之。过午得二人,一身之外,并无行装。公曰:“此真盗也。”二人诡辨不已。公令解衣搜之,见袍服内着女衣二袭,皆奁中物也。盖恐次日大搜,急于移置,而物多难携,故密着而屡出之也。

又公为宰时,至邻邑。早旦,经郭外,见二人以床舁病人,覆大被,枕上露发,发上簪凤钗一股,侧眠床上。有三四健男夹随之,时更番以手拥被,令压身底,似恐风入。少顷,息肩路侧,又使二人更相为荷。于公过,遣隶回问之,云是妹子垂危,将送归夫家。公行二三里,又遣隶回,视其所入何村。隶尾之,至一村舍,两男子迎之而入。还以白公。公谓其邑宰:“城中得无有劫寇否?”宰曰:“无之。”时功令严,上下讳盗,故即被盗贼劫杀,亦隐忍而不敢言。公就馆舍,嘱家人细访之,果有富室被强寇入家,炮烙而死。公唤其子来,诘其状。子固不承。公曰:“我已代捕大盗在此,非有他也。”子乃顿首哀泣,求为死者雪恨。公叩关往见邑宰,差健役四鼓出城,直至村舍,捕得八人,一鞫而伏。诘其病妇何人,盗供:“是夜同在勾栏,故与妓女合谋,置金床上,令抱卧至窝处始瓜分耳。”共服于公之神。或问所以能知之故,公曰:“此甚易解,但人不关心耳。岂有少妇在床,而容入手衾底者?且易肩而行,其势甚重,交手护之,则知其中必有物矣。若病妇昏愦而至,必有妇人倚门而迎,止见男子,并不惊问一言,是以确知其为盗也。”

绩　女

绍兴有寡媪夜绩,忽一少女推扉入,笑曰:“老姥无乃劳乎?”视之,年十八九,仪容秀美,袍服炫丽。媪惊问:“何来?”女曰:“怜媪独居,故来相伴。”媪疑为侯门亡人,苦相诘。女曰:“媪勿惧,妾之孤,亦犹媪也。我爱媪洁,故相就,两免岑寂,固不佳耶?”媪又疑为狐,默然犹豫。女竟升床代绩,曰:“媪无忧,此等生活,妾优为之,定不以口腹相累。”媪见其温婉可爱,遂安之。夜深,谓媪曰:“携来衾枕,尚在门外,出溲时,烦捉之。”媪出,果得衣一裹。女解陈榻上,不知是何等锦绣,香滑无比。媪亦设布被,与女同榻。罗衿甫解,异香满室。既寝,媪私念遇此佳人,可惜身非男子。女子枕边笑曰:“姥七旬,犹妄想耶?”媪曰:“无之。”女曰:“既不妄想,奈何欲作男子?”媪愈知为狐,大惧。女又笑曰:“愿作男子,何心而又惧我耶?”媪益恐,股战摇床。女曰:“嗟乎!胆如此大,还欲作男子!实相告:我真仙人,然非祸汝者。但须谨言,衣食自足。”媪早起,拜于床下。女出臂挽之,臂腻如脂,热香喷溢,肌一着人,觉皮肤松快。媪心动,复涉遐想。女哂曰:“婆子战栗才止,心又何处去矣!使作丈夫,当为情死。”媪曰:“使是丈夫,今夜那得不死!”由是两心浃洽,日同操作。视所绩,匀细生光。织为布,晶莹如锦,价较常三倍。媪出,则扃其户。有访媪者,辄于他室应之。居半载,无知者。后媪渐泄于所亲,里中姊妹行皆托媪以求见。女让曰:“汝言不慎,我将不能久居矣。”媪悔失言,深自责。而求见者日益众,至有以势迫媪者。媪涕泣自陈。女曰:“若诸女伴,见亦无妨。恐有轻薄儿,将见狎侮。”媪复哀恳,始许之。越日,老媪少女,香烟相属于道。女厌其烦,无贵贱,悉不交语,惟默然端坐,以听朝参而已。乡中少年闻其美,神魂倾动,媪悉绝之。有费生者,邑之名士,倾其产,以重金啖媪。媪诺,为之请。女已知之,责曰:“汝卖我耶?”媪伏地自投。女曰:“汝贪其赂,我感其痴,可以一见。然而缘分尽矣。”媪又伏叩。女约以明日。生闻之,喜,具香烛而往,入门长揖。女帘内与语,问:“君破产相见,将何以教妾也?”生曰:“实不敢他有所干,只以王嫱、西子,徒得传闻,如不以冥顽见弃,俾得一阔眼界,下愿已足。若休咎自有定数,非所乐闻。”忽见布幕之中,容光射露,翠黛朱樱,无不毕现,似无帘幌之隔者。生意炫神驰,不觉倾拜。拜已而起,则厚幕沉沉,闻声不见矣。悒怅间,窃恨未睹下体。俄见帘下绣履双翘,瘦不盈指。生又拜。帘中语曰:“君归休!妾体惰矣!”媪延生别室,烹茶为供。生题《南乡子》一调于壁云:“隐约画帘前,三寸凌波玉笋尖。点地分明莲瓣落,纤纤,再着重台更可怜。花衬凤头弯,入握应知软似绵。但愿化为蝴蝶去,裙边,一嗅余香死亦甘。”题毕而去。女览题不悦,谓媪曰:“我言缘分已尽,今不妄矣。”媪伏地请罪。女曰:“罪不尽在汝。我偶堕情障,以色身示人,遂被淫词污亵,此皆自取,于汝何尤。若不速迁,恐陷身情窟,转劫难出矣。”遂襆被出。媪追挽之,转瞬已失。

抽　肠

莱阳民某昼卧,见一男子与妇人握手入。妇黄肿,腰粗欲仰,意象愁苦。男子促之曰:“来,来!”某意其苟合者,因假睡以窥所为。既入,似不见榻上有人。又促曰:“速之!”妇便自坦胸怀,露其腹,腹大如鼓。男子出屠刀一把,用力刺入,从心下直剖至脐,蚩蚩有声。某大惧,不敢喘息。而妇人攒眉忍受,未尝少呻。男子口衔刀,入手于腹,捉肠挂肘际,且挂且抽,顷刻满臂。乃以刀断之,举置几上,还复抽之。几既满,悬椅上。椅又满,乃肘数十盘,如渔人举网状,望某首边一掷。觉一阵热腥,面目喉膈覆压无缝。某不能复忍,以手推肠,大号起奔。肠堕榻前,两足被絷,冥然而倒。家人趋视,但见身绕猪脏。既入审顾,则初无所有。众各自谓目眩,未尝骇异。及某述所见,始共奇之。而室中并无痕迹,惟数日血腥不散。

张 鸿 渐

张鸿渐,永平人,年十八,为郡名士。时卢龙令赵某贪暴,人民共苦之。有范生被杖毙,同学忿其冤,将鸣部院,求张为刀笔之词,约其共事。张许之。妻方氏,美而贤,闻其谋,谏曰:“大凡秀才作事,可以共胜,而不可以共败:胜则人人贪天功,一败则纷然瓦解,不能成聚。今势力世界,曲直难以理定。君又孤,脱有翻覆,急难者谁也!”张服其言,悔之,乃宛谢诸生,但为创词而去。质审一过,无所可否。赵以巨金纳大僚,诸生坐结党被收,又追捉刀人。张惧,亡去。至凤翔界,资斧断绝。日既暮,踟躇旷野,无所归宿。欻睹小村,趋之。老妪方出阖扉,见生,问所欲为。张以实告,妪曰:“饮食床榻,此都细事,但家无男子,不便留客。”张曰:“仆亦不敢过望,但容寄宿门内,得避虎狼足矣。”妪乃令入,闭门,授以草荐,嘱曰:“我怜客无归,私容止宿,未明宜早去,恐吾家小娘子闻知,将便怪罪。”妪去,张倚壁假寐。忽有笼灯晃耀,见妪导一女郎出。张急避暗处,微窥之,二十许丽人也。及门,见草荐,诘妪。妪实告之,女怒曰:“一门细弱,何得容纳匪人!”即问:“其人焉往?”张惧,出伏阶下。女审诘邦族,色稍霁,曰:“幸是风雅士,不妨相留。然老奴竟不关白,此等草草,岂所以待君子。”命妪引客入舍。俄顷,罗酒浆,品物精洁,既而设锦裀于榻。张甚德之,因私询其姓氏。妪曰:“吾家施氏,太翁夫人俱谢世,止遗三女。适所见,长姑舜华也。”妪去。张视几上有《南华经》注,因取就枕上伏榻翻阅。忽舜华推扉入。张释卷,搜觅冠履。女即榻捺坐曰:“无须,无须!”因近榻坐,腆然曰:“妾以君风流才士,欲以门户相托,遂犯瓜李之嫌。得不相遐弃否?”张皇然不知所对,但云:“不相诳,小生家中,固有妻耳。”女笑曰:“此亦见君诚笃,顾亦不妨。既不嫌憎,明日当烦媒妁。”言已,欲去。张探身挽之,女亦遂留。未曙即起,以金赠张曰:“君持作临眺之资。向暮,宜晚来,恐傍人所窥。”张如其言,早出晏归,半年以为常。一日,归颇早,至其处,村舍全无,不胜惊怪。方徘徊间,闻妪云:“来何早也!”一转盼间,则院落如故,身固已在室中矣,益异之。舜华自内出,笑曰:“君疑妾耶?实对君言:妾,狐仙也,与君固有夙缘。如必见怪,请即别。”张恋其美,亦安之。夜谓女曰:“卿既仙人,当千里一息耳。小生离家三年,念妻孥不去心,能携我一归乎?”女似不悦,曰:“琴瑟之情,妾自分于君为笃。君守此念彼,是相对绸缪者,皆妄也!”张谢曰:“卿何出此言。谚云:‘一日夫妻,百日恩义。’后日归念卿时,亦犹今日之念彼也。设得新忘故,卿何取焉?”女乃笑曰:“妾有褊心:于妾,愿君之不忘;于人,愿君之忘之也。然欲暂归,此复何难:君家咫尺耳。”遂把袂出门,见道路昏暗,张逡巡不前。女曳之走,无几时,曰:“至矣。君归,妾且去。”张停足细认,果见家门。逾垝垣入,见室中灯火犹荧。近以两指弹扉。内问为谁,张具道所来。内秉烛启关,真方氏也。两相惊喜,握手入帷。见儿卧床上,慨然曰:“我去时儿才及膝,今身长如许矣!”夫妇依倚,恍如梦寐。张历述所遭。问及讼狱,始知诸生有瘐死者,有远徙者,益服妻之远见。方纵体入怀,曰:“君有佳偶,想不复念孤衾中有零涕人矣!”张曰:“不念,胡以来也?我与彼虽云情好,终非同类,独其恩义难忘耳。”方曰:“君以我何人也?”张审视,竟非方氏,乃舜华也。以手探儿,一竹夫人耳。大惭无语。女曰:“君心可知矣!分当自此绝矣,犹幸未忘恩义,差足自赎。”过二三日,忽曰:“妾思痴情恋人,终无意味。君日怨我不相送,今适欲至都,便道可以同去。”乃向床头取竹夫人共跨之,令闭两眸,觉离地不远,风声飕飕。移时,寻落。女曰:“从此别矣。”方将订嘱,女去已渺。怅立少时,闻村犬鸣吠,苍茫中见树木屋庐,皆故里景物,循途而归。逾垣叩户,宛若前状。方氏惊起,不信夫归,诘证确实,始挑灯呜咽而出。既相见,涕不可仰。张犹疑舜华之幻弄也;又见床卧一儿，如昨夕，因笑曰：“竹夫人又携入耶？”方氏不解，变色曰：“妾望君如岁，枕上啼痕固在也。甫能相见，全无悲恋之情，何以为心矣！”张察其情真，始执臂欷歔，具言其详。问讼案所结，并如舜华言。方相感慨，闻门外有履声，问之不应。盖里中有恶少甲，久窥方艳，是夜自别村归，遥见一人逾垣去，谓必赴淫约者，尾之入。甲故不甚识张，但伏听之。及方氏亟问，乃曰：“室中何人也？”方讳言：“无之。”甲言：“窃听已久，敬将以执奸也。”方不得已，以实告。甲曰：“张鸿渐大案未消，即使归家，亦当缚送官府。”方苦哀之，甲词益狎逼。张忿火中烧，把刀直出，剁甲中颅。甲踣，犹号。又连剁之，遂死。方曰：“事已至此，罪益加重。君速逃，妾请任其辜。”张曰：“丈夫死则死耳，焉肯辱妻累子以求活耶！卿无顾虑，但令此子勿断书香，目即瞑矣。”天明，赴县自首。赵以钦案中人，姑薄惩之。寻由郡解都，械禁颇苦。途中遇女子跨马过，一老妪捉鞚，盖舜华也。张呼妪欲语，泪随声堕。女返辔，手启障纱，讶曰：“表兄也，何至此？”张略述之。女曰：“依兄平昔，便当掉头不顾，然予不忍也。寒舍不远，即邀公役同临，亦可少助资斧。”从去二三里，见一山村，楼阁高整。女下马入，令妪启舍延客。既而酒炙丰美，似所夙备。又使妪出曰：“家中适无男子，张官人即向公役多劝数觞，前途倚赖多矣。遣人措办数十金为官人作费，兼酬两客，尚未至也。”二役窃喜，纵饮，不复言行。日渐暮，二役径醉矣。女出，以手指械，械立脱。曳张共跨一马，驶如龙。少时，促下，曰：“君止此。妾与妹有青海之约，又为君逗留一晌，久劳盼注矣。”张问：“后会何时？”女不答，再问之，推堕马下而去。既晓，问其地，太原也。遂至郡，赁屋授徒焉。托名宫子迁。居十年，访知捕亡寝怠，乃复逡巡东向。既近里门，不敢遽入，俟夜深而后入。及门，则墙垣高固，不复可越，只得以鞭挝门。久之，妻始出问。张低语之。喜极，纳入，作呵叱声，曰：“都中少用度，即当早归，何得遣汝半夜来？”入室，各道情事，始知二役逃亡未返。言次，帘外一少妇频来，张问伊谁，曰：“儿妇耳。”问：“儿安在？”曰：“赴郡大比未归。”张涕下曰：“流离数年，儿已成立，不谓能继书香，卿心血殆尽矣！”话未已，子妇已温酒炊饭，罗列满几。张喜慰过望。居数日，隐匿屋榻，惟恐人知。一夜，方卧，忽闻人语腾沸，捶门甚厉。大惧，并起。闻人言曰："有后门否?"益惧，急以门扇代梯，送张夜度垣而出。然后诣门问故，乃报新贵者也。方大喜，深悔张遁，不可追挽。张是夜越莽穿榛，急不择途。及明，困殆已极。初念本欲向西，问之途人，则去京都通衢不远矣。遂入乡村，意将质衣而食。见一高门，有报条粘壁上。近视，知为许姓，新孝廉也。顷之，一翁自内出，张迎揖而告以情。翁见仪容都雅，知非赚食者，延入相款。因诘所往，张托言："设帐都门，归途遇寇。"翁留诲其少子。张略问官阀，乃京堂林下者；孝廉，其犹子也。月余，孝廉偕一同榜归，云是永平张姓，十八九少年也。张以乡谱俱同，暗中疑是其子，然邑中此娃良多，姑默之。至晚解装，出《齿录》，急借披读，真子也。不觉泪下。共惊问之，乃指名曰："张鸿渐，即我是也。"备言其由。张孝廉抱父大哭。许叔侄慰劝，始收悲以喜。许即以金帛函字，致告宪台，父子乃同归。方自闻报，日以张在亡为悲。忽白孝廉归，感伤益痛。少时，父子并入，骇如天降，询知其故，始共悲喜。甲父见其子贵，祸心不敢复萌。张益厚遇之，又历述当年情状，甲父感愧，遂相交好。

太　医

万历间，孙评事少孤，母十九岁守节。孙举进士，而母已死。尝语人曰："我必博诰命以光泉壤，始不负萱堂苦节。"忽得暴病，綦笃。素与太医善，使人招之；使者出门，而疾益剧。张目曰："生不能扬名显亲，何以见老母地下乎！"遂卒，目不瞑。无何，太医至，闻哭声，即入临吊。见其状，异之。家人告以故，太医曰："欲得诰赠，即亦不难。今皇后旦晚临盆矣，但活十余日，诰命可得。"立命取艾，灸尸一十八处。炷将尽，床上已呻，急灌以药，居然复生。嘱曰："切记勿食熊虎肉。"共志之。然以此物不常有，颇不关意。既而三日平复，仍从朝贺。过六七日，果生太子，召赐群臣宴。中使出异品，遍赐文武，白片朱丝，甘美无比。孙啖之，不知何物。次日，访诸同僚，曰："熊膰也。"大惊失色，即刻而病，至家遂卒。

王子安

王子安，东昌名士，困于场屋。入闱后，期望甚切。近放榜时，痛饮大醉，归卧内室。忽有人白："报马来。"王踉跄起曰："赏钱十千!"家人因其醉，诳而安之曰："但请睡，已赏矣。"王乃眠。俄又有入者曰："汝中进士矣!"王自言："尚未赴都，何得及第?"其人曰："汝忘之耶? 三场毕矣。"王大喜，起而呼曰："赏钱十千!"家人又诳之如前。又移时，一人急入曰："汝殿试翰林，长班在此。"果见二人拜床下，衣冠修洁。王呼赐酒食，家人又绐之，暗笑其醉而已。久之，王自念不可不出耀乡里，大呼长班，凡数十呼无应者。家人笑曰："暂卧候，寻他去。"又久之，长班果复来。王捶床顿足，大骂："钝奴焉往!"长班怒曰："措大无赖! 向与尔戏耳，而真骂耶?"王怒，骤起扑之，落其帽。王亦倾跌。妻入，扶之曰："何醉至此!"王曰："长班可恶，我故惩之，何醉也?"妻笑曰："家中止有一媪，昼为汝炊，夜为汝温足耳。何处长班，伺汝穷骨?"子女皆笑。王醉亦稍解，忽如梦醒，始知前此之妄。然犹记长班帽落；寻至门后，得一缨帽如盏大，共疑之。自笑曰："昔人为鬼揶揄，吾今为狐奚落矣。"

异史氏曰："秀才入闱，有七似焉：初入时，白足提篮，似丐。唱名时，官呵隶骂，似囚。其归号舍也，孔孔伸头，房房露脚，似秋末之冷蜂。其出场也，神情惝恍，天地异色，似出笼之病鸟。迨望报也，草木皆惊，梦想亦幻。时作一得志想，则顷刻而楼阁俱成；作一失志想，则瞬息而骸骨已朽。此际行坐难安，则似被絷之猱。忽然而飞骑传人，报条无我，此时神色猝变，嗒然若死，则似饵毒之蝇，弄之亦不觉也。初失志，心灰意败，大骂司衡无目，笔墨无灵，势必举案头物而尽炬之；炬之不已，而碎踏之；踏之不已，而投之浊流。从此披发入山，面向石壁，再有以且夫、尝谓之文进我者，定当操戈逐之。无何，日渐远，气渐平，技又渐痒；遂似破卵之鸠，只得衔木营巢，从新另抱矣。如此情况，当局者痛哭欲死，而自旁观者视之，其可笑孰甚焉。王子安方寸之中，顷刻万绪，想鬼狐窃笑已久，故乘其醉而玩弄之。床头人醒，宁不哑然失笑哉？顾得志之况味，不过须臾；词林诸公，不过经两三须臾耳，子安一朝而尽尝之，则狐之恩与荐师等。”

农 妇

邑西磁窑坞有农人妇，勇健如男子，辄为乡中排难解纷。与夫异县而居。夫家高苑，距淄百余里。偶一来，信宿便去。妇自赴颜山，贩陶器为业。有赢余，则施丐者。一夕与邻妇语，忽起曰：“腹少微痛，想孽障欲离身也。”遂去。天明往探之，则见其肩荷酿酒巨瓮二，方将入门。随至其室，则有婴儿绷卧。骇问之，盖娩后已负重百里矣。故与北庵尼善，订为姊妹。后闻尼有秽行，忿然操杖，将往挞楚，众苦劝乃止。一日，遇尼于途，遽批之。问：“何罪?”亦不答。拳石交施，至不能号，乃释而去。

异史氏曰：“世言女中丈夫，犹自知非丈夫也，妇并忘其为巾帼矣。其豪爽自快，与古剑仙无殊，毋亦其夫亦磨镜者流耶?”

金 陵 乙

金陵卖酒人某乙，每酿成，投水而置毒焉，即善饮者，不过数盏，便醉如泥。以此得“中山”之名，富致巨金。早起，见一狐醉卧槽边，缚其四肢。方将觅刃，狐已醒，哀曰：“勿见害，请如所求。”遂释之，辗转已化为人。时巷中孙氏，其长妇患狐为祟，因问之。答云：“是即我也。”乙窥妇娣尤美，求狐携往。狐难之。乙固求之。狐邀乙去，入一洞中，取褐衣授之，曰：“此先兄所遗，着之当可去。”既服而归，家人皆不之见，袭衣裳而出，始见之。大喜，与狐同诣孙氏家。见墙上贴巨符，画蜿蜒如龙，狐惧曰：“和尚大恶，我不往矣！”遂去。乙逡巡近之，则真龙盘壁上，昂首欲飞，大惧亦出。盖孙觅一异域僧，为之厌胜，授符先归，僧犹未至也。次日，僧来，设坛作法。邻人共观之，乙亦杂处其中。忽变色急奔，状如被捉；至门外踣地，化为狐，四体犹着人衣。将杀之。妻子叩请。僧命牵去，日给饮食，数月寻毙。

郭 安

孙五粒,有僮仆独宿一室,恍惚被人摄去。至一宫殿,见阎罗在上,视之曰:"误矣,此非是。"因遣送还。既归,大惧,移宿他所。遂有僚仆郭安者,见榻空闲,因就寝焉。又一仆李禄,与僮有夙怨,久将甘心,是夜操刀入,扪之,以为僮也,竟杀之。郭父鸣于官。时陈其善为邑宰,殊不苦之。郭哀号,言:"半生止此子,今将何以聊生!"陈即以李禄为之子。郭含冤而退。此不奇于僮之见鬼,而奇于陈之折狱也。

济之西邑有杀人者,其妇讼之。令怒,立拘凶犯至,拍案骂曰:"人家好好夫妇,直令寡耶! 即以汝配之,亦令汝妻寡守。"遂判合之。此等明决,皆是甲榜所为,他途不能也。而陈亦尔尔,何途无才!

折 狱

邑之西崖庄,有贾某被人杀于途;隔夜,其妻亦自经死。贾弟鸣于官。时浙江费公祎祉令淄,亲诣验之。见布袱裹银五钱余,尚在腰中,知非为财也者。拘两村邻保审质一过,殊少端绪,并未搒掠,释散归农。但命地约细察,十日一关白而已。逾半年,事渐懈。贾弟怨公仁柔,上堂屡聒。公怒曰:"汝既不能指名,欲我以桎梏加良民耶!"呵逐而出。贾弟无所伸诉,愤葬兄嫂。一日,以逋赋故,逮数人至。内一人周成,惧责,上言钱粮措办已足,即于腰中出银袱,禀公验视。验已,便问:"汝家何里?"答云:"某村。"又问:"去西崖几里?"答云:"五六里。""去年被杀贾某,系汝何人?"答云:"不识其人。"公勃然曰:"汝杀之,尚云不识耶!"周力辨,不听。严梏之,果伏其罪。先是,贾妻王氏,将诣姻家,惭无钗饰,聒夫使假于邻。夫不肯,妻自假之,颇甚珍重。归途,卸而裹诸袱,内袖中。既至家,探之已亡。不敢告夫,又无力偿邻,懊恼欲死。是日,周适拾之,知为贾妻所遗,窥贾他出,半夜逾垣,将执以求合。时溽暑,王氏卧庭中，周潜就淫之。王氏觉，大号。周急止之，留袂纳钗。事已，妇嘱曰：“后勿来，吾家男子恶，犯恐俱死！”周怒曰：“我挟勾栏数宿之资，宁一度可偿耶？”妇慰之曰：“我非不愿相交，渠常善病，不如从容以待其死。”周乃去，于是杀贾，夜诣妇曰：“今某已被人杀，请如所约。”妇闻大哭，周惧而逃，天明则妇死矣。公廉得情，以周抵罪。共服其神，而不知所以能察之故。公曰：“事无难辨，要在随处留心耳。初验尸时，见银袱刺万字文，周袱亦然，是出一手也。及诘之，又云无旧，词貌诡变，是以确知其真凶也。”

异史氏曰：“世之折狱者，非悠悠置之，则缧系数十人而狼藉之耳。堂上肉鼓吹，喧阗旁午，遂颦蹙曰：‘我劳心民事也。’云板三敲，则声色并进，难决之词，不复置念。专待升堂时，祸桑树以烹老龟耳。呜呼！民情何由得哉！余每曰：‘智者不必仁，而仁者则必智；盖用心苦则机关出也。’‘随在留心’之言，可以教天下之宰民社者矣。”

邑人胡成，与冯安同里，世有隙。胡父子强，冯屈意交欢，胡终猜之。一日，共饮薄醉，颇顷肝胆。胡大言：“勿忧贫，百金之产不难致也。”冯以其家不丰，故嗤之。胡正色曰：“实相告：昨途遇大商，载厚装来，我颠越于南山智井中矣。”冯又笑之。时胡有妹夫郑伦，托为说合田产，寄数百金于胡家，遂尽出以炫冯。冯信之。既散，阴以状报邑。公拘胡对勘，胡言其实，问郑及产生皆不讹。乃共验诸智井。一役缒下，则果有无首之尸在焉。胡大骇，莫可置辨，但称冤苦。公怒，击喙数十，曰：“确有证据，尚叫屈耶！”以死囚具禁制之。尸戒勿出，惟晓示诸村，使尸主投状。逾日，有妇人抱状，自言为亡者妻，言：“夫何甲，揭数百金作贸易，被胡杀死。”公曰：“井有死人，恐未必即是汝夫。”妇执言甚坚。公乃命出尸于井，视之，果不妄。妇不敢近，却立而号。公曰：“真犯已得，但骸躯未全。汝暂归，待得死者首，即招报令其抵偿。”遂自狱中唤胡出，呵曰：“明日不将头至，当械折股！”押去终日而返，诘之，但有号泣。乃以梏具置前作刑势，却又不刑，曰：“想汝当夜扛尸忙迫，不知坠落何处，奈何不细寻之？”胡哀祈容急觅。公乃问妇：“子女几何？”答曰：“无。”问：“甲有何戚属？”“但有堂叔一人。”慨然曰：“少年丧夫，伶仃如此，其何以为生矣！”妇乃哭，叩求怜悯。公曰：“杀人之罪已定，但得全尸，此案即结。结案后，速醮可也。汝少妇，勿复出入公门。”妇感泣，叩头而下。公即票示里人，代觅其首。经宿，即有同村王五，报称已获。问验既明，赏以千钱。唤甲叔至，曰：“大案已成，然人命重大，非积岁不能成结。侄既无出，少妇亦难存活，早令适人。此后亦无他务，但有上台检驳，止须汝应声耳。”甲叔不肯，飞两签下。再辩，又一签下。甲叔惧，应之而出。妇闻，诣谢公恩。公极意慰谕之。又谕：“有买妇者，当堂关白。”既下，即有投婚状者，盖即报人头之王五也。公唤妇上，曰：“杀人之真犯，汝知之乎？”答曰：“胡成。”公曰：“非也。汝与王五乃真犯耳。”二人大骇，力辨冤枉。公曰：“我久知其情，所以迟迟而发者，恐有万一之屈耳。尸未出井，何以确信为汝夫？盖先知其死矣。且甲死犹衣败絮，数百金何所自来？”又谓王五曰：“头之所在，汝何知之熟也！所以如此其急者，意在速合耳。”两人惊，颜如土，不能强置一词。并械之，果吐其实。盖王五与妇私已久，谋杀其夫，而适值胡成之戏也。乃释胡。冯以诬告，重笞，徒三年。事结，并未妄刑一人。

义　犬

周村有贾某，贸易芜湖，获重资。赁舟将归，见堤上有屠人缚犬，倍价赎之，养豢舟上。舟人固积寇也，窥客装，荡舟人莽，操刀欲杀。贾哀赐以全尸，盗乃以毡裹置江中。犬见之，哀嗥投水，口衔裹具，与共浮沉。流荡不知几里，达浅搁乃止。犬泅出，至有人处，狺狺哀吠。或以为异，从之而往，见毡束水中，引出断其绳。客固未死，始言其情。复哀舟人，载还芜湖，将以伺盗船之归。登舟失犬，心甚悼焉。抵关三四日，估楫如林，而盗船不见。适有同乡估客将携俱归，忽犬自来，望客大嗥，唤之却走。客下舟趁之。犬奔上一舟，啮人胫股，挞之不解。客近呵之，则所啮即前盗也。衣服与舟皆易，故不得而认之矣。缚而搜之，则裹金犹在。呜呼！一犬也，而报恩如是。世无心肝者，其亦愧此犬也夫！

杨 大 洪

大洪杨先生涟,微时为楚名儒,自命不凡。科试后,闻报优等者,时方食,含哺出问:“有杨某否?”答云:“无。”不觉嗒然自丧,咽食入鬲,遂成病块,噎阻甚苦。众劝令录遗才,公患无资,众醵十金送之行,乃强就道。夜梦人告之云:“前途有人能愈君疾,宜苦求之。”临去,赠以诗,有“江边柳下三弄笛,抛向江心莫叹息”之句。明日途次,果见道士坐柳下,因便叩请。道士笑曰:“子误矣,我何能疗病? 请为三弄可也。”因出笛吹之。公触所梦,拜求益切,且倾囊献之。道士接金,掷诸江流。公以所来不易,哑然惊惜。道士曰:“君未能恝然耶? 金在江边,请自取之。”公诣视果然。又益奇之,呼为仙。道士漫指曰:“我非仙,彼处仙人来矣。”赚公回顾,力拍其项曰:“俗哉!”公受拍,张吻作声,喉中呕出一物,堕地堛然,俯而破之,赤丝中裹饭犹存,病若失。回视道士已杳。

异史氏曰:“公生为河岳,没为日星,何必长生乃为不死哉! 或以未能免俗,不作天仙,因而为公悼惜。余谓天上多一仙人,不如世上多一圣贤,解者必不议予说之傎也。”

查 牙 山 洞

章丘查牙山,有石窟如井,深数尺许。北壁有洞门,伏而引领望见之。会近村数辈,九日登临饮其处,共谋入探之。三人受灯,缒而下。洞高敞,与夏屋等。入数武,稍狭,即忽见底。底际一窦,蛇行可入。烛之,漆漆然暗深不测。两人馁而却退,一人夺火而嗤之,锐身塞而进。幸隘处仅厚于堵,即又顿高顿阔,乃立,乃行。顶上石参差危耸,将坠不坠。两壁嶙嶙峋峋然,类寺庙中塑,都成鸟兽人鬼形。鸟若飞,兽若走,人若坐若立,鬼罔两示现忿怒,奇奇怪怪,类多丑少妍,心凛然作怖畏。喜径夷,无少陂。逡巡几百步,西壁开石室,门左一怪石鬼,面人而立,目努,口箕张,齿舌狞恶。左手作拳,触腰际,右手叉五指,欲扑人。心大恐,毛森森以立。遥望门中有爇灰,知有人曾至者,胆乃稍壮,强入之。见地上列碗盏,泥垢其中,然皆近今物,非古窑也。旁置锡壶四,心利之,解带缚项系腰间。即又旁瞩,一尸卧西隅,两肱及股四布以横。骇极。渐审之,足蹑锐履,梅花刻底犹存,知是少妇。人不知何里,毙不知何年。衣色黯败,莫辨青红。发蓬蓬,似筐许乱丝,粘着髑髅上。目、鼻孔各二,瓠犀两行,白巉巉,意是口也。存想首颠当有金珠饰,以火近脑,似有口气嘘灯,灯摇摇无定,焰缥黄,衣动掀掀。复大惧,手摇颤,灯顿灭。忆路急奔,不敢手索壁,恐触鬼者物也。头触石,仆,即复起。冷湿浸颔颊,知是血,不觉痛,抑不敢呻。坌息奔至窦,方将伏,似有人捉发住,晕然遂绝。众坐井上俟久,疑之,又缒二人下。探身入窦,见发罥石上,血淫淫已僵。二人失色,不敢入,坐愁叹。俄井上又使二人下。中有勇者,始健进,曳之以出。置山上,半日方醒,言之缕缕。所恨未穷其底,极穷之,必更有佳境。后章令闻之,以丸泥封窦,不可复入矣。

康熙二十六、七年间,养母峪之南石崖崩,现洞口。望之,钟乳林林如密笋。然深险无人敢入。忽有道士至,自称钟离弟子,言:"师遣先至,粪除洞府。"居人供以膏火,道士携之而下,坠石笋上,贯腹而死。报令,令封其洞。其中必有奇境,惜道士尸解,无回音耳。

安 期 岛

长山刘中堂鸿训,同武弁某使朝鲜。闻安期岛神仙所居,欲命舟往游。国中臣僚佥谓不可,令待小张。盖安期不与世通,惟有弟子小张,岁辄一两至。欲至岛者,须先自白。如以为可,则一帆可至,否则飓风覆舟。逾一二日,国王召见。入朝,见一人佩剑,冠棕笠,坐殿上,年三十许,仪容修洁。问之,即小张也。刘因自述向往之意,小张许之。但言:"副使不可行。"又出,遍视从人,惟二人可以从游。遂命舟导刘俱往。水程不知远近,但觉习习如驾云雾,移时已抵其境。时方严寒,既至,则气候温煦,山花遍岩谷。导入洞府,见三叟趺坐。东西者见客入,漠若罔知;惟中坐者起迎客,相为礼。既坐,呼茶。有僮将盘去。洞外石壁上有铁锥，锐没石中。僮拔锥，水即溢射，以盏承之。满，复塞之。既而托至，其色淡碧。试之，其凉震齿。刘畏寒不饮。叟顾僮颐视之。僮取盏去，呷其残者。仍于故处拔锥，溢取而返，则芳烈蒸腾，如初出于鼎。窃异之。问以休咎，笑曰："世外人岁月不知，何解人事？"问以却老术，曰："此非富贵人所能为者。"刘兴辞，小张仍送之归。既至朝鲜，备述其异。国王叹曰："惜未饮其冷者。此先天之玉液，一盏可延百龄。"刘将归，王赠一物，纸帛重裹，嘱近海勿开视。既离海，急取拆视，去尽数百重，始见一镜。审之，则鲛宫龙族，历历在目。方凝注间，忽见潮头高于楼阁，汹汹已近。大骇，极驰。潮从之，疾若风雨。大惧，以镜投之，潮乃顿落。

云萝公主

安大业，卢龙人。生而能言，母饮以犬血，始止。既长，韶秀，顾影无俦，慧而能读。世家争婚之。母梦曰："儿当尚主。"信之。至十五六，迄无验，亦渐自悔。一日，安独坐，忽闻异香。俄一美婢奔入，曰："公主至。"即以长毡贴地，自门外直至榻前。方骇疑间，一女郎扶婢肩入。服色容光，映照四堵。婢即以绣垫设榻上，扶女郎坐。安仓皇不知所为，鞠躬便问："何处神仙，劳降玉趾？"女郎微笑，以袍袖掩口。婢曰："此圣后府中云萝公主也。圣后属意郎君，欲以公主下嫁，故使自来相宅。"安惊喜，不知置词，女亦俯首，相对寂然。安故好棋，楸枰尝置坐侧。一婢以红巾拂尘，移诸案上，曰："主日耽此，不知与粉侯孰胜？"安移坐近案，主笑从之。甫三十余着，婢竟乱之，曰："驸马负矣！"敛子入盒，曰："驸马当是俗间高手，主仅能让六子。"乃以六黑子实局中，主亦从之。主坐次，辄使婢伏座下，以背受足，左足踏地，则更一婢右伏，又两小鬟夹侍之。每值安凝思时，辄曲一肘伏肩上。局阑未结，小鬟笑云："驸马负一子。"进曰："主惰，宜且退。"女乃倾身与婢耳语。婢出，少顷而还，以千金置榻上，告生曰："适主言居宅湫隘，烦以此少致修饰，落成相会也。"一婢曰："此月犯天刑，不宜建造，月后吉。"女起，生遮止，闭门。婢出一物，状类皮排，就地鼓之，云气突出，俄顷四合，冥不见物，素之已杳。母知之，疑以为妖。而生神驰梦想，不能复舍。急于落成，无暇禁忌，刻日敦迫，廊舍一新。先是，有滦州生袁大用，侨寓邻坊，投刺于门，生素寡交，托他出，又窥其亡而报之。后月馀，门外适相值，二十许少年也。宫绢单衣，丝履乌带，意甚都雅。略与顷谈，颇甚温谨。喜，揖而入。请与对弈，互有赢亏。已而设席流连，谈笑大欢。明日，邀生至其寓所，珍肴杂进，相待殷渥。有小僮十二三许，拍板清歌，又跳掷作剧。生大醉，不能行，便令负之。生以其纤弱，恐不胜。袁强之。僮绰有余力，荷送而归。生奇之。明日，犒以金，再辞乃受。由此交情款密，三数日辄一过从。袁为人简默，而慷慨好施。市有负债鬻女者，解囊代赎，无吝色。生以此益重之。过数日，诣生作别，赠象箸、楠珠等十余事，白金五百，用助兴作。生反金受物，报以束帛。后月馀，乐亭有仕宦而归者，橐资充牣。盗夜入，执主人，烧铁钳灼，劫掠一空。家人识袁，行牒追捕。邻院屠氏，与生家积不相能，因其土木大兴，阴怀疑忌。适有小仆窃象箸，卖诸其家，知袁所赠，因报大尹。尹以兵绕舍，值生主仆他出，执母而去。母衰迈受惊，仅存气息，二三日不复饮食。尹释之。生闻母耗，急奔而归，则母病已笃，越宿遂卒。收殓甫毕，为捕役执去。尹见其少年温文，窃疑诬枉，故恐喝之。生实述其交往之由。尹问："其何以暴富？"生曰："母有藏镪，因欲亲迎，故治昏室耳。"尹信之，具牒解郡。邻人知其无事，以重金赂监者，使杀诸途。路经深山，被曳近削壁，将推堕。计逼情危，时方急难，忽一虎自丛莽中出，啮二役皆死，衔生去。至一处，重楼叠阁，虎入，置之。见云萝扶婢出，凄然慰吊："妾欲留君，但母丧未卜窀穸。可怀牒去，到郡自投，保无恙也。"因取生胸前带，连结十余扣，嘱云："见官时，拈此结而解之，可以弭祸。"生如其教，诣郡自投。太守喜其诚信，又稽牒知其冤，销名令归。至中途，遇袁，下骑执手，备言情况。袁愤然作色，默然无语。生曰："以君风采，何自污也？"袁曰："某所杀皆不义之人，所取皆非义之财。不然，即遗于路者，不拾也。君教我固自佳，然如君家邻，岂可留在人间耶！"言已，超乘而去。生归，殡母已，杜门谢客。忽一日，盗入邻家，父子十余口，尽行杀戮，止留一婢。席卷资物，与僮分携之。临去，执灯谓婢：“汝认明：杀人者我也，与人无涉。”并不启关，飞檐越壁而去。明日，告官。疑生知情，又捉生去。邑宰词色甚厉。生上堂握带，且辨且解。宰不能诘，又释之。既归，益自韬晦，读书不出，一跛妪执炊而已。服既阕，日扫阶庭，以待好音。一日，异香满院。登阁视之，内外陈设焕然矣。悄揭画帘，则公主凝妆坐，急拜之。女挽手曰：“君不信数，遂使土木为灾，又以苫块之戚，迟我三年琴瑟：是急之而反以得缓，天下事大抵然也。”生将出资治具。女曰：“勿复须。”婢探椟，有肴羹热如新出于鼎，酒亦芳烈。酌移时，日已投暮，足下所踏婢，渐都亡去。女四肢娇惰，足股屈伸，似无所着。生狎抱之。女曰：“君暂释手。今有两道，请君择之。”生揽项问故，曰：“若为棋酒之交，可得三十年聚首。若作床笫之欢，可六年谐合耳。君焉取？”生曰：“六年后再商之。”女乃默然，遂相燕好。女曰：“妾固知君不免俗道，此亦数也。”因使生蓄婢媪，别居南院，炊爨纺织，以作生计。北院中并无烟火，惟棋枰、酒具而已。户常阖，生推之则自开，他人不得入也。然南院人作事勤惰，女辄知之，每使生往谴责，无不具服。女无繁言，无响笑，与有所谈，但俯首微哂。每骈肩坐，喜斜倚人。生举而加诸膝，轻如抱婴。生曰：“卿轻若此，可作掌上舞。”曰：“此何难！但婢子之为，所不屑耳。飞燕原九姊侍儿，屡以轻佻获罪，怒谪尘间，又不守女子之贞；今已幽之。”阁上以锦裀布满，冬未尝寒，夏未尝热。女严冬皆着轻縠，生为制鲜衣，强使着之。逾时解去，曰：“尘浊之物，几于压骨成劳！”一日，抱诸膝上，忽觉沉倍曩昔，异之。笑指腹曰：“此中有俗种矣。”过数日，颦黛不食，曰：“近病恶阻，颇思烟火之味。”生乃为具甘旨。从此饮食遂不异于常人。一日曰：“妾质单弱，不任生产。婢子樊英颇健，可使代之。”乃脱衷服衣英，闭诸室。少顷，闻儿啼声。启扉视之，男也。喜曰：“此儿福相，大器也！”因名大器。绷纳生怀，俾付乳媪，养诸南院。女自免身，腰细如初，不食烟火矣。忽辞生，欲暂归宁。问返期，答以“三日”。鼓皮排如前状，遂不见。至期不来，积年馀，音信全渺，亦已绝望。生键户下帏，遂领乡荐，终不肯娶。每独宿北院，沐其余芳。一夜，辗转在榻，忽见灯火射窗，门亦自辟，群婢拥公主入。生喜，起问爽约之罪。女曰：“妾未愆期，天上二日半耳。"生得意自诩，告以秋捷，意主必喜。女愀然曰："乌用是傥来者为！无足荣辱，止折人寿数耳。三日不见，入俗幛又深一层矣。"生由是不复进取。过数月，又欲归宁。生殊凄恋。女曰："此去定早还，无烦穿望。且人生合离，皆有定数，撙节之则长，恣纵之则短也。"既去，月馀即返。从此一年半载辄一行，往往数月始还，生习为常，亦不之怪。又生一子。女举之曰："豺狼也！"立命弃之。生不忍而止，名曰可弃。甫周岁，急为卜婚。诸媒接踵，问其甲子，皆谓不合。曰："吾欲为狼子治一深圈，竟不可得，当令倾败六七年，亦数也。"嘱生曰："记取四年后，侯氏生女，左胁有小赘疣，乃此儿妇。当婚之，勿较其门第也。"即令书而志之。后又归宁，竟不复返。生每以所嘱告亲友。果有侯氏女，生有赘疣，侯贱而行恶，众咸不齿，生竟媒定焉。大器十七岁及第，娶云氏，夫妻皆孝友。父钟爱之。可弃渐长，不喜读，辄偷与无赖博赌，恒盗物偿戏债。父怒，挞之，而卒不改。相戒提防，不使有所得。遂夜出，小为穿窬。为主所觉，缚送邑宰。宰审其姓氏，以名刺送之归。父兄共絷之，楚掠惨棘，几于绝气。兄代哀免，始释之。父忿恚得疾，食锐减。乃为二子立析产书，楼阁沃田，尽归大器。可弃怨怒，夜持刀入室，将杀兄，误中嫂。先是，主有遗裤，绝轻耎，云拾作寝衣。可弃斫之，火星四射，大惧奔出。父知，病益剧，数月寻卒。可弃闻父死，始归。兄善视之，而可弃益肆。年馀，所分田产略尽，赴郡讼兄。官审知其人，斥逐之。兄弟之好遂绝。又逾年，可弃二十有三，侯女十五矣。兄忆母言，欲急为完婚。召至家，除佳宅与居。迎妇入门，以父遗良田，悉登籍交之，曰："数顷薄田，为若蒙死守之，今悉相付。吾弟无行，寸草与之，皆弃也。此后成败，在于新妇：能令改行，无忧冻馁。不然，兄亦不能填无底壑也。"侯虽小家女，然固慧丽，可弃雅畏爱之，所言无敢违。每出，限以晷刻。过期，则诟厉不与饮食，可弃以此少敛。年馀，生一子。妇曰："我以后无求于人矣。膏腴数顷，母子何患不温饱？无夫焉，亦可也。"会可弃盗粟出赌，妇知之，弯弓于门以拒之。大惧，避去。窥妇入，逡巡亦入。妇操刀起。可弃反奔，妇逐斫之，断幅伤臀，血沾袜履。忿极，往诉兄，兄不礼焉，冤惭而去。过宿复至，跪嫂哀泣，乞求先容于妇，妇决绝不纳。可弃怒，将往杀妇，兄不语。可弃忿起，操戈直出。嫂愕然，欲止之。兄目禁之。俟其去，乃曰："彼固作此态，实不敢归也。"使人觇之，已入家门。兄始色动，将奔赴之，而可弃已坌息入。盖可弃入家，妇方弄儿，望见之，掷儿床上，觅得厨刀。可弃惧，曳戈反走，妇逐出门外始返。兄已得其情，故诘之。可弃不言，惟向隅泣，目尽肿。兄怜之，亲率之去，妇乃纳之。俟兄出，罚使长跪，要以重誓，而后以瓦盆赐之食。自此改行为善。妇持筹握算，日致丰盈，可弃仰成而已。后年七旬，子孙满前，妇犹时捋白须，使膝行焉。

异史氏曰："悍妻妒妇，遭之者如疽附于骨，死而后已，岂不毒哉！然砒、附，天下之至毒也，苟得其用，瞑眩大瘳，非参、苓所能及矣。而非仙人洞见脏腑，又乌敢以毒药贻子孙哉！"

章丘李孝廉善迁，少倜傥不泥，丝竹词曲之属皆精之。两兄皆登甲榜，而孝廉益佻脱。娶夫人谢，稍稍禁制之。遂亡去，三年不返，遍觅不得。后得之临清勾栏中。家人入，见其南向坐，少姬十数左右侍，盖皆学音艺而拜门墙者也。临行，积衣累笥，悉诸姬所贻。既归，夫人闭置一室，投书满案。以长绳系榻足，引其端自槅内出，贯以巨铃，系诸厨下。凡有所需，则蹑绳。绳动铃响，则应之。夫人躬设典肆，垂帘纳物而估其直，左持筹，右握管，老仆供奔走而已：由此居积致富。每耻不及诸姒贵。锢闭三年，而孝廉捷。喜曰："三卵两成，吾以汝为毈矣，今亦尔耶？"

耿进士崧生，章丘人。夫人每以绩火佐读，绩者不辍，读者不敢息也。或朋旧相诣，辄窃听之：论文则瀹茗作黍；若恣谐谑，则恶声逐客矣。每试得平等，不敢入室门。超等，始笑迎之。设帐得金，悉内献，丝毫不敢匿。故东主馈遗，恒面较锱铢。人或非笑之，而不知其销算良难也。后为妇翁延教内弟。是年游泮，翁谢仪十金。耿受盒返金。夫人知之曰："彼虽固亲，然舌耕为何也？"追之返而受之。耿不敢争，而心终歉焉，思暗偿之。于是每岁馆金，皆短其数以报夫人。积二年馀，得若干数。忽梦一人告之曰："明日登高，金数即满。"次日，试一临眺，果拾遗金，恰符缺数，遂偿岳。后成进士，夫人犹呵谴之。耿曰："今一行作吏，何得复尔？"夫人曰："谚云：'水长则船亦高。’即为宰相,宁便大耶?”

鸟 语

中州境有道士,募食乡村。食已,闻鹂鸣,因告主人使慎火。问故,答曰:“鸟云:‘大火难救,可怕!’”众笑之,竟不备。明日,果火,延烧数家,始惊其神。好事者追及之,称为仙。道士曰:“我不过知鸟语耳,何仙乎!”适有皂花雀鸣树上,众问何语。曰:“雀言:‘初六养之,初六养之,十四、十六殇之。’想其家双生矣。今日为初十,不出五六日,当俱死也。”询之,果生二子。无何,并死,其日悉符。邑令闻其奇,招之,延为客。时群鸭过,因问之。对曰:“明公内室,必相争也。鸭曰:‘罢罢!偏向他!’”令大服,盖妻妾反唇,令适被喧聒而出也。因留居署中,优礼之。时辨鸟言,多奇中。而道士朴野,多肆言,辄无顾忌。令最贪,一切供用诸物,皆折为钱以入之。一日,方坐,群鸭复来,令又诘之。答曰:“今日所言,不与前同,乃为明公会计耳。”问:“何计?”曰:“彼云:‘蜡烛一百八,银朱一千八。’”令惭,疑其相讥。道士求去,不许。逾数日,宴客,忽闻杜宇。客问之,答云:“鸟曰:‘丢官而去。’”众愕然失色。令大怒,立逐而出。未几,令果以墨败。呜呼!此仙人儆戒之,惜乎危厉熏心者,不之悟也!

齐俗呼蝉曰“稍迁”,其绿色者曰“都了”。邑有父子,俱青、衿生,将赴岁试,忽有蝉落襟上。父喜曰:“稍迁,吉兆也。”一僮视之,曰:“何物稍迁,都了而已。”父子不悦。已而果皆被黜。

天 宫

郭生,京都人。年二十余,仪容修美。一日,薄暮,有老妪贻尊酒。怪其无因。妪笑曰:“无须问。但饮之,自有佳境。”遂径去。揭尊微嗅,洌香四射,遂饮之。忽大醉,冥然罔觉。及醒,则与一人并枕卧。抚之,肤腻如脂,麝兰喷溢,盖女子也。问之,不答。遂与交。交已,以手扪壁,壁皆石,阴阴有土气,酷类坟冢。大惊,疑为鬼迷,因问女子:“卿何神也?”女曰:“我非神,乃仙耳。此是洞府。与有夙缘,勿相讶,但耐居之。再入一重门,有漏光处,可以溲便。”既而女起,闭户而去。久之,腹馁,遂有女僮来,饷以面饼、鸭臛,使扪索而啖之。黑漆不知昏晓。无何,女子来寝,始知夜矣。郭曰:“昼无天日,夜无灯火,食炙不知口处。常常如此,则姮娥何殊于罗刹,天堂何别于地狱哉!”女笑曰:“为尔俗中人,多言喜泄,故不欲以形色相见。且暗中摸索,妍媸亦当有别,何必灯烛!”居数日,幽闷异常,屡请暂归。女曰:“来夕当与君一游天宫,便即为别。”次日,忽有小鬟笼灯入,曰:“娘子伺郎久矣。”从之出。星斗光中,但见楼阁无数。经几曲画廊,始至一处,堂上垂珠帘,烧巨烛如昼。入,则美人华妆南向坐,年约二十许,锦袍炫目,头上明珠,翘颤四垂,地下皆设短烛,裙底皆照,诚天人也。郭迷乱失次,不觉屈膝。女令婢扶曳入坐。俄顷,八珍罗列。女行酒曰:“饮此以送君行。”郭鞠躬曰:“向觌面不识仙人,实所惶悔。如容自赎,愿收为没齿不二之臣。”女顾婢微笑,便命移席卧室。室中流苏绣帐,衾褥香软。使郭就榻坐。饮次,女屡言:“君离家久,暂归亦无妨。”更尽一筹,郭不言别。女唤婢笼烛送之。郭仍不言,伪醉眠榻上,抗之不动。女使诸婢扶裸之。一婢排私处曰:“个男子容貌温雅,此物何不文也!”举置床上,大笑而去。女亦寝,郭乃转侧。女问:“醉乎?”曰:“小生何醉! 甫见仙人,神志颠倒耳。”女曰:“此是天宫。未明,宜早去。如嫌洞中怏闷,不如早别。”郭曰:“今有人夜得名花,闻香扪干,而苦无灯火,此情何以能堪?”女笑,允给灯火。漏下四点,呼婢笼烛,抱衣而送之。入洞,见丹垩精工,寝处褥革棕毡尺许厚。郭解履拥衾,婢徘徊不去。郭凝视之,风致娟好,戏曰:“谓我不文者,卿耶?”婢笑,以足蹴枕曰:“子宜僵矣! 勿复多言。”视履端嵌珠如巨菽。捉而曳之,婢仆于怀,遂相狎,而呻楚不胜。郭问:“年几何矣?”答云:“十七。”问:“处子亦知情否?”曰:“妾非处子,然荒疏已三年矣。”郭研诘仙人姓氏,及其清贯、尊行。婢曰:“勿问! 即非天上,亦异人间。若必知其确耗,恐觅死无地矣。”郭遂不敢复问。次夕,女果以烛来,相就寝食,以此为常。一夜,女入曰:“期以永好,不意人情乖阻,今将粪除天宫,不能复相容矣。请以卮酒为别。”郭泣下,请得脂泽为爱。

女不许，赠以黄金一斤、珠百颗。三盏既尽，忽已昏醉。既醒，觉四体如缚，纠缠甚密，股不得伸，首不得出。极力转侧，晕堕床下。出手摸之，则锦被囊裹，细绳束焉。起坐凝思，略见床櫺，始知为己斋中。时离家已三月，家人谓其已死。郭初不敢明言，惧被仙谴，然心疑怪之。窃间以告知友，莫有测其故者。被置床头，香盈一室；拆视，则湖绵杂香屑为之，因珍藏焉。后某达官闻而诘之，笑曰："此贾后之故智也。仙人乌得如此？虽然，此亦宜甚秘，泄之，族矣！"有巫常出入贵家，言其楼阁形状，绝似严东楼家。郭闻之，大惧，携家亡去。未几，严伏诛，始归。

异史氏曰："高阁迷离，香盈绣帐，雏奴蹀躞，履缀明珠：非权奸之淫纵，豪势之骄奢，乌有此哉？顾淫筹一掷，金屋变而长门；唾壶未干，情田鞠为茂草。空床伤意，暗烛销魂。含颦玉台之前，凝眸宝幄之内。遂使糟丘台上，路入天宫；温柔乡中，人疑仙子。伧楚之帷薄固不足羞，而广田自荒者，亦足戒已！"

乔 女

平原乔生，有女黑丑，壑一鼻，跛一足。年二十五六，无问名者。邑有穆生，四十馀，妻死，贫不能续，因聘焉。三年，生一子。未几，穆生卒，家益索，大困，则乞怜其母。母颇不耐之。女亦愤不复返，惟以纺织自给。有孟生丧偶，遗一子乌头，裁周岁，以乳哺乏人，急于求配。然媒数言，辄不当意。忽见女，大悦之，阴使人风示女。女辞焉，曰："饥冻若此，从官人得温饱，夫宁不愿？然残丑不如人，所可自信者，德耳。又事二夫，官人何取焉！"孟益贤之，使媒者函金加币而悦其母。母悦，自诣女所，固要之，女志终不夺。母惭，愿以少女字孟，家人皆喜，而孟殊不愿。居无何，孟暴疾卒，女往临哭尽哀。孟故无戚党，死后，村中无赖悉凭陵之，家具携取一空。方谋瓜分其田产，家人又各草窃以去，惟一妪抱儿哭帷中。女问得故，大不平。闻林生与孟善，乃踵门而告曰："夫妇、朋友，人之大伦也。妾以奇丑，为世不齿，独孟生能知我。前虽固拒之，然固已心许之矣。今身死子幼，自当有以报知己。然存孤易，御侮难，若无兄弟父母，遂坐视其子死家灭而不一救，则五伦可以无朋友矣。妾无所多须于君，但以片纸告邑。抚孤，则妾不敢辞。”林曰：“诺。”女别而归。林将如其所教；无赖辈怒，咸欲以白刃相仇。林大惧，闭户不敢复行。女见数日寂无音，问之，则孟氏田产已尽矣。女忿甚，挺身自诣官。官诘女属孟何人，女曰：“公宰一邑，所凭者理耳。如其言妄，即至戚无所逃罪；如真，则道路之人可听也。”官怒其言戆，呵逐而出。女冤愤无伸，哭诉于搢绅之门。某先生闻而义之，代剖于宰。宰按之，果真，穷治诸无赖，尽返所取。或议留女居孟第，抚其孤，女不肯。扃其户，使媪抱乌头，从与俱归，另舍之。凡乌头日用所需，辄同妪启户出粟，为之营辨。己锱铢无所沾染，抱子食贫，一如曩昔。积数年，乌头渐长，为延师教读，己子则使学操作。妪劝使并读，女曰：“乌头之费，其所自有，我耗人之财以教己子，此心何以自明？”又数年，为乌头积粟数百石，乃聘于名族，治其第宅，析令归。乌头泣要同居，女从之，然纺绩如故。乌头夫妇夺其具，女曰：“我母子坐食，心甚不安。”遂早暮为之纪理，使其子巡行阡陌，若为佣然。乌头夫妻有小过，辄斥谴不少贷；稍不悛，则怫然欲去。夫妻跪道悔词，始止。未几，乌头入泮，又辞欲归。乌头不可，捐聘币，为穆子完婚。女乃析子令归。乌头留之不得，阴使人于近村为市恒产百亩而后遣之。后女疾求归。乌头不听。病益笃，嘱曰：“必以我归葬！”乌头诺。既卒，阴以金啖穆子，俾合葬于孟。及期，棺重，三十人不能举。穆子忽仆，七孔血出，自言曰：“不肖儿，何得遂卖汝母！”乌头惧，拜祝之，始愈。乃复停数日，修治穆墓已，始合厝之。

异史氏曰：“知己之感，许之以身，此烈男子之所为也。彼女子何知，而奇伟如是？若遇九方皋，直牡视之矣。”

刘　夫　人

廉生者，彰德人，少笃学，早孤，家贫。一日他出，暮归失途。入一村，有媪来谓曰：“廉公子何之？夜得毋深乎？”生方皇惧，更不暇问其谁何，便求假榻。媪引去，入一大第。有双鬟笼灯，导一妇人出，年四十余，举止大家。媪迎曰："廉公子至。"生趋拜。妇喜曰："公子秀发，何但作富家翁乎！"即设筵，妇侧坐，劝釂甚殷，而自己举杯未尝饮，举箸亦未尝食。生惶惑，屡审阀阅。笑曰："再尽三爵告君知。"生如命饮。妇曰："亡夫刘氏，客江右，遭变遽殒。未亡人独居荒僻，日就零落。虽有两孙，非鸱鸮，即驽骀耳。公子虽异姓，亦三生骨肉也，且至性纯笃，故遂觍然相见。无他烦，薄藏数金，欲倩公子持泛江湖，分其赢余，亦胜案头萤枯死也。"生辞曰："少年书痴，恐负重托。"妇曰："读书之计，先于谋生。公子聪明，何之不可？"遣婢运资出，交兑八百余两。生惶恐固辞。妇曰："妾亦知公子未惯懋迁，但试为之，当无不利。"生虑重金非一人可任，谋合商侣。妇曰："勿须。但觅一朴悫谙练之仆，为公子服役足矣。"遂轮纤指以卜之曰："伍姓者吉。"命仆马囊金送生出，曰："腊尽涤盏，候洗宝装矣。"又顾仆曰："此马调良，可以乘御，即赠公子，勿须将回。"生归，夜才四鼓，仆系马自去。明日，多方觅役，果得伍姓，因厚价招之。伍老于行旅，又为人戆拙不苟，资财悉倚付之。往涉荆襄，岁杪始得归，计利三倍。生以得伍力多，于常格外，另有馈赏，谋同飞洒，不令主知。甫抵家，妇已遣人将迎，遂与俱去。见堂上华筵已设；妇出，备极慰劳。生纳资讫，即呈簿；妇置不顾。少顷即席，歌舞鞺鞳，伍亦赐筵外舍，尽醉方归。因生无家室，留守新岁。次日，又求稽盘。妇曰："后无须尔，妾会计久矣。"乃出册示生，登志甚悉，并给仆者，亦载其上。生曰："夫人真神人也！"过数日，馆谷丰盛，待若子侄。一日，堂上设席，一东面，一南面；堂下设一筵西向。谓生曰："明日财星临照，宜可远行。今为主价粗设祖帐，以壮行色。"少间，伍亦呼至，赐坐堂下。一时鼓钲鸣聒。女优进呈曲目，生命唱《陶朱富》。妇曰："此先兆也，当得西施作内助矣。"宴罢，仍以全金付生，曰："此行不可以岁月计，非获巨万勿归也。妾与公子，所凭者在福命，所信者在腹心。勿劳计算，远方之盈绌，妾自知之。"生唯唯而退。往客淮上，进身为鹾贾，逾年，利又数倍。然生嗜读，操筹不忘书卷，所与游皆文士，所获既盈，隐思止之，渐谢任于伍。桃源薛生与最善，适过访之，薛一门俱适别业，昏暮无所复之，阍人延生入，扫榻作炊。细诘主人起居，盖是时方讹传朝廷欲选良家女，犒边庭，民间骚动。闻有少年无妇者，不通媒妁，竟以女送诸其家，至有一夕而得两妇者。薛亦新婚于大姓，犹恐舆马喧动，为大令所闻，故暂迁于乡。生既留，初更向尽，方将拂榻就寝，忽闻数人排闼入。阍人不知何语，但闻一人云："官人既不在家，秉烛者何人？"阍人答："是廉公子，远客也。"俄而问者已入，袍帽光洁，略一举手，即诘邦族。生告之，喜曰："吾同乡也。岳家谁氏？"答云："无之。"益喜，趋出，即招一少年同入，敬与为礼。卒然曰："实告公子，某慕姓。今夕此来，将送舍妹于薛官人，至此方知无益。进退维谷之际，适逢公子，宁非数乎！"生以未悉其人，故踌躇不敢应。慕竟不听其致词，急呼送女者。少间，二媪扶女郎入，坐生榻上。睨之，年十五六，佳妙无双。生喜，始整巾向慕展谢。又嘱阍人行沽，略尽款洽。慕言："先世彰德人；母族亦世家，今陵夷矣。闻外祖遗有两孙，不知家况何似。"生问："伊谁？"曰："外祖刘，字晖若，闻在郡北三十里。"生曰："仆郡城东南人，去北里颇远；年又最少，无多交知。郡中此姓最繁，止知郡北有刘荆卿，亦文学士，未审是否，然贫矣。"慕曰："某祖墓尚在彰郡，每欲扶两榇归葬故里，以资斧未办，姑犹迟迟。今妹子从去，归计益决矣。"生闻之，锐然自任。二慕俱喜。酒数行，辞去。生却仆移灯，琴瑟之爱，不可胜言。次日，薛已知之，趋入城，除别院馆生。生诣淮，交盘已，留伍居肆，装资返桃源，同二慕启岳父母骸骨，两家细小，载与俱归。入门安置已，囊金诣主。前仆已候于途。从去，妇逆见，色喜曰："陶朱公载得西子来矣！前日为客，今日吾甥婿也。"置酒迎尘，倍益亲爱。生服其先知，因问："夫人与岳母远近？"妇云："勿问，久自知之。"乃堆金案上，瓜分为五，自取其二，曰："吾无用处，聊贻长孙。"生以过多，辞不受。凄然曰："吾家零落，宅中乔木，被人伐作薪。孙子去此颇远，门户萧条，烦公子一营办之。"生诺，而金止收其半。妇强纳之。送生出，挥涕而返。生疑怪间，回视第宅，则为墟墓。始悟妇即妻之外祖母也。既归，赎墓田一顷，封植伟丽。刘有二孙，长即荆卿；次玉卿，饮博无赖，皆贫。兄弟诣生申谢，生悉厚赠之。由此往来最稔。生颇道其经商之由，玉卿窃意冢中多金，夜合博徒数辈，发墓搜之，剖棺露胔，竟无少获，失望而散。生知墓被发，以告荆卿。诣同验之，入圹，见案上累累，前所分金具在。荆卿欲与生共取之。生曰："夫人原留此以待兄也。"荆卿乃囊运而归，告诸邑宰，访缉甚严。后一人卖坟中玉簪，获之，穷讯其党，始知玉卿为首。宰将治以极刑，荆卿代哀，仅得赊死。墓内外两家并力营缮，较前益坚美。由此廉、刘皆富，惟玉卿如故。生及荆卿常河润之，而终不足供其博赌。一夜，盗入生家，执索金资。生所藏金，皆以千五百为个，发示之。盗取其二，止有鬼马在厩，用以运之而去。使生送诸野，乃释之。村众望盗火未远，噪逐之，贼惊遁。共至其处，则金委路侧，马已成灰烬。始知马亦鬼也。是夜止失金钏一枚而已。先是，盗执生妻，悦其美，将欲淫。一盗带面具，力呵止之，声似玉卿。盗释生妻，但脱腕钏而去。生以是疑玉卿，然心窃德之。后盗以钏质赌，为捕役所获，诘其党，果有玉卿。宰怒，备极五毒。兄与生谋，欲为贿脱，谋未成而玉卿已死。生犹时恤其妻子。生后登贤书，数世皆素封焉。呜呼！"贪"字之点画形象，甚近乎"贫"。如玉卿者，可以鉴矣！

王 司 马

新城王大司马霁宇镇北边时，常使匠人铸一大杆刀，阔盈尺，重百钧。每按边，辄使四人扛之。卤簿所止，则置地上，故令北人捉之，力撼不可少动。司马阴以桐木依样为刀，宽狭大小无异，贴以银箔，时于马上舞动。诸部落望见，无不震悚。又于边外埋苇薄为界，横斜十余里，状若藩篱，扬言曰："此吾长城也。"北兵至，悉拔而火之。司马又置之。既而三火，乃以炮石伏机其下，北兵焚薄，药石尽发，死伤甚众。既遁去，司马设薄如前。北兵遥望皆却走，以故帖服若神。后司马乞骸归，塞上复警。召再起；司马时年八十有三，力疾陛辞。上慰之曰："但烦卿卧治耳。"于是司马复至边。每止处，辄卧幛中。北人闻司马至，皆不信，因假议和，将验真伪。启帘，见司马坦卧，皆望榻伏拜，挢舌而退。

澄　　俗

澄人多化物类，出院求食。有客寓旅邸时，见群鼠入米盎，驱之即遁。客伺其入，骤覆之，瓢水灌注其中，顷之尽毙。主人全家暴卒，惟一子在。讼官，官原而宥之。

辽　阳　军

沂水某，明季充辽阳军。会辽城陷，为乱兵所杀。头虽断，犹不甚死。至夜，一人执簿来，按点诸鬼。至某，谓其不宜死，使左右续其头而送之。遂共取头按项上，群扶之，风声簌簌，行移时，置之而去。视其地，则故里也。沂令闻之，疑其窃逃。拘讯而得其情，颇不信；又审其颈无少断痕，将刑之。某曰："言无可凭信，但请寄狱中。断头可假，陷城不可假。设辽城无恙，然后受刑未晚也。"令从之。数日，辽信至，时日一如所言，遂释之。

邑　　人

邑有乡人，素无赖。一日，晨起，有二人摄之去。至市头，见屠人以半猪悬架上，二人便极力推挤之，遂觉身与肉合，二人亦径去。少间，屠人卖肉，操刀断割，遂觉一刀一痛，彻于骨髓。后有邻翁来市肉，苦争低昂，添脂搭肉，片片碎割，其苦更惨。肉尽，乃寻途归。归时，日已向辰。家人谓其晏起，乃细述所遭。呼邻问之，则市肉方归，言其片数、斤数，毫发不爽。崇朝之间，已受凌迟一度，不亦奇哉！

单　父　宰

青州民某，五旬馀，继娶少妇。二子恐其复育，乘父醉，潜割睾丸而药糁之。父觉，托病不言。久之，创渐平。忽入室，刀缝绽裂，血溢不止，寻毙。妻知其故，讼于官。官械其子，果伏。骇曰："余今为'单父宰'矣！"并诛之。

邑有王生者，娶月馀而出其妻。妻父讼之。时淄宰辛公，问王何故出妻。答云："不可说。"固诘之，曰："以其不能产育耳。"公曰："妄哉！月馀新妇，何知不产？"忸怩久之，告曰："其阴甚偏。"公笑曰："是则偏之为害，而家之所以不齐也。"此可与"单父宰"并传一笑。

孙 必 振

孙必振渡江，值大风雷，舟船荡摇，同舟大恐。忽见金甲神立云中，手持金字牌下示；诸人共仰视之，上书"孙必振"三字，甚真。众谓孙："必汝有犯天谴，请自为一舟，勿相累。"孙尚无言，众不待其肯可，视旁有小舟，共推置其上。孙既登舟，回首，则前舟覆矣。

研 石

王仲超言："洞庭君山间有石洞，高可容舟，深暗不测，湖水出入其中。尝秉烛泛舟而入，见两壁皆黑石，其色如漆，按之而软，出刀割之，如切硬腐。随意制为研。既出，见风则坚凝过于他石。试之墨，大佳。估舟游楫，往来甚众，中有佳石，不知取用，亦赖好奇者之品题也。"

大 鼠

万历间，宫中有鼠，大与猫等，为害甚剧。遍求民间佳猫捕制之，辄被啖食。适异国来贡狮猫，毛白如雪。抱投鼠屋，阖其扉，潜窥之。猫蹲良久，鼠逡巡自穴中出，见猫，怒奔之。猫避登几上，鼠亦登，猫则跃下。如此往复，不啻百次。众咸谓猫怯，以为是无能为者。既而鼠跳掷渐迟，硕腹似喘，蹲地上少休。猫即疾下，爪掬顶毛，口龁首领，辗转争持，猫声呜呜，鼠声啾啾。启扉急视，则鼠首已嚼碎矣。然后知猫之避，非怯也，待其惰也。彼出则归，彼归则复，用此智耳。噫！匹夫按剑，何异鼠乎！

武　　夷

武夷山有削壁千仞，人每于下拾沉香玉块焉。太守闻之，督数百人作云梯，将造顶以觇其异，三年始成。太守登之，将及巅，见大足伸下，一拇指粗于捣衣杵，大声曰："不下，将堕矣！"大惊，疾下。才至地，则架木朽折，崩坠无遗。

岳　　神

扬州提同知，夜梦岳神召之，词色愤怒。仰见一人侍神侧，少为缓颊。醒而恶之。早诣岳庙，默作祈禳。既出，见药肆一人，绝肖所见。问之，知为医生。及归，暴病。特遣人聘之。至则出方为剂，暮服之，中夜而卒。或言：阎罗王与东岳天子，日遣侍者男女十万八千众，分布天下作巫医，名"勾魂使者"。用药者不可不察也！

张　不　量

贾人某，至直隶界，忽大雨雹，伏禾中。闻空中云："此张不量田，勿伤其稼。"贾私意张氏既云"不良"，何反祐护。雹止，入村，访问其人，且问取名之义。盖张素封，积粟甚富。每春贫民就贷，偿时多寡不校，悉内之，未尝执概取盈，故名"不量"，非不良也。众趋田中，见稞穗摧折如麻，独张氏诸田无恙。

皂　　隶

万历间，历城令梦城隍索人服役，即以皂隶八人书姓名于牒，焚庙中。至夜，八人皆死。庙东有酒肆，肆主故与一隶有素。会夜来沽酒,问:“款何客?”答云:“僚友甚多,沽一尊少叙姓名耳。”质明,见他役,始知其人已死。入庙启扉,则瓶在焉,贮酒如故。归视所与钱,皆纸灰也。令肖八像于庙。诸役得差,皆先酬之乃行。不然,必遭笞谴。

牛 飞

邑人某,购一牛,颇健。夜梦牛生两翼飞去,以为不祥,疑有丧失。牵入市损价售之。以巾裹金,缠臂上。归至半途,见有鹰食残兔,近之甚驯。遂以巾头絷股,臂之。鹰屡摆扑,把捉稍懈,带巾腾去。此虽定数,然不疑梦,不贪拾遗,则走者何遽能飞哉?

刁 姓

有刁姓者,家无生产,每出卖许负之术。实无术也。数月一归,则金帛盈橐,共异之。会里人有客于外者,遥见高门内一人,冠华阳巾,言语啁嗻,众妇丛绕之。近视,则刁也。因微窥所为,见有问者曰:“吾等众人中,有一夫人在,能辨之乎?”盖有一贵人妇微服其中,将以验其术也。里人代为刁窘。刁从容望空横指曰:“此何难辨。试观贵人顶上,自有云气环绕。”众目不觉集视一人,觇其云气。刁乃指其人曰:“此真贵人!”众惊以为神。里人归述其诈慧,乃知虽小道,亦必有过人之才。不然,乌能欺耳目、赚金钱,无本而殖哉!

红 毛 毡

红毛国,旧许与中国相贸易。边帅见其众,不许登岸。红毛人固请:“赐一毡地足矣。”帅思一毡所容无几,许之。其人置毡岸上,仅容二人;拉之,容四五人;且拉且登,顷刻毡大亩许,已数百人矣。短刃并发,出于不意,被掠数里而去。

富　　翁

富翁某，商贾多贷其资。一日出，有少年从马后，问之，亦假本者。翁诺之。至家，适几上有钱数十，少年即以手叠钱，高下堆垒之。翁谢去，竟不与资。或问故，翁曰："此人必善博，非端人也。所熟之技，不觉形于手足矣。"访之果然。

张贡士

安丘张贡士，寝疾，仰卧床头。忽见心头有小人出，长仅半尺，儒冠儒服，作俳优状。唱昆山曲，音调清彻，说白、自道名贯，一与己同；所唱节末，皆其生平所遭。四折既毕，吟诗而没。张犹记其梗概，为人述之。

高西园云："向读渔洋先生《池北偶谈》，见有记心头小人者，为安丘张某事。余素善安丘张卯君，意必其宗属也。一日，晤间问及，始知即卯君事。询其本末，云：当病起时，所记昆山曲者，无一字遗，皆手录成册。后其嫂夫人以为不祥语，焚弃之。每从酒边茶余，犹能记其尾声，常举以诵客。今并识之，以广异闻。其词云：'诗云子曰都休讲，不过是都都平丈(相传一村塾师训童子读论语，字多讹谬。其尤堪笑者，读"郁郁乎文哉"为"都都平丈我")。全凭着佛留一百二十行(村塾中有训蒙要书，名《庄农杂字》。其开章云：佛留一百二十行，惟有庄农打头强，最为鄙俚)。'玩其语意，似自道其生平寥落。晚为农家作塾师，主人慢之，而为是曲。意者：夙世老儒，其卯君前身乎？卯君名在辛，善汉隶篆印。"

元　　宝

广东临江山崖巉岩，常有元宝嵌石上。崖下波涌，舟不可泊。或荡桨近摘之，则牢不可动。若其人数应得此，则一摘即落，回首已复生矣。

牧 竖

两牧竖入山至狼穴，穴有小狼二，谋分捉之。各登一树，相去数十步。少顷，大狼至，入穴失子，意甚仓皇。竖于树上扭小狼蹄耳故令嗥，大狼闻声仰视，怒奔树下，号且爬抓。其一竖又在彼树致小狼鸣急，狼辍声四顾，始望见之，乃舍此趋彼，跑号如前状。前树又鸣，又转奔之。口无停声，足无停趾，数十往复，奔渐迟，声渐弱，既而奄奄僵卧，久之不动。竖下视之，气已绝矣。今有豪强子，怒目按剑，若将搏噬；为所怒者，乃阖扇去。豪力尽声嘶，更无敌者，岂不畅然自雄？不知此禽兽之威，人故弄之以为戏耳。

沅 俗

李季霖摄篆沅江，初莅任，见猫犬盈堂，讶之。僚属曰："此乡中百姓，瞻仰风采也。"少间，人畜已半；移时，都复为人，纷纷并去。一日，出谒客，肩舆在途。忽一舆夫急呼曰："小人吃害矣！"即倩役代荷，伏地乞假。怒呵之，役不听，疾奔而去。遣人尾之。役奔入市，觅得一叟，便求按视。叟相之曰："是汝吃害矣。"乃以手揣其肤肉，自上而下力推之，推至少股，见皮内坟起，以利刃破之，取出石子一枚，曰："愈矣。"乃奔而返。后闻其俗有身卧室中，手即飞出，入人房闼，窃取财物。设被主觉，絷不令去，则此人一臂不用矣。

药 僧

济宁某，偶于野寺外，见一游僧，向阳扪虱，杖挂葫芦，似卖药者。因戏曰："和尚亦卖房中丹否？"僧曰："有。弱者可强，微者可巨，立刻见效，不俟经宿。"某喜求之。僧解衲角，出药一丸，如黍大，令吞之。约半炊时，下部暴长。逾刻自扪，增于旧者三之一。心犹未足，窥僧起遗，窃解衲，拈二三丸并吞之。俄觉肤若裂，筋若抽，项缩腰橐，而阴长不已。大惧，无法。僧返见其状，惊曰："子必窃吾药矣！"急与一丸，始觉休止。解衣自视，则几与两股鼎足而三矣。缩颈蹒跚而归，父母皆不能识。从此为废物，日卧街上，多见之者。

蛤　此名寄生

东海有蛤，饥时浮岸边，两壳开张。中有小蟹出，赤线系之，离壳数尺，猎食既饱，乃归，壳始合。或潜断其线，两物皆死。

陵　县　狐

陵县李太史家，每见瓶鼎古玩之物，移列案边，势危将堕。疑厮仆所为，辄怒谴之。仆辈称冤，而亦不知其由，乃严扃斋扉，天明复然。心知其异，暗觇之。一夜，光明满室，讶为盗。两仆近窥，则一狐卧椟上，光自两眸出，晶莹四射。恐其遁，急入捉之。狐啮腕肉欲脱，仆持益坚，因共缚之。举视，则四足皆无骨，随手摇摇若带垂焉。太史念其通灵，不忍杀，覆以柳器，狐不能出，戴器而走。乃数其罪而放之，怪遂绝。

第十卷

王货郎

济南业酒人某翁，遣子小二，往齐河索贳价。出西门，见兄阿大。时大死已久。二惊问："哥那得来？"答云："冥府一疑案，须弟一证之。"二作色怨讪。大指后一人如皂状者，曰："官役在此，我岂自由耶！"但引手招之，不觉从去，尽夜狂奔，至泰山下。忽见官衙，方将并入，见群众纷出。皂问："所事何如矣？"一人曰："勿须复入，结矣。"皂乃释令归。大忧弟无资斧。皂思良久，即引二去，走二三十里，入村，至一家檐下，嘱云："如有人出，便使相送。如其不肯，便道王货郎言之矣。"遂去。二冥然而僵。既晓，第主出，见人死门外，大骇。守移时，微苏；扶入饵之，始言里居，即求资送。主人难之。二如皂言。主人惊绝，急雇骑送之归。偿之，不受。问其故，亦不言，别而去。

罢龙

胶州王侍御，出使琉球。舟行海中，忽自云际堕一巨龙，激水高数丈。龙半浮半沉，仰其首，以舟承颔，睛半含，嗒然若丧。阖舟大恐，停桡不敢少动。舟人曰："此天上行雨之疲龙也。"王悬敕于上，焚香共祝之。移时，悠然遂逝。舟方行，又一龙堕，如前状，日凡三四。又逾日，舟人命多备白米，戒曰："去清水潭不远矣。如有所见，但糁米于水，寂无哗。"俄至一处，水清澈底。下有群龙，五色，如盆如瓮，条条尽伏。有蜿蜒者，鳞鬣爪牙，历历可数。众神魂俱丧，闭息含眸，不惟不敢窥，并不能动。惟舟人握米自撒。久则见海波深黑，始有呻者。因问掷米之故，答曰："龙畏蛆，恐入其甲。白米类蛆，故龙见辄伏，舟行其上，可无害也。"

真　生

长安士人贾子龙，偶过邻巷，见一客风度洒如。问之则真生，咸阳僦寓者也，心慕之。明日，往投刺，适值其出。凡三谒，皆不遇。乃阴使人窥其在舍而后过之，真走避不出，贾搜之始出。促膝倾谈，大相知悦。贾就逆旅，遣僮行沽。真又善饮，能雅谑，乐甚。酒欲尽，真搜箧出饮器，玉卮无当，注杯酒其中，盎然已满。以小盏挹取入壶，并无少减。贾异之，坚求其术。真曰："我不愿相见者，君无他短，但贪心未净耳。此乃仙家隐术，何能相授。"贾曰："冤哉！我何贪。间萌奢想者，徒以贫耳。"一笑而散。由此往来无间，形骸尽忘。每值乏窘，真辄出黑石一块，吹咒其上，以磨瓦砾，立刻化为白金，便以赠生，仅足所用，未尝赢馀。贾每求益，真曰："我言君贪，如何，如何！"贾思明告必不可得，将乘其醉睡，窃石而要之。一日，饮既卧，贾潜起，搜诸衣底。真觉之，曰："子真丧心，不可处也！"遂辞别，移居而去。后年馀，贾游河干，见一石莹洁，绝类真生物。拾之，珍藏若宝。过数日，真忽至，欿然若有所失。贾慰问之。真曰："君前所见，乃仙人点金石也。曩从抱真子游，彼怜我介，以此相贻。醉后失去，隐卜当在君所。如有还带之恩，不敢忘报。"贾笑曰："仆生平不敢欺友朋，诚如所卜。但知管仲之贫者，莫如鲍叔，君且奈何？"真请以百金为赠。贾曰："百金非少，但授我口诀，一亲试之，无憾矣。"真恐其寡信。贾曰："君自仙人，岂不知贾某宁失信于朋友者乎！"真授其诀。贾顾砌石上有巨石，将试之。真掣其肘，不听前。贾乃俯掬半砖置砧上曰："若此者，非多耶？"真乃听之。贾不磨砖而磨砧，真变色欲与争，而砧已化为浑金。反石于真，真叹曰："业如此，复何言。然妄以福禄加人，必遭天谴。如逭我罪，施材百具、絮衣百领，肯之乎？"贾曰："仆所欲得钱者,原非欲窖藏之也。君尚视我为守钱虏耶?"真喜而去。贾得金,且施且贾。不三年,施数已满。真忽至,握手曰:"君信义人也!别后被福神奏帝,削去仙籍。蒙君博施,今幸以功德消罪。愿勉之,勿替也。"贾问真:"系天上何曹?"曰:"我乃有道之狐耳。出身綦微,不堪孽累,故生平自爱,一毫不敢妄作。"贾为设酒,遂与欢饮如初。贾至九十馀,狐犹时至其家。

长山某,卖解砒药,即垂危,灌之无不活。然秘其方,不传人。一日,以株连被逮。妻弟饷狱食,隐置砒霜。坐待食已,乃告之。不信。少顷,腹中溃动,始大惊,骂曰:"畜生!速向城中物色薜荔爪为末,清水一盏,将来!"妻弟如言。觅至,某已呕泻欲死,急服之,立刻而愈。其方始传。此亦犹狐之秘其石也。

布 商

布商某,至青州境,偶入废寺,见其院宇零落,叹悼不已。僧在侧曰:"如有善信,暂起山门,亦佛面之光。"客慨然自任。僧喜,邀入方丈,款待殷勤。僧又举内外殿阁,并请装修;客辞不能。僧固强之,词色悍怒。客惧,请倾囊倒装,悉以授僧。欲出,僧止之曰:"君竭资实非所愿,得毋甘心于我乎?不如先之。"遂持刀相向。客哀求切,不听;请自经,许之。逼置暗室,且迫促之。适有防海将军经寺外,遥自缺墙外望见一红裳女子入僧舍,疑之。下马入寺,遍搜不得。至暗室所,严扃双扉,僧不肯开,托有妖异。将军怒,斩关入,则见客缢梁上。救之,复苏,诘得其情。又械问僧女子所在,实为乌有,盖神佛现化也。杀僧,财物仍以归客。客重募修庙宇,从此香火大盛。赵孝廉丰原言之最悉。

彭 二 挣

禹城韩公甫言:"与邑人彭二挣并行于途,忽回首不见之,惟空蹇随行。但闻号救甚急,细听则在被囊中。近视囊内累然,虽偏重不得堕。欲出之，而囊口缝纫甚密，以刀断线，始见彭犬卧其中。出而问之，亦不自知其何以入。盖其家有狐为祟，乃狐之所为也。”

何　仙

长山王公子瑞亭，能以乩卜。乩神自称何仙，乃纯阳弟子，或云是吕祖所跨鹤云。每降，辄与人论文作诗。李太史质君师事之，丹黄课艺，理绪明切。太史揣摹成，何仙力居多焉，故文学士多皈依之。每为人决疑难事，多凭理，不甚言休咎。辛未，朱文宗案临济南，试后，诸友请决第等。何仙索试艺，悉月旦之。有乐陵李忭，乃好学深思之士，其相好友在座，出其文，代为之请。乩批云：“一等。”少间，又批云：“适评李生，据文为断。然此生运气大晦，应犯夏楚。异哉！文与数适不相符，岂文宗不论文耶？诸公少待，试往探之。”少顷，又书云：“适至提学署中，见文宗公事旁午，所焦虑者殊不在文也。一切置之幕客，客六七人，粟生、例监，都在其中，前生全无根气，大半饿鬼道中游魂，乞食于四方者也。曾在黑暗狱中八百年，损其目之精气，如人久在洞中，乍出则天地异色，无正明也。中有一二为人身所化者，阅卷分曹，恐不能适相值耳。”众问挽回之术，书云：“其术至实，人所共晓，何必问？”众会其意，以告李。李惧，以文质孙太史子未，且诉以兆。太史赞其文，为解其惑。李心益壮，乩语不复置怀。案发，竟居四等。太史大骇，取其文复阅之，殊无疵摘。评云：“石门公祖，素有文名，必不悠谬至此。此必幕中醉汉，不识句读者所为。”于是众益服何仙之神，共焚香祝谢之。乩又批云：“李生勿以暂时之屈，遂怀惭怍。当多写试卷，益暴之，明岁可得优等。”李如言布之。久而署中亦闻，悬牌特慰之。科试果列优等，其灵应如此。

异史氏曰：“幕中多此辈客，无怪京中丑妇巷内，至夕无闲床也。”

神　女

米生，闽人，偶入郡，饮醉过市，闻高门中有箫声。询知为开寿筵者，然门庭殊清寂。醉中雅爱笙歌，因就街头写晚生刺，封祝寿仪投焉。人问："君系此翁何亲？"米云："并非。"人又云："此流寓于此，不审何官，甚属骄倨。既非亲属，又将何求？"生悔之，而刺已投矣。未几，两少年出迎，华裳炫目，丰采都雅，揖生入。见一叟南向坐，东西列数筵，客六七人，皆似贵胄，见生至，俱起为礼，叟亦杖而起。生久立，待与周旋，叟殊不离席。两少年致词曰："家君衰迈，起拜良难，予兄弟代谢高贤之枉驾也。"生逊谢。遂增一筵于上，与叟接席。未几，女乐作于下。座后设琉璃屏，以幛内眷。鼓吹大作，座客无哗。筵将终，两少年起，各以巨杯劝客，杯可容三斗，生有难色，然见客受，亦受。顷刻四顾，主客尽釂，生不得已，亦强尽之。少年复斟，生觉惫甚，起而告退。少年强挽其裾。生大醉逖地，但觉有人以冷水洒面，恍然若寤。起视，宾客尽散，惟一少年捉臂送之，遂别而归。后再过其门，则已迁去矣。自郡归，偶适市，一人自肆中出，招之饮，并不识。姑从之入，则座上先有里人鲍庄在焉。问其人，乃诸姓，市中磨镜者也。问："何相识？"曰："前日上寿者，君识之否？"生曰："不识。"诸曰："予出入其门最稔。翁，傅姓，不知其何籍、何官。先生上寿时，我方在墀下，故识之也。"日暮，饮散。鲍庄夜死于途。鲍父不识诸，执名讼生。检得鲍庄体有重伤，生以谋杀论死，备历械梏，以诸未获，罪无申证，禁系之。年馀，直指巡方，廉知其冤，释之。家中田产荡尽，衣巾革褫，冀可开复，于是携囊入郡。日将暮，休憩路侧。遥见小车来，二青衣夹随之。既过，忽命停舆。车中命一青衣问生："君非米姓乎？"生曰："诺。"问："何贫窭若此？"生告以故。问："安往？"又告之。青衣向车中语，复返，请生至车前。车中以纤手搴帘，微睨之，乃绝代佳人也。谓生曰："君不幸得无妄之祸，甚为太息。今日学使署非白手可以出入者，途中无可为赠，……"乃于髻上摘珠花一朵，授生曰："此物可鬻百金，请缄藏之。"生下拜，欲问官阀，车发已远，不解何人。执花悬想，上缀明珠，非凡物也，珍藏而行。至郡，投状，上下勒索甚苦，生又不忍货花，遂归依于兄嫂。幸兄贤，为之经纪，贫不废读。过岁，赴郡应试，误入深山。时值清明，游人甚众。有数女骑来，内一女郎，即向年车中人也。见生停骖，问："何往？"生具对。女惊曰："君衣顶尚未复耶?”生惨然出珠花,曰:“不忍弃此,故未复也。”女郎晕红上颊,嘱云:“且坐待路隅。”款段而去。久之,一婢驰马来,以裹物授生,曰:“娘子说:如今学使之门如市,赠白金二百,为进取之资。”生辞曰:“娘子惠我多矣！自分掇芹不难,重赐所不敢受。但告以姓名,绘一小像,焚香供之,足矣。”婢不顾,委金于地,上马而去。生得金,终不屑夤缘。旋入邑庠第一。乃以金授兄,兄善行运,三年旧业尽复。适有巡抚于闽者,乃生祖门人,优恤甚厚。然生素清鲠,虽属通家,不肯少有干谒。一日,有客裘马至门,家人不识。生出视,则傅公子也。揖入,各道间阔。治具相款,肴酒既陈,公子起而请间。相将入内,公子拜伏于地。生惊问故,则怆然曰:“家君适罹大祸,欲有求于抚台,非兄不可。”生力辞曰:“渠虽世谊,而以私干人,生平从不为也。”公子伏地哀泣。生厉色曰:“小生与公子,一饮之知交耳,何遂以丧节强人!”公子大惭,起而别去。越日,方独坐,有青衣人入,视之,即山中赠金者。生方惊起,青衣曰:“君忘珠花耶?”生曰:“不敢忘。”曰:“昨公子,即娘子胞兄也。”生闻之,窃喜,伪曰:“此难相信。若得娘子亲见一言,则油鼎可蹈耳。不然,不敢奉命。”青衣乃驰马去。更半复返,扣扉入曰:“娘子来矣。”言未几,女郎惨然入,向壁而哭,不出一语。生拜曰:“小生非娘子,无以有今日。但有驱策,敢不惟命!”女曰:“受人求者常骄人,求人者常畏人。中夜奔波,生平何解此苦,只以畏人故耳,亦复何言!”生慰之曰:“小生所以不遽诺者,恐过此一见为难耳。使卿夙夜蒙露,吾知罪矣!”因挽其袪,隐抑搔之。女怒曰:“子诚敝人也！不念畴昔之义,而欲乘人之厄。予过矣！予过矣!”忿然而出,登车欲去。生追出谢过,长跪而要遮之。青衣亦为缓颊。女意稍解,就车中谓生曰:“实告君:妾非人,乃神女也。家君为南岳都理司,偶失礼于地官,将达帝庭,非本地都人官印信,不可解也。君如不忘旧义,以黄纸一幅,为妾求之。”言已,车发遂去。生归,悚惧不已。乃假驱祟,言于巡抚。巡抚以事近巫蛊,不许。生以厚金赂其心腹,诺之,而未得其便。及归,青衣候门,生具告之,默然遂去,意似怨其不忠。生追送之曰:“归告娘子:如事不谐,我以身命殉之!”归而终夜思维,计无所出。适院署有宠妾购珠,生乃以珠花献之。姬大悦,窃印为生嵌之。怀归，青衣适至。笑曰：“幸不辱命。但数年来贫贱乞食所不忍鬻者，今仍为主人弃之矣！”因告以情。且曰：“黄金抛置，我都不惜。寄语娘子，珠花须要偿也。”逾数日，傅公子登堂申谢，纳黄金百两。生作色曰：“所以然者，为令妹之惠我无私耳。不然，即万金岂足以易名节哉！”再强之，生色益厉。公子惭退，曰：“此事殊未了！”翼日，青衣奉女郎命，进明珠百颗，曰：“此足以偿珠花耶？”生曰：“重花者，非贵珠也。设当日赠我万镒之宝，直须卖作富家翁耳，什袭而甘贫贱，何为乎？娘子神人，小生何敢他望，幸得报洪恩于万一，死无憾矣！”青衣置珠案间，生朝拜而后却之。越数日，公子又至。生命治酒。公子使从人入厨下，自行烹调，相对纵饮，欢若一家。有客馈苦糯，公子饮而美，引尽百盏，面颊微赪。乃谓生曰：“君贞介士，愚兄弟不能早知君，有愧裙钗多矣。家君感大德，无以相报，欲以妹子附为婚姻，恐以幽明见嫌也。”生喜出非常，不知所对。公子辞出，曰：“明夜七月初九，新月钩辰，天孙有少女下嫁，吉期也，可备青庐。”次夕，果送女郎至，一切无异常人。三日后，女自兄嫂以及仆妇，皆有馈赏。又最贤，事嫂如姑。数年不育，劝纳妾，生不肯。适兄贾于江淮，为买少姬而归。姬，姓顾，小字博士，貌亦清婉，夫妇皆喜。见髻上插珠花，酷似当年故物，摘视，果然。异而诘之，答云：“昔有巡抚爱妾死，其婢盗出鬻于市，先人廉其值，买归。妾爱之。先父止生妾，故与妾。后父死家落，妾寄养于顾媪家。顾，妾姨行，见珠，屡欲售去，妾死不肯，故得存也。”夫妇叹曰：“十年之物，复归故主，岂非数哉。”女另出珠花一朵，曰：“此物久无偶矣！”因并赐之，亲为簪于髻上。姬退，问女郎家世甚悉，家人皆讳言之。阴语生曰：“妾视娘子，非人间人也，其眉目间有神气。昨簪花时得近视，其美丽出于肌里，非若凡人以黑白位置中见长耳。”生笑之。姬曰：“君勿言，妾将试之。如其神，但有所须，无人处焚香以求，彼当自知。”女郎绣袜精工，博士爱之，而未敢言，乃即闺中焚香祝之。女早起，忽检箧中，出袜，遣婢赠博士。生见而笑。女问故，以实告。女曰：“黠哉婢乎！”因其慧，益怜爱之。然博士益恭，昧爽时，必薰沐以朝。后博士一举两男，两人分字之。生年八十，女貌犹如处子。生病，女置材，倍加宽大。及死，女不哭，男女他适,女已入材中死矣。因合葬之。至今传为"大材冢"云。

异史氏曰:"女则神矣,博士而能知之,是遵何术欤?乃知人之慧,固有灵于神者矣!"

湘　　裙

晏仲,陕西延安人。与兄伯同居,友爱敦笃。伯三十而卒,无嗣,嫂亦继亡。仲痛悼之,每思生二子,则以一继兄后。甫举一男,而仲妻又死。仲恐继娶不贤,将购一妾。邻村有货婢者,仲往相之,略不称意,被友人留酌醉归。途中遇故窗友梁生,邀至其家。竟忘其已死,随之而去。入其门,并非旧第,问之,曰:"新移于此。"入谋酒,又告竭,嘱仲坐待,挈瓶往沽。仲出立门外俟之。忽见一妇人控驴而过,有八九岁童子随之,其面目神色,绝类其兄。心恻然动,急委缀之,便问:"童子何姓?"童曰:"姓晏。"仲惊,又问其父名。曰:"不知。"叙问间,已至其家,妇人下驴入。仲执童子曰:"汝父在家否?"童入问。少顷,一媪出窥,则其嫂也。讶叔何来。仲大悲,随入。见庐落整顿,问:"兄何在?"嫂曰:"责负未归。"问:"骑驴者何人?"曰:"此汝兄妾甘氏,生两男矣。长阿大,赴市未返;汝所见者阿小。"坐久,酒渐醒,始悟所见皆鬼。然以兄弟情切,亦不甚惧。嫂治酒饭。仲急欲见兄,促阿小觅之。良久,哭而归云:"李家负欠不还,反与父闹。"仲闻之,与阿小奔去,见两人方捽兄地上。仲怒,奋拳直入,人尽踣。急救兄起,敌已俱奔。追捉一人,捶楚无算,始起。执兄手,顿足哀泣,兄亦泣。既归,举家慰问,乃具酒食,兄弟相庆。忽一少年入,年约十六七。伯呼阿大,令拜叔。仲挽之,哭向兄曰:"大哥地下有两子,而坟墓不扫,弟又无妻子,奈何?"伯亦凄恻。嫂曰:"遣阿小从叔去,亦得。"阿小闻言,依叔肘下,眷恋不去。仲抚之,问:"汝乐从否?"答云:"乐从。"仲念鬼虽非人,慰情亦胜无也,因为解颜。伯曰:"从去,但勿娇惯,宜啖以血肉,驱向日中曝之,午过乃已。六七岁儿,历春及夏,骨肉更生,可以娶妻育子,但恐不寿耳。"言间,有少女在门外窥听,意致温婉。仲疑为兄女,因问兄。兄曰:"此名湘裙,吾妾妹也。孤而无归,寄食十年矣。”问:“已字否?”伯曰:“尚未。近有媒议东村田家。”女在窗外小语曰:“我不嫁田家牧牛子。”仲颇心动,未便明言。既而伯起,设榻于斋,止弟宿。仲本不欲留,意恋湘裙,将探兄意,遂别兄就寝。时方初春,天气尚寒,斋中夙无烟火,森然冷坐。思得小饮,俄见阿小推扉入,以杯羹斗酒置案上。仲问:“谁为?”答曰:“湘姨。”酒将尽,又以灰覆盆火,置床下。仲问:“爹娘睡乎?”曰:“睡已久矣。”“汝寝何所?”曰:“与湘姨同榻耳。”阿小俟叔眠,乃掩门去。仲念湘裙慧而解意,愈爱慕之,且能抚阿小,欲得之心更坚,辗转终夜。早起,告兄曰:“弟孑然无偶,愿大哥留意。”伯曰:“吾家非一瓢一担者,物色当自有人。地下即有佳丽,恐于弟无所利益。”仲曰:“古人亦有鬼妻,何害?”伯会意,曰:“湘裙亦佳。但以巨针刺人迎,血出不止者,便可为生人妻,何得草草。”仲曰:“得湘裙抚阿小,亦得。”伯但摇首。仲求不已,嫂曰:“试捉湘裙强刺验之,不可乃已。”遂握针出门外,遇湘裙,急捉其腕,则血痕犹湿。盖闻伯言时,已自试之矣。嫂释手而笑,反告伯曰:“渠作有意乔才久矣,尚为之代虑耶?”妾闻之怒,趋近湘裙,以指刺眶而骂曰:“淫婢不羞!欲从阿叔奔走耶?我定不如其愿!”湘裙愧愤,哭欲觅死,举家腾沸。仲乃大惭,别兄嫂,率阿小而出。兄曰:“弟姑去,阿小勿使复来,恐损其生气也。”仲曰:“诺。”既归,伪增其年,托言兄卖婢之遗腹子。众以其貌酷肖,亦信为伯遗体。仲教之读,辄遣抱书就日中诵之。初以为苦,久而渐安。六月中,几案灼人,而儿戏且读,殊无少怨。儿甚慧,日尽半卷,夜与叔抵足,恒背诵之。叔甚慰。又以不忘湘裙,故不复作“燕楼”想矣。一日,双媒来为阿小议姻,中馈无人,心甚躁急。忽甘嫂自外入曰:“阿叔勿怪,吾送湘裙至矣。缘婢子不识羞,我故挫辱之。叔如此表表,而不相从,更欲从何人者?”见湘裙立其后,心甚欢悦。肃嫂坐,具述有客在堂,乃趋出。少间复入,则甘氏已去。湘裙卸妆入厨下,刀砧盈耳矣。俄而肴胾罗列,烹饪得宜。客去,仲入,见湘裙凝妆坐室中,遂与交拜成礼。至晚,女仍欲与阿小共宿。仲曰:“我欲以阳气温之,不可离也。”因置女别室,惟晚间杯酒一往欢会而已。湘裙抚前子如己出,仲益贤之。一夕,夫妻款洽,仲戏问:“阴世有佳人否?”女思良久,答曰:“未见。惟邻女葳灵仙，群以为美，顾貌亦犹人，要善修饰耳。与妾往还最久，心中窃鄙其荡也。如欲见之，顷刻可致。但此等人，未可招惹。”仲急欲一见。女把笔似欲作书，既而掷管曰：“不可，不可！”强之再四，乃曰：“勿为所惑。”仲诺之。遂裂纸作数画若符，于门外焚之。少时，帘动钩鸣，吃吃作笑声。女起曳入，高髻云翘，殆类画图。扶坐床头，酌酒相叙间阔。初见仲，犹以红袖掩口，不甚纵谈。数盏后，嬉狎无忌，渐伸一足压仲衣。仲心迷乱，魄荡魂飞。目前唯碍湘裙，湘裙又故防之，顷刻不离于侧。葳灵仙忽起，搴帘而出，湘裙从之，仲亦从之。葳灵仙握仲，趋入他室。湘裙甚恨，然亦无可如何，愤愤归室，听其所为而已。既而仲入，湘裙责之曰：“不听我言，后恐却之不得耳。”仲疑其妒，不乐而散。次夕，葳灵仙不召自来。湘裙甚厌见之，傲不为礼，仙竟与仲相将而去。如此数夕。女望其来，则诟辱之，而亦不能却也。月馀，仲病不能起，始大悔，唤湘裙与共寝处，冀可避之。昼夜之防稍懈，则人鬼已在阳台。湘裙操杖逐之，鬼忿与争，湘裙荏弱，手足皆为所伤。仲浸以沉困。湘裙泣曰：“吾何以见吾姊乎！”又数日，仲冥然遂死。初见二隶执牒入，不觉从去。至途患无资斧，邀隶便道过兄所。兄见之，惊骇失色，问：“弟近何作？”仲曰：“无他，但有鬼病耳。”实告之。兄曰：“是矣。”乃出白金一裹，谓隶曰：“姑笑纳之。吾弟罪不应死，请释归，我使豚子从去，或无不谐。”便唤阿大陪隶饮。返身入家，便告以故。乃令甘氏隔壁唤葳灵仙。俄至，见仲欲遁。伯揪返骂曰：“淫婢！生为荡妇，死为贱鬼，不齿群众久矣，又祟吾弟耶！”立批之，云鬓蓬飞，妖容顿减。久之，一妪来，伏地哀恳。伯又责妪纵女宣淫，呵詈移时，始令与女俱去。伯乃送仲出，飘忽间已抵家门，直至卧室，豁然若寤，始知适间之已死也。伯责湘裙曰：“我与若姊，谓汝贤能，故使从吾弟，反欲促吾弟死耶！设非名分之嫌，便当挞楚！”湘裙惭惧啜泣，望伯伏谢。伯顾阿小喜曰：“儿居然生人矣！”湘裙欲出作黍，伯曰：“弟事未办，我不遑暇。”阿小年十三，渐知恋父，见父出，零涕从之。伯曰：“从叔最乐，我行复来耳。”转身遂逝，从此不复相闻问矣。后阿小娶妇，生一子，亦三十而卒。仲抚其孤，如侄生时。仲年八十，其子二十余矣，乃析之。湘裙无出。一日，谓仲曰：“我先驱狐狸于地下可乎?"盛妆上床而殁。仲亦不哀,半年亦殁。

异史氏曰:"天下之友爱如仲,几人哉!宜其不死而益之以年也。阳绝阴嗣,此皆不忍死兄之诚心所格。在人无此理,在天宁有此数乎?地下生子,愿承前业者,想亦不少。恐承绝产之贤兄贤弟,不肯收恤耳!"

三　生

湖南某,能记前生三世。一世为令尹,闱场入帘。有名士兴于唐被黜落,愤懑而卒,至阴司执卷讼之。此状一投,其同病死者以千万计,推兴为首,聚散成群。某被摄去对质。阎王问曰:"尔既衡文,何得黜佳士而进凡庸?"某辨曰:"上有总裁,某不过奉行之耳。"阎罗即发一签,往拘主司。勾至,阎罗即述某言。主司曰:"某不过总其大成,虽有佳章,而房官不荐,吾何由见之?"阎罗曰:"此不得相诿,其失一也,例合笞。"方将施刑,兴不满志,戛然大号,两墀诸鬼,万声鸣和。阎罗问故,兴抗言曰:"笞罪太轻,是必掘其双睛,以为不识文字之报。"阎罗不肯,众呼益厉。阎罗曰:"彼非不欲得佳文,特其所见鄙耳。"众又请剖其心。阎罗不得已,使人褫去袍服,以白刃劙胸,两人沥血鸣嘶。众始大快,皆曰:"吾辈抑郁泉下,未有能一伸此气者;今得兴先生,怨气都消矣。"哄然而散。某受剖已,押投陕西为庶人子。年二十馀,值土寇大作,陷入盗中。有兵巡道往平贼,俘掳其众,某亦在中。心犹自揣非贼,冀可辨释。及见堂上官,亦年二十馀,细视,则兴也。惊曰:"吾合休矣!"既而俘者尽释,惟某后至,不容置辨,立斩之。某至阴司讼兴。阎罗不即拘,待其禄尽。迟之三十年,兴方至,面质之。兴以草菅人命,罚作畜。稽某所为,曾挞其父母,其罪维均。某恐后世再报,请为大畜。阎罗判为大犬,兴为小犬。某生于顺天府市肆中。一日,卧街头,适有客自南携金毛犬来,大如狸。某视之,兴也。心易其小,龁之。小犬咬其喉下,系缀如铃。大犬摆扑嗥窜,市人解之不得。两犬俱毙,并至阴司,互有争论。阎罗曰:"冤冤相报,何时可已?今为若解之。"乃判兴来世为某婿。某生庆云,二十八举于乡。生一女，娴静娟好，世族争委禽焉。皆不许。过临郡，值学使发落诸生，其第一卷李生，即兴也。遂挽至旅舍，优待之。问其家，适无偶，遂订姻好。人皆谓怜才，不知其有夙因也。及完娶，相得甚欢。然婿恃才辄侮翁，恒隔岁不一至其门。翁亦耐之。后婿中岁淹蹇，苦不得售，翁为百计营谋，始得连捷。从此和好如父子焉。

异史氏曰："一被黜而三世不解，怨毒之甚至此哉！阎罗之调停固善，然墀下千万众，如此纷纷，毋亦天下之爱婿，皆冥中之悲鸣号动者耶？"

长　亭

石太璞，泰山人，好厌禳之术。有道士遇之，喜其慧，纳为弟子。启牙签，出二卷，上卷驱狐，下卷驱鬼，乃以下卷授之曰："虔奉此书，衣食佳丽皆有之。"问其姓名，曰："吾汴城北村玄帝观王赤城也。"留数日，尽传其诀。石由此精于符箓，委贽者接踵于门。一日，有叟来，自称翁姓，炫陈币帛，谓其女鬼病已殆，必求亲诣。石闻病危，辞不受贽，姑与俱往。十馀里入山村，至其家，廊舍华好。入室，见少女卧縠幛中，婢以钩挂帐。望之年十四五许，支缀于床，形容已槁。近临之，忽开目云："良医至矣。"举家皆喜，谓其不语已数日矣。石乃出，因诘病状。叟曰："白昼见少年来，与共寝处，捉之已杳。少间复至，意其为鬼。"石曰："其鬼也，驱之不难。恐其是狐，则非余所敢知矣。"叟曰："必非必非。"石授以符，是夕宿于其家。夜分，有少年入，衣冠整肃。石疑是主人眷属，起而问之。曰："我鬼也。翁家尽狐。偶悦其女红亭，姑止焉。鬼为狐祟，阴骘无伤，君何必离人之缘而护之也？女之姊长亭，光艳尤绝。敬留全璧，以待高贤。彼如许字，方可为之施治。尔时我当自去。"石诺之。是夜，少年不复至，女顿醒。天明，叟喜告石，请石入视。石焚旧符，坐诊之。见绣幕有女郎，丽如天人，心知其长亭也。诊已，索水洒幛。女郎急以碗水付之，蹀躞之间，意动神流。石生此际，心殊不在鬼矣。出辞叟，托制药去，数日不返。鬼益肆，除长亭外，子妇婢女，俱被淫惑。又以仆马招石，石托疾不赴。明日，叟自至。石故作病股状，扶杖而出。叟问故，曰："此鳏之难也！曩夜婢子登榻，倾跌，堕汤夫人泡两足耳。"叟问："何久不续？"石曰："恨不得清门如翁者。"叟默而出。石送嘱曰："病瘥当自至，无烦玉趾也。"又数日，叟复来，石跛而见之。叟慰问曰："顷与荆人言，君如驱鬼去，使举家安枕，小女长亭，年十七矣，愿遣奉事君子。"石喜，顿首于地。乃曰："雅意若此，病躯何敢复爱。"立刻出门，并骑而去。入视祟者既毕，石恐负约，请与媪盟。媪出曰："先生何见疑也？"随拔长亭所插金簪，授石为信。石喜拜受，乃遍集家人，悉为祓除。惟长亭深匿不出；遂写一佩符，使持赠之。是夜寂然，惟红亭呻吟未已，投以法水，所患若失。石起辞，叟挽留殷恳。至晚，肴核罗列，劝酬殊切。漏二下，主人辞去。石方就枕，闻叩扉甚急；起视，则长亭掩入，仓皇告曰："吾家欲以白刃相仇，可急走！"言已，径返身去。石战惧失色，越垣急窜。遥见火光，疾奔而往，则里人夜猎者也。喜，待猎已，从与俱归。心怀怨愤，无路可伸，欲往汴城寻师治之。奈家有老父，病废在床，日夜筹思，进退莫决。忽一日，双舆至门，则翁媪送长亭至，谓石曰："曩夜之归，胡再不谋？"石见长亭，怨恨都消，故隐不发。媪促两人庭拜讫。石欲设筵，媪曰："我非闲人，不能坐享甘旨。我家老子昏髦，倘有不悉，郎肯为长亭一念老身，为幸多矣。"登车遂去。盖杀婿之谋，媪不与闻；及追之不得而返，媪始知之。心不能平，与叟日相诟谇。长亭亦涕泣不食。媪强送女来，非翁意也。长亭入门，诘之，始知其故。过两三月，翁家取女归宁。石料其不返，禁止之。女自此时一涕零。年馀，生一子，名慧儿，雇乳媪哺之。儿好啼，夜必归母。一日，翁家又以舆来，言媪思女甚。长亭益悲，石不忍复留之。欲抱子去，石不可，长亭乃自归。别时，以一月为期，既而半载无耗。遣人往探之，则向所僦宅久空。又二年馀，望想都绝，而儿啼终夜，寸心如割。既而父又病卒，倍益哀伤，因而病惫，苫次弥留，不能受吊。方昏愦间，忽闻妇人哭入。视之，则缞绖者长亭也。石大悲，一恸遂绝。婢惊呼，女始啜泣，抚之良久，渐苏。曰："我疑已死，与汝相聚于冥中。"女曰："非也。妾不孝，不得严父心，尼归三载，诚所负心。适家人由东海过此，得翁凶信。妾遵严命而绝儿女之情，不敢循乱命而失翁媪之礼。妾来时，母知而父不知也。”言间，儿投怀中。言已，始抚而泣曰：“我有父，儿无母矣！”儿亦噭啕，一室掩泣。女起，经理家政，柩前牲盛洁备，石乃大慰。然病久，急切不能起。女乃请石外兄款洽吊唁。丧既闭，石始能杖而起，相与营谋殡葬。葬已，女欲辞归，以受背父之谴。夫挽儿号，隐忍而止。未几，有人来言母病，乃谓石曰：“妾为君父来，君不为妾母放令归耶？”石许之。女使乳媪抱儿他适，涕洟出门而去。去后，数年不返。石父子渐亦忘之。一日，昧爽启扉，则长亭飘入。石方骇问，女戚然坐榻上，叹曰：“生长闺阁，视一里为遥；今一日夜而奔千里，殆矣！”细诘之，女欲言复止。固诘之，乃哭曰：“今为君言，恐妾之所悲，而君之所快也。迩年徙居晋界，僦居赵缙绅之第。主客交最善，以红亭妻其公子。公子数逋荡，家庭颇不相安。妹归告父；父留之，半年不令还。公子忿恨，不知何处聘一恶人来，遣神绾锁，缚老父去。一门大骇，顷刻四散矣。”石闻之，笑不自禁。女怒曰：“彼虽不仁，妾之父也。妾与君琴瑟数年，止有相好而无相尤。今日人亡家败，百口流离，即不为父伤，宁不为妾吊乎！闻之忭舞，更无片语相慰藉，何不义也！”拂袖而出。石追谢之，亦已渺矣。怅然自悔，拚已决绝。过二三日，媪与女俱来，石喜慰问。母女俱伏。惊问其故，又俱哭。女曰：“妾负气而去，今不能自坚，又要求人复何颜面！”石曰：“岳固非人，母之惠，卿之情，所不敢忘。然闻祸而乐，亦犹人情，卿何不能暂忍？”女曰：“顷于途中遇母，始知絷吾父者，乃君师也。”石曰：“果尔，亦大易。然翁不归，则卿之父子离散；恐翁归，则卿之夫泣儿悲也。”媪矢以自明，女亦誓以相报。石乃即刻治任如汴，询至玄帝观，则赤城归未久。入而参拜，师问：“何来？”石视厨下一老狐，孔前股而系之，笑曰：“弟子之来，为此老魅。”赤城诘之，曰：“是吾岳也。”因以实告。道士谓其狡诈，不肯轻释。固请，始许之。石因备述其诈，狐闻之，塞身入灶，似有惭状。道士笑曰：“彼羞恶之心，未尽亡也。”石起，牵之而出，以刀断索抽之。狐痛极，齿龈龈然。石不遽抽，而顿挫之，笑问之曰：“翁痛乎？勿抽可耶？”狐睛睒闪，似有愠色。既释，摇尾出观而去。石辞归。三日前，已有人报叟信，媪先去，留女待石。石至，女逆而伏。石挽之曰：

"卿如不忘琴瑟之情,不在感激也。"女曰:"今复还故居矣,村舍邻迩,音问可以不梗。妾欲归省,三日可旋。君信之否?"曰:"儿生而无母,未便殇折。我日日鳏居,习已成惯。今不似赵公子,而反德报之,所以为卿者尽矣。如其不还,在卿为负义,道里虽近,当亦不复过问,何不信之与有?"女去,二日即返。问:"何速?"曰:"父以君在汴曾相戏弄,未能忘怀,言之絮叨,妾不欲复闻,故早来也。"自此闺中之往来无间,而翁婿间尚不通吊庆云。

异史氏曰:"狐情反复,谲诈已甚。悔婚之事,两女而一辙,诡可知矣。然要而婚之,是启其悔者犹在初也。且婿既爱女而救其父,止宜置昔怨而仁化之,乃复狎弄于危急之中,何怪其没齿不忘也!天下之有冰玉而不相能者,类如此。"

席 方 平

席方平,东安人。其父名廉,性戆拙。因与里中羊富室有郤,羊先死。数年,廉病垂危,谓人曰:"羊某今贿嘱冥使搒我矣。"俄而身赤肿,号呼遂死。席惨怛不食,曰:"我父朴讷,今见凌于强鬼;我将赴冥,代伸冤气矣。"自此不复言,时坐时立,状类痴,盖魂已离舍。席觉初出门,莫知所往,但见路有行人,便问城邑。少选,入城。其父已收狱中。至狱门,遥见父卧檐下,似甚狼狈。举目见子,潸然流涕,曰:"狱吏悉受赇嘱,日夜搒掠,胫股摧残甚矣!"席怒,大骂狱吏:"父如有罪,自有王章,岂汝等死魅所能操耶!"遂出,写状。趁城隍早衙,喊冤投之。羊惧,内外贿通,始出质理。城隍以所告无据,颇不直席。席愤气无伸,冥行百馀里,至郡,以官役私状,告诸郡司。迟至半月,始得质理。郡司扑席,仍批城隍赴案。席至邑,备受械梏,惨冤不能自舒。城隍恐其再讼,遣役押送归家。役至门辞去。席不肯入,遁赴冥府,诉郡邑之酷贪。冥王立拘质对。二官密遣腹心与席关说,许以千金。席不听。过数日,逆旅主人告曰:"君负气已甚,官府求和而执不从,今闻于王前各有函进,恐殆矣。"席犹未信。俄有皂衣人唤入。升堂,见冥王有怒色,不容置词,命笞二十。席厉声问:"小人何罪?"冥王漠若不闻。席受笞，喊曰："受笞允当，谁教我无钱也！"冥王益怒，命置火床。两鬼捽席下，见东墀有铁床，炽火其下，床面通赤。鬼脱席衣，掬置其上，反复揉捺之。痛极，骨肉焦黑，苦不得死。约一时许，鬼曰："可矣。"遂扶起，促使下床着衣，犹幸跛而能行。复至堂上，冥王问："敢再讼乎？"席曰："大冤未伸，寸心不死，若言不讼，是欺王也。必讼！"王曰："讼何词？"席曰："身所受者，皆言之耳。"冥王又怒，命以锯解其体。二鬼拉去，见立木高八九尺许，有木板二，仰置其上，上下凝血模糊。方将就缚，忽堂上大呼"席某"，二鬼即复押回。冥王又问："尚敢讼否？"答曰："必讼！"冥王命捉去速解。既下，鬼乃以二板夹席，缚木上。锯方下，觉顶脑渐辟，痛不可忍，顾亦忍而不号。闻鬼曰："壮哉此汉！"锯隆隆然寻至胸下。又闻一鬼云："此人大孝无辜，锯令稍偏，勿损其心。"遂觉锯锋曲折而下，其痛倍苦。俄顷，半身辟矣。板解，两身俱仆。鬼上堂大声以报。堂上传呼，令合身来见。二鬼即推令复合，曳使行。席觉锯缝一道，痛欲复裂，半步而踣。一鬼于腰间出丝带一条授之，曰："赠此以报汝孝。"受而束之，一身顿健，殊无少苦。遂升堂而伏。冥王复问如前；席恐再罹酷毒，便答："不讼矣。"冥王立命送还阳界。隶率出北门，指示归途，反身遂去。席念阴曹之昧暗尤甚于阳间，奈无路可达帝听。世传灌口二郎为帝勋戚，其神聪明正直，诉之当有灵异。窃喜二隶已去，遂转身南向。奔驰间，有二人追至，曰："王疑汝不归，今果然矣。"捽回复见冥王。窃疑冥王益怒，祸必更惨；而王殊无厉容，谓席曰："汝志诚孝。但汝父冤，我已为若雪之矣。今已往生富贵家，何用汝鸣呼为。今送汝归，予以千金之产、期颐之寿，于愿足乎？"乃注籍中，嵌以巨印，使亲视之。席谢而下。鬼与俱出，至途，驱而骂曰："奸猾贼！频频反复，使人奔波欲死！再犯，当捉入大磨中，细细研之！"席张目叱曰："鬼子胡为者！我性耐刀锯，不耐挞楚。请反见王，王如令我自归，亦复何劳相送。"乃返奔。二鬼惧，温语劝回。席故蹇缓，行数步，辄憩路侧。鬼含怒不敢复言。约半日，至一村，一门半开，鬼引与共坐。席便据门阈，二鬼乘其不备，推入门中。惊定自视，身已生为婴儿。愤啼不乳，三日遂殇。魂摇摇不忘灌口，约奔数十里，忽见羽葆来，旛戟横路。越道避之,因犯卤簿,为前马所执,絷送车前。仰见车中一少年,丰仪瑰玮。问席:“何人?”席冤愤正无所出,且意是必巨官,或当能作威福,因缅诉毒痛。车中人命释其缚,使随车行。俄至一处,官府十馀员,迎谒道左,车中人各有问讯。已而指席谓一官曰:“此下方人,正欲往诉,宜即为之剖决。”席询之从者,始知车中即上帝殿下九王,所嘱即二郎也。席视二郎,修躯多髯,不类世间所传。九王既去,席从二郎至一官廨,则其父与羊姓并衙隶俱在。少顷,槛车中有囚人出,则冥王及郡司,城隍也。当堂对勘,席所言皆不妄。三官战栗,状若伏鼠。二郎援笔立判。顷刻,传下判语,令案中人共视之。判云:“勘得冥王者:职膺王爵,身受帝恩。自应贞洁以率臣僚,不当贪墨以速官谤。而乃繁缨棨戟,徒夸品秩之尊;羊狠狼贪,竟玷人臣之节。斧敲斫,斫入木,妇子之皮骨皆空;鲸吞鱼,鱼食虾,蝼蚁之微生可悯。当掬西江之水,为尔湔肠;即烧东壁之床,请君入瓮。城隍、郡司,为小民父母之官,司上帝牛羊之牧。虽则职居下列,而尽瘁者不辞折腰,即或势逼大僚,而有志者亦应强项。乃上下其鹰鸷之手,既罔念夫民贫,且飞扬其狙狯之奸,更不嫌乎鬼瘦。惟受赃而枉法,真人面而兽心!是宜剔髓伐毛,暂罚冥死;所当脱皮换革,仍令胎生。隶役者:既在鬼曹,便非人类。只宜公门修行,庶还落蓐之身;何得苦海生波,益造弥天之孽?飞扬跋扈,狗脸生六月之霜;隳突叫号,虎威断九衢之路。肆淫威于冥界,咸知狱吏为尊;助酷虐于昏官,共以屠伯是惧。当以法场之内,剁其四肢;更向汤镬之中,捞其筋骨。羊某,富而不仁,狡而多诈。金光盖地,因使阎摩殿上尽是阴霾;铜臭熏天,遂教枉死城中全无日月。馀腥犹能役鬼,大力直可通神。宜籍羊氏之家,以偿席生之孝。即押赴东岳施行。”又谓席廉:“念汝子孝义,汝性良懦,可再赐阳寿三纪。”使两人送之归里。席乃抄其判词,途中父子共读之。至家,席先苏;令家人启棺视父,僵尸犹冰,俟之终日,渐温而活。又索抄词,则已无矣。自此,家道日丰,三年良沃遍野。而羊氏子孙微矣,楼阁田产,尽为席有。即有置其田者,必梦神人叱之曰:“此席家物,汝乌得有之!”初未深信。既而种作,则终年升斗无所获,于是复鬻于席。席父九十馀岁而卒。

异史氏曰："人人言净土，而不知生死隔世，意念都迷，且不知其所以来，又乌知其所以去；而况死而又死，生而复生者乎？忠孝志定，万劫不移，异哉席生，何其伟也！"

素　秋

俞慎，字谨庵，顺天旧家子。赴试入都，舍于郊郭。时见对户一少年，美如冠玉。心好之，渐近与语，风雅尤绝。大悦，捉臂邀至寓所，相与款宴。问其姓氏，则金陵俞士忱也，字恂九。公子闻与同姓，更加浃洽，订为昆仲，少年遂减名字为忱。明日，过其家，书舍光洁；然门庭踧落，更无厮仆。引公子入内，呼妹出拜，年约十三四，肌肤莹澈，粉玉无其白也。少顷，托茗献客，家中似无臧获。公子异之，数语遂出。自后友爱如胞。恂九无日不来，或留共宿，则以弱妹无伴为辞。公子曰："吾弟流寓千里，曾无应门之僮，兄妹纤弱，何以为生？计不如从我去，有斗舍可共栖止，如何？"恂九喜，约以场后。试毕，恂九邀公子去，曰："中秋月明如昼，妹子素秋，具有蔬酒，勿违其意。"竟挽入内。素秋出，略道温凉，便入复室，下帘治具。少间，自出行炙。公子起曰："妹子奔波，情何以忍！"素秋笑入。顷之，搴帘出，则一青衣婢捧壶，又一媪托柈进烹鱼。公子讶曰："此辈何来？不早从事，而烦妹子？"恂九微笑曰："妹子又弄怪矣。"但闻帘内吃吃作笑声，公子不解其故。既而筵终，婢媪撤器，公子适嗽，误咳婢衣。婢随唾而倒，碎碗流炙。视婢，则帛剪小人，仅四寸许。恂九大笑。素秋笑出，拾之而去。俄而婢复出，奔走如故。公子大异之。恂九曰："此不过妹子幼时，卜紫姑之小技耳。"公子因问："弟妹都已长成，何未婚姻？"答云："先人即世，去留尚无定所，故此迟迟。"遂与商定行期，鬻宅，携妹与公子俱西。既归，除舍舍之，又遣一婢为之服役。公子妻，韩侍郎之犹女也，尤怜爱素秋，饮食共之。公子与恂九亦然。而恂九又最慧，目下十行，试作一艺，老宿不能及之。公子劝赴童试。恂九曰："姑为此业者，聊与君分苦耳。自审福薄，不堪仕进；且一入此途，遂不能不戚戚于得失，故不为也。"居三年，公子又下第。恂九大为扼腕,奋然曰:“榜上一名,何遂艰难若此!我初不欲为成败所惑,故宁寂寂耳。今见大哥不能发舒,不觉中热,十九岁老童,当效驹驰也。”公子喜,试期送入场,邑、郡、道皆第一。益与公子下帷攻苦。逾年科试,并为郡、邑冠军。恂九名大噪,远近争婚之,恂九悉却去。公子力劝之,乃以场后为解。无何,试毕,倾慕者争录其文,互相传颂;恂九亦自觉第二人不屑居也。及榜发,兄弟皆黜。时方对饮,公子尚强作噱,恂九失色,酒盏倾堕,身仆案下。扶置榻上,病已困殆。急呼妹至,张目谓公子曰:“吾两人情虽如胞,实非同族。弟自分已登鬼箓。衔恩无可相报,素秋已长成,既蒙嫂抚爱,媵之可也。”公子作色曰:“是真吾弟之乱命也!其将谓我人头畜鸣者耶!”恂九泣下。公子即以重金为购良材。恂九命舁至,力疾而入,嘱妹曰:“我没后,即阖棺,无令一人开视。”公子尚欲有言,而目已瞑矣。公子哀伤,如丧手足。然窃疑其嘱异,俟素秋他出,启而视之,则棺中袍服如蜕,揭之,有蠹鱼径尺,僵卧其中。骇异间,素秋促入,惨然曰:“兄弟何所隔阂?所以然者,非避兄也。但恐传布飞扬,妾亦不能久居耳。”公子曰:“礼缘情制,情之所在,异族何殊焉?妹宁不知我心乎?即中馈当无漏言,请勿虑。”遂速卜吉期,厚葬之。初,公子欲以素秋论婚于世家,恂九不欲。既殁,公子商于素秋,素秋不应。公子曰:“妹子年已二十,长而不嫁,人其谓我何?”对曰:“若然,但惟兄命。然自顾无福相,不愿入侯门,寒士而可。”公子曰:“诺。”不数日,冰媒相属,卒无所可。先是,公子妻弟韩荃来吊,得窥素秋,心爱悦之,欲购作小妻。谋之姊,姊急戒勿言,恐公子知。韩心不释,托媒风示公子,许为买乡场关节。公子闻之,大怒诟骂,将致意者批逐出门,自此交往遂绝。又有故尚书孙某甲,将娶而妇卒,亦遣冰来。其甲第人所素识,公子欲一见其人,因使媒约,使甲躬谒。及期,垂帘于内,令素秋自相之。甲至,裘马骀从,炫耀闾里,人又秀雅如处子。公子大悦,而素秋殊不乐。公子竟许之,盛备装奁。素秋固止之,公子亦不听,卒厚赠焉。既嫁,琴瑟甚敦。然兄嫂系念,月辄归宁。来时,奁中珠绣,必携数事,付嫂收贮。嫂不解其意,亦姑听之。甲少孤,寡母溺爱太过,日近匪人,引诱嫖赌,家传书画鼎彝,皆以鬻偿戏债。韩荃与有瓜葛,日招甲饮而窃探之，愿以两妾及五百金易素秋。甲初不肯，韩固求之。甲意摇动，恐公子不甘。韩曰："彼与我至戚，此又非其支系，若事已成，彼亦无如我何。万一有他，我身任之。有家君在，何畏一俞谨庵哉！"遂盛妆两姬出行酒，且曰："果如所约，此即君家人矣。"甲惑之，约期而去。至日，虑韩诈谖，夜候于途，果有舆来，启帘验照不虚，乃导去，姑置斋中。韩仆以五百金交兑明白。甲奔入，诳素秋曰："公子暴病相呼。"素秋未遑理妆，草草遂出。舆既发，夜迷不知何所，[illegible]行良远，殊不可到。忽见二巨烛来，众窃喜其可以问路。及至前，则巨蟒两目如灯。众大骇，人马俱窜委舆路侧；将曙复集则空舆存焉。意必葬于蛇腹，归告主人，垂首丧气而已。数日后，公子遣人诣妹，始知为恶人赚去，初不疑其婿之伪也。陪娶婢归，细诘情迹，微窥其变，忿极，遍诉都邑。某甲惧，求救于韩。韩以金妾两亡，正复懊丧，斥绝不为力。甲呆憨无所复计，各处勾牒至，俱以赂嘱免行。月余，金珠服饰，典货一空。公子于宪府究理甚急，邑官皆奉严令，甲知不能复匿，始出，至公堂实情尽吐。宪票拘韩对质。韩惧，以情告父。父时已休职，怒其所为不法，执付隶。及见官府，言及遇蟒之变，悉谓其词枝梧；家人搒掠殆遍，甲亦屡被敲楚。幸母日鬻田产，上下营求，刑轻得不死，而韩仆已瘐毙矣。韩久困囹圄，愿助甲赂公子千金，哀求罢讼。公子不许。甲母又请益以二姬，但求姑存疑案，以待寻访。妻又承叔母命，朝夕解免，公子乃许之。甲家綦贫，货宅办金，而急切不能得售，因先送姬来，乞其延缓。逾数日，公子夜坐斋中，素秋偕一媪，蓦然忽入。公子骇问："妹固无恙耶？"笑曰："蟒变乃妹之小术耳。当夜窜入一秀才家，依于其母。彼亦识兄，今在门外。"公子倒屣出迎，则宛平名士周生也，素相善。把臂入斋，款洽臻至。倾谈既久，始知颠末。初，素秋昧爽款生门，母纳入，诘之，知为公子妹，便欲驰报。素秋止之，因与母居。甚得母欢，以子无妇，窃属意素秋，微言之。素秋以未奉兄命为辞。生亦以公子交契，故不肯作无媒之合，但频频侦听。知讼事已有关说，素秋乃告母欲归。母遣生率一媪送之，即嘱媪为媒。公子以素秋居生家久，亦有此心，及闻媪言，大喜，即与生面订姻好。先是，素秋夜归，欲使公子得金而后宣之。公子不可，曰："向愤无所泄，故索金以败之耳。今复见妹,万金何能易哉!”即遣人告诸两家罢之。又念生家不丰,道又远,亲迎殊难,因移生母来,居以恂九旧第;生亦备币帛鼓乐,婚嫁成礼。一日,嫂戏素秋曰:“今得新婿,从前枕席之爱,犹忆之否?”素秋笑顾婢曰:“忆之否?”嫂不解,研问之,盖三年床第,皆以婢代。每夕,以笔画其两眉,驱之去,即对烛独坐,婿亦不之辨也。益奇之,求其术,但笑不言。次年大比,生将与公子偕往。素秋曰:“不必。”公子强挽而去。是科,公子中式,生落第归。逾年,母卒,遂不复言进取矣。一日,素秋谓嫂曰:“向求我术,固未肯以此骇物听也。今将远别,请秘授之,亦可以避兵燹。”嫂惊问故,答曰:“三年后,此处当无人烟。妾荏弱不堪惊恐,将蹈海滨而隐。大哥富贵中人,不可以偕,故言别也。”乃以术悉授嫂。数日,又告别。公子留之不得,至泣下,问:“何往?”又不言。鸡鸣早起,携一白须奴,控双卫而去。公子阴使人尾送之,至胶莱之界,尘雾幛天,既晴,已迷所往。三年后,闯寇犯顺,村舍为墟。韩夫人剪帛置门内,寇至,见云绕韦驮高丈余,遂骇走,以是得保无恙。后村中有贾客至海上,遇一叟似老奴,而髭发尽黑,猝不能认。叟停足笑曰:“我家公子尚健耶?借口寄语,秋姑亦甚安乐。”问其居何里,曰:“远矣,远矣!”匆匆遂去。公子闻之,使人于所在遍访之,竟无踪迹。

异史氏曰:“管城子无食肉相,其来旧矣。初念甚明,而乃持之不坚。宁如糊眼主司,固衡命不衡文耶?一击不中,冥然遂死,蠹鱼之痴,一何可怜!伤哉雄飞,不如雌伏。”

贾 奉 雉

贾奉雉,平凉人。才名冠世,而试辄不售。一日,途中遇一秀才,自言姓郎,风格飘洒,谈言微中。因邀俱归,出课艺就正。郎读之,不甚称许,曰:“足下文,小试取第一则有馀,大场取榜尾亦不足。”贾曰:“奈何?”郎曰:“天下事,仰而跂之则难,俯而就之甚易,此何须鄙人言哉!”遂指一二人、一二篇以为标准,大率贾所鄙弃而不屑道者。贾笑曰:“学者立言,贵乎不朽,即味列八珍,当使天下不以为泰耳。如此猎取功名,虽登台阁,犹为贱也。”郎曰:“不然。文章虽美,贱则弗传。君将抱卷以终也则已,不然,帘内诸官,皆以此等物事进身,恐不能因阅君文,另换一副眼睛肺肠也。”贾终默然。郎起笑曰:“少年盛气哉!”遂别去。是秋入闱复落,邑邑不得志,颇思郎言,遂取前所指示者强读之。未至终篇,昏昏欲睡,心惶惑无以自主。又三年,场期将近,郎忽至,相见甚欢。出拟题七,使贾作文。及成索阅,不许,令复作;作已,又訾之。贾戏于落卷中,集其葛茸泛滥,不可告人之句,连缀成文,示之。郎喜曰:“得之矣!”因使熟记,坚嘱勿忘。贾笑曰:“实相告:此言不由中,转瞬即去,便受夏楚,不能复忆之也。”郎坐案头,强令自诵一遍,因使袒背,以笔写符而去,曰:“只此已足,可以束阁群书矣。”验其符,濯之不下,深入肌理。入场七题,无一遗者。回思诸作,茫不记忆,惟戏缀之文,历历在心。然把笔终以为羞,欲少窜易,而颠倒苦思,更不能复易一字。日已西坠,直录而出。郎候之已久,问:“何暮也?”贾以实告,即求拭符。视之,已漫灭矣。回忆场中文,浑如隔世。大奇之,因问:“何不自谋?”笑曰:“某惟不作此等想,故不能读此等文也。”遂约明日过其寓。贾曰:“诺。”郎去,贾复取文自阅,大非本怀,怏怏自失,不复访郎,嗒丧而归。榜发,竟中经魁。复阅旧稿,汗透重衣,自言曰:“此文一出,何以见天下士乎!”正惭怍间,郎忽至曰:“求中即中矣,何其闷也?”曰:“仆适自念,以金盆玉碗贮狗矢,真无颜出见同人。行将遁迹山林,与世长辞矣。”郎曰:“此论亦高,但恐不能耳。若果能,仆引见一人,长生可得,并千载之名,亦不足恋,况傥来之富贵乎!”贾悦,留与共宿,曰:“容某思之。”天明,谓郎曰:“吾志决矣!”不告妻子,飘然遂去。渐入深山,至一洞府。有叟坐堂上,郎使参之,呼以师。叟曰:“来何早也?”郎曰:“此人道念已坚,望加收齿。”叟曰:“汝既来,须将此身并置度外,始得。”贾唯唯听命。郎送至一院,安其寝处,又投以饵,始去。房亦精洁,但户无扉,窗无槅,内惟一几一榻。贾解履登榻,月明穿射,觉微饥,取饵啖之,甘而易饱。因即寂坐,但觉清香满室,脏腑空明,脉络皆可指数。忽闻有声甚厉,似猫抓痒,自牖窥之,则虎蹲檐下。乍见,甚惊,因忆师言,收神凝坐。虎似知有其人,寻入近榻,气咻咻,遍嗅足股。少间,闻庭中嗥动，如鸡受缚，虎即趋出。又坐少时，一美人入，兰麝扑人，悄然登榻，附耳小言曰："我来矣。"一言之间，口脂散馥。贾瞑然不少动。又低声曰："睡乎？"声音颇类其妻，心微动。又念曰："此皆师相试之幻术也。"瞑如故。美人曰："鼠子动矣！"初，夫妻与婢同室，狎亵惟恐婢闻，私约一谜曰："鼠子动，则相欢好。"忽闻是语，不觉大动，开目凝视，真其妻也。问："何能来？"答云："郎生恐君岑寂思归，遣一妪导我来。"言次，因贾出门不相告语，偎傍之际，颇有怨怼。贾慰藉良久，始得嬉笑为欢。既毕，夜已向晨，闻叟谯呵声，渐近庭院。妻急起，无地自匿，遂越短墙而去。俄顷，郎从叟入。叟对贾杖郎，便令逐客。郎亦引贾自短墙出，曰："仆望君奢，不免躁进，不图情缘未断，累受扑责。从此暂别，相见行有日矣。"指示归途，拱手遂别。贾俯视故村，故在目中。意妻弱步，必滞途间。疾趋里馀，已至家门，但见房垣零落，旧景全非，村中老幼，竟无一相识者，心始骇异。忽念刘、阮返自天台，情景真似。不敢入门，于对户憩坐。良久，有老翁曳杖出。贾揖之，问："贾某家何所？"翁指其第曰："此即是也。得无欲闻奇事耶？仆悉知之。相传此公闻捷即遁，遁时，其子才七八岁。后至十四五岁，母忽大睡不醒。子在时，寒暑为之易衣。迨后穷蹶，房舍拆毁，惟以木架苫覆蔽之。月前，夫人忽醒，屈指百馀年矣。远近闻其异，皆来访视，近日稍稀矣。"贾豁然顿悟，曰："翁不知贾奉雉即某是也。"翁大骇，走报其家。时长孙已死，次孙祥，至五十馀矣。以贾年少，疑有诈伪。少间，夫人出，始识之。双涕霪霪，呼与俱去。苦无屋宇，暂入孙舍。大小男妇，奔入盈侧，皆其曾、玄，率陋劣少文。长孙妇吴氏，沽酒具藜藿，又使少子杲及妇，与己同室，除舍舍祖翁姑。贾入舍，烟埃儿溺，杂气熏人。居数日，懊惋殊不可耐。两孙家分供餐饮，调饪尤乖。里中以贾新归，日日招饮；而夫人恒不得一饱。吴氏故士人女，颇娴闺训，承顺不衰。祥家给奉渐疏，或呼而与之。贾怒，携夫人去，设帐东里。每谓夫人曰："吾甚悔此一返，而已无及矣。不得已，复理旧业，若心无愧耻，富贵不难致也。"居年馀，吴氏犹时馈赠，而祥父子绝迹矣。是岁，试入邑庠。宰重其文，厚赠之，由此家稍裕。祥稍稍来近就之。贾唤入，计囊所耗费，出金偿之，斥绝令去。遂买新第，移吴氏共居之。吴二子，长者留守旧业，次杲颇慧，使与门人辈共笔砚。贾自山中归，心思益明澈，遂连捷登进士。又数年，以侍御出巡两浙，声名赫奕，歌舞楼台，一时称盛。贾为人鲠峭，不避权贵，朝中大僚，思中伤之。贾屡疏恬退，未蒙俞允，未几而祸作矣。先是，祥六子皆无赖，贾虽摈斥不齿，然皆窃余势以作威福，横占田宅，乡人共患之。有某乙娶新妇，祥次子篡娶为妾。乙故狙诈，乡人敛金助讼，以此闻于都。当道交章劾贾。贾殊无以自剖，被收经年。祥及次子皆瘐死。贾奉旨充辽阳军。时杲入泮已久，人颇仁厚，有贤声。夫人生一子，年十六，遂以嘱杲，夫妻携一仆一媪而去。贾曰："十馀年之富贵，曾不如一梦之久。今始知荣华之场，皆地狱境界，悔比刘晨、阮肇，多造一重孽案耳。"数日抵海岸，遥见巨舟来，鼓乐殷作，虞候皆如天神。既近，舟中一人出，笑请侍御过舟少憩。贾见惊喜，踊身而过，押吏不敢禁。夫人急欲相从，而相去已远，遂愤投海中。漂泊数步，见一人垂练于水，引救而去。隶命篙师荡舟，且追且号，但闻鼓声如雷，与轰涛相间，瞬间遂杳。仆识其人，盖郎生也。

异史氏曰："世传陈大士在闱中，书艺既成，吟诵数四，叹曰：'亦复谁人识得！'遂弃而更作，以故闱墨不及诸稿。贾生羞而遁去，盖亦有仙骨焉。乃再返人世，遂以口腹自贬，贫贱之中人甚矣哉！"

胭　　脂

东昌卞氏，业牛医者，有女小字胭脂，才姿惠丽。父宝爱之，欲占卜清门，而世族鄙其寒贱，不屑缔盟，所以及笄未字。对户庞姓之妻王氏，佻脱善谑，女闺中谈友也。一日，送至门，见一少年过，白服裙帽，丰采甚都。女意动，秋波萦转之。少年俯首趋去。去既远，女犹凝眺。王窥其意，戏谓曰："以娘子才貌，得配若人，庶可无憾。"女晕红上颊，脉脉不作一语。王问："识此郎否？"女曰："不识。"曰："此南巷鄂秀才秋隼，故孝廉之子。妾向与同里，故识之。近以妻服未阕，故衣素。娘子如有意，当寄语使委冰焉。"女无语，王笑而去。数日无耗，女疑王氏未往，又疑宦裔不肯俯就。邑邑徘徊，渐废饮食；萦念颇苦，寝疾惙顿。王氏适来省视，研诘病由。女曰："自亦不知。但尔日别后，渐觉不快，延命假息，朝暮人也。"王小语曰："我家男子，负贩未归，尚无人致声鄂郎。芳体违和，莫非为此？"女赪颜良久。王戏曰："果为此，病已至是，尚何顾忌？先令其夜来一聚，彼宁不肯可？"女叹气曰："事至此，已不能羞。若渠不嫌寒贱，即遣冰来，病当愈。若私约，则断断不可！"王颔之而去。王幼时与邻生宿介通，既嫁，宿侦夫他出，辄寻旧好。是夜宿适来，因述女言为笑，戏嘱致意鄂生。宿久知女美，闻之窃喜其有机可乘。欲与妇谋，又恐其妒，乃假无心之词，问女家闺闼甚悉。次夜，逾垣入，直达女所，以指叩窗。女问："谁何？"答曰："鄂生。"女曰："妾所以念君者，为百年，不为一夕。郎果爱妾，但当速遣冰人，若言私合，不敢从命。"宿姑诺之，苦求一握玉腕为信。女不忍过拒，力疾启扉。宿遽入，抱求欢。女无力撑拒，仆地上，气息不续。宿急曳之。女曰："何来恶少，必非鄂郎。果是鄂郎，其人温驯，知妾病由，当相怜恤，何遂狂暴若此！若复尔尔，便当鸣呼，品行亏损，两无所益！"宿恐假迹败露，不敢复强，但请后会。女以亲迎为期。宿以为远，又请。女厌纠缠，约待病愈。宿求信物，女不许。宿捉足解绣履而出。女呼之返，曰："身已许君，复何吝惜？但恐'画虎成狗'，致贻污谤。今亵物已入君手，料不可反。君如负心，但有一死！"宿既出，又投宿王所。既卧，心不忘履，阴摸衣袂，竟已乌有。急起篝灯，振衣冥索。诘王，不应。疑其藏匿，王又故笑以疑之。宿不能隐，实以情告。言已，遍烛门外，竟不可得。懊恨归寝，犹意深夜无人，遗落当犹在途也。早起寻，亦复杳然。先是，巷中有毛大者，游手无籍。尝挑王氏不得，知宿与洽，思掩执以胁之。是夜，过其门，推之未扃，潜入。方至窗下，踏一物，耎若絮绵，拾视，则巾裹女舄。伏听之，闻宿自述甚悉，喜极，抽息而出。逾数夕，越墙入女家，门户不悉，误诣翁舍。翁窥窗，见男子，察其音迹，知为女来。大怒，操刀直出。毛大骇，反走。方欲攀垣，而卞追已近，急无所逃，反身夺刀，媪起大呼，毛不得脱，因而杀翁。女稍痊，闻喧始起。共烛之，翁脑裂不能言，俄顷已绝。于墙下得绣履，媪视之，胭脂物也。逼女，女哭而实告之；不忍贻累王氏，言鄂生之自至而已。天明，讼于邑。官拘鄂。鄂为人谨讷,年十九岁,见人羞涩如处子。被执,骇绝。上堂不能置词,惟有战栗。宰益信其情实,横加梏械。生不堪痛楚,遂诬服。及解郡,敲扑如邑。生冤气填塞,每欲与女面质。及相见,女辄诟詈,遂结舌不能自伸,由是论死。经数官复讯无异。后委济南府复审。时吴公南岱守济南,一见鄂生,疑其不类杀人者,阴使人从容私问之,俾尽得其词。公以是益知鄂生冤。筹思数日,始鞫之。先问胭脂:"订约后,有知者否?"曰:"无之。""遇鄂生时,别有人否?"亦曰:"无之。"乃唤生上,温语慰问。生曰:"曾过其门,但见旧邻妇王氏同一少女出,某即趋避,过此并无一言。"吴公叱女曰:"适言侧无他人,何以有邻妇也?"欲刑之。女惧曰:"虽有王氏,与彼实无关涉。"公罢质,命拘王氏。拘到,禁不与女通,立刻出审,便问王:"杀人者谁?"王曰:"不知。"公诈之曰:"胭脂供,杀卞某汝悉知之,何得不招?"妇呼曰:"冤哉!淫婢自思男子,我虽有媒合之言,特戏之耳。彼自引奸夫入院,我何知焉!"公细诘之,始述其前后相戏之词。公呼女上,怒曰:"汝言彼不知情,今何以自供撮合哉?"女流涕曰:"自己不肖,致父惨死,讼结不知何年,又累他人,诚不忍耳。"公问王氏:"既戏后,曾语何人?"王供:"无之。"公怒曰:"夫妻在床,应无不言者,何得云无?"王曰:"丈夫久客未归。"公曰:"虽然,凡戏人者,皆笑人之愚,以炫己之慧,更不向一人言,将谁欺?"命梏十指。妇不得已,实供:"曾与宿言。"公于是释鄂拘宿。宿至,自供:"不知。"公曰:"宿妓者必非良士!"严械之。宿供曰:"赚女是真。自失履后,未敢复往,杀人实不知情。"公曰:"逾墙者何所不至!"又械之。宿不任凌藉,遂亦诬承。招成报上,咸称吴公之神。铁案如山,宿遂延颈以待秋决矣。然宿虽放纵无行,实亦东国名士。闻学使施公愚山贤能称最,且又怜才恤士,宿因以一词控其冤枉,语言怆恻。公乃讨其招供,反复凝思之,拍案曰:"此生冤也!"遂请于院、司,移案再鞫。问宿生:"鞋遗何所?"供曰:"忘之。但叩妇门时,犹在袖中。"转诘王氏:"宿介之外,奸夫有几?"供曰:"无之。"公曰:"淫妇岂得专私一人?"又供曰:"身与宿介,稚齿交合,故未能谢绝。后非无见挑者,身实未敢相从。"因使指其挑者,供云:"同里毛大,屡挑屡拒之矣。"公曰:"何忽贞白如此?"命搒之。妇顿首出血,力辨无有，乃释之。又诘："汝夫远出，宁无有托故而来者？"曰："有之。某甲、某乙，皆以借贷馈赠，曾一二次入小人家。"盖甲、乙皆巷中游荡之子，有心于妇而未发者也。公悉籍其名，并拘之。既齐，公赴城隍庙，使尽伏案前。讯曰："曩梦神告，杀人者不出汝等四五人中。今对神明，不得有妄言。如肯自首，尚可原宥；虚者，廉得无赦！"同声言无杀人之事。公以三木置地，将并夹之；括发裸身，齐鸣冤苦。公命释之，谓曰："既不自招，当使鬼神指之。"使人以毡褥悉障殿窗，令无少隙；袒诸囚背，驱入暗中，始投盆水，一一命自盥讫，系诸壁下，戒令"面壁勿动，杀人者，当有神书其背"。少间，唤出验视，指毛曰："此真杀人贼也！"盖公先使人以灰涂壁，又以烟煤濯其手：杀人者恐神来书，故匿背于壁而有灰色；临出，以手护背，而有烟色也。公固疑是毛，至此益信。施以毒刑，尽吐其实。判曰："宿介：蹈盆成括杀身之道，成登徒子好色之名。只缘两小无猜，遂野鹜如家鸡之恋；为因一言有漏，致得陇兴望蜀之心。将仲子而逾园墙，便如鸟堕，冒刘郎而至洞口，竟赚门开。感帨惊尨，鼠有皮胡若此？攀花折树，士无行其谓何！幸而听病燕之娇啼，犹为玉惜；怜弱柳之憔悴，未似莺狂。而释幺凤于罗中，尚有文人之意，乃劫香盟于袜底，宁非无赖之尤！蝴蝶过墙，隔窗有耳；莲花瓣卸，堕地无踪。假中之假以生，冤外之冤谁信？天降祸起，酷械至于垂亡；自作孽盈，断头几于不续。彼逾墙钻隙，固有玷夫儒冠；而僵李代桃，诚难消其冤气。是宜稍宽笞扑，折其已受之惨，姑降青衣，开其自新之路。若毛大者：刁猾无籍，市井凶徒。被邻女之投梭，淫心不死；伺狂童之入巷，贼智忽生。开户迎风，喜得履张生之迹；求浆值酒，妄思偷韩掾之香。何意魄夺自天，魂摄于鬼。浪乘槎木，直入广寒之宫；径泛渔舟，错认桃源之路。遂使情火息焰，欲海生波。刀横直前，投鼠无他顾之意；寇穷安往，急兔起反噬之心。越壁入人家，止期张有冠而李借；夺兵遗绣履，遂教鱼脱网而鸿罹。风流道乃生此恶魔，温柔乡何有此鬼蜮哉！即断首领，以快人心。胭脂：身犹未字，岁已及笄。以月殿之仙人，自应有郎似玉；原霓裳之旧队，何愁贮屋无金？而乃感关雎而念好逑，竟绕春婆之梦；怨摽梅而思吉士，遂离倩女之魂。为因一线缠萦，致使群魔交至。争妇女之颜色，恐失‘胭脂’；惹鸷鸟之纷飞，并托‘秋隼’。莲钩摘去，难保一瓣之香；铁限敲来，几破连城之玉。嵌红豆于骰子，相思骨竟作厉阶；丧乔木于斧斤，可憎才真成祸水。葳蕤自守，幸白璧之无瑕；缧绁苦争，喜锦衾之可覆。嘉其入门之拒，犹洁白之情人；遂其掷果之心，亦风流之雅事。仰彼邑令，作尔冰人。”案既结，遐迩传颂焉。自吴公鞫后，女始知鄂生冤。堂下相遇，觍然含涕，似有痛惜之词，而未可言也。生感其眷恋之情，爱慕殊切，而又念其出身微贱，日登公堂，为千人所窥指，恐娶之为人姗笑，日夜萦回，无以自主。判牒既下，意始安帖。邑宰为之委禽，送鼓吹焉。

异史氏曰：“甚哉！听讼之不可以不慎也！纵能知李代为冤，谁复思桃僵亦屈？然事虽暗昧，必有其间，要非审思研察，不能得也。呜呼！人皆服哲人之折狱明，而不知良工之用心苦矣。世之居民上者，棋局消日，绸被放衙，下情民艰，更不肯一劳方寸。至鼓动衙开，巍然坐堂上，彼哓哓者直以桎梏靖之，何怪覆盆之下多沉冤哉！”

施愚山先生校士山左，爱才如命，奖励后进，非止衡文无屈士也。尝有名士入场，作“宝藏兴焉”文，误认作“水”；录毕而始悟之，料无不黜之理。因作词文后云：“宝藏在山间，误认却在水边。山头盖起水晶殿。瑚长峰尖，珠结树颠。这一回崖中跌死撑船汉！告苍天：留点蒂儿，好与朋友看。”先生阅而和之曰：“宝藏将山夸，忽然见在水涯。樵夫漫说渔翁话。题目虽差，文字却佳，怎肯放在他人下。尝见他，登高怕险；那曾见，会水淹杀？”此亦怜才一事也。

阿　纤

奚山者，高密人。贸贩为业，常客蒙沂间。一日，途中阻雨，至歇处，夜已深，遍叩无应。徘徊庑下。忽二扉豁开，一叟出，邀客入。山喜从之。絷蹇登堂，堂上并无几榻。叟曰：“我怜客无归，故相容纳。我实非卖食沽饮者。家下止有老荆弱女，已眠熟矣。虽有宿肴，苦少烹鬵，勿嫌冷啜也。”言已，便入。少顷，以足床来置地上，促客坐；又携一短足几至：往来蹀躞。山甚起坐不安，曳令暂息。少间，一女郎出行酒。叟顾曰:“我家阿纤兴矣。”视之,年十六七,窈窕秀弱,风致嫣然。山有少弟未婚,窃属意焉。因问叟清贯尊阀,答云:“士虚,姓古。子孙夭折,剩有此女。适不忍搅其酣睡,想老荆唤起矣。”问:“婿家阿谁?”答云:“未字。”山窃喜。既而品味杂陈,似有宿具。食已,致谢曰:“萍水之人,遂蒙宠惠,没齿所不敢忘。缘翁盛德,乃敢遽陈朴鲁:仆有弟三郎,十七岁矣。读书肄业,颇不冥顽。欲求援系,不嫌寒贱否?”叟喜曰:“老夫在此,亦是侨寓。倘得相托,便假一庐,移家而往,庶免悬念。”山都应之,遂启展谢。叟殷勤安置而去。鸡既鸣,叟出,呼客盥沐。束装已,酬以饭金。固辞曰:“留客一饭,万无受金之理;矧附为婚姻乎?”既别,客月馀,乃返。去村里余,遇老媪率一女郎,冠服尽素。既近,疑似阿纤。女郎亦频转顾,因把媪袂,附耳不知何辞。媪便停步,向山曰:“君奚姓乎?”山曰:“然。”媪惨容曰:“不幸老翁压于败堵,今将上墓。家虚无人,请少待路侧,行即还也。”遂入林去,移时始来。途已昏冥,遂与偕行。道其孤弱,不觉哀啼;山亦酸恻。媪曰:“此处人情大不平善,孤孀难以过度。阿纤既为君家妇,过此恐迟时日,不如早夜同归。”山可之。既至家,媪挑灯供客已,谓山曰:“意君将至,储粟都已粜去;尚存二十余石,远莫致之。北去四五里,村中第一门,有谈二泉者,是吾售主。君勿惮劳,先以尊乘运一囊去,叩门而告之,但道南村中古姥有数石粟,粜作路用,烦驱蹄躈一致之也。”即以囊粟付山。山策蹇去,叩门,一硕腹男子出,告以故,倾囊先归。俄有两夫以五骡至。媪引山至粟所,乃在窖中。山下为操量执概,母放女收,顷刻盈装,付之以去。凡四返而粟始尽。既而以金授媪。媪留其一人二畜,治任遂东。行二十里,天始曙。至一市,市头赁骑,谈仆乃返。既归,山以情告父母。相见甚喜,即以别第馆媪,卜吉为三郎完婚。媪治奁装甚备。阿纤寡言少怒,或与言,但有微笑;昼夜绩织无停晷:以是上下俱怜悦之。嘱三郎曰:“寄语大伯:再过西道,勿言吾母子也。”居三四年,奚家益富,三郎入泮矣。一日,山宿古之旧邻,偶及曩年无归,投宿翁媪之事。主人曰:“客误矣。东邻为阿伯别第,三年前,居者辄睹怪异,故空废甚久,有何翁媪相留?”山讶之,而未深信。主人又曰:“此宅向空十年,无敢入者。一日,第后墙倾,伯往视之,则石压巨鼠如猫,尾在外尚摇。急归,呼众往视,则已渺矣。群疑是物为妖。后十馀日,复入试,寂无形声;又年馀,始有居人。”山益奇之。归家私语,窃疑新妇非人,阴为三郎虑,而三郎笃爱如常。久之,家人竞相猜议。女微察之,至夜语三郎曰:“妾从君数年,未尝少失妇德;今置之不以人齿,请赐离婚书,听君自择良偶。”因泣下。三郎曰:“区区寸心,宜所夙知。自卿入门,家日益丰,咸以福泽归卿,乌得有异言?”女曰:“君无二心,妾岂不知,但众口纷纭,恐不免秋扇之捐。”三郎再四慰解,乃已。山终不释,日求善扑之猫,以觇其异。女虽不惧,然蹙蹙不快。一夕,谓媪小恙,辞三郎省侍之。天明,三郎往讯,则室已空矣。骇极,使人四途踪迹,并无消息。中心营营,寝食都废。而父兄皆以为幸,将为续婚;而三郎殊不怿。又年馀,绝无音问。父兄辄相诮责,不得已,勉买一妾,然思阿纤不衰。又数年,奚家日渐贫,由是咸忆阿纤。有叔弟岚以事至胶,迂道宿表戚陆生家。夜闻邻哭甚哀,未遑诘问。及返,又闻之,因问主人。答云:“数年前,有寡母孤女,僦居于此。月前姥死,女独处,无一线之亲,是以哀耳。”问:“何姓?”曰:“姓古。尝闭户不与里社通,故未悉其家世。”岚惊曰:“是吾嫂也!”遂往款扉。有人挥涕出,隔扉问曰:“客何人?我家故无男子。”岚隙窥而遥审之,果嫂,便曰:“嫂启关,我是叔家阿遂。”女拔关纳入,诉其孤苦,忆怆悲怀。岚曰:“三兄忆念颇苦,夫妻即有乖迕,何遂远遁至此?”即欲赁舆同归。女怆然曰:“我以人不齿数故,遂与母偕隐;今又返而依人,谁不加白眼?如欲复还,当与大兄分炊。不然,行乳药求死耳!”岚归,以告三郎。三郎星夜驰去。夫妻相见,各有涕洟。次日,告其屋主。屋主谢监生,窥女美,阴欲图致为妾,数年不取屋直,频风示媪,媪绝之。媪死,窃幸可媒,而三郎忽至。通计房租以留难之。三郎家故不丰,闻金多,有忧色。女曰:“不妨。”引三郎视仓储,约粟三十余石,偿租有馀。三郎喜,以告谢。谢不受粟,故索金。女叹曰:“此皆妾身之恶幛也!”遂以其情告三郎。三郎怒,将讼于邑。陆氏止之,为散粟于里党,敛资偿谢,以车送两人归。三郎实告父母,与兄析居。阿纤出私金,日建仓廪,而家中尚无儋石,共奇之。年馀验视,则仓中满矣。又不数年,家中大富,而山苦贫。女请翁姑自养之;辄以金粟周兄,习以为常。三郎喜曰:“卿可谓不念旧恶矣。”女曰:“彼自爱弟耳。且非兄,妾何缘识三郎哉?”后亦无甚怪异。

瑞　　云

瑞云,杭之名妓,色艺无双。年十四,其母蔡媪,将使出应客。瑞云曰:“此奴终身发轫之始,不可草草。价由母定,客则听奴自择之。”媪曰:“诺。”乃定价十五金,逐日见客。然见者必以贽:贽厚者,接以弈,酬以画;薄者,一茶而已。瑞云名噪已久,富商贵介,接踵于门。余杭贺生,才名夙著,而家仅中资。素仰瑞云,固未敢拟同鸳梦,亦竭微贽,冀得一睹芳泽。窃恐其阅人既多,不以寒酸在意。及至相见一谈,而款接殊殷。坐语良久,眉目含情,作诗赠生曰:“何事求浆者,蓝桥叩晓关?有心寻玉杵,端只在人间。”生得诗狂喜。更欲有言,忽小鬟来白“客至”,生仓猝遂别。既归,吟玩诗意,梦魂萦扰。过一二日,情不自已,修贽复往。瑞云接见良欢。移坐近生,悄然曰:“能图一宵之聚否?”生曰:“穷踧之士,惟有痴情可献知己。一丝之贽,已竭绵薄。得近芳容,私愿已足。若肌肤之亲,何敢作此梦想。”瑞云闻之,戚然不乐,相对遂无一语。生久坐不出,媪频唤瑞云以促之,生乃归。心甚悒悒,思欲罄家以博一欢,而更尽而别,此情复何可耐?筹思及此,热念都消,由是音息遂绝。瑞云择婿数月,不得一当,媪恚,将强夺之。一日,有秀才投贽,坐语少时,便起,以一指按女额曰:“可惜,可惜!”遂去。瑞云送客返,共视额上有指印黑如墨,濯之益真。过数日,墨痕益阔。年馀,连额彻准矣。见者辄笑,而车马之迹以绝。媪斥去妆饰,使与婢辈伍。瑞云又荏弱,不任驱使,日益憔悴。贺闻而过之,见蓬首厨下,丑状类鬼。举目见生,面壁自隐。贺怜之,与媪言,愿赎作妇。媪许之。贺货田倾装,买之以归。入门,牵衣揽涕,不敢以伉俪自居,愿备妾媵,以俟来者。贺曰:“人生所重者知己。卿盛时犹能知我,我岂以衰故忘卿哉!”遂不复娶。闻者又姗笑之,而生情益笃。居年馀,偶至苏,有和生与同主人,忽问:“杭有名妓瑞云,近如何矣?”贺曰:“适人矣。”问:“何人?”曰:“其人率与仆等。”和曰:“若能如君,可谓得人矣。不知其价几何?”贺曰:“缘有奇疾,姑从贱售耳。不然,如仆者,何能于勾栏中买佳丽哉!”又问:“其人果能如君否?”贺以其问之异,因反诘之。和笑曰:“实不相欺:昔曾一觐其芳仪,甚惜其以绝世之姿,而流落不偶,故以小术晦其光而保其璞,留待怜才者之真赏耳。”贺急问曰:“君能点之,亦能涤之否?”和笑曰:“乌得不能,但须其人一诚求耳。”贺起拜曰:“瑞云之婿,即某是也。”和喜曰:“天下惟真才人为能多情,不以妍媸易念也。请从君归,便赠一佳人。”遂同返杭。抵家,贺将命酒。和止之曰:“先行吾法,当先令治具者有欢心也。”即令以盥器贮水,戟指而书之,曰:“濯之当愈。然须亲出一谢医人也。”贺喜谢,笑捧而去,立俟瑞云自靧之,随手光洁,艳丽一如当年。夫妇共德之,同出展谢,而客已渺,遍觅之不得,意者其仙欤?

仇 大 娘

仇仲,晋人也。值大乱,为寇俘去。二子福、禄,俱幼。继室邵氏,抚双孤,遗业能温饱。而岁屡祲,豪强者复凌藉之,遂至食息不保。仲叔尚廉利其嫁,屡劝驾,邵氏矢志不摇。廉阴券于大姓,欲强夺之。关说已成,并无人知。里人魏名夙狡狯,与仲家积不相能,事事思中伤之。因邵寡,伪造浮言以相败辱。大姓闻之,恶其不德而止。久之,廉之阴谋与外之飞语,邵渐闻之,冤结胸怀,朝夕陨涕,四体渐以不仁,委身床榻。福甫十六岁,因缝纫无人,遂急为毕姻。妇,姜秀才屺瞻之女,颇贤能,百事赖以经纪。由此用渐裕,仍使禄从师读。魏忌嫉之,而阳与善,频招福饮,福倚为心腹交。魏乘间告曰:“尊堂病废,不能理家人生产。弟坐食,一无所操作。贤夫妇何为作牛马哉!且弟买妇,将大耗金钱。为君计,不如早析,则贫在弟而富在君也。”福归,谋诸妇,妇咄之。奈魏日以微言相渐渍,福惑焉,直以己意告母。母怒,诟骂之。福益恚,辄视金粟为他人物而委弃之。魏乘机诱赌,仓粟渐空,妇知而未敢言。及粮绝,母骇问,始以实告。母怒,遂析之。幸姜女贤,旦夕为母执炊,奉事一如平日。福既析,无顾忌，大肆淫赌。数月间，田屋悉偿赌债，而母与妻皆不知。福资既罄，无所为计，因券妻贷资，苦无受者。邑人赵阎罗，原系漏网大盗，武断一乡，竟不畏福言之食，慨然假资。福持去，数日复空。意踟蹰，将背券盟。赵横目相加。福惧，赚妻付之。魏闻窃喜，急奔告姜，实将倾败仇也。姜怒，讼兴。福惧甚，亡去。姜女至赵家，方知为婿所卖，大哭，但欲觅死。赵初慰谕之，不听。既而威逼之，愈骂。大怒，鞭挞之，终不肯服。因拔笄自刺其喉，急救，已透食管，血溢出。赵急以帛束其项，犹冀从容而挫折焉。明日，拘票已至，赵行行不置意。官验女伤，命重笞之，隶相顾不敢用刑。官久知其横暴，至此益信，大怒，唤家人出，立毙之。姜遂舁女归。自姜之讼也，邵氏始知福不肖状，一号几绝，冥然大渐。禄时年十五，茕茕无主。先是，仲有前室女大娘，嫁于远郡，性刚猛，每归宁，馈赠不满其志，辄迕父母，往往以愤去，仲以是怒恶之，数载已不往置问。邵氏垂危，魏欲使招之来而启其争。适有贸贩者，与大娘同里，便托寄信大娘，且歆以家之可图。数日，大娘果与少子至。入门，见幼弟侍病母，景象凄惨，不觉恻然。因问弟福，禄实告之。大娘闻之，忿气塞吭，曰："家无成人，遂任人蹂躏至此！吾家田产，诸贼何得赚去！"因入厨下，爇火炊糜，先供母，而后呼弟及子啖之。啖已，忿出，诣邑投状，讼诸博徒。众惧，敛金赂大娘。大娘受其金，而仍讼之。官拘甲、乙等，各加杖责，田产殊置不问。大娘率子赴郡讼之。郡守最恶赌博。大娘力陈孤苦，及诸恶局骗之状，情词慷慨。守为之动，判令知县追田给主，仍惩仇福，以儆不肖。到县，邑令奉命敲逼，于是故产尽反。大娘已寡，乃遣少子归，且嘱从兄务业，勿得复来。大娘从此止母家，养母教弟，内外井然。母大慰，病渐瘥，家务悉委大娘。里中豪强，少见陵暴，辄握刀登门，侃侃争论，罔不屈服。居年馀，田产日增。时市药饵珍肴，馈遗姜女。见禄渐长成，嘱媒谋姻。魏告人曰："仇家产业，悉属大娘，恐将来不可复返矣。"人咸信之，故无肯与论婚者。有范公子子文，家中名园，为晋第一。园中名花夹路，直通内室。或不知而误入之，公子怒，执为盗，杖几死。会清明，禄自塾中归，魏引与遨游，遂至范园。魏故与园丁相熟，放令入，周历亭榭。俄至一处，溪水汹涌，有画桥朱栏，通一漆门。遥望门内,繁花如锦,盖即公子内斋也。魏绐禄曰:“君请先入,我适欲私焉。”禄信之,寻桥入户,至一院落,闻女子笑声。方停步间,一婢出,窥见之,旋踵即返。禄始骇奔。无何,公子出,叱家人绾索逐之。禄大窘,自投溪中。公子反怒为笑,命仆引出。见其容裳都雅,便令易其衣履,曳入一亭,诘其姓氏。蔼颜温语,意甚亲昵。俄趋入内。旋出,笑握禄手,过桥,渐达曩所。禄不解其意,逡巡不敢入。公子强曳之入,见花篱内隐隐有美人窥伺。既坐,则群婢行酒。禄辞曰:“童子无知,误践闺闼,得蒙赦宥,已出非望。但求释令早归,受恩匪浅。”公子不听。俄顷,肴炙纷纭。禄又起,辞以醉饱。公子捺坐,笑曰:“仆有一乐拍名,若能对之,即放君行。”禄请教。公子曰:“拍名‘浑不似’。”禄默思良久,对曰:“银成‘没奈何’。”公子大喜曰:“真石崇也!”禄殊不解。盖公子有女名蕙娘,美而知书,日择良偶。夜梦一人告之曰:“石崇,汝婿也。”问:“何在?”曰:“明日落水矣。”早告父母,共以为异。禄适符梦兆,故邀入内舍,使夫人女婢共觇之也。公子闻对而喜,乃曰:“拍名乃小女所拟,屡思而无其偶,今得属对,亦有天缘。仆欲以息女奉箕帚,寒舍不乏第宅,更无烦亲迎耳。”禄惶然逊谢,且以母病不能入赘为辞。公子姑令归谋,遂遣园人负湿衣,送之以马。既归告母,母惊为不祥。于是始知魏氏险,然因凶得吉,亦置不仇,但戒子远绝而已。逾数日,公子又使人致意母,母终不敢应。大娘应之,即倩双媒纳采焉。未几,禄赘入公子家。年余游泮,才名籍甚。妻弟长成,敬少弛,禄怒,携妇而归。母已杖而能行。频岁赖大娘经纪,第宅完好。新妇既归,仆从如云,宛然大家矣。魏既见绝,嫉妒益深,恨无瑕之可蹈,乃引旗下逃人诬禄寄资。国初立法最严,禄依令徙口外。范公子上下贿托,仅以蕙娘免行;田产尽没入官。幸大娘执析产书,锐身告理,新增良沃若干顷,悉挂福名,母女始得安居。禄自分不返,遂写离书付岳家,伶仃自去。行数日,至都北,饭于旅肆。有丐子怔营户外,貌绝类兄;亲往讯诘,果兄。禄因自述,兄弟悲惨。禄解复衣,分数金,嘱令归。福泣受而别。禄至关外,寄将军帐下为奴。因禄文弱,俾主文籍,与诸仆同栖止。仆辈研问家世,禄悉告之。内一人惊曰:“是吾儿也!”盖仇仲初为寇家牧马,后寇投诚,卖仲旗下，时从主屯关外。向禄缅述，始知真为父子，抱头大哭，一室俱为酸辛。已而愤曰："何物逃东，遂诈吾儿！"因泣告将军。将军即命禄摄书记；函致亲王，付仲诣都。仲伺车驾出，先投冤状。亲王为之婉转，遂得昭雪，命地方官赎业归仇。仲返，父子各喜。禄细问家口，为赎身计。乃知仲入旗下，两易配而无所出，时方鳏居。禄遂治任归。初，福别弟归，匍匐投大娘。大娘奉母坐堂上，操杖问之："汝愿受扑责，便可姑留；不然，汝田产既尽，亦无汝啖饭之所，请仍去。"福涕泣伏地，愿受笞。大娘投杖曰："卖妇之人，亦不足惩。但宿案未消，再犯首官可耳。"即使人往告姜。姜女骂曰："我是仇家何人，来相告耶！"大娘频述告福而揶揄之，福惭愧不敢出气。居半年，大娘虽给奉周备，而役同厮养。福操作无怨词，托以金钱辄不苟。大娘察其无他，乃白母，求姜女复归。母意其不可复挽。大娘曰："不然。渠如肯事二主，楚毒岂肯自罹？要不能不有此忿耳。"率弟躬往负荆。岳父母诮让良切。大娘叱使长跪，然后请见姜女。请之再四，坚避不出，大娘搜捉以出。女乃指福唾骂，福惭汗无地自容。姜母始曳令起。大娘请问归期，女曰："向受姊惠綦多，今承尊命，岂复敢有异言？但恐不能保其不再卖也！且恩义已绝，更何颜与黑心无赖子共生活哉？请别营一室，妾往奉事老母，较胜披削足矣。"大娘代白其悔，为翌日之约而别。次日，以乘舆取归，母逆于门而跪拜之。女伏地大哭。大娘劝止，置酒为欢，命福坐案侧，乃执爵而言曰："我苦争者，非自利也。今弟悔过，贞妇复还，请以簿籍交纳；我以一身来，仍以一身去耳。"夫妇皆兴席改容，罗拜哀泣，大娘乃止。居无何，昭雪命下，不数日，田宅悉还故主。魏大骇，不知其故，自恨无术可以复施。适西邻有回禄之变，魏托救焚而往，暗以编菅爇禄第，风又暴作，延烧几尽，止余福居两三屋，举家依聚其中。未几，禄至，相见悲喜。初，范公子得离书，持商蕙娘。蕙娘痛哭，碎而投诸地。父从其志，不复强。禄归，闻其未嫁，喜如岳所。公子知其灾，欲留之，禄不可，遂辞而退。大娘幸有藏金，出葺败堵。福负锸营筑，掘见窖镪，夜与弟共发之，石池盈丈，满中皆不动尊也。由是鸠工大作，楼舍群起，壮丽拟于世胄。禄感将军义，备千金往赎父。福请行，因遣健仆辅之以去。禄乃迎蕙娘归。未几,父兄同归,一门欢腾。大娘自居母家,禁子省视,恐人议其私也。父既归,坚辞欲去。兄弟不忍。父乃析产而三之:子得二,女得一也。大娘固辞。兄弟皆泣曰:“吾等非姊,乌有今日!”大娘乃安之。遣人招子,移家共居焉。或问大娘:“异母兄弟,何遂关切如此?”大娘曰:“知有母而不知有父者,惟禽兽如此耳,岂以人而效之?”福禄闻之皆流涕,使工人治其第,皆与己等。魏自计十余年,祸之而益福之,深自愧悔。又仰其富,思交欢之,因以贺仲阶进,备物而往。福欲却之,仲不忍拂,受鸡酒焉。鸡以布缕缚足,逸入灶。灶火燃布,往栖积薪,僮婢不察。俄而薪焚灾舍,一家惶骇。幸手指众多,一时扑灭,而厨中已百物俱空矣。兄弟皆谓其物不祥。后值父寿,魏复馈牵羊。却之不得,系羊庭树。夜有僮被仆殴,忿趋树下,解羊索自经死。兄弟叹曰:“其福之不如其祸之也!”自是魏虽殷勤,竟不敢受其寸缕,宁厚酬之而已。后魏老,贫而作丐,仇每周以布粟而德报之。

异史氏曰:“噫嘻!造物之殊不由人也!益仇之而益福之,彼机诈者无谓甚矣。顾受其爱敬,而反以得祸,不更奇哉?此可知盗泉之水,一掬亦污也。”

曹 操 冢

许城外有河水汹涌,近崖深黯。盛夏时,有人入浴,忽然若被刀斧,尸断浮出。后一人亦如之。转相惊怪。邑宰闻之,遣多人闸断上流,竭其水。见崖下有深洞,中置转轮,轮上排利刃如霜。去轮攻入,中有小碑,字皆汉篆。细视之,则曹孟德墓也。破棺散骨,所殉金宝尽取之。

异史氏曰:“后贤诗云:‘尽掘七十二疑冢,必有一冢葬君尸。’宁知竟在七十二冢之外乎?奸哉瞒也!然千馀年而朽骨不保,变诈亦复何益?呜呼,瞒之智,正瞒之愚也!”

龙 飞 相 公

安庆戴生,少薄行,无检幅。一日醉归,途中遇故表兄季生。醉后昏眊，竟忘其死，问："向在何所？"季曰："仆已异物，君忘之耶？"戴始恍然，而醉亦不惧，问："冥间何作？"答曰："近在转轮王殿下司录。"戴曰："人世祸福，当必知之？"季曰："此仆职也，乌得不知。但过繁不甚关切，不能尽记耳。三日前偶稽册，尚睹君名。"戴急问其何词，季曰："不敢相欺，尊名在黑暗狱中。"戴大惧，酒亦醒，苦求拯拔。季曰："此非仆所能效力，惟善可以已之。然君恶籍盈指，非大善不可复挽。穷秀才有何大力？即日行一善，非年馀不能相准，今已晚矣。但从此砥行，则地狱或有出时。"戴闻之泣下，伏地哀恳。及仰首，而季已杳矣，悒悒而归。由此洗心改行，不敢差跌。先是，戴私其邻妇，邻人闻之而不肯发，思掩执之。而戴自改行，永与妇绝。邻人伺之不得，以为恨。一日，遇于田间，阳与语，绐窥眢井，因而堕之。井深数丈，计必死。而戴中夜苏，坐井中大号，殊无知者。邻人恐其复上，过宿往听之，闻其声，急投石。戴移避洞中，不敢复作声。邻人知其不死，斸土填井，几满之。洞中冥黑，真与地狱无异。况空洞无所得食，计无生理。匍匐渐入，则三步外皆水，无所复之，还坐故处。初觉腹馁，久竟忘之。因思重泉下无善可行，惟长宣佛号而已。既见燐火浮游，荧荧满洞，因而祝之曰："闻青燐悉为冤鬼，我虽暂生，固亦难返，如可共话，亦慰寂寞。"但见诸燐渐浮水来。燐中有一人，高约人身之半。诘所自来，答云："此古煤井。主人攻煤，震动古墓，被龙飞相公决地海之水，溺死四十三人。我皆鬼也。"问："相公何人？"曰："不知也。但相公文学士，今为城隍幕客，彼亦怜我等无辜，三五日辄一施水粥。思我辈冷水浸骨，超拔无日。君倘再履人世，祈捞残骨葬一义冢，则惠及泉下者多矣。"戴曰："如有万分之一，此更何难。但深在九地，安望重睹天日乎！"因教诸鬼使念佛，捻块代珠，记其藏数。不知时之昏晓，倦则眠，醒则坐而已。忽见深处有笼灯，众喜曰："龙飞相公施食矣！"邀戴同往。戴虑水沮，众强曳扶以行，飘若履虚。曲折半里许，至一处，众释令自行；步益上，如升数仞之阶。阶尽，睹房廊，堂上烧明烛一支，大如臂。戴久不见火光，喜极趋上。上坐一叟，儒服儒巾。戴辍步不敢前。叟已睹见，讶问："生人何来？"戴上，伏地自陈。叟曰："我子孙也。"因令起，赐之坐。自言："戴潜，字龙飞。向因不肖孙堂，连结匪类，近墓作井，使老夫不安于夜室，故以海水投之。今其后续如何矣？”盖戴近宗凡五支，堂居长。初，邑中大姓赂堂，攻煤于其祖茔之侧。诸弟畏其强，莫敢争。无何，地水暴至，采煤人尽死井中。诸死者家，群兴大讼，堂及大姓皆以此贫，堂子孙至无立锥。戴乃堂弟裔也。曾闻先人传其事，因告翁。翁曰：“此等不肖，其后焉得昌！汝既来此，当勿废读。”因饷以酒馔，遂置卷案头，皆成，洪制艺，迫使研读。又命题课文，如师教徒。堂上烛常明，不剪亦不灭。倦时辄眠，莫辨晨夕。翁时出，则以一僮给役。历时觉有数年之久，然幸无苦。但无别书可读，惟制艺百首，首四千馀遍矣。翁一日谓曰：“子孽报已满，合还人世。余冢邻煤洞，阴风刺骨，得志后，当迁我于东原。”戴敬诺。翁乃唤集群鬼，仍送至旧坐处。群鬼罗拜再嘱。戴亦不知何计可出。先是，家中失戴，搜访既穷，母告官，系缧多人，杳无踪迹。积三四年，官离任，缉察亦弛。戴妻不安于室，遣嫁去。会里中人复治旧井，入洞见戴，抚之未死。大骇，报诸其家。舁归经日，始能言其底里。自戴入井，邻人殴杀其妻，为妻翁所讼，驳审年馀，仅存皮骨而归。闻戴复生，大惧亡去。宗人议究治之，戴不许，且谓曩时实所自取，此冥中之谴，于彼何与焉。邻人察其意无他，始逡巡而归。井水既涸，戴买人入洞拾骨，俾各为具，市棺设地，葬从冢焉。又稽宗谱名潜，字龙飞，先设品物祭诸冢。学使闻其异，又赏其文，是科以优等入闱，遂捷于乡。既归，营兆东原，迁龙飞厚葬之。春秋上墓，岁岁不衰。

异史氏曰：“余乡有攻煤者，洞没于水，十馀人沉溺其中。竭水求尸，两月余始得涸，而十余人并无死者。盖水大至时，共泅高处，得不溺。缒而上之，见风始绝，一昼夜乃渐苏。始知人在地下，如蛇鸟之蛰，急切未能死也。然未有至数年者。苟非至善，三年地狱中，岂复有生理哉！”

珊　瑚

安生大成，重庆人。父孝廉，早卒。弟二成，幼。生娶陈氏，小字珊瑚，性娴淑。而生母沈，悍不仁，遇之虐，珊瑚无怨色。每早旦，靓妆往朝。值生疾，母谓其诲淫，诟责之。珊瑚退，毁妆以进。母益怒，投颡自挝。生素孝，鞭妇，母少解。自此益憎妇。妇虽奉事维谨，终不与一语。生知母怒，亦寄宿他所，示与妇绝。久之，母终不快，触物类而骂之，意总在珊瑚。生曰："娶妻以奉姑嫜，今若此，何以妻为！"遂出珊瑚，使老妪送归母家。方出里门，珊瑚泣曰："为女子不能作妇，归何以见双亲？不如死！"袖中出剪刀刺喉。急救之，血溢沾襟。扶归生族婶家。婶王氏，寡居无偶，遂止焉。媪归，生嘱隐其情，而心窃恐母知。过数日，探知珊瑚创渐平，登王氏门，使勿留珊瑚。王召生入，不入，但盛气逐珊瑚。王乃率珊瑚出见生，问："珊瑚何罪？"生责其不能事母。珊瑚默默不作一语，惟俯首呜泣，泪皆赤，素衫尽染，生惨恻不能尽词而退。又数日，母已闻之，怒诣王，恶言诮让。王傲不相下，反述其恶，且曰："妇已出，尚属安家何人？我自留陈氏女，非留安氏妇也，何烦强与他家事！"母怒甚而穷于词，又见王意气汹汹，惭沮大哭而返。珊瑚意不自安，思他适。先是，生有母姨于媪，即沈姊也。年六十馀，子死，止一幼孙及寡媳，又尝善视珊瑚。遂辞王，往投媪。媪诘得故，极道妹子昏暴，即欲送之还。珊瑚力言其不可，兼嘱勿言，乃与于媪居，如姑妇焉。珊瑚有两兄，闻而怜之，欲移归另嫁。珊瑚执不肯，惟从于媪纺绩以自度。生自出妇，母多方为生谋婚，而悍声流播，远近无与为偶。积三四年，二成渐长，遂先为毕姻。二成妻臧姑，骄悍戾沓，尤倍于母。母或怒以色，则臧姑怒以声。二成又懦，不敢为左右袒。于是母威顿减，莫敢撄，反望色笑而承迎之，犹不能得臧姑欢。臧姑役母若婢，生不敢言，惟身代母操作，涤器洒扫之事皆与焉。母子恒于无人处，相对饮泣。无何，母以郁抑成病，委顿在床，便溺转侧皆须生，生昼夜不得寐，两目尽赤。呼弟代役，甫入门，臧姑辄唤去。生于是奔告于媪，冀媪临存。入门，泣且诉。诉未毕，珊瑚自帏中出。生大惭，禁声欲出。珊瑚以两手叉扉。生窘极，自肘下冲出而归，亦不敢以告母。无何，于媪至，母喜止之。从此媪家无日不有人来，来必以甘旨饷媪。媪寄语寡媳："此处不饿，后无复尔。"而家中馈遗，卒无少间。媪不肯少尝食，缄留以待病者。母病亦渐瘥。媪幼孙又以母命将佳饵来问病。沈叹曰:“贤哉妇乎！姊何修者!”媪曰:“妹以去妇何如人?”曰:“嘻！诚不至夫已氏之甚也！然乌如甥妇贤。”媪曰:“妇在,汝不知劳;汝怒,妇不知怨:恶乎弗如?”沈乃泣下,且告之悔,曰:“珊瑚嫁也未?”答云:“不知,请访之。”又数日,病愈,媪欲别。沈泣曰:“恐姊去,我仍死耳!”媪乃与生谋,析二成居。二成告臧姑。臧姑不乐,语侵兄,兼及媪。生愿以良田悉归二成,臧姑乃喜。立析产书已,媪始去。明日,以车来迎沈。沈至其家,先求见甥妇,亟道甥妇德。媪曰:“小女子百善,何遂无一疵？余固能容之。子即有妇如吾妇,恐亦不能享也。”沈曰:“冤哉！谓我木石鹿豕耶！具有口鼻,岂有触香臭而不知者?”媪曰:“被出如珊瑚,不知念子作何语?”曰:“骂之耳。”媪曰:“诚反躬无可骂,亦恶乎而骂之?”曰:“瑕疵人所时有,惟其不能贤,是以知其骂也。”媪曰:“当怨者不怨,则德焉者可知。当去者不去,则抚焉者可知。向之所馈遗而奉事者,固非予妇也,尔妇也。”沈惊曰:“如何?”曰:“珊瑚寄此久矣。向之所供,皆渠夜绩之所贻也。”沈闻之,泣数行下,曰:“我何以见我妇矣!”媪乃呼珊瑚。珊瑚含涕而出,伏地下。母惭痛自挞,媪力劝始止,遂为姑媳如初。十馀日偕归,家中薄田数亩,不足自给,惟恃生以笔耕,妇以针耨。二成称饶,然兄不之求,弟亦不之顾也。臧姑以嫂之出也鄙之,嫂亦恶其悍,置不齿。兄弟各院居。臧姑时有凌虐,一家尽掩其耳。臧姑无所用虐,虐夫及婢。婢一日自经死。婢父讼臧姑,二成代妇质理,大受扑责,仍坐拘臧姑。生上下为之营脱,卒不免。臧姑械十指,肉尽脱。官贪暴,索望良奢。二成质田贷资,如数纳入,姑释归。而债家责负日亟,不得已,悉以良田鬻于村中任翁。翁以田半属大成所让,要生署券。生往,翁忽自言:“我安孝廉也。任某何人,敢市吾业!”又顾生曰:“冥中感汝夫妻孝,故使我暂归一面。”生出涕曰:“父有灵,急救吾弟!”曰:“逆子悍妇,不足惜也！归家速办金,赎吾血产。”生曰:“母子仅自存活,安得多金?”曰:“紫薇树下有藏金,可以取用。”欲再问之,翁已不语。少时而醒,茫不自知。生归告母,亦未深信。臧姑已率人往发窖,坎地四五尺,止见砖石,并无金,失意而去。生闻其掘藏,戒母及妻勿往视。后知其无所获,母窃往窥之,见砖石杂土中，遂返。珊瑚继至，则见土内悉白镪，呼生往验之，果然。生以先人所遗，不忍私，召二成均分之。数适得揭取之二，各囊归。二成与臧姑共验之，启囊则瓦砾满中，大骇。疑二成为兄所愚，使二成往窥兄，兄方陈金几上，与母相庆。因实告兄，兄亦骇，而心甚怜之，举金而并赐之。二成乃喜，往酬债讫，甚德兄。臧姑曰："即此益知兄诈。若非自愧于心，谁肯以瓜分者复让人乎？"二成疑信半之。次日，债主遣仆来，言所偿皆伪金，将执以首官。夫妻皆失色。臧姑曰："何如！我固谓兄贤不至于此，是将以杀汝也！"二成惧，往哀债主，主怒不释。二成乃券田于主，听其自售，始得原金而归。细视之，见断金二锭，仅裹真金一韭叶许，中尽铜耳。臧姑因与二成谋：留其断者，馀仍反诸兄以觇之。且教之言曰："屡承让德，实所不忍。薄留二锭，以见推施之义。所存物产，尚与兄等。余无庸多田也，业已弃之，赎否在兄。"生不知其意，固让之。二成辞甚决，生乃受。称之少五两，命珊瑚质奁妆以满其数，携付债主。主疑似旧金，以剪刀夹验之，纹色俱足，无少差谬，遂收金，与生易券。二成还金后，意其必有参差；既闻旧业已赎，大奇之。臧姑疑发掘时，兄先隐其真金，忿诣兄所，责数诟厉。生乃悟反金之故。珊瑚逆而笑曰："产固在耳，何怒为？"使生出券付之。二成一夜梦父责之曰："汝不孝不弟，冥限已迫，寸土皆非汝有，占赖将以奚为！"醒告臧姑，欲以田归兄。臧姑嗤其愚。是时二成有两男，长七岁，次三岁。未几，长男病痘死。臧姑始惧，使二成退券于兄，生不受。无何，次男又死。臧姑益惧，自以券置嫂所。春将尽，田芜秽不耕，生不得已，种治之。臧姑自此改行，定省如孝子，敬嫂亦至。半年，母病卒。臧姑哭之恸，勺水不入口。向人曰："姑早死，使我不得事，是天不许我自赎也！"育十胎皆不存，遂以兄子为子。夫妻皆寿终。生养二子，皆举进士。人以为孝友之报云。

异史氏曰："不遭跋扈之恶，不知靖献之忠，家与国有同情哉。逆妇化而母死，盖一堂孝顺，无德以戡之也。臧姑自克，谓天不许其自赎，非悟道者何能有此言乎？然应迫死，而以寿终，天固已恕之矣。生于忧患，有以矣夫！"

五　通

南有五通，犹北之有狐也。然北方狐祟，尚可驱遣，而江浙五通，则民家美妇，辄被淫占，父母兄弟，皆莫敢息，为害尤烈。有赵弘者，吴之典商也。妻阎氏，颇风格。一夜，有丈夫岸然自外入，按剑四顾，婢媪尽奔。阎欲出，丈夫横阻之，曰："勿相畏，我五通神四郎也。我爱汝，不为汝祸。"因抱腰如举婴儿，置床上，裙带自开，遂狎之。而伟岸甚不可堪，迷惘中呻楚欲绝。四郎亦怜惜，不尽其器。既而下床，曰："我五日当复来。"乃去。弘于门外设典肆，是夜婢奔告之。弘知其五通，不敢问。质明视之，妻惫不起，心甚羞恨，戒家人勿播。妇三四日始就平复，惧其复至。婢媪不敢宿内室，悉避外舍，惟妇对烛含愁以伺之。无何，四郎偕两人入，皆少年蕴藉。有僮列肴酒，与妇共饮。妇羞缩低头，强之饮亦不饮，心惕惕然，恐更番为淫，则命合尽矣。三人互相劝酬，或呼大兄，或呼三弟。饮至中夜，上坐二客并起，曰："今日四郎以美人见招，会当邀二郎、五郎醵酒为贺。"遂辞而去。四郎挽妇入帏，妇哀免，四郎强合之，鲜血流离，昏不知人，四郎始去。妇奄卧床榻，不胜羞愤，思欲自尽，而投缳则带自绝，屡试皆然，苦不得死。幸四郎不常至，约妇痊可始一来。积两三月，一家俱不聊生。有会稽万生者，赵之表弟，刚猛善射。一日过赵，时已暮，赵以客舍为家人所集，遂宿赵内院。万久不寐，闻庭中有人行声，伏窗窥之，见一男子入妇室。疑之，捉刀而潜视之，见男子与阎氏并肩坐，肴陈几上矣。忿火中腾，奔而入。男子惊起，急觅剑，刀已中颅，颅裂而踣。视之，则一小马，大如驴。愕问妇，妇具道之，且曰："诸神将至，为之奈何！"万摇手，禁勿声。灭烛取弓矢，伏暗中。未几，有四五人自空飞堕。万急发一矢，首者殪。三人吼怒，拔剑搜射者。万握刀依扉后，寂不动。一人入，剁颈亦殪。仍倚扉后，久之无声，乃出，叩关告赵。赵大惊，共烛之，一马两豕死室中。举家相庆。犹恐二物复仇，留万于家，炰豕烹马而供之，味美，异于常馐。万生之名，由是大噪。居月馀，其怪竟绝，乃辞欲去。有木商某苦要之。

先是,木有女未嫁,忽五通昼降,是二十馀美丈夫,言将聘作妇,委金百两,约吉期而去。计期已迫,合家惶惧。闻万生名,坚请过诸其家。恐万有难词,隐不以告。盛筵既罢,妆女出拜客,年十六七,是好女子。万错愕不解其故,离席伛偻。某捺坐而实告之。万生平意气自豪,遂亦不辞。至日,某乃悬彩于门,使万坐室中。日昃不至,疑新郎已在诛数。未几,见檐间忽如鸟坠,则一少年盛服入。见万,返身而奔。万追出,但见黑气欲飞,以刀跃挥之,断其一足,大嗥而去。俯视,则巨爪大如手,不知何物。寻其血迹,入于江中。某大喜,闻万无偶,是夕即以所备床寝,使与女合卺焉。于是素患五通者,皆拜请一宿其家。居年馀,始携妻而去。从此吴中止有一通,不敢公然为害矣。

异史氏曰:“五通、青蛙,惑俗已久,遂至任其淫乱,无人敢私议一语。万生真天下之快人也!”

金生,字王孙,苏州人。设帐于淮,馆缙绅园。园中屋宇无多,花木丛杂。夜既深,僮仆尽散,辄吊孤影。一夜,三漏将残,忽有人以指弹扉。急问之,对以“乞火”,声类馆僮。启户,则二八佳丽,一婢从之。生意妖魅,穷诘甚悉。女曰:“妾以君风雅之士,枯寂可怜,不畏多露,相与遣此良宵。恐言其故,妾不敢来,君亦不敢纳也。”生又以为邻之奔女,惧丧行检,敬谢之。女横波一顾,生觉神魂都迷,忽颠倒不能自主。婢已知之,便云:“霞姑,我且去。”女颔之。既而呵曰:“去则去耳,甚得云耶、霞耶!”婢既去,女笑曰:“适室中无人,遂偕婢从来。无知如此,遂以小字令君闻矣。”生曰:“卿深细如此,故仆惧有祸机。”女曰:“久当自知,保不败君行止,勿忧也。”上榻缓其装束,见臂上腕钏,以条金贯火齐,衔明珠二粒;烛既灭,光照一室。生益骇,终莫测其所自至。生于女去时,遥尾之。女似已觉,遽蔽其光,树浓茂,昏不见掌而返。一日,生诣河北,笠带断绝,风吹欲落,辄于马上以手自按。至河,坐扁舟上,飘风堕笠,随波竟去。意颇自失。既渡,见大风飘笠,团转空际,渐落,以手承之,则带已续矣。异之。归斋向女缅述,女不言,但微笑之。生疑女所为,曰:“卿果神人,当相明告,以祛烦惑。”女曰:“岑寂之中，得此痴情人为君破闷，妾自谓不恶。纵令妾能为此，亦相爱耳。苦致诘难，欲相绝耶？”生不敢复言。先是，生有甥女既嫁，为五通所惑，心忧之而未以告人。缘与女狎昵既久，肺膈无不倾吐。女曰：“此等物事，家君能驱除之。顾何敢以情人之私告诸严君？”生苦哀求计。女沉思曰：“此亦易除，但须亲往。若辈皆我奴隶，若令一指得着肌肤，则此耻西江不能濯也。”生哀求不已。女曰：“当即图之。”次夕至，告曰：“妾为君遣婢南下矣。婢子弱，恐不能便诛却耳。”次夜方寝，婢来叩户。生急内入。女问：“何如？”答曰：“力不能擒，已宫之矣。”笑问其状。曰：“初以为郎家也。既到，始知其非。比至婿家，灯火已张，入见娘子坐灯下，隐几若寐。我敛魂覆瓿中。少时，物至，入室急退，曰：‘何得寓生人！’审视无他，乃复入。我阳若迷。彼启衾入，又惊曰：‘何得有兵气！’本不欲以秽物污指，奈恐缓而生变，遂急捉而阉之。物惊嗥遁去。乃起启瓿，娘子若醒，而婢子行矣。”生喜谢之，女与俱去。后半月余，女不复至，亦已绝望。岁暮，解馆欲归，女复至。生喜逆之，曰：“卿久见弃，念必有获罪处，幸不终绝耶？”女曰：“终岁之好，分手未有一言，终属缺事。闻君卷帐，故窃来一告别耳。”生请偕归。女叹曰：“难言之矣！今将别，情不忍昧。妾实金龙大王之女，缘与君有夙分，故来相就。不合遣婢江南，致江湖流传，言妾为君阉割五通。家君闻之，以为大辱，忿欲赐死。幸婢以身自任，怒乃稍解，杖婢以百数。妾一跬步，必使保母从之。投隙一至，不能尽此衷曲，奈何！”言已，欲别。生挽之而泣。女曰：“君勿尔，后三十年可复相聚。”生曰：“仆年三十矣；又三十年，皤然一老，何颜复见？”女曰：“不然，龙宫无白叟也。且人生寿夭，不在容貌，如徒求驻颜，固亦大易。”乃书一方于卷头而去。生旋里，甥女始言其异，云：“当晚若梦，觉一人捉塞盎中。既醒，则血殷床褥，而怪绝矣。”生曰：“我曩祷河伯耳。”群疑始解。后生六十余，貌犹类三十许人。一日，渡河，遥见上流浮莲叶，大如席，一丽人坐其上，近视，则神女也。生跃从之，人随荷叶俱小，渐渐如钱而灭。此事与赵弘一则，俱明季事，不知孰前孰后。若在万生用武之后，则吴下仅遗半通，宜其不为害也。

申 氏

泾河之间，有士人子申氏者，家屡贫，竟日恒不举火。夫妻相对，无以为计。妻曰："无已，子其盗乎！"申曰："士人子，不能亢宗，而辱门户、羞先人，跖而生，不如夷而死！"妻忿曰："子欲活而恶辱耶？世不田而食者，止两途：汝既不能盗，我无宁娼乎！"申怒，与妻语相侵。妻含愤而眠。申念：为男子不能谋两餐，至使妻欲娼，固不如死！潜起，投缳庭树间。但见父来，惊曰："痴儿，何至于此！"断其绳，嘱曰："盗可以为，须择禾黍深处伏之。此行可富，无庸再矣。"妻闻堕地声，惊寤，呼夫不应。爇火觅之，见树上缳绝，申死其下。大骇。抚捺之，移时而苏，扶卧床上。妻忿气少平。既明，托夫病，乞邻得稀酏饵申。申啜已，出而去。至午，负一囊米至。妻问所从来，曰："余父执皆世家，向以摇尾羞，故不屑相求也。古人云：'不遭者可无不为。'今且将作盗，何顾焉！可速炊，我将从卿言，往行劫。"妻疑其未忘前言之忿，含忍之。因淅米作糜。申饱食讫，急寻坚木，斧作梃，持之欲去。妻察其意似真，曳而止之。申曰："子教我为，事败相累，当无悔！"绝裾而出。日暮，抵邻村，违村里许伏焉。忽暴雨，上下淋湿。遥望浓树，将以投止。而电光一照，已近村垣。远处似有行人，恐为所窥，见垣下有禾黍蒙密，疾趋而入，蹲避其中。无何，一男子来，躯甚壮伟，亦投禾中。申惧，不敢少动。幸男子斜行去。微窥之，入于垣中。默忆垣内为富室亢氏第，此必梁上君子，伺其重获而出，当合有分。又念：其人雄健，倘善取不予，必至用武。自度力不敌，不如乘其无备而颠之。计已定，伏伺良专。直将鸡鸣，始越垣出。足未及地，申暴起，梃中腰膂，踣然倾跌，则一巨龟，喙张如盆。大惊，又连击之，遂毙。先是，亢翁有女，绝惠美，父母甚怜爱之。一夜，有丈夫入室，狎逼为欢。欲号，则舌已入口，昏不知人，听其所为而去。羞以告人，惟多集婢媪，严扃门户而已。夜既寝，更不知扉何自而开，入室，则群众皆迷，婢媪遍淫之。于是相告各骇，以告翁。翁戒家人操兵环绣闼，室中人烛而坐。约近夜半，内外人一时都瞑，忽若梦醒，见女白身卧，状类痴，良久始寤。翁甚恨之，而无如何。积数月，女柴瘠颇殆。每语人："有能驱遣者，谢金三百。"申平时亦悉闻之。是夜得龟，因悟祟翁女者，必是物也。遂叩门求赏。翁喜，筵之上座，使人舁龟于庭，脔割之。留申过夜，其怪果绝，乃如数赠之。负金而归。妻以其隔夜不还，方且忧盼，见申入，急问之。申不言，以金置榻上。妻开视，几骇绝，曰："子真为盗耶！"申曰："汝逼我为此，又作是言！"妻泣曰："前特以相戏耳。今犯断头之罪，我不能为贼人累也。请先死！"乃奔。申逐出，笑曳而返之，具以实告，妻乃喜。自此谋生产，称素封焉。

异史氏曰："人不患贫，患无行耳。其行端者，虽饿不死，不为人怜，亦有鬼祐也。世之贫者，利所在忘义，食所在忘耻，人且不敢以一文相托，而何以见谅于鬼神乎！"

邑有贫民某乙，残腊向尽，身无完衣。自念：何以卒岁？不敢与妻言，暗操白梃，出伏墓中，冀有孤身而过者，劫其所有。悬望甚苦，渺无人迹；而松风刺骨，不可复耐。意濒绝矣，忽见一人伛偻来。心窃喜，持梃遽出。则一叟负囊道左，哀曰："一身实无长物。家绝食，适于婿家乞得五升米耳。"乙夺米，复欲褫其絮袄。叟苦哀求。乙怜其老，释之，负米而归。妻诘其自，诡以"赌债"对。阴念此策良佳。次夜复往。居无几时，见一人荷梃来，亦投墓中，蹲居眺望，意似同道。乙乃逡巡自冢后出。其人惊问："谁何？"答云："行道者。"问："何不行？"曰："待君耳。"其人失笑。各以意会，并道饥寒之苦。夜既深，无所猎获。乙欲归，其人曰："子虽作此道，然犹雏也。前村有嫁女者，营办中夜，举家必殆。从我去，得当均之。"乙喜，从之。至一门，隔壁闻炊饼声，知未寝，伏伺之。无何，一人启关荷杖出行汲，二人乘间掩入。见灯辉北舍，他屋皆暗黑。闻一媪曰："大姐，可向东舍一瞩，汝奁妆悉在椟中，忘扃镭未也。"闻少女作娇惰声。二人窃喜，潜趋东舍，暗中摸索得卧椟；启复探之，深不见底。其人谓乙曰："入之！"乙果入，得一裹，传递而出。其人问："尽矣乎？"曰："尽矣。"又给之曰："再索之。"乃闭椟，加锁而去。乙在其中,窘急无计。未几,灯火亮入,先照椟。闻媪云:"谁已扃矣。"于是母及女上榻息烛。乙急甚,乃作鼠啮物声。女曰:"椟中有鼠!"媪曰:"勿坏尔衣。我疲顿已极,汝宜自觇之。"女振衣起,发扃启椟。乙突出,女惊仆。乙拔关奔去,虽无所得,而窃幸获免。嫁女家被盗,四方流播。或议乙。乙惧,东遁百里,为逆旅主人赁作佣。年馀,浮言稍息,始取妻同居,不业白梃矣。此其自述,因类申氏,故附志之。

恒 娘

都中洪大业,妻朱氏,姿致颇佳,两相爱悦。后洪纳婢宝带为妾,貌远逊朱,而洪嬖之。朱不平,遂致反目。洪虽不敢公然宿妾所,然益嬖妾,疏朱。后徙居,与帛商狄姓为邻。狄妻恒娘,先过院谒朱。恒娘三十许,姿仅中人,言词轻倩。朱悦之。次日,答拜,见其室亦有小妾,年二十许,甚娟好。邻居几半年,并不闻其诟谇一语;而狄独钟爱恒娘,副室则虚位而已。朱一日问恒娘曰:"予向谓良人之爱妾,为其为妾也,每欲易妻之名呼作妾。今乃知不然。夫人何术?如可授,愿北面为弟子。"恒娘曰:"嘻!子则自疏,而尤男子乎?朝夕而絮聒之,是为丛驱雀,其离滋甚耳!其归益纵之,即男子自来,勿纳也。一月后,当再为子谋之。"朱从其谋,益饰宝带,使从丈夫寝。洪一饮食,亦使宝带共之。洪时以周旋朱,朱拒之益力,于是共称朱氏贤。如是月馀,朱往见恒娘。恒娘喜曰:"得之矣!子归毁若妆,勿华服,勿脂泽,垢面敝履,杂家人操作。一月后,可复来。"朱从之:衣敝补衣,故为不洁清,而纺绩外无他问。洪怜之,使宝带分其劳,朱不受,辄叱去之。如是者一月,又往见恒娘。恒娘曰:"孺子真可教也!后日为上巳节,欲招子踏春园。子当尽去敝衣,袍裤袜履,崭然一新,早过我。"朱曰:"诺。"至日,揽镜细匀铅黄,一如恒娘教。妆竟,过恒娘。恒娘喜曰:"可矣!"又代挽凤髻,光可鉴影。袍袖不合时制,拆其线,更作之;谓其履样拙,更于笥中出业履,共成之,讫,即令易着。临别,饮以酒,嘱曰:"归去一见男子,即早闭户寝,渠来叩关,勿听也。三度呼,可一度纳。口索舌，手索足，皆吝之。半月后，当复来。”朱归，炫妆见洪。洪上下凝睇之，欢笑异于平时。朱少话游览，便支颐作惰态；日未昏，即起入房，阖扉眠矣。未几，洪果来款关，朱坚卧不起，洪始去。次夕复然。明日，洪让之。朱曰：“独眠习惯，不堪复扰。”日既西，洪入闺坐守之。灭烛登床，如调新妇，绸缪甚欢。更为次夜之约。朱不可长，与洪约，以三日为率。半月许，复诣恒娘。恒娘阖门与语曰：“从此可以擅专房矣。然子虽美，不媚也。子之姿，一媚可夺西施之宠，况下者乎！”于是试使睨，曰：“非也！病在外眦。”试使笑，又曰：“非也！病在左颐。”乃以秋波送娇，又辗然瓠犀微露，使朱效之。凡数十作，始略得其仿佛。恒娘曰：“子归矣，揽镜而娴习之，术无余矣。至于床笫之间，随机而动之，因所好而投之，此非可以言传者也。”朱归，一如恒娘教。洪大悦，形神俱惑，惟恐见拒。日将暮，则相对调笑，跬步不离闺闼，日以为常，竟不能推之使去。朱益善遇宝带，每房中之宴，辄呼与共榻坐；而洪视宝带益丑，不终席，遣去之。朱赚夫入宝带房，扃闭之，洪终夜无所沾染。于是宝带恨洪，对人辄怨谤。洪益厌怒之，渐施鞭楚。宝带忿，不自修，拖敝垢履，头类蓬葆，更不复可言人矣。恒娘一日谓朱曰：“我之术何如？”朱曰：“道则至妙。然弟子能由之，而终不能知之也。纵之，何也？”曰：“子不闻乎：人情厌故而喜新，重难而轻易？丈夫之爱妾，非必其美也，甘其所乍获，而幸其所难遘也。纵而饱之，则珍错亦厌，况藜羹乎！”“毁之而复炫之，何也？”曰：“置不留目，则似久别；忽睹艳妆，则如新至：譬贫人骤得粱肉，则视脱粟非味矣。而又不易与之，则彼故而我新，彼易而我难，此即子易妻为妾之法也。”朱大悦，遂为闺中密友。积数年，忽谓朱曰：“我两人情若一体，自当不昧生平。向欲言而恐疑之也；行相别，敢以实告：妾乃狐也。幼遭继母之变，鬻妾都中。良人遇我厚，故不忍遽绝，恋恋以至于今。明日老父尸解，妾往省觐，不复还矣。”朱把手唏嘘。早旦往视，则举家惶骇，恒娘已杳。

异史氏曰：“买珠者，不贵珠而贵椟。新旧易难之情，千古不能破其惑；而变憎为爱之术，遂得以行乎其间矣。古佞臣事君，勿令人见，勿使窥书。乃知容身固宠，皆有心传也。”

葛 巾

常大用,洛人,癖好牡丹。闻曹州牡丹甲齐、鲁,心向往之。适以他事如曹,因假缙绅之园居焉。时方二月,牡丹未华,惟徘徊园中,目注句萌,以望其拆。作怀牡丹诗百绝。未几,花渐含苞,而资斧将匮,寻典春衣,流连忘返。一日,凌晨趋花所,则一女郎及老妪在焉。疑是贵家宅眷,遂遄返。暮往,又见之,从容避去。微窥之,宫妆艳绝。眩迷之中,忽转一想:此必仙人,世上岂有此女子乎!急返身而搜之,骤过假山,适与媪遇。女郎方坐石上,相顾失惊。妪以身幛女,叱曰:“狂生何为!”生长跪曰:“娘子必是仙人!”妪咄之曰:“如此妄言,自当絷送令尹!”生大惧。女郎微笑曰:“去之!”过山而去。生返,复不能徒步,意女郎归告父兄,必有诟辱相加。偃卧空斋,甚悔孟浪。窃幸女郎无怒容,或当不复置念。悔惧交集,终夜而病。日已向辰,喜无问罪之师,心渐宁帖。回忆声容,转惧为想。如是三日,憔悴欲死。秉烛夜分,仆已熟眠。妪入,持瓯而进曰:“吾家葛巾娘子,手合鸩汤,其速饮!”生骇然曰:“仆与娘子,夙无怨嫌,何至赐死?既为娘子手调,与其相思而病,不如仰药而死!”遂引而尽之。妪笑,接瓯而去。生觉药气香冷,似非毒者。俄觉肺膈宽舒,头颅清爽,酣然睡去。既醒,红日满窗。试起,病若失,心益信其为仙。无可夤缘,但于无人时,虔拜而默祷之。一日,行去,忽于深树内,觌面遇女郎,幸无他人,大喜,投地。女郎近曳之,忽闻异香竟体,即以手握玉腕而起,指肤软腻,使人骨节欲酥。正欲有言,老妪忽至。女令隐身石后,南指曰:“夜以花梯度墙,四面红窗者,即妾居也。”匆匆而去。生怅然,魂魄飞散,莫知所往。至夜,移梯登南垣,则垣下已有梯在,喜而下,果有红窗。室中闻敲棋声,伫立不敢复前,姑逾垣归。少间,再过之,子声犹繁。渐近窥之,则女郎与一素衣美人相对弈,老妪亦在坐,一婢侍焉。又返。凡三往复,漏已三催。生伏梯上,闻妪出云:“梯也,谁置此?”呼婢共移去之。生登垣,欲下无阶,恨悒而返。次夕复往,梯先设矣。幸寂无人,入,则女郎兀坐,若有思者。见生惊起,斜立含羞。生揖曰:“自分福薄,恐于天人无分,亦有今夕也!”遂狎抱之。纤腰盈掬,吹气如兰,撑拒曰:“何遽尔!”生曰:“好事多磨,迟为鬼妒。”言未已,遥闻人语。女急曰:“玉版妹子来矣!君可姑伏床下。”生从之。无何,一女子入,笑曰:“败军之将,尚可复言战否?业已烹茗,敢邀为长夜之欢。”女郎辞以困惰。玉版固请之,女郎坚坐不行。玉版曰:“如此恋恋,岂藏有男子在室耶?”强拉出门而去。生出恨极,遂搜枕簟。室内并无香奁,惟床头有一水精如意,上结紫巾,芳洁可爱。怀之,越垣归。自理衿袖,体香犹凝,倾慕益切。然因伏床之恐,遂有怀刑之惧,筹思不敢复往,但珍藏如意,以冀其寻。隔夕,女郎果至,笑曰:“妾向以君为君子,不知其为寇盗也。”生曰:“有之。所以偶不君子者,第望其如意耳。”乃揽体入怀,代解裙结。玉肌乍露,热香四流,偎抱之间,觉鼻息汗熏,无气不馥。因曰:“仆固意卿为仙人,今益知不妄。幸蒙垂盼,缘在三生。但恐杜兰香之下嫁,终成离恨耳。”女笑曰:“君虑亦过。妾不过离魂之倩女,偶为情动耳。此事宜要慎秘,恐是非之口,捏造黑白,君不能生翼,妾不能乘风,则祸离更惨于好别矣。”生然之,而终疑为仙,固诘姓氏。女曰:“既以妾为仙,仙人何必以姓名传。”问:“妪何人?”曰:“此桑姥。妾少时受其露覆,故不与婢辈等。”遂起,欲去,曰:“妾处耳目多,不可久羁,蹈隙当复来。”临别,索如意,曰:“此非妾物,乃玉版所遗。”问:“玉版为谁?”曰:“妾叔妹也。”付钩乃去。去后,衾枕皆染异香。从此三两夜辄一至。生惑之,不复思归。而囊橐既空,欲货马。女知之,曰:“君以妾故,泻囊质衣,情所不忍。又去代步,千余里将何以归?妾有私蓄,聊可助装。”生辞曰:“感卿情好,抚臆誓肌,不足论报。而又贪鄙,以耗卿财,何以为人乎!”女固强之,曰:“姑假君。”遂捉生臂,至一桑树下,指一石,曰:“转之!”生从之。又拔头上簪,刺土数十下,又曰:“爬之。”生又从之。则瓮口已见。女探入,出白镪近五十馀两;生把臂止之,不听,又出数十铤,生强分其半而后掩之。一夕,谓生曰:“近日微有浮言,势不可长,此不可不预谋也。”生惊曰:“且为奈何!小生素迂谨,今为卿故,如寡妇之失守,不复能自主矣。一惟卿命,刀锯斧钺,亦所不遑顾耳!”女谋偕亡,命生先归,约会于洛。生治任旋里,拟先归而后迎之。比至,则女郎车适已至门。登堂朝家人，四邻惊贺，而并不知其窃而逃也。生窃自危；女殊坦然，谓生曰："无论千里外非逻察所及，即或知之，妾世家女，卓王孙当无如长卿何也。"生弟大器，年十七，女顾之曰："是有慧根，前程尤胜于君。"完婚有期，妻忽夭殒。女曰："妾妹玉版，君固尝窥见之，貌颇不恶，年亦相若，作夫妇可称佳偶。"生请作伐。女曰："是亦何难。"生曰："何术？"曰："妹与妾最相善。两马驾轻车，费一妪之往返耳。"生恐前情发，不敢从其谋。女曰："不妨。"即命桑妪遣车去。数日，至曹。将近里门，婢下车，使御者止而候于途，乘夜入里。良久，偕女子来，登车遂发。昏暮即宿车中，五更复行。女郎计其时日，使大器盛服而迎之。五十里许，乃相遇，御轮而归，鼓吹花烛，起拜成礼。由此兄弟皆得美妇，而家又日富。一日，有大寇数十骑，突入第。生知有变，举家登楼。寇入，围楼。生俯问："有仇否？"答云："无仇。但有两事相求：一则闻两夫人世间所无，请赐一见；一则五十八人，各乞金五百。"聚薪楼下，为纵火计以胁之。生允其索金之请；寇不满志，欲焚楼，家人大恐。女欲与玉版下楼，止之不听。炫妆下阶，未尽者三级，谓寇曰："我姊妹皆仙媛，暂时一履尘世，何畏寇盗！欲赐汝万金，恐汝不敢受也。"寇众一齐仰拜，喏声"不敢"。姊妹欲退，一寇曰："此诈也！"女闻之，反身伫立，曰："意欲何作，便早图之，尚未晚也。"诸寇相顾，默无一言。姊妹从容上楼而去。寇仰望无迹，哄然始散。后二年，姊妹各举一子，始渐自言："魏姓，母封曹国夫人。"生疑曹无魏姓世家，又且大姓失女，何得置之不问？未敢穷诘，心窃怪之。遂托故复诣曹，入境谘访，世族并无魏姓。于是仍假馆旧主人。忽见壁上有赠曹国夫人诗，颇涉骇异，因诘主人。主人笑，即请往观曹夫人，至则牡丹一本，高与檐等。问所由名，则以其花为曹第一，故同人戏封之。问其"何种"，曰："葛巾紫也。"愈骇，遂疑女为花妖。既归，不敢质言，但述赠夫人诗以觇之。女蹙然变色，遽出呼玉版抱儿至，谓生曰："三年前，感君见思，遂呈身相报。今见猜疑，何可复聚！"因与玉版皆举儿遥掷之，儿堕地并没。生方惊顾，则二女俱渺矣。悔恨不已。后数日，堕儿处生牡丹二株，一夜径尺，当年而花，一紫一白，朵大如盘，较寻常之葛巾、玉版，瓣尤繁碎。数年，茂荫成丛，移分他所，更变异种，莫能识其名。自此牡丹之盛，洛下无双焉。

异史氏曰："怀之专一，鬼神可通，偏反者亦不可谓无情也。少府寂寞，以花当夫人，况真能解语，何必力穷其原哉？惜常生之未达也！"

第 十 一 卷

冯 木 匠

抚军周有德,改创故藩邸为部院衙署。时方鸠工,有木作匠冯明寰直宿其中。夜方就寝,忽见纹窗半开,月明如昼。遥望短垣上,立一红鸡,注目间,鸡已飞抢至地。俄一少女,露半身来相窥。冯疑为同辈所私,静听之,众已熟眠。私心怔忡,窃望其误投也。少间,女果越窗过,径已入怀。冯喜,默不一言。欢毕,女亦遂去。自此夜夜至。初犹自隐,后遂明告。女曰:“我非误就,敬相投耳。”两人情日密。既而工满,冯欲归,女已候于旷野。冯所居村,离郡固不甚远,女遂从去。既入室,家人皆莫之睹,冯始知其非人。迨数月,精神渐减,心益惧,延师镇驱,卒无少验。一夜,女艳妆来,向冯曰:“世缘俱有定数:当来推不去,当去亦挽不住。今与子别矣。”遂去。

黄 英

马子才,顺天人。世好菊,至才尤甚。闻有佳种,必购之,千里不惮。一日,有金陵客寓其家,自言其中表亲有一二种,为北方所无。马欣动,即刻治装,从客至金陵。客多方为之营求,得两芽,裹藏如宝。归至中途,遇一少年,跨蹇从油碧车,丰姿洒落。渐近与语。少年自言:“陶姓。”谈言骚雅。因问马所自来,实告之。少年曰:“种无不佳,培溉在人。”因与论艺菊之法。马大悦,问:“将何往?”答云:“姊厌金陵,欲卜居于河朔耳。”马欣然曰:“仆虽固贫,茅庐可以寄榻。不嫌荒陋,无烦他适。”陶趋车前,向姊咨禀。车中人推帘语,乃二十许绝世美人也。顾弟言:“屋不厌卑,而院宜得广。”马代诺之,遂与俱归。第南有荒圃,仅小室三四椽,陶喜,居之。日过北院,为马治菊。菊已枯,拔根再植之,无不活。然家清贫,陶日与马共饮食,而察其家似不举火。马妻吕,亦爱陶姊,不时以升斗馈恤之。陶姊小字黄英,雅善谈,辄过吕所,与共纫绩。陶一日谓马曰:“君家固不丰,仆日以口腹累知交,胡可为常。为今计,卖菊亦足谋生。”马素介,闻陶言,甚鄙之,曰:“仆以君风流雅士,当能安贫;今作是论,则以东篱为市井,有辱黄花矣。”陶笑曰:“自食其力不为贪,贩花为业不为俗。人固不可苟求富,然亦不必务求贫也。”马不语,陶起而出。自是,马所弃残枝劣种,陶悉掇拾而去。由此不复就马寝食,招之始一至。未几,菊将开,闻其门嚣喧如市。怪之,过而窥焉,见市人买花者,车载肩负,道相属也。其花皆异种,目所未睹。心厌其贪,欲与绝;而又恨其私秘佳种,遂款其扉,将就诮让。陶出,握手曳入。见荒庭半亩皆菊畦,数椽之外无旷土。劚去者,则折别枝插补之;其蓓蕾在畦者,罔不佳妙:而细认之,尽皆向所拔弃也。陶入室,出酒馔,设席畦侧,曰:“仆贫不能守清戒,连朝幸得微资,颇足供醉。”少间,房中呼“三郎”,陶诺而去。俄献佳肴,烹饪良精。因问:“贵姊胡以不字?”答云:“时未至。”问:“何时?”曰:“四十三月。”又诘:“何说?”但笑不言。尽欢始散。过宿,又诣之,新插者已盈尺矣。大奇之,苦求其术。陶曰:“此固非可言传;且君不以谋生,焉用此?”又数日,门庭略寂,陶乃以蒲席包菊,捆载数车而去。逾岁,春将半,始载南中异卉而归,于都中设花肆,十日尽售,复归艺菊。问之去年买花者,留其根,次年尽变而劣,乃复购于陶。陶由此日富,一年增舍,二年起夏屋。兴作从心,更不谋诸生人。渐而旧日花畦,尽为廊舍。更于墙外买田一区,筑墉四周,悉种菊。至秋,载花去,春尽不归。而马妻病卒。意属黄英,微使人风示之。黄英微笑,意似允许,惟专候陶归而已。年馀,陶竟不至。黄英课仆种菊,一如陶。得金益合商贾,村外治膏田二十顷,甲第益壮。忽有客自东粤来,寄陶生函信,发之,则嘱姊归马。考其寄书之日,回忆园中之饮,适四十三月也,大奇之。以书示英,请问"致聘何所"。英辞不受采。又以故居陋,欲使就南第居,若赘焉。马不可,择日行亲迎礼。黄英既适马,于间壁开扉通南第,日过课其仆。马耻以妻富,恒嘱黄英作南北籍,以防淆乱。而家所需,黄英辄取诸南第。不半岁,家中触类皆陶家物。马立遣人一一赍还之,戒勿复取。未浃旬,又杂之。凡数更,马不胜烦。黄英笑曰:"陈仲子毋乃劳乎?"马惭,不复稽,一切听诸黄英。鸠工庀料,土木大作,马不能禁。经数月,楼舍连亘,两第竟合为一,不分疆界矣。然遵马教,闭门不复业菊,而享用过于世家。马不自安,曰:"仆三十年清德,为卿所累。今视息人间,徒依裙带而食,真无一毫丈夫气矣。人皆祝富,我但祝穷耳!"黄英曰:"妾非贪鄙,但不少致丰盈,遂令千载下人,谓渊明贫贱骨,百世不能发迹,故聊为我家彭泽解嘲耳。然贫者愿富,为难;富者求贫,固亦甚易。床头金任君挥去之,妾不靳也。"马曰:"捐他人之金,抑亦良丑。"英曰:"君不愿富,妾亦不能贫也。无已,析君居:清者自清,浊者自浊,何害。"乃于园中筑茅茨,择美婢往侍马。马安之。然过数日,苦念黄英。招之,不肯至。不得已,反就之。隔宿辄至,以为常。黄英笑曰:"东食西宿,廉者当不如是。"马亦自笑,无以对,遂复合居如初。会马以事客金陵,适逢菊秋。早过花肆,见肆中盆列甚繁,款朵佳胜,心动,疑类陶制。少间,主人出,果陶也。喜极,具道契阔,遂止宿焉。要之归。陶曰:"金陵,吾故土,将婚于是。积有薄资,烦寄吾姊。我岁杪当暂去。"马不听,请之益苦。且曰:"家幸充盈,但可坐享,无须复贾。"坐肆中,使仆代论价,廉其直,数日尽售。逼促囊装,赁舟遂北。入门,则姊已除舍,床榻裀褥皆设,若预知弟也归者。陶自归,解装课役,大修亭园,惟日与马共棋酒,更不复结一客。为之择婚,辞不愿。姊遣二婢侍其寝处,居三四年,生一女。陶饮素豪,从不见其沉醉。有友人曾生,量亦无对。适过马,马使与陶相较饮。二人纵饮甚欢,相得恨晚。自辰以迄四漏,计各尽百壶。曾烂醉如泥,沉睡座间。陶起归寝,出门践菊畦,玉山倾倒,委衣于侧,即地化为菊,高如人,花十馀朵,皆大如拳。马骇绝,告黄英。英急往,拔置地上,曰:"胡醉至此!"覆以衣,要马俱去,戒勿视。既明而往,则陶卧畦边。马乃悟姊弟皆菊精也，益敬爱之。而陶自露迹，饮益放，恒自折柬招曾，因与莫逆。值花朝，曾乃造访，以两仆异药浸白酒一坛，约与共尽。坛将竭，二人犹未甚醉。马潜以一瓶续入之，二人又尽之。曾醉已惫，诸仆负之以去。陶卧地，又化为菊。马见惯不惊，如法拔之，守其旁以观其变。久之，叶益憔悴。大惧，始告黄英。英闻骇曰："杀吾弟矣！"奔视之，根株已枯。痛绝，掐其梗，埋盆中，携入闺中，日灌溉之。马悔恨欲绝，甚怨曾。越数日，闻曾已醉死矣。盆中花渐萌，九月既开，短干粉朵，嗅之有酒香，名之"醉陶"，浇以酒则茂。后女长成，嫁于世家。黄英终老，亦无他异。

异史氏曰："青山白云人，遂以醉死，世尽惜之，而未必不自以为快也。植此种于庭中，如见良友，如见丽人，不可不物色之也。"

书　　痴

彭城郎玉柱，其先世官至太守，居官廉，得俸不治生产，积书盈屋。至玉柱，尤痴。家苦贫，无物不鬻，惟父藏书，一卷不忍置。父在时，曾书《劝学篇》粘其座右，郎日讽诵，又帱以素纱，惟恐磨灭。非为干禄，实信书中真有金粟。昼夜研读，无问寒暑。年二十馀，不求婚配，冀卷中丽人自至。见宾亲不知温凉，三数语后，则诵声大作，客逡巡自去。每文宗临试，辄首拔之，而苦不得售。一日，方读，忽大风飘卷去。急逐之，踏地陷足。探之，穴有腐草。掘之，乃古人窖粟，朽败已成粪土。虽不可食，而益信"千钟"之说不妄，读益力。一日，梯登高架，于乱卷中得金辇径尺，大喜，以为"金屋"之验。出以示人，则镀金而非真金。心窃怨古人之诳已也。居无何，有父同年，观察是道，性好佛。或劝郎献辇为佛龛。观察大悦，赠金三百、马二匹。郎喜，以为金屋、车马皆有验，因益刻苦。然行年已三十矣。或劝其娶，曰："'书中自有颜如玉'，我何忧无美妻乎？"又读二三年，迄无效，人咸揶揄之。时民间讹言：天上织女私逃。或戏郎："天孙窃奔，盖为君也。"郎知其戏，置不辨。一夕，读《汉书》至八卷，卷将半，见纱剪美人夹藏其中。骇曰："书中颜如玉，其以此验之耶？"心怅然自失。而细视美人，眉目如生，背隐隐有细字云：“织女。”大异之。日置卷上，反复瞻玩，至忘食寝。一日，方注目间，美人忽折腰起，坐卷上微笑。郎惊绝，伏拜案下。既起，已盈尺矣。益骇，又叩之。下几亭亭，宛然绝代之姝。拜问：“何神？”美人笑曰：“妾颜氏，字如玉，君固相知已久。日垂青盼，脱不一至，恐千载下无复有笃信古人者。”郎喜，遂与寝处。然枕席间亲爱倍至，而不知为人。每读，必使女坐其侧。女戒勿读，不听。女曰：“君所以不能腾达者，徒以读耳。试观春秋榜上，读如君者几人？若不听，妾行去矣。”郎暂从之。少顷，忘其教，吟诵复起。逾刻，索女，不知所在。神志丧失，嘱而祷之，殊无影迹。忽忆女所隐处，取汉书细检之，直至旧处，果得之。呼之不动，伏以哀祝。女乃下曰：“君再不听，当相永绝！”因使治棋枰、樗蒲之具，日与遨戏。而郎意殊不属。觑女不在，则窃卷流览。恐为女觉，阴取汉书第八卷，杂混他所以迷之。一日，读酣，女至，竟不之觉，忽睹之，急掩卷，而女已亡矣。大惧，冥搜诸卷，渺不可得。既，仍于《汉书》八卷中得之，页数不爽。因再拜祝，矢不复读。女乃下，与之弈，曰：“三日不工，当复去。”至三日，忽一局赢女二子。女乃喜，授以弦索，限五日工一曲。郎手营目注，无暇他及，久之，随手应节，不觉鼓舞。女乃日与饮博，郎遂乐而忘读。女又纵之出门，使结客，由此倜傥之名暴著。女曰：“子可以出而试矣。”郎一夜谓女曰：“凡人男女同居则生子。今与卿居久，何不然也？”女笑曰：“君日读书，妾固谓无益。今即夫妇一章，尚未了悟，枕席二字有工夫。”郎惊问：“何工夫？”女笑不言。少间，潜迎就之。郎乐极曰：“我不意夫妇之乐，有不可言传者。”于是逢人辄道，无有不掩口者。女知而责之。郎曰：“钻穴逾隙者，始不可以告人。天伦之乐，人所皆有，何讳焉。”过八九月，女果举一男，买媪抚字之。一日，谓郎曰：“妾从君二年，业生子，可以别矣。久恐为君祸，悔之已晚。”郎闻言，泣下，伏不起，曰：“卿不念呱呱者耶？”女亦凄然，良久曰：“必欲妾留，当举架上书尽散之。”郎曰：“此卿故乡，乃仆性命，何出此言！”女不之强，曰：“妾亦知其有数，不得不预告耳。”先是，亲族或窥见女，无不骇绝，而又未闻其缔姻何家，共诘之。郎不能作伪语，但默不言。人益疑，邮传几遍，闻于邑宰史公。史，闽人，少年进士。闻声倾动，窃欲一睹丽容，因而拘郎与女。女闻知，遁匿无迹。宰怒，收郎，斥革衣衿，梏械备加，务得女所自往。郎垂死，无一言。械其婢，略得道其仿佛。宰以为妖，命驾亲临其家。见书卷盈屋，多不胜搜，乃焚之。庭中烟结不散，瞑若阴霾。郎既释，远求父门人书，得从辨复。是年秋捷，次年举进士。而衔恨切于骨髓。为颜如玉之位，朝夕而祝曰："卿如有灵，当佑我官于闽。"后果以直指巡闽。居三月，访史恶款，籍其家。时有中表为司理，逼纳爱妾，托言买婢寄署中。案既结，郎即日自劾，取妾而归。

异史氏曰："天下之物，积则招妒，好则生魔。女之妖，书之魔也。事近怪诞，治之未为不可，而祖龙之虐，不已惨乎！其存心之私，更宜得怨毒之报也。呜呼！何怪哉！"

齐 天 大 圣

许盛，兖人。从兄成，贾于闽，货未居积。客言大圣灵著，将祷诸祠。盛未知大圣何神，与兄俱往。至则殿阁连蔓，穷极弘丽。入殿瞻仰，神猴首人身，盖齐天大圣孙悟空云。诸客肃然起敬，无敢有惰容。盛素刚直，窃笑世俗之陋。众焚奠叩祝，盛潜去之。既归，兄责其慢。盛曰："孙悟空乃丘翁之寓言，何遂诚信如此？如其有神，刀槊雷霆，余自受之！"逆旅主人闻呼大圣名，皆摇手失色，若恐大圣闻。盛见其状，益哗辨之；听者皆掩耳而走。至夜，盛果病，头痛大作。或劝诣祠谢，盛不听。未几，头小愈，股又痛，竟夜生巨疽，连足尽肿，寝食俱废。兄代祷，迄无验。或言：神谴须自祝。盛卒不信。月馀，疮渐敛，而又一疽生，其痛倍苦。医来，以刀割腐肉，血溢盈碗。恐人神其词，故忍而不呻。又月馀，始就平复。而兄又大病。盛曰："何如矣！敬神者亦复如是，足征余之疾，非由悟空也。"兄闻其言，益恚，谓神迁怒，责弟不为代祷。盛曰："兄弟犹手足。前日支体糜烂而不之祷；今岂以手足之病，而易吾守乎？"但为延医锉药，而不从其祷。药下，兄暴毙。盛惨痛结于心腹，买棺殓兄已，投祠指神而数之曰："兄病，谓汝迁怒，使我不能自白。倘尔有神，当令死者复生。余即北面称弟子，不敢有异词。不然，当以汝处三清之法，还处汝身，亦以破吾兄地下之惑。”至夜，梦一人招之去，入大圣祠，仰见大圣有怒色，责之曰：“因汝无状，以菩萨刀穿汝胫股，犹不自悔，啧有烦言。本宜送拔舌狱，念汝一念刚鲠，姑置宥赦。汝兄病，乃汝以庸医夭其寿数，与人何尤？今不少施法力，益令狂妄者引为口实。”乃命青衣使请命于阎罗。青衣曰：“三日后，鬼籍已报天庭，恐难为力。”神取方版，命笔，不知何词，使青衣执之而去。良久乃返。成与俱来，并跪堂上。神问：“何迟？”青衣曰：“阎魔不敢擅专，又持大圣旨上咨斗宿，是以来迟。”盛趋上拜谢神恩。神曰：“可速与兄俱去。若能向善，当为汝福。”兄弟悲喜，相将俱归。醒而异之。急起，启材视之，兄果已苏，扶出，极感大圣力。盛由此诚服信奉，更倍于流俗。而兄弟资本，病中已耗其半，兄又未健，相对长愁。一日，偶游郊郭，忽一褐衣人相之曰：“子何忧也？”盛方苦无所诉，因而备述其遭。褐衣人曰：“有一佳境，暂往瞻瞩，亦足破闷。”问：“何所？”但云：“不远。”从之。出郭半里许，褐衣人曰：“予有小术，顷刻可到。”因命以两手抱腰，略一点头，遂觉云生足下，腾踔而上，不知几百由旬。盛大惧，闭目不敢少启。顷之曰：“至矣。”忽见琉璃世界，光明异色，讶问：“何处？”曰：“天宫也。”信步而行，上上益高。遥见一叟，喜曰：“适遇此老，子之福也！”举手相揖。叟邀过诣其所，烹茗献客，止两盏，殊不及盛。褐衣人曰：“此吾弟子，千里行贾，敬造仙署，求少赠馈。”叟命僮出白石一柈，状类雀卵，莹澈如冰，使盛自取之。盛念携归可作酒枚，遂取其六。褐衣人以为过廉，代取六枚，付盛并裹之。嘱纳腰橐，拱手曰：“足矣。”辞叟出，仍令附体而下，俄顷及地。盛稽首请示仙号。笑曰：“适即所谓筋斗云也。”盛恍然，悟为大圣，又求祐护。曰：“适所会财星，赐利十二分，何须他求。”盛又拜之，起视已渺。既归，喜而告兄。解取共视，则融入腰橐矣。后辇货而归，其利倍蓰。自此屡至闽，必祷大圣。他人之祷，时不甚验，盛所求无不应者。

异史氏曰：“昔士人过寺，画琵琶于壁而去。比返，则其灵大著，香火相属焉。天下事固不必实有其人，人灵之，则既灵焉矣。何以故？人心所聚，而物或托焉耳。若盛之方鲠，固宜得神明之祐，岂真耳内绣针，毫毛能变，足下筋斗，碧落可升哉！卒为邪惑，亦其见之不真也。”

青　蛙　神

江汉之间，俗事蛙神最虔。祠中蛙不知几百千万，有大如笼者。或犯神怒，家中辄有异兆：蛙游几榻，甚或攀缘滑壁，其状不一，此家当凶。人则大恐，斩牲禳祷之，神喜则已。楚有薛昆生者，幼惠，美姿容。六七岁时，有青衣媪至其家，自称神使，坐致神意，愿以女下嫁昆生。薛翁性朴拙，雅不欲，辞以儿幼。虽固却之，而亦未敢议婚他姓。迟数年，昆生渐长，委禽于姜氏。神告姜曰：“薛昆生，吾婿也，何得近禁脔！”姜惧，反其仪。薛翁忧之，洁牲往祷，自言不敢与神相匹偶。祝已，见肴酒中皆有巨蛆浮出，蠢然扰动。倾弃，谢罪而归。心益惧，亦姑听之。一日，昆生在途，有使者迎宣神命，苦邀移趾。不得已，从与俱往。入一朱门，楼阁华好。有叟坐堂上，类七八十岁人，昆生伏谒。叟命曳起之，赐坐案傍。少间，婢媪集视，纷纭满侧。叟顾曰：“入言薛郎至矣。”数婢奔去。移时，一媪率女郎出，年十六七，丽绝无俦。叟指曰：“此小女十娘，自谓与君可称佳偶，君家尊乃以异类见拒。此自百年事，父母止主其半，是在君耳。”昆生目注十娘，心爱好之，默然不言。媪曰：“我固知郎意良佳。请先归，当即送十娘往也。”昆生曰：“诺。”趋归告翁。翁仓遽无所为计，乃授之词，使返谢之，昆生不肯行。方诮让间，舆已在门，青衣成群，而十娘入矣。上堂朝见翁姑，见之皆喜。即夕合卺，琴瑟甚谐。由此神翁神媪，时降其家。视其衣，赤为喜，白为财，必见，以故家日兴。自婚于神，门堂藩溷皆蛙，人无敢诟蹴之。惟昆生少年任性，喜则忌，怒则践毙，不甚爱惜。十娘虽谦驯，但含怒，颇不善昆生所为，而昆生不以十娘故敛抑之。十娘语侵昆生，昆生怒曰：“岂以汝家翁媪能祸人耶？大丈夫何畏蛙也！”十娘甚讳言“蛙”，闻之恚甚，曰：“自妾入门为汝家妇，田增粟，贾增价，亦复不少。今老幼皆已温饱，遂如鸮鸟生翼，欲啄母睛耶！”昆生益愤曰：“吾正嫌所增污秽，不堪贻子孙。请不如早别。”遂逐十娘。

翁媪既闻之，十娘已去。呵昆生，使急往追复之，昆生盛气不屈。至夜，母子俱病，郁冒不食。翁惧，负荆于祠，词义殷切。过三日，病寻愈。十娘已自至，夫妻欢好如初。十娘日辄凝妆坐，不操女红，昆生衣履，一委诸母。母一日忿曰："儿既娶，仍累媪！人家妇事姑，我家姑事妇！"十娘适闻之，负气登堂曰："儿妇朝侍食，暮问寝，事姑者，其道如何？所短者，不能吝佣钱，自作苦耳。"母无言，惭沮自哭。昆生入，见母涕痕，诘得故，怒责十娘。十娘执辨不屈。昆生曰："娶妻不能承欢，不如勿有！便触老蛙怒，不过横灾死耳！"复出十娘。十娘亦怒，出门径去。次日，居舍灾，延烧数屋，几案床榻，悉为煨烬。昆生怒，诣祠责数曰："养女不能奉翁姑，略无庭训，而曲护其短！神者至公，有教人畏妇者耶！且盎盂相敲，皆臣所为，无所涉于父母。刀锯斧钺，即加臣身。如其不然，我亦焚汝居室，聊以相报。"言已，负薪殿下，爇火欲举。居人集而哀之，始愤而归。父母闻之，大惧失色。至夜，神示梦于近村，使为婿家营宅。及明，赍材鸠工，共为昆生建造，辞之不肯。日数百人相属于道，不数日，第舍一新，床幕器具悉备焉。修除甫竟，十娘已至，登堂谢过，言词温婉。转身向昆生展笑，举家变怨为喜。自此十娘性益和，居二年，无间言。十娘最恶蛇，昆生戏函小蛇，给使启之。十娘色变，诟昆生。昆生亦转笑生嗔，恶相抵。十娘曰："今番不待相迫逐，请自此绝。"遂出门去。薛翁大恐，杖昆生，请罪于神。幸不祸之，亦寂无音。积有年余，昆生怀念十娘，颇自悔，窃诣神所哀十娘，迄无声应。未几，闻神以十娘字袁氏，中心失望，因亦求婚他族。而历相数家，并无如十娘者，于是益思十娘。往探袁氏，则已垩壁涤庭，候鱼轩矣。心愧愤不能自已，废食成疾。父母忧皇，不知所处。忽昏愦中有人抚之曰："大丈夫频欲断绝，又作此态！"开目，则十娘也。喜极，跃起曰："卿何来？"十娘曰："以轻薄人相待之礼，止宜从父命，另醮而去。固久受袁家采币，妾千思万思而不忍也。卜吉已在今夕，父又无颜反币，妾亲携而置之矣。适出门，父走送曰：'痴婢！不听吾言，后受薛家凌虐，纵死亦勿归也！'"昆生感其义，为之流涕。家人皆喜，奔告翁媪。媪闻之，不待往朝，奔入子舍，执手呜泣。由此昆生亦老成，不作恶虐，于是情好益笃。十娘曰："妾向以君儇薄，未必遂能相白首，故不欲留孽根于人世。今已靡他，妾将生子。”居无何，神翁神媪着朱袍，降临其家。次日，十娘临蓐，一举两男。由此往来无间。居民或犯神怒，辄先求昆生，乃使妇女辈盛妆入闺，朝拜十娘，十娘笑则解。薛氏苗裔甚繁，人名之“薛蛙子家”。近人不敢呼，远人则呼之。

青蛙神，往往托诸巫以为言。巫能察神嗔喜：告诸信士曰“喜矣”，福则至；“怒矣”，妇子坐愁叹，有废餐者。流俗然哉？抑神实灵，非尽妄也？有富贾周某，性吝啬。会居人敛金修关圣祠，贫富皆与有力，独周一毛所不肯拔。久之，工不就，首事者无所为谋。适众赛蛙神，巫忽言：“周将军仓命小神司募政，其取簿籍来。”众从之。巫曰：“已捐者，不复强；未捐者，量力自注。”众唯唯敬听，各注已。巫视众：“周某在此否?”周方混迹其后，惟恐神知，闻之失色，次且而前。巫指籍曰：“注金百。”周益窘。巫怒曰：“淫债尚酬二百，况好事耶!”盖周私一妇，为夫掩执，以金二百自赎，故讦之也。周益惭惧，不得已，如命注之。既归，告妻。妻曰：“此巫之诈耳。”巫屡索，卒不与。一日，方昼寝，忽闻门外如牛喘。视之，则一巨蛙，室门仅容其身，步履蹇缓，塞两扉而入。既入，转身卧，以阈承颔，举家尽惊。周曰：“此必讨募金也。”焚香而祝，愿先纳三十，其馀以次赍送，蛙不动；请纳五十，身忽一缩，小尺许；又加二十，益缩如斗；请全纳，缩如拳，从容出，入墙罅而去。周急以五十金送监造所，人皆异之，周亦不言其故。积数日，巫又言：“周某欠金五十，何不催并?”周闻之惧，又送十金，意将以次完结。一日，夫妇方食，蛙又至，如前状，目作怒。少间，登其床，床摇撼欲倾，加喙于枕而眠，腹隆起如卧牛，四隅皆满。周惧，即完百数与之。验之，仍不少动。半日间，小蛙渐集，次日益多，穴仓登榻，无处不至。大于碗者，升灶啜蝇，糜烂釜中，以致秽不可食。至三日，庭中蠢蠢，更无隙地。一家皇骇，不知计之所出。不得已，请教于巫。巫曰：“此必少之也。”遂祝之，益以二十，首始举；又益之，起一足；直至百金，四足尽起，下床出门，狼犺数步，复返身卧门内。周惧，问巫。巫揣其意，欲周即解囊。周无奈何，如数付巫，蛙乃行，数步外，身暴缩，杂众蛙中，不可辨认，纷纷然亦渐散矣。祠既成，开光祭赛，更有所需。巫忽指首事者曰:“某宜出如干数。”共十五人,止遗二人。众祝曰:“吾等与某某,已同捐过。”巫曰:“我不以贫富为有无,但以汝等所侵渔之数为多寡。此等金钱,不可自肥,恐有横灾飞祸。念汝等首事勤劳,故代汝消之也。除某某廉正无苟且外,即我家巫,我亦不少私之,便令先出,以为众倡。”即奔入家,搜括箱椟。妻问之,亦不答,尽卷囊蓄而出,告众曰:“某私克银八两,今使倾橐。”与众衡之,秤得六两馀,使人志之。众愕然,不敢置辨,悉如数纳入。巫过此茫不自知,或告之,大惭,质衣以盈之。惟二人亏其数,事既毕,一人病月馀,一人患疔瘇,医药之费,浮于所欠,人以为私克之报云。

异史氏曰:“老蛙司募,无不可与为善之人,其胜刺钉拖索者,不既多乎?又发监守之盗,而消其灾,则其现威猛,正其行慈悲也。神矣!”

任　秀

任建之,鱼台人,贩毡裘为业。竭资赴陕。途中逢一人,自言:“申竹亭,宿迁人。”话言投契,盟为昆弟,行止与俱。至陕,任病不起,申善视之。积十馀日,疾大渐。谓申曰:“吾家故无恒产,八口衣食,皆恃一人犯霜露。今不幸,殂谢异域。君,我手足也,两千里外,更有谁何!囊金二百馀金,一半君自取之,为我小备殓具,剩者可助资斧;其半寄吾妻子,俾辇吾榇而归。如肯携残骸旋故里,则装资勿计矣。”乃扶枕为书付申,至夕而卒。申以五六金为市薄材,殓已。主人催其移榇,申托寻寺观,竟遁不返。任家年馀方得确耗。任子秀,年十七,方从师读,由此废学,欲往寻父柩。母怜其幼,秀哀涕欲死,遂典资治任,俾老仆佐之行,半年始还。殡后,家贫如洗。幸秀聪颖,释服,入鱼台泮。而佻达喜博,母教戒綦严,卒不改。一日,文宗案临,试居四等。母愤泣不食。秀惭惧,对母自矢。于是闭户年馀,遂以优等食饩。母劝令设帐,而人终以其荡无检幅,咸诮薄之。有表叔张某,贾京师,劝赴都,愿携与俱,不耗其资。秀喜,从之。至临清,泊舟关外。时盐航舣集,帆樯如林。卧后,闻水声人声,聒耳不寐。更既静,忽闻邻舟骰声清越,入耳萦心,不觉旧技复痒。窃听诸客,皆已酣寝,囊中自备千文，思欲过舟一戏。潜起解囊，捉钱踟蹰，回思母训，即复束置。既睡，心怔冲，苦不得眠，又起，又解，如是者三。兴勃发，不可复忍，携钱径去。至邻舟，则见两人对赌，钱注丰美。置钱几上，即求入局。二人喜，即与共掷，秀大胜。一客钱尽，即以巨金质舟主，渐以十馀贯作孤注。赌方酣，又有一人登舟来，眈视良久，亦倾囊出百金质主人，入局共博。张中夜醒，觉秀不在舟，闻骰声，心知之，因诣邻舟，欲挠沮之。至，则秀胯侧积资如山，乃不复言，负钱数千而返。呼诸客并起，往来移运，尚存十馀千。未几，三客俱败，一舟之钱尽空。客欲赌金，而秀欲已盈，故托非钱不博以难之。张在侧，又促逼令归。三客燥急。舟主利其盆头，转贷他舟，得百馀千。客得钱，赌更豪，无何，又尽归秀。天已曙，放晓关矣，共运资而返。三客已去。主人视所质二百馀金，尽箔灰耳。大惊，寻至秀舟，告以故，欲取偿于秀。及问里居、姓名，知为建之之子，缩颈羞汗而退。过访榜人，乃知主人即申竹亭也。秀至陕时，亦颇闻其姓字；至此鬼已报之，故不复追其前郄矣。乃以资与张合业而北，终岁获息倍蓰。遂援例入监。益权子母，十年间，财雄一方。

晚　霞

五月五日，吴越有斗龙舟之戏：刳木为龙，绘鳞甲，饰以金碧，上为雕甍朱槛，帆旌皆以锦绣，舟末为龙尾，高丈余。以布索引木板下垂，有童坐板上，颠倒滚跌，作诸巧剧。下临江水，险危欲堕。故其购是童也，先以金啖其父母，预调驯之，堕水而死，勿悔也。吴门则载美姬，较不同耳。镇江有蒋氏童阿端，方七岁，便捷奇巧，莫能过，声价益起，十六岁犹用之。至金山下，堕水死。蒋媪止此子，哀鸣而已。阿端不自知死，有两人导去，见水中别有天地。回视，则流波四绕，屹如壁立。俄入宫殿，见一人兜牟坐。两人曰："此龙窝君也。"便使拜伏。龙窝君颜色和霁，曰："阿端伎巧可入柳条部。"遂引至一所，广殿四合。趋上东廊，有诸少年出与为礼，率十三四岁。即有老妪来，众呼解姥。坐令献技。已，乃教以钱塘飞霆之舞，洞庭和风之乐。但闻鼓钲喤聒，诸院皆响，既而诸院皆息。媪恐阿端不能即娴，独絮絮调拨之，而阿端一过，殊已了了。媪喜曰："得此儿，不让晚霞矣！"明日，龙窝君按部，诸部毕集。首按夜叉部，鬼面鱼服。鸣大钲，围四尺许。鼓可四人合抱之，声如巨霆，叫噪不复可闻。舞起，则巨涛汹涌，横流空际，时堕一点，大如盆，着地消灭。龙窝君急止之，命进乳莺部，皆二八姝丽，笙乐细作，一时清风习习，波声俱静，水渐凝如水晶世界，上下通明。按毕，俱退立西墀下。次按燕子部，皆垂髫人。内一女郎，年十四五已来，振袖倾鬟，作散花舞，翩翩翔起，衿袖袜履间，皆出五色花朵，随风飏下，飘泊满庭。舞毕，随其部亦下西墀。阿端旁睨，雅爱好之。问之同部，即晚霞也。无何，唤柳条部。龙窝君特试阿端。端作前舞，喜怒随腔，俯仰中节。龙窝君嘉其惠悟，赐五文裤褶，鱼须金束发，上嵌夜光珠。阿端拜赐下，亦趋西墀，各守其伍。端于众中遥注晚霞，晚霞亦遥注之。少间，端逡巡出部而北，晚霞亦渐出部而南，相去数武，而法严不敢乱部，相视神驰而已。既按蛱蝶部，童男女皆双舞，身长短、年大小、服色黄白，皆取诸同。诸部按毕，鱼贯而出。柳条在燕子部后，端疾出部前，而晚霞已缓滞在后。回首见端，故遗珊瑚钗，端急内袖中。既归，凝思成疾，眠餐顿废。解媪辄进甘旨，日三四省，抚摩殷切，病不少瘥。媪忧之，罔所为计，曰："吴江王寿期已促，且为奈何！"薄暮，一童子来，坐榻上与语，自言："隶蛱蝶部。"从容问曰："君病为晚霞否？"端惊问："何知？"笑曰："晚霞亦如君耳。"端凄然起坐，便求方计。童问："尚能步否？"答云："勉强尚能自力。"童挽出，南启一户，折而西，又辟双扉。见莲花数十亩，皆生平地上，叶大如席，花大如盖，落瓣堆梗下盈尺。童引入其中，曰："姑坐此。"遂去。少时，一美人拨莲花而入，则晚霞也。相见惊喜，各道相思，略述生平。遂以石压荷盖令侧，雅可幛蔽，又匀铺莲瓣而藉之，忻与狎寝。既订后约，日以夕阳为候，乃别。端归，病亦寻愈。由此两人日以会于莲亩。过数日，随龙窝君往寿吴江王。称寿已，诸部悉归，独留晚霞及乳莺部一人在宫中教舞。数月，更无音耗，端怅望若失。惟解媪日往来吴江府；端托晚霞为外妹，求携去，冀一见之。留吴江门下数日，宫禁严森，晚霞苦不得出，怏怏而返。积月馀，痴想欲绝。一日,解姥入,戚然相吊曰:“惜乎!晚霞投江矣!”端大骇,涕下不能自止。因毁冠裂服,藏金珠而出,意欲相从俱死。但见江水若壁,以首力触不得入。念欲复还,惧问冠服,罪将增重。意计穷蹙,汗流浃踵。忽睹壁下有大树一章,乃猱攀而上,渐至端杪,猛力跃堕,幸不沾濡,而竟已浮水上。不意之中,恍睹人世,遂飘然泅去。移时,得岸,少坐江滨,顿思老母,遂趁舟而去。抵里,四顾居庐,忽如隔世。次且至家,忽闻窗中有女子曰:“汝子来矣。”音声甚似晚霞。俄,与母俱出,果霞。斯时两人喜胜于悲,而媪则悲疑惊喜,万状俱作矣。初,晚霞在吴江,觉腹中震动,龙宫法禁严,恐旦夕身娩,横遭挞楚,又不得一见阿端,但欲求死,遂潜投江水。身泛起,沉浮波中,有客舟拯之,问其居里。晚霞故吴名妓,溺水不得其尸。自念衏院不可复投,遂曰:“镇江蒋氏,吾婿也。”客因代赁扁舟,送诸其家。蒋媪疑其错误,女自言不误,因以其情详告媪。媪以其风格婉妙,颇爱悦之,第虑年太少,必非肯终寡也者。而女孝谨,顾家中贫,便脱珍饰售数万。媪察其志无他,良喜。然无子,恐一旦临蓐,不见信于戚里,以谋女。女曰:“母但得真孙,何必求人知。”媪亦安之。会端至,女喜不自已。媪亦疑儿不死,阴发儿冢,骸骨俱存。因以此诘端。端始爽然自悟;然恐晚霞恶其非人,嘱母勿复言。母然之。遂告同里,以为当日所得非儿尸,然终虑其不能生子。未几,竟举一男,捉之无异常儿,始悦。久之,女渐觉阿端非人,乃曰:“胡不早言!凡鬼衣龙宫衣,七七魂魄坚凝,生人不殊矣。若得宫中龙角胶,可以续骨节而生肌肤,惜不早购之也。”端货其珠,有贾胡出资百万,家由此巨富。值母寿,夫妻歌舞称觞,遂传闻王邸。王欲强夺晚霞。端惧,见王自陈:“夫妇皆鬼。”验之无影而信,遂不之夺。但遣宫人就别院传其技。女以龟溺毁容,而后见之。教三月,终不能尽其技而去。

白　秋　练

直隶有慕生,小字蟾宫,商人慕小寰之子。聪惠喜读。年十六,翁以文业迂,使去而学贾,从父至楚。每舟中无事,辄便吟诵。抵武昌,父留居逆旅,守其居积。生乘父出,执卷哦诗,音节铿锵。辄见窗影憧憧,似有人窃听之,而亦未之异也。一夕,翁赴饮,久不归,生吟益苦。有人徘徊窗外,月映甚悉。怪之,遽出窥觇,则十五六倾城之姝。望见生,急避去。又二三日,载货北旋,暮泊湖滨。父适他出,有媪入曰:"郎君杀吾女矣!"生惊问之,答云:"妾白姓。有息女秋练,颇解文字。言在郡城,得听清吟,于今结念,至绝眠餐。意欲附为婚姻,不得复拒。"生心实爱好,第虑父嗔,因直以情告。媪不实信,务要盟约。生不肯。媪怒曰:"人世姻好,有求委禽而不得者。今老身自媒,反不见纳,耻孰甚焉! 请勿想北渡矣!"遂去。少间,父归,善其词以告之,隐冀垂纳。而父以涉远,又薄女子之怀春也,笑置之。泊舟处,水深没棹,夜忽沙碛拥起,舟滞不得动。湖中每岁客舟必有留住守洲者,至次年桃花水溢,他货未至,舟中物当百倍于原直也,以故翁未甚忧怪。独冀明岁南来,尚须揭资,于是留子自归。生窃喜,悔不诘媪居里。日既暮,媪与一婢扶女郎至,展衣卧诸榻上,向生曰:"人病至此,莫高枕作无事者!"遂去。生初闻而惊,移灯视女,则病态含娇,秋波自流。略致讯诘,嫣然微笑。生强其一语,曰:"'为郎憔悴却羞郎',可为妾咏。"生狂喜,欲近就之,而怜其荏弱。探手于怀,接脑为戏。女不觉欢然展谑,乃曰:"君为妾三吟王建'罗衣叶叶'之作,病当愈。"生从其言。甫两过,女揽衣起曰:"妾愈矣!"再读,则娇颤相和。生神志益飞,遂灭烛共寝。女未曙已起,曰:"老母将至矣。"未几,媪果至。见女凝妆欢坐,不觉欣慰,邀女去,女俯首不语。媪即自去,曰:"汝乐与郎君戏,亦自任也。"于是生始研问居止。女曰:"妾与君不过倾盖之交,婚嫁尚未可必,何须令知家门。"然两人互相爱悦,要誓良坚。女一夜早起挑灯,忽开卷凄然泪莹,生起急问之。女曰:"阿翁行且至。我两人事,妾适以卷卜,展之得李益《江南曲》,词意非祥。"生慰解之,曰:"首句'嫁得瞿塘贾',即已大吉,何不祥之与有!"女乃少欢,起身作别曰:"暂请分手,天明则千人指视矣。"生把臂哽咽,问:"好事如谐,何处可以相报?"曰:"妾常使人侦探之,谐否无不闻也。"生将下舟送之,女力辞而去。无何,慕果至。生渐吐其情。父疑其招妓,怒加诟厉。细审舟中财物,并无亏损,谯呵乃已。一夕,翁不在舟，女忽至，相见依依，莫知决策。女曰："低昂有数，且图目前。姑留君两月，再商行止。"监别，以吟声作为相会之约。由此值翁他出，遂高吟，则女自至。四月行尽，物价失时，诸贾无策，敛资祷湖神之庙。端阳后，雨水大至，舟始通。生既归，凝思成疾。慕忧之，巫医并进。生私告母曰："病非药禳可痊，惟有秋练至耳。"翁初怒之。久之，支离益惫，始惧，赁车载子，复入楚，泊舟故处。访居人，并无知白媪者。会有媪操柁湖滨，即出自任。翁登其舟，窥见秋练，心窃喜，而审诘邦族，则浮家泛宅而已。因实告子病由，冀女登舟，姑以解其沉痼。媪以婚无成约，弗许。女露半面，殷殷窥听，闻两人言，眦泪欲堕。媪视女面，因翁哀请，即亦许之。至夜，翁出，女果至，就榻呜泣曰："昔年妾状，今到君耶！此中况味，要不可不使君知。然羸顿如此，急切何能便瘳？妾请为君一吟。"生亦喜。女亦吟王建前作。生曰："此卿心事，医二人何得效？然闻卿声，神已爽矣。试为我吟'杨柳千条尽向西'。"女从之。生赞曰："快哉！卿昔诵诗余，有《采莲子》云：'菡萏香莲十顷陂。'心尚未忘，烦一曼声度之。"女又从之。甫阕，生跃起曰："小生何尝病哉！"遂相狎抱，沉痾若失。既而问："父见媪何词？事得谐否？"女已察知翁意，直对"不谐"。既而女去，父来，见生已起，喜甚，但慰勉之。因曰："女子良佳。然自总角时，把柁櫂歌，无论微贱，抑亦不贞。"生不语。翁既出，女复来，生述父意。女曰："妾窥之审矣：天下事，愈急则愈远，愈迎则愈拒。当使意自转，反相求。"生问计，女曰："凡商贾之志，在于利耳。妾有术知物价。适视舟中物，并无少息。为我告翁：居某物，利三之；某物，十之。归家，妾言验，则妾为佳妇矣。再来时，君十八，妾十七，相欢有日，何忧为！"生以所言物价告父。父颇不信，姑以馀资半从其教。既归，所自买货，资本大亏，幸少从女言，得厚息，略相准。以是服秋练之神。生益夸张之，谓女自言，能使己富。翁于是益揭资而南。至湖，数日不见白媪。过数日，始见其泊舟柳下，因委禽焉。媪悉不受，但涓吉送女过舟。翁另赁一舟，为子合卺。女乃使翁益南，所应居货，悉籍付之。媪乃邀婿去，家于其舟。翁三月而返。物至楚，价已倍蓰。将归，女求载湖水。既归，每食必加少许，如用醯酱焉。由是每南行，必为致数坛而归。后三四年,举一子。一日,涕泣思归。翁乃偕子及妇俱入楚。至湖,不知媪之所在。女扣舷呼母,神形丧失。促生沿湖问讯。会有钓鲟鳇者,得白骥。生近视之,巨物也,形全类人,乳阴毕具。奇之,归以告女。女大骇,谓夙有放生愿,嘱生赎放之。生往商钓者,钓者索直昂。女曰:"妾在君家,谋金不下巨万,区区者何遂靳直也!如必不从,妾即投湖水死耳!"生惧,不敢告父,盗金赎放之。既返,不见女,搜之不得,更尽始至。问:"何往?"曰:"适至母所。"问:"母何在?"腆然曰:"今不得不实告矣:适所赎,即妾母也。向在洞庭,龙君命司行旅。近宫中欲选嫔妃,妾被浮言者所称道,遂敕妾母,坐相索。妾母实奏之。龙君不听,放母于南滨,饿欲死,故罹前难。今难虽免,而罚未释。君如爱妾,代祷真君可免。如以异类见憎,请以儿掷还君。妾自去,龙宫之奉,未必不百倍君家也。"生大惊,虑真君不可得见。女曰:"明日未刻,真君当至。见有跛道士,急拜之,入水亦从之。真君喜文士,必合怜允。"乃出鱼腹绫一方,曰:"如问所求,即出此,求书一'免'字。"生如言候之。果有道士蹩躠而至,生伏拜之。道士急走,生从其后。道士以杖投水,跃登其上。生竟从之而登,则非杖也,舟也。又拜之。道士问:"何求?"生出罗求书。道士展视曰:"此白骥翼也,子何遇之?"蟾宫不敢隐,详陈始末。道士笑曰:"此物殊风流,老龙何得荒淫!"遂出笔草书"免"字,如符形,返舟令下。则见道士踏杖浮行,顷刻已渺。归舟,女喜,但嘱勿泄于父母。归后二三年,翁南游,数月不归。湖水俱罄,久待不至。女遂病,日夜喘急,嘱曰:"如妾死,勿瘗,当于卯、午、酉三时,一吟杜甫梦李白诗,死当不朽。待水至,倾注盆内,闭门缓妾衣,抱入浸之,宜得活。"喘息数日,奄然遂毙。后半月,慕翁至,生急如其教,浸一时许,渐苏。自是每思南旋。后翁死,生从其意,迁于楚。

王　　者

湖南巡抚某公,遣州佐押解饷六十万赴京。途中被雨,日暮愆程,无所投宿,远见古刹,因诣栖止。天明,视所解金,荡然无存。众骇怪，莫可取咎。回白抚公，公以为妄，将置之法。及诘众役，并无异词。公责令仍反故处，缉察端绪。至庙前，见一瞽者，形貌奇异，自榜云：“能知心事。”因求卜筮。瞽曰：“是为失金者。”州佐曰：“然。”因诉前苦。瞽者便索肩舆，云：“但从我去，当自知。”遂如其言，官役皆从之。瞽曰：“东。”东之。瞽曰：“北。”北之。凡五日，入深山，忽睹城郭，居人辐辏。入城，走移时，瞽曰：“止。”因下舆，以手南指：“见有高门西向，可款关自问之。”拱手自去。州佐如其教，果见高门，渐入之。一人出，衣冠汉制，不言姓名。州佐述所自来。其人云：“请留数日，当与君谒当事者。”遂导去，令独居一所，给以食饮。暇时闲步，至第后，见一园亭，入涉之。老松翳日，细草如毡。数转廊榭，又一高亭，历阶而入，见壁上挂人皮数张，五官俱备，腥气流熏。不觉毛骨森竖，疾退归舍。自分留鞟异域，已无生望，因念进退一死，亦姑听之。明日，衣冠者召之去，曰：“今日可见矣。”州佐唯唯。衣冠者乘怒马甚驶，州佐步驰从之。俄，至一辕门，俨如制府衙署，皂衣人罗列左右，规模凛肃。衣冠者下马，导入。又一重门，见有王者，珠冠绣绂，南面坐。州佐趋上，伏谒。王者问：“汝湖南解官耶？”州佐诺。王者曰：“银俱在此。是区区者，汝抚军即慨然见赠，未为不可。”州佐泣诉：“限期已满，归必就刑，禀白何所申证？”王者曰：“此即不难。”遂付以巨函云：“以此复之，可保无恙。”又遣力士送之。州佐慑息，不敢辨，受函而返。山川道路，悉非来时所经。既出山，送者乃去。数日，抵长沙，敬白抚公。公益妄之，怒不容辨，命左右者飞索以缧。州佐解襆出函，公拆视未竟，面如灰土。命释其缚，但云：“银亦细事，汝姑出。”于是急檄属官，设法补解讫。数日，公疾，寻卒。先是，公与爱姬共寝，既醒，而姬发尽失。阖署惊怪，莫测其由。盖函中即其发也。外有书云：“汝自起家守令，位极人臣。赇赂贪婪，不可悉数。前银六十万，业已验收在库。当自发贪囊，补充旧额。解官无罪，不得加谴责。前取姬发，略示微警。如复不遵教令，旦晚取汝首领。姬发附还，以作明信。”公卒后，家人始传其书。后属员遣人寻其处，则皆重岩绝壑，更无径路矣。

异史氏曰：“红线金合，以儆贪婪，良亦快异。然桃源仙人，不事劫掠，即剑客所集，乌得有城郭衙署哉？呜呼！是何神欤？苟得其地，恐天下之赴诉者无已时矣。”

陈 云 栖

真毓生，楚夷陵人，孝廉之子，能文，美丰姿，弱冠知名。儿时，相者曰：“后当娶女道士为妻。”父母共以为笑。而为之论婚，低昂苦不能就。生母臧夫人，祖居黄冈，生以故诣外祖母。闻时人语曰：“黄州‘四云’，少者无伦。”盖郡有吕祖庵，庵中女道士皆美，故云。庵去臧氏村仅十馀里，生因窃往。扣其关，果有女道士三四人，谦喜承迎，仪度皆洁。中一最少者，旷世真无其俦，心好而目注之。女以手支颐，但他顾。诸道士觅盏烹茶。生乘间问姓字，答云：“云栖，姓陈。”生戏曰：“奇矣！小生适姓潘。”陈赪颜发颊，低头不语，起而去。少间，瀹茗，进佳果。各道姓字：一，白云深，年三十许；一，盛云眠，二十已来；一，梁云栋，约二十有四五，却为弟。而去栖不至。生殊怅惘，因问之。白曰：“此婢惧生人。”生乃起别，白力挽之，不留而出。白曰：“而欲见云栖，明日可复来。”生归，思恋綦切。次日，又诣之。诸道士俱在，独少云栖，未便遽问。诸道士治具留餐，生力辞，不听。白拆饼授箸，劝进良殷。既问：“云栖何在？”答云：“自至。”久之，日势已晚，生欲归。白捉腕留之，曰：“姑止此，我捉婢子来奉见。”生乃止。俄，挑灯具酒，云眠亦去。酒数行，生辞已醉。白曰：“饮三觥，则云栖出矣。”生果饮如数。梁亦以此挟劝之，生又尽之，覆盏告辞。白顾梁曰：“吾等面薄，不能劝饮。汝往曳陈婢来，便道潘郎待妙常已久。”梁去，少时而返，具言：“云栖不至。”生欲去，而夜已深，乃佯醉仰卧。两人代裸之，迭就淫焉。终夜不堪其扰。天既明，不睡而别。数日不敢复往，而心念云栖不忘也，但不时于近侧探侦之。一日，既暮，白出门，与少年去。生喜，不甚畏梁，急往款关。云眠出应门。问之，则梁亦他适。因问云栖。盛导去，又入一院，呼曰：“云栖！客至矣。”但见室门阐然而合。盛笑曰：“闭扉矣。”生立窗外，似将有言，盛乃去。云栖隔窗曰：“人皆以妾为饵，钓君也。频来，身命殆矣。妾不能终守清规,亦不敢遂乖廉耻,欲得如潘郎者事之耳。”生乃以白头相约。云栖曰:“妾师抚养,即亦非易。果相见爱,当以二十金赎妾身。妾候君三年。如望为桑中之约,所不能也。”生诺之。方欲自陈,而盛复至,从与俱出,遂别归。中心怊怅,思欲委曲夤缘,再一亲其娇范,适有家人报父病,遂星夜而还。无何,孝廉卒。夫人庭训最严,心事不敢使知,但刻减金资,日积之。有议婚者,辄以服阕为辞。母不听。生婉告曰:“曩在黄冈,外祖母欲以婚陈氏,诚心所愿。今遭大故,音耗遂梗,久不如黄省问。旦夕一往,如不果谐,从母所命。”夫人许之,乃携所积而去。至黄,诣庵中,则院宇荒凉,大异畴昔。渐入之,惟一老尼炊灶下,因就问。尼曰:“前年老道士死,‘四云’星散矣。”问:“何之?”曰:“云深、云栋从恶少去,向闻云栖寓居郡北,云眠消息不知也。”生闻之,悲叹。命驾即诣郡北,遇观辄询,并少踪迹。怅恨而归,伪告母曰:“舅言:陈翁如岳州,待其归,当遣伻来。”逾半年,夫人归宁,以事问母,母殊茫然。夫人怒子诳,媪疑甥与舅谋,而未以问也。幸舅出,莫从稽其妄。夫人以香愿登莲峰,斋宿山下。既卧,逆旅主人扣扉,送一女道士寄宿同舍,自言:“陈云栖。”闻夫人家夷陵,移坐就榻,告诉坎坷,词旨悲恻。末言:“有表兄潘生,与夫人同籍,烦嘱子侄辈一传口语,但道其寄栖鹤观师叔王道成所,朝夕厄苦,度日如岁。令早一临存,恐过此以往,未之或知也。”夫人审名字,即又不知,但云:“既在学宫,秀才辈想无不闻也。”未明早别,殷殷再嘱。夫人既归,向生言及。生长跪曰:“实告母:所谓潘生,即儿也。”夫人既知其故,怒曰:“不肖儿!宣淫寺观,以道士为妇,何颜见亲宾乎!”生垂头,不敢出词。会生以赴试入郡,窃命舟访王道成。至,则云栖半月前出游不返。既归,悒悒而病。适臧媪卒,夫人往奔丧,殡后迷途,至京氏家,问之,则族妹也。相便邀入。见有少女在堂,年可十八九,姿容曼妙,目所未睹。夫人每思得一佳妇,俾子不怼,心动,因诘生平。妹云:“此王氏女也,京氏甥也。怙恃俱失,暂寄此耳。”问:“婿家谁?”曰:“无之。”把手与语,意致娇婉,母大悦,为之过宿,私以己意告妹。妹曰:“良佳。但其人高自位置,不然,胡蹉跎至今也。容商之。”夫人招与同榻,谈笑甚欢,自愿母夫人。夫人悦,请同归荆州,女益喜。次日，同舟而还。既至，则生病未起。母慰其沉疴，使婢阴告曰："夫人为公子载丽人至矣。"生未信，伏窗窥之，较云栖尤艳绝也。因念：三年之约已过，出游不返，则玉容必已有主。得此佳丽，心怀颇慰。于是輾然动色，病亦寻瘳。母乃招两人相拜见。生出，夫人谓女："亦知我同归之意乎？"女微笑曰："妾已知之。但妾所以同归之初志，母不知也。妾少字夷陵潘氏，音耗阔绝，必已另有良匹。果尔，则为母也妇。不尔，则终为母也女，报母有日也。"夫人曰："既有成约，即亦不强。但前在五祖山时，有女冠问潘氏，今又潘氏，固知夷陵世族无此姓也。"女惊曰："卧莲峰下者母耶？询潘者，即我是也。"母始恍然悟，笑曰："若然，则潘生固在此矣。"女问："何在？"夫人命婢导去问生。生惊曰："卿云栖耶？"女问："何知？"生言其情，始知以潘郎为戏。女知为生，羞与终谈，急返告母。母问其"何复姓王"。答云："妾本姓王。道师见爱，遂以为女，从其姓耳。"夫人亦喜，涓吉为之成礼。先是，女与云眠俱依王道成。道成居隘，去眠遂去之汉口。女娇痴不能作苦，又羞出操道士业，道成颇不善之。会京氏如黄冈，女遇之流涕，因与俱去，俾改女子装，将论婚士族，故讳其曾隶道士籍。而问名者，女辄不愿，舅及姑妗皆不知意向，心厌嫌之。是日，从夫人归，得所托，如释重负焉。合卺后，各述所遭，喜极而泣。女孝谨，夫人雅怜爱之。而弹琴好弈，不知理家人生业，夫人颇以为忧。积月馀，母遣两人如京氏，留数日而归。泛舟江流，欻一舟过，中一女冠，近之，则云眠也。云眠独与女善。女喜，招与同舟，相对酸辛。问："将何之？"盛云："久切悬念。远至栖鹤观，则闻依京舅矣。故将诣黄冈，一奉探耳。竟不知意中人已得相聚。今视之如仙，剩此漂泊人，不知何时已矣！"因而欷歔。女设一谋：令易道装，伪作姊，携伴夫人，徐择佳偶。盛从之。既归，女先白夫人，盛乃入。举止大家；谈笑间，练达世故。母既寡，苦寂，得盛良欢，惟恐其去。盛早起代母劬劳，不自作客。母益喜，阴思纳女姊，以掩女冠之名，而未敢言也。一日，忘某事未作，急问之，则盛代备已久。因谓女曰："画中人不能作家，亦复何为。新妇若大姊者，吾不忧也。"不知女存心久，但恐母嗔。闻母言，笑对曰："母既爱之，新妇欲效英、皇，何如？"母不言，亦輾然笑。女退，告生曰:“老母首肯矣。”乃另洁一室,告曰:“昔在观中共枕时,姊言:‘但得一能知亲爱之人,我两人当共事之。’犹忆之否?”盛不觉双眦荧荧,曰:“妾所谓亲爱者,非他:如日日经营,曾无一人知其甘苦。数日来,略有微劳,即烦老母恤念,则中心冷暖顿殊矣。若不下逐客令,俾得长伴老母,于愿斯足,亦不望前言之践也。”女告母。母令姊妹焚香,各矢无悔词,乃使生与行夫妇礼。将寝,告生曰:“妾乃二十三岁老处女也。”生犹未信。既而落红殷褥,始奇之。盛曰:“妾所以乐得良人者,非不能甘岑寂也,诚以闺阁之身,觍然酬应如勾栏,所不堪耳。借此一度,挂名君籍,当为君奉事老母,作内纪纲。若房闱之乐,请别与人探讨之。”三日后,襆被从母,遣之不去。女早诣母所,占其床寝,不得已,乃从生去。由是三两日辄一更代,习为常。夫人故善弈,自寡居,不暇为之。自得盛,经理井井,昼日无事,辄与女弈。挑灯瀹茗,听两妇弹琴,夜分始散。每与人曰:“儿父在时,亦未能有此乐也。”盛司出纳,每纪籍报母。母疑曰:“儿辈常言幼孤,作字弹棋,谁教之?”女笑以实告。母亦笑曰:“我初不欲为儿娶一道士,今竟得两矣。”忽忆童时所卜,始信定数不可逃也。生再试不第。夫人曰:“吾家虽不丰,薄田三百亩,幸得云眠纪理,日益温饱。儿但在膝下,率两妇与老身共乐,不愿汝求富贵也。”生从之。后云眠生男女各一,云栖女一男三。母八十馀岁而终。孙皆入泮。长孙,云眠所出,已中乡选矣。

司　札　吏

游击官某,妻妾甚多。最讳某小字,呼年曰岁,生曰硬,马曰大驴。又讳败曰胜,安为放。虽简札往来,不甚避忌,而家人道之,则怒。一日,司札吏白事,误犯,大怒,以研击之,立毙。三日后,醉卧,见吏持刺入,问:“何为?”曰:“‘马子安’来拜。”忽悟其鬼,急起,拔刀挥之。吏微笑,掷刺几上,泯然而没。取刺视之,书云:“岁家眷硬大驴子放胜。”暴谬之夫,为鬼揶揄,可笑甚已!

牛首山一僧,自名铁汉,又名铁屎。有诗四十首,见者无不绝倒。自镂印章二,一曰“混帐行子”,一曰“老实泼皮”。秀水王司直梓其诗，名曰“牛山四十屁”。款云：“混帐行子、老实泼皮放。”不必读其诗，标名已足解颐。

司　　训

教官某，甚聋，而与一狐善，狐耳语之，亦能闻。每见上官，亦与狐俱，人不知其重听也。积五六年，狐别而去，嘱曰：“君如傀儡，非挑弄之，则五官俱废。与其以聋取罪，不如早自高也。”某恋禄，不能从其言，应对屡乖。学使欲逐之，某又求当道者为之缓颊。一日，执事文场。唱名毕，学使退与诸教官燕坐。教官各扪籍靴中，呈进关说。已而学使笑问：“贵学何独无所呈进？”某茫然不解。近坐者肘之，以手入靴，示之势。某为亲戚寄卖房中伪器，辄藏靴中，随在求售。因学使笑语，疑索此物，鞠躬起对曰：“有八钱者最佳，下官不敢呈进。”一座匿笑。学使叱出之，遂免官。

异史氏曰：“平原独无，亦中流之砥柱也。学使而求呈进，固当奉之以此。由是得免，冤哉！”

朱公子子青《耳录》云：“东莱一明经迟，司训沂水。性颠痴，凡同人咸集时，皆默不语。迟坐片时，不觉五官俱动，笑啼并作，旁若无人焉者。若闻人笑声，顿止。日俭鄙自奉，积金百馀两，自埋斋房，妻子亦不使知。一日，独坐，忽手足动，少刻云：‘作恶结怨，受冻忍饥，好容易积蓄者，今在斋房。倘有人知，竟如何？’如此再四。一门斗在旁，殊亦不觉。次日，迟出，门斗入，掘取而去。过二三日，心不自宁，发穴验视，则已空空。顿足拊膺，叹恨欲死。”教职中可云千态百状矣。

织　　成

洞庭湖中，往往有水神借舟。遇有空船，缆忽自解，飘然游行。但闻空中音乐并作，舟人蹲伏一隅，瞑目听之，莫敢仰视，任所往。游毕，仍泊旧处。有柳生，落第归，醉卧舟上。笙乐忽作。舟人摇生不得醒，急匿艎下。俄有人捽生。生醉甚，随手堕地，眠如故，即亦置之。少间，鼓吹鸣聒。生微醒，闻兰麝充盈，睨之，见满船皆佳丽。心知其异，目若瞑。少间，传呼织成。即有侍儿来，立近颊际，翠袜紫舄，细瘦如指。心好之，隐以齿啮其袜。少间，女子移动，牵曳倾踣。上问之，因白其故，在上者怒，命即行诛。遂有武士入，捉缚而起。见南面一人，冠类王者。因行且语，曰："闻洞庭君为柳氏，臣亦柳氏。昔洞庭落第，今臣亦落第。洞庭得遇龙女而仙，今臣醉戏一姬而死。何幸不幸之悬殊也！"王者闻之，唤回，问："汝秀才下第者乎？"生诺。便授笔札，令赋《风鬟雾鬓》。生固襄阳名士，而构思颇迟，捉笔良久。上诮让曰："名士何得尔？"生释笔自白："昔《三都赋》十稔而成，以是知文贵工、不贵速也。"王者笑听之。自辰至午，稿始脱。王者览之，大悦曰："真名士也！"遂赐以酒。顷刻，异馔纷纶。方问对间，一吏捧簿进白："溺籍告成矣。"问："人数几何？"曰："一百二十八人。"问："签差何人矣？"答云："毛、南二尉。"生起拜辞，王者赠黄金十斤，又水晶界方一握，曰："湖中小有劫数，持此可免。"忽见羽葆人马，纷立水面，王者下舟登舆，遂不复见，久之寂然。舟人始自艎下出，荡舟北渡，风逆不得前。忽见水中有铁锚浮出。舟人骇曰："毛将军出现矣！"各舟商人俱伏。又无何，湖中一木直立，筑筑摇动。益惧曰："南将军又出矣！"少时，波浪大作，上翳天日，四顾湖舟，一时尽覆。生举界方危坐舟中，万丈洪涛，至舟顿灭，以是得全。既归，每向人语其异，言："舟中侍儿，虽未悉其容貌，而裙下双钩，亦人世所无。"后以故至武昌，有崔媪卖女，千金不售，蓄一水晶界方，言有能配此者，嫁之。生异之，怀界方而往。媪忻然承接，呼女出见，年十五六已来，媚曼风流，更无伦比，略一展拜，反身入帏。生一见魂魄动摇，曰："小生亦蓄一物，不知与老姥家藏颇相称否？"因各出相较，长短不爽毫厘。媪喜，便问寓所，请生即归命舆，界方留作信。生不肯留，媪笑曰："官人亦太小心！老身岂为一界方抽身窜去耶？"生不得已，留之。出则赁舆急返，而媪室已空。大骇。遍问居人，迄无知者。日已向西，形神懊丧，邑邑而返。中途，值一舆过，忽搴帘曰："柳郎何迟也？"视之，则崔媪，喜问："何之？"媪笑曰："必将疑老身拐骗者矣。别后，适有便舆，顷念官人亦侨寓，措办良艰，故遂送女归舟耳。"生邀回车，媪必不可。生仓皇不能确信,急奔入舟,女果及一婢在焉。见生入,含笑承迎。生见翠袜紫履,与舟中侍儿妆饰,更无少别。心异之,徘徊凝注。女笑曰:"眈眈注目,生平所未见耶?"生益俯窥之,则袜后齿痕宛然,惊曰:"卿织成耶?"女掩口微哂。生长揖曰:"卿果神人,早请直言,以祛烦惑。"女曰:"实告君:前舟中所遇,即洞庭君也。仰慕鸿才,便欲以妾相赠。因妾过为王妃所爱,故归谋之。妾之来,从妃命也。"生喜,沐手焚香,望湖朝拜,乃归。后诣武昌,女求同去,将便归宁。既至洞庭,女拔钗掷水,忽见一小舟自湖中出,女跃登,如飞鸟集,转瞬已杳。生坐船头,于没处凝盼之。遥遥一楼船至,既近窗开,忽如一彩禽翔过,则织成至矣。一人自窗中递掷金珠珍物甚多,皆妃赐也。自是,岁一两觐以为常。故生家富有珠宝,每出一物,世家所不识焉。

相传唐柳毅遇龙女,洞庭君以为婿。后逊位于毅。又以毅貌文,不能摄服水怪,付以鬼面,昼戴夜除。久之渐习忘除,遂与面合而为一。毅览镜自惭。故行人泛湖,或以手指物,则疑为指己也;以手覆额,则疑其窥己也。风波辄起,舟多覆。故初登舟,舟人必以此告戒之。不则设牲牢祭享,乃得渡。许真君偶至湖,浪阻不得行。真君怒,执毅付郡狱。狱吏检囚,恒多一人,莫测其故。一夕,毅示梦郡伯,哀求拔救。伯以幽明异路,谢辞之。毅云:"真君于某日临境,但为求恳,必合有济。"既而真君果至,因代求之,遂得释。嗣后湖禁稍平。

竹　青

鱼客,湖南人,忘其郡邑。家贫,下第归,资斧断绝。羞于行乞,饿甚,暂憩吴王庙中,拜祷神座。出卧廊下,忽一人引去,见王,跪白曰:"黑衣队尚缺一卒,可使补缺。"王曰:"可。"即授黑衣。既着身,化为乌,振翼而出。见乌友群集,相将俱去,分集帆樯。舟上客旅,争以肉向上抛掷。群于空中接食之。因亦尤效,须臾果腹。翔栖树杪,意亦甚得。逾二三日,吴王怜其无偶,配以雌,呼之"竹青",雅相爱乐。鱼每取食,辄驯无机。竹青恒劝谏之,卒不能听。一日,有满兵过,弹之中胸。幸竹青衔去之,得不被擒。群乌怒,鼓翼搧波，波涌起，舟尽覆。竹青仍投饵哺鱼。鱼伤甚，终日而毙。忽如梦醒，则身卧庙中。先是，居人见鱼死，不知谁何，抚之未冷，故不时令人逻察之。至是，讯知其由，敛资送归。后三年，复过故所，参谒吴王。设食，唤乌下集群啖，祝曰："竹青如在，当止。"食已，并飞去。后领荐归，复谒吴王庙，荐以少牢。已，乃大设以飨乌友，又祝之。是夜宿于湖村，秉烛方坐，忽几前如飞鸟飘落；视之，则二十许丽人，辴然曰："别来无恙乎？"鱼惊问之，曰："君不识竹青耶？"鱼喜，诘所来。曰："妾今为汉江神女，返故乡时常少。前乌使两道君情，故来一相聚也。"鱼益欣感，宛如夫妻之久别，不胜欢恋。生将偕与俱南，女欲邀与俱西，两谋不决。寝初醒，则女已起。开目，见高堂中巨烛荧煌，竟非舟中。惊起，问："此何所？"女笑曰："此汉阳也。妾家即君家，何必南！"天渐晓，婢媪纷集，酒炙已进。就广床上设矮几，夫妇对酌。鱼问："仆何在？"答："在舟上。"生虑舟人不能久待。女言："不妨，妾当助君报之。"于是日夜谈宴，乐而忘归。舟人梦醒，忽见汉阳，骇绝。仆访主人，杳无音信。舟人欲他适，而缆结不解，遂共守之。积两月馀，生忽忆归，谓女曰："仆在此，亲戚断绝。且卿与仆，名为琴瑟，而不一认家门，奈何？"女曰："无论妾不能往。纵往，君家自有妇，将何以处妾乎？不如置妾于此，为君别院可耳。"生恨道远，不能时至。女出黑衣，曰："君向所著旧衣尚在。如念妾时，衣此可至。至时，为君解之。"乃大设肴珍，为生祖饯。即醉而寝，醒则身在舟中。视之，洞庭旧泊处也。舟人及仆俱在，相视大骇，诘其所往。生故怅然自惊。枕边一襆，检视，则女赠新衣袜履，黑衣亦折置其中。又有绣橐维絷腰际，探之，则金资充牣焉。于是南发，达岸，厚酬舟人而去。归家数月，苦忆汉水，因潜出黑衣着之，两胁生翼，翕然凌空，经两时许，已达汉水。回翔下视，见孤屿中有楼舍一簇，遂飞堕。有婢子已望见之，呼曰："官人至矣！"无何，竹青出，命众手为缓结，觉羽毛划然尽脱。握手入舍，曰："郎来恰好，妾旦夕临蓐矣。"生戏问曰："胎生乎？卵生乎？"女曰："妾今为神，则皮骨已硬，应与曩异。"越数日，果产，胎衣厚裹，如巨卵然，破之，男也。生喜，名之"汉产"。三日后，汉水神女皆登堂,以服食珍物相贺。并皆佳妙,无三十以上人。俱入室就榻,以拇指按儿鼻,名曰“增寿”。既去,生问:“适来者皆谁何?”女曰:“此皆妾辈。其末后着藕白者,所谓‘汉皋解珮’,即其人也。”居数月,女以舟送之,不用帆楫,飘然自行。抵陆,已有人絷马道左,遂归。由此往来不绝。积数年,汉产益秀美,生珍爱之。妻和氏,苦不育,每思一见汉产。生以情告女,女乃治任,送儿从父归,约以三月。既归,和爱之过于己出,过十馀月,不忍令返。一日,暴病而殇,和氏悼痛欲死。生乃诣汉告女。入门,则汉产赤足卧床上,喜以问女。女曰:“君久负约。妾思儿,故招之也。”生因述和氏爱儿之故。女曰:“待妾再育,令汉产归。”又年馀,女双生男女各一,男名“汉生”,女名“玉珮”。生遂携汉产归。然岁恒三四往,不以为便,因移家汉阳。汉产十二岁,入郡庠。女以人间无美质,招去,为之娶妇,始遣归。妇名“卮娘”,亦神女产也。后和氏卒,汉生及妹皆来擗踊。葬毕,汉生遂留。生携玉珮去,自此不返。

段氏

段瑞环,大名富翁也。四十无子。妻连氏最妒,欲买妾而不敢。私一婢,连觉之,挞婢数百,鬻诸河间栾氏之家。段日益老,诸侄朝夕乞贷,一言不相应,怒征声色。段思不能给其求,而欲嗣一侄,则群侄阳挠之,连之悍亦无所施,始大悔。愤曰:“翁年六十馀,安见不能生男!”遂买两妾,听夫临幸,不之问。居年馀,二妾皆有身。举家皆喜。于是气息渐舒,凡诸侄有所强取,辄恶声梗拒之。无何,一妾生女,一妾生男而殇,夫妻失望。又将年馀,段中风不起,诸侄益肆,牛马什物,竞自取去。连诟斥之,辄反唇相稽。无所为计,朝夕呜哭。段病益剧,寻死。诸侄集柩前,议析遗产。连虽痛切,然不能禁止之。但留沃墅一所,赡养老稚,侄辈不肯。连曰:“汝等寸土不留,将令老妪及呱呱者饿死耶!”日不决,惟忿哭自挝。忽有客入吊,直趋灵所,俯仰尽哀。哀已,便就苫次。众诘为谁,客曰:“亡者吾父也。”众益骇。客从容自陈。先是,婢嫁栾氏,逾五六月，生子怀，栾抚之等诸男。十八岁入泮。后栾卒，诸兄析产，置不与诸栾齿。怀问母，始知其故，曰："既属两姓，各有宗祏，何必在此承人百亩田哉！"乃命骑诣段，而段已死。言之凿凿，确可信据。连方忿痛，闻之大喜，直出曰："我今亦复有儿！诸所假去牛马什物，可好自送还；不然，有讼兴也！"诸侄相顾失色，渐引去。怀乃携妻来，共居父忧。诸段不平，共谋逐怀。怀知之，曰："栾不以为栾，段复不以为段，我安适归乎！"忿欲质官，诸戚党为之排解，群谋亦寝。而连以牛马故，不肯已。怀劝置之。连曰："我非为牛马也，杂气集满胸，汝父以愤死，我所以吞声忍泣者，为无儿耳。今有儿，何畏哉！前事汝不知状，待予自质审。"怀固止之，不听，具词赴宰控。宰拘诸段，审状，连气直词恻，吐陈泉涌。宰为动容，并惩诸段，追物给主。既归，其兄弟之子有不与党谋者，招之来，以所追物尽散给之。连七十馀岁，将死，呼女及孙媳嘱曰："汝等志之：如三十不育，便当典质钗珥，为夫纳妾。无子之情状，实难堪也！"

异史氏曰："连氏虽妒，而能疾转，宜天以有后伸其气也。观其慷慨激发，吁！亦杰矣哉！"

济南蒋稼，其妻毛氏，不育而妒。嫂每劝谏，不听，曰："宁绝嗣，不令送眼流眉者忿气人也！"年近四旬，颇以嗣续为念。欲继兄子，兄嫂俱诺，而故悠忽之。儿每至叔所，夫妻饵以甘脆，问曰："肯来吾家乎？"儿亦应之。兄私嘱儿曰："倘彼再问，答以不肯。如问何故不肯，答云：'待汝死后，何愁田产不为吾有。'"一日，稼出远贾，儿复来。毛又问，儿即以父言对。毛大怒曰："妻孥在家，固日日盘算吾田产耶！其计左矣！"逐儿出，立招媒媪，为夫买妾。及夫归，时有卖婢者，其价昂，倾资不能取盈，势将难成。其兄恐迟而变悔，遂暗以金付媪，伪称为媪转贷者玉成之。毛大喜，遂买婢归。毛以情告夫，夫怒，与兄绝。年馀，妾生子。夫妻大喜。毛曰："媪不知假贷何人，年馀竟不置问。此德不可忘。今子已生，尚不偿母价也！"稼乃囊金诣媪。媪笑曰："当大谢大官人。老身一贫如洗，谁敢贷一金者。"具以实告。稼感悟，归告其妻，相为感泣。遂治具邀兄嫂至，夫妇皆膝行，出金偿兄，兄不受，尽欢而散。后稼生三子。

狐 女

伊衮，九江人。夜有女来，相与寝处。心知为狐，而爱其美，秘不告人，父母亦不知也。久而形体支离，父母穷诘，始实告之。父母大忧，使人更代伴寝，兼施敕勒，卒不能禁。翁自与同衾，则狐不至。易人，则又至。伊问狐，狐曰："世俗符咒，何能制我。然俱有伦理，岂有对翁行淫者！"翁闻之，益伴子不去，狐遂绝。后值叛寇横恣，村人尽窜，一家相失。伊奔入昆仑山，四顾荒凉。日既暮，心恐甚。忽见一女子来，近视之，则狐女也。离乱之中，相见忻慰。女曰："日已西下，君姑止此。我相佳地，暂创一室，以避虎狼。"乃北行数武，遂蹲莽中，不知何作。少顷返，拉伊南去；约十馀步，又曳之回。忽见大木千章，绕一高亭，铜墙铁柱，顶类金箔。近视，则墙可及肩，四围并无门户，而墙上密排坎窗。女以足踏之而过，伊亦从之。既入，疑金屋非人工可造，问所自来。女笑曰："君子居之，明日即以相赠。金铁各千万，计半生吃着不尽矣。"既而告别，伊苦留之，乃止。曰："被人厌弃，已拚永绝，今又不能自坚矣。"及醒，狐女不知何时已去。天明，逾垣而出。回视卧处，并无亭屋，惟四针插指环内，覆脂合其上。大树，则丛荆老棘也。

张 氏 妇

凡大兵所至，其害甚于盗贼，盖盗贼人犹得而仇之，兵则人所不敢仇也。其少异于盗者，特不敢轻于杀人耳。甲寅岁，三藩作反，南征之士，养马兖郡，鸡犬庐舍一空，妇女皆被淫污。时遭霪雨，田中潴水为湖，民无所匿，遂乘桴入高粱丛中。兵知之，裸体乘马，入水搜淫，鲜有遗脱。惟张氏妇不伏，公然在家。有厨舍一所，夜与夫掘坎深数尺，积茅焉，覆以薄，加席其上，若可寝处。自炊灶下。有兵至，则出门应给之。二蒙古兵强与淫。妇曰："此等事，岂可对人行者！"其一微笑，啁嗻而出。妇与入室，指席使先登。薄折，兵陷。妇又另取席及薄覆其上，故立坎边，以诱来者。少间，其一复入。闻坎中号，不知何处。妇以手笑招之曰："在此处。"兵踏席，又陷。妇乃益投以薪，掷火其中。火大炽，屋焚。妇乃呼救。火既熄，燔尸焦臭。人问之，妇曰："两猪恐害于兵，故纳坎中耳。"由此离村数里，于大道旁并无树木处，携女红往坐烈日中。村去郡远，兵来率乘马，顷刻数至。笑语啁嗻，虽多不解，大约调弄之语。然去道不远，无一物可以蔽身，辄去，数日无患。一日，一兵至，甚无耻，就烈日中欲淫妇。妇含笑不甚拒。隐以针刺其马，马辄喷嘶，兵遂絷马股际，然后拥妇。妇出巨锥猛刺马项，马负痛奔骇。缰系股不得脱，曳驰数十里，同伍始代捉之。首躯不知处，缰上一股，俨然在焉。

异史氏曰："巧计六出，不失身于悍兵。贤哉妇乎，慧而能贞！"

于 子 游

海滨人说："一日，海中忽有高山出，居人大骇。一秀才寄宿渔舟，沽酒独酌。夜阑，一少年入，儒服儒冠，自称：'于子游。'言词风雅。秀才悦，便与欢饮。饮至中夜，离席言别。秀才曰：'君家何处？玄夜茫茫，亦太自苦。'答云：'仆非土著，以序近清明，将随大王上墓。眷口先行，大王姑留憩息，明日辰刻发矣。宜归，早治任也。'秀才亦不知大王何人。送至鹢首，跃身入水，拨剌而去，乃知为鱼妖也。次日，见山峰浮动，顷刻已没。始知山为大鱼，即所云大王也。"俗传清明前，海中大鱼携儿女往拜其墓，信有之乎？

康熙初年，莱郡潮出大鱼，鸣号数日，其声如牛。既死，荷担割肉者，一道相属。鱼大盈亩，翅尾皆具，独无目珠。眶深如井，水满之。割肉者误堕其中，辄溺死。或云，"海中贬大鱼，则去其目，以目即夜光珠"云。

汪 可 受

湖广黄梅县汪可受，能记三生。一世为秀才，读书僧寺。僧有牝马产骡驹，爱而夺之。后死，冥王稽籍，怒其贪暴，罚使为骡偿寺僧。既生，僧爱护之，欲死无间。稍长，辄思投身涧谷，又恐负豢养之恩，冥罚益甚，遂安之。数年，孽满自毙。生一农人家，堕蓐能言，父母以为怪，杀之，乃生汪秀才家。秀才近五旬，得男甚喜。汪生而了了。但忆前生以早言死，遂不敢言。至三四岁，人皆以为哑。一日，父方为文，适有友人过访，投笔出应客。汪入见父作，不觉技痒，代成之。父返见之，问："何人来？"家人曰："无之。"父大疑。次日，故书一题置几上，旋出。少间即返，翳行悄步而入。则见儿伏案间，稿已数行，忽睹父至，不觉出声，跪求免死。父喜，握手曰："吾家止汝一人，既能文，家门之幸也，何自匿为？"由是益教之读。少年成进士，官至大同巡抚。

王大

李信，博徒也。昼卧，忽见昔年博友王大、冯九来，邀与敖戏。李亦忘其为鬼，忻然从之。既出，王大往邀村中周子明，冯乃导李先行，入村东庙中。少顷，周果同王至。冯出叶子，约与撩零。李曰："仓卒无博资，辜负盛邀，奈何？"周亦云然。王云："燕子谷黄八官人放利债，同往贷之，宜必诺允。"于是四人并去。飘忽间，至一大村。村中甲第连垣，王指一门，曰："此黄公子家。"内一老仆出，王告以意。仆即入白。旋出，奉公子命，请王、李相会。入见公子，年十八九，笑语蔼然。便以大钱一提付李，曰："知君悫直，无妨假贷。周子明我不能信之也。"王委曲代为请。公子要李署保，李不肯。王从旁怂恿之，李乃诺。亦授一千而出。便以付周，且述公子之意，以激其必偿。出谷，见一妇人来，则村中赵氏妻，素喜争善骂。冯曰："此处无人，悍妇宜小祟之。"遂与捉返入谷。妇大号，冯掬土塞其口。周赞曰："此等妇，只宜椓杙阴中！"冯乃捋裤，以长石强纳之。妇若死。众乃散去，复入庙，相与赌博。自午至夜分，李大胜，冯、周资皆空。李因以厚资增息悉付王，使代偿黄公子。王又分给周、冯，局复合。居无何，闻人声纷拏，一人奔入曰："城隍老爷亲捉博者，今至矣！"众失色。李舍钱逾垣而逃。众顾资，皆被缚。既出，果见一神人坐马上，马后絷博徒二十馀人。天未明，已至邑城，门启而入。至衙署，城隍南面坐，唤人犯上，执籍呼名。呼已，并令以利斧斫去将指，乃以墨朱各涂两目，游市三周讫。押者索贿而后去其墨朱，众皆赂之。独周不肯，辞以囊空。押者约送至家而后酬之，亦不许。押者指之曰："汝真铁豆，炒之不能爆也！"遂拱手去。周出城，以唾湿袖，且行且拭。及河自照，墨朱未去，掬水盥之，坚不可下，悔恨而归。先是，赵氏妇以故至母家，日暮不归。夫往迎之，至谷口，见妇卧道周。睹状，知其遇鬼，去其泥塞，负之而归。渐醒能言，始知阴中有物，宛转抽拔而出，乃述其遭。赵怒，遽赴邑宰，讼李及周。牒下，李初醒，周尚沉睡，状类死。宰以其诬控，笞赵械妇，夫妻皆无理以自申。越日，周醒，目眶忽变一赤一黑，大呼指痛。视之，筋骨已断，惟皮连之，数日寻堕。目上墨朱，深入肌理。见者无不掩笑。一日，见王大来索负。周厉声但言无钱，王忿而去。家人问之，始知其故。共以神鬼无情，劝偿之。周龂龂不可，且曰："今日官宰皆左袒赖债者，阴阳应无二理，况赌债耶！"次日，有二鬼来，谓黄公子具呈在邑，拘赴质审，李信亦见隶来，取作间证，二人一时并死。至村外相见，王、冯俱在。李谓周曰："君尚带赤墨眼，敢见官耶？"周仍以前言告。李知其吝，乃曰："汝既昧心，我请见黄八官人，为汝还之。"遂共诣公子所。李入而告以故，公子不可，曰："负欠者谁，而取偿于子？"出以告周，因谋出资，假周进之。周益忿，语侵公子。鬼乃拘与俱行。无何，至邑，入见城隍。城隍呵曰："无赖贼！涂眼犹在，又赖债耶！"周曰："黄公子出利债，诱某博赌，遂被惩创。"城隍唤黄家仆上，怒曰："汝主人开场诱赌，尚讨债耶？"仆曰："取资时，公子不知其赌。公子家燕子谷，捉获博徒在观音庙，相去十馀里。公子从无设局场之事。"城隍顾周曰："取资悍不还，反被捏造！人之无良，至汝而极！"欲笞之。周又诉其息重。城隍曰："偿几分矣？"答云："实尚未有所偿。"城隍怒曰："本资尚欠，而论息耶？"笞三十，立押偿主。二鬼押至家，索贿，不令即活，缚诸厕内，令示梦家人。家人焚楮锭二十提，火既灭，化为金二两、钱二千。周乃以金酬债，以钱赂押者，遂释令归。既苏，臀疮坟起，脓血崩溃，数月始痊。后赵氏妇不敢复骂;而周以四指带赤墨眼,赌如故。此以知博徒之非人矣!

异史氏曰:“世事之不平,皆由为官者矫枉之过正也。昔日富豪以倍称之息折夺良家子女,人无敢言者。不然,函刺一投,则官以三尺法左袒之。故昔之民社官,皆为势家役耳。迨后贤者鉴其弊,又悉举而大反之。有举人重资作巨商者,衣锦厌粱肉,家中起楼阁、买良沃。而竟忘所自来。一取偿,则怒目相向。质诸官,官则曰:‘我不为人役也。’是何异懒残和尚,无工夫为俗人拭泪哉!余尝谓昔之官谄,今之官谬,谄者固可诛,谬者亦可恨也。放资而薄其息,何尝专有益于富人乎?”

张石年宰淄川,最恶博。其涂面游城,亦如冥法,刑不至堕指,而赌以绝。盖其为官,甚得钩距法。方簿书旁午时,每一人上堂,公偏暇,里居、年齿、家口、生业,无不絮絮问。问已,始劝勉令去。有一人完税缴单,自分无事,呈单欲下。公止之,细问一过,曰:“汝何博也?”其人力辩生平不解博。公笑曰:“腰中尚有博具。”搜之,果然。人以为神,而并不知其何术。

乐　仲

乐仲,西安人。父早丧,遗腹生仲。母好佛,不茹荤酒。仲既长,嗜饮善啖,窃腹诽母,每以肥甘劝进,母咄之。后母病,弥留,苦思肉。仲急无所得肉,刲左股献之。病稍瘥,悔破戒,不食而死。仲哀悼益切,以利刃益刲右股见骨。家人共救之,裹帛敷药,寻愈。心念母苦节,又恸母愚,遂焚所供佛像,立主祀母。醉后,辄对哀哭。年二十始娶,身犹童子。娶三日,谓人曰:“男女居室,天下之至秽,我实不为乐!”遂去妻。妻父顾文渊,浼戚求返,请之三四,仲必不可。迟半年,顾遂醮女。仲鳏居二十年,行益不羁:奴隶优伶皆与饮;里党乞求,不靳与;有言嫁女无釜者,揭灶头举赠之,自乃从邻借釜炊。诸无行者知其性,朝夕骗赚之。或以赌博无资,对之欷歔,言追呼急,将鬻其子。仲措税金如数,倾囊遗之。及租吏登门,自始典质营办。以故,家日益落。先是仲殷饶,同堂子弟争奉事之,凡有任其取携,莫与较。

及仲蹇落,存问绝少。仲旷达,不为意。值母忌辰,仲适病,不能上墓,欲遣子弟代祀,诸子弟皆谢以故。仲乃酹诸室中,对主号痛,无嗣之戚,颇萦怀抱。因而病益剧。瞀乱中,觉有人抚摩之,目微启,则母也。惊问:"何来?"母曰:"缘家中无人上墓,故来就享,即视汝病。"问:"母向居何所?"母曰:"南海。"抚摩既已,遍体生凉。开目四顾,渺无一人,病瘥。既起,思朝南海。会邻村有结香社者,即卖四十亩,挟资求偕。社人嫌其不洁,共摈绝之,乃随从同行。途中牛酒薤蒜不戒,众更恶之,乘其醉睡,不告而去,仲即独行。至闽,遇友人邀饮,有名妓琼华在座。适言南海之游,琼华愿附以行。仲喜,即待趋装,遂与俱发,虽寝食与共,而毫无所私。及至南海,社中人见其载妓而至,更非笑之,鄙不与同朝。仲与琼华知其意,乃俟其先拜而后拜之。众拜时,恨无现示。及二人拜,方投地,忽见遍海皆莲花,花上璎珞垂珠,琼华见为菩萨,仲见花朵上皆其母。因急呼奔母,跃入从之。众见万朵莲花,悉变霞彩,障海如锦。少间,云静波澄,一切都杳,而仲犹身在海岸。亦不自解其何以得出,衣履并无沾濡。望海大哭,声震岛屿。琼华挽劝之,怆然下刹,命舟北渡。途中有豪家招琼华去,仲独憩逆旅。有童子方八九岁,丐食肆中,貌不类乞儿。细诘之,则被逐于继母。心怜之。儿依依左右,苦求拔拯,仲遂携与俱归。问其姓氏,则曰:"阿辛,姓雍,母顾氏。尝闻母言:适雍六月,遂生余。余本乐姓。"仲大惊。自疑生平一度,不应有子。因问乐居何乡,答云:"不知。但母没时,付一函书,嘱勿遗失。"仲急索书。视之,则当年与顾家离婚书也。惊曰:"真吾儿也!"审其年月良确,颇慰心愿。然家计日疏,居二年,割亩渐尽,竟不能畜僮仆。一日,父子方自炊,忽有丽人入,视之,则琼华也。惊问:"何来?"笑曰:"业作假夫妻,何又问也?向不即从者,徒以有老妪在,今已死。顾念不从人,无以自庇;从人,则又无以自洁。计两全者,无如从君,是以不惮千里。"遂解装代儿炊,仲良喜。至夜,父子同寝如故,另治一室居琼华。儿母之,琼华亦善抚儿。戚党闻之,皆馔仲,两人皆乐受之。客至,琼华悉为治具,仲亦不问所自来。琼华渐出金珠赎故产,广置婢仆牛马,日益繁盛。仲每谓琼华曰:"我醉时,卿当避匿,勿使我见。"华笑诺之。一日,大醉,急唤琼华,华艳妆出。仲睨之良久,大喜,蹈舞若狂,曰:“吾悟矣!”顿醒。觉世界光明,所居庐舍,尽为琼楼玉宇,移时始已。从此不复饮市上,惟日对琼华饮。华茹素,以茶茗侍。一日,微醺,命琼华按股,见股上刲痕,化为两朵赤菡萏,隐起肉际。奇之。仲笑曰:“卿视此花放后,二十年假夫妻分手矣。”琼华信之。既为阿辛完婚,琼华渐以家付新妇,与仲别院居。子妇三日一朝,事非疑难不以告。役二婢:一温酒,一瀹茗而已。一日,琼华至儿所,儿媳咨白良久,共往见父。入门,见父白足坐榻上。闻声,开眸微笑曰:“母子来大好!”即复瞑。琼华大惊曰:“君欲何为?”视其股上,莲花大放。试之,气已绝。即以两手捻合其花,且祝曰:“妾千里从君,大非容易。为君教子训妇,亦有微劳。即差二三年,何不一少待也?”移时,仲忽开眸笑曰:“卿自有卿事,何必又牵一人作伴也?无已,姑为卿留。”琼华释手,则花已复合。于是言笑如初。积三年馀,琼华年近四旬,犹如二十许人。忽谓仲曰:“凡人死后,被人捉头舁足,殊不雅洁。”遂命工治双槥。辛骇问之,答云:“非汝所知。”工既竣,沐浴妆竟,命子及妇曰:“我将死矣。”辛泣曰:“数年赖母经纪,始不冻馁。母尚未得一享安逸,何遂舍儿而去?”曰:“父种福而子享,奴婢牛马,皆骗债者填偿尔父,我无功焉。我本散花天女,偶涉凡念,遂谪人间三十馀年,今限已满。”遂登木自入。再呼之,双目已含。辛哭告父,父不知何时已僵,衣冠俨然,号恸欲绝。入棺,并停堂中,数日未殓,冀其复返。光明生于股际,照彻四壁。琼华棺内,则香雾喷溢,近舍皆闻。棺既合,香光遂渐减。既殡,乐氏诸子弟觊觎其有,共谋逐辛,讼诸官。官莫能辨,拟以田产半给诸乐。辛不服,以词质郡,久不决。初,顾嫁女于雍,经年馀,雍流寓于闽,音耗遂绝。顾老无子,苦忆女,诣婿,则女死甥逐。告官。雍惧,赂顾,不受,必欲得甥。穷觅不得。一日,顾偶于途中,见彩舆过,避道左。舆中一美人呼曰:“若非顾翁耶?”顾诺。女子曰:“汝甥即吾子,现在乐家,勿讼也。甥方有难,宜急往。”顾欲详诘,舆已去远。顾乃受赂入西安。至,则讼方沸腾。顾自投官,言女大归日、再醮日,及生子年月,历历甚悉。诸乐皆被杖逐,案遂结。及归,述其见美人之日,即琼华没日也。辛为顾移家,授庐赠婢。六十馀生一子,辛顾恤之。

香　玉

劳山下清宫，耐冬高二丈，大数十围，牡丹高丈馀，花时璀璨似锦。胶州黄生，舍读其中。一日，自窗中见女郎，素衣掩映花间，心疑观中焉得此。趋出，已遁去。自此屡见之。遂隐身丛树中，以伺其至。未几，女郎又偕一红裳者来，遥望之，艳丽双绝。行渐近，红裳者却退，曰："此处有生人！"生暴起。二女惊奔，袖裙飘拂，香风洋溢，追过短墙，寂然已杳。爱慕弥切，因题句树下云："无限相思苦，含情对短窗。恐归沙咤利，何处觅无双？"归斋冥思。女郎忽入，惊喜承迎。女笑曰："君汹汹似强寇，令人恐怖。不知君乃骚雅士，无妨相见。"生叩生平，曰："妾小字香玉，隶籍平康巷。被道士闭置山中，实非所愿。"生问："道士何名？当为卿一涤此垢。"女曰："不必，彼亦未敢相逼。借此与风流士长作幽会，亦佳。"问："红衣者谁？"曰："此名绛雪，乃妾义姊。"遂相狎。及醒，曙色已红。女急起，曰："贪欢忘晓矣。"着衣易履，且曰："妾酬君作，勿笑：'良夜更易尽，朝暾已上窗。愿如梁上燕，栖处自成双。'"生握腕曰："卿秀外惠中，令人爱而忘死。顾一日之去，如千里之别。卿乘间当来，勿待夜也。"女诺之。由此夙夜必偕。每使邀绛雪来，辄不至，生以为恨。女曰："绛姐性殊落落，不似妾情痴也。当从容劝驾，不必过急。"一夕，女惨然入曰："君陇不能守，尚望蜀耶？今长别矣。"问："何之？"以袖拭泪，曰："此有定数，难为君言。昔日佳作，今成谶语矣。'佳人已属沙咤利，义士今无古押衙'，可为妾咏。"诘之，不言，但有呜咽。竟夜不眠，早旦而去。生怪之。次日，有即墨蓝氏，入宫游瞩，见白牡丹，悦之，掘移径去。生始悟香玉乃花妖也，怅惋不已。过数日，闻蓝氏移花至家，日就萎悴。恨极，作哭花诗五十首，日日临穴涕洟。一日，凭吊方返，遥见红衣人挥涕穴侧。从容近就，女亦不避。生因把袂，相向汍澜。已而挽请入室，女亦从之。叹曰："童稚姊妹，一朝断绝！闻君哀伤，弥增妾恸。泪堕九泉，或当感诚再作，然死者神气已散，仓卒何能与吾两人共谈笑也。"生曰："小生薄命，妨害情人，当亦无福可消双美。曩频烦香玉道达微忱，胡再不临？”女曰：“妾以年少书生，什九薄幸，不知君固至情人也。然妾与君交，以情不以淫。若昼夜狎昵，则妾所不能矣。”言已，告别。生曰：“香玉长离，使人寝食俱废。赖卿少留，慰此怀思，何决绝如此！”女乃止，过宿而去。数日不复至。冷雨幽窗，苦怀香玉，辗转床头，泪凝枕席。揽衣更起，挑灯复踵前韵曰：“山院黄昏雨，垂帘坐小窗。相思人不见，中夜泪双双。”诗成自吟。忽窗外有人曰：“作者不可无和。”听之，绛雪也。启户内之。女视诗，即续其后曰：“连袂人何处？孤灯照晚窗。空山人一个，对影自成双。”生读之泪下，因怨相见之疏。女曰：“妾不能如香玉之热，但可少慰君寂寞耳。”生欲与狎。曰：“相见之欢，何必在此。”于是至无聊时，女辄一至。至则宴饮唱酬，有时不寝遂去，生亦听之。谓曰：“香玉吾爱妻，绛雪吾良友也。”每欲相问：“卿是院中第几株？乞早见示，仆将抱植家中，免似香玉被恶人夺去，贻恨百年。”女曰：“故土难移，告君亦无益也。妻尚不能终从，况友乎！”生不听，捉臂而出，每至牡丹下，辄问：“此是卿否？”女不言，掩口笑之。旋生以腊归过岁。至二月间，忽梦绛雪至，愀然曰：“妾有大难！君急往，尚得相见，迟无及矣。”醒而异之，急命仆马，星驰至山。则道士将建屋，有一耐冬，碍其营造，工师将纵斤矣。生急止之。入夜，绛雪来谢。生笑曰：“向不实告，宜遭此厄！今已知卿，如卿不至，当以艾炷相炙。”女曰：“妾固知君如此，曩故不敢相告也。”坐移时，生曰：“今对良友，益思艳妻。久不哭香玉，卿能从我哭乎？”二人乃往，临穴洒涕。更馀，绛雪收泪劝止。又数夕，生方寂坐，绛雪笑入曰：“报君喜信：花神感君至情，俾香玉复降宫中。”生问：“何时？”答曰：“不知，约不远耳。”天明下榻，生嘱曰：“仆为卿来，勿长使人孤寂。”女笑诺。两夜不至。生往抱树，摇动抚摩，频唤无声。乃返，对灯团艾，将往灼树。女遽入，夺艾弃之，曰：“君恶作剧，使人创痏，当与君绝矣！”生笑拥之。坐未定，香玉盈盈而入。生望见，泣下流离，急起把握。香玉以一手握绛雪，相对悲哽。及坐，生把之觉虚，如手自握，惊问之。香玉泫然曰：“昔，妾花之神，故凝。今，妾花之鬼，故散也。今虽相聚，勿以为真，但作梦寐观可耳。”绛雪曰：“妹来大好！我被汝家男子纠缠死矣。”遂去。香玉款笑如前，但偎傍之间，仿佛以身就影。生悒悒不乐。香玉亦俯仰自恨，乃曰："君以白蔹屑，少杂硫黄，日酹妾一杯水，明年此日报君恩。"别去。明日，往观故处，则牡丹萌生矣。生乃日加培植，又作雕栏以护之。香玉来，感激倍至。生谋移植其家，女不可，曰："妾弱质，不堪复戕。且物生各有定处，妾来原不拟生君家，违之反促年寿。但相怜爱，合好自有日耳。"生恨绛雪不至。香玉曰："必欲强之使来，妾能致之。"乃与生挑灯至树下，取草一茎，布掌作度，以度树本，自下而上，至四尺六寸，按其处，使生以两爪齐搔之。俄见绛雪从背后出，笑骂曰："婢子来，助桀为虐耶！"牵挽并入。香玉曰："姊勿怪！暂烦陪侍郎君，一年后不相扰矣。"从此遂以为常。生视花芽，日益肥茂，春尽，盈二尺许。归后，以金遗道士，嘱令朝夕培养之。次年四月至宫，则花一朵，含苞未放。方流连间，花摇摇欲坼。少时已开，花大如盘，俨然有小美人坐蕊中，裁三四指许。转瞬飘然欲下，则香玉也。笑曰："妾忍风雨以待君，君来何迟也！"遂入室。绛雪亦至，笑曰："日日代人作妇，今幸退而为友。"遂相谈宴。至中夜，绛雪乃去。二人同寝，款洽一如从前。后生妻卒，生遂入山不归。是时，牡丹已大如臂。生每指之曰："我他日寄魂于此，当生卿之左。"二女笑曰："君勿忘之。"后十馀年，忽病。其子至，对之而哀。生笑曰："此我生期，非死期也，何哀为！"谓道士曰："他日牡丹下有赤芽怒生，一放五叶者，即我也。"遂不复言。子舆之归家，即卒。次年，果有肥芽突出，叶如其数。道士以为异，益灌溉之。三年，高数尺，大拱把，但不花。老道士死，其弟子不知爱惜，斫去之。白牡丹亦憔悴死。无何，耐冬亦死。

异史氏曰："情之至者，鬼神可通。花以鬼从，而人以魂寄，非其结于情者深耶？一去而两殉之，即非坚贞，亦为情死矣。人不能贞，亦其情之不笃耳。仲尼读《唐棣》而曰'未思'，信矣哉！"

三　　仙

一士人赴试金陵，经宿迁，遇三秀才，谈论超旷，遂与沽酒款洽。各表姓字：一介秋衡，一常丰林，一麻西池。纵饮甚乐，不觉日暮。介曰:“未修地主之仪,忽叨盛馔,于理不当。茅茨不远,可便下榻。”常、麻并起捉裾,唤仆相将俱去。至邑北山,忽睹庭院,门绕清流。既入,舍宇清洁。呼童张灯,又命安置从人。麻曰:“昔日以文会友,今场期伊迩,不可虚此良夜。请拟四题,命阄各拈其一,文成方饮。”众从之。各拟一题,写置几上,拾得者就案构思。二更未尽,皆已脱稿,迭相传视。秀才读三作,深为倾倒,草录而怀藏之。主人进良酝,巨杯促釂,不觉醺醉。主人乃导客就别院寝。客醉,不暇解履,和衣而卧。及醒,红日已高,四顾并无院宇,主仆卧山谷中。大骇。见傍有一洞,水涓涓流。自讶迷惘。探怀中,则三作俱存。下问土人,始知为“三仙洞”。中有蟹、蛇、虾蟆三物,最灵,时出游,人常见之。士人入闱,三题即仙作,以是擢解。

鬼　　隶

历城县二隶,奉邑令韩承宣命,营干他郡,岁暮方归。途遇二人,装饰亦类公役,同行话言。二人自称郡役。隶曰:“济城快皂,相识十有八九,二君殊昧生平。”二人云:“实相告,我城隍鬼隶也。今将以公文投东岳。”隶问:“公文何事?”答云:“济南大劫,所报者,杀人之名数也。”惊问其数。曰:“亦不甚悉,约近百万。”隶问其期,答以“正朔”。二隶惊顾,计到郡正值岁除,恐罹于难,迟留恐贻谴责。鬼曰:“违误限期罪小,入遭劫数祸大。宜他避,姑勿归。”隶从之。未几,北兵大至,屠济南,扛尸百万。二人亡匿得免。

王　　十

高苑民王十,负盐于博兴。夜为二人所获。意为土商之逻卒也,舍盐欲遁,足苦不前,遂被缚。哀之。二人曰:“我非盐肆中人,乃鬼卒也。”十惧,乞一至家,别妻子。不许,曰:“此去亦未便即死,不过暂役耳。”十问:“何事?”曰:“冥中新阎王到任,见奈河淤平,十八狱坑厕俱满,故捉三种人淘河:小偷、私铸、私盐。又一等人使涤厕:乐户也。”十从去，入城郭，至一官署，见阎罗在上，方稽名籍。鬼禀曰：“捉一私贩王十至。”阎罗视之，怒曰：“私盐者，上漏国税，下蠹民生者也。若世之暴官奸商所指为私盐者，皆天下之良民。贫人揭锱铢之本，求升斗之息，何为私哉！”罚二鬼市盐四斗，并十所负，代运至家。留十，授以蒺藜骨朵，令随诸鬼督河工。鬼引十去，至奈河边，见河内人夫，襁续如蚁。又视河水浑赤，臭不可闻。淘河者皆赤体持畚锸，出没其中。朽骨腐尸，盈筐负舁而出，深处则灭顶求之。惰者辄以骨朵击背股。同监者以香绵丸如巨菽，使含口中，乃近岸。见高苑肆商，亦在其中。十独苛遇之：入河楚背，上岸敲股。商惧，常没身水中，十乃已。经三昼夜，河夫半死，河工亦竣。前二鬼仍送至家，豁然而苏。先是，十负盐未归，天明，妻启户，则盐两囊置庭中，而十久不至。使人遍觅之，则死途中。舁之而归，奄有微息，不解其故。及醒，始言之。肆商亦于前日死，至是始苏。骨朵击处，皆成巨疽，浑身腐溃，臭不可近。十故诣之。望见十，犹缩首衾中，如在奈河状。一年，始愈，不复为商矣。

异史氏曰：“盐之一道，朝廷之所谓私，乃不从乎公者也。官与商之所谓私，乃不从其私者也。近日齐、鲁新规，土商随在设肆，各限疆域。不惟此邑之民，不得去之彼邑；即此肆之民，不得去之彼肆。而肆中则潜设饵以钓他邑之民，其售于他邑，则廉其直。而售诸土人，则倍其价以昂之。而又设逻于道，使境内之人，皆不得逃吾网。其有境内冒他邑以来者，法不宥。彼此之相钓，而越肆假冒之愚民益多。一被逻获，则先以刀杖残其胫股，而后送诸官。官则桎梏之，是名‘私盐’。呜呼！冤哉！漏数万之税非私，而负升斗之盐则私之；本境售诸他境非私，而本境买诸本境则私之，冤矣！律中‘盐法’最严，而独于贫难军民，背负易食者，不之禁，今则一切不禁，而专杀此贫难军民！且夫贫难军民，妻子嗷嗷，上守法而不盗，下知耻而不倡，不得已，而揭十母而求一子。使邑尽此民，即‘夜不闭户’可也。非天下之良民乎哉！彼肆商者，不但使之淘奈河，直当使涤狱厕耳！而官于春秋节，受其斯须之润，遂以三尺法助使杀吾良民。然则为贫民计，莫若为盗及私铸耳：盗者白昼劫人，而官若聋；铸者炉火亘天，而官若瞽；即异日淘河，尚不至如负贩者所得无几，而官刑立至也。呜呼！上无慈惠之师，而听奸商之法，日变日诡，奈何不顽民日生，而良民日死哉！”

各邑肆商，旧例以若干石盐资，岁奉本县，名曰“食盐”。又逢节序，具厚仪。商以事谒官，官则礼貌之，坐与语，或茶焉。送盐贩至，重惩不遑。张石宰令淄川，肆商来见，循旧规，但揖不拜。公怒曰：“前令受汝贿，故不得不隆汝礼；我市盐而食，何物商人，敢公堂抗礼乎！”捋裤将笞。商叩头谢过，乃释之。后肆中获二负贩者，其一逃去，其一被执到官。公问：“贩者二人，其一焉往？”贩者曰：“逃去矣。”公曰：“汝腿病不能奔耶？”曰：“能奔。”公曰：“既被捉，必不能奔。果能，可起试奔，验汝能否。”其人奔数步欲止。公曰：“奔勿止！”其人疾奔，竟出公门而去。见者皆笑。公爱民之事不一，此其闲情，邑人犹乐诵之。

大 男

奚成列，成都士人也。有一妻一妾。妾何氏，小字昭容。妻早没，继娶申氏，性妒，虐遇何，且并及奚；终日哓聒，恒不聊生。奚怒，亡去。去后，何生一子大男。奚去不返，申摈何不与同炊，计日授粟。大男渐长，用不给，何纺绩佐食。大男见塾中诸儿吟诵，亦欲读。母以其太稚，姑送诣读。大男慧，所读倍诸儿。师奇之，愿不索束修。何乃使从师，薄相酬。积二三年，经书全通。一日归，谓母曰：“塾中五六人，皆从父乞钱买饼，我何独无？”母曰：“待汝长，告汝知。”大男曰：“今方七八岁，何时长也？”母曰：“汝往塾，路经关帝庙，当拜之，祐汝速长。”大男信之，每过必入拜。母知之，问曰：“汝所祝何词？”笑云：“但祝明年便使我十六七岁。”母笑之。然大男学与躯长并速，至十岁，便如十三四岁者，其所为文竟成章。一日，谓母曰：“昔谓我壮大，当告父处，今可矣。”母曰：“尚未，尚未。”又年馀，居然成人，研诘益频，母乃缅述之。大男悲不自胜，欲往寻父。母曰：“儿太幼，汝父存亡未知，何遽可寻？”大男无言而去，至午不归。往塾问师，则辰餐未复。母大惊，出资佣役，到处冥搜，杳无踪迹。大男出门，循途奔去，茫然不知何往。适遇一人将如夔州，言姓钱，大男丐食相从。钱病其缓，为赁代步，资斧耗竭。至夔，同食，钱阴投毒食中，大男瞑不觉。钱载至大刹，托为己子，偶病绝资，卖诸僧。僧见其丰姿秀异，争购之。钱得金竟去。僧饮之，略醒。长老知而诣视，奇其相，研诘，始得颠末。甚怜之，赠资使去。有泸州蒋秀才，下第归，途中问得故，嘉其孝，携与同行。至泸，主其家。月馀，遍加咨访。或言闽商有奚姓者，乃辞蒋，欲之闽。蒋赠以衣履，里党皆敛资助之。途遇二布客，欲往福清，邀与同侣。行数程，客窥囊金，引至空所，挚其手足，解夺而去。适有永福陈翁过其地，脱其缚，载归其家。翁豪富，诸路商贾，多出其门，翁嘱南北客代访奚耗。留大男伴诸儿读。大男遂住翁家，不复游。然去家愈远，音梗矣。何昭容孤居三四年，申氏减其费，抑勒令嫁。何志不摇。申强卖于重庆贾，贾劫取而去。至夜，以刀自劙。贾不敢逼，俟创瘥，又转鬻于盐亭贾。至盐亭，自刺心头，洞见脏腑。贾大惧，敷以药，创平，求为尼。贾曰："我有商侣，身无淫具，每欲得一人主缝纫。此与作尼无异，亦可少偿吾值。"何诺。贾舆送去。入门，主人趋出，则奚生也。盖奚已弃儒为商，贾以其无妇，故赠之也。相见悲骇，各述苦况，始知有儿寻父未归。奚乃嘱诸客旅，侦察大男。而昭容遂以妾为妻矣。然自历艰苦，疴痛多疾，不能操作，劝奚纳妾。奚鉴前祸，不从所请。何曰："妾如争床笫者，数年来固已从人生子，尚得与君有今日耶？且人加我者，隐痛在心，岂及诸身而自蹈之？"奚乃嘱客侣，为买三十馀老妾。逾半年，客果为买妾归。入门，则妻申氏。各相骇异。先是，申独居年馀，兄苞劝令再适。申从之，惟田产为子侄所阻，不得售。鬻诸所有，积数百金，携归兄家。有保宁贾，闻其富有奁资，以多金啖苞，赚娶之。而贾老废不能人。申怨兄，不安于室，悬梁投井，不堪其扰。贾怒，搜括其资，将卖作妾。闻者皆嫌其老。贾将适夔，乃载与俱去。遇奚同肆，适中其意，遂货之而去。既见奚，惭惧不出一语。奚问同肆商，略知梗概，因曰："使遇健男，则在保宁，无再见之期，此亦数也。然今日我买妾，非娶妻，可先拜昭容，修嫡庶礼。"申耻之。奚曰："昔日汝作嫡，何如哉！"何劝止之。奚不可，操杖临逼。申不得已，拜之。然终不屑承奉，但操作别室。何悉优容之，亦不忍课其勤惰。奚每与昭容谈宴，辄使役使其侧；何更代以婢，不听前。会陈公嗣宗宰盐亭。奚与里人有小争，里人以逼妻作妾揭讼奚。公不准理，叱逐之。奚喜，方与何窃颂公德。一漏既尽，僮呼叩扉，入报曰："邑令公至。"奚骇极，急觅衣履，则公已至寝门；益骇，不知所为。何审之，急出曰："是吾儿也！"遂哭。公乃伏地悲咽。盖大男从陈公姓，业为官矣。初，公至自都，迂道过故里，始知两母皆醮，伏膺哀痛。族人知大男已贵，反其田庐。公留仆营造，冀父复还。既而授任盐亭，又欲弃官寻父，陈翁苦劝止之。会有卜者，使筮焉。卜者曰："小者居大，少者为长；求雄得雌，求一得两：为官吉。"公乃之任。为不得亲，居官不茹荤酒。是日，得里人状，睹奚姓名，疑之。阴遣内使细访，果父。乘夜微行而出。见母，益信卜者之神。临去，嘱勿播，出金二百，启父办装归里。父抵家，门户一新，广畜仆马，居然大家矣。申见大男贵盛，益自敛。兄苞不愤，讼官，为妹争嫡。官廉得其情，怒曰："贪资劝嫁，已更二夫，尚何颜争昔年嫡庶耶！"重笞苞。由此名分益定。而申妹何，何姊之。衣服饮食，悉不自私。申初惧其复仇，今益愧悔。奚亦忘其旧恶，俾内外皆呼以太母，但诰命不及耳。

异史氏曰："颠倒众生，不可思议，何造物之巧也！奚生不能自立于妻妾之间，一碌碌庸人耳。苟非孝子贤母，乌能有此奇合，坐享富贵以终身哉！"

韦 公 子

韦公子，咸阳世家。放纵好淫，婢妇有色，无不私者。尝载金数千，欲尽览天下名妓，凡繁丽之区，无不至。其不甚佳者，信宿即去，当意，则作百日留。叔亦名宦，休致归，怒其行，延明师置别业，使与诸公子键户读。公子夜伺师寝，逾垣归，迟明而返。一夜，失足折肱，师始知之。告公，公益施夏楚，俾不能起而始药之。及愈，公与之约：能读倍诸弟，文字佳，出勿禁；若私逸，挞如前。然公子最慧，读常过程。数年，中乡榜。欲自败约，公箝制之。赴都，以老仆从，授日记籍，使志其言动，故数年无过行。后成进士，公乃稍弛其禁。公子或将有作，惟恐公闻，入曲巷中，辄托姓魏。一日，过西安，见优僮罗惠卿，年十六七，秀丽如好女，悦之。夜留缱绻，赠贻丰隆。闻其新娶妇尤韵妙，私示意惠卿。惠卿无难色，夜果携妇至，三人共一榻。留数日，眷爱臻至。谋与俱归。问其家口，答云："母早丧，父存。某原非罗姓。母少服役于咸阳韦氏，卖至罗家，四月即生余。倘得从公子去，亦可察其音耗。"公子惊问母姓，曰："姓吕。"生骇极，汗下浃体，盖其母即生家婢也。生无言。时天已明，厚赠之，劝令改业。伪托他适，约归时召致之，遂别去。后令苏州，有乐伎沈韦娘，雅丽绝伦，爱留与狎。戏曰："卿小字取'春风一曲杜韦娘'耶?"答曰："非也。妾母十七为名妓，有咸阳公子与公同姓，留三月，订盟婚娶。公子去，八月生妾，因名韦，实妾姓也。公子临别时，赠黄金鸳鸯，今尚在。一去竟无音耗，妾母以是愤悒死。妾三岁，受抚于沈媪，故从其姓。"公子闻言，愧恨无以自容。默移时，顿生一策。忽起挑灯，唤韦娘饮，暗置鸩毒杯中。韦娘才下咽，溃乱呻嘶。众集视，则已毙矣。呼优人至，付以尸，重赂之。而韦娘所与交好者尽势家，闻之皆不平，贿激优人，讼于上官。生惧，泻橐弥缝，卒以浮躁免官。归家，年才三十八，颇悔前行。而妻妾五六人，皆无子。欲继公孙，公以门无内行，恐儿染习气，虽许过嗣，必待其老而后归之。公子愤欲招惠卿，家人皆以为不可，乃止。又数年，忽病，辄挝心曰："淫婢宿妓者，非人也!"公闻而叹曰："是殆将死矣!"乃以次子之子，送诣其家，使定省之。月馀果死。

异史氏曰："盗婢私娼，其流弊殆不可问。然以己之骨血，而谓他人父，亦已羞矣。乃鬼神又侮弄之，诱使自食便液。尚不自剖其心，自断其首，而徒流汗投鸩，非人头而畜鸣者耶！虽然，风流公子所生子女，即在风尘中，亦皆擅场。"

石 清 虚

邢云飞，顺天人。好石，见佳不惜重直。偶渔于河，有物挂网，沉而取之，则石径尺，四面玲珑，峰峦叠秀。喜极，如获异珍。既归，雕紫檀为座，供诸案头。每值天欲雨，则孔孔生云，遥望如塞新絮。有势豪某，踵门求观。既见，举付健仆，策马径去。邢无奈，顿足悲愤而已。仆负石至河滨，息肩桥上，忽失手堕诸河。豪怒，鞭仆。即出金雇善泅者，百计冥搜，竟不可见。乃悬金署约而去。由是寻石者日盈于河，迄无获者。后邢至落石处，临流於邑，但见河水清澈，则石固在水中。邢大喜，解衣入水，抱之而出。携归，不敢设诸厅所，洁治内室供之。一日，有老叟款门而请，邢托言石失已久。叟笑曰："客舍非耶？"邢便请入舍，以实其无。及入，则石果陈几上。愕不能言。叟抚石曰："此吾家故物，失去已久，今固在此耶。既见之，请即赐还。"邢窘甚，遂与争作石主。叟笑曰："既汝家物，有何验证？"邢不能答。叟曰："仆则故识之。前后九十二窍，孔中五字云：'清虚天石供。'"邢审视，孔中果有小字，细如粟米，竭目力才可辨认。又数其窍，果如所言。邢无以对，但执不与。叟笑曰："谁家物，而凭君作主耶！"拱手而出。邢送至门外。既还，已失石所在。邢急追叟，则叟缓步未远，奔牵其袂而哀之。叟曰："奇哉！经尺之石，岂可以手握袂藏者耶？"邢知其神，强曳之归，长跽请之。叟乃曰："石果君家者耶、仆家者耶？"答曰："诚属君家，但求割爱耳。"叟曰："既然，石固在是。"入室，则石已在故处。叟曰："天下之宝，当与爱惜之人。此石，能自择主，仆亦喜之。然彼急于自见，其出也早，则魔劫未除。实将携去，待三年后，始以奉赠。既欲留之，当减三年寿数，乃可与君相终始。君愿之乎？"曰："愿。"叟乃以两指捏一窍，窍软如泥，随手而闭。闭三窍，已，曰："石上窍数，即君寿也。"作别欲去。邢苦留之，辞甚坚。问其姓字，亦不言，遂去。积年馀，邢以故他出，夜有贼入室，诸无所失，惟窃石而去。邢归，悼丧欲死。访察购求，全无踪迹。积有数年，偶入报国寺，见卖石者，则故物也，将便认取。卖者不服，因负石至官。官问："何所质验？"卖石者能言窍数。邢问其他，则茫然矣。邢乃言窍中五字及三指痕，理遂得伸。官欲杖责卖石者，卖石者自言以二十金买诸市，遂释之。邢得石归，裹以锦，藏椟中，时出一赏，先焚异香而后出之。有尚书某，购以百金。邢曰："虽万金不易也。"尚书怒，阴以他事中伤之。邢被收，典质田产。尚书托他人风示其子。子告邢，邢愿以死殉石。妻窃与子谋，献石尚书家。邢出狱始知，骂妻殴子，屡欲自经，家人觉救，得不死。夜梦一丈夫来，自言：“石清虚。”戒邢勿戚：“特与君年余别耳。明年八月二十日，昧爽时，可诣海岱门，以两贯相赎。”邢得梦，喜，谨志其日。其石在尚书家，更无出云之异，久亦不甚贵重之。明年，尚书以罪削职，寻死。邢如期至海岱门，则其家人窃石出售，因以两贯市归。后邢至八十九岁，自治葬具。又嘱子，必以石殉。及卒，子遵遗教，瘗石墓中。半年许，贼发墓，劫石去。子知之，莫可追诘。越二三日，同仆在道，忽见两人奔踬汗流，望空投拜，曰：“邢先生，勿相逼！我二人将石去，不过卖四两银耳。”遂絷送到官，一讯即伏。问石，则鬻宫氏。取石至，官爱玩，欲得之，命寄诸库。吏举石，石忽堕地，碎为数十馀片，皆失色。官乃重械两盗论死。邢子拾碎石出，仍瘗墓中。

异史氏曰：“物之尤者祸之府。至欲以身殉石，亦痴甚矣！而卒之石与人相终始，谁谓石无情哉？古语云：‘士为知己者死。’非过也！石犹如此，何况于人！”

曾　友　于

曾翁，昆阳故家也。翁初死未殓，两眶中泪出如瀋，有子六，莫解所以。次子悌，字友于，邑名士，以为不祥，戒诸兄弟各自惕，勿贻痛于先人，而兄弟半迂笑之。先是，翁嫡配生长子成，至七八岁，母子为强寇掳去。娶继室，生三子：曰孝，曰忠，曰信。妾生三子：曰悌，曰仁，曰义。孝以悌等出身贱，鄙不齿，因连结忠、信为党。即与客饮，悌等过堂下，亦傲不为礼。仁、义皆忿，与友于谋，欲相仇。友于百词宽譬，不从所谋。而仁、义年最少，因兄言亦遂止。孝有女，适邑周氏，病死。纠悌等往挞其姑，悌不从。孝愤然，令忠、信合族中无赖子，往捉周妻，搒掠无算，抛粟毁器，盎盂无存。周告官。官怒，拘孝等囚系之，将行申黜。友于惧，见宰自投。友于品行，素为宰重，诸兄弟以是得无苦。友于乃诣周所负荆，周亦器重友于，讼遂止。孝归，终不德友于。无何，友于母张夫人卒，孝等不为服,宴饮如故。仁、义益忿。友于曰:“此彼之无礼,于我何损焉。”及葬,把持墓门,不使合厝。友于乃瘗母隧道中。未几,孝妻亡,友于招仁、义同往奔丧。二人曰:“‘期’且不论,‘功’于何有!”再劝之,哄然散去。友于乃自往,临哭尽哀。隔墙闻仁、义鼓且吹,孝怒,纠诸弟往殴之。友于操杖先从。入其家,仁觉先逃。义方逾垣,友于自后击仆之。孝等拳杖交加,殴不止。友于横身障阻之。孝怒,让友于。友于曰:“责之者,以其无礼也,然罪固不至死。我不怙弟恶,亦不助兄暴。如怒不解,身代之。”孝遂反杖挞友于,忠、信亦相助殴兄,声震里党,群集劝解,乃散去。友于即扶杖诣兄请罪。孝逐去之,不令居丧次。而义创甚,不复食饮。仁代具词讼官,诉其不为庶母行服。官签拘孝、忠、信,而令友于陈状。友于以面目损伤,不能诣署,但作词禀白,哀求寝息,宰遂消案。义亦寻愈。由是仇怨益深。仁、义皆幼弱,辄被敲楚。怨友于曰:“人皆有兄弟,我独无!”友于曰:“此两语,我宜言之,两弟何云!”因苦劝之,卒不听。友于遂扃户,携妻子借寓他所,离家五十余里,冀不相闻。友于在家虽不助弟,而孝等尚稍有顾忌;既去,诸兄一不当,辄叫骂其门,辱侵母讳。仁、义度不能抗,惟杜门思乘间刺杀之,行则怀刀。一日,寇所掠长兄成,忽携妇亡归。诸兄弟以家久析,聚谋三日,竟无处可以置之。仁、义窃喜,招去共养之。往告友于。友于喜,归,共出田宅居成。诸兄怒其市惠,登门窘辱。而成久在寇中,习于威猛,大怒曰:“我归,更无人肯置一屋;幸三弟念手足,又罪责之。是欲逐我耶!”以石投孝,孝仆。仁、义各以杖出,捉忠、信,挞无数。成乃讼宰,宰又使人请教友于。友于诣宰,俯首不言,但有流涕。宰问之,曰:“惟求公断。”宰乃判孝等各出田产归成,使七分相准。自此仁、义与成倍加爱敬。谈及葬母事,因并泣下。成恚曰:“如此不仁,真禽兽也!”遂欲启圹,更为改葬。仁奔告友于。友于急归谏止。成不听,刻期发墓,作斋于茔。以刀削树,谓诸弟曰:“所不衰麻相从者,有如此树!”众唯唯。于是一门皆哭临,安厝尽礼。自此兄弟相安。而成性刚烈,辄批挞诸弟,于孝尤甚。惟重友于,虽盛怒,友于至,一言即解。孝有所行,成辄不平之,故孝无一日不至友于所，潜对友于诟诅。友于婉谏，卒不纳。友于不堪其扰，又迁居三泊，去家益远，音迹遂疏。又二年，诸弟皆畏成，久亦相习。而孝年四十六，生五子：长继业，三继德，嫡出；次继功，四继绩，庶出；又婢生继祖。皆成立。效父旧行，各为党，日相竞，孝亦不能呵止。惟祖无兄弟，年又最幼，诸兄皆得而诟厉之。岳家近三泊，会诣岳，迂道诣叔。入门，见叔家两兄一弟，弦诵怡怡，乐之，久居不言归。叔促之，哀求寄居。叔曰："汝父母皆不知，我岂惜瓯饭瓢饮乎！"乃归。过数月，夫妻往寿岳母。告父曰："儿此行不归矣。"父诘之，因吐微隐。父虑与叔有夙隙，计难久居。祖曰："父虑过矣。二叔，圣贤也。"遂去，携妻之三泊。友于除舍居之，以齿儿行，使执卷从长子继善。祖最慧，寄籍三泊年余，入云南郡庠。与善闭户研读，祖又讽诵最苦。友于甚爱之。自祖居三泊，家中兄弟益不相能。一日，微反唇，业诟辱庶母。功怒，刺杀业。官收功，重械之，数日死狱中。业妻冯氏，犹日以骂代哭。功妻刘闻之，怒曰："汝家男子死，谁家男子活耶！"操刀入，击杀冯，自投井死。冯父大立，悼女死惨，率诸子弟，藏兵衣底，往捉孝妾，裸挞道上以辱之。成怒曰："我家死人如麻，冯氏何得复尔！"吼奔而出。诸曾从之，诸冯尽靡。成首捉大立，割其两耳。其子护救，继、绩以铁杖横击，折其两股。诸冯各被夷伤，哄然尽散。惟冯子犹卧道周。成夹之以肘，置诸冯村而还。遂呼绩诣官自首。冯状亦至。于是诸曾被收。惟忠亡去，至三泊，徘徊门外。适友于率一子一侄乡试归，见忠，惊曰："弟何来？"忠未语先泪，长跪道左。友于握手拽入，诘得其情，大惊曰："似此奈何！然一门乖戾，逆知奇祸久矣。不然，我何以窜迹至此。但我离家久，与大令无声气之通，今即匐伏而往，徒取辱耳。但得冯父子伤重不死，吾三人中幸有捷者，则此祸或可少解。"乃留之，昼与同餐，夜与共寝。忠颇感愧。居十馀日，见其叔侄如父子，兄弟如同胞，凄然下泪曰："今始知从前非人也。"友于喜其悔悟，相对酸恻。俄报友于父子同科，祖亦副榜。大喜。不赴鹿鸣，先归展墓。明季科甲最重，诸冯皆为敛息。友于乃托亲友赂以金粟，资其医药，讼乃息。举家泣感友于，求其复归。友于乃与兄弟焚香约誓，俾各涤虑自新，遂移家还。祖从叔不愿归其家。孝乃谓友于曰："我不德，不应有亢宗之子。弟又善教，俾姑为汝子。有寸进时，可赐还也。"友于从之。又三年，祖果举于乡。使移家，夫妻皆痛哭而去。不数日，祖有子方三岁，亡归友于家，藏伯继善室，不肯返；捉去辄逃。孝乃令祖异居，与友于邻。祖开户通叔家，两间定省如一焉。时成渐老，家事皆取决于友于。从此门庭雍穆，称孝友焉。

异史氏曰："天下惟禽兽止知母而不知父，奈何诗书之家，往往蹈之也！夫门内之行，其渐渍子孙者，直入骨髓。古云：其父盗，子必行劫，其流弊然也。孝虽不仁，其报亦惨；而卒能自知乏德，托子于弟，宜其有操心虑患之子也。若论果报，犹迂也。"

嘉平公子

嘉平某公子，风仪秀美。年十七八，入郡赴童子试。偶过许娼之门，见内有二八丽人，因目注之。女微笑点首，公子近就与语。女问："寓居何处？"具告之。问："寓中有人否？"曰："无。"女云："妾晚间奉访，勿使人知。"公子归，及暮，屏去僮仆。女果至，自言："小字温姬。"且云："妾慕公子风流，故背媪而来。区区之意，愿奉终身。"公子亦喜。自此三两夜辄一至。一夕，冒雨来，入门解去湿衣，罥诸椸上。又脱足上小靴，求公子代去泥涂。遂上床以被自覆。公子视其靴，乃五文新锦，沾濡殆尽，惜之。女曰："妾非敢以贱物相役，欲使公子知妾之痴于情也。"听窗外雨声不止，遂吟曰："凄风冷雨满江城。"求公子续之。公子辞以不解。女曰："公子如此一人，何乃不知风雅！使妾清兴消矣！"因劝肄习，公子诺之。往来既频，仆辈皆知。公子姊夫宋氏，亦世家子，闻之，窃求公子一见温姬。公子言之，女必不可。宋隐身仆舍，伺女至，伏窗窥之，颠倒欲狂。急排闼，女起，逾垣而去。宋向往甚殷，乃修贽见许媪，指名求之。媪曰："果有温姬，但死已久。"宋愕然退，告公子，公子始知为鬼。至夜，因以宋言告女。女曰："诚然。顾君欲得美女子，妾亦欲得美丈夫。各遂所愿足矣,人鬼何论焉?”公子以为然。试毕而归,女亦从之。他人不见,惟公子见之。至家,寄诸斋中。公子独宿不归,父母疑之。女归宁,始隐以告母。母大惊,戒公子绝之。公子不能听。父母深以为忧,百术驱之不能去。一日,公子有谕仆帖,置案上,中多错谬:“椒”讹“菽”,“姜”讹“江”,“可恨”讹“可浪”。女见之,书其后:“何事‘可浪’?‘花菽生江’。有婿如此,不如为娼!”遂告公子曰:“妾初以公子世家文人,故蒙羞自荐。不图虚有其表!以貌取人,毋乃为天下笑乎!”言已而没。公子虽愧恨,犹不知所题,折帖示仆。闻者传为笑谈。

异史氏曰:“温姬可儿!翩翩公子,何乃苛其中之所有哉!遂至悔不如娼,则妻妾羞泣矣。顾百计遣之不去,而见帖浩然,则‘花菽生江’,何殊于杜甫之‘子章髑髅’哉!”

《耳录》云:道傍设浆者,榜云:“施‘恭’结缘。”亦可一笑。

有故家子,既贫,榜于门曰:“卖古淫器。”讹窑为淫云:“有要宣淫、定淫者,大小皆有,入内看物论价。”崔卢之子孙如此甚众,何独“花菽生江”哉!

某　　甲

某甲私其仆妇,因杀仆纳妇,生二子一女。阅十九年,巨寇破城,劫掠一空。一少年贼,持刀入甲家。甲视之,酷类死仆。自叹曰:“吾今休矣!”倾囊赎命。迄不顾,亦不一言,但搜人而杀,共杀一家二十七口而去。甲头未断,寇去少苏,犹能言之。三日寻毙。呜呼!果报不爽,可畏也哉!

大　　蝎

明彭将军宏,征寇入蜀。至深山中,有大禅院,云已百年无僧。询之土人,则曰:“寺中有妖,入者辄死。”彭恐伏寇,率兵斩茅而入。前殿中,有皂雕夺门飞去。中殿无异。又进之,则佛阁,周视亦无所见，但入者皆头痛不能禁。彭亲入，亦然。少顷，有大蝎如琵琶，自板上蠢蠢而下，一军惊走。彭遂火其寺。

外国人

己巳秋，岭南从外洋飘一巨艘来。上有十一人，衣鸟羽，文采璀璨。自言："吕宋国人。遇风覆舟，数十人皆死。惟十一人附巨木，飘至大岛得免。凡五年，日攫鸟虫而食，夜伏石洞中，织羽为帆。忽又飘一舟至，橹帆皆无，盖亦海中碎于风者，于是附之将返。又被大风引至澳门。"巡抚题疏，送之还国。

拆楼人

何冏卿，平阴人。初令秦中，一卖油者有薄罪，其言戆，何怒，杖杀之。后仕至铨司，家资富饶。建一楼，上梁日，亲宾称觞为贺。忽见卖油者入，阴自骇疑。俄报妾生子。愀然曰："楼工未成，拆楼人已至矣！"人谓其戏，而不知其实有所见也。后子既长，最顽，荡其家。佣为人役，每得钱数文，辄买香油食之。

异史氏曰："常见富贵家数第连亘，死后，再过已墟。此必有拆楼人降生其家也。身居人上，乌可不早自惕哉！"

牛犊

楚中一农人赴市归，暂休于途。有术人后至，止与倾谈。忽瞻农人曰："子气色不祥，三日内当退财，受官刑。"农人曰："某官税已完，生平不解争斗，刑何从至？"术人曰："仆亦不知。但气色如此，不可不慎之也！"农人颇不深信，拱别而归。次日，牧犊于野，有驿马过，犊望见，误以为虎，直前触之，马毙。役报农人至官，官薄惩之，使偿其马。盖水牛见虎必斗，故贩牛者露宿，辄以牛自卫。遥见马过，急驱避之，恐其误也。

蚰　蜒

学使朱矞三家门限下有蚰蜒，长数尺。每遇风雨即出，盘旋地上如白练。按蚰蜒形若蜈蚣，昼不能见，夜则出，闻腥辄集。或云：蜈蚣无目而多贪也。

男　妾

一官绅在扬州买妾，连相数家，悉不当意。惟一媪寄居卖女，女十四五，丰姿姣好，又善诸艺。大悦，以重价购之。至夜，入衾，肤腻如脂。喜扪私处，则男子也。骇极，方致穷诘。盖买好僮，加意修饰，设局以骗人耳。黎明，遣家人寻媪，则已遁去无踪。中心懊丧，进退莫决。适浙中同年某来访，因为告诉。某便索观，一见大悦，以原价赎之而去。

异史氏曰："苟遇知音，即与以南威不易。何事无知婆子，多作一伪境哉！"

黑　鬼

胶州李总镇，买二黑鬼，其黑如漆。足革粗厚，立刃为途，往来其上，毫无所损。总镇配以娼，生子而白，僚仆戏之，谓非其种。黑鬼亦疑，因杀其子，检骨尽黑，始悔焉。公每令两鬼对舞，神情亦可观也。

衢州三怪

张握仲从戎衢州，言："衢州夜静时，人莫敢独行。钟楼上有鬼，头上一角，象貌狞恶，闻人行声即下。人驰而奔，鬼亦遂去。然见之辄病，且多死者。又城中一塘，夜出白布一匹，如匹练横地。过者拾之，即卷入水。又有鸭鬼，夜既静，塘边并寂无一物，若闻鸭声，人即病。"

第十二卷

二班

殷元礼，云南人，善针灸之术。遇寇乱，窜入深山。日既暮，村舍尚远，惧遭虎狼。遥见前途有两人，疾趁之。既至，两人问客何来，殷乃自陈族贯。两人拱敬曰："是良医殷先生也，仰山斗久矣！"殷转诘之。二人自言班姓，一为班爪，一为班牙。便谓："先生，予亦避难石室，幸可栖宿，敢屈玉趾，且有所求。"殷喜从之。俄至一处，室傍岩谷。爇柴代烛，始见二班容躯威猛，似非良善。计无所之，亦即听之。又闻榻上呻吟，细审，则一老妪僵卧，似有所苦。问："何恙？"牙曰："以此故，敬求先生。"乃束火照榻，请客逼视。见鼻下口角有两赘瘤，皆大如碗。且云："痛不可触，妨碍饮食。"殷曰："易耳。"出艾团之，为灸数十壮，曰："隔夜愈矣。"二班喜，烧鹿饷客；并无酒饭，惟肉一品。爪曰："仓猝不知客至，望勿以輶亵为怪。"殷饱餐而眠，枕以石块。二班虽诚朴，而粗莽可惧，殷转侧不敢熟眠。天未明，便呼妪，问所患。妪初醒，自扪，则瘤破为创。殷促二班起，以火就照，敷以药屑，曰："愈矣。"拱手遂别。班又以烧鹿一肘赠之。后三年无耗。殷适以故入山，遇二狼当道，阻不得行。日既西，狼又群至，前后受敌。狼扑之，仆；数狼争啮，衣尽碎。自分必死。忽两虎骤至，诸狼四散。虎怒，大吼，狼惧尽伏。虎悉扑杀之，竟去。殷狼狈而行，惧无投止。遇一媪来，睹其状，曰："殷先生吃苦矣！"殷戚然诉状，问何见识。媪曰："余即石室中灸瘤之病妪也。"殷始恍然，便求寄宿。媪引去，入一院落，灯火已张，曰："老身伺先生久矣。"遂出袍裤，易其敝败。罗浆具酒，酬劝谆切。媪亦以陶碗自酌，谈饮俱豪，不类巾帼。殷问："前日两男子，系老姥何人？胡以不见？"媪曰："两儿遣逆先生，尚未归复，必迷途矣。"殷感其义，纵饮不觉沉醉，酣眠座间。既醒，已曙，四顾竟无庐，孤坐岩上。闻岩下喘息如牛，近视，则老虎方睡未醒。喙间有二瘢痕，皆大如拳。骇极，惟恐其觉，潜踪而遁。始悟两虎即二班也。

博兴女

博兴民王某，有女及笄。势豪某窥其姿，伺女出，掠去，无知者。至家逼淫，女号嘶撑拒，某缢杀之。门外故有深渊，遂以石系尸，沉其中。王觅女不得，计无所施。天忽雨，雷电绕豪家，霹雳一声，龙下攫豪首去。天晴，渊中女尸浮出，一手捉人头，审视，则豪头也。官知，鞫其家人，始得其情。龙其女之所化与？不然，何以能尔也？奇哉！

鸟使

苑城史乌程家居，忽有鸟集屋上，音色类鸦。史见之，告家人曰："夫人遣鸟使召我矣。急备后事，某日当死。"至日果卒。殡日，鸦复至，随榇缓飞，由苑之新。及殡，鸦始不见。长山吴木欣目睹之。

苗生

龚生，岷州人。赴试西安，憩于旅舍，沽酒自酌。一伟丈夫入，坐与语。生举卮劝饮，客亦不辞。自言苗姓，言噱粗豪。生以其不文，偃蹇遇之。酒尽，不复沽。苗生曰："措大饮酒，使人闷损！"起向垆头沽，提巨瓻而入。生辞不饮，苗捉臂劝釂，臂痛欲折。生不得已，为尽数觞。苗以羹碗自吸，笑曰："仆不善劝客，行止惟君所便。"生即治装行。约数里，马病，卧于途，坐待路侧。行李重累，正无方计，苗寻至。诘知其故，遂谢装付仆，已乃以肩承马腹而荷之，趋二十余里，始至逆旅，释马就枥。移时，生主仆方至。生乃惊为神，相待优渥，沽酒市饭，与共餐饮。苗曰："仆善饭，非君所能饱，饫饮可也。"引尽一瓻，乃起而别曰："君医马尚须时日，余不能待，行矣。"遂去。后生场事毕，三四友人邀登华山，藉地作筵。方共宴笑，苗忽至，左携巨尊，右提豚肘，掷地曰："闻诸君登临，敬附骥尾。"众起为礼，相并杂坐，豪饮甚欢。众欲联句。苗争曰："纵饮甚乐，何苦愁思。"众不听，设"金谷之罚"。苗曰："不佳者，当以军法从事！"众笑曰："罪不至此。"苗曰："如不见诛，仆武夫亦能之也。"首座靳生曰："绝巘凭临眼界空。"苗信口续曰："唾壶击缺剑光红。"下座沉吟既久，苗遂引壶自倾。移时，以次属句，渐涉鄙俚。苗呼曰："只此已足，如赦我者，勿作矣！"众弗听。苗不可复忍，遽效作龙吟，山谷响应，又起俯仰作狮子舞。诗思既乱，众乃罢吟，因而飞觞再酌。时已半酣，客又互诵闱中作，迭相赞赏。苗不欲听，牵生豁拳。胜负屡分，而诸客诵赞未已。苗厉声曰："仆听之已悉。此等文只宜向床头对婆子读耳，广众中刺刺者可厌也！"众有惭色，更恶其粗莽，遂益高吟。苗怒甚，伏地大吼，立化为虎，扑杀诸客，咆哮而去。所存者，惟生及靳。靳是科领荐。后三年，再经华阴，忽见嵇生，亦山上被噬者。大恐欲驰，嵇捉鞚使不得行。靳乃下马，问其何为。答曰："我今为苗氏之伥，从役良苦。必再杀一士人，始可相代。三日后，应有儒服儒冠者见噬于虎，然必在苍龙岭下，始是代某者。君于是日，多邀文士于此，即为故人谋也。"靳不敢辨，敬诺而别。至寓，筹思终夜，莫知为谋，自拚背约，以听鬼责。适有表戚蒋生来，靳述其异。蒋名下士，邑尤生考居其上，窃怀忌嫉。闻靳言，阴欲陷之。折简邀尤，与共登临，自乃着白衣而往，尤亦不解其意。至岭半，肴酒并陈，敬礼臻至。会郡守登岭上，与蒋为通家，闻蒋在下，遣人召之。蒋不敢以白衣往，遂与尤易冠服。交着未完，虎骤至，衔蒋而去。

异史氏曰："得意津津者，捉衿袖，强人听闻。闻者欠伸屡作，欲睡欲遁，而诵者足蹈手舞，茫不自觉。知交者亦当从旁肘之蹑之，恐座中有不耐事之苗生在也。然嫉忌者易服而毙，则知苗亦无心者耳。故厌怒者苗也——非苗也。"

毛大福

太行毛大福，疡医也。一日，行术归，道遇一狼，吐裹物，蹲道左。毛拾视，则布裹金饰数事。方怪异间，狼前欢跃，略曳袍服，即去。毛行，又曳之。察其意不恶，因从之去。未几，至穴，见一狼病卧，视顶上有巨疮，溃腐生蛆。毛悟其意，拨剔净尽，敷药如法，乃行。日既晚，狼遥送之。行三四里，又遇数狼，咆哮相侵，惧甚。前狼急入其群，若相告语，众狼悉散去，毛乃归。先是，邑有银商宁泰，被盗杀于途，莫可追诘。会毛货金饰，为宁所认，执赴公庭。毛诉所从来，官不信，械之。毛冤极不能自伸，惟求宽释，请问诸狼。官遣两役押入山，直抵狼穴。值狼未归，及暮不至，三人遂反。至半途，遇二狼，其一疮痕犹在。毛识之，向揖而祝曰："前蒙馈赠，今遂以此被屈。君不为我昭雪，回去搒掠死矣！"狼见毛被絷，怒奔隶。隶拔刀相向。狼以喙拄地大嗥，嗥两三声，山中百狼群集，围旋隶。隶大窘。狼竞前啮絷索，隶悟其意，解毛缚，狼乃俱去。归述其状，官异之，未遽释毛。后数日，官出行，一狼衔敝履委道上。官过之，狼又衔履奔前置于道。官命收履，狼乃去。官归，阴遣人访履主。或传某村有丛薪者，被二狼迫逐，衔其履而去。拘来认之，果其履也。遂疑杀宁者必薪，鞫之果然。盖薪杀宁，取其巨金，衣底藏饰，未遑搜括，被狼衔去也。

昔一稳婆出归，遇一狼阻道，牵衣若欲召之。乃从去，见雌狼方娩不下。妪为用力按捺，产下放归。明日，狼衔鹿肉置其家以报之。可知此事从来多有。

浙东生

浙东生房某，客于陕，教授生徒。尝以胆力自诩。一夜，裸卧，忽有毛物从空堕下，击胸有声，觉大如犬，气咻咻然，四足挠动。大惧，欲起。物以两足扑倒之，恐极而死。经一时许，觉有人以尖物穿鼻，大嚏，乃苏。见室中灯火荧荧，床边坐一美人，笑曰："好男子！胆气固如此耶!”生知为狐,益惧。女渐与戏,胆始放,遂共狎昵。积半年,如琴瑟之好。一日,女卧床头,生潜以猎网蒙之。女醒,不敢动,但哀乞,生笑不前。女忽化白气,从床下出,恚曰:“终非好相识! 可送我去。”以手曳之,身不觉自行。出门,凌空翕飞。食顷,女释手,生晕然坠落。适世家园中有虎阱,揉木为圈,结绳作网,以覆其口。生坠网上,网为之侧;以腹受网,身半倒悬。下视,虎蹲阱中,仰见卧人,跃上,近不盈尺,心胆俱碎。园丁来饲虎,见而怪之。扶上,已死;移时,渐苏,备言其故。其地乃浙界,离家止四百馀里矣。主人赠以资遣归。归告人:“虽得两次死,然非狐则贫不能归也。”

土 化 兔

靖逆侯张勇镇兰州时,出猎获兔甚多,中有半身或两股尚为土质。一时秦中争传土能化兔。此亦物理之不可解者。

雹 神

唐太史济武,适日照会安氏葬。道经雹神李左车祠,入游眺。祠前有池,池水清澈,有朱鱼数尾游泳其中。内一斜尾鱼唼呷水面,见人不惊。太史拾小石将戏击之。道士急止勿击。问其故,言:“池鳞皆龙族,触之必致风雹。”太史笑其附会之诬,竟掷之。既而升车东行,则有黑云如盖,随之以行。簌簌雹落,大如绵子。又行里馀,始霁。太史弟凉武在后,追及与语,则竟不知有雹也。问之前行者亦云。太史笑曰:“此岂广武君作怪耶!”犹未深异。安村外有关圣祠,适有稗贩客,释肩门外,忽弃双簏,趋祠中,拔架上大刀旋舞,曰:“我李左车也。明日将陪从淄川唐太史一助执绋,敬先告主人。”数语而醒,不自知其所言,亦不识唐为何人。安氏闻之,大惧。村去祠四十馀里,敬修楮帛祭具,诣祠哀祷,但求怜悯,不敢枉驾。太史怪其敬信之深,问诸主人。主人曰:“雹神灵迹最著,常托生人以为言,应验无虚语。若不虔祝以尼其行,则明日风雹立至矣。”

异史氏曰："广武君在当年，亦老谋壮事者流也。即司雹于东，或亦其不磨之气，受职于天。然业已神矣，何必翘然自异哉！唐太史道义文章，天人之钦瞩已久，此鬼神之所以必求信于君子也。"

乩　仙

章丘米步云，善以乩卜。每同人雅集，辄召仙相与赓和。一日，友人见天上微云，得句，请以属对，曰："羊脂白玉天。"乩批云："问城南老董。"众疑其妄。后以故偶适城南，至一处，土如丹砂，异之。见一叟牧豕其侧，因问之。叟曰："此猪血红泥地也。"忽忆乩词，大骇。问其姓，答云："我老董也。"属对不奇，而预知遇城南老董，斯亦神矣！

蝎　客

南商贩蝎者，岁至临朐，收买甚多。土人持木钳入山，探穴发石搜捉之。一岁，商复来，寓客肆。忽觉心动，毛发森悚，急告主人曰："伤生既多，今见怒于虿鬼，将杀我矣！急垂拯救！"主人顾室中有巨瓮，乃使蹲伏，以瓮覆之。移时，一人奔入，黄发狞丑。问主人："南客安在？"答曰："他出。"其人入室四顾，鼻作嗅声者三，遂出门去。主人曰："可幸无恙矣。"及启瓮视客，客已化为血水。

李　八　缸

太学李月生，升宇翁之次子也。翁最富，以缸贮金，里人称之"八缸"。翁寝疾，呼子分金：兄八之，弟二之。月生觖望。翁曰："我非偏有爱憎，藏有窖镪，必待无多人时，方以畀汝，勿急也。"过数日，翁益弥留。月生虑一旦不虞，觑无人，就床头秘讯之。翁曰："人生苦乐，皆有定数。汝方享妻贤之福，故不宜再助多金，以增汝过。"盖月生妻车氏，最贤，有桓、孟之德，故云。月生固哀之。怒曰："汝尚有二十余年坎壈未历，即予千金，亦立尽耳。苟不至山穷水尽时，勿望给与也!”月生孝友敦笃,亦即不敢复言。无何,翁大渐,寻卒。幸兄贤,斋葬之谋,勿与校计。月生又天真烂漫,不较锱铢,且好客善饮,炊黍治具,日促妻三四作,不甚理家人生产。里中无赖窥其懦,辄鱼肉之。逾数年,家渐落。窘急时,赖兄小周给,不至大困。无何,兄以老病卒,益失所助,至绝粮食。春贷秋偿,田所出,登场辄尽。乃割亩为活,业益消减。又数年,妻及长子相继殂谢,无聊益甚。寻买贩羊者之妻徐,冀得其小阜。而徐性刚烈,日凌藉之,至不敢与亲朋通吊庆礼。忽一夜梦父曰:“今汝所遭,可谓山穷水尽矣。尝许汝窖金,今其可矣。”问:“何在?”曰:“明日畀汝。”醒而异之,犹谓是贫中之积想也。次日,发土葺墉,掘得巨金。始悟向言“无多人”,乃死亡将半也。

异史氏曰:“月生,余杵臼交,为人朴诚无伪。余兄弟与交,哀乐辄相共。数年来,村隔十馀里,老死竟不相闻。余偶过其居里,因亦不敢过问之。则月生之苦况,盖有不可明言者矣。忽闻暴得千金,不觉为之鼓舞。呜呼!翁临终之治命,昔习闻之,而不意其言皆谶也。抑何其神哉!”

周　　生

周生,淄邑之幕客。令公出,夫人徐,有朝碧霞元君之愿,以道远故,将遣仆赍仪代往。使周为祝文。周作骈词,历叙平生,颇涉狎谑。中有云:“栽般阳满县之花,偏怜断袖;置夹谷弥山之草,惟爱余桃。”此诉夫人所愤也,类此甚多。脱稿,示同幕凌生。凌以为亵,戒勿用。弗听,付仆而去。未几,周生卒于署,既而仆亦死,徐夫人产后亦病卒,人犹未之异也。周生子自都来迎父榇,夜与凌生同宿。梦父戒之曰:“文字不可不慎也!我不听凌君言,遂以亵词,致干神怒,遽夭天年。又贻累徐夫人,且殃及焚文之仆,恐冥罚尤不免也!”醒而告凌,凌亦梦同,因述其文。周子为之惕然。

异史氏曰:“恣情纵笔,辄洒洒自快,此文客之常也。然淫嫚之词,何敢以告神明哉!狂生无知,冥谴其所应尔。但使贤夫人及千里之仆,骈死而不知其罪,不亦与刑律中分首从者,殊多愦愦耶?冤已!”

老龙船户

朱公徽荫巡抚粤东时，往来商旅，多告无头冤状。千里行人，死不见尸，数客同游，全无音信，积案累累，莫可究诘。初告，有司尚发牒行缉；迨投状既多，竟置不问。公莅任，历稽旧案，状中称死者不下百馀，其千里无主，更不知凡几。公骇异恻怛，筹思废寝。遍访僚属，迄少方略。于是洁诚熏沐，致檄城隍之神。已而斋寝，恍惚见一官僚，搢笏而入。问："何官？"答云："城隍刘某。""将何言？"曰："鬓边垂雪，天际生云，水中漂木，壁上安门。"言已而退。既醒，隐谜不解。辗转终宵，忽悟曰："垂雪者老也，生云者龙也，水上木为船，壁上门为户，岂非'老龙船户'耶！"盖省之东北，曰小岭，曰蓝关，源自老龙津以达南海，每由此入粤。公遣武弁，密授机谋，捉龙津驾舟者，次第擒获五十馀名，皆不械而服。盖此等贼以舟渡为名，赚客登舟，或投蒙药，或烧闷香，致客沉迷不醒；而后剖腹纳石，以沉水底。冤惨极矣！自昭雪后，遐迩欢腾，谣诵成集焉。

异史氏曰："剖腹沉石，惨冤已甚，而木雕之有司，绝不少关痛痒，岂特粤东之暗无天日哉！公至则鬼神效灵，覆盆俱照，何其异哉！然公非有四目两口，不过痌瘝之念，积于中者至耳。彼巍巍然，出则刀戟横路，入则兰麝熏心，尊优虽至，究何异于老龙船户哉！"

鸮　鸟

长山杨令，性奇贪。康熙乙亥间，西塞用兵，市民间骡马运粮。杨假此搜括，地方头畜一空。周村为商贾所集，趁墟者车马辐辏。杨率健丁悉篡夺之，不下数百馀头。四方估客，无处控告。时诸令皆以公务在省。适益都令董、莱芜令范、新城令孙，会集旅舍。有山西二商，迎门号诉，盖有健骡四头，俱被抢掠，道远失业，不能归，哀求诸公为缓颊也。三公怜其情，许之。遂共诣杨。杨治具相款。酒既行，众言来意。杨不听。众言之益切。杨举酒促釂以乱之，曰："某有一令，不能者罚。须一天上、一地下、一古人，左右问所执何物，口道何词，随问答之。”便倡云：“天上有月轮，地下有昆仑，有一古人刘伯伦。左问所执何物，答云：‘手执酒杯。’右问口道何词，答云：‘道是酒杯之外不须提。’”范公云：“天上有广寒宫，地下有乾清宫，有一古人姜太公。手执钓鱼竿，道是‘愿者上钩’。”孙云：“天上有天河，地下有黄河，有一古人是萧何。手执一本《大清律》，他道是‘赃官赃吏’。”杨有惭色，沉吟久之，曰：“某又有之。天上有灵山，地下有泰山，有一古人是寒山。手执一帚，道是‘各人自扫门前雪’。”众相视觍然。忽一少年傲岸而入，袍服华整，举手作礼。共挽坐，酌以大斗。少年笑曰：“酒且勿饮。闻诸公雅令，愿献刍荛。”众请之。少年曰：“天上有玉帝，地下有皇帝，有一古人洪武朱皇帝。手执三尺剑，道是‘贪官剥皮’。”众大笑。杨恚骂曰：“何处狂生敢尔！”命隶执之。少年跃登几上，化为鸮，冲帘飞出，集庭树间，回顾室中，作笑声。主人击之，且飞且笑而去。

异史氏曰：“市马之役，诸大令健畜盈庭者十之七，而千百为群，作骡马贾者，长山外不数数见也。圣明天子爱惜民力，取一物必偿其值，焉知奉行者流毒若此哉！鸮所至，人最厌其笑，儿女共唾之，以为不祥。此一笑，则何异于凤鸣哉！”

古 瓶

淄邑北村井涸，村人甲、乙缒入淘之。掘尺馀，得髑髅。误破之，口含黄金，喜纳腰橐。复掘，又得髑髅六七枚。悉破之，无金。其旁有磁瓶二、铜器一。器大可合抱，重数十斤，侧有双环，不知何用，班驳陆离。瓶亦古，非近款。既出井，甲、乙皆死。移时乙苏，曰：“我乃汉人。遭新莽之乱，全家投井中。适有少金，因内口中，实非含敛之物，人人都有也。奈何遍碎头颅？情殊可恨！”众香楮共祝之，许为殡葬，乙乃愈，甲则不能复生矣。颜镇孙生闻其异，购铜器而去。袁孝廉宣四得一瓶，可验阴晴：见有一点润处，初如粟米，渐阔渐满，未几雨至；润退，则云开天霁。其一入张秀才家，可志朔望：朔则黑点起如豆，与日俱长；望则一瓶遍满；既望，又以次而退，至晦则复其初。以埋土中久，瓶口有小石粘口上，刷剔不可下。敲去之，石落而口微缺，亦一憾事。浸花其中，落花结实，与在树者无异云。

元少先生

韩元少先生为诸生时，有吏突至，白主人欲延作师，而殊无名刺。问其家阀，含糊对之。束帛缄贽，仪礼优渥。先生许之，约期而去。至日，果以舆来。迤逦而往，道路皆所未经。忽睹殿阁，下车入，气象类藩邸。既就馆，酒炙纷罗，劝客自进，并无主人。筵既撤，则公子出拜，年十五六，姿表秀异。展礼罢，趋就他舍，请业始至师所。公子甚慧，闻义辄通。先生以不知家世，颇怀疑闷。馆有二僮给役，私诘之，皆不对。问："主人何在？"答以事忙。先生求导窥之，僮不可。屡求之，乃导至一处，闻拷楚声。自门隙目注之，见一王者坐殿上，阶下剑树刀山，皆冥中事。大骇。方将却步，内已知之，因罢政，叱退诸鬼，疾呼僮。僮变色曰："我为先生，祸及身矣！"战惕奔入。王者怒曰："何敢引人私窥！"即以巨鞭重笞讫。乃召先生入，曰："所以不见者，以幽明异路。今已知之，势难再聚。"因赠束金使行，曰："君天下第一人，但坎壈未尽耳。"使青衣捉骑送之。先生疑身已死，青衣曰："何得便尔！先生食御一切，置自俗间，非冥中物也。"既归，坎坷数年，中会、状，其言皆验。

青　城　妇

费邑高梦说为成都守，有一奇狱。先是，有西商客成都，娶青城山寡妇。既而以故西归，年余复返。夫妻一聚，而商暴卒。同商疑而告官，官亦疑妇有私，苦讯之。横加酷掠，卒无词。牒解上司，并少实情，淹系狱底，积有时日。后高署有患病者，延一老医，适相言及。医闻之，遽曰："妇尖嘴否？"问："何说？"初不言，诘再三，始曰："此处绕青城山有数村落，其中妇女多为蛇交，则生女尖喙，阴中有物类蛇舌。至淫纵时，则舌或出，一入阴管，男子阳脱立死。"高闻之骇，尚未深信。医曰："此处有巫媪，能内药使妇意荡，舌自出，是否可以验见。"高即如言，使媪治之，舌果出，疑始解。牒报郡。上官皆如法验之，乃释妇罪。

杜 小 雷

杜小雷，益都之西山人。母双盲。杜事之孝，家虽贫，甘旨无缺。一日，将他适，市肉付妻，令作馎饦。妻最忤逆，切肉时杂蜣螂其中。母觉臭恶不可食，藏以待子。杜归，问："馎饦美乎？"母摇首，出示子。杜裂视，见蜣螂，怒甚。入室，欲挞妻，又恐母闻。上榻筹思，妻问之，不语。妻自馁，彷徨榻下。久之，喘息有声。杜叱曰："不睡，待敲扑耶！"亦觉寂然。起而烛之，但见一豕，细视，则两足犹人，始知为妻所化。邑令闻之，絷去，使游四门，以戒众人。谭薇臣曾亲见之。

车 夫

有车夫载重登坡，方极力时，一狼来啮其臀。欲释手，则货敝身压，忍痛推之。既上，则狼已龁片肉而去。乘其不能为力之际，窃尝一脔，亦黠而可笑也。

薛 慰 娘

丰玉桂，聊城儒生也。贫无生业。万历间，岁大祲，孑然南遁。及归，至沂而病。力疾行数里，至城南丛葬处，益惫，因傍冢卧。忽如梦，至一村，有叟自门中出，邀生入。屋两楹，亦殊草草。室内一女子，年十六七，仪容慧雅。叟使瀹柏枝汤，以陶器供客。因诘生里居、年齿，既已，乃曰："洪都姓李，平阳族。流寓此间，今三十二年矣。君志此门户，余家子孙如见探访，即烦指示之。老夫不敢忘义。义女慰娘，颇不丑，可配君子。三豚儿到日，即遣主盟。"生喜，拜曰："犬马齿二十有二，尚少良配。惠以眷好，固佳，但何处得翁之家人而告诉也？"叟曰："君但住北村中，相待月余，自有来者，止求不惮烦耳。"生恐其言不信，要之曰："实告翁：仆故家徒四壁，恐后日不如所望，中道之弃，人所难堪。即无姻好，亦不敢不守季路之诺，即何妨质言之也？"叟笑曰："君欲老夫旦旦耶？我稔知君贫。此订非专为君，慰娘孤而无倚，相托已久，不忍听其流落，故以奉君子耳。何见疑！"即捉臂送生出，拱手合扉而去。生觉，则身卧冢边，日已将午。渐起，次且入村。村人见之皆惊，谓其已死道旁经日矣。顿悟叟即冢中人也，隐而不言，但求寄寓。村人恐其复死，莫敢留。村有秀才与同姓，闻之，趋诘家世，盖生缌服叔也。喜导至家，饵治之，数日寻愈。因述所遇，叔亦惊异，遂坐待以觇其变。居无何，果有官人至村，访父墓址，自言平阳进士李叔向。先是，其父李洪都，与同乡某甲行贾，死于沂，某因瘗诸丛葬处。既归，某亦死。是时翁三子皆幼。长伯仁，举进士，令淮南。数遣人寻父墓，迄无知者。次仲道，举孝廉。叔向最少，亦登第。于是亲求父骨，至沂遍访。是日至，村人皆莫识。生乃引至墓所，指示之。叔向未敢信，生为具陈所遇，叔向奇之。审视两坟相接，或言三年前有宦者，葬少妾于此。叔向恐误发他冢，生遂以所卧处示之。叔向命舁材其侧，始发冢。冢开，则见女尸，服妆黯败，而粉黛如生。叔向知其误，骇极，莫知所为。而女已顿起，四顾曰："三哥来耶？"叔向惊，就问之，则慰娘也。乃解衣蔽覆，舁归逆旅。急发傍冢，冀父复活。既发，则肤革犹存，抚之僵燥，悲哀不已。装敛入材，清醮七日，女亦缞绖若女。忽告叔向曰："曩阿翁有黄金二锭，曾分一为妾作奁。妾以孤弱无藏所，仅以丝线紮腰，而未将去，兄得之否？"叔向不知，乃使生反求诸圹，果得之，一如女言。叔向仍以线志者分赠慰娘，暇乃审其家世。先是，女父薛寅侯无子，止生慰娘，甚钟爱之。一日，女自金陵舅氏归，将媪问渡，操舟者乃金陵媒也。适有宦者，任满赴都，遣觅美妾，凡历数家，无当意者，将为扁舟诣广陵。忽遇女，隐生诡谋，急招附渡。媪素识之，遂与共济。中途，投毒食中，女妪皆迷。推妪堕江，载女而返，以重金卖诸宦者。入门，嫡始知，怒甚。女又惘然，莫知为礼，遂挞楚而囚禁之。北渡三日，女方醒。婢言始末，女大泣。一夜，宿于沂，自经死，乃瘗诸乱冢中。女在墓，为群鬼所凌，李翁时呵护之，女乃父事翁。翁曰："汝命合不死，当为择一快婿。"前生既见而出，反谓女曰："此生品谊可托。待汝三兄至，为汝主婚。"一日曰："汝可归候，汝三兄将来矣。"盖即发墓之日也。女于丧次，为叔向缅述之。叔向叹息良久，乃以慰娘为妹，俾从李姓。略买衣妆，遣归生，且曰："资斧无多，不能为妹子办妆。意将偕归，以慰母心，何如？"女亦欣然。于是夫妻从叔向，辇柩并发。及归，母诘得其故，爱逾所生，馆诸别院。丧次，女哀悼过于儿孙。母益怜之，不令东归，嘱诸子为之买宅。适有冯氏卖宅，直六百金。仓猝未能取盈，暂收契券，约日交兑。及期，冯早至，适女亦从别院入省母，突见之，绝似当年操舟人。冯见亦惊。女趋过之。两兄亦以母小恙，俱集母所。女问："厅前踖踱者为谁？"仲道曰："此必前日卖宅者也。"即起欲出。女止之，告以所疑，使诘难之。仲道诺而出，则冯已去，而巷南塾师薛先生在焉。因问："何来？"曰："昨夕冯某浼早登堂，一署券保。适途遇之，云偶有所忘，暂归便返，使仆坐以待之。"少间，生及叔向皆至，遂相攀谈。慰娘以冯故，潜来屏后窥客，细视之，则其父也。突出，持抱大哭。翁惊涕曰："吾儿何来！"众始知薛即寅侯也。仲道虽与街头常遇，初未悉其名字。至是共喜，为述前因，设酒相庆。因留信宿，自道行踪。盖失女后，妻以悲死，鳏居无依，故游学至此也。生约买宅后，迎与同居。翁次日往探，冯则举家遁去，乃知杀媪卖女者，即其人也。冯初至平阳，贸易成家。比年赌博，日就消乏，故货居宅，卖女之资，亦濒尽矣。慰娘得所，亦不甚仇之，但择日徙居，更不追其所往。李母馈遗不绝，一切日用皆供给之。生遂家于平阳，但归试甚苦。幸于是科得举孝廉。慰娘富贵，每念媪为己死，思报其子。媪夫姓殷，一子名富，好博，贫无立锥。一日，博局争注，殴杀人命，亡归平阳，远投慰娘。生遂留之门下。研诘所杀姓名，盖即操舟冯某也。骇叹久之，因为道破，乃知冯即杀母仇人也。益喜，遂役生家。薛寅侯就养于婿，婿为买妇，生子女各一焉。

田 子 成

江宁田子成,过洞庭,舟覆而没。子良耜,明季进士,时在抱中。妻杜氏,闻讣,仰药而死。良耜受庶祖母抚养成立,筮仕湖北。年馀,奉宪命营务湖南。至洞庭,痛哭而返。自告才力不及,降县丞,隶汉阳,辞不就。院司强督促之,乃就。辄放荡江湖间,不以官职自守。一夕,艤舟江岸,闻洞箫声,抑扬可听。乘月步去,约半里许,见旷野中茅屋数椽,荧荧灯火。近窗窥之,有三人对酌其中。上座一秀才,年三十许,下座一叟,侧座吹箫者,年最少。吹竟,叟击节赞佳。秀才面壁吟思,若罔闻。叟曰:“卢十兄必有佳作,请长吟,俾得共赏之。”秀才乃吟曰:“满江风月冷凄凄,瘦草零花化作泥。千里云山飞不到,梦魂夜夜竹桥西。”吟声怆恻。叟笑曰:“卢十兄故态作矣!”因酌以巨觥,曰:“老夫不能属和,请歌以侑酒。”乃歌《兰陵美酒》之什。歌已,一座解颐。少年起曰:“我视月斜何度矣。”突出见客,拍手曰:“窗外有人,我等狂态尽露也!”遂挽客入,共一举手。叟使与少年相对坐。试其杯皆冷酒,辞不饮。少年起,以苇炬燎壶而进之。良耜亦命从者出钱行沽,叟固止之。因讯邦族,良耜具道生平。叟致敬曰:“吾乡父母也。少君姓江,此间土著。”指少年曰:“此江西杜野侯。”又指秀才:“此卢十兄,与公同乡。”卢自见良耜,殊偃蹇不甚为礼。良耜因问:“家居何里?如此清才,殊早不闻。”答曰:“流寓已久,亲族恒不相识,可叹人也!”言之哀楚。叟摇手乱之曰:“好客相逢,不理觞政,聒絮如此,厌人听闻!”遂把杯自饮,曰:“一令请共行之,不能者罚。每掷三色,以相逢为率,须一古典相合。”乃掷得幺二三,唱曰:“三加幺二点相同,鸡黍三年约范公:朋友喜相逢。”次少年,掷得双二单四,曰:“不读书人,但见俚典,勿以为笑。四加双二点相同,四人聚义古城中:兄弟喜相逢。”卢得双幺单二,曰:“二加双幺点相同,吕向两手抱老翁:父子喜相逢。”良耜掷,复与卢同,曰:“二加双幺点相同,茅容二簋款林宗:主客喜相逢。”令毕,良耜兴辞。卢始起,曰:“故乡之谊,未遑倾吐,何别之遽?将有所问,愿少留也。”良耜复坐,问:“何言?”曰:“仆有老友某，没于洞庭，与君同族否？”良耜曰：“是先君也，何以相识？”曰：“少时相善。没日，惟仆见之，因收其骨，葬江边耳。”良耜出涕下拜，求指墓所。卢曰：“明日来此，当指示之。要亦易辨，去此数武，但见坟上有丛芦十茎者是也。”良耜洒涕，与众拱别。至舟，终夜不寝，念卢情词似皆有因。昧爽而往，则舍宇全无，益骇。因遵所指处寻墓，果得之。丛芦其上，数之，适符其数。恍然悟卢十兄之称，皆其寓言。所遇，乃其父之鬼也。细问土人，则二十年前，有高翁富而好善，溺水者皆拯其尸而埋之，故有数坟在焉。遂发冢负骨，弃官而返。归告祖母，质其状貌皆确。江西杜野侯，乃其表兄，年十九，溺于江，后其父流寓江西。又悟杜夫人殁后，葬竹桥之西，故诗中忆之也。但不知叟何人耳。

王 桂 庵

王樨，字桂庵，大名世家子。适南游，泊舟江岸。临舟有榜人女，绣履其中，风姿韶绝。王窥既久，女若不觉。王朗吟“洛阳女儿对门居”，故使女闻。女似解其为己者，略举首一斜瞬之，俯首绣如故。王神志益驰，以金一锭投之，堕女襟上。女拾弃之，金落岸边。王拾归，益怪之，又以金钏掷之，堕足下，女操业不顾。无何，榜人自他归。王恐其见钏研诘，心急甚，女从容以双钩覆蔽之。榜人解缆，径去。王心情丧惘，痴坐凝思。时王方丧偶，悔不即媒定之。乃询舟人，皆不识其何姓。返舟急追之，杳不知其所往。不得已，返舟而南。务毕，北旋，又沿江细访，并无音耗。抵家，寝食皆萦念之。逾年，复南，买舟江际，若家焉。日日细数行舟，往来者帆楫皆熟，而曩舟殊杳。居半年，资罄而归。行思坐想，不能少置。一夜，梦至江村，过数门，见一家柴扉南向，门内疏竹为篱，意是亭园，径入。有夜合一株，红丝满树，隐念诗中“门前一树马缨花”，此其是矣。过数武，苇笆光洁。又入之，见北舍三楹，双扉阖焉。南有小舍，红蕉蔽窗。探身一窥，则椸架当门，罥画裙其上，知为女子闺闼，愕然却退。而内亦觉之，有奔出瞰客者，粉黛微呈，则舟中人也。喜出望外，曰：“亦有相逢之期乎！”

方将狎就,女父适归,倏然惊觉,始知是梦。景物历历,如在目前。秘之,恐与人言,破此佳梦。又年馀,再适镇江。郡南有徐太仆,与有世谊,招饮。信马而去,误入小村,道途景象,仿佛平生所历。一门内,马缨一树,梦境宛然。骇极,投鞭而入。种种物色,与梦无别。再入,则房舍一如其数。梦既验,不复疑虑,直趋南舍,舟中人果在其中。遥见王,惊起,以扉自幛,叱问:"何处男子?"王逡巡间,犹疑是梦。女见步趋甚近,闸然扃户。王曰:"卿不忆掷钏者耶?"备述相思之苦,且言梦征。女隔窗审其家世,王具道之。女曰:"既属宦裔,中馈必有佳人,焉用妾?"王曰:"非以卿故,婚娶固已久矣。"女曰:"果如所云,足知君心。妾此情难告父母,然亦方命而绝数家。金钏犹在,料钟情者必有耗闻耳。父母偶适外戚,行且至。君姑退,倩冰委禽,计无不遂。若望以非礼成耦,则用心左矣。"王仓卒欲出。女遥呼王郎曰:"妾芸娘,姓孟氏。父字江蓠。"王记而出。罢筵早返,谒江蓠。江迎入,设坐篱下。王自道家阀,即致来意,兼纳百金为聘。翁曰:"息女已字矣。"王曰:"讯之甚确,固待聘耳,何见绝之深?"翁曰:"适间所说,不敢为诳。"王神情俱失,拱别而返。当夜辗转,无人可媒。向欲以情告太仆,恐娶榜人女为先生笑;今情急,无可为媒,质明,诣太仆,实告之。太仆曰:"此翁与有瓜葛,是祖母嫡孙,何不早言?"王始吐隐情。太仆疑曰:"江蓠固贫,素不以操舟为业,得毋误乎?"乃遣子大郎诣孟,孟曰:"仆虽空匮,非卖婚者。曩公子以金自媒,谅仆必为利动,故不敢附为婚姻。既承先生命,必无错谬。但顽女颇恃娇爱,好门户辄便拗却,不得不与商榷,免他日怨婚也。"遂起,少入而返,拱手一如尊命,约期乃别。大郎复命,王乃盛备禽妆,纳采于孟,假馆太仆之家,亲迎成礼。居三日,辞岳北归。夜宿舟中,问芸娘曰:"向于此处遇卿,固疑不类舟人子。当日泛舟何之?"答云:"妾叔家江北,偶借扁舟一省视耳。妾家仅可自给,然傥来物颇不贵视之。笑君双瞳如豆,屡以金资动人。初闻吟声,知为风雅士,又疑为儇薄子作荡妇挑之也。使父见金钏,君死无地矣。妾怜才心切否?"王笑曰:"卿固黠甚,然亦堕吾术矣!"女问:"何事?"王止而不言。又固诘之,乃曰:"家门日近,此亦不能终秘。实告卿,我家中固有妻在,吴尚书女也。"芸娘不信,王故壮其词以实之。芸娘色变,默移时,遽起,奔出。王躧履追之,则已投江中矣。王大呼,诸船惊闹,夜色昏蒙,惟有满江星点而已。王悼痛终夜,沿江而下,以重价觅其骸骨,亦无见者。悒悒而归,忧痛交集。又恐翁来视女,无词可对。有姊丈官河南,遂命驾造之,年馀始归。途中遇雨,休装民舍,见房廊清洁,有老妪弄儿厦间。儿见王入,即扑求抱,王怪之。又视儿秀婉可爱,揽置膝头。妪唤之,不去。少顷,雨霁,王举儿付妪,下堂趣装。儿啼曰:"阿爹去矣!"妪耻之,呵之不止,强抱而去。王坐待治任,忽有丽者自屏后抱儿出,则芸娘也。方诧异间,芸娘骂曰:"负心郎!遗此一块肉,焉置之?"王乃知为己子,酸来刺心,不暇问其往迹,先以前言之戏,矢日自白。芸娘始反怒为悲,相向涕零。先是,第主莫翁,六旬无子,携媪往朝南海。归途泊江际,芸娘随波下,适触翁舟。翁命从人拯出之,疗控终夜,始渐苏。翁媪视之,是好女子,甚喜,以为己女,携归。居数月,欲为择婿,女不可。逾十月,生一子,名曰寄生。王避雨其家,寄生方周岁也。王于是解装,入拜翁媪,遂为岳婿。居数日,始举家归。至,则孟翁坐待,已两月矣。翁初至,见仆辈情词恍惚,心颇疑怪。既见,始共欢慰。历述所遭,乃知其枝梧者有由也。

寄生 附

寄生,字王孙,郡中名士。父母以其襁褓认父,谓有夙惠,钟爱之。长益秀美,八九岁能文,十四入郡庠。每自择偶。父桂庵有妹二娘,适郑秀才子侨,生女闺秀,慧艳绝伦。王孙见之,心切爱慕。积久,寝食俱废。父母大忧,苦研诘之,遂以实告。父遣冰于郑,郑性方谨,以中表为嫌,却之。王孙愈病,母计无所出,阴婉致二娘,但求闺秀一临存之。郑闻,益怒,出恶声焉。父母既绝望,听之而已。郡有大姓张氏,五女皆美,幼者名五可,尤冠诸姊,择婿未字。一日,上墓,途遇王孙,自舆中窥见,归以白母。母沈知其意,见媒媪于氏,微示之。媪遂诣王所。时王孙方病,讯知笑曰:"此病老身能医之。"芸娘问故。媪述张氏意,极道五可之美。芸娘喜,使媪往候王孙。媪入,抚王孙而告之。王孙摇首曰:“医不对症,奈何!”媪笑曰:“但问医良否耳:其良也,召和而缓至,可矣;执其人以求之,守死而待之,不亦痴乎?”王孙欷歔曰:“但天下之医,无愈和者。”媪曰:“何见之不广也?”遂以五可之容颜发肤,神情态度,口写而手状之。王孙又摇首曰:“媪休矣!此余愿所不及也。”反身向壁,不复听矣。媪见其志不移,遂去。一日,王孙沉痼中,忽一婢入曰:“所思之人至矣!”喜极,跃然而起。急出舍,则丽人已在庭中。细认之,却非闺秀,着松花色细褶绣裙,双钩微露,神仙不啻也。拜问姓名,答曰:“妾,五可也。君深于情者,而独钟闺秀,使人不平。”王孙谢曰:“生平未见颜色,故目中止一闺秀。今知罪矣!”遂与要誓。方握手殷殷,适母来抚摩,遽然而觉,则一梦也。回思声容笑貌,宛在目中。阴念:“五可果如所梦,何必求所难遘。”因而以梦告母。母喜其念少夺,急欲媒之。王孙恐梦见不的,托邻妪素识张氏者,伪以他故诣之,嘱其潜相五可。妪至其家,五可方病,靠枕支颐,婀娜之态,倾绝一世。近问:“何恙?”女默然弄带,不作一语。母代答曰:“非病也。连日与爹娘负气耳!”妪问故。曰:“诸家问名,皆不愿,必如王家寄生者方嫁。是为母者劝之急,遂作意不食数日矣。”妪笑曰:“娘子若配王郎,真是玉人成双也。渠若见五娘,恐又憔悴死矣!我归,即令倩冰,如何?”五可止之曰:“姥勿尔!恐其不谐,益增笑耳!”妪锐然以必成自任,五可方微笑。妪归,复命,一如媒媪言。王孙详问衣履,亦与梦合,大悦。意虽稍舒,然终不以人言为信。过数日,渐瘳,秘招于媪来,谋以亲见五可。媪难之,姑应而去。久之,不至。方欲觅问,媪忽忻然来曰:“机幸可图。五娘向有小恙,因令婢辈将扶,移过对院。公子往伏伺之,五娘行缓涩,委曲可以尽睹矣。”王孙喜,明日,命驾早往,媪先在焉。即令絷马村树,引入临路舍,设座掩扉而去。少间,五可果扶婢出。王孙自门隙目注之。女从门外过,媪故指挥云树以迟纤步,王孙窥觇尽悉,意颤不能自持。未几,媪至,曰:“可以代闺秀否?”王孙申谢而返,始告父母,遣媒要盟。及妁往,则五可已别字矣。王孙失意,悔闷欲死,即刻复病。父母忧甚,责其自误。王孙无词,惟日饮米汁一合。积数日,鸡骨支床,较前尤甚。媪忽至,惊曰:“何惫之甚?”王孙涕下,以情告。媪笑曰:

"痴公子！前日人趁汝来，而故却之。今日汝求人，而能必遂耶？虽然，尚可为力。早与老身谋，即许京都皇子，能夺还也。"王孙大悦，求策。媪命函启遣伻，约次日候于张所。桂庵恐以唐突见拒。媪曰："前与张公业有成言，延数日而遽悔之，且彼字他家，尚无函信。谚云：'先炊者先餐。'何疑也！"桂庵从之。次日，二仆往，并无异词，厚犒而归。王孙病顿起，由此闺秀之想遂绝。初，郑子侨却聘，闺秀颇不怿。及闻张氏婚成，心愈抑郁，遂病，日就支离。父母诘之，不肯言。婢窥其意，隐以告母。郑闻之，怒不医，以听其死。二娘怼曰："吾侄亦殊不恶，何守头巾戒，杀吾娇女！"郑恚曰："若所生女，不如早亡，免贻笑柄！"以此夫妻反目。二娘与女言，将使仍归王孙，若为媵。女俯首不言，意若甚愿。二娘商郑，郑更怒，一付二娘，置女度外，不复预闻。二娘爱女切，欲实其言。女乃喜，病渐瘥。窃探王孙，亲迎有日矣。及期，以侄完婚，伪欲归宁，昧旦，使人求仆舆于兄。兄最友爱，又以居村邻近，遂以所备亲迎车马，先迎二娘。既至，则妆女入车，使两仆两媪护送之。到门，以毡贴地而入。时鼓乐已集，从仆叱令吹擂，一时人声沸聒。王孙奔视，则女子以红帕蒙首，骇极，欲奔，郑仆夹扶，便令交拜。王孙不知何由，即便拜讫。二媪扶女，径坐青庐，始知其闺秀也。举家皇乱，莫知所为。时渐濒暮，王孙不复敢行亲迎之礼。桂庵遣仆以情告张，张怒，遂欲断绝。五可不肯，曰："彼虽先至，未受雁采，不如仍使亲迎。"父纳其言，以对来使。使归，桂庵终不敢从。相对筹思，喜怒俱无所施。张待之既久，知其不行，遂亦以舆马送五可至，因另设青帐于别室。王孙周旋两间，蹀躞无以自处。母乃调停于中，使序行以齿，二女皆诺。及五可闻闺秀差长，称"姊"有难色。母甚虑之。比三朝公会，五可见闺秀风致宜人，不觉右之，自是始定。然父母恐其积久不相能，而二女却无间言，衣履易着，相爱如姊妹焉。王孙始问五可却媒之故。笑曰："无他，聊报君之却于媪耳。尚未见妾，意中止有闺秀；即见妾，亦略靳之，以觇君之视妾，较闺秀何如也。使君为伊病，而不为妾病，则亦不必强求容矣。"王孙笑曰："报亦惨矣！然非于媪，何得一觏芳容。"五可曰："是妾自欲见君，媪何能为。过舍门时，岂不知眈眈者在内耶。梦中业相要，何尚未知信耶?”王孙惊问:“何知?”曰:“妾病中梦至君家,以为妄;后闻君亦梦,妾乃知魂魄真到此也。”王孙异之,遂述所梦,时日悉符。父子之良缘,皆以梦成,亦奇情也。故并志之。

异史氏曰:“父痴于情,子遂几为情死。所谓情种,其王孙之谓欤?不有善梦之父,何生离情之子哉!”

褚 遂 良

长山赵某,税屋大姓。病症结,又孤贫,奄然就毙。一日,力疾就凉,移卧檐下。及醒,见绝代丽人坐其傍。因诘问之,女曰:“我特来为汝作妇。”某惊曰:“无论贫人不敢有妄想,且奄奄一息,有妇何为!”女曰:“我能治之。”某曰:“我病非仓猝可除,纵有良方,其如无资买药何!”女曰:“我医疾不用药也。”遂以手按赵腹,力摩之。觉其掌热如火。移时,腹中痞块,隐隐作解拆声。又少时,欲登厕。急起,走数武,解衣大下,胶液流离,结块尽出,觉通体爽快。返卧故处,谓女曰:“娘子何人?祈告姓氏,以便尸祝。”答云:“我狐仙也。君乃唐朝褚遂良,曾有恩于妾家,每铭心欲一图报。日相寻觅,今始得见,夙愿可酬矣。”某自惭形秽,又虑茅屋灶煤,玷染华裳。女但请行。赵乃导入家,土莝无席,灶冷无烟,曰:“无论光景如此,不堪相辱。即卿能甘之,请视瓮底空空,又何以养妻子?”女但言:“无虑。”言次,一回头,见榻上毡席衾褥已设。方将致诘,又转瞬,见满室皆银光纸裱贴如镜,诸物已悉变易,几案精洁,肴酒并陈矣。遂相欢饮。日暮,与同狎寝,如夫妇。主人闻其异,请一见之。女即出见,无难色。由此四方传播,造门者甚夥。女并不拒绝。或设筵招之,女必与夫俱。一日,座中一孝廉,阴萌淫念。女已知之,忽加诮让。即以手推其首,首过欞外,而身犹在室,出入转侧,皆所不能。因共哀免,方曳出之。积年馀,造请者日益烦,女颇厌之。被拒者辄骂赵。值端阳,饮酒高会,忽一白兔跃入。女起曰:“舂药翁来见召矣!”谓兔曰:“请先行。”兔趋出,径去。女命赵取梯。赵于舍后负长梯来,高数丈。庭有大树一章,便倚其上,梯更高于树杪。女先登,赵亦随之。女回首曰:“亲宾有愿从者，当即移步。”众相视不敢登。惟主人一僮，踊跃从其后。上上益高，梯尽云接，不可见矣。共视其梯，则多年破扉，去其白板耳。群入其室，灰壁败灶依然，他无一物。犹意僮返可问，竟终杳已。

刘　全

邹平牛医侯某，荷饭饷耕者。至野，有风旋其前，侯即以杓掬浆祝奠之。尽数杓，风始去。一日，适城隍庙，闲步廊下，见内塑刘全献瓜像，被鸟雀遗粪，糊蔽目睛。侯曰：“刘大哥何遂受此玷污！”因以爪甲为除去之。后数年，病卧，被二皂摄去。至官衙前，逼索财贿甚苦。侯方无所为计，忽自内一绿衣人出，见之讶曰：“侯翁何来？”侯便告诉。绿衣人责二皂曰：“此汝侯大爷，何得无礼！”二皂喏喏，逊谢不知。俄闻鼓声如雷。绿衣人曰：“早衙矣。”遂与俱入，令立墀下，曰：“姑立此，我为汝问之。”遂上堂点手，招一吏人下，略道数语。吏人见侯，拱手曰：“侯大哥来耶？汝亦无甚大事，有一马相讼，一质便可复返。”遂别而去。少间，堂上呼侯名。侯上跪，一马亦跪。官问侯：“马言被汝药死，有诸？”侯曰：“彼得瘟症，某以瘟方治之。既药不瘳，隔日而死，与某何涉？”马作人言，两相苦。官命稽籍，籍注马寿若干，应死于某年月日，数确符。因呵曰：“此汝天数已尽，何得妄控！”叱之而去。因谓侯曰：“汝存心方便，可以不死。”仍命二皂送回。前二人亦与俱出，又嘱途中善相视。侯曰：“今日虽蒙覆庇，生平实未识荆。乞示姓字，以图衔报。”绿衣人曰：“三年前，仆从泰山来，焦渴欲死。经君村外，蒙以杓浆见饮，至今不忘。”吏人曰：“某即刘全。曩被雀粪之污，闷不可耐，君手为涤除，是以耿耿。奈冥间酒馔，不可以奉宾客，请即别矣。”侯始悟，乃归。既至家，款留二皂。皂并不敢饮其杯水。侯苏，盖死已逾两日矣。从此益修善。每逢节序，必以浆酒酬刘全。年八旬，尚强健，能超乘驰走。一日，途间见刘全骑马来，若将远行。拱手道温凉毕，刘曰：“君数已尽，勾牒出矣。勾役欲相招，我禁使弗须。君可归治后事，三日后，我来同君行。地下代买小缺，亦无苦也。”遂去。侯归告妻子，招别戚友，棺衾俱备。第四日日暮，对众曰：

“刘大哥来矣。”入棺遂殁。

姬　　生

南阳鄂氏，患狐，金钱什物，辄被窃去。迕之，祟益甚。鄂有甥姬生，名士不羁，焚香代为祷免，卒不应。又祝舍外祖使临己家，亦不应。众笑之。生曰：“彼能幻变，必有人心。我固将引之，俾入正果。”数日辄一往祝之。虽不见验，然生所至，狐遂不扰。以故，鄂常止生宿。生夜望空请见，邀益坚。一日，生归，独坐斋中，忽房门缓缓自开。生起，致敬曰：“狐兄来耶？”殊寂无声。又一夜，门自开。生曰：“倘是狐兄降临，固小生所祷祝而求者，何妨即赐光霁？”却又寂然。案头有钱二百，及明失之。生至夜，增以数百。中宵，闻布幄铿然。生曰：“来耶？敬具时铜数百备用。仆虽不充裕，然非鄙吝者。若缓急有需，无妨质言，何必盗窃？”少间，视钱，脱去二百。生仍置故处，数夜不复失。有熟鸡，欲供客而失之。生至夕，又益以酒。而狐从此绝迹矣。鄂家祟如故。生又往祝曰：“仆设钱而子不取，设酒而子不饮，我外祖衰迈，无为久祟之。仆备有不腆之物，夜当凭汝自取。”乃以钱十千、酒一罇，两鸡皆聂切，陈几上。生卧其傍，终夜无声，钱物如故。狐怪从此亦绝。生一日晚归，启斋门，见案上酒一壶，燂鸡盈盘，钱四百，以赤绳贯之，即前日所失物也。知狐之报。嗅酒而香，酌之色碧绿，饮之甚醇。壶尽半酣，觉心中贪念顿生，蓦然欲作贼。便启户出。思村中一富室，遂往越其墙。墙虽高，一跃上下，如有翅翎。入其斋，窃取貂裘、金鼎而出。归置床头，始就枕眠。天明，携入内室。妻惊问之，生嗫嚅而告，有喜色。妻骇曰：“君素刚直，何忽作贼！”生恬然不为怪，因述狐之有情。妻恍然悟曰：“是必酒中之狐毒也。”因念丹砂可以却邪，遂研入酒，饮生。少顷，生忽失声曰：“我奈何做贼！”妻代解其故，爽然自失。又闻富室被盗，噪传里党。生终日不食，莫知所处。妻为之谋，使乘夜抛其墙内。生从之。富室复得故物，事亦遂寝。生岁试冠军，又举行优，应受倍赏。及发落之期，道署梁上粘一帖云：“姬某作贼，偷某家裘、鼎，何为行优？”梁最高，非跂足可粘。文宗疑之,执帖问生。生愕然,思此事除妻外无知者,况署中深密,何由而至?因悟曰:"此必狐之为也。"遂缅述无讳,文宗赏礼有加焉。生每自念:"无取罪于狐,所以屡陷之者,亦小人之耻独为小人耳。"

异史氏曰:"生欲引邪入正,而反为邪惑。狐意未必大恶,或生以谐引之,狐亦以戏弄之耳。然非身有夙根,室有贤助,几何不如原涉所云,家人寡妇,一为盗污遂行淫哉!吁!可惧也!"

吴木欣云:"康熙甲戌,一乡科令浙中,点稽囚犯。有窃盗,已刺字讫,例应逐释。令嫌'窃'字减笔从俗,非官板正字,使刮去之。候创平,依字汇中点画形象另刺之。盗口占一绝云:'手把菱花仔细看,淋漓鲜血旧痕斑。早知面上重为苦,窃物先防识字官。'禁卒笑之曰:'诗人不求功名,而乃为盗?'盗又口占答之云:'少年学道志功名,只为家贫误一生。冀得资财权子母,囊游燕市博恩荣。'"即此观之,秀才为盗,亦仕进之志也。狐授姬生以进取之资,而返悔为所误,迂哉!一笑。

果　报

安丘某生,通卜筮之术。其为人邪荡不检,每有钻穴逾隙之行,则卜之。一日忽病,药之不愈,曰:"吾实有所见。冥中怒我狎亵天数,将重谴矣,药何能为!"亡何,目暴瞽,两手无故自折。

某甲者,伯无嗣。甲利其有,愿为之后。伯既死,田产悉为所有,遂背前盟。又有叔,家颇裕,亦无子。甲又父之。死,又背之。于是併三家之产,富甲一乡。一日,暴病若狂,自言曰:"汝欲享富厚而生耶!"遂以利刃自割肉,片片掷地。又曰:"汝绝人后,尚欲有后耶!"剖腹流肠,遂毙。未几,子亦死,产业归人矣。果报如此,可畏也夫!

韩　方

明季,济郡以北数州县,邪疫大作,比户皆然。齐东农民韩方,性至孝。父母皆病,因具楮帛,哭祷于孤石大夫之庙。归途零涕,遇一人，衣冠清洁，问："何悲？"韩具以告。其人曰："孤石之神，不在于此，祷之何益？仆有小术，可以一试。"韩喜，诘其姓字。其人曰："我不求报，何必通乡贯乎？"韩敦请临其家。其人曰："无须。但归，以黄纸置床上，厉声言：'我明日赴都，告诸岳帝！'病当已。"韩恐不验，坚求移趾。其人曰："实告子：我非人也。巡环使者以我诚笃，俾为南县土地。感君孝，指授此术。目前岳帝举枉死之鬼，其有功人民，或正直不作邪祟者，以城隍、土地用。今日殃人者，皆郡城北兵所杀之鬼，急欲赴都自投，故沿途索赂，以谋口食耳。言告岳帝，则彼必惧，故当已。"韩悚然起敬，伏地叩谢。及起，其人已渺。惊叹而归。遵其教，父母皆愈。以传邻村，无不验者。

异史氏曰："沿途祟人而往，以求不作邪祟之用，此与策马应'不求闻达之科'者何殊哉！天下事大率类此。犹忆甲戌、乙亥之间，当事者使民捐谷，具疏谓民乐输。于是各州县如数取盈，甚费敲扑。时郡北七邑被水，岁祲，催办尤难。唐太史偶至利津，见系逮者十馀人。因问：'为何事？'答曰：'官捉吾等赴城，比追乐输耳。'农民不知'乐输'二字作何解，遂以为徭役敲比之名，岂不可叹而可笑哉！"

纫 针

虞小思，东昌人。居积为业。妻夏，归宁返，见门外一妪，偕少女哭甚哀。夏诘之，妪挥泪相告。乃知其夫王心斋，亦宦裔也。家中落，无衣食业，浼中保贷富室黄氏金，作贾。中途遭寇，丧资，幸不死。至家，黄索偿，计子母不下三十金，实无可准抵。黄窥其女纫针美，将谋作妾。使中保质告之：如肯，可折债外，仍以廿金压券。王谋诸妻，妻泣曰："我虽贫，固簪缨之胄。彼以执鞭发迹，何敢遂媵吾女！况纫针固自有婿，汝何得擅作主！"先是，同邑傅孝廉之子，与王投契，生男阿卯，与襁中论婚。后孝廉官于闽，年馀而卒。妻子不能归，音耗俱绝。以故纫针十五，尚未字也。妻言及此，王无词，但谋所以为计。妻曰："不得已，其试谋诸两弟。"盖妻范氏，其祖曾任京职，两孙田产尚多也。次日，妻携女归告两弟。两弟任其涕泪，并无一词肯为设处。范乃号啼而归。适逢夏诘，且诉且哭，夏怜之。视其女，绰约可爱，益为哀楚。遂邀入其家，款以酒食，慰之曰：“母子勿戚，妾当竭力。”范未遑谢，女已哭伏在地，益加惋惜。筹思曰：“虽有薄蓄，然三十金亦复大难。当典质相付。”母女拜谢，夏以三日为约。别后，百计为之营谋，亦未敢告诸其夫。三日，未满其数，又使人假诸其母。范母女已至，因以实告。又订次日。抵暮，假金至，合裹并置床头。至夜，有盗穴壁，以火入。夏觉，睨之，见一人臂跨短刀，状貌凶恶。大惧，不敢作声，伪为睡者。盗近箱，意将发扃。回顾，夏枕边有裹物，探身攫去，就灯解视，乃入腰橐，不复胠箧而去。夏乃起呼，家中唯一小婢，隔墙呼邻，邻人集而盗已远。夏乃对灯啜泣。见婢睡熟，乃引带自经于檽间。天曙婢觉，呼人解救，四肢冰冷。虞闻奔至，诘婢始得其由，惊涕营葬。时方夏，尸不僵，亦不腐。过七日，乃殓之。既葬，纫针潜出，哭于其墓。暴雨忽集，霹雳大作，发墓，纫针震死。虞闻，奔验，则棺木已启，妻呻嘶其中，抱出之。见女尸，不知为谁。夏审视，始辨之，方相骇怪。未几，范至，见女已死，哭曰：“固疑其在此，今果然矣！闻夫人自缢，日夜不绝声。今夜语我，欲哭于殡宫，我未之应也。”夏感其义，遂与夫言，即以所葬材穴葬之。范拜谢。虞负妻归，范亦归告其夫。闻村北一人被雷击死于途，身有字云：“偷夏氏金贼。”俄闻邻妇哭声，乃知雷击者即其夫马大也。村人白于官，官拘妇械鞫，则范氏以夏之措金赎女，对人感泣，马大赌博无赖，闻之而盗心遂生也。官押妇搜赃，则止存二十数，又检马尸得四数。官判卖妇偿补债还虞。夏益喜，全金悉仍付范，俾偿债主。葬女三日，夜大雷电以风，坟复发，女亦顿活。不归其家，往扣夏氏之门，盖认其墓，疑其复生也。夏惊起，隔扉问之。女曰：“夫人果生耶！我纫针耳。”夏骇为鬼，呼邻媪诘之，知其复活，喜内入室。女自言：“愿从夫人服役，不复归矣。”夏曰：“得无谓我损金为买婢耶？汝葬后，债已代偿，可勿见猜。”女益感泣，愿以母事。夏不允。女曰：“儿能操作，亦不坐食。”天明告范，范喜，急至。亦从女意，即以属夏。范去，夏强送女归。女啼思夏。王心斋自负女来，委诸门内而去。夏见惊问，始知其故，遂亦安之。女见虞至，急下拜，呼以父。虞固无子女，又见女依依怜人，颇以为欢。女纺绩缝纫，勤劳臻至。夏偶病剧，女昼夜给役，见夏不食，亦不食。面上时有啼痕，向人曰："母有万一，我誓不复生！"夏少瘳，始解颜为欢。夏闻流涕，曰："我四十无子，但得生一女如纫针，亦足矣。"夏从不育，逾年忽生一男，人以为行善之报。居二年，女益长。虞与王谋，不能坚守旧盟。王曰："女在君家，婚姻惟君所命。"女十七，惠美无双。此言出，问名者趾错于门，夫妻为拣富室。黄某亦遣媒来。虞恶其为富不仁，力却之。为择于冯氏。冯，邑名士，子慧而能文。将告于王，王出负贩未归，遂径诺之。黄以不得于虞，亦托作贾，迹王所在，设馔相邀，更复助以资本，渐渍习洽。因自言其子慧以自媒。王感其情，又仰其富，遂与订盟。既归，诣虞，则虞昨日已受冯氏婚书。闻王所言，不悦，呼女出，告以情。女怫然曰："债主，吾仇也！以我事仇，但有一死！"王无颜，托人告黄以冯氏之盟。黄怒曰："女姓王，不姓虞。我约在先，彼约在后，何得背盟！"遂控于邑宰，宰意以先约判归黄。冯曰："王某以女付虞，固言婚嫁不复预闻，且某有定婚书，彼不过杯酒之谈耳。"宰不能断，将惟女愿从之。黄又以金赂官，求其左袒，以此月馀不决。一日，有孝廉北上，公车过东昌，使人问王心斋。适问于虞，虞转诘之，盖孝廉姓傅，即阿卯也。入闽籍，十八已乡荐矣。以前约未婚。其母嘱令便道访王，问女曾否另字也。虞大喜，邀傅至家，历述所遭。然婿远来数千里，患无凭据。傅启箧，出王当日允婚书。虞招王至，验之果真，乃共喜。是日当官覆审，傅投刺谒宰，其案始销。涓吉约期乃去。会试后，市币帛而还，居其旧第，行亲迎礼。进士报已到闽，又报至东，傅又捷南宫。复入都观政而返。女不乐南渡，傅亦以庐墓在，遂独往扶父柩，载母俱归。又数年，虞卒，子才七八岁，女抚之过于其弟。使读书，得入邑庠，家称素封，皆傅力也。

异史氏曰："神龙中亦有游侠耶？彰善瘅恶，生死皆以雷霆，此'钱塘破阵舞'也。轰轰屡击，皆为一人，焉知纫针非龙女谪降者耶？"

桓　侯

荆州彭好士，友家饮归，下马溲便，马龁草路傍。有细草一丛，蒙茸可爱，初放黄花，艳光夺目，马食已过半矣。彭拔其馀茎，嗅之有异香，因纳诸怀。超乘复行，马骜驶绝驰，颇觉快意，竟不计算归途，纵马所之。忽见夕阳在山，始将旋辔。但望乱山丛沓，并不知其何所。一青衣人来，见马方喷嘶，代为捉衔，曰："天已近暮，吾家主人便请宿止。"彭问："此属何地？"曰："阆中也。"彭大骇，盖半日已千馀里矣，因问："主人为谁？"曰："到彼自知。"又问："何在？"曰："咫尺耳。"遂代鞚疾行，人马若飞。过一山头，见半山中屋宇重叠，杂以屏幔，遥睹衣冠一簇，若有所伺。彭至下马，相向拱敬。俄，主人出，气象刚猛，巾服都异人世。拱手向客，曰："今日客，莫远于彭君。"因揖彭，请先行。彭谦谢，不肯遽先。主人捉臂行之。彭觉捉处如被械梏，痛欲折，不敢复争，遂行。下此者，犹相推让，主人或推之，或挽之，客皆呻吟倾跌，似不能堪，一依主命而行。登堂，则陈设炫丽，两客一筵。彭暗问接坐者："主人何人？"答云："此张桓侯也。"彭愕然，不敢复咳。合座寂然。酒既行，桓侯曰："岁岁叨扰亲宾，聊设薄酌，尽此区区之意。值远客辱临，亦属幸遇。仆窃妄有干求，如少存爱恋，即亦不强。"彭起问："何物？"曰："尊乘已有仙骨，非尘世所能驱策。欲市马相易，如何？"彭曰："敬以奉献，不敢易也。"桓侯曰："当报以良马，且将赐以万金。"彭离席伏谢。桓侯命人曳起之。俄倾，酒馔纷纶。日落，命烛。众起辞，彭亦告别。桓侯曰："君远来焉归？"彭顾同席者曰："已求此公作居停主人矣。"桓侯乃遍以巨觞酌客，谓彭曰："所怀香草，鲜者可以成仙，枯者可以点金，草七茎，得金一万。"即命僮出方授彭。彭又拜谢。桓侯曰："明日造市，请于马群中任意择其良者，不必与之论价，吾自给之。"又告众曰："远客归家，可少助以资斧。"众唯唯。觞尽，谢别而出。途中始诘姓字，同座者为刘子翚。同行二三里，越岭即睹村舍。众客陪彭并至刘所，始述其异。先是，村中岁岁赛社于桓侯之庙，斩牲优戏，以为成规，刘其首善者也。三日前，赛社方毕。是午，各家皆有一人邀请过山。问之，言殊恍惚，但敦促甚急。过山见亭舍，相共骇疑。将至门，使者始实告之，众亦不敢却退。使者曰："姑集此，邀一远客行至矣。"盖即彭也。众述之惊怪。其中被把握者，皆患臂痛，解衣烛之，肤肉青黑。彭自视亦然。众散，刘即襆被供寝。既明，村中争延客；又伴彭入市相马。十馀日，相数十匹，苦无佳者，彭亦拚苟就之。又入市，见一马骨相似佳，骑试之，神骏无比。径骑入村，以待鬻者，再往寻之，其人已去。遂别村人欲归。村人各馈金资，遂归。马一日行五百里。抵家，述所自来，人不之信。囊中出蜀物，始共怪之。香草久枯，恰得七茎，遵方点化，家以暴富。遂敬诣故处，独祀桓侯之祠，优戏三日而返。

异史氏曰："观桓侯燕宾，而后信武夷幔亭非诞也。然主人肃客，遂使蒙爱者几欲折肱，则当年之勇力可想。"

吴木欣言："有李生者，唇不掩其门齿，露于外盈指。一日，于某所宴集，二客逊上下，其争甚苦。一力挽使前，一力却向后。力猛肘脱，李适立其后，肘过触喙，双齿并堕，血下如涌。众愕然，其争乃息。"此与桓侯之握臂折肱，同一笑也。

粉　蝶

阳曰旦，琼州士人也。偶自他郡归，泛舟于海，遭飓风，舟将覆。忽飘一虚舟来，急跃登之。回视，则同舟尽没。风愈狂，瞑然任其所吹。亡何，风定。开眸，忽见岛屿，舍宇连亘。把棹近岸，直抵村门。村中寂然，行坐良久，鸡犬无声。见一门北向，松竹掩蔼。时已初冬，墙内不知何花，蓓蕾满树。心爱悦之，逡巡遂入。遥闻琴声，步少停。有婢自内出，年约十四五，飘洒艳丽。睹阳，返身遽入。俄闻琴声歇，一少年出，讶问客所自来。阳具告之。转诘邦族，阳又告之。少年喜曰："我姻亲也。"遂揖请入院。院中精舍华好，又闻琴声。既入舍，则一少妇危坐，朱弦方调，年可十八九，风采焕映。见客入，推琴欲逝。少年止之曰："勿遁，此正卿家瓜葛。"因代溯所由。少妇曰："是吾侄也。"因问其祖母尚健否？父母年几何矣？阳曰："父母四十馀，都各无恙。惟祖母六旬，得疾沉痼，一步履须人耳。侄实不省姑系何房，望祈明告，以便归述。"少妇曰："道途辽阔，音问梗塞久矣。归时但告而父，'十姑问讯矣'，渠自知之。"阳问："姑丈何族？"少年曰："海屿姓晏。此名神仙岛，离琼三千里，仆流寓亦不久也。"十娘趋入，使婢以酒食饷客，鲜蔬香美，亦不知其何名。饭已，引与瞻眺，见园中桃杏含苞，颇以为怪。晏曰："此处夏无大暑，冬无大寒，花无断时。"阳喜曰："此乃仙乡。归告父母，可以移家作邻。"晏但微笑。还斋炳烛，见琴横案上，请一聆其雅操。晏乃抚弦捻柱。十娘自内出，晏曰："来，来！卿为若侄鼓之。"十娘即坐，问侄："愿何闻？"阳曰："侄素不读《琴操》，实无所愿。"十娘曰："但随意命题，皆可成调。"阳笑曰："海风引舟，亦可作一调否？"十娘曰："可。"即按弦挑动，若有旧谱，意调崩腾。静会之，如身仍在舟中，为飓风之所摆簸。阳惊叹欲绝，问："可学否？"十娘授琴，试使勾拨，曰："可教也。欲何学？"曰："适所奏《飓风操》，不知可得几日学？请先录其曲，吟诵之。"十娘曰："此无文字，我以意谱之耳。"乃别取一琴，作勾剔之势，使阳效之。阳习至更馀，音节粗合，夫妻始别去。阳目注心凝，对烛自鼓。久之，顿得妙悟，不觉起舞。举首，忽见婢立灯下，惊曰："卿固犹未去耶？"婢笑曰："十姑命待安寝，掩户移檠耳。"审顾之，秋水澄澄，意态媚绝。阳心动，微挑之，婢俯首含笑。阳益惑之，遽起挽颈。婢曰："勿尔！夜已四漏，主人将起，彼此有心，来宵未晚。"方狎抱间，闻晏唤："粉蝶。"婢作色曰："殆矣！"急奔而去。阳潜往听之。但闻晏曰："我固谓婢子尘缘未灭，汝必欲收录之。今如何矣？宜鞭三百！"十娘曰："此心一萌，不可给使，不如为吾侄遣之。"阳甚惭惧，返斋灭烛自寝。天明，有童子来侍盥沐，不复见粉蝶矣。心惴惴恐见谴逐。俄晏与十姑并出，似无所介于怀，便考所业。阳为一鼓。十娘曰："虽未入神，已得什九，肄熟可以臻妙。"阳复求别传。晏教以《天女谪降》之曲，指法拗折，习之三日，始能成曲。晏曰："梗概已尽，此后但须熟耳。娴此两曲，琴中无梗调矣。"阳颇忆家，告十娘曰："吾居此，蒙姑抚养甚乐。顾家中悬念，离家三千里，何日可能还也！"十娘曰："此即不难。故舟尚在，当助一帆风。子无家室，我已遣粉蝶矣。"乃赠以琴，又授以药曰："归医祖母，不惟却病，亦可延年。"遂送至海岸，俾登舟。阳觅楫，十娘曰："无须此物。"因解裙作帆，为之萦系。阳虑迷途，十娘曰："勿忧，但听帆漾耳。"系已，下舟。阳凄然，方欲拜谢别，而南风竞起，离岸已远矣。视舟中糗粮已具，然止足供一日之餐，心怨其吝。腹馁不敢多食，惟恐遽尽，但啖胡饼一枚，觉表里甘芳。馀六七枚，珍而存之，即亦不复饥矣。俄见夕阳欲下，方悔来时未索膏烛。瞬息，遥见人烟，细审，则琼州也。喜极。旋已近岸，解裙裹饼而归。入门，举家惊喜，盖离家已十六年矣，始知其遇仙。视祖母老病益惫，出药投之，沉疴立除。共怪问之，因述所见。祖母泫然曰："是汝姑也。"初，老夫人有少女，名十娘，生有仙姿。许字晏氏。婿十六岁，入山不返。十娘待至二十馀，忽无疾自殂，葬已三十馀年。闻旦言，共疑其未死。出其裙，则犹在家所素着也。饼分啖之，一枚终日不饥，而精神倍生。老夫人命发冢验视，则空棺存焉。旦初聘吴氏女未娶，旦数年不还，遂他适。共信十娘言，以俟粉蝶之至。既而年馀无音，始议他图。临邑钱秀才，有女名荷生，艳名远播。年十六，未嫁而三丧其婿。遂媒定之，涓吉成礼。既入门，光艳绝代。旦视之，则粉蝶也。惊问曩事，女茫乎不知。盖被逐时，即降生之辰也。每为之鼓《天女谪降》之操，辄支颐凝想，若有所会。

李　檀　斯

长山李檀斯，国学生也。其村中有媪走无常，谓人曰："今夜与一人舁檀老投生淄川柏家庄一新门中，身躯重赘，几被压死。"时李方与客欢饮，悉以媪言为妄。至夜，无疾而卒。天明，如所言往问之，则其家夜生女矣。

锦　　瑟

沂人王生，少孤，自为族。家清贫，然风标修洁，洒然裙履少年也。富翁兰氏，见而悦之，妻以女，许为起屋治产。娶未几而翁死。妻兄弟鄙不齿数。妇尤骄倨，常佣奴其夫。自享馐馔，生至，则脱粟瓢饮，折稀为匕，置其前。王悉隐忍之。年十九，往应童试，被黜。自郡中归，妇适不在室，釜中烹羊臛熟，就啖之。妇入，不语，移釜去。生大惭，抵箸地上，曰："所遭如此，不如死！"妇恚，问死期，即授索为自经之具。生忿投羹碗，败妇顙。生含愤出，自念良不如死，遂怀带入深壑。至丛树下，方择枝系带，忽见土崖间，微露裙幅。瞬息，一婢出，睹生急返，如影就灭，土壁亦无绽痕。固知妖异，然欲觅死，故无畏怖，释带坐觇之。少间，复露半面，一窥即缩去。念此鬼物，从之必有死乐。因抓石叩壁曰："地如可入，幸示一途！我非求欢，乃求死者。"久之，无声。王又言之，内云："求死请姑退，可以夜来。"音声清锐，细如游蜂。生曰："诺。"遂退以待夕。未几，星宿已繁，崖间忽成高第，静敞双扉。生拾级而入。才数武，有横流涌注，气类温泉。以手探之，热如沸汤，不知其深几许。疑即鬼神示以死所，遂踊身入。热透重衣，肤痛欲糜，幸浮不沉。泅没良久，热渐可忍，极力爬抓，始登南岸，一身幸不泡伤。行次，遥见厦屋中有灯火，趋之。有猛犬暴出，龁衣败袜。摸石以投，犬稍却。又有群犬要吠，皆大如犊。危急间，婢出叱退，曰："求死郎来耶？吾家娘子悯君厄穷，使妾送君入安乐窝，从此无灾矣。"挑灯导之。启后门，黯然行去。入一家，明烛射窗，曰："君自入，妾去矣。"生入室四瞻，盖已入己家矣。反奔而出，遇妇所役老媪曰："终日相觅，又焉往！"反曳入。妇帕裹伤处，下床笑逆，曰："夫妻年馀，狎谑顾不识耶？我知罪矣。君受虚诮，我被实伤，怒亦可以少解。"乃于床头取巨金二铤置生怀，曰："以后衣食，一惟君命，可乎？"生不语，抛金夺门而奔，仍将入壑，以叩高第之门。既至野，则婢行缓弱，挑灯尤遥望之。生急奔且呼，灯乃止。既至，婢曰："君又来，负娘子苦心矣。"王曰："我求死，不谋与卿复求活。娘子巨家，地下亦应需人。我愿服役，实不以有生为乐。"婢曰："乐死不如苦生，君设想何左也！吾家无他务，惟淘河、粪除、饲犬、负尸。作不如程，则刵耳劓鼻、敲肘刖趾。君能之乎？"答曰："能之。"又入后门，生问："诸役何也？适言负尸，何处得如许死人？"婢曰："娘子慈悲，设'给孤园'，收养九幽横死无归之鬼。鬼以千计，日有死亡，须负瘗之耳。请一过观之。"移时，入一门，署"给孤园"。入，见屋宇错杂，秽臭熏人。园中鬼见烛群集，皆断头缺足，不堪入目。回首欲行，见尸横墙下。近视之，血肉狼藉。曰："半日未负，已被狗咋。"即使生移去之。生有难色。婢曰："君如不能，请仍归享安乐。"生不得已，负置秘处。乃求婢缓颊，幸免尸污。婢诺。行近一舍，曰：“姑坐此，妾入言之。饲狗之役较轻，当代图之，庶几得当以报。”去少顷，奔出，曰：“来，来！娘子出矣。”生从入。见堂上笼烛四悬，有女郎近户坐，乃二十许天人也。生伏阶下。女郎命曳起之，曰：“此一儒生，乌能饲犬；可使居西堂，主簿。”生喜，伏谢。女曰：“汝以朴诚，可敬乃事。如有舛错，罪责不轻也！”生唯唯。婢导至西堂，见栋壁清洁，喜甚，谢婢。始问娘子官阀。婢曰：“小字锦瑟，东海薛侯女也。妾名春燕。旦夕所需，幸相闻。”婢去，旋以衣履衾褥来，置床上。生喜得所。黎明，早起视事，录鬼籍。一门仆役，尽来参谒，馈酒送脯甚多。生引嫌，悉却之。日两餐，皆自内出。娘子察其廉谨，特赐儒巾鲜衣。凡有赍赉，皆遣春燕。婢颇风格，既熟，颇以眉目送情。生斤斤自守，不敢少致差跌，但伪作骙钝。积二年馀，赏给倍于常廪，而生谨抑如故。一夜，方寝，闻内第喊噪。急起，捉刀出，见炬火光天。入窥之，则群盗充庭，厮仆骇窜。一仆促与偕遁，生不肯，涂面束腰，杂盗中呼曰：“勿惊薛娘子！但当分括财物，勿使遗漏。”时诸舍群贼方搜锦瑟不得，生知未为所获，潜入第后独觅之。遇一伏妪，始知女与春燕皆越墙矣。生亦过墙，见主婢伏于暗陬。生曰：“此处乌可自匿？”女曰：“吾不能复行矣！”生弃刀负之。奔二三里许，汗流竟体，始入深谷，释肩令坐。欻，一虎来。生大骇，欲迎当之，虎已衔女。生急捉虎耳，极力伸臂入虎口，以代锦瑟。虎怒，释女，嚼生臂，脆然有声。臂断落地，虎亦返去。女泣曰：“苦汝矣！苦汝矣！”生忙遽未知痛楚，但觉血溢如水，使婢裂衿裹断处。女止之，俯觅断臂，自为续之；乃裹之。东方渐白，始缓步归。登堂如墟。天既明，仆媪始渐集。女亲诣西堂，问生所苦。解裹，则臂骨已续，又出药糁其创，始去。由此益重生，使一切享用，悉与己等。臂愈，女置酒内室以劳之。赐之坐，三让而后隅坐。女举爵如让宾客。久之，曰：“妾身已附君体，意欲效楚王女之于臣建。但无媒，羞自荐耳。”生惶恐曰：“某受恩重，杀身不足酬。所为非分，惧遭雷殛，不敢从命。苟怜无室，赐婢已过。”一日，女长姊瑶台至，四十许佳人也。至夕，招生入，瑶台命坐，曰：“我千里来，为妹主婚，今夕可配君子。”生又起辞。瑶台遽命酒，使两人易盏。生固辞，瑶台夺易之。生乃伏地谢罪,受饮之。瑶台出,女曰:“实告君:妾乃仙姬,以罪被谪。自愿居地下,收养冤魂,以赎帝谴。适遭天魔之劫,遂与君有附体之缘。远邀大姊来,固主婚嫁,亦使代摄家政,以便从君归耳。”生起敬曰:“地下最乐!某家有悍妇,且屋宇隘陋,势不能容委曲以共其生。”女笑曰:“不妨。”既醉,归寝,欢恋臻至。过数日,谓生曰:“冥会不可长,请郎归。君干理家事毕,妾当自至。”以马授生,启扉自出,壁复合矣。生骑马入村,村人尽骇。至家门,则高庐焕映矣。先是,生去,妻召两兄至,将箠楚报之。至暮,不归,始去。或于沟中得生履,疑其已死。既而年馀无耗。有陕中贾某,媒通兰氏,遂就生第与妇合。半年中,修建连亘。贾出经商,又买妾归,自此不安其室。贾亦恒数月不归。生讯得其故,怒,系马而入。见旧媪,媪惊伏地。生叱骂久,使导诣妇所,寻之已遁;既于舍后得之,已自经死。遂使人舁归兰氏。呼妾出,年十八九,风致亦佳,遂与寝处。贾托村人,求反其妾,妾哀号不肯去。生乃具状,将讼其霸产占妻之罪。贾不敢复言,收肆西去,方疑锦瑟负约。一夕,正与妾饮,则车马叩门而女至矣。女但留春燕,馀即遣归。入室,妾朝拜之。女曰:“此有宜男相,可以代妾苦矣。”即赐以锦裳珠饰。妾拜受,立侍之,女挽坐,言笑甚欢。久之,曰:“我醉欲眠。”生亦解履登床,妾始出。入房,则生卧榻上,异而反窥之,烛已灭矣。生无夜不宿妾室。一夜,妾起,潜窥女所,则生及女方共笑语。大怪之,急反告生,则床上无人矣。天明,阴告生,生亦不自知,但觉时留女所、时寄妾宿耳。生嘱隐其异。久之,婢亦私生,女若不知之。婢忽临蓐难产,但呼:“娘子。”女入,胎即下,举之,男也。为断脐置婢怀,笑曰:“婢子勿复尔!业多,则割爱难矣。”自此,婢不复产。妾出五男二女。居三十年,女时返其家,往来皆以夜。一日,携婢去,不复来。生年八十,忽携老仆夜出,亦不返。

太原狱

太原有民家,姑妇皆寡。姑中年,不能自洁,村无赖频频就之。妇不善其行,阴于门户墙垣阻拒之。姑惭,借端出妇。妇不去,颇有勃豁。姑益恚，反相诬，告诸官。官问奸夫姓名。媪曰："夜来宵去，实不知其阿谁，鞫妇自知。"因唤妇。妇果知之，而以奸情归媪，苦相抵。拘无赖至，又哗辨："两无所私，彼姑妇不相能，故妄言相诋毁耳。"官曰："一村百人，何独诬汝？"重笞之。无赖叩乞免责，自认与妇通。械妇，妇终不承。逐去之。妇忿告宪院，仍如前，久不决。时淄邑孙进士柳下令临晋，推折狱才，遂下其案于临晋。人犯到，公略讯一过，寄监讫，便命隶人备砖石刀锥，质理听用。共疑曰："严刑自有桎梏，何将以非刑折狱耶？"不解其意，姑备之。明日，升堂，问知诸具已备，命悉置堂上。乃唤犯者，又一一略鞫之。乃谓姑妇："此事亦不必甚求清析。淫妇虽未定，而奸夫则确。汝家本清门，不过一时为匪人所诱，罪全在某。堂上刀石具在，可自取击杀之。"姑妇趑趄，恐邂逅抵偿，公曰："无虑，有我在。"于是媪妇并起，掇石交投。妇衔恨已久，两手举巨石，恨不即立毙之，媪惟以小石击臀腿而已。又命用刀，妇把刀贯胸膺，媪犹逡巡未下。公止之曰："淫妇我知之矣。"命执媪严梏之，遂得其情。笞无赖三十，其案始结。

附记：公一日遣役催租，租户他出，妇应之。役不得贿，拘妇至。公怒曰："男子自有归时，何得扰人家室！"遂笞役，遣妇去。乃命匠多备手械，以备敲比。明日，合邑传颂公仁。欠赋者闻之，皆使妻出应，公尽拘而械之。余尝谓：孙公才非所短，然如得其情，则喜而不暇哀矜矣。

新　郑　讼

长山石进士宗玉，为新郑令。适有远客张某，经商于外，因病思归，不能骑步，赁禾车一辆，携资五千，两夫挽载以行。至新郑，两夫往市饮食，张守资独卧车中。有某甲过，睨之，见旁无人，夺资去。张不能御，力疾起，遥尾缀之，入一村中。又从之，入一门内。张不敢入，但自短垣窥觇之。甲释所负，回首见窥者，怒执为贼，缚见石公，因言情状。问张，备述其冤。公以无质实，叱去之。二人下，皆以官无皂白。公置若不闻。颇忆甲久有逋赋，遣役严追之。逾日，即以银三两投纳。石公问金所自来。甲云："质衣鬻物。"皆指名以实之。石公遣役令视纳税人，有与甲同村者否。适甲邻人在，唤入问之："汝既为某甲近邻，金所从来，尔当知之。"邻曰："不知。"公曰："邻家不知，其来暧昧。"甲惧，顾邻曰："我质某物、鬻某器，汝岂不知?"邻急曰："然，固有之矣。"公怒曰："尔必与甲同盗，非刑询不可！"命取梏械。邻人惧曰："吾以邻故，不敢招怨；今刑及己身，何讳乎。彼实劫张某钱所市也。"遂释之。时张以丧资未归，乃责甲押偿之。此亦见石之能实心为政也。

异史氏曰："石公为诸生时，恂恂雅饬，意其人翰苑则优，簿书则诎。乃一行作吏，神君之名，噪于河朔。谁谓文章无经济哉！故志之以风有位者。"

李 象 先

李象先，寿光之闻人也。前世为某寺执爨僧，无疾而化。魂出栖坊上，下见市上行人，皆有火光出颠上，盖体中阳气也。夜既昏，念坊上不可久居，但诸舍暗黑，不知所之。唯一家灯火犹明，飘赴之。及门，则身已婴儿。母乳之，见乳恐惧，腹不胜饥，闭目强吮。逾三月馀，即不复乳。乳之，则惊惧而啼。母以米沈间枣栗哺之，得长成。是为象先。儿时至某寺，见寺僧，皆能呼其名。至老犹畏乳。

异史氏曰："象先学问渊博，海岱清士。子早贵，身仅以文学终，此佛家所谓福业未修者耶？弟亦名士。生有隐疾，数月始一动。动时急起，不顾宾客，自外呼而入，于是婢媪尽避。使及门复痿，则不入室而反。兄弟皆奇人也。"

房 文 淑

开封邓成德，游学至兖，寓败寺中，佣为造齿籍者缮写。岁暮，僚役各归家，邓独炊庙中。黎明，有少妇叩门而入，艳绝，至佛前焚香叩拜而去。次日，又如之。至夜，邓起挑灯，适有所作，女至益早。邓曰:“来何早也?”女曰:“明则人杂,故不如夜。太早,又恐扰君清睡。适望见灯光,知君已起,故至耳。”生戏曰:“寺中无人,寄宿可免奔波。”女哂曰:“寺中无人,君是鬼耶?”邓见其可狎,俟拜毕,曳坐求欢。女曰:“佛前岂可作此。身无片椽,尚作妄想!”邓固求不已。女曰:“去此三十里某村,有六七童子,延师未就。君往访李前川,可以得之。托言携有家室,令别给一舍,妾便为君执炊,此长策也。”邓虑事发获罪。女曰:“无妨。妾房氏,小名文淑,并无亲属,恒终岁寄居舅家,有谁知。”邓喜。既别女,即至某村,谒见李前川,谋果遂。约岁前即携家至。既反,告女。女约候于途中。邓告别同党,借骑而去。女果待于半途,乃下骑以辔授女,御之而行。至斋,相得甚欢。积六七年,居然琴瑟,并无追逋逃者。女忽生一子。邓以妻不育,得之甚喜,名曰“兗生”。女曰:“伪配终难作真。妾将辞君而去,又生此累人物何为!”邓曰:“命好,倘得馀钱,拟与卿遁归乡里,何出此言?”女曰:“多谢,多谢!我不能胁肩谄笑,仰大妇眉睫,为人作乳媪,呱呱者难堪也!”邓代妻明不妒,女亦不言。月馀,邓解馆,谋与前川子同出经商。告女曰:“我思先生设帐,必无富有之期。今学负贩,庶有归时。”女亦不答。至夜,女忽抱子起。邓问:“何作?”女曰:“妾欲去。”邓急起,追问之,门未启,而女已杳。骇极,始悟其非人也。邓以形迹可疑,故亦不敢告人,托之归宁而已。初,邓离家,与妻娄约,年终必返。既而数年无音,传其已死。兄以其无子,欲改醮之。娄更以三年为期,日惟以纺绩自给。一日,既暮,往扃外户,一女子掩入,怀中绷儿,曰:“自母家归,适晚。知姊独居,故求寄宿。”娄内之。至房中,视之,二十馀丽者也。喜与共榻,同弄其儿,儿白如瓠。叹曰:“未亡人遂无此物!”女曰:“我正嫌其累人,即嗣为姊后,何如?”娄曰:“无论娘子不忍割爱,即忍之,妾亦无乳能活之也。”女曰:“不难。当儿生时,患无乳,服药半剂而效。今馀药尚存,即以奉赠。”遂出一裹,置窗间。娄漫应之,未遽怪也。既寝,及醒呼之,则儿在而女已启门去矣。骇极。日向辰,儿啼饥。娄不得已,饵其药,移时湩流,遂哺儿。积年馀,儿益丰肥,渐学语言,爱之不啻己出。由是再醮之心遂绝。但早起抱儿，不能操作谋衣食，益窘。一日，女忽至。娄恐其索儿，先问其不谋而去之罪，后叙其鞠养之苦。女笑曰："姊告诉艰难，我遂置儿不索耶？"遂招儿，儿啼入娄怀。女曰："犊子不认其母矣！此百金不能易，可将金来，署立券保。"娄以为真，颜作赪，女笑曰："姊勿惧，妾来正为儿也。别后虑姊无豢养之资，因多方措十馀金来。"乃出金授娄。娄恐受其金，索儿有词，坚却之。女置床上，出门径去。抱子追之，其去已远，呼亦不顾。疑其意恶。然得金，少权子母，家以饶足。又三年，邓贾有赢馀，治装归。方共慰藉，睹儿问谁氏子。妻告以故。问："何名？"曰："渠母呼之兖生。"生惊曰："此真吾子也！"问其时日，即夜别之日。邓乃历叙与房文淑离合之情，益共欣慰。犹望女至，而终渺矣。

秦桧

青州冯中堂家，杀一豕，焊去毛鬣，肉内有字云："秦桧七世身。"烹而啖之，其肉臭恶，因投诸犬。呜呼！桧之肉，恐犬亦不当食之矣！

闻益都人说：中堂之祖，前身在宋朝为桧所害，故生平最敬岳武穆。于青州城北通衢旁建岳王殿，秦桧、万俟卨伏跪地下。往来行人瞻礼岳王，则投石桧、卨，香火不绝。后大兵征于七之年，冯氏子孙毁岳王像。数里外，有俗祠"子孙娘娘"，因舁桧、卨其中，使朝跪焉。百世下，必有杜十姨、伍髭须之误，甚可笑也。

又青州城内，旧有淡台子羽祠。当魏珰烜赫时，世家中有媚之者，就子羽毁冠去须，改作魏监。此亦骇人听闻者也。

一员官

济南同知吴公，刚正不阿。时有陋规，凡贪墨者，亏空犯赃罪，上官辄庇之，以赃分摊属僚，无敢梗者。以命公，不受，强之不得，怒加叱骂。公亦恶声还报之，曰："某官虽微，亦受君命。可以参处，不可以骂詈也！要死便死，不能损朝廷之禄，代人上枉法赃耳!"上官乃改颜温慰之。人皆言斯世不可以行直道;人自无直道耳,何反咎斯世之不可行哉!会高苑有穆情怀者,狐附之,辄慷慨与人谈论,音响在坐上,但不见其人。适至郡,宾客谈次,或诘之曰:"仙固无不知,请问郡中官共几员?"应声答曰:"一员。"共笑之。复诘其故,曰:"通郡官僚虽七十有二,其实可称为官者,吴同知一人而已。"是时泰安知州张公,人以其木强,号之"橛子"。凡贵官大僚登岱者,夫马兜舆之类,需索烦多,州民苦于供亿。公一切罢之。或索羊豕,公曰:"我即一羊也,一豕也,请杀之以犒驺从。"大僚亦无奈之。公自远宦,别妻子者十二年。初莅泰安,夫人及公子自都中来省之,相见甚欢。逾六七日,夫人从容曰:"君尘甑犹昔,何老悖不念子孙耶?"公怒,大骂,呼杖,逼夫人伏受。公子覆母号泣,求代。公横施挞楚,乃已。夫人即偕公子命驾归,矢曰:"渠即死于是,吾亦不复来矣!"逾年,公卒。此不可谓非今之强项令也。然以久离之琴瑟,何至以一言而躁怒至此,岂人情哉!而威福能行床第,事更奇于鬼神矣。

公 孙 夏

保定有国学生某,将入都纳资,谋得县尹。方趣装而病,月馀不起。忽有僮入曰:"客至。"某亦忘其疾,趋出逆客。客华服类贵者。三揖入舍,叩所自来。客曰:"仆,公孙夏,十一皇子坐客也。闻治装将图县尹,既有是志,太守不更佳耶?"某逊谢,但言:"资薄,不敢有奢愿。"客请效力,俾出半资,约于任所取盈。某喜求策。客曰:"督抚皆某最契之交,暂得五千缗,其事济矣。目前真定缺员,便可急图。"某讶其本省。客笑曰:"君迂矣!但有孔方在,何问吴、越桑梓耶?"某终踌躇,疑其不经。客曰:"无须疑惑。实相告,此冥中城隍缺也。君寿尽,已注死籍。乘此营办,尚可以致冥贵。"即起告别,曰:"君且自谋,三日当复会。"遂出门跨马去。某忽开眸,与妻子永诀。命出藏镪,市楮锭万提,郡中是物为空。堆积庭中,杂刍灵鬼马,日夜焚之,灰高如山。三日,客果至。某出资交兑,客即导至部署,见贵官坐殿上,某便伏拜。贵官略审姓名,便勉以“清廉谨慎”等语。乃取凭文,唤至案前与之。某稽首出署。自念监生卑贱,非车服炫耀,不足震慑曹属。于是益市舆马,又遣鬼役以彩舆迓其美妾。区画方已,真定卤簿已至。途中里馀,一道相属,意得甚。忽前导者钲息旗靡。惊疑间,见骑者尽下,悉伏道周,人小径尺,马大如狸。车前者骇曰:“关帝至矣!”某惧,下车亦伏。遥见帝君从四五骑,缓辔而至。须多绕颊,不似世所模肖者,而神采威猛,目长几近耳际。马上问:“此何官?”从者答:“真定守。”帝君曰:“区区一郡,何直得如此张皇!”某闻之,洒然毛悚,身暴缩,自顾如六七岁儿。帝君命起,使随马踪行。道旁有殿宇,帝君入,南向坐,命以笔札授某,俾自书乡贯姓名。某书已,呈进。帝君视之,怒曰:“字讹误不成形象!此市侩耳,何足以任民社!”又命稽其德籍。旁一人跪奏,不知何词。帝君厉声曰:“干进罪小,卖爵罪重!”旋见金甲神绾锁去。遂有二人捉某,褫去冠服,笞五十,臀肉几脱,逐出门外。四顾车马尽空,痛不能步,偃息草间。细认其处,离家尚不甚远。幸身轻如叶,一昼夜始抵家。豁若梦醒,床上呻吟。家人集问,但言股痛。盖瞑然若死者,已七日矣,至是始寤。便问:“阿怜何不来?”——盖妾小字也。先是,阿怜方坐谈,忽曰:“彼为真定太守,差役来接我矣。”乃入室丽妆,妆竟而卒,才隔夜耳。家人述其异。某悔恨椎胸,命停尸勿葬,冀其复还。数日杳然,乃葬之。某病渐瘳,但股疮大剧,半年始起。每自曰:“官资尽耗,而横被冥刑,此尚可忍;但爱妾不知舁向何所,清夜所难堪耳。”

异史氏曰:“嗟夫!市侩固不足南面哉!冥中既有线索,恐夫子马踪所不及到,作威福者,正不胜诛耳。吾乡郭华野先生传有一事,与此颇类,亦人中之神也。先生以清鲠受主知,再起总制荆楚。行李萧然,惟四五人从之,衣履皆敝陋。途中人皆不知为贵官也。适有新令赴任,道与相值。驼车二十馀乘,前驱数十骑,驺从百计。先生亦不知其何官,时先之,时后之,时以数骑杂其伍。彼前马者怒其扰,辄呵却之。先生亦不顾瞻。亡何,至一巨镇,两俱休止。乃使人潜访之,则一国学生,加纳赴任湖南者也。乃遣一价召之使来。令闻呼骇疑,及诘官阀,始知为先生,悚惧无以为地。冠带匍伏而前。先生问:

‘汝即某县县尹耶?’答曰:‘然。’先生曰:‘蕞尔一邑,何能养如许驺从? 履任,则一方涂炭矣! 不可使殃民社,可即旋归,勿前矣。’令叩首曰:‘下官尚有文凭。’先生即令取凭,审验已,曰:‘此亦细事,代若缴之可耳。’令伏拜而出。归途不知何以为情,而先生行矣。世有未莅任而已受考成者,实所创闻。盖先生奇人,故有此快事耳。”

附　录

余家旧有蒲聊斋先生志异钞本，亦不知其何从得。后为人借去传看，竟失所在。每一念及，辄作数日恶，然亦付之阿闳佛国而已。一日，偶语张仲明世兄。仲明与蒲俱淄人，亲串朋好，稔相浃，遂许为乞原本借钞，当不吝。岁壬寅冬，仲明自淄携稿来，累累巨册，视向所失去数当倍。披之耳目益扩。乃出资觅佣书者亟录之，前后凡十阅月更一岁首，始告竣。中间雠校编次，晷穷晷继，挥汗握冰，不少释。此情虽痴，不大劳顿耶！书成记此，聊存颠末，并识向来苦辛。倘好事家有欲攫吾米袖石而不得者，可无怪我书悭矣。

雍正癸卯秋七月望后二日，殿春亭主人识。

余读聊斋志异竟，不禁推案起立，浩然而叹曰：嗟乎！文人之不可穷有如是夫！聊斋少负艳才，牢落名场无所遇，胸填气结，不得已为是书。今观其寓意之言，十固八九，何其悲以深也！向使聊斋早脱韝去，奋笔石渠、天禄间，为一代史局大作手，岂暇作此郁郁语，托街谈巷议，以自写其胸中磊块诙奇哉！文士失职而志不平，毋亦当事者之责也。后有读者，苟具心眼，当与予同慨矣。

雍正癸卯秋七月，南邨题跋。

昔阮瞻作《无鬼论》，而鬼即来；干宝撰《搜神记》，而神如在。故司纠奉命，乌府之柏台遂空；而浮提称王，寇公之蒨桃欲葬。玄机云涌，冢中王弼重来；妙论风生，穴处雄狐却走。山精水怪，不妨以假为真;牛鬼蛇神,未必将无作有。彼狗孝顺、猿代役,亦属物理之常;即顶书山、手画花,无非立法之妙。总之,见怪不怪,我正即能辟邪;怕鬼有鬼,疑心适以杀子。惜世无文帝,贾生之前席全虚;且骑少青骡,曼卿之蓉城乏主。然则鹢飞星陨,知我者其惟春秋乎?只此鲁连、曹丘,得斯人可与言诗矣。

乾隆辛未秋九月中浣,练塘老渔识。

经典译林

Yilin Classics

书名	单价	书名	单价
癌症楼	78.00 元	艾青诗集	35.00 元
爱的教育	39.00 元	爱丽丝漫游奇境	29.00 元
安娜·卡列尼娜	65.00 元	安徒生童话选集	42.00 元
傲慢与偏见	36.00 元	奥德赛	92.00 元
八十天环游地球	32.00 元	巴黎圣母院	42.00 元
白洋淀纪事	39.00 元	百万英镑	35.00 元
包法利夫人	38.00 元	悲惨世界（上、下）	98.00 元
背影	28.00 元	被侮辱与被损害的人	39.00 元
边城	36.00 元	变色龙：契诃夫中短篇小说集	39.00 元
变形记 城堡	38.00 元	草叶集：惠特曼诗选	39.00 元
茶馆	32.00 元	茶花女	35.00 元
查拉图斯特拉如是说	38.00 元	沉思录	29.00 元
城南旧事	29.00 元	大卫·科波菲尔（上、下）	79.00 元
当代英雄	45.00 元	稻草人	29.00 元
地心游记	32.00 元	飞鸟集·新月集：泰戈尔诗选	39.00 元
飞向太空港	39.00 元	福尔摩斯探案集	58.00 元
复活	42.00 元	傅雷家书	49.00 元
富兰克林自传	36.00 元	钢铁是怎样炼成的	39.00 元
高老头	39.00 元	格列佛游记	35.00 元
格林童话全集	49.00 元	给青年的十二封信	38.00 元

书名	单价	书名	单价
战争与和平（上、下）	108.00 元	朝花夕拾	22.00 元
中国民间故事	39.00 元	子夜	49.00 元
最后一课	36.00 元	罪与罚	66.00 元